57

Cay Rademacher
EIN LETZTER SOMMER IN MÉJEAN

Cay Rademacher

EIN LETZTER SOMMER IN MÉJEAN

Kriminalroman

DUMONT

't ess paar Johr her, doch die Erinnerung fällt nit schwer
Huck kutt mer vuur, als wenn et jestern woor.

BAP, Verdamp lang her

I

Die Briefe

1

Freitag, 27. Juni 2014. Claudia Bornheim blickt in acht verschlossene Gesichter, und sie fragt sich einen Augenblick lang, ob sie in ihrem Leben nicht etwas fundamental falsch gemacht hat. Sie ist 48 Jahre alt und seit sechs Jahren Ministerin. Andere schnupfen Kokain, sie ist süchtig nach Politik – war jüngste Landtagsabgeordnete, jüngste Staatssekretärin, jüngste Landesministerin. Dafür hat sie beinahe auf alles verzichtet; keine Familie, keine Kinder und, wenn sie ehrlich ist, nicht einmal Freunde außerhalb der kleinen Welt zwischen Düsseldorf und Berlin. Und wofür? Sie verkündet ihr neuestes Gesetzesvorhaben im Raum der Landespressekonferenz, und da verlieren sich acht Korrespondenten im Saal, von denen vier aussehen wie Praktikanten, deren größte intellektuelle Leistung darin besteht, diesen Raum rechtzeitig gefunden zu haben. Und von den anderen vier haben zwei es nicht einmal für notwendig gehalten, sich Notizen zu machen. Es ist Freitagmorgen, noch nicht einmal zehn Uhr, und Claudia Bornheim ist schon erschöpft, sie spürt ein Ziehen in den Schläfen, das verfluchte Alarmsignal der Migräne, und wünscht, sie dürfte sich wenigstens ein bisschen gehen lassen.

Stattdessen zwingt sie sich das von den Fotografen geliebte Claudia-Bornheim-Lächeln ins Gesicht, als sie aufsteht. Sie ist sportlich, Joggen und Schwimmen, in ihren langen dunkelbraunen Haaren schimmert noch keine graue Strähne, sie sieht mindestens zehn Jahre jünger aus, als sie ist, und zwanzig Jahre jünger, als sie sich fühlt.

»Sie werden den Text des Gesetzesentwurfs ab zehn Uhr auf der Website des Ministeriums finden«, verkündet sie. »Und wenn sie noch Fragen haben ... «

Wowlick von der *Rundschau* ist schon an der Tür, sicher auf dem Weg zur Raucherecke. Die anderen Journalisten klappen Notebooks zusammen oder checken ihre Smartphones.

»Denk an deine Post, Claudia.« Jasmin da Silva, die freundlich lächelnd und loyal die ganze Pressekonferenz neben ihr gesessen hat, springt auf. Sie ist ein Junkie wie Claudia Bornheim, nur eine Generation jünger. Jasmin könnte als Navajofrau durchgehen oder als Algerierin oder Inderin. Mit ihrer ungewöhnlichen Schönheit, die im Fernsehen noch deutlicher zutage tritt als im echten Leben, würde sie es weit bringen – vorausgesetzt, Jasmin würde die Flut der Hassmails und Drohungen ertragen, die unweigerlich über sie hereinbräche, wie immer, wenn sich eine Frau ihres südländischen Aussehens für ein öffentliches Amt zur Wahl stellt.

Claudia Bornheim blickt auf ihre Uhr, Rolex, Stahl, eine Männeruhr und das letzte Überbleibsel einer schon vor Jahren gescheiterten Beziehung. »Gleich ist Fraktionssitzung«, erwidert sie.

»Es ist nicht viel. Wer schickt heute schon noch Briefe? Du kannst sie auf dem Weg lesen. Ich halte dir die Türen auf.« Jasmin da Silva lacht.

Claudia Bornheim ringt sich ein Lächeln ab. Selbstironie steht einer Ministerin gut. Vor sechs Monaten hat sie eilig auf einem Flur Akten studiert und ist gegen eine Glasschiebetür geknallt, die sie übersehen hatte. Sehr schmerzhaft. Und wahrscheinlich sehr witzig für Jasmin und die beiden Referatsleiter, die ihr gefolgt waren. Zum Glück hatte das niemand mit dem Handy gefilmt, eine Slapstickeinlage wie diese hätte ihr eine halbe Millionen Zuschauer auf YouTube eingebracht – und man konnte nie wissen, wie sich das auf die Karriere auswirkt.

»Zeig her«, sagt sie.

Sie laufen durch einen langen Gang, der zu den Fraktionsbüros führt. Wer ihnen entgegenkommt, macht respektvoll Platz und grüßt. Claudia Bornheim lächelt jeden an und grüßt zurück. Jasmin da Silva zieht so kalt wie ein arktischer Luftstrom vorbei. Das muss sie noch lernen, denkt Claudia Bornheim, Arroganz ist eine gefährliche Schwäche, weil sie lange nachwirkt. Sie macht sich im Geist einen Vermerk: Wenn Jasmin sich bewährt, wird sie irgendwann ihre öffentlichen Auftritte coachen. Sollte Jasmin hingegen nicht ganz so loyal sein, wie sie sich gibt, dann wird sie diese Schwäche gegen sie verwenden.

Sie ist beim letzten Brief angelangt. Kein Absender. Verwischter Briefmarkenstempel. Keine Unterschrift. Sie liest und bleibt abrupt stehen.

»Hier ist keine Glastür«, scherzt Jasmin da Silva.

»Buch mir einen Flieger nach Südfrankreich«, befiehlt Claudia Bornheim. Ihre Stimme ist flach geworden. »Nimm Marseille, und falls da alles ausgebucht ist, Nizza. Und reservier mir einen Mietwagen. Für übermorgen.«

Ihre Referentin blickt sie an. Es dauert ein paar Sekunden, bis sie begriffen hat, was die Ministerin wünscht. »Und die Parteiversammlung übermorgen in Köln? Und die Fraktionssitzung am Montag? Und die Eröffnung von … «

»Nimm das erste Flugzeug, das du kriegen kannst. Ich zahle. Es ist nicht dienstlich, sondern privat.«

Jasmin da Silva starrt sie fassungslos an. »Was ist denn los? Wie lange bleibst du denn weg?«

Claudia Bornheim eilt weiter, schneller jetzt. Ihre Bürotür. Sie öffnet sie. »Keine Ahnung«, sagt sie, »lass das Rückreisedatum offen.« Sie knallt ihrer Referentin die Tür praktisch vor der Nase zu und ist froh, endlich in ihrem Büro zu sein.

Allein mit dem Brief.

Dorothea Kaczmarek öffnet die Eingangstür ihres Altbauhauses im Venusbergweg. Unverschlossen. Sie seufzt. Oliver denkt nie daran, den Riegel von innen vorzulegen. Irgendwann wird sie in ihrer Mittagspause hier ankommen, und ihr Heim wird leer geräumt sein bis auf das Wohnzimmer, in dem Oliver liest und nichts mitbekommt. Sie schließt die Tür, legt den Riegel vor, sammelt die Post auf, die durch den Briefschlitz auf den Parkettboden gesegelt ist.

Im Flur hängt ein gerahmtes Poster von einem jener Bonner Kultursommer damals, als sie noch Studentin war. Daneben ein Spiegel. Würde Dorothea hineinschauen, sähe sie eine Neunundvierzigjährige, die im Prinzip immer noch so wirkt wie die Studentin von früher: kurze blonde Haare, weißes T-Shirt, Jeans, Joggingschuhe. Der Ring, den ihr Oliver geschenkt hat, als sie beide sechzehn waren, ist ihr einziges Schmuckstück geblieben. Wenn sie neuen Bekannten verrät, dass sie Sportlehrerin auf einem Gymnasium ist, überrascht das niemanden.

Dorothea Kaczmarek geht den Flur hinunter bis zu einer Tür, an der bunte Kinderzeichnungen kleben. Sie öffnet sie, blickt kurz in das Zimmer. Der Rollladen ist heruntergelassen, die Luft riecht nach Staub und ungelüfteter Kleidung. Oliver hätte wenigstens das Fenster aufmachen können. Sie stellt es auf Kipp, lässt jedoch den Rollladen unten. Dann verlässt sie den Raum und geht in die Küche. Alles sauber, Teller und Töpfe unberührt, der Kühlschrank ist gut gefüllt. Sie holt einen Salat heraus, Tomaten vom Biomarkt, schwarze, salzige Oliven, die sie auf ihrer Mittelmeerreise am Ende der Schulzeit zu schätzen gelernt hat. Kurz zögert sie. Eigentlich reicht ihr ein Salat, und Oliver hat in letzter Zeit am Bauch zugesetzt. Aber er wird ungehalten sein, wenn es mittags nichts Warmes gibt, also wirft sie noch eine Handvoll Spaghetti in einen Topf und stellt ein Glas Pesto bereit.

Während Dorothea darauf wartet, dass das Nudelwasser kocht, überfliegt sie die Post, die sie auf den Küchentisch geworfen hat. Prospekte, Prospekte, Prospekte. Sie fragt sich, welchen Sinn der *Bitte keine Werbung!*-Aufkleber auf ihrem Briefschlitz eigentlich hat. Zwischen den Broschüren eines Baumarkts und eines Gartencenters fischt sie einen Brief heraus. Kein Absender. Verwischter Stempel. Adressat:

»Dr. Oliver und Dorothea Kaczmarek«. Sie überlegt einen Moment lang, ob sie Oliver das Schreiben öffnen lassen soll. Aber es ist ja auch an sie adressiert, oder? Sie reißt den Umschlag auf.

Ein Blatt. Sie liest.

Danach braucht Dorothea Kaczmarek fünf Minuten, bis sie endlich die Kraft findet, die wenigen Meter von der Küche zum Wohnzimmer zu gehen. Das Wasser im Topf sprudelt, aber das ist ihr jetzt gleichgültig. Oliver sitzt im Lehnstuhl am Fenster, einem bequemen, aber unfassbar hässlichen Erbstück seiner Mutter. Er hat ein Buch in der linken und einen grünen Faber-Castell-Bleistift in der rechten Hand. Ein älteres englisches Werk, eines seiner Lieblingsbücher, sie hat es nie gelesen, irgendetwas über antike griechische und römische Seefahrer im Roten Meer und im Indischen Ozean. Er hat ganze Passagen unterstrichen und mit Ausrufe- und Fragezeichen markiert. Dr. Oliver Kaczmarek ist ein ziemlich großer Mann. Kurze, dichte, angegraute braune Haare, gut getrimmter Bart, kariertes Hemd, das auch nach mehreren Stunden im Stuhl noch frisch gebügelt aussieht. Er trägt noch immer diese große, schrecklich unmodische viereckige Brille mit Stahlgestell, die er schon in der Oberstufe getragen hat, nur hat er irgendwann die alten, dicken Kunststoffgläser durch dünnere aus echtem Glas ersetzt. Gleitsichtgläser, die hat er früher nicht nötig gehabt.

»Ach, du bist da«, begrüßt er sie, als hätte er sie doch tatsächlich nicht in der Küche hantieren gehört. Er wartet, dass sie zu ihm kommt und ihn zur Begrüßung küsst, doch sie schafft es nicht, durch das Wohnzimmer zu gehen, muss sich gegen den Rahmen der geöffneten Tür lehnen.

»Du, wir müssen mal wieder in Urlaub fahren«, sagt sie tonlos.

Oliver Kaczmarek blickt seine Frau erstaunt und ein wenig tadelnd an. »Paula ist im Pfadfinder-Ferienlager.«

»Und da wird sie auch die ganze erste Hälfte der Sommerferien bleiben. Es geht ihr gut dort. Wir müssen doch nicht zu Hause bleiben, nur weil Paula in der Eifel im Zeltlager ist. Und da könnten wir dann ja mal einen Urlaub zu zweit machen. Nur wir beide. So wie früher.«

Jetzt steht Oliver doch auf. Nun kann sie das Bäuchlein sehen, kein Fett im Gesicht, nichts Schwabbeliges an den Beinen, aber eben diese kleine Wölbung oberhalb des Gürtels, die früher undenkbar gewesen wäre. Und die Schultern lässt er jetzt hängen, als sei er erschöpft, aber wovon eigentlich?

»Diese komischen Pfadfinder wollen auf dem Rursee segeln. Du weißt selbst, wie tief diese Stauseen sind. Wie kalt das Wasser ist. Und sie wollen im Wald übernachten. Und was die alles essen! Jederzeit könnte uns jemand anrufen und bitten, die Kleine abzuholen. Vielleicht verletzt sie sich. Oder sie hat Heimweh. Von Bonn aus wären wir in einer Stunde bei ihr. Aber ausgerechnet jetzt willst du in Urlaub fahren, während deine Tochter in den Händen dieser Pfadfinder ist?« Er lacht ungläubig.

Dorothea Kaczmarek strafft sich. »Paula ist nicht *meine* Tochter, sie ist *unsere* Tochter. Und es geht ihr bestimmt sehr gut im Ferienlager. Wahrscheinlich besser als bei uns.« Sie blickt ihren Mann auf einmal so zornig an wie noch nie zuvor. Er sieht aus, als wolle er sich wieder in den Sessel fallen lassen, überlegt es sich dann jedoch anders.

»Wir fahren in Urlaub«, verkündet sie bestimmt. »In den Süden. Nach Frankreich.«

Oliver Kaczmarek legt das Buch auf einen Beistelltisch. Seine Rechte zittert plötzlich so stark, dass der Bleistift vibriert wie die Nadel eines Geigerzählers. »Du willst nach Méjean?«, stößt er hervor. »Da wollten wir doch nie wieder hin! «

»Diesen Sommer werden es dreißig Jahre her sein«, erwidert Dorothea Kaczmarek.

»Um Himmels willen, Méjean, hast du das denn alles vergessen?« Er starrt sie an und schüttelt schließlich verstört den Kopf. »Nein, du hast nichts vergessen, im Gegenteil. Das ist gar kein Urlaub. Du willst wegen dieser alten Geschichte dahin fahren. Was ist in dich gefahren?«

Sie wendet sich jedoch bloß ab. »Ich fange mit dem Packen an.«

Barbara Möller weiß, dass sie jetzt eigentlich Kartoffeln schälen müsste. Sie weiß, dass sie Detlev bitten müsste, langsam mal die Holzkohlen auf dem Grill anzuzünden. Aber sie spielt mit den Zwillingen Boccia auf dem Rasen vor dem Haus, seit mindestens zwei Stunden schon, und die Kinder haben Spaß und feuern sich gegenseitig an. Die Zwillinge sind Teenager, und wer weiß, wie lange sie noch mit ihrer Mutter im Garten spielen wollen? Detlev sitzt auf der Terrasse am Tisch und bastelt an einem Röhrenradio herum, einem riesigen Kasten aus Holz und Ferne verheißenden Senderskalen, einem Apparat, der einen Weltkrieg und drei Umzüge, aber leider nicht den Blitzeinschlag der letzten Woche überstanden hat. Ein freier Freitag, ein Urlaubstag für alle. Detlev denkt garantiert nicht eine Sekunde an seine Arbeit bei der Bank, sie denkt seit Stunden nicht an die Arbeit bei der Bank, die Kinder denken nicht an ihre iPhones, das Leben ist heiter, und dann wird eben später gegrillt.

»He, Babs, ich brauche eine Unterschrift!« Der Postbote steht lächelnd am Gartenzaun.

»Sükrü, du reißt mich raus, ich habe gerade einen Lauf.« Barbara Möller legt die Kugeln beiseite und geht zum Gartenzaun. Alles an ihr ist rund: Die braunen lockigen Haare, die sie gerne in einer voluminösen Frisur trägt, ihr Gesicht, ihre Wangen, die Augen, der Leib, in dessen Rundungen sich Detlev auch nach so vielen Ehejahren nur allzu gerne verliert.

Barbara Möller quittiert eine kleine Paketsendung, irgendein Teil eines Elektronikversands. Sie hält den schmalen Karton in die Höhe und ruft ihrem Mann zu: »Das wird dich glücklich machen!«

»Mein Nachmittag ist gerettet«, antwortet Detlev, schiebt seine

Brille von der Nasenspitze hoch bis auf die Stirn und winkt dem Postboten zu.

»Das habe ich auch noch«, sagt Sükrü und drückt ihr drei Briefe in die Hand. »Einen schönen Nachmittag!« Er schwingt sich auf das wackelige gelbe Rad.

Sie blickt kaum auf die Briefe, will zurück zum Bocciaspiel. Zwei identische Schreiben von ihrem gemeinsamen Arbeitgeber: die Einladungen für das Sommerfest der Raiffeisenbank. Wer organisiert das? Die Schmidt-Bachmann vom Personal? Oder jemand von der PR? Barbara Möller müsste irgendwann mal mit irgendwem darüber reden, warum bloß immer alle Sachen an Detlev und sie doppelt zugeschickt werden, ein Schreiben würde doch reichen, das würde der Bank Geld sparen und ihnen ein bisschen Altpapier. Ohne genau hinzusehen, reißt sie den dritten Umschlag auf.

Barbara Möller liest, bleibt mitten auf dem Rasen stehen, dreht sich um, geht zurück zum Gartenzaun, als wolle sie dem davonradelnden Postboten noch etwas hinterherrufen. Doch sie sagt nichts, starrt einfach bloß auf die Wohnstraße mit den Reihenhäusern zu beiden Seiten. So friedlich. So sicher. Sie hätte nie geglaubt, dass der alte Horror einmal bis hierher dringen könnte. Hoffentlich sieht mich jetzt niemand. Sie wendet Detlev und den Zwillingen den Rücken zu, kommt sich dabei wie eine Verräterin vor. Barbara Möller faltet den Brief so klein zusammen, bis das Blatt nicht noch einmal geknickt werden kann, dann stopft sie es in die Tasche ihrer weiten Sommerhose. Sie atmet tief durch, versucht, sich ihr strahlendstes Lächeln ins Gesicht zu zwingen. Endlich wendet sie sich ihrer Familie zu.

»Schatz«, ruft sie, »denk an den Grill! Ich muss heute Nachmittag noch etwas vorbereiten.«

»Klar, ich brauche eh eine Pause«, antwortet Detlev lächelnd und legt einen dünnen Schraubenzieher beiseite. Dann sieht er ihr Gesicht. »Ist was?«

»Es ist mir total peinlich«, gesteht sie, und sie spürt selbst, wie rot ihre Wangen leuchten, »aber ich habe gerade eine Einladung bekommen, die ich unmöglich absagen kann.«

»Spielst du doch mit deinen Freundinnen ›Siedler von Catan‹ am Samstag?«, fragt Friedrich erstaunt, während er die Bocciakugeln vom Rasen aufhebt.

»Nein, ich mache am Sonntag bloß einen kleinen Ausflug. Mami ist bald wieder da.« Hoffentlich, denkt Barbara Möller, hoffentlich bin ich bald wieder da.

Rüdiger von Schwarzenburg geht nachdenklich durch den Park seiner Villa. Er ist groß und schlank und dunkel: schwarze schulterlange Haare, Augen wie Obsidian, schwarzes T-Shirt, schwarze Jeans, schwarze Halbschuhe. Die meisten Leute hätten wohl Schwierigkeiten, sein Alter richtig zu schätzen, er ist der Typ Mann, der sich zwischen seinem dreißigsten und sechzigsten Geburtstag so gut wie nicht verändert. Andererseits haben die meisten Leute, mit denen er zu tun hat, längst zumindest den Wikipedia-Eintrag über ihn gelesen. Das spart ihm beim Small Talk nach Vernissagen manche Schleife über seine Herkunft: 48 Jahre alt, geboren in Köln, Studium in Düsseldorf, seit Ewigkeiten in Berlin und Potsdam, und nur selten noch muss er sich abgestandene Witze über Rheinländer an der Spree anhören.

In der Nähe röhrt ein Lastwagen, aber zum Glück sieht er ihn kaum. Eine beinahe zwei Meter hohe Hecke verwehrt den Blick vom Anwesen zur Straße. Jaroslav stutzt gerade ein paar Zweige mit der Astschere, er wird Stunden dafür brauchen. Doch ein motorbetriebener Heckentrimmer würde Lärm machen, und wenn es etwas gibt, das Rüdiger von Schwarzenburg verabscheut, dann ist es Lärm. Als er die Sträucher an der Seeseite der Villa setzen ließ, hat er sich von einem befreundeten Zoologen der Humboldt-Uni beraten lassen, welche Büsche er wie platzieren sollte, damit möglichst viele Singvögel Nistplätze finden. Es hat sich gelohnt. Zwischen die Büsche hat er nur wenige

Bäume pflanzen lassen, eine Zeder, ein Sequoia, der in hundert Jahren so hoch sein wird wie ein Kathedralenturm, einen Ahorn, dessen Blätter jeden Herbst wie zehntausend kleine Feuer glühen und der ihn an seine Zeit in Amerika erinnert, Indian Summer, für einen Künstler eine Droge für die Augen.

Auf der Wiese hat er einige Skulpturen verteilt, die er nicht für Sammler geschaffen hat, sondern für diese Villa, sein Refugium, sein Atelier, sein Kraftwerk, wo er für den Rest seines Lebens schöpferisch arbeiten wollte, mit Carmen an seiner Seite. Vier Jahre war das auch so gewesen, vier intensive kreative Jahre, und dann war der Morbus Charcot über die zwei Meter hohe Hecke gestiegen und hatte Carmen mitgenommen, und Rüdiger von Schwarzenburg blickt auf die monumentalen Skulpturen, die er vor diesem unwillkommenen Besucher geschaffen hat, und fragt sich, ob er je wieder so etwas vollenden wird.

Ein Kopf, klassisch wie eine griechische Statue, nur gigantisch groß und schräg auf dem Rasen liegend, als hätte ihn ein Gott zuerst geformt und danach zu Boden geschleudert. Eine Hand aus Bronze, so wuchtig wie ein Felsbrocken, die Finger zu jener segnenden Geste geformt, die Dürer seinem Jesus gegeben hatte. Eine Betonwand, mit Hammer und Meißel in tagelanger Schufterei eigenhändig zertrümmert (ein Presslufthammer wäre viel zu laut gewesen), darauf Graffiti: »Berlin« ist da zu lesen, in allen Formen und Farben.

Rüdiger von Schwarzenburg hält ein Blatt Papier in der Hand, blickt jedoch nicht darauf.

Frieda de Mazière tritt aus der Terrassentür der Villa. Sie ignoriert die gewundenen Kieswege, ignoriert Jaroslavs Grimasse, sie geht in gerader Linie auf Rüdiger von Schwarzenburg zu. Sie trägt eine enge dunkle Hose, eine enge dunkle Bluse, die am Hals in einem engen Kragen endet, der von Schwarzenburg an eine Soutane erinnert. Ihre Haare sind kurz und grün gefärbt wie der Rasen eines Golfplatzes, ihre Brille viel zu groß für ihr schmales Gesicht. Rüdiger von Schwarzenburg strafft sich innerlich. Frieda hat vor drei Jahren über eines seiner frühen Bilder promoviert, summa cum laude in Kunstgeschichte. Für ihre Forschung hat sie sich bei ihm vorgestellt, und er hat sofort ihre Ängste und Komplexe erkannt, aber auch ihre ungeheure Intelligenz bewundert, ihre Effizienz, ihre nie nachlassende Energie, ihren bedingungslosen Willen, ihn zu verehren.

»Ich wollte eigentlich nicht gestört werden«, begrüßt er seine Assistentin.

Frieda de Mazière gehört zu jenen Menschen, die einem Idol ergeben sind und zugleich die Fähigkeit haben, dessen Worte zu ignorieren. »Die zweite Auflage vom Werkkatalog ist da«, beginnt sie und hält ein voluminöses Buch hoch, auf dessen Cover genau jene graffitibesprühten Betontrümmer zu sehen sind, neben denen Rüdiger von Schwarzenburg gerade steht. »Die Druckqualität ist noch besser als bei der ersten Auflage. Ich habe Ihnen ja gesagt, dass es sich lohnt ... «

»Okay«, sagt er und nimmt ihr den Katalog aus der Hand.

»Okay?! Das ist alles? Ich meine, das ist der technisch brillanteste, am besten gedruckte Katalog, den ich seit vielen Jahren gesehen habe!«

Rüdiger von Schwarzenburg gibt ihr das Buch zurück. Er weiß, dass Frieda nicht allein wegen der Druckqualität euphorisch ist, sofern jemand wie sie euphorisch sein kann, sie will vielmehr, dass er sich den für die zweite Auflage geschriebenen Einführungstext durchliest und die Bildbeschreibungen, denn das hat sie alles neu verfasst. Aber er fühlt sich zu überhaupt nichts in der Lage, nicht einmal zu einem richtigen Lob reicht seine Energie. »Schön«, erwidert er.

Sie starrt ihn an, hofft, dass ihre übergroße Brille ihren verletzten Blick verbergen wird. »Was ist mit Ihnen los? Sie laufen seit heute Morgen durch den Garten wie ein Roboter. Die Kanzlerin ist von Ihrem Porträt begeistert. Die Ausstellung ist ein Erfolg. Selbst der Michalski hat sie in der *FAZ* loben müssen, obwohl Sie wissen, wie der denkt. Und jetzt ist auch noch der Katalog da und ... «

»Frieda, du denkst, ich leide unter einer Depression?«

Seine Assistentin ist nicht überrascht, wenn er über seine Psyche redet wie über das Wetter. »Wie lange ist es jetzt her, dass Carmen gegangen ist? Zwei Monate?«

»Drei«, korrigiert von Schwarzenburg. »Und ›gegangen‹ würde ich das nicht nennen, was sie in ihren letzten Tagen durchmachen musste.«

»Drei Monate. Da ist Trauer vollkommen normal. Der Tod gehört zum Leben, sagt man, aber das hilft einem ja nicht, wenn der Tod im eigenen Haus steht. Ich könnte für Sie … «

» … eine Liste von guten Therapeuten zusammenstellen«, vollendet er. »Ich bin sicher, daran herrscht in Potsdam kein Mangel.« Bevor sie darauf etwas erwidern kann, hebt er begütigend die Hand. »Du hast recht, Frieda. Ich muss hier raus. Wenigstens für einige Zeit. Berlin, Potsdam, dieses Haus – alles erinnert mich an Carmen. Ich muss mal einen anderen Himmel sehen. Einen helleren Himmel.«

»Italien?«, schlägt sie vor, und ganz, ganz leise schwingt die Hoffnung in ihrer Stimme mit, ihn begleiten zu dürfen.

»Südfrankreich«, erklärt Rüdiger von Schwarzenburg und tippt dabei unbewusst mit dem Zeigefinger der rechten auf das Papier in seiner linken Hand. »Die Provence, das Land der Künstler. Ich fahre schon morgen. Allein.«

Frieda de Mazière sieht ihn nicht mehr an, sie scheint die Graffiti auf den Betontrümmern zu studieren. »Sind Sie sicher, dass das eine gute Idee ist? Ich meine, ausgerechnet die Provence? Die erinnert Sie doch erst recht an den Tod.«

Verdammt, denkt Rüdiger von Schwarzenburg, lässt sich aber nichts anmerken. Frieda weiß wirklich alles über ihn. Wie hat sie die Sache mit Michaels Tod bloß herausgefunden? Das war doch noch aus der Zeit vor Google. Sie wird alte Zeitungsberichte gelesen haben, in irgendeinem Archiv, bei der Recherche für ihre Dissertation, bei der sie nicht bloß sein Frühwerk, sondern sein ganzes Leben durchleuchtet haben muss.

»Vielleicht«, antwortet er vorsichtig, »hilft mir ja der alte Tod über den neuen Tod hinweg. Wenn ich einmal ganz allein bin.«

Damit lässt er sie stehen, auch wenn er weiß, dass seine Worte sie härter getroffen haben als eine Ohrfeige. Aber er muss jetzt wirklich allein sein. Frieda darf keinen Verdacht schöpfen. Denn er reist nicht freiwillig in die Provence.

2

Aus der Klimaanlage im Fenster oberhalb seines Schreibtisches quillt kalte, nach Schimmel riechende Luft. Vielleicht hat mir das den Krebs gebracht, denkt Marc-Antoine Renard, mit jedem Atemzug ein kleiner Tod. Aber niemand in der Évêché würde das Ding abstellen. Draußen sind es fünfunddreißig Grad im Schatten, wenn du überhaupt irgendwo in Marseille Schatten findest, und der Sommer hat noch nicht einmal richtig begonnen. Er trägt trotzdem eine Lederjacke über dem T-Shirt, er ist so dünn geworden in den letzten Monaten, dass er sogar in der Hölle frösteln würde.

Luc sitzt an seinem Schreibtisch im Nebenraum und liest in der *La Provence*. Als Renard durch die Verbindungstür eintritt, springt er auf. »Commissaire!«, ruft er. »Endlich sind Sie wieder an Bord.« Diese Freude, denkt Renard erleichtert, hört sich echt an.

»Ich freue mich auch«, sagt er und schüttelt Lucs Hand.

»Gut sehen Sie aus.« Das, denkt Renard nun, war jetzt aber eine dreiste Lüge. So sollte man einem Flic von der Police judiciaire eigentlich nicht kommen. Er hat sein Aussehen, bevor er die Wohnung verlassen hat, noch einmal im Spiegel gecheckt: die Haare an den Schläfen jetzt grau, nicht mehr schwarz. Auf den Wangen und an den Mundwinkeln Falten, feine Linien, als hätte sie jemand mit dem Skalpell gezogen. Die Haut jetzt hell von den Wochen, in denen er kaum in die Sonne gehen konnte.

»Es ging mir schon mal schlechter«, antwortet er und versucht sich an einem schiefen Grinsen.

Luc hüstelt. »Ich hätte nicht gedacht, dass ... «

» ... ich noch einmal zurückkomme?«, vollendet Renard.

»… dass Sie es so schnell schaffen.«

»Vier Monate sind nicht schnell.«

Luc hebt die Hände. Die Geste des Charmeurs, der jede Spannung verpuffen lassen kann und überall damit durchkommt. »Ich bin bloß überrascht. Sie sind noch bis nächste Woche krankgeschrieben.«

»Ich habe lange genug im Bett gelegen«, erklärt Renard, noch immer lächelnd, wenn auch angestrengter. Allein, setzt er im Geiste hinzu, ich habe allein im Bett gelegen. Wochenlang in diesem verdammten Krankenhausbett. Und dann im Doppelbett in der Wohnung. Annabelle hat ihn schon vor Jahren verlassen, und er hat ihr nichts vom Krebs erzählt, denn er wollte auf keinen Fall, dass sie nur aus Mitleid wieder bei ihm aufkreuzte.

Luc räuspert sich. »Der Chef hat gesagt, ich soll Sie zu ihm schicken, wenn Sie hier hereinschneien. Der Alte muss geahnt haben, dass Sie es zu Hause nicht mehr aushalten würden.«

Renard muss sich nun endlich nicht mehr anstrengen, das Lächeln kommt ganz von allein. »Das hat schon seine Gründe, warum er Chef der Kriminalpolizei geworden ist.«

Er macht sich auf den Weg zum Büro des Alten.

»Anklopfen war noch nie ihre Stärke«, begrüßt ihn der Chef.

»Ich habe mich nicht verändert.«

Sein Chef sieht einen Moment so aus, als wolle er widersprechen, doch stattdessen dreht er sich bloß um und sieht aus dem Fenster. Draußen leuchtet das Zuckerbäckergebirge der Kathedrale La Major, und dahinter liegt das Mittelmeer, ein tiefblaues, gekräuseltes Tischtuch, das bis nach Afrika reicht. Renard folgt dem Blick seines Vorgesetzten. Eine große Jacht gleitet aus dem Vieux Port, vorbei am Fort Saint-Jean und am Mucem, und er weiß, dass der Alte da jetzt am liebsten das Steuerrad halten würde.

»Eines ist mal sicher«, fährt Renard rasch fort, damit das Schweigen nicht noch länger und peinlich wird, »ich bin nicht hier, um einen

Urlaubsantrag einzureichen. Ich kann es kaum erwarten, wieder mit den Jungs rauszugehen.«

»Setzen Sie sich bitte.«

Renard ignoriert die Aufforderung, tritt nah ans Fenster und schaut noch immer hinaus. »Ich mag die Farben von Marseille«, sagt er. »Der Himmel ist blau, der Koks ist weiß und das Blut rot. Irgendwann wird jeder sentimental.«

»Ich bin nicht sentimental. Ich bin bloß geheilt.«

Der Alte stellt sich neben ihn ans Fenster, sieht der Jacht nach, die Kurs auf das offene Meer nimmt. »Müssen Sie noch Medikamente nehmen, Renard?«

»Diese Frage gefällt mir nicht.«

»Mir auch nicht. Aber ich kann Sie nicht einfach in die Brigade Antigang zurückschicken. Sie gehen da raus in die Hochhäuser, um Dealer hochzunehmen. Und dann müssen Sie mitten im Einsatz selbst ein paar Pillen einwerfen? Irgendeins von den Kids wird Sie mit dem Handy filmen und das ins Internet stellen, wie sie es jetzt ständig tun, wenn wir zu Verhaftungen oder bei Demonstrationen ausrücken. Unmöglich. Ich kann Sie da nicht zurückschicken.«

Renard spürt, wie sich seine Kiefermuskeln anspannen, spürt die Hände, die er zu Fäusten ballt, bis sie ihm wehtun. Entspann dich. »Ich bin fit wie ein Zwanzigjähriger«, knirscht er.

»Da haben Sie aber schon lange nicht mehr in den Spiegel gesehen.« Sein Chef legt ihm die Hand auf die Schulter, begütigend, aber auch schwer. »Ich freue mich, dass Sie wieder bei uns sind. Sie wissen selbst am besten, was die Ärzte gesagt haben. Es ist ein Wunder, dass Sie es überstanden haben. Aber Sie müssen ihren Körper erst wieder aufbauen. Wie ein Sportler trainieren muss, der lange verletzt war: langsam, methodisch, jeden Tag ein bisschen mehr.«

Renard lacht bitter auf. »Und wo wollen sie mich zum Joggen hinschicken, Chef?«

»An die Côte Bleue.«

Renard braucht einen Augenblick, bis er versteht, dass das kein Scherz war. »An die Küste?«

»Nach Méjean. Ein Fischerdorf. Und ein paar ziemlich teure Sommerhäuser. Ein winziger Jachthafen. Ein einfaches Fischrestaurant.«

»Ich war vor hundert Jahren mal da.« Mit Annabelle. Aber seine Ex-Frau hatte Angst vor dem Meer, was nicht unbedingt die beste Phobie ist, die man in Marseille haben kann.

»Es geht um einen Mord«, fährt der Alte fort.

»Warum schicken Sie keinen Kollegen hin? Ich hab mich die letzten zehn Jahre um Drogen gekümmert. Mord, das ist lange her.«

»Dieser Mord ist auch lange her. Dreißig Jahre.«

»Dreißig Jahre?!« Jetzt kann sich Renard doch nicht länger beherrschen. »*Merde,* Sie binden mir einen dreißig Jahre alten Fall ans Bein?! Sagen Sie mir doch gleich ins Gesicht, dass Sie mir nichts mehr zutrauen!«

Der Chef ist von dem Ausbruch weder überrascht, noch empört er ihn. Er lächelt auf einmal so arrogant wie ein junger Dealer, der den Stoff versteckt hat, bevor ihn die Flics hochnehmen konnten. »Ich gebe Ihnen diesen Fall, weil ich Ihnen besonders viel zutraue, Renard. Ich muss einen Bluthund nach Méjean schicken, einen Einzelkämpfer, der den Kopf frei hat, weil er sich nicht mit anderen Fällen befassen muss. Und ich brauche jemanden, der Deutsch spricht. Ihre Mutter war doch Deutsche, oder nicht?«

»Meine Großmutter. Ich war zweimal in Bad Kreuznach, als ich ein Kind war, und einmal in Berlin. Deutsch war meine zweite Fremdsprache auf dem Lycée, und die Lehrerin hat mich nur vor dem Sitzenbleiben gerettet, nachdem ich ihr versprochen habe, Deutsch abzuwählen.«

»Damit sind Sie immer noch weit besser qualifiziert als jeder andere auf diesem Flur.«

»Chef, wenn das Verbrechen dreißig Jahre her ist, dann liegt ein Meter Staub auf der Akte.«

»Nicht mehr. Ich habe die Akte rausgeholt, um etwas Neues darin einzuheften. Das heißt: Sie werden es einheften. Die erste neue Spur seit dreißig Jahren.«

»Eine neue Spur?« Renard könnte sich dafür in den Hintern treten, dass er seine Neugier so verrät, aber er kann nicht anders. Jetzt ist er schon gefangen, hat den Köder geschluckt. Jetzt will er es auch wissen. Bluthund, he? Er hat Witterung aufgenommen.

»Das ist heute hereingekommen«, erklärt sein Chef, beugt sich über seinen Schreibtisch, wühlt herum und hebt ein Blatt Papier und einen Briefumschlag hoch.

Renard erkennt eine fremde Briefmarke auf dem Umschlag, sieht genauer hin: eine deutsche Briefmarke.

»Darf ich den Brief lesen?«, fragt er.

Der Chef gibt ihm das Schreiben und schiebt dann einen vollgepackten Leitzordner über den Tisch. »Lesen Sie das in den nächsten Stunden. Und übermorgen fahren Sie nach Méjean.«

II

Die Ankunft

3

Es war Michael Schiller, der – ironisch lächelnd und gleichzeitig ein wenig stolz – die Tür zu dem Haus aufgeschlossen hatte. Und die theatralische Geste, mit denen er ihnen danach den Vortritt ließ, sie aufforderte, über die Schwelle zu treten, das war den anderen fünf so selbstverständlich erschienen, dass sie sich nicht einmal darüber lustig gemacht hatten. 1984, das Orwell-Jahr, der Sommer nach dem Abitur. Michael hatte die Clique in das Ferienhaus seiner Eltern eingeladen, die in jenem Jahr eine Kreuzfahrt unternahmen oder eine Karawanenreise oder sonst irgendetwas Exklusives. Sie hatten ihm zwei Wochen in ihrem Domizil als Belohnung für das Abitur geschenkt, während sie selbst ans andere Ende der Welt reisten. Es sollte für Michael und seine Freunde der letzte gemeinsame Urlaub werden, bevor sie sich ins Studium stürzen würden oder in sonst etwas, auf jeden Fall ins richtige Leben.

Sie hatten den 5er-BMW der Schillers genommen und sich unvorschriftsmäßig zu viert auf der Rückbank zusammengezwängt. »Ein Fünfer heißt Fünfer, weil er sechs Plätze hat«, hatte Katsche gesagt, der Herr Professor, der als Einziger noch keinen Führerschein hatte und deshalb zur Strafe die ganzen tausend Kilometer vom Rheinland bis in den Süden auf der Rückbank ausharren musste, während alle anderen irgendwann mal fahren oder auf dem Beifahrersitz die Landkarte checken und die Beine ausstrecken durften: Dorothea Bessenich, die schon ewig mit Oliver Kaczmarek zusammen war und allen immer wieder sagte, wie sehr sie sich freute, endlich im Mittelmeer und nicht im Hallenbad ihre Bahnen zu ziehen, und dass sie trotzdem Bücher mitgenommen hatte, um sich schon einmal aufs Lehramtsstudium vor-

zubereiten. Rüdiger von und zu, der unbedingt seine Staffelei mitschleppen wollte, die aber nicht mehr in den Kofferraum gepasst hatte und schließlich auf dem Dachgepäckträger festgezurrt worden war. Babs Möller, die für die ganze Clique Sandwiches gemacht hatte, so viele, als würden sie nonstop bis nach Südafrika fahren. Und Claudia Bornheim, seit dem Abi nun die Ex-Schülersprecherin, Michaels Freundin, die sich auf dem Beifahrersitz aus Javaanse Jongens dünne Zigaretten drehte, bis der ganze Fußraum voller Tabakkrümel lag und sich Katsche beschwerte, noch eine Selbstgedrehte mehr und er würde das Auto vollkotzen.

Michael hatte meistens am Steuer gesessen und Kilometer gefressen. Sie hatten so lange wie möglich SWF3 gehört, Frank Laufenberg und »Trio« und minutenlange Verkehrsdurchsagen über Monsterstaus an irgendwelchen Autobahnkreuzen vor Leverkusen oder Karlsruhe. Aber irgendwann war bloß noch Rauschen aus dem Apparat gekommen, und die französischen Sender, die sie stattdessen empfingen, brachten pausenlos französisches Gequatsche oder englische Popsongs mit französischen Texten. Claudia musste schließlich das Kassettenteil im Autoradio füllen, damit Michael »Our House« von Madness und »True« von Spandau Ballet mitsingen konnte. Irgendwann überhitzte die Anlage jedoch und fraß die Bänder, und die letzten paar Kilometer mussten sie dem Fahrtwind lauschen, was irgendwie auch nicht so schlecht war.

Michael war nicht größer als Claudia, aber sportlich, dunkelblond, und er hatte Augen, die so blau waren wie das arktische Meer. Er fuhr so gelassen schnell wie Alain Prost, spielte Gitarre in einer Band und Volleyball in der A-Jugend-Landesliga (obwohl er dafür eigentlich nicht die richtige Körpergröße hatte), er trainierte ehrenamtlich eine Volleyballmannschaft, D-Jugend Mädchen, er hatte das beste Abitur gemacht, eins null, und er wusste nicht, was er in diesem Herbst studieren sollte, Kinderarzt oder Sportmediziner vielleicht oder doch etwas ganz anderes. Entweder liebte man Michael, oder man hasste ihn, und die fünf, die mit ihm im BMW saßen, liebten ihn.

Sie hatten nicht einmal elf Stunden gebraucht. Am späten Nachmittag lenkte Michael den BMW über enge, unfassbar steile Straßen, bis er vor dem Haus hielt. Seinen Freunden hatte er immer von der »Hütte« erzählt, die sich seine Eltern schon vor Jahren am Mittelmeer gekauft hatten und in der er schon manchen Sommer verbracht hatte. Aber das war nicht eine aus Natursteinen grob zusammengefügte Scheune, keine Baracke, kein billiger Kasten einer Ferienanlage: Das war ein moderner Bungalow mit einer großen Terrasse, mit großen Fenstern, mit einem vielleicht staubigen und trockenen, doch großen Garten drumherum. Von Michaels fünf Freunden wohnte nur Rüdiger daheim in einem Anwesen, das größer war als dieses Ferienhaus.

Michael ging halb um das Gebäude herum, schob an einer Seitenwand die Triebe eines violett blühenden Oleanders beiseite und zog einen lockeren Stein aus dem Mauerwerk. Er griff in die Lücke dahinter und holte einen Schlüssel hervor. Den steckte er ins Schloss der Eingangstür und verneigte sich galant wie ein Renaissancehöfling.

»Willkommen in Méjean!«, rief er und lachte, als könnte dieser Sommer niemals enden.

4

Sonntag, 29. Juni 2014. Rüdiger von Schwarzenburg dirigiert seinen weißen Bentley vorsichtig durch die Serpentinen. Kalte Luft strömt aus den Schlitzen der Klimaanlage, doch er spürt trotzdem, wie ihm der Schweiß das Rückgrat hinunterläuft. Er ist seit fünfzehn Stunden unterwegs, aber sein Kopf ist noch immer klar. Adrenalin, denkt er, die selbst produzierte Droge. Hinter dem Flughafen von Marignane bei Marseille sind die Straßen immer enger geworden. Er gleitet durch karge Hügel, Garrigue, trockenes, zähes Buschwerk, graue Felsen, der Duft nach Piniennadeln und heißer Erde. Selbst als er die Seitenscheibe hinunterfährt, hört er den Motor nicht, nur das millionenfache Sägen der Zikaden, ein an- und abschwellender Lärm wie aus irgendeiner höllischen elektrischen Maschine. Hinter einer Kurve: das Blau.

Die Calanque von Méjean ist wie ein antikes Theater und das Mittelmeer dessen Bühne: ein weites Halbrund aus Felsen, das sich in Falten und Stufen aus hundert Metern Höhe bis hinunter zu den Wellen erstreckt. An den äußersten Rändern bricht sich die Brandung weiß und schaumig am Stein, überwölbt Brocken, die dicht unter der Meeresoberfläche lauern, verliert sich in den innersten Bögen in erschöpften Zügen, die sanft über Kiesstrände streichen, vor und zurück, der Atem des Ozeans.

Pinien haben sich in Spalten, Risse, auf winzigste Vorsprünge gekrallt, ihre knorrigen, verdrehten Stämme schweben über dem Abgrund, ihre Äste werfen tanzende Schatten auf die Steine, und golden glänzt das Harz auf der Rinde. Tief unter ihm schimmert türkisgrün das flache Wasser in zwei von Molen ummauerten Becken. Petit Méjean und Grand Méjean, Rüdiger erinnert sich, wie sie damals darüber gelacht und nie herausgefunden haben, was denn das »Große« im tatsächlich doch so winzigen »Grand Méjean« sein mochte. Beide Häfen werden nur durch eine kurze, steile Landzunge voneinander getrennt, beide sind klein, das Wasser kaum eins fünfzig tief und so klar, dass die Bootsrümpfe auf dem Grund Schatten werfen. Ein paar Motorboote aus weißem Plastik, Halterungen für Hochseeangeln am Heck neben den Außenbordmotoren, einige Zodiacs, graue und schwarze Wülste, dazu Fischerkähne aus verbeultem Stahlblech und zwei Segler, deren Kiele so weit hochgeholt werden können, dass sie im flachen Wasser nicht auflaufen. Die meisten Boote sind kleiner als sein Bentley und kosten wahrscheinlich weniger als dessen Jahresinspektion.

Doch für jedes der Häuser, die sich wie die Pinien auf die Vorsprünge der felsigen Küste krallen, müsste Rüdiger schon einige Bilder verkaufen. Von vielen sieht man bloß Terrassen, Dächer, eine fensterlose Wand, oft nur ein Garagentor. Die einzige Straße, die sich zwischen ihnen hindurchwindet, wäre in Deutschland verboten. Ein schmales Asphaltband, das im Sturzflugwinkel in die Tiefe fällt, gleich darauf ebenso steil wieder ansteigt, absurde Spitzkehren schlägt. Einmal jagt er den Bentley über eine Kuppe wie eine Achterbahnkarre und fährt dabei bis zum letzten Moment blind, denn er sieht nicht, ob ihm jemand auf der Straße, auf der nur Platz für ein Auto ist, entgegenkommt.

Nur aus den Augenwinkeln erhascht er manchmal Details: ein weißes Haus, modern und kühl und klar wie der Traum jeder Art Directorin. Eine verwinkelte Bude, ockerfarben, der Putz feuchtigkeitsschlierig, die hat seit einem halben Jahrhundert kein Handwerker mehr gesehen.

Er hält an und erinnert sich, als wäre es gestern gewesen: eine schmale Steintreppe, die rechts von der Straße etwa zehn Meter steil einen Hang hinaufführt, und eine schiefe Pinie, die sich hoch darüberwölbt. Am Stamm klebt die abgestreifte Hülle einer Zikade, ein hohles Phantominsekt, so groß wie eine Fingerkuppe. In den Ästen darüber flirrt die Luft vom Gesang der lebenden Artgenossen.

Rüdiger zirkelt den Wagen sorgfältig vor der Treppe bis auf Millimeter an den Hang, damit auf der Straße noch gerade eben Platz bleibt, um vorbeizufahren – sie führt hier steil hinab, er greift sich einen im Rinnstein liegenden großen Stein und verkeilt ihn zur Sicherheit unter dem linken Vorderrad. So steht es nicht im Benutzerhandbuch des Bentleys, aber so haben sie es schon vor dreißig Jahren gemacht. Die Treppe führt ihn auf eine Terrasse, dahinter die Fenster eines Zimmers und ein Nebeneingang. Eine zweite Treppe, weiter den Hang hoch. Eine weitere große Terrasse aus Holzplanken, wie auf einem Schiff, eine schmiedeeiserne Pergola, die eine schwere Decke aus wildem Wein trägt, in dessen Blättern Wespen und Bienen gegen die Zikaden ansummen wie verrückt.

Das Haus ist ockerrot verputzt, Fünfzigerjahre, breite Fenster, gut erhalten, ein Hauch von Frank Lloyd Wright am Mittelmeer. Er holt ein Blatt Papier aus der Tasche seiner cremefarbenen Leinenhose, blickt einen Augenblick darauf, zögert, geht weiter. Der Oleander an der Seitenwand ist größer geworden, sechs Meter hoch, schätzt er, mindestens, die ersten violetten Blüten, es ist noch früh im Sommer, ragen über die unterste Reihe der braunroten Dachschindeln hinaus. Er muss regelrecht eintauchen in den Busch, die Luft schmeckt süß und schwer, und der Duft ist so intensiv, dass ihm unwillkürlich eine Szene ins Gedächtnis kommt: Nach dem Bad hatte ihn Hermine, die Haushaltshilfe seiner Eltern, in ein weiches, flauschiges Handtuch gehüllt, das ganz genau so geduftet hat, *Lavendel, Oleander, Vernel.* Seine Mutter hatte den Weichspüler bald wieder verbannt, weil sie glaubte, dass er bei seinem jüngeren, behinderten Bruder allergische Anfälle ausgelöst hatte. Rüdiger atmet den Duft ein, Mittelmeer und Siebzigerjahre, verharrt einen Moment so, mitten im Oleander, tastet dann mit der Rechten an der Wand herum. Der lockere Stein. Der Hohlraum dahinter.

Und dort, tatsächlich, der Schlüssel.

Hinter dem Bentley stoppt ein schwarzes Mini Cabrio, das Faltdach ist eingeklappt. Der Wagen wirkt neben der Luxuskarosse wie eine Barkasse neben einem Ozeanriesen. Nein, korrigiert sich Rüdiger, falsches Bild: wie eine Motorjacht neben einem Dampfer. Schnell, ein bisschen frech, für Leute, die durchs Leben rauschen. Er ist nicht überrascht, als er die Fahrerin erkennt. Rüdiger erhebt sich vom Deckstuhl aus echtem Teak, den er in den Schatten der Pergola geschoben hat, und schreitet die Treppen hinunter zur Straße.

»Ich habe geahnt, dass du schon da bist«, sagt Claudia Bornheim und bietet ihm ihre Wange zum Begrüßungskuss. »Noch immer bist du Rüdiger der Erste.«

»Ich habe ein Angebot bekommen, das ich nicht ablehnen konnte.«

Sie lachen beide, verlegen. »Dieser Brief ...«, beginnt Claudia, weiß dann aber nicht weiter.

Rüdiger lächelt. Ein melancholisches Lächeln, erinnert sich Claudia, ein Lächeln, das schon vor dreißig Jahren mehr als eine Freundin von ihr bis in den Schlaf verfolgt hat. Auf einmal wird ihr bewusst, dass es damals unecht war, nicht direkt verlogen, aber eben auch nicht tief. Erst jetzt, denkt sie, ist Rüdigers Melancholie echt. Sie hat ihn über all die Zeit nie aus den Augen verloren. Sie haben sich ein-, zweimal im Jahr getroffen, regelmäßiger nach dem Mauerfall, als Berlin zum Epizentrum von Kunst und Politik mutierte und es leichter wurde, von einer Sphäre in die andere zu springen. Irgendwann werde ich dich porträtieren, für irgendein Ministerium, hat er oft gescherzt. Eigentlich könnte sie ihm jetzt einen Auftrag erteilen, doch Bilder für die Galerie der Ministerien werden aus Steuermitteln bezahlt, und da ist es politisch klüger, als Landesministerin auch einen im Land ansässigen Künstler zu bedenken. Wer weiß, wenn sie denn erst in Berlin sein wird ... Falls Rüdiger sie dann noch malen will. Sie hat von Carmens Tod erfahren, auch wenn sie keine Zeit gehabt hat, zur Beerdigung zu gehen, es war gerade Wahlkampf. Und sie hat von den Gerüchten gehört, dass Rüdiger seither keinen Pinsel mehr angerührt hat.

»Hast du auch so einen Brief bekommen? So eine …. seltsame Einladung?«, fragt sie vorsichtig.

Er nickt. »Warum wäre ich wohl sonst hier?«

»Und, was denkst du darüber?«

»Ich bin hier, um mich überraschen zu lassen.« Irgendetwas auf dem Meer ist so interessant, dass Rüdiger angestrengt dorthin sieht, Claudia allerdings kann nichts sehen, außer einer geriffelten blauen Fläche, in der sich selten genug der weiße Riss einer Schaumkrone auftut.

»Wann haben wir uns zuletzt gesehen?«, fragt sie, um das Thema zu wechseln. »Das war auf dieser Ausstellung in Mitte, oder?«

»Muss Jahre her sein.«

»Neun Monate. Mathe war noch nie deine Stärke.«

Rüdiger hilft ihr, den Koffer aus dem Mini zu hieven. »Hübsches Auto«, sagt er. Auch er verspürt nicht das Bedürfnis, diese Briefe anzusprechen, nicht jetzt schon.

»Ich habe zu Hause so einen. Und meine Referentin bucht mir immer einen Mini als Mietwagen, wenn es geht. Dann muss ich mich nicht umgewöhnen. Du weißt ja: Frau am Steuer!«

Er lacht. »Und das von einer Emanze wie dir!«

Claudia ist dreimal durch die praktische Prüfung gefallen. Bis heute glaubt sie, dass es nicht an ihren Fahrkünsten gelegen hat, sondern an dem schmierigen älteren Prüfer und daran, wie er die lilafarbene Latzhose und ihren Palästinenserschal angestarrt hat, mit denen sie beharrlich bei allen vier Führerscheinprüfungen aufgekreuzt war. Sie ist bereit, jedem Mann, der darüber einen Frauenwitz reißt, die Augen auszukratzen. Aber in diesem Augenblick fällt ihr nichts anderes ein, als dieser billige Scherz auf eigene Kosten, um die Verlegenheit zu überwinden.

Sie gehen die erste Treppe hoch. Die zweite. Die Terrasse unter der Pergola. Die offene Eingangstür. Plötzlich bleibt Claudia stehen, berührt Rüdiger leicht am Arm. »Warte bitte.«

»Die Aussicht ist wirklich fantastisch.« Er deutet auf das Mittelmeer, das sie von hier aus viel deutlicher sehen, eingerahmt zwischen Pinienzweigen und Oleanderblüten, über den Wellen ein feiner Hitzedunst, als kämen Gespenster aus der Tiefe.

»Es ist nicht die Aussicht, die mich umhaut. Und das weißt du auch verdammt gut.« Claudia deutet auf die Tür, zögert. »Ich habe Angst, da reinzugehen.«

Er schüttelt den Kopf. »Das tut nicht weh«, beruhigt er sie. »Ich war schon drinnen. Es sieht beinahe genauso aus wie vor dreißig Jahren.«

»Das meine ich ja.«

»Im Wohnzimmer steht sogar noch der alte Hi-Fi-Turm mit dem Technics-Plattenspieler. Weißt du noch, wie du immer ›Wish you were here‹ aufgelegt hast? Und wie du beinahe auf Katsche losgegangen wärst, weil der die Nadel auf die Platte hat fallen lassen?«

Sie lächelt, fast gegen ihren Willen. »Oliver war schon immer der Typ fürs Theoretische. Der Mann mit den zwei linken Händen. Das darf ich übrigens auch nicht mehr laut sagen, sonst gibt es einen Shitstorm, und kein Linkshänder wählt mich mehr.«

»Meinst du, der Katsche kommt auch?«

Jetzt sind sie doch wieder bei den Briefen, irgendwie. Claudia atmet durch. »Ich habe keine Ahnung«, gesteht sie. »Ich habe ihn ein bisschen aus den Augen verloren. Und Dorothea auch. Soweit ich weiß, sind die beiden immer noch zusammen. Ewige Liebe … hättest du gedacht, dass es so etwas gibt?«

»Ja«, antwortet Rüdiger und blickt auf das Meer. So blau. So fern.

Claudia hätte sich ohrfeigen können. »Tut mir leid«, stammelt sie. »Carmen …«

»Es ist gut, dass ich hier bin«, erwidert er sanft. Er lächelt wieder, und gerade weil er traurig ist, merkt er nicht einmal, wie geheimnisvoll und begehrenswert er damit wirkt.

»Ich bekomme von Dorothea und Oliver jedes Jahr eine Karte zu Weihnachten, und zwar ...«

»... sieben Tage vor Heiligabend!« Jetzt grinst Rüdiger plötzlich wieder wie ein Teenager. »Ich auch! Jedes Jahr ungefähr derselbe nichtssagende Text. Jedes Jahr ungefähr derselbe Weihnachtsbaum mit einem Weihnachtsmann davor.«

»Hast du ihnen je zurückgeschrieben?«

Nun müssen sie beide laut lachen.

»Und Babs?«, fragt sie, nachdem sie sich wieder beruhigt hat.

»Die ist in einem schwarzen Loch verschwunden, und das hat sie ja leider auch so gewollt.« Rüdiger hat noch ihre Stimme im Ohr, damals, als die Polizei sie endlich abreisen ließ, als ihre Eltern sie abholten aus Méjean. Wie Babs ihnen allen entgegengeschleudert hat, dass sie sie nie, nie, nie wiedersehen wollte.

»Ich habe eine Zeit lang versucht, wieder an sie heranzukommen«, sagt Claudia. »Habe mich bei alten Schulfreunden erkundigt und sie ein-, zweimal gegoogelt. Babs wohnt ja praktisch bei mir um die Ecke. Sie ist bei der Raiffeisenbank. Und da hat sie auch ihren Mann kennengelernt. Detlev Ficken.«

»Ficken?!«

»Nach der Hochzeit hat er Barbaras Namen angenommen.«

Rüdiger kann sich ein Lächeln nicht verkneifen. »Es gibt noch Gerechtigkeit auf der Welt. Ficken war nicht gerade Barbaras größtes Hobby auf der Schule.«

Sie stößt ihm in die Seite. »Sei nicht gemein. Babs war doch ganz hübsch.«

»Ich wusste nicht, dass du den gleichen Geschmack hast wie Peter Paul Rubens.«

»Und Babs war die größte Ulknudel im Land«, fährt Claudia unbeirrt fort. »Und die beste Köchin. Ohne sie wären wir verhungert.

Und wenn du ehrlich bist, dann musst du zugeben, dass sie unsere Clique zusammengehalten hat.«

Rüdiger nickt. »Ich fresse Kreide. Babs ist die Letzte, die Spott verdient. Und Michaels Tod hat sie damals besonders mitgenommen. Fast genauso schlimm wie dich natürlich«, setzt er rasch hinzu.

»Fast so wie mich, ja«, murmelt Claudia. Sie greift den Koffer und tritt über die Türschwelle. Sie sieht sich im Wohnzimmer um: weiß verputzte Wände, ein niedriger Holztisch, Fünfzigerjahre-Sessel, die viel bequemer sind, als sie aussehen, der Hi-Fi-Turm, kein Fernseher, ein altes Klavier, Stiche an den Wänden, irgendwelche Hafenszenen aus Marseille, ein Kamin, bei dem sie sich schon damals gefragt hat, ob in dem – in einem Haus am Mittelmeer! – schon jemals ein Feuer gebrannt hat. Auf einem Beistelltischchen steht noch dasselbe orangefarbene Wählscheibentelefon wie damals; wann hat sie zuletzt einen solchen Apparat benutzt, mit Bleistift in den Löchern der Wählscheibe, damit die Zeigefingerkuppe vom ständigen Wählen nicht anschwillt? Dass muss ungefähr zu der Zeit gewesen sein, als sie ihren letzten Euroscheck ausgestellt hat.

Hier hat wirklich niemand etwas angerührt, denkt sie und schaudert unwillkürlich. Wie ein Museum. Oder ein Spukhaus.

»Weißt du«, sagt sie zögernd, »die ersten Jahre habe ich mich immer wieder bei dem Kripobeamten – dem mit dem Walrossschnauzbart, erinnerst du dich? –, na, bei dem jedenfalls habe ich nachgefragt, ob es etwas Neues gibt. Zu Michael. Zu dem Mörder. Ob er etwas von seinen französischen Kollegen gehört hat. Hat er nie. Also habe ich irgendwann nicht mehr gefragt. Und dann kommt vorgestern dieser Brief ... « Sie starrt ihn an. »Meinst du, wir haben alle so einen bekommen? Die ganze Clique von früher?«

»Wir werden sehen, ob die anderen drei hierherkommen.« Rüdiger hebt entschuldigend die Hände. »Ich weiß es nicht. Aber es liest sich so, als hätten sie auch Briefe erhalten.«

»Das kann doch nur einer von uns gewesen sein«, murmelt Claudia. »Wer sonst hätte so etwas schreiben können? Und wer erinnert sich überhaupt noch an dieses alte Verbrechen? Ob das eine Erpressung ist? Oder macht irgendjemand aus unserer alten Clique mit uns so eine Art üblen hinterhältigen Scherz?«

»Für mich klingt das weder nach einer Erpressung noch nach einem Scherz«, sagt Rüdiger. »Ich habe keine Ahnung, ob es von einem der anderen kommt, aber für mich liest sich das so, als wüsste da plötzlich jemand, wer vor dreißig Jahren Michael umgebracht hat.«

Vor dem Haus rasselt eine Weile ein Dieselmotor, bevor er endlich abgestellt wird. Rüdiger blickt die Treppen hinunter bis zur Straße. »Ein Skoda Kombi«, sagt er zu Claudia, die noch immer im Wohnzimmer steht und sich umsieht. »Mit deutschem Kennzeichen. BN.«

Das Auto ist weiß, nicht mehr neu, die Heckscheiben sind mit Sonnenschutzblenden verklebt, auf denen Janoschs Tigerente leuchtet. Die Beifahrertür wird zuerst geöffnet. »Katsche!«, ruft Claudia, die auf die Terrasse getreten ist. Sie springt die Stufen hinunter. Rüdiger folgt ihr, deutlich langsamer.

»So hat mich schon lange keiner mehr genannt«, erwidert Oliver Kaczmarek, steigt aus und streckt sich. Er trägt eine Leinenhose, ein hellblaues langärmliges Hemd und beugt sich zum Rücksitz, von wo er einen Strohhut holt, den er sich auf den Kopf setzt.

»Du hast dich echt nicht verändert«, ruft Claudia, »du bist sogar deiner Brille treu geblieben!« Sie bleibt einen Moment lang vor ihm stehen, bevor sie sich dazu durchringt, ihn kurz zu umarmen.

»Du siehst genauso aus wie im Fernsehen«, erklärt Oliver. »Und du auch!«, ruft er Rüdiger zu. »Euch Politiker sieht man ja dauernd auf der Mattscheibe, aber welcher andere Pinselschwinger schafft es schon bis ins Fernsehen?«

Rüdiger hat eigentlich die Rechte ausstrecken wollen zum Handschlag, ändert im letzten Moment jedoch seine Meinung und deutet bloß eine Art Winken an. »Manchmal stehen auch Wissenschaftler vor der Kamera«, erinnert er ihn. »Du bist doch garantiert an der Uni, oder? Professor Doktor Oliver Kaczmarek! Das hört sich an wie aus einem Film mit Heinz Rühmann.«

»Das mit dem Doktor stimmt«, brummt Oliver und schaut ein wenig mürrisch drein.

Inzwischen ist auch die Fahrertür aufgegangen. Dorothea Kaczmarek steigt aus, bleibt unschlüssig hinter der geöffneten Tür stehen. Claudia lächelt, geht um den Skoda herum und umarmt sie. »Unsere Nixe ist da!«, ruft sie, vielleicht ein wenig zu fröhlich. »Die Einzige, die ihrem Macker niemals einen Tritt gegeben hat. Seit wann seid ihr zusammen, ihr beiden? Seit der zehnten Klasse? Der elften? Zweiunddreißig Jahre?«

»Dreiunddreißig«, korrigiert Dorothea und versucht sich an einem Lächeln.

»Das macht ein Dritteljahrhundert«, erklärt ihr Mann.

»Jetzt, wo du es sagst, fällt es selbst mir auf«, murmelt Rüdiger, aber so leise, dass sie ihn nicht hören.

»Dreiunddreißig Jahre!«, fährt Claudia fort und lacht. »Du musst mir deinen Trick verraten. Ich glaube, ich habe es noch mit keinem Mann auch nur dreiunddreißig Wochen ausgehalten.«

Dorothea sieht sie verwundert an. »Nicht mal mit Michael?«

Das Schweigen danach ist so tief, dass das Sägen der Zikaden wirkt, als habe jemand plötzlich den Tonregler höher gedreht.

Dorothea ist rot geworden. »Wir haben einen Brief bekommen«, stottert sie.

Da entschließt sich Rüdiger, ebenfalls um das Auto herumzugehen. Er berührt sie sanft am Ellenbogen, zieht sie ein paar Schritte vom Wagen fort, schließt die Fahrertür und umarmt sie lange. »Wir wissen auch nicht mehr als ihr«, erklärt er. »Sind selbst gerade erst angekommen.« Er spürt, wie Dorothea in seinen Armen erzittert, sich an ihn klammert.

»Wie lange wird das hier dauern? Irgendwann sind die Schulferien vorbei, und ich muss wieder unterrichten. Und da ist noch unsere Tochter und, ich meine ...«

Oliver bedenkt sie mit einem mitleidigen Blick. »Ich bin sicher, dass sich diese Sache schnell erledigt haben wird. Ein Wochenende vielleicht. Irgendjemand macht sich über uns lustig. Das ist lächerlich. Ich wäre ja niemals hierhingefahren, aber«, er sieht Claudia an, »so hält eine Beziehung dreiunddreißig Jahre, wenn man hin und wieder den Wünschen der Gnädigsten nachgibt.«

»Geht jeder wieder auf sein Zimmer?«, fragt Dorothea. »Von früher?«

Niemand antwortet, doch alle sehen zur Treppe. Rüdiger ist der Erste, der sich auf den Weg macht. Die anderen folgen. Nur Dorothea bleibt noch eine Minute neben dem Auto stehen und starrt mit leerem Blick die Straße hinunter. Dann öffnet sie die Heckklappe und holt eine große Reisetasche heraus. Sie schultert ihre Last und folgt den anderen, die bereits im Haus verschwunden sind.

Sie gehen in den Salon, rücken Stühle hierhin, dorthin, stellen Taschen ab. Niemand geht auf ein Zimmer. Oliver ist auf der Terrasse geblieben, blickt aufs Meer, wendet den anderen den Rücken zu. Seine Frau schiebt einen Sessel Richtung Kamin. Rüdiger setzt sich auf den Klavierhocker. Da lässt Dorothea den Sessel wieder los, geht quer durch den Raum und setzt sich auf den Stuhl neben den Maler. Claudia beobachtet sie dabei, wirft einen Blick auf Oliver draußen, lächelt wissend, sagt nichts.

Draußen hupt jemand. »Ein Taxi«, ruft Oliver. »Mit unserer Babs.« Er macht jedoch keine Anstalten hinunterzugehen.

Und bevor die anderen auch nur richtig aus dem Haus getreten sind, steht Barbara Möller schon auf der Terrasse. Sie hat zwei Stufen auf einmal genommen, atmet heftig, ihre Wangen sind rot, in ihrer Rechten schwingt sie einen violetten Plastikrollkoffer, den sie achtlos abstellt. Sie breitet die Arme aus. »Klar, immer bin ich die Letzte!«, ruft sie mit gespielter Empörung.

Und dann ist es plötzlich so, als hätte es diese Szene vor dreißig Jahren nie gegeben und ihre heftigen Worte. Als hätten sie alle Babs mindestens einmal pro Woche gesehen, wenn nicht jeden Tag. Sie strahlt etwas aus, eine Herzlichkeit, die die anderen anzieht wie ein Magnet Eisenspäne. Rüdiger umarmt sie, verschwindet trotz seiner Körpergröße fast in ihrer Fülligkeit; Dorothea umarmt sie, hat sogar Tränen in den Augen; selbst Oliver drückt sie sanft gegen sein gebügeltes Hemd. Nur Claudia bleibt im Türrahmen stehen und hebt leicht die Hand. Barbara ignoriert jedoch ihre Zurückhaltung, geht mit großen Schritten zu ihr und drückt sie an ihren Busen.

»Babs«, sagt Rüdiger, »gut, dass du da bist. Jetzt werden wir wenigstens nicht verhungern.«

»Alter Macho«, spottet Claudia. »Du kannst selbst kochen!«

»Also, wenn ich mir den Rüdiger so ansehe, dann glaube ich nicht, dass er das kann«, verkündet Barbara und klingt dabei nicht unzufrieden. »Besser, ich übernehme das.«

»Du hast dich kein bisschen verändert, Babs«, meint Dorothea.

Sie seufzt theatralisch, lacht aber. »Ich habe mich um zwanzig Pfund verändert. Das ist die wahre Bedeutung von Babyspeck: zehn Pfund pro Baby!«

»Du hast zwei Kinder?«, entfährt es Claudia. Zu spät bemerkt sie die Peinlichkeit ihres Ausrufs, als hätte sie Barbara so etwas nie zugetraut. Und ein ganz klein wenig neidisch klingt es auch.

»Zwillinge«, erklärt sie stolz, »Anfängerglück. Die erste Schwangerschaft und gleich ein Doppelvolltreffer. Junge und Mädchen. Besser geht es nicht. Die machen schon bald Abitur!«

»Abitur ...« Oliver Kaczmarek hat das nur gemurmelt, aber jeder hat ihn gehört. Sie schweigen. Er räuspert sich. »Wir sind tatsächlich alle da. Die alte Abi-Clique. Abgesehen von Michael natürlich.«

»Habt ihr auch ...« Barbara muss den Satz nicht vollenden, sie blickt fragend in die ratlosen Gesichter der alten Freunde.

»Sieht so aus, als hätte keiner von uns diese Briefe geschrieben«, vermutet Oliver. »Sieht eher so aus, als hätte jemand anderer die Clique einbestellt. Zum Jubiläum.«

»Sei nicht so geschmacklos, Katsche«, sagt Rüdiger.

»Wer sollte das denn sonst gewesen sein?«, fragt Claudia, und es gelingt ihr nur mühsam, dabei nicht aggressiv zu klingen. »Eigentlich kann doch nur einer von uns diese Briefe geschrieben haben. Mein Brief jedenfalls klingt so ...«, sie sucht nach dem treffenden Wort, entscheidet sich dann jedoch lieber für eine unverfänglichere Formulierung, »... so gut informiert.«

»Aber Oliver hat doch recht«, pflichtet ihm seine Frau bei. »Jemand hat uns alle antanzen lassen, und zumindest unser Brief hatte keinen Absender. Den Stempel habe ich nicht lesen können. Wir sind alle nach Méjean gekommen. Irgendjemand anderer muss uns hierherge...«, sie will sagen »gezwungen«, hustet verlegen, fährt dann fort: »gelockt haben.«

Die anderen schütteln den Kopf, heben die Achseln, fuchteln verärgert mit den Händen herum. »Hast du was herausgekriegt?«, fragt Oliver Claudia.

»Warum ich?«, erwidert sie und ärgert sich gleich, dass sie so defensiv klingt. Katsche hat so eine Art, die sie wahnsinnig macht, das hat sie nach all den Jahren verdrängt.

»Du bist schließlich Ministerin. Da hat man doch einen kurzen Draht zu Kripoleuten oder Verfassungsschützern oder so. Hast du denen den Brief nicht gezeigt?«

»So funktioniert Politik nicht, Katsche«, erwidert Claudia, eine Spur zu scharf. Aber ehrlich, gewissermaßen. Tatsächlich kennt sie den Chef des Landesamtes für Verfassungsschutz ganz gut. Aber wenn sie dem den Brief gezeigt hätte, dann hätte er den Brief wiederum irgendeinem Mitarbeiter gezeigt und der ... und irgendwann wäre das in der *Westfälischen Rundschau* gelandet oder gar in der *Bild*: »Ministerin in alten rätselhaften Mord verwickelt«. Das ist genau die skandalträchtige Schlagzeile, die sie auf gar keinen Fall provozieren will.

»Und jetzt?«, fragt Barbara. »Ich meine, wir sind jetzt alle hier. Aber wie geht es weiter? In dem Brief steht davon nichts, oder?«
Niemand antwortet, bis Rüdiger seufzt. »Sieht so aus, als müssten wir einfach abwarten, was passiert«, verkündet er.

Dorothea und Oliver haben das Zimmer von einst bezogen: ein kleiner Raum, gerade Platz genug für ein Doppelbett, einen Kleiderschrank, einen winzigen Tisch, aber keinen Stuhl. Das Zimmer liegt jenseits von Salon und Küche, einen schmalen Flur hinunter, ein paar Stufen hinauf – das Haus ist am Hang gebaut, überall gibt es Treppen –, das Fenster weist auf einen trockenen Garten: Oleander, Pinien, Ginster, viel nackter Fels, dazwischen Kieswege. Nichts, das man ständig gießen müsste.

»Zähes Grünzeug«, meint Oliver und deutet mit dem Kinn nach draußen. Er liegt auf dem Bett und hat sich beide Kissen unter Kopf und Schultern geschoben, damit er bequemer hinaussehen kann.

»Ich habe bei uns den Rasensprenger programmiert«, erwidert seine Frau. Auch in Bonn kann der Sommer heiß und trocken sein, und man kann nie wissen. Dorothea liebt ihren Garten, die kleine grüne Insel hinter dem Haus, Rosen, Stockrosen, eine vorwitzige Birke und einen gelben Oleander, dessen Trieb sie vor dreißig Jahren in Méjean abgeschnitten und nach Hause gebracht hat, trotz allem. Die Pflanze ist im Grunde zu empfindlich für Deutschland, sie hat sie im Topf aber zu immerhin fast zwei Metern Höhe gezogen und schleppt sie jeden Herbst ins Wohnzimmer, wo der Oleander am großen Fenster überwintert. Sie steht am Schrank, räumt Kleidung aus der Reisetasche ein, hält inne: Zwischen Olivers Hemden zieht sie ein zerfleddertes Buch mit braunem Umschlag hervor. *Informiert reisen: Provence.*

»Das Buch hast du damals schon mitgehabt ... «

»In Südfrankreich stehen ein paar alte römische Ruinen, die ich mir gerne noch mal ansehen würde«, sagt er. »Da schadet ein Reiseführer nicht.«

Dorothea schüttelt sich unwillkürlich. »Wir sind nicht hierhergekommen, um uns alte Steine anzusehen. Wir sind wegen Michael hier.«

Ihr Mann brummt etwas Unverständliches.

Sie verstaut die Hemden und den Reiseführer, dieses seltsame Relikt von vor dreißig Jahren, auf den schiefen Holzbrettern. Die waren schon vor dreißig Jahren verzogen, genauso wie der Rahmen des Schranks, weshalb die verspiegelte Tür klemmt. »Hier hat sich überhaupt nichts geändert«, flüstert sie.

»Die Lichtschalter und Steckdosen sind neu«, korrigiert Oliver Kaczmarek sie. »Die waren damals lebensgefährlich.«

»Meinst du, das Ferienhaus gehört noch Michaels Familie?« Dorothea weiß, dass die Schillers den schrecklichen Tag nicht lange überlebt haben. Die Mutter bekam Brustkrebs, irgendeine besonders bösartige Variante, und sie sank weniger als zwölf Monate nach ihrem Sohn ins Grab. Der Vater hatte zwei Jahre später einen seltsamen Autounfall: Um zehn Uhr morgens, bei trockenem Wetter und klarer Sicht, war er auf der B56 von Euskirchen nach Bonn auf gerader Strecke mit hundertzwanzig frontal gegen einen Baum geknallt. Er war nicht mal angeschnallt, und jeder konnte sich seinen Teil denken. Dorothea hatte zu beiden Beerdigungen gehen wollen, doch Oliver hatte das verweigert. »Da werden uns alle nur komisch anstarren«, hatte er gesagt, und wahrscheinlich hatte er recht gehabt damit.

»Irgendjemand muss das Haus«, sie sucht nach dem richtigen Wort, »nun ja, präpariert haben.«

»Es wirkt nicht wie ein ausgestopftes Tier.«

»Du weißt, was ich meine: Der Schlüssel war da, die Betten sind bezogen, jemand hat vorher sauber gemacht, der Strom ist eingeschaltet. Herrgott, sogar der Kühlschrank ist gefüllt! Wir müssen die nächsten Tage nicht einmal einkaufen. Es ist, als wolle jemand, dass wir hier in diesem Haus bleiben.«

»Lass mich raten: Der große Unbekannte, der uns die Briefe geschickt hat, hat sich auch um das Haus gekümmert?«

Dorothea streicht sich über die Augen. »Kannst du bitte mal aufhören, so ironisch zu sein? Irgendwie macht mir das alles Angst.«

»Du musstest ja unbedingt hierherfahren.« Er klopft auf die Bettdecke neben sich. »Komm, entspann dich.«

»Jetzt?«

»Ja, ich habe Lust auf dich.«

Sie zieht sich Jeans und Slip aus und legt beides auf das Tischchen, während er an seinem Gürtel herumfummelt. Ihr T-Shirt lässt sie an, und er macht nicht mal einen Hemdknopf auf. Eine Minute später liegt er auf ihr und müht sich ab. Er verbietet sich jegliches Stöhnen und versucht mit der Hand, irgendwie das Bett an der Wand zu fixieren, damit es nicht verräterisch durch das ganze Haus wackelt. Sie sieht aus dem Fenster in den Garten, betrachtet die jungen Pinien. Vier. Oder drei, wenn der Sprössling am Ende des Grundstücks, dort, wo der Felsen wie eine Wand steil ansteigt, vielleicht eher eine Fichte ist.

»Manchmal träume ich von Michael«, sagt Dorothea später. Sie liegt neben ihm und starrt an die Decke. Weißer Putz. Ein marinegrau gestrichener Holzbalken, der die Decke trägt. Der schwarze spinnenförmige Fleck, der schon vor dreißig Jahren neben dem Balken den Putz verunstaltet hat, vielleicht hat es da einmal durchgeregnet, oder jemand hat da mal ein Insekt zerquetscht. »Vor allem in letzter Zeit.«

»O ja!«, höhnt ihr Mann. »Der gute Michael Schiller. Das beste Abi. Der Freund der Schulsprecherin. Das einzige Kind von Architekten. Geld ohne Ende. Der war wirklich ein armes Schwein! Und du träumst noch dreißig Jahre später von ihm, obwohl wir beide gerade ... «

»Niemand weiß, wer das getan hat.«

»Na ... «

Sie steht auf, räumt die letzten Sachen ein, schleudert die leere Reisetasche in das unterste Schrankfach und schlägt diese verdammte Tür zu. »Klar!«, ruft sie, denkt dann an die dünnen Wände des alten Hauses und daran, dass sie immer noch ohne Hose im Zimmer steht, und atmet tief durch. »Niemand kennt den Mörder – außer Doktor Oliver Kaczmarek, Meisterdetektiv.«

Er blickt sie amüsiert an. »Zumindest kenne ich jemanden, der in jener Nacht ein sehr gutes Motiv gehabt hätte.«

5

Eine Woche in Méjean, wie schnell die vorübergeweht war. Sie verbrachten den Abend bei den Ärzten aus Paris: Doktor Francis Norailles und Doktor Sylvie Norailles, deren Ferienhaus nur fünfzig Meter und eine gemeingefährliche Spitzkehre weiter am Hang klebte. Claudia und Michael hatten das Paar schon am ersten Tag beim Baden in der Bucht kennengelernt. Die Norailles hatten unter einem Felsen im Schatten gelegen und einen kleinen gelben Sonnenschirm in eine Spalte gesteckt, um Laura zu schützen, ihre dreijährige Tochter. »Blondie« hatte Michael die Kleine genannt, ihr Haar war beinahe platinfarben, ihre Haut auffallend weiß. Als ein Windstoß den Schirm aus der Spalte zog und wie einen gelben Kinderdrachen durch die Luft wirbelte, hatte Michael ihn eingefangen, bevor er auf das Meer trudeln konnte. Anschließend hatten sie sich mit den Ärzten unterhalten. Michael sprach wie ein Einheimischer, Claudias Schulfranzösisch war schlecht, aber das machte nichts, die Norailles waren auch zu ihr cool. Und als ihnen Michael irgendwann verriet, dass er vielleicht Kinderarzt werden wollte, da erzählten sie ihm in einer Stunde mehr über diesen Traumberuf, als er bis dahin in seinem ganzen Leben darüber erfahren hatte. Danach hatten Claudia und Michael und auch die anderen eigentlich jeden Tag die Norailles zufällig getroffen, so groß war Méjean ja nicht: mal in der Bucht, wo sie zwischen den Felsen schnorchelten (und wo Doktor Francis Norailles Katsche einmal ein paar Stacheln eines schwarzen Seeigels aus der rechten Ferse ziehen musste), mal im Mangetout, dem einzige Restaurant an den beiden winzigen Häfen, mal irgendwo in den Calanques, wenn sie mit der Clique trotz der Hitze die Kraft zu einer Wanderung aufgebracht hatten. Nachdem Sylvie Norailles eines Nachmittags gesehen hatte, wie gut Dorothea schwimmen konnte, hatte sie sie weit hinaus ins Meer mitgenommen, zwei Nixen im Ozean, und ihr gezeigt, wo die Strömungen waren, die dich wie in einem Unterwasserzug um die Küste rissen, und wo die Strömungen lauerten, die dich unweigerlich ins große Blau und damit ins Verderben gezogen hätten. Und als sie irgendwie – keiner wusste wie – von Rüdigers behindertem jüngeren Bruder erfahren hatte, da hatte sie Rüdiger beiseitegenommen und ihm die geistigen und körperlichen Defizite erklärt und wie es später werden würde, welche Therapien es vielleicht irgendwann geben könnte, wie schwer es auch für seine Eltern sein musste und dass er sich deshalb nicht zurückgesetzt fühlen sollte.

An diesem Abend hatten die Norailles sie eingeladen, oder, wie Babs das nannte, sie »engagiert«. Francis und Sylvie hatten irgendetwas zu feiern, wollten ins Mangetout und suchten bis Mitternacht einen Babysitter für Laura. Und da es die Clique nur im Sechserpack gab, hatten sie lachend die ganze Bande herübergebeten.

Das Haus der Norailles war ein Bunker aus den Siebzigerjahren, als béton brut und klare Kanten praktisch Pflicht waren, entworfen von einem Architekten aus Paris, der viel von Le Corbusier gelernt hatte und wenig vom Mittelmeer. Es hing mehr oder weniger an einem Felsen, der so steil war, dass der Baumeister die wenigen Räume auf drei Stockwerke verteilt hatte: Bad, Waschküche und ein winziges Gästezimmer unten, wo sich auch eine Pforte zu einem Pfad befand, der durch den steilen, von einer Mauer umhüllten Garten bis auf die Klippen hinunter zu einer Badestelle führte. Drei Schlafzimmer im mittleren Geschoss. Oben eine Wohnküche mit einer beeindruckenden vorgebauten Terrasse. In jeder Wand riesige Fenster, über allem ein kiesbestreutes Flachdach – sehr hell, sehr modern und sehr, sehr heiß im Sommer.

Na und? Sie mussten den Abend ja nicht in einem der bunkerartigen Zimmer verbringen. Der kleinen Laura schienen weder die Hitze noch das Gelächter der jungen Leute etwas auszumachen, das Mädchen schlief in ihrem Zimmer tief und fest. So konnten sie den Abend auf den geschwungenen Liegestühlen aus Teak verbringen, den einzigen Holzobjekten, die vor dem ganzen Beton und Edelstahl der Terrasse wirkten wie polynesische Fetische. Vom Meer wehte eine Brise, die nach Salz und Ferne schmeckte. Links konnten sie bis Marseille sehen, Berge, die von der untergehenden Sonne rötlich gefärbt wurden, mit Hochhäusern auf den Flanken wie Bleistiftstriche und einer Kapuze aus Dunst darüber. Voraus die Îles du Frioul und der Leuchtturm von Planier, wie eine kleine gelbe Petroleumfunzel, die für einen Moment aufblitzte und wieder erlosch. Rechts die Buchten der Calanques, Felsen und Pinien und noch mehr Felsen und Pinien und noch mehr. Am Horizont die Lichter der Schiffe, die nach Korsika fuhren oder nach Afrika oder ans Ende der Welt.

Die Norailles hatten ihnen Tiefkühlpizzas in den Ofen getan und mehrere Flaschen Lambrusco in den Kühlschrank gestellt, und das Leben war herrlich. Sie hatten sich einigermaßen gute Sachen angezogen, nicht bloß Shorts und T-Shirts wie sonst, Rüdiger hatte sich mit seinem sündhaft teuren Rasierwasser eingerieben und die Flasche mit einem Lächeln Oliver ausgeliehen, der deshalb zum ersten Mal in seinem Leben nach »Homme« von Christian Dior roch. Wie Alain Delon, ausgerechnet der Herr Professor, hatte Dorothea gespöttelt, ihr war sofort aufgefallen, dass ihr Oliver genauso duftete wie Rüdiger. Die beiden Jungs wollten Michael die Flasche weiterreichen, doch der mochte kein Rasierwasser, seine Haut war zu empfindlich für Alkohol, behauptete er immer, er war bloß frisch geduscht und geföhnt und duftete nach seinem Duschgel, das angeblich wie Meer riechen sollte, immerhin war das passend. Nur Claudia, die Rebellin, hüllte sich wie stets in ihre Wolke Javaanse Jongens.

Rüdiger hatte sich an den Rand der Terrasse gehockt und zeichnete wie ein Besessener seinen Skizzenblock voll, ließ aber niemanden seine Werke sehen. Katsche hatte im Wohnzimmer eine Gitarre entdeckt, ein edel aussehendes Instrument, aber sich nicht getraut, sie anzufassen. Michael hatte gelacht und sie schließlich auf die Terrasse gebracht. Er war der beste Musiker von ihnen, doch er hatte Dorothea die Gitarre praktisch in die Hände gezwungen. Die hatte sich gesträubt und war rot geworden und hatte dann doch gespielt, alles, was sie aus der »Liederkiste« kannte: Bob Dylan, Arlo Guthrie, Hannes Wader, Weisen aus dem Spanischen Bürgerkrieg. Irgendwann hatte Katsche angefangen zu singen, weil er der Einzige war, der von diesen Songs nicht bloß den Refrain, sondern jede einzelne Strophe auswendig kannte. Und zur Überraschung der anderen und vielleicht auch zu ihrer eigenen trugen Dorothea und Oliver, das bravste Paar der Schule, die rebellischen Lieder mit so viel Inbrunst vor, dass Babs an einer Stelle weinen musste und Claudia sich bei dem Wunsch ertappte, diese Lieder auf dieser Terrasse an diesem Abend mochten niemals aufhören.

6

Dr. Francis Norailles setzt das schwarz ummantelte Marinefernglas von Zeiss ab, ein optisches Wunderwerk, mit dem er normalerweise Stunden auf der Terrasse verbringt, um die Korsikafähren zu beobachten und die schönsten Jachten, die das Mittelmeer durchqueren. Gerade aber hat er das Glas auf ein Haus fokussiert gehabt, nur fünfzig Meter weiter.

»Sie sind tatsächlich alle da«, sagt er fassungslos zu seiner Frau.

Francis und Sylvie Norailles haben sich letztes Jahr in Méjean zur Ruhe gesetzt; man sollte nicht in Paris bleiben, wenn man nicht arbeiten muss. Francis ist schlank, hat kurze graue Haare und einen gestutzten Vollbart, seit er nicht mehr im Krankenhaus behandeln muss; er trägt auch im grellen Tageslicht lieber seine normale Brille mit vernickeltem Gestell als eine dieser angeberischen Sonnenbrillen. Er hinkt ein bisschen, weil das linke Hüftgelenk langsam ans Ende seiner Betriebsdauer gelangt, und das ist unangenehm in einer Berg- und Tallandschaft wie den Calanques, aber wozu gibt es Paracetamol? Sylvie ist noch immer sportlich, im Meer schwimmt sie den meisten Zwanzigjährigen davon. Ihre Haare sind grau, aber das ist ihr egal, sie trägt sie lang und offen, und seit dem Tag des Rentenbescheids schminkt sie sich nicht mehr, denn ihre Sonnenbräune macht sie attraktiver, als jedes Produkt der chemischen Industrie es könnte. Hasserfüllt starrt sie auf das Nachbarhaus.

»Ich hätte nie gedacht, dass die sich noch einmal hierhertrauen«, erwidert sie leise.

»Ich frage mich, was diese Deutschen hier zu suchen haben. Aber es ist genau dreißig Jahre her. Das ist kein Zufall.« Francis merkt, dass die Rechte, in der er das Fernglas hält, zittert. Also legt er es in den Schoß.

Über den beiden Häfen kreisen Möwen. Francis hört ihr Kreischen. Im Gesträuch der Hänge verbergen sich Singvögel: Rotkehlchen, ein Dompfaffpaar, Meisen und Spatzen, klar, und in manchen Jahren sogar eine Nachtigall. Ihr Gesang weht bis zum Haus, vermischt sich mit dem Lärm der Möwen, Melodie und Gekrächze, Spiel und Jagd, Balz und Tod. Ihn hat diese Kakofonie von Land- und Seevögeln immer, nun ja, gestört, so als passe das nicht zusammen. Jetzt auf einmal, nach so vielen Jahren, erscheint ihm das schrecklich passend, symbolisch: hier die Musik, da das Raubtier.

»Wir müssen etwas tun«, flüstert seine Frau.

»Sollen wir denn ...« Weiter kommt Francis nicht, denn Laura tritt auf die Terrasse.

»Wie wäre es mit Mittagessen?«, fragt ihre Tochter.

Laura hat den perfekten Körper von ihrer Mutter geerbt, aber die Haare kommen von irgendeinem Wikinger, der in grauer Vorzeit den Genpool der Norailles bereichert hat. Laura trägt sie sehr kurz, sie ist so blond wie eine Schwedin, aber sie ist viel, viel komplizierter. Tauchlehrerin in einem Ferienklub auf La Réunion, lieber unter als über Wasser, und Francis Norailles weiß nicht einmal, ob sie einen Freund hat. Weder im ernsthaften Sinne von »mein Freund« noch im unverbindlichen von »ein Freund«. Die Gesellschaft seiner Tochter, so fürchtet er, besteht ausschließlich aus tropischen Fischen. Sie ist im Sommer nur zu Besuch da, schläft ganz unten im ehemaligen Gästezimmer, da ist es kühler.

»Mittagessen hört sich gut an!«, antwortet Francis und wirft seiner Frau einen Blick zu, von dem er hofft, dass er Laura entgeht.

Sylvie lächelt hinreißend, aber ihre Augen sind kalt. »Ich habe einen mordsmäßigen Hunger«, verkündet sie.

7

Commissaire Marc-Antoine Renard will vor dem Mangetout parken, aber hier ist es wie in Marseille, du findest nie einen Platz. Er ist mit seinem verbeulten alten Clio gekommen, weil er nicht mit einem Streifenwagen der Police nationale im Ort auffallen will. Das Restaurant ist eigentlich eine Art großer Kiosk mit einer pergolabeschatteten Terrasse vor einem zweistöckigen, ockerfarbenen Haus mit blauen Fensterläden. An den Pfosten der Pergola baumeln alte Bootsfender, alle in Blau, die Farbe ist nach Jahren unter dieser Sonne verblasst. Vor dem Restaurant glüht ein Streifen Asphalt – ein bisschen Straße, ein bisschen Platz –, und dann stehst du schon am winzigen Hafen von Grand Méjean und mit den Füßen im Wasser. *Chemin du Tire-Cul*, der »Weg, auf dem man den Arsch einzieht«, was für ein Name: eine Gasse, die so schmal ist, dass sein Clio gerade so hindurchkommt, sie windet sich links am Mangetout vorbei und zwischen zwei Brückenpfeilern hindurch, die sich bis in eine absurde Höhe wölben. Die Eisenbahnstrecke der Côte Bleue führt nicht durch Méjean, sondern darüber hinweg. Hundert Jahre alte Steinbögen, die ihn an ein römisches Aquädukt erinnern, tragen die Schienen quer durch den Himmel, als würden dort keine graffitibesprühten Nahverkehrszüge rumpeln, sondern bunte Achterbahnwagen. Jenseits der Brücke endet die Gasse in einer Talmulde, mit Felsen, Staub und Sträuchern vor den ansteigenden Felsen, dem einzigen öffentlichen Parkplatz hier.

Renard findet dort eine Ecke für seinen Clio, geht durch die Gasse zurück, in Jeans und T-Shirt, die nackten Füße in Mokassins, das fühlt sich herrlich an, eine Sporttasche in der Hand und seine Lederjacke über dem Arm. Er unterdrückt den Wunsch, sie anzuziehen. Es ist Sommer, verdammt. Er hat eines der beiden Gästezimmer im Obergeschoss des Mangetout reserviert, auf seinen Namen, ohne Dienstrang.

Auf der Terrasse ist es voll, die Gäste sitzen im Schatten, zusammengedrängt auf langen Bänken vor langen Tischen. Eine nicht mehr ganz junge, hübsche, winzig kleine Kellnerin pendelt unermüdlich zwischen Terrasse und Innenraum, bepackt mit Tellern und Gläsern. Trotzdem hat sie Zeit, ihm ein Lächeln zu schenken. Renard nickt freundlich. Im Innern stehen ebenfalls ein paar kleine Tische, aber die sind unbesetzt, die Luft dort ist heiß und stickig. Eine Theke trennt den hinteren Teil mit Küche und Kasse vom Essbereich ab. An der Kasse rechnen zwei Gäste mit einem gut aussehenden Sechzigjährigen ab: sportlich, braun gebrannt, die halb blonden, halb grauen Haare zum Pferdeschwanz gebunden, T-Shirt, dreiviertellange Hose, Flipflops. Der Typ wird ewig gesund bleiben, denkt Renard mit einem unfairen Anflug von Neid, der sieht aus wie ein kalifornischer Surfer.

»*Salut*, Patron«, ruft einer der beiden Gäste, als sie gehen.

»Monsieur Manucci?«, fragt Renard, nachdem die Gäste verschwunden sind. So hat der Mann geheißen, bei dem er telefonisch reserviert hat.

Der Surfertyp lacht, es ist ein kumpelhaftes, ansteckendes Lachen. »Ich habe meinen Nachnamen noch nie leiden können«, erwidert er. »Nennen Sie mich Serge. Oder Patron.«

Renard nickt, stellt sich vor. »Ich freue mich, dass Sie noch ein Zimmer frei haben, Patron. Mitten in der Saison.«

Wieder dieses Lachen. »Es weiß doch kaum jemand, dass ich Zimmer vermiete! Die Leute, die in Méjean Urlaub machen, haben hier ein Haus, wenn sie richtig geerbt haben oder ordentlich was verdienen. Oder sie fahren mit dem letzten Zug zurück nach Marseille. Wer nimmt sich hier schon ein Zimmer? Hat aber Klimaanlage«, setzt Serge rasch hinzu. »Braucht man auch.«

Renard zieht seine Brieftasche aus der Jeans und reicht dem Patron die Kreditkarte hinüber.

»Wie lange wollen Sie bleiben?«, fragt Serge.

»Eine Woche«, antwortet Renard. Er hat auf der Fahrt nach Méjean darüber nachgedacht. Soll er nur eine Nacht reservieren? Unmöglich, so schnell wird er den Fall nicht aufklären können. Soll er gar keinen Zeitraum angeben? Dann hätte ihn der Patron vielleicht komisch angesehen, und es hätte sich womöglich im Dorf herumgesprochen. Und das ist genau das, was der Commissaire vermeiden will: Niemand im Ort soll wissen, dass ein Flic hier ermittelt. Also eine Woche, das klingt unverfänglich, und bis dahin sollte er die Sache erledigt haben.

Renard schleppt sich hinter Serge die enge Treppe hoch. Sein Zimmer geht zum Hafen hin, Grand Méjean, er hört durch die geschlossene Scheibe einen Außenbordmotor hinter der Mole knattern und Geschirrklappern und Stimmengewirr von der Terrasse, atmet den Geruch nach Motoröl und frittiertem Fisch ein, aber wenn man ein paar Wochen Krankenhauszimmer hinter sich hat, dann ist das hier das Paradies. Doppelbett, Schreibtisch, Stuhl, Schrank und sogar das Zimmertelefon sehen so aus, als kämen sie direkt vom Sperrmüll, doch alles ist sauber, und das Bett hat eine harte Matratze, immerhin.

Renard fummelt an der Klimaanlage herum, bis der Kasten endlich aufhört zu summen. Er öffnet das Fenster. Meeresluft. Er zieht an der Leine des antiquierten Deckenventilators, der sich tatsächlich flüsternd in Bewegung setzt. Der Commissaire räumt seine Sachen ein, die Kleidung, das Arsenal seiner Pillen, drei Notizhefte und ein Dutzend Stifte, holt zuletzt die beiden Dinge heraus, die ganz unten gelegen und seine Tasche so verdammt schwer gemacht haben: die dicke dreißig Jahre alte Mordakte.

Und seine Dienstpistole.

Serge steigt die Treppe wieder hinab, nachdem er noch eine Zeit lang unschlüssig vor der Zimmertür ausgeharrt hat, die Renard zugezogen hatte. Er geht an die Kasse, winkt seine Kellnerin zu sich: Eliane Pons. Er kennt sie seit einer Zeit, da war sie noch Eliane Tibeaux, hat immer Fritten und Orangina bei ihm bestellt, und er musste ihr ein Kissen auf die Bank legen, damit sie überhaupt über die Tischkante gucken konnte. Klein ist sie geblieben und frech auch, obwohl sie mit ihrem Henri inzwischen drei Kinder hat. Serge ist Pate des zweiten. Eliane hat halblange schwarze Haare, hat sich irgendein arabisches Symbol zwischen die Schulterblätter und ein Lacoste-Krokodil über das Handgelenk tätowieren lassen, und wenn sie zufällig die Arme hebt, sieht man die Schweißmarken unter den Achseln. Aber sie liebt die Hektik, die Hitze des Sommers, die Gäste, mit denen sie sich vorlaute Wortwechsel liefert, und besonders liebt sie den Geruch nach Fisch – nach den Fischen, die Henri aus dem Meer geholt hat, nur wenige Stunden zuvor. Was gibt es Besseres?

»Stimmt etwas nicht, Patron?« Eliane wird ernst, als sie Serges Gesichtsausdruck bemerkt.

Er winkt sie näher heran, beugt sich sogar über die Theke, um die Stimme nicht heben zu müssen. »Wir haben einen Gast«, sagt er.

»Der dürre Kerl, der gerade angekommen ist? Wirkt ein bisschen depri auf mich.«

»Deprimiert bin ich jetzt auch. Als er seine Kreditkarte herausgeholt hat, konnte ich in seine Brieftasche sehen«, fährt Serge fort. »Da steckte der Dienstausweis der Police nationale drin.«

»So ein halber Kerl darf bei der Police arbeiten? Bist du sicher?«

»Mir hat man oft genug einen Polizeiausweis vor die Nase gehalten.«

Eliane zuckt mit den Achseln. »Na und? Wir handeln hier ja nicht mit Drogen. Soll er die Fische in unserem Kochtopf zählen.« Serge starrt sie erschrocken an, schüttelt dann den Kopf. »Du hast es noch gar nicht mitbekommen, was? Vor einigen Stunden, noch bevor dieser

Flic hier aufgekreuzt ist, sind die Deutschen angekommen! Weißt du noch? Das musst du doch noch wissen! Die jungen Leute in dem Haus oben an der Straße. Der Tote in der Bucht. Jetzt sind die auf einmal alle wieder da, im selben Haus!«

Eliane schwindelt, sie setzt sich auf einen Stuhl. Zum Glück ist niemand sonst im Raum.

Henri Pons ist untersetzt, der sonnenverbrannte Nacken ist so breit wie sein Kopf. Bei seinem fassförmigen Leib weiß man nicht, ob ihm dort Muskeln oder doch eher Fett auf den Knochen liegen, seine Arme sind wie Werkzeuge, und weil seine schwarzen Haare an der Stirn schon sehr licht sind, hält ihn jeder, der ihn zum ersten Mal sieht, für noch einmal zehn Jahre älter als die fünfzig, die er ist. Nicht, dass es sehr viele in Méjean gibt, die ihn zum ersten Mal sehen würden.

Der Vater von Henri war Fischer und der Großvater und der Urgroßvater auch. Als Junge wäre er gerne mit einem der Segelboote der Touristen hinausgefahren, die vor der Bucht ankerten, so leise und elegant, wie sie über die Wellen zu schweben schienen. Aber selbst ein drei Jahrzehnte altes Fischerboot – sechs Meter, solider, grün gestrichener Stahlrumpf und am Heck ein ordentlicher Yamaha-Außenborder – ist tausendmal besser, als jeden Tag an Land zu hocken.

Henri ist an diesem Nachmittag der einzige Fischer im Hafen von Grand Méjean, der an seiner Ausrüstung arbeitet. Er überprüft die fingergroßen Haken, lässt die Langleinen Meter für Meter durch seine schwieligen Hände gleiten. In zwei Wochen beginnt die Thunfischsaison, und er ist einer der wenigen Berufsfischer an der Côte Bleue mit einer Fanglizenz für den Roten Thun, der aus dem Mittelmeer beinahe verschwunden ist.

Er bemerkt den Schatten eines Menschen am Kai, blickt hoch. Eliane. Vielleicht hätte er lächeln sollen, weil seine Frau so unverhofft bei ihm auftaucht, aber die ist sonst nie um diese Uhrzeit am Hafen, und das ist kein gutes Zeichen.

Sie kommt zu ihm ins Boot, lehnt sich gegen den Steuerstand, flüstert beinahe: »Die Deutschen sind da.«

Er braucht ein paar Augenblicke, bis er begriffen hat, was sie da erzählt, und dann ist es auch schon zu spät. Irgendein verhuschtes Lächeln, ein Blitzen in den Augen muss ihn verraten haben.

»Und du freust dich auch noch!«, zischt sie.

Er seufzt. Die alte Eifersucht. Er würde Eliane nun gerne in die Arme schließen, aber wenn sie in einer solchen Stimmung ist wie jetzt, dann hält man besser Abstand. Und dann wird ihm erst langsam wirklich bewusst, was sie da gerade gesagt hat. »Alle sechs?«, ruft er, korrigiert sich. »Ich meine die fünf, die ...«

»Das musst du nicht durch den Hafen brüllen«, unterbricht ihn seine Frau. Sie flüstert jetzt tatsächlich, sie, die sonst nie ihre Stimme im Zaum halten kann. »Jetzt hör mir gut zu: Du kannst nicht noch einmal die Scheiße bauen, die du vor dreißig Jahren gebaut hast.«

»Ich habe keine Scheiße gebaut. Ich ...«

»Ein Flic in Zivil ist angekommen, der Patron hat es mir erzählt. Der Kerl hat das Zimmer vorne raus im Restaurant gebucht. Vielleicht beobachtet er uns sogar gerade.«

Er zuckt mit den Achseln. »Na und?«, versucht, den Lässigen zu geben. »Ich habe nichts zu verbergen.«

»Wirklich nicht?« Eliane schnaubt verächtlich durch die Nase. »Dreißig Jahre passiert hier nichts. Kein Mensch denkt mehr an die alte Geschichte. Und dann sind diese Deutschen auf einmal hier und ein Flic.«

»Vielleicht ist es bloß ein Privatdetektiv, den die beauftragt haben?«

»Der Patron hat seinen Dienstausweis gesehen. Und er hat mir den Namen gesagt. Renard. Ich habe ihn gegoogelt. Du findest ein Gruppenfoto von irgendeiner Zeremonie der Police judiciaire. Laut dem Text darunter ist ein Renard auf dem Bild zu sehen. Ich habe das Bild größer gezoomt. Der Typ bei Serge ist halb so breit wie der Mann auf dem Foto, und natürlich ist da die Uniform, aber ich glaube trotzdem, dass er es ist. Vielleicht hat er es mit dem Magen. Was wollen die alle hier, nach so langer Zeit?«

»Ärger machen, was sonst?!« Henri schließt die Augen. Geht das denn alles wieder los? »Wer weiß noch, dass dieser Renard ein Flic ist?«

Eliane zählt es an den Fingern ab. »Serge und ich. Jetzt du. Ich glaube nicht, dass der Patron noch mit jemand anderem darüber gesprochen hat, nicht einmal mit Nabil. Und ich glaube auch nicht, dass er große Lust dazu hätte, so wie die Dinge stehen.«

Henri nickt. »Dann geh zurück ins Mangetout. Die Deutschen werden im ganzen Dorf auffallen, da kann man nichts machen. Aber du musst mit dem Patron reden. Wir müssen ganz sicher sein, dass niemand sonst erfährt, dass hier ein Flic herumschnüffelt.«

8

Diese Hitze. Renard steht in dem winzigen Bad seines Zimmers. Eine Toilette mit einem Spülkasten beinahe unter der Decke, einem der uralten Dinger, bei denen man an der Kette ziehen muss. Er wird jedes Mal das Haus wecken, muss darüber lächeln. Ein Waschbecken, in das man kaum die Hände legen kann, darüber ein Brettchen aus lackiertem Marinesperrholz als Ablage, reicht gerade so für das Glas mit der Zahnbürste und den Rasierer. Seine Medikamente passen nur noch drauf, wenn er alle Röhrchen und Dosen Rand an Rand zusammenstellt, ihn erinnert das irgendwie an seine Militärzeit vor hundert Jahren, bei der Artillerie: jedes Röhrchen eine Granate. Renard schluckt die gelbe Tablette, die er eigentlich schon mittags hätte einnehmen sollen. Dazu eine von den klobigen blauen Dingern, von denen der Arzt gesagt hat, er soll sie »bei Bedarf« nehmen – wenn er sich schwach und schwindelig fühlt. Hoffentlich, denkt er, helfen sie gegen die Hitze.

Ob es schon vierzig Grad sind? Die Temperaturanzeige in seinem Clio hat vor Jahren den Geist aufgegeben. In seinem Zimmer gibt es kein Thermometer, ist vielleicht auch besser so. Draußen duftet die Luft nach Pinien und Meer, und immer weht eine Brise, aber sobald du in einem geschlossenen Raum stehst, atmest du Ofenluft. So trocken und heiß, dass du denkst, du wirst im Innern gegart. Renard dreht den Wasserhahn auf, trinkt in langen Zügen das leicht chlorierte Leitungswasser.

Wenig später verlässt er sein Zimmer, geht vorsichtig die enge Stiege hinunter, die Stufen sind so kurz, dass er seine Füße quer daraufsetzen muss, er durchmisst den Vorraum, der Patron ist nicht da. Auf der Terrasse hocken jetzt nur wenige Gäste vor Perriers, Oranginas, Weißweingläsern. Er lächelt der Kellnerin zu, doch die sieht ihn vielleicht nicht, sie redet gerade auf einen älteren Mann mit Sonnenbrand ein, der wohl schon ein oder zwei Pastis zu viel getrunken hat, jedenfalls blickt sie nicht auf, als er an ihr vorübergeht.

Ein paar Schritte über den Asphalt – schwarz, mörderisch heiß, schon ein wenig weich von der Hitze –, und er ist am Hafen. Ein kräftig gebauter Fischer arbeitet in seinem alten grünen Kahn, flickt eine Leine oder ein Netz, genau kann Renard das nicht erkennen. Der ist so sehr in seine Arbeit versunken, dass er nicht einmal bemerkt, dass ihn jemand beobachtet, und dem macht diese Hitze offenbar nichts aus, er hat nicht einmal eine Mütze auf. Renard hat sich seinen Sonnenhut aufgesetzt, ein zerknautschtes kakifarbenes Ding aus einem Outdoorladen, ultraleicht und an der Côte Bleue vom Stil her ziemlich deplatziert. Er hatte sich das in jener fernen Vergangenheit gekauft, als es noch keinen Krebs gab und Annabelle und er eine Safari machen wollten, Kenia und Tansania; auch das hatte sich dann ja schnell erledigt.

In der Bucht draußen vor dem Hafen ankern mehrere Jachten und Motorboote. Leute springen von den Decks ins Wasser. Ein Spinner rast mit einem Jetski vorüber, drei Minuten Höllenlärm und Wellen. Dann wieder Ruhe, nur das Lachen weht von den Booten her und von irgendeinem auch Musik; Vanessa Paradis, »Joe le Taxi«, das habe ich auch schon lange nicht mehr gehört.

Er macht sich auf den Weg zum nächsten Becken, Petit Méjean. Auf der Landkarte hatte die Halbinsel dazwischen winzig gewirkt, ein Komma an der Küste. Doch Renard hat unterschätzt, wie unwegsam sie ist. Die Straße wölbt sich zuerst so steil nach oben, dass er vornübergebeugt gehen muss, um das Gleichgewicht zu halten. Dann geht es so steil hinunter, dass ihm die Knie schmerzen. Über ihm kreischen zwei Möwen, und einen Moment lang denkt er, die lachen ihn aus. Schwer atmend steht er endlich vor Petit Méjean. Ein Familienvater manövriert sein großes Zodiac vorsichtig aus dem Hafen, die Frau hat sich über eine riesige Kühlbox am Heck gebeugt, die meisten Kinder sitzen vorne im Schlauchboot, nur eines, das Mädchen ist vielleicht zwölf, steht am Bug, hat die Arme ausgebreitet und spielt *Titanic*. Renard blickt ihnen nach, bis sie um die Mole und damit außer Sicht gekurvt sind, und er hofft, dass es bloß Sehnsucht ist, die ihn dabei erfüllt, und nicht schäbiger Neid. Ein Familienausflug im Sommer, Frau, lachende Kinderschar – das ist noch weiter von ihm entfernt als eine Safari in Tansania.

Nach ein-, zweihundert Metern steigt die Straße wieder einmal an, bloß ein kurzes Stück, doch das macht ihn schon fertig. Er nimmt schwer atmend einen Fußweg zwischen Pinien und Felsen, unter seinen Sohlen knirscht ein Teppich brauner Piniennadeln, er weiß, dass sich sein T-Shirt am Rücken dunkel färbt, er kann den Schweiß sein Rückgrat hinunterrinnen fühlen. Dann sieht er von oben eine Bucht.

Die Bucht.

Sie ist klein, höchstens fünfzig Meter breit, fast wirkt sie wie ein drittes Hafenbecken. Denn links sind Steinbrocken ins Meer gefallen, sie sehen wie eine künstliche Mole aus. Auch rechts, am anderen Ende der Bucht, hat sich der Felsen aus der Küste herausgestülpt, reicht weit ins Wasser hinein, ist viel höher, steiler, schwerer zu bezwingen als der Abschnitt davor. Wo er in der prallen Sonne liegt, ist er ockerfarben, braun, grau, dazwischen rote Schlieren, nah am Wasser glänzt er wie Bronze. Zwischen den beiden Steinzungen liegt ein Halbmond aus grobem Kies. Hier haben sich ein paar Familien und junge Leute niedergelassen, sich mit Badetüchern und Isomatten, so gut es geht, gegen die spitzen Steine gepolstert, und wer ins Meer will, hat Gummi- oder Neoprenschuhe an, um die Fußsohlen vor Steinen und Seeigeln zu schützen.

Hier hat man Michael Schiller damals gefunden. Renard erinnert sich an die Tatortskizze in der Akte und an die Schwarz-Weiß-Fotos. Der Junge hat nahe am rechten Rand der Bucht gelegen, bei den größeren Felsen, so weit oben, dass ihn keine Welle erreichen konnte. Mit schwersten Kopfverletzungen, aber einen unglücklichen Sturz hat der Gerichtsmediziner ausgeschlossen. Michael Schiller ist erschlagen worden, vermutlich mit einem der Steine, die hier überall herumliegen, vermutlich hat der Täter ihn danach ins Meer geworfen, auf jeden Fall hat man die Tatwaffe nie gefunden. Und damit hatte die Scheiße eigentlich schon angefangen, denn die Kollegen hatten überhaupt nichts gefunden, was zur Aufklärung des Falls hätte beitragen können, gar nichts.

Renard steht auf dem Weg, mustert die Bucht. Zögert hinunterzusteigen, wartet darauf, dass Sonne und Luft die dunkle Linie auf seinem Rücken trocknen, dann geht er wenigstens nicht mit so einem bescheuerten Schweißfleck quer über den Strand. Er blickt noch einmal hinunter zur Bucht, hätte sein kleines Fernglas mitnehmen sollen, das lichtstarke Gerät, mit dem er früher die Balkone verdächtiger Wohnungen in den Hochhäusern oberviert hat. Am linken Rand, schon nicht mehr im Kies, sondern auf einem der Felsblöcke, sitzt eine Frau auf einem roten Badetuch. Sie wirkt jedoch nicht so wie einer der Badegäste. Sie trägt eine hellblaue Bluse, eine weiße weit geschnittene Leinenhose, beige Leinenschuhe, ihre langen braunen Haare hat sie mit einem Band aus blauem Stoff gebändigt: nicht mehr jung, aber attraktiv, eine Göttin des Sports, der gesunden Ernährung und des lässigen Reichtums. Aber es ist nicht ihre Eleganz, weshalb Renard diese Frau auffällt, es ist auch nicht ihre Schönheit.

Er erkennt sie wieder.

Ein Foto in der Ermittlungsakte, dieselbe Frau als junges Mädchen, seine Kollegen haben sie seinerzeit als Zeugin vernommen: die Freundin des Opfers. Claudia Bornheim, Renard hat ein gutes Namensgedächtnis. Es stimmt also, denkt er, es stimmt, was in der anonymen Anzeige behauptet wurde: Die Deutschen werden da sein.

Er geht auf sie zu, lächelt. »Frau Bornheim, darf ich mich zu Ihnen setzen? Nur ein paar Minuten.« Schon hat Renard sich neben ihr niedergelassen, nicht auf dem Badetuch, sie soll sich nicht bedrängt fühlen, lieber auf einem flachen Stein einen Meter entfernt. Sein Deutsch ist weniger eingerostet, als er befürchtet hat. Sind vielleicht die Ermittlungsakten und die Dokumente der Kollegen von der anderen Rheinseite, die im Gehirn ein paar lange brachliegende Synapsen wieder freigeschaltet haben. Er zeigt ihr seinen Dienstausweis. »Commissaire Renard. Ich freue mich, Sie kennenzulernen.«

Das beruht nicht auf Gegenseitigkeit. Claudia, die viel zu selten ins Freie kommt, spürt den beginnenden Sonnenbrand auf Wangen und Stirn, weiß aber in diesem Moment auch, dass sie blass wird, trotz allem. Lächeln, sagt sie sich, du musst diesen Typen anlächeln.

»Irgendwie habe ich so etwas erwartet«, bringt sie hervor und deutet eine einladende Geste an, kratzt Schulwissen aus der Erinnerung zusammen: »*Enchanter. Prenez place, s'il vous plaît.*« Obwohl der Polizist das selbstverständlich schon längst getan hat.

»Wir können Deutsch reden«, erwidert er. Sehr höflich, aber, mein Gott, sie hat die alten Fotoaufnahmen gesehen, Befreiung des KZ Buchenwald, dieser Mann hat den Körper eines Häftlings.

»Woher wissen Sie, wie ich heiße?« Diese Frage hat Claudia Bornheim schon lange nicht mehr stellen müssen.

»Ich habe sie wiedergesehen.« Renard bemerkt ihren verwunderten Gesichtsausdruck, der echter ist als das Lächeln, mit dem sie ihn bislang bedacht hat, sucht nach der richtigen Vokabel. »Wiedererkannt«, korrigiert er sich. Dann erzählt er ihr höflich und ausführlich von der anonymen Anzeige, von dem Tipp, sich in Méjean umzusehen. »Diese Anzeige ist, wie soll ich sagen? Sie ist zugleich präzise und vage. Der anonyme Tippgeber – oder soll ich ihn Denunziant nennen, Denunziant, das klingt auch im Deutschen nicht gut?« Renard lächelt. »Jedenfalls hat der Verfasser der Zeilen, die vorgestern bei uns eingegangen sind, behauptet, dass die fünf Freunde von Michael

Schiller in Méjean sein werden. Und dass wir, wenn wir Ermittler dorthin schicken, den Mörder in Méjean werden festnehmen können.«

»Dieser Denunziant behauptet, dass einer von uns fünfen der Mörder ist?«

»Er behauptet, dass der Mörder in Méjean ist. Das ist nicht dasselbe. Aber was ich mich frage, ist: Wieso ist er sich so sicher, dass Sie herkommen werden? Sind alle Ihre Freunde hier?«

Claudia nickt und schließt dabei die Augen. Das Ziehen in den Schläfen. Als Kind hat sie nie Migräne gehabt, aber seit diesem verfluchten Sommer von Méjean ist der Kopfschmerz ihr treuester Freund. Kein Arzt hat je irgendetwas Auffälliges entdeckt. Migräne, das ist einfach so. Zum Glück gibt es Paracetamol, ihren zweiten treuen Freund; wenn sie das in großer Dosis schluckt, sobald dieses Ziehen beginnt, dann verzieht sich die Migräne, bevor sie richtig zugeschlagen hat. Zumindest manchmal. Hoffentlich jetzt, sagt sich Claudia, hoffentlich jetzt! Das muss ein Albtraum sein, denkt sie, ich sitze in der Bucht, in der Michael gestorben ist, und dieses wandelnde Skelett ist das personifizierte schlechte Gewissen, weil ich das alles bis heute nicht verarbeitet habe. Das lässt sich alles analysieren, und wenn ich die Augen wieder öffne, dann sitze ich in Düsseldorf im Büro, und Jasmin wartet mit dem Entwurf einer Kabinettsvorlage auf mich. Aber sie muss bloß einmal einatmen, und es riecht nach Salz und Sonnencreme, und deshalb öffnet sie hoffnungslos die Augen und blickt Renard an. »Alle fünf sind da«, erwidert sie und merkt selbst, dass sie erschöpft klingt.

»Warum sind alle gekommen?«

»Ich habe«, sie zögert, aber es zu verschweigen bringt ja nichts. »Auch ich habe einen Brief bekommen. Anonym. Deshalb bin ich hier.«

Renard lächelt nicht mehr, denn das hatte er befürchtet. Das ist gut organisiert. Eine Falle. Irgendwer stellt hier irgendwem eine Falle. Ich muss aufpassen; das ist wie in den Quartiers Nord, wo sie die Flics in Hinterhalte locken und dann von den Balkonen aus unter Feuer nehmen. »Wann haben Sie den Brief bekommen?«

»Vorgestern.«

Renard blickt sie mit großen Augen an. Claudia verspürt den absurden Wunsch, diesem Mann zu gefallen. Zugleich fühlt sie sich, als hätte sie gerade vor der versammelten Presse eine Riesendummheit erzählt. »Ich weiß«, setzt sie hinzu, »das klingt, nun ja, seltsam. Aber ich musste sofort herkommen.«

»Was steht in diesem Brief, Madame?«

»Wohl ungefähr dasselbe wie in Ihrer Anzeige, Commissaire Renard.« Sie versucht sich wieder an einem Lächeln, diesmal vergebens. »Dass wir alle nach Méjean reisen sollen. In das Haus von damals. Dass wir dort den Mörder von Michael enttarnen werden. Und da Michael ja mein damaliger Freund ...« Sie bricht ab. Sie kann doch jetzt nicht anfangen zu heulen. Sie blickt auf das Meer und fühlt sich erbärmlich.

»Sie hatten eine besondere Beziehung zu dem Opfer«, formuliert es Renard. »Ich habe die alten Zeugenaussagen studiert. Es tut mir außerordentlich leid.« Er macht eine Pause, damit sie sich fassen kann, unternimmt dann den nächsten Vorstoß. »Darf ich diesen Brief bitte einmal sehen?«

»Ich habe ihn nicht dabei«, antwortet Claudia. »Er ist oben, im Haus.«

Eine gute Lügnerin, denkt Renard, aber nicht gut genug. Wahrscheinlich steckt der Brief zusammengefaltet in der Tasche ihrer Leinenhose. Ein paar Meter entfernt jauchzen Kinder vor Vergnügen – vier Jungen in einem grün-violett leuchtenden Gummiboot, die mit gelben Plastikpaddeln heftig im Wasser spritzen, ohne dass sie dabei rasch vorankämen. Das Wochenende vor der letzten Schulwoche. Die Kinder schmecken schon die Sommerferien in der Luft, große Freiheit schier endlose Wochen lang. Sie ahnen nicht, was sich einst in dieser Bucht zugetragen hat. »Welchen Beruf haben Sie?«, fragt er die Deutsche.

Sie erzählt kurz von ihrer politischen Karriere. Das hört sich, wenn man dabei auf das Mittelmeer blickt und dieser höfliche, doch wachsame Mann neben einem sitzt, irgendwie blutleer an. Und als dieser Commissaire sie nach den anderen vier fragt – er kennt alle Namen, was sie erschreckt, obwohl das doch normal ist, er hat sich vorbereitet –, berichtet sie, was sie weiß, viel ist es nicht, und das ist ihr irgendwie peinlich.

»Und alle haben einen Brief bekommen und sind achtundvierzig Stunden später in Méjean.« Renard schüttelt ungläubig den Kopf. »So unterschiedliche Menschen, so verschiedene Berufe ... familiäre Situationen. Sagt man das so? Familiäre Situationen?«

»Das klingt nach einem Sozialarbeiter, aber das ist schon okay.«

»Und trotzdem«, fährt Renard fort, »trotzdem lässt jeder sofort alles fallen und reist hierher. Haben Ihre Freunde alle denselben Brief erhalten?«

Claudia wird rot. »Das weiß ich nicht«, gesteht sie. »Ehrlich gesagt haben wir uns über all die Jahre etwas aus den Augen verloren. Jeder von uns hat einen Brief bekommen. Wir sind alle in das alte Ferienhaus gekommen. Aber ob in allen Briefen genau dasselbe drinsteht ... Wir haben darüber noch gar nicht gesprochen. Die anderen sind im Haus, glaube ich. Ich wollte in die Bucht, um ...« Um was zu tun, eigentlich? Sie weiß es selbst nicht. »Das ist so beunruhigend«, erklärt sie stattdessen. »Ich fühle mich wie eine Marionette. Da zieht jemand an einer Strippe, und ich muss tanzen.«

»Als Ministerin sind Sie normalerweise am anderen Ende der Strippe.«

Claudia lacht auf, überrascht. »Das ist schon möglich. Ich kann nicht sagen, dass ich mich hier wohlfühle. Wenn Sie es genau wissen wollen: Eigentlich fühle ich mich elend. Aber andererseits: Michaels Mörder, das kann ich doch nicht ignorieren, oder?«

»Meine Kollegen sind damals mangels anderer Indizien von einem Raubmord ausgegangen«, sagt Renard.

»Das haben sie mir seinerzeit auch gesagt.« Claudia hat die Details nie vergessen: Michael wurde am nächsten Morgen von zwei Holländern entdeckt, einem jungen Paar, das zu einer Küstenwanderung aufgebrochen war. Der Mann blieb bei Michael, die Frau rannte ins Mangetout, Handys gab es damals ja noch nicht. Bis die Polizei eintraf, war halb Méjean in der Bucht: Serge vom Restaurant. Die jungen Fischer. Wie hießen sie? Eliane. Und Henri, natürlich, aber an Henri will sie jetzt lieber nicht denken. Und die Norailles. Nur sie nicht und nicht die anderen Freunde. Die Deutschen waren oben im Haus, fast alle schliefen noch wie die Steine. Erst die Beamten, die an die Tür klopften, brachten ihnen die schreckliche Nachricht. Claudia war hinuntergerannt und ... Auch daran denkt sie besser nicht zurück. So hat es jedenfalls einige Zeit gedauert, bis jemandem – wem von ihnen eigentlich? – aufgefallen war, dass zwar Michael in der Bucht lag, nicht aber sein Rucksack. Michaels Rucksack war verschwunden. Und tauchte auch nie wieder auf.

»Ihr damaliger Freund«, erklärt Renard behutsam, »ist mit – verzeihen Sie, dass ich das so schonungslos sagen muss – äußerster Brutalität getötet worden. Mehrere Hiebe auf den Kopf, nicht bloß einer. So, als wollte der Täter ganz sichergehen, dass sein Opfer stirbt. Wäre es bloß um den simplen Raub eines Rucksacks gegangen, dann hätte ein einziger Schlag gereicht.«

Claudias Mundwinkel zucken. »Also?«, kann sie schließlich hervorstoßen.

»Also glaube ich eher an eine Tat im Affekt. Eine Beziehungstat. Der Mörder muss Michael Schiller gekannt haben.«

Sie atmet tief durch. »Das glaube ich auch. Deshalb sitze ich jetzt hier.« Sie klopft auf den Stein und entdeckt dabei eine Krabbe, die nicht größer ist als eine Fingerkuppe. Wahrscheinlich hat die Vibration ihres Schlags das Tier erstarren lassen. Es hebt die winzigen Scheren.

Renard blickt auf die Krabbe. Mit der gestreckten linken Hand formt er vor ihr eine Barriere, dann stößt er sie mit dem rechten Zeige-

finger sanft an. Die Krabbe kann gar nicht anders, als an der Hand entlangzulaufen, bis sie eine Spalte im Felsen erreicht, in der noch etwas Meerwasser glitzert. Sie huscht hinein, ist einen Moment später schon nicht mehr zu sehen. Der Commissaire blickt Claudia an.
»Was ist in dieser Bucht geschehen, Madame?«

9

Die Norailles waren spät zurückgekommen, lange nach Mitternacht, aber das war nun wirklich kein Problem. Sie boten ihnen Babysittergeld an: zweihundert Franc, viel zu viel, und niemand wollte es haben, am allerwenigsten Michael. Das sei doch ein Vergnügen gewesen, hatte er gesagt. Am Ende war es Katsche, der die großen, bunten französischen Scheine annahm. »Als Souvenir«, erklärte er. Die anderen taten, als glaubten sie ihm das, dabei wusste jeder, dass Katsches Familie kein Geld hatte. Sollte der Herr Professor damit ein paar von seinen geliebten Büchern kaufen.

Sie waren die Straße hochgegangen, die Beine schwer vom Lambrusco. Katsche wollte unterwegs noch ein paar kommunistische Kampflieder singen, aber Dorothea fasste ihn am Arm und flüsterte: »Denk an die Nachbarn!«

»Die sind mir egal. In einer Woche bin ich wieder weg und sehe die nie wieder«, antwortete Katsche.

»Ich vermute, Franzosen finden es nicht so toll, wenn sie mitten in der Nacht deutsche Marschlieder hören«, gab Michael zu bedenken.

»Du mich auch«, erwiderte Katsche, doch damit war seine Gesangsdarbietung vorüber, und nach ein, zwei Minuten, die sie alle schweigend gegangen waren, hatte er wieder gelacht.

Im Haus starrte Katsche demonstrativ auf seine Timex-Armbanduhr, klemmte sich ein Buch unter den Arm und ging auf sein Zimmer. Was er machen wollte, konnte man sich denken. Die anderen saßen noch eine Zeit lang auf der Terrasse, zu aufgedreht, um schon ins Bett zu gehen. Babs ging in die Küche, kam mit einer Flasche Sangria und einer Tüte Flips wieder. Rüdiger trank ein Glas, aß nichts von dem

Knabberkram. Dann verschwand er mit seinem Walkman und dem Skizzenblock ebenfalls auf seinem Zimmer.

Claudia, Dorothea, Michael und Babs saßen noch mindestens eine halbe Stunde lang unter der Pergola und starrten schweigend auf das Meer. Der Vollmond stand zwei Handbreit über dem Horizont, unglaublich silbern und klar. Sie konnten Meere und Berge auf seiner vernarbten Oberfläche erkennen, ein Echo der Welt. Sein Licht lag über dem Wasser wie Glas. Dort, wo sich die Wellen gegen die Felsen warfen, glitzerten kurzlebige schaumige Bögen durch die Nacht. Nur selten war ein Brecher mächtig genug, dass sein Donnern bis zu ihnen hinaufdrang, ein fernes Grollen, überhaupt nicht bedrohlich. Jeder Atemzug duftete nach Pinien und trockener Erde. Handgroße Schatten huschten lautlos durch das Mondlicht: Fledermäuse. Irgendwann erhob sich Michael. Er lächelte. »Es tut mir leid, Girls«, verkündete er. »Aber diesen Anblick muss ich einfach verewigen. Ich gehe eine Runde schwimmen, und dann zeichne ich das. Ich fühle mich, als wäre ich auf einem anderen Planeten.« Michael malte auch – nicht so wie Rüdiger, der schon Ausstellungen gehabt hatte, nur so für sich –, und er fotografierte gerne. Er holte aus seinem Zimmer den Rucksack und packte den Skizzenblock ein, ein paar Stifte, ein Radiergummi und seine helle Polaroid, die auf dem Wohnzimmertisch gelegen hatte. Er küsste Babs und Dorothea zum Abschied auf die Wangen und Claudia lange auf den Mund. »Leg dich ruhig schon hin«, flüsterte er ihr zu. »Ich komme gleich nach.«

Dann ging Michael Schiller die erste Treppe hinab, vorbei an der unteren Terrasse und dem Zimmer, in dem Katsches Nachttischlampe brannte, er nahm die zweite Treppe, trat durch die Pforte und schritt die Straße hinunter in Richtung Bucht.

Er blickte sich nicht mehr um.

10

Ein Abendessen wie früher, und die Erinnerung daran ist schmerzhaft schön. Sie sitzen auf der Terrasse am großen Tisch und essen *Soupe au pistou*, der Kühlschrank und die Vorratskammer sind voll, und selbstverständlich hat Babs gekocht, die anderen hatten Küchenverbot. Oliver hat einen kühlen Rosé geöffnet und dann noch einen. Rüdiger, der seinem Bentley die engen Straßen nicht unnötig zumuten wollte, hatte sich Claudias Mini ausgeliehen und in Ensuès beim Bäcker kurz vor Ladenschluss noch schnell Baguettes gekauft, warm und weich. Der Duft von Pistou, Baguettes und Wein steigt auf und macht hungrig.

Der Wein löst außerdem die Verlegenheit, und sie reden, und manchmal lachen sie sogar. Dorothea hat in einem Schrank eine Partylichterkette gefunden, gelbe, rote, blaue, grüne Lampen, die nun über ihren Köpfen von der Pergola baumeln. Niemand erwähnt Michael, niemand erwähnt die Briefe. Dorothea erzählt, während sie den letzten Meter der Lichterkette am Eisengestell befestigt, von ihren Schülern und ihren Kollegen im Lehrerkollegium, und sie vergleichen die Schule heute mit der zu ihrer Zeit, und selbstverständlich sind sie früher freier gewesen und cooler, und manche Lehrer waren damals noch echt schräge Typen. Barbara erzählt von der Raiffeisenbank und ihrem Haus und den Zwillingen, und die anderen hören mit ernster Aufmerksamkeit zu, obwohl kaum eine ihrer Geschichten eine Pointe hat und man auch nicht wirklich etwas dazu sagen kann, aber früher haben sie Babs immer ein wenig ausgelacht, und das muss jetzt nicht mehr sein. Ein Job bei der Bank, ein Mann, zwei Kinder, ein Haus, ganz erfolglos ist sie dann doch nicht durchs Leben gegangen, wer hätte das gedacht? In der Schule war Babs die Liebe gewesen, die jeder gernhatte. Aber niemand hatte sie je zum Tanzen in angesagten Discos eingeladen, und niemand hätte sie in Bonn zu den großen Demos mitgeschleppt – sie war einfach zu brav. Doch als sie an diesem Abend von sich erzählt, erkennen die anderen erstaunt, dass Babs heute stabiler im Leben steht als sie: eine gute Ehe, zwei Kinder, ein solider Job, in dieser Kombination gibt es das bei keinem anderen.

Claudia fragt sich verwundert, wie es der molligen Babs gelungen ist, sie alle zu überholen, aber sie gönnt es ihr, irgendwie. Sie isst zwei Teller Suppe, mehr als sie sich sonst beim Abendessen erlaubt. Ihr Kopf fühlt sich wunderbar frei an, kein Schmerz, kein Ziehen, so gut, dass es sie beinahe schon wieder misstrauisch macht. Sie dreht ihr Glas, sie hat auch schon mehr Wein getrunken als üblich, und betrachtet die bonbonfarbenen Reflexe der Lichterkette auf dem Rosé. Ist ihr früher nie aufgefallen. Sie zwingt sich, nicht an diese Abende von vor dreißig Jahren zu denken, auf dieser Terrasse, mit diesen Menschen. Und mit Michael. Sie schweigt. Über Politik will in dieser Runde jetzt garantiert niemand reden, und über das Drumherum wohl auch nicht. Wenn sie von der Kanzlerin erzählen würde oder von Joschka oder von dem Abend vor dem Goldenen Bären mit Doris Dörrie oder der Klimakonferenz mit den drei Nobelpreisträgern, dann käme das bei den anderen bloß als Namedropping an. Allenfalls Rüdiger würde sie verstehen, der hat die Hälfte dieser Prominenten porträtiert und kann es sich leisten, die Anfragen der anderen Hälfte abzulehnen. Claudia fragt sich, wann in ihrem Leben sie sich in eine andere Umlaufbahn katapultiert hat, fort von den städtischen Gymnasien und Raiffeisenbanken und Speckgürtelstädten. Als Schülersprecherin schon? Nein, das sicher nicht. Vor dreißig Jahren flogen sie alle noch auf Augenhöhe. Während des Soziologiestudiums in Bonn? Selbstverständlich war sie in den AStA gewählt worden, und, ja, eigentlich hat sie da schon angefangen, die Welt in politische

Freunde und politische Feinde einzuteilen. Selbst in ihrer eigenen Partei. Gerade in ihrer eigenen Partei. Fundi oder Realo, Jutta oder Joschka. Als Landtagsabgeordnete war sie anfangs ein ganz kleines Licht und praktisch nie im Fernsehen, und wenn doch, dann im Dritten, und das hat sowieso nie jemand geguckt. Aber trotzdem war der Terminkalender immer zu voll für die vierundzwanzig Stunden, und sie ist nie mehr rausgekommen. Und seit sie Ministerin ist ... na ja. Sie läuft. Eigentlich läuft sie seit diesem Sommer in Méjean vor dreißig Jahren. Sie läuft wie eine Wahnsinnige, läuft durch die Welt, läuft durch den Beruf, läuft durch ihr Leben. Bloß keine Pause. Nie innehalten. Seltsam, auch das ist ihr noch nie aufgefallen; wie die Lichtreflexe im Roséglas, nur leider wohl nicht ganz so banal. Claudia atmet tief durch.

»Tut mir leid, dass ich das Thema wechseln muss«, sagt sie mitten in eine von Babs Anekdoten hinein, die auch sofort schweigt. »Ich habe mich heute Nachmittag mit einem französischen Polizisten unterhalten.«

»Du bist zur Polizei gegangen?!«, ruft Oliver und klingt dabei so erstaunt, dass Claudia denkt, es könnte auch schon Entsetzen sein.

»Die Polizei ist zu mir gekommen, Katsche«, erwidert sie deshalb in einem Ton, der kühler ist als nötig. Dann berichtet sie von dem Treffen mit dem ausgemergelten Commissaire.

»Warum hast du uns nicht gleich davon erzählt?«, fragt Dorothea.

Sie zuckt mit den Achseln. »Ich weiß nicht. Ich habe mich so«, sie sucht nach dem richtigen Wort, und das passiert ihr wirklich nur ganz selten, »so ungut gefühlt«, vollendet sie lahm. »Der Polizist will mit jedem von euch sprechen. Morgen vielleicht. Dieser Commissaire Renard ist hier, weil er eine anonyme Anzeige bekommen hat. Er ist extra aus Marseille angereist. Jemand hat dort einen Brief hingeschickt, in dem er behauptet, dass Michaels Mörder jetzt endlich enttarnt wird. Mehr aber offenbar nicht, zumindest hat mir dieser Polizist nicht mehr gesagt. Bei uns sind es die anonymen Briefe. Aber was gibt es eigentlich Neues zu dieser schrecklichen Nacht?«

Claudia blickt in die Runde, aber die anderen starren auf ihre Teller oder auf die Lichterkette oder das Meer. »Das ist doch gespenstisch! Wir sind alle hier und warten gewissermaßen auf den großen Knall. Aber welchen? Gibt es einen neuen Beweis? Eine neue Spur? Gar einen Schuldigen? Wir sind alle bloß gekommen, weil wir glauben, dass etwas passieren wird. Etwas Entscheidendes. Und weil wir alle seit dreißig Jahren diese Wunde in uns haben, die nicht verheilen will. Deshalb sind wir hier. Und sitzen hier in diesem Haus, auf dieser Terrasse, und trinken Wein, als wäre das einfach bloß der nächste Abend nach dem Babysitting bei den Norailles. Als wären die dreißig Jahre dazwischen einfach ausgelöscht. Sind sie aber nicht! Irgendjemand quält uns, irgendjemand spielt ein ganz gemeines Spiel mit unserem schlechten Gewissen.«

»Also, ich habe kein schlechtes Gewissen«, unterbricht Oliver sie indigniert.

»Und warum bist du dann hier?«, fragt Rüdiger. Sein Mund ist zu einem freundlichen Lächeln verzogen, aber seine Augen sind kalt, und man weiß nicht, ob er zornig ist. Alle warten auf eine Antwort, aber es kommt keine.

»Ich habe einen Job«, beginnt Claudia schließlich wieder. Sie sagt das so neutral wie möglich. Soll niemand glauben, sie bilde sich auf ihren Ministerposten etwas ein. »Ich kann es mir nicht leisten, hier tagelang auf der Terrasse zu hocken und Rosé zu trinken und darauf zu warten, dass *irgendetwas* passiert. Ich meine«, fährt sie hastig fort, »es ist schön hier, es ist schön, euch alle wiederzusehen, und traurig zugleich, weil alles mich an Michael erinnert. Aber ich kann mich nicht in dieser Hitze garen lassen und einfach bloß warten! Warten, dass dieser Jemand, der uns diesen Streich gespielt hat, einen neuen Zug macht. Noch mehr Briefe oder Anzeigen, was soll daraus denn noch werden?«

»Du willst schon wieder abreisen?«, fragt Babs. Irgendetwas im Tonfall ihrer Stimme verrät, dass sie gar nicht so unglücklich darüber wäre, wenn Claudia jetzt mit Ja antworten würde.

»Ich weiß es nicht«, entgegnet sie. »Ich gebe mir noch einen Tag, aber dann packe ich meine Sachen. Ich habe schon klügere Dinge in meinem Leben gemacht, als hierherzukommen.«

»Lässt dich dieser Commissaire denn gehen?« Dorothea blickt sie unsicher an. »Haben wir eine Vorladung oder so etwas? Dieser Renard will uns doch alle verhören. Der ist extra aus Marseille gekommen, hast du gesagt, der muss irgendetwas wissen. Ich glaube nicht, dass wir dann einfach so wegfahren dürfen.«

»Klar können wir das«, antwortet Oliver. »Solange wir offiziell nichts gehört haben, können wir wegfahren, wann wir wollen.«

»Das kannst du nicht«, erwidert seine Frau. »Du hast keinen Führerschein. Und ich reise nicht eher ab, als bis ich weiß, warum uns jemand nach Méjean gelockt hat.«

Rüdiger hebt begütigend die Rechte. »Ich glaube nicht, dass wir noch lange warten müssen«, erklärt er und blickt dabei Claudia an. »Nicht mehr, seit dieser Polizist hier ist. Der hat schließlich auch einen Job und Termine. Der wird hier nicht rumsitzen und auf *irgendetwas* warten. Renard wird seine Ermittlungen durchziehen. Ich glaube, dass wir in ein paar Tagen klüger sind. Vielleicht so klug, wie wir nie sein wollten.«

11

Renard steht genau dort in der Bucht, wo man vor dreißig Jahren den Leichnam Michael Schillers gefunden hat. Seine Füße exakt an der Stelle, wo die Füße des Toten gewesen sind, Füße zum Meer hin, Kopf zur Steilküste. Manchmal, wenn eine besonders große Welle hereinkommt, spült sie als Miniaturbrandung über einen gezackten Stein am Ufer, kaum zwei Handbreit hoch, und läuft dann mit einem Gurgeln im Kies aus. Aber niemals, und er steht jetzt schon seit einer guten Stunde hier, hat das Meer seine Füße erreicht.

Renard denkt an das, was Claudia Bornheim ihm heute Nachmittag erzählt hat und was die Deutschen auch schon seinerzeit ausgesagt haben: Michael Schiller hat einen Rucksack mitgenommen, mit Kamera und Skizzenblock, diesen verdammten Rucksack, den danach dann niemand je wieder zu Gesicht bekommen hat. Aber der Tote war, als man ihn fand, mit einer Badehose bekleidet gewesen, seine Füße steckten in Neoprenschuhen, genau solchen, mit denen sich die erfahrenen Schwimmer an der Côte Bleue die Füße vor Verletzungen schützen. Das Ferienhaus hat seinen Eltern gehört, der Junge muss zuvor schon öfter hier gewesen sein. Der wollte keine Fotos machen oder Bilder malen, sagt sich Renard, zumindest nicht in dem Augenblick vor seinem Tod. Michael Schiller wollte ins Meer, nach einem langen Abend und einem heißen Tag, der wollte sich abkühlen und vielleicht auch wieder munterer werden und nüchterner, nach dem Lambrusco bei den Norailles und der Sangria oben im Ferienhaus.

Ob ihn sein Mörder im Meer erwischt hat, vielleicht gar weit entfernt von dieser Bucht? Und er ist nur durch eine Strömung und eine Brandung zufällig in diese Bucht getrieben worden? Unwahrscheinlich, denn welche Welle hätte seinen Körper bis zu dieser Stelle tragen können? Also doch hier, noch vor oder erst nach seinem Bad. Badehose und Schuhe waren trocken, als man ihn fand, aber das hat nichts zu sagen. Im Labor haben sie Salzkristalle im Stoff nachgewiesen, aber auch das hat nichts zu bedeuten. Er könnte auch Stunden vorher im Meer gewesen sein und einfach seine Sachen nicht ausgespült haben.

Renard geht noch einmal die Bucht ab. Von der Stelle aus, an der Michael Schiller gelegen hat, kann man das Ferienhaus nicht sehen, ein großer Felsen blockiert die Sicht. Am gegenüberliegenden Ende der Bucht jedoch kann Renard bis auf die Terrasse blicken, auch wenn ein paar Pinienkronen es schwer machen, Einzelheiten zu erkennen. Eine Lichterkette sieht er immerhin. Hört Stimmen. Unglaublich. Ob diese Deutschen einfach Urlaub machen? Er wird sie sich gründlich vornehmen, jeden Einzelnen. Morgen schon.

Serge schlendert über die Terrasse des Mangetout und scherzt mit den letzten Gästen. Nabil kommt aus der Küche und küsst ihn lange, ein paar Gäste pfeifen. »Der Ofen ist für heute aus«, sagt sein Freund ganz allgemein in die Runde.

»Offenbar noch nicht«, ruft jemand lachend. »Es hat wieder göttlich geschmeckt, Nabil.«

Serge nimmt seinen Partner in den Arm und lächelt, auch wenn da die Stimme in seinem Kopf ist, die höhnt, dass er sich diesen Mist sparen soll und das Grinsen ziemlich bescheuert aussieht. Ein Polizist ist da und wühlt in der alten Geschichte herum. Eigentlich sollte Serge sich lieber ducken und still sein, vielleicht sogar für ein paar Tage verschwinden, bis dieser Renard wieder abgezogen ist. Aber Nabil soll nichts beunruhigen. Ihn gab es vor dreißig Jahren noch nicht in seinem Leben. Und die Gäste dürfen erst recht nichts merken. Er schlendert Arm in Arm mit seinem Freund auf den Hafen zu und wirft einen verstohlenen Blick zum Zimmerfenster hoch. Dunkel. Verdammt, wo dieser Flic sich bloß herumtreibt? Aber bei den Deutschen erkennt man Lichter, die machen Party. Das geht schon irgendwie vorüber, sagt er sich, morgen früh wache ich neben Nabils warmem Körper auf und lache darüber. Aber er weiß schon, dass er nicht lachen wird. Er fürchtet sich vor dem nächsten Tag.

Henri sieht den Patron und seinen Lebenspartner an der Kaimauer stehen, doch er winkt ihnen nicht zu, sie würden ihn eh nicht sehen. Das Boot ist dunkel. Eliane hockt neben ihm auf dem Stahlblech des Rumpfes, das immer noch die Hitze des Tages abstrahlt. Die Kinder schlafen im Haus, oder wahrscheinlich verdaddeln sie ihren Abend mit der PlayStation, aber das ist egal. Seine Frau hat zwei Pakete vom Mangetout mitgebracht. Sie essen gerne auf dem Kahn, ohne viele Worte dabei zu verlieren. Henri spürt das sanfte Schaukeln des Rumpfes, ein Heben und Senken, und manchmal zerrt das Boot an der Leine wie ein ungeduldiges Tier. Es duftet nach Seetang und Salz. Über ihnen leuchten so wahnsinnig viele Sterne, dass Henri sich manchmal einfach auf den Boden des Rumpfes legt und in den Himmel blickt, dann fühlt er sich wie Captain Kirk, der mit der *Enterprise* durch das Weltall rast. Vielleicht ist das kindisch, aber scheiß drauf, es fühlt sich großartig an.

An diesem Abend jedoch schaut er nicht zu den Sternen hoch, sondern bloß die zweihundert Meter bis zu einem gewissen Haus. Die haben die bunte Lichterkette also immer noch. Die hat er seit seiner Jugend nicht mehr gesehen. Seit dreißig Jahren. Ein Wunder, dass die Birnen nicht durchgebrannt sind. Hoffentlich ist es so dunkel, dass Eliane sein Gesicht nicht erkennen kann. Damit sie die Sehnsucht nicht bemerkt, mit der er hinaufblickt.

Sylvie und Francis bemühen sich, Konversation zu machen. Da ist Laura elf Stunden geflogen, um endlich mal wieder bei ihnen zu sein, und dann sind sie fahrig und reden belangloses Zeug wie auf einer öden Cocktailparty. Aber wie soll man sich konzentrieren, wenn da vorne die Lichter leuchten? In diesem Haus? Mit diesen Leuten?

Irgendwann gähnt Laura, vielleicht ein wenig zu aufgesetzt, möglicherweise spürt sie, dass ihre Eltern in Gedanken ganz woanders sind. »Ich haue mich hin«, verkündet sie. »Morgen will ich tauchen. Ich muss vorher die Flaschen füllen. Ich hoffe, ich wecke euch nicht, wenn ich aufstehe.« Sie wirft ihnen Kusshände zu und verschwindet nach unten.

»Das ertrage ich nicht«, murmelt Francis, nachdem sie gegangen ist. »Ich ertrage es nicht, wenn diese Deutschen den ganzen Sommer hierbleiben.«

»Sie müssen verschwinden«, flüstert Sylvie. Und das ist kein Wunsch, das ist eine Feststellung.

III

Das Meer

12

Interessant, denkt Renard, keiner der Deutschen ist bislang in die Bucht hinabgestiegen, in der ihr toter Freund gefunden wurde – außer Claudia Bornheim, und die ist nun schon das zweite Mal hier. Er hat letzte Nacht nur wenige Stunden geschlafen, diese verdammte Hitze, selbst nach Mitternacht sicher noch über dreißig Grad, und da hat er ihren Namen gegoogelt. So viele Treffer. Nachrichtenvideos auf YouTube, Fotos überall, Texte, die er bloß überfliegt, und seine eingerosteten Deutschkenntnisse helfen ihm auch nicht unbedingt weiter. Claudia Bornheim ist ein Star in Deutschland, und wer weiß, ob man sie nicht auch bald in Frankreich kennen wird – falls sie weiter so Karriere macht und möglicherweise irgendwann zur Regierung gehört. Dann wird sie zum Besuch nach Paris einfliegen und den Präsidenten mit Wangenküssen begrüßen. Die Diplomaten am Quai d'Orsay würden einen Herzinfarkt erleiden, wenn dann ein Commissaire aus Marseille den Staatsgast mit Fragen nach einer alten blutigen Geschichte behelligt. Er wird Claudia Bornheim hier und jetzt in Méjean verhören können und danach womöglich nie mehr. Einen Augenblick fragt sich Renard, ob diese Gedanken auch dem Briefschreiber durch den Kopf gegangen sind. Ob er weiß, dass unter den Deutschen zumindest eine Frau ist, die bald so mächtig sein wird, dass sie dem Zugriff der Polizei für immer entzogen ist?

Renard hat zum Frühstück Serges starken Kaffee getrunken und zwei Handvoll Tabletten gegessen. Montagmorgen, die Wochenendgäste sind fort, über Méjeans halsbrecherische Straßen rollt kein Auto mehr, die meisten Häuser wirken verlassen. Er streift ein wenig herum, kämpft sich die steilen Wege hinauf und hinunter, bevor die Hitze ihn ausdörren kann, versucht, ein Gespür für diesen Ort zu bekommen. Noch ist es so früh, dass die Zikaden schlafen. Nachts lärmen die Insekten auch nicht – es ist so still, wie es in jener Nacht vor dreißig Jahren gewesen sein muss. Könnte jemand etwas gehört haben? Renard verharrt und lauscht: Meeresrauschen, ganz leise, dazu manchmal ein Möwenschrei. Würde man von irgendeinem dieser Häuser aus einen Schlag hören, Stein auf Knochen, den dumpfen Aufschlag eines stürzenden Körpers? Vielleicht gar einen erstickten Schrei? Es ist so ruhig hier, und doch scheinen Steine und Pinien jedes Geräusch zu schlucken. Renard schüttelt resigniert den Kopf. Es würde nichts nutzen, die Bewohner, die damals schon hier gelebt haben, noch einmal zu befragen. Wer sich vor dreißig Jahren an nichts Auffälliges in der Tatnacht erinnerte, der wird sich heute erst recht nicht erinnern. Keine Zeugen. Er geht, in Gedanken versunken, weiter, bis er unter dem Schatten einer Pinie auf Claudia Bornheim trifft. Sie muss ihm nicht erklären, wohin sie unterwegs ist: Die Straße führt vom Ferienhaus den Hügel hinunter. Richtung Bucht.

»Sie sind eine Frühaufsteherin, Madame«, begrüßt er sie.

Aus der Nähe erkennt er, wie müde Claudia ist. »Kein Politiker kann lange schlafen«, sagt sie.

»Sie haben Termine? Hier?«

Ist der misstrauisch, sagt sich Claudia erschrocken. Glaubt der wirklich, ich habe hier eine Verabredung? »Nein«, versichert sie rasch, »meine innere Uhr lässt sich bloß nicht einfach abstellen. Um fünf Uhr dreißig bin ich wach.«

»Denken Sie noch oft an Michael Schiller?«

Claudia schlingt die Arme um ihren Körper, als sei ihr kalt. Sie merkt, was sie tut, zwingt sich, die Arme an den Seiten herabhängen zu lassen, locker bleiben, das sagt sich so einfach. »Ich versuche, mich so selten wie möglich an ihn zu erinnern«, erwidert sie und denkt gleich darauf, mein Gott, was erzähle ich da bloß? »Ich meine«, schiebt sie hastig hinterher, »ich erinnere mich an den Michael, den

ich gekannt habe. Aber ich versuche, nicht an *das* hier zu denken.«
Sie deutet vom Weg aus auf das Ende der Bucht, dorthin, wo man seinen Leichnam gefunden hat.

Renard fragt sich, wie sich dieses *das* anfühlen muss. Er hat so viele Tote gesehen in seiner Karriere – Ermordete, Junkies nach dem goldenen Schuss, Selbstmörder, Unfallopfer –, dass er längst mit dem Zählen aufgehört hat. An manche erinnert er sich noch schmerzhaft, an andere kaum noch. Aber kein Toter ist ihm zuvor im Leben nahe gewesen, außer seiner Mutter. Er war bei ihr gewesen, als sie ihre letzten Atemzüge tat, im Krankenhaus La Timone, auch sie mit Krebs. Aber da war der Tod weder überraschend noch schmerzhaft gekommen, sondern als sanfte Erlösung im Schlaf nach Monaten eines unaufhaltsamen und heiter ertragenen Verfalls, und deshalb erinnert sich Renard an das Sterben seiner Mutter noch sehr gut, aber ganz ohne Schauder. Der Tod kann auch ein warmherziger Freund sein, und wenn du das einmal kapiert hast, dann hält die Welt weniger Schrecken für dich bereit.

»Haben Sie den Brief?«, fragt er. Sie sind inzwischen bis zur Bucht hinuntergestiegen. Heute Morgen ist sie verlassen.

Claudia seufzt. Renard ist ein schwarzer Vogel, der auf ihrer Schulter hockt: Man muss ihm geben, wonach er verlangt, erst dann fliegt er davon. Hoffentlich. Sie zieht das Schreiben aus der Hosentasche und reicht es dem Commissaire. Weißes Papier von der Sorte, wie sie im Bürohandel in Fünfhundert-Blatt-Paketen verkauft wird, der kurze Text kommt aus einem Laserdrucker. Allerdings hat sein Verfasser als Schrift Courier gewählt, die alte Schreibmaschinentype. Vielleicht ein kleiner, perfider Hinweis auf die dreißig Jahre alte Tat. Für die wenigen Zeilen reicht Renards Deutsch allemal:

Claudia,

Michael war Deine erste große Liebe und, wenn mich nicht alles täuscht, sogar die Liebe Deines Lebens. Aber Du hast ihn in Méjean nicht gerade gut behandelt – erinnerst Du Dich an H.? Du hättest die Affäre sicherlich mit Michael geklärt, Ihr hättet Euch versöhnt, Du hast schon damals so wahnsinnig überzeugend reden können. Aber dann ist Michael gestorben, bevor Ihr Euch aussprechen konntet. Seit dreißig Jahren lässt Dir das keine Ruhe, habe ich nicht recht? Wenn Du endlich Frieden finden willst, dann solltest Du übermorgen nach Méjean reisen. Ich werde Dir helfen, Michaels Mörder zu finden. Es wird bestimmt nicht lange dauern. Du musst zum alten Haus fahren, Du weißt schon. Du wirst dort nicht allein sein.

Renard lässt den Brief sinken, einen Moment unschlüssig, ob er ihn behalten soll. Ein Beweisstück, er sollte es zu den Akten nehmen. Er könnte die Jungs von der Spurensicherung einschalten. Doch er denkt: Wer das hier inszeniert hat, der ist auch weitblickend genug, um keine verräterische Spur auf dem Papier zu hinterlassen. Er nimmt sein Handy, fotografiert das Schreiben und reicht es ihr anschließend zurück.
»Wer ist dieser H.?«, fragt er dann behutsam.
Claudia seufzt und schließt die Augen. Wenn dieser Commissaire ein bulliger Typ wäre oder ein ungehobelter Klotz oder ihretwegen auch einer von der scheißcharmanten Sorte, dann könnte sie jetzt kämpfen und ihm einfach irgendeine Geschichte auftischen. Aber wie wehrst du dich gegen einen so ausgemergelten Mann mit solch dunklen, traurigen Augen? »H. ist ein vollkommen unbedeutender Mensch«, flüstert sie so leise, dass sich Renard zu ihr beugen muss, um sie zu verstehen. »Er hat garantiert nichts damit zu tun.«

13

Am dritten Tag ihres Urlaubs saß Claudia auf der Mole von Grand Méjean und drehte sich eine Zigarette. Am Rand des Hafens hatten die paar Fischer des Kaffs ihre, nun ja, Zentrale? Ihr Hauptquartier? Ihre Kooperative? Jedenfalls eine Art Baracke, in der sie ohne erkennbare Ordnung Netze, Bojen, Werkzeuge und ausgeweidete Bootsmotoren stapelten, in der es immer halbdunkel war und nach Öl, Fisch und Männerschweiß stank. Mittendrin stand ein Kühlschrank, dessen einstmals weiß lackierte Tür von Rostschlieren zerfressen war. Dort lagerten sie die wenigen Fische, die sie nicht direkt nach dem Einlaufen gegen acht Uhr morgens an die braven Hausfrauen von Méjean verkauft hatten. Nicht gerade hygienisch. Aber da niemand aus ihrer Clique es schaffte, schon um acht Uhr am Hafen zu sein, mussten sie sich ihre Vorräte eben später aus diesem versifften Kühlschrank holen.

Claudia blickte gelangweilt und ein bisschen misstrauisch zur Baracke hinüber. Babs war die Köchin, also kaufte sie die Fische ein. Aber Michael war der Einzige, der wirklich gut Französisch konnte, also ging er mit. Sie beobachtete die beiden. Die gaben ein Paar ab! Michael sah unverschämt gut aus. Und er hatte etwas an sich, dass die Leute ihn sofort mochten. Selbst der alte Fischer, mit dem sie feilschten, lachte und schlug ihm auf die Schulter. Und Babs hatte sich tatsächlich bei Michael untergehakt. Die tut vor dem alten Sack so, als wäre sie seine Freundin, ausgerechnet unsere Babs! Aber Michael ließ sich das gefallen – wie er sich auch die saublöden und manchmal zweideutigen Bemerkungen von Petra und Sabine und Annette und tausend anderen Mädchen auf dem Pausenhof gefallen ließ. Wie er niemals Nein sagte, wenn eine Tussi mit ihm in der Disco tanzen wollte. Wie er es sich gefallen ließ, wenn sie sich am Baggersee möglichst nah neben ihm sonnten, die Sabine sogar einmal oben ohne! Scheiße, sogar die Mütter der kleinen Volleyballerinnen, die Michael trainierte, luden ihn mehr oder weniger offen in ihre Betten ein! Nicht, dass Michael es mit einer anderen trieb. Zumindest nicht, dass sie wüsste. Hoffentlich nicht. Aber Claudia musste bei all diesen Andeutungen und Flirts und Gesten immer danebenstehen und sich schnippische Bemerkungen verkneifen. Die Emanze, die jedem Typen, der einen Frauenwitz riss, eine runterhauen wollte, konnte ja schlecht vor allen Leuten herumzicken und die anderen Mädchen anmachen – wegen eines Kerls! Jeder hätte sie ausgelacht, und Michael als Erster.

Während Claudia am Kai saß und die Sonne immer heißer in ihren Nacken brannte, der Fischgestank immer penetranter wurde und das herumalbernde, untergehakte Traumpaar da in der Baracke einfach nicht fertig wurde, arbeitete ein Junge in einem Fischerkahn, keine zehn Meter von ihr entfernt. Den hatte sie bisher noch gar nicht bemerkt. Der Typ war ungefähr so alt wie sie, untersetzt und dunkelhaarig und wahrscheinlich zu schüchtern, um zu ihr aufzusehen. Der Junge war, vermutete sie, in allem das Gegenteil von Michael. Claudia stellte sich vor, dass dieser Typ schon mit vierzehn die Schule verlassen hatte und seither Fische ausweidete oder was immer man als angehender Fischer so machte. Dass er in seinem Leben höchstens mal bis nach Marseille gekommen war. Dass er billige, penetrant duftende Deos unter seine behaarten Achseln sprühte, dass er stundenlang Fernsehen glotzte, mit irgendwelchen Kumpels Fußball spielte und Schlager hörte. Gab es in Frankreich Schlager? Irgend so etwas würde es geben, und das würde er hören. Wenn sie sich bei dem Kerl unterhaken würde, dann wäre das doch mindestens so schrill wie Babs mit Michael, oder? Vielleicht tat es Michael mal ganz gut zu sehen, wie das war.

Claudia stand auf, ging die wenigen Schritte zu dem Boot, setzte ihr

ironisches Lächeln auf und kratzte all ihr Schulfranzösisch zusammen.
»Kann man dein Tretboot für eine Stunde mieten?«, fragte sie.

»Damit fange ich Fische. Und da muss ich eigentlich erst meinen Vater fragen«, stammelte ein extrem verwirrter Henri Pons.

14

»Ist er so unbedeutend, dass Sie sich nicht einmal mehr an seinen Namen erinnern können, Madame?«

»Henri«, antwortet Claudia. »Seinen Nachnamen habe ich vergessen. Wenn ich ihn denn je gewusst habe. Für mich war er nur Henri damals. Ein Fischer aus Méjean. Wenn er noch hier lebt, dann dürfte es nicht schwer für Sie sein, ihn zu finden.«

Renard lächelt. »Sie haben ihn noch nicht wiedergesehen, seitdem Sie hier sind?«

Claudia atmet tief durch. »Jetzt hören Sie mir mal gut zu, Commissaire.« Unbewusst ist sie in den Tonfall gerutscht, bei dem ihre Referentin Jasmin einen besorgten Gesichtsausdruck machen würde, aber dieser Renard lächelt einfach weiter. »Ich weiß selbst am besten, was in diesem Brief steht: ›Affäre‹. Aber Henri und ich hatten keine Affäre. Nicht einmal einen One-Night-Stand, wenn Sie es genau wissen wollen. Gar nichts. Henri war nett und ein bisschen schüchtern, und ich hatte ihn gern. Ich habe hin und wieder mit ihm geredet, das ist alles. Wenn das schon eine Affäre ist, dann haben wir beide auch gerade eine Affäre.«

Der Commissaire schweigt bloß.

»Gut, okay«, gibt Claudia schließlich entnervt zu, »ich habe auch mit Henri geflirtet. Ich fühlte mich, nun ja, irgendwie geschmeichelt. Aber das war alles ganz unschuldig, unschuldiger geht es nicht.«

Renard nickt, als akzeptiere er das alles, trotzdem hört er einfach nicht auf, dabei so seltsam zu lächeln. »Das, was Sie mir soeben gesagt haben, haben Sie aber damals Michael Schiller nicht gesagt. Nicht mehr sagen können, oder?« Er hebt die Hände.

Sie weiß nicht, ob er damit bloß seine Verwunderung ausdrücken will oder doch eher Empörung. Doch bevor sie darauf reagieren kann, redet er schon weiter.

»Sie sind Ministerin, Madame! Sie bekommen diesen Brief und lassen alles stehen und liegen, um nach Méjean zu reisen. Eine Affäre, die gar keine ist und die Sie Michael Schiller deshalb auch gar nicht hätten gestehen müssen, die kann Ihnen doch nicht seit dreißig Jahren die Ruhe rauben?! Irgendetwas muss an der Behauptung dran sein.«

»Doch nicht an dieser Behauptung!« Claudia fühlt sich in die Enge getrieben, und das ist etwas, was sie nicht mag und nicht kennt und was ihr seit mindestens dreißig Jahren auch nicht mehr passiert ist. »Mich hat die andere Behauptung umgehauen!« Sie zerrt den Brief wieder hervor, faltet ihn auseinander, sieht dabei, dass sogar ihre Hände leicht zittern, sie hätte nie hierherfahren sollen, aber, verdammt, was hätte sie denn sonst tun sollen? Sie tippt mit dem Zeigefinger auf eine Zeile:

Ich werde Dir helfen, Michaels Mörder zu finden.

»Es stimmt schon«, gibt sie schwer atmend zu, »Michael war die erste Liebe meines Lebens, und vielleicht stimmt sogar das, was dieses anonyme Arschloch danach auch noch schreibt, dass er die Liebe meines Lebens gewesen ist. Aber es waren Ihre Kollegen, Commissaire«, jetzt deutet sie mit dem Finger auf ihn, und sie ist wütend, und das fühlt sich irgendwie befreiend an, »die es nicht fertiggebracht haben, den Mörder zu finden. Ich meine, sehen Sie sich doch um!« Sie fährt mit der Hand in großer Geste durch die Luft. »Wie viele Menschen leben denn hier? Hundert? Fünfzig? Wir reden hier doch nicht von einem Killer in New York! Sie hätten den Täter längst zur Strecke bringen müssen. So viele Verdächtige gibt es ja nicht. Aber dreißig Jahre lang habe ich nichts gehört, nie. Und dann behauptet da jemand urplötzlich, dass er den Mörder kennt. Deshalb bin ich gekommen, nur deshalb!« Sie reckt das Kinn vor. »Und Sie, Commissaire? Sie sind auch sofort hier aufgekreuzt, oder?«

Renard nickt. Was sollte es schon bringen, dieser schönen, wütenden, traurigen Frau zu sagen, dass er lieber in ganz anderen Fällen ermitteln würde? Dass er nur hier ist, weil er derjenige ist, den sie in der Évêché am ehesten entbehren können. »Vor dreißig Jahren«, beginnt er, »haben meine Kollegen die Alibis aller Einwohner überprüft. Sie haben nach Touristen gefahndet, die möglicherweise zufällig in der Bucht vorbeigekommen waren, weil ja auch jemand von auswärts Michael Schiller hätte töten können. Und meine Kollegen haben selbstverständlich auch Sie alle überprüft, seine jungen deutschen Freunde. Mit anderen Worten: Die Beamten haben damals in alle Richtungen ermittelt, sie haben damit möglicherweise Kräfte verschwendet und Zeit vergeudet, aber was blieb ihnen sonst übrig? Jetzt aber«, der Commissaire nickt zufrieden, »jetzt vergeude ich keine Kraft und keine Zeit mehr.« Er deutet auf das Schreiben, das Claudia noch immer in der Hand hält – in einer Hand, die jetzt nicht mehr zittert, immerhin. »Der Brief ist auf Deutsch verfasst. Sein Autor weiß über Sie und Michael Bescheid. Er muss Sie sogar zusammen mit diesem Fischer, Henri, gesehen haben, mit dem Sie angeblich keine Affäre hatten.«

»Das klingt, als glaubten Sie mir nicht«, faucht Claudia.

»Und der Brief ist in Deutschland aufgegeben worden«, fährt Renard unbeirrt fort. »Wie auch der Brief, der an die Évêché geschickt wurde.« Er holt ein Blatt aus der Tasche, eine Fotokopie, das Original hat er zu den Akten geheftet:

An die Police judiciaire von Marseille,

erinnert sich noch jemand bei Ihnen an den Mordfall Michael Schiller? Seit dreißig Jahren suchen Sie den Täter. Wenn Sie übermorgen einen Beamten nach Méjean schicken, dann können Sie den Fall endlich schließen. Die Deutschen von damals werden da sein, Michael Schillers Freunde. Der Mörder ist nämlich in Méjean. Ich werde Ihnen zeigen, wer es ist.

Renard sieht, wie Claudia mit den Tränen kämpft. Er bietet ihr ein Papiertaschentuch an, sie wehrt mit wütender Geste ab.

»Das ist pervers«, flüstert sie.

Der Commissaire wird von Motorenlärm abgelenkt. Ein Fischerkahn gleitet auf das Meer, ein Boot aus verschrammtem blauem Kunststoff, an dessen Heck ein schwerer Außenbordmotor grummelt. Am Steuer steht ein junger langhaariger Mann. Der ist es nicht, denkt er: Henri, Fischer aus Méjean; wenn er damals ungefähr so alt war wie die Deutschen, dann ist er jetzt Ende vierzig, Anfang fünfzig. Er wird einen der Kollegen in der Évêché anrufen, soll der sich dahinterklemmen. Claudia hat recht: So viele Leute leben hier nicht, es sollte nicht schwer sein, ihn zu finden.

»Da ist noch etwas«, fährt er fort. »Das Haus von damals, in dem Sie jetzt alle wieder wohnen. Es wird seit Jahren über eine Agentur als Feriendomizil vermietet. Ich habe da gestern angerufen: Es ist für den ganzen Sommer gebucht worden, von Ende Juni bis Anfang September. Von einem Kunden aus Deutschland.«

»Von wem?«, fragt Claudia. Ihr Puls rast, plötzlich fragt sie sich, ob sie überhaupt wissen will, wer diese schreckliche Sache inszeniert hat.

»Michael Schiller.«

Jetzt drehen sich die Wellen und die Wolken und die Felsen um sie, Claudia muss ihre Hand ausstrecken und sich ausgerechnet an Renard festhalten, bis der Schwindel endlich wieder abebbt.

»Tut mir sehr leid«, murmelt der Commissaire, und Claudia stellt erstaunt fest, dass er es tatsächlich so meint. »Das Ferienhaus ist bei der Agentur über PayPal bezahlt worden. Der Kunde hat seinen Namen mit ›Michael Schiller‹ angegeben und als Wohnort Schillers einstige Adresse eingetragen. Er hat bloß die alte vierstellige Postleitzahl in die neue geändert. Das sind selbstverständlich falsche Angaben. Ich habe den Kollegen in Deutschland eine Mail geschickt und die Sache erklärt. Sie forschen nach. Aber es kann eine Weile dauern, bis sie herausgefunden haben, wer das Haus wirklich gemietet hat.«

»Wie lange?«

»Einige Tage womöglich.«

Sie gehen quer durch die Bucht, weil Claudia einfach nicht mehr stillstehen kann. Ihr rechter Fuß stößt gegen ein Holzstück. Sie hebt es auf, es ist flach, kaum handgroß, von Meer und Sand angenehm weich geschmirgelt, schon warm von der Sonne. Die eine Seite ist grau verwittert, auf der anderen schimmert noch schwach ein roter Strich auf blauem Untergrund. Vielleicht stammt das von einem alten Schiff, denkt sie, das letzte Relikt eines untergegangenen Seglers; wie romantisch das wäre, wenn ich hier doch einfach bloß Urlaub machen würde. »Treibholzstücke habe ich als Kind immer vom Strand aufgelesen und als Souvenirs mitgenommen«, sagt sie leise. »Bei mir zu Hause steht eine ganze Sammlung auf dem Bücherregal. Nur aus Méjean habe ich nichts.«

Renard räuspert sich. »Das hier ist wirklich gut vorbereitet worden. Und ich halte es für sehr wahrscheinlich, dass es von einem von Ihnen vorbereitet worden ist.«

»Von uns?«

»Ja. Von jemandem aus Ihrer Freundesgruppe.«

»Das ist absurd«, wehrt sie ab, obwohl sie selbst weiß, wie lächerlich sich das anhört. Wie rasch deine Welt versinkt, denkt sie, die Termine, der Stress, die Konferenzen, die Sorgen. Das scheint schon hundert Jahre hinter ihr zu liegen, und jetzt gibt es da nur noch Méjean und Michael und diesen Commissaire. Und die anderen ...

»Wir haben alle so einen Brief bekommen«, sagt sie.

»Die perfekte Tarnung, Madame.« Renard wischt sich mit dem Taschentuch, das die Deutsche nicht haben wollte und das er zwischenzeitlich in seiner Hand vergessen hat, den Schweiß von der Stirn. Fünfunddreißig Grad um neun Uhr morgens, kann das sein? Kein Wunder, dass sie früher die Hölle immer als heißen Ort gemalt haben, nie als kalten. Ob die Medikamente bei Hitze weniger wirken? Oder ob sein Chef einfach recht hat, und er ist zu fertig für den Job? Er sollte ins Meer gehen, so wie er ist, mit Kleidung und Notizblock und vor dieser Frau, die sicherlich verwundert sein würde, vielleicht sogar erschrocken, und er sollte in die Wellen tauchen und niemals wieder hochkommen.

»Der Absender weiß etwas«, sagt er stattdessen und bemüht sich um einen möglichst sachlichen Ton. »Etwas, das für Sie jeweils so wichtig ist, dass Sie alle sofort hergekommen sind. Womöglich weiß er tatsächlich, wer der Mörder ist. Und womöglich ist es einer von Ihnen, Madame.« Er lässt seine Worte ein, zwei Sekunden einsickern. »Wer von Ihnen, glauben Sie, könnte ein Motiv gehabt haben, Michael Schiller zu töten?« Will Renard sie quälen? Hat er seine Frage deshalb so formuliert? Als wüsste Claudia nicht genau, was der Commissaire gerade denkt: Er glaubt, sie hatte doch etwas mit Henri. Er glaubt an eine Eifersuchtsszene, einen Streit, einen unbedachten Schlag. Claudia versteht jetzt, dass sie selbst ganz oben auf Renards Liste der Verdächtigen steht, seit sie ihm diesen verfluchten Brief gezeigt hat. Was soll sie jetzt tun? Die anderen anschwärzen, damit die sich endlich auch mal diesen dunklen Augen und freundlichen Fragen stellen müssen? Babs zum Beispiel, die damals so verzweifelt und hoffnungslos in Michael verliebt war? Wäre unerwiderte Liebe nicht ein gutes Motiv?

Oder Rüdiger? Der hat sich doch schon damals so sehr mit seinen Bildern schwergetan. Er hat gemalt und gezeichnet und seine Sachen immer wieder zerrissen – und Michael, dem einfach immer alles leichtgefallen ist, hat ab und zu auch gemalt und das, ehrlicherweise, garantiert nicht schlechter als Rüdiger. Wollte Michael nicht in seiner letzten Nacht noch etwas malen? Und fehlte nicht sein Rucksack mit den Malsachen und der Kamera drin? Vielleicht ist Rüdiger in jener Nacht dabei gewesen, wäre doch möglich, oder? Und hat gesehen, wie Michael mit links bessere Bilder gemalt hat als er, der Künstler? Und da hat er in seiner Frustration ...

Oder Katsche? Katsche, ja, lieber Commissaire, da hättest du dein Motiv.

15

Claudia stand nicht so auf Zeremonien, das war was für Alte und CDU-Wähler und Leute vom Dorf. Aber irgendwie musste sie ja an ihr Zeugnis kommen. Die feierliche Abiturübergabe fand in der Aula statt, dem Kasten, in dem die dunkelroten Klappstühle zu kurz waren, um bequem zu sitzen, und in dem man nie genau verstand, was vorne auf der Bühne gesagt wurde. War vielleicht auch besser so. Direktor Wipperfürth hatte seine Rede damit begonnen, dass die Abiturienten ihre grünen Schülerbuskarten abgeben sollten, die brauchten sie ja jetzt nicht mehr. Ging's noch dämlicher? Da saßen die Abiturienten und ihre Eltern, und die meisten hatten sich tatsächlich herausgeputzt. Babs hatte ein Kleid an, als wäre sie auf ihrer Kommunionsfeier, und einige Typen hatten sich sogar Krawatten umgebunden. Claudia hatte einen selbst gestrickten Pullover an, darauf einen gelben Button »Atomkraft? Nein danke!«, sie trug eine lilafarbene Jeans und war auch die Einzige, die ihren Eltern verboten hatte mitzukommen. Sie war schon volljährig, oder etwa nicht? Aus den Augenwinkeln beobachtete sie die Von-und-Zus. Rüdigers Eltern hatten in der letzten Reihe Platz genommen, weil sie den jüngeren Bruder Jürgen mitgebracht hatten, bei dem man nie sicher sein konnte, ob er nicht irgendwann anfing zu schreien oder heftig zu zucken. Da saß es also, dieses reiche, kluge, schöne Paar, und blickte stolz nach vorne auf seinen Künstlersohn. Und doch wanderten ihre Blicke immer wieder ängstlich auf den jüngeren Bruder, Mutter und Vater gespannt wie zwei Bodyguards, die beim geringsten Alarmzeichen ihren Promi packen und aus dem Raum zerren würden. Claudia hoffte, dass Jürgen nicht ausgerechnet während ihrer Rede eine Szene machen würde.

Irgendwann machte Wipperfürth ihr den Platz auf dem Podium frei. Die Schülersprecherin. Sie hatte zwei Reden in der Hand, Stichworte auf Karteikarten, sie wusste genau, was sie sagen wollte. Es gab eine witzige, harmlose Variante. Ein paar Scherze, ein bisschen Blabla, und alle wären zufrieden. Und es gab die Variante, mit der sie es ihnen allen so richtig geben würde. Die Abrechnung.

Wenn Rüdigers Bruder jetzt ausflippt, sagte sie sich, als sie den ziemlich langen Gang Richtung Podium hinunterschritt, dann ist mir auch alles egal, und ich kotze mich aus. Aber wenn sich Jürgen beherrscht, dann bin ich auch brav. Ein Gottesurteil, gewissermaßen. Rüdigers Bruder blieb still, und als sie das Podium erklommen hatte und sich Richtung Publikum wandte, lächelte er sogar.

Also hielt Claudia die erste von, wie sich herausstellen sollte, noch sehr vielen Claudia-Bornheim-Reden. Schlagfertig, witzig, ein bisschen frech, schön kurz. Die Leute schwiegen anerkennend, wenn sie anerkennend schweigen sollten, sie lachten, wenn sie lachen sollten, sie applaudierten genau im richtigen Augenblick und genau in der richtigen Länge – Claudia und ihr Publikum waren wie ein Orchester, bei dem die Musiker gerade erst zusammengekommen waren und trotzdem sofort mit ihrer Dirigentin eine triumphale Symphonie spielten. So zumindest kam es ihr vor, und plötzlich wusste sie, dass sie genau das liebte. Es war wie eine Erleuchtung, so etwas wie bei Buddha, für den sich plötzlich alles zusammenfügte, was bis dahin im Dunkeln gelegen hatte. Nur dass sie nicht das Nirwana gesehen hatte, sondern die Politik. Ihre Zukunft.

Sie ging beschwingt vom Podium und warf Michael eine Kusshand zu. Ihr strahlendstes Lächeln hatte sie jedoch für Jürgen reserviert, das Orakel Gottes, der nicht einmal wusste, dass Gott aus ihm gesprochen hatte. Und selbst dieses Lächeln für einen Jungen, von dessen Behinderung hier jeder wusste, schienen die Eltern in der Aula zu bemerken, um ihr daraufhin beinahe noch einmal Extraapplaus zu spenden. Die Zeremonie war viel besser, als Claudia sich das je vorgestellt hätte. Und sie wäre auch gut zu Ende gegangen, wenn Katsche nicht, als alle schon zu den Ausgängen strömten, eine Riesenszene gemacht hätte.

Oliver hatte in der ersten Reihe zwischen seiner Mutter und seinem Vater gesessen, die ungefähr die schrecklichsten Eltern der Jahrgangsstufe waren. Claudia hatte sie auf Elternabenden und Konferenzen erlebt, zu denen sie als Schülersprecherin eingeladen gewesen war. Katsches Vater war in der Schulpflegschaft und im Förderverein, ein klein gewachsener hagerer, bärtiger Mann, dessen Marotte es war, andere Eltern, Schüler und Lehrer mit herablassender Ironie auflaufen zu lassen. Er gab dir das Gefühl, dass er alles besser wusste als du und dass du sogar zu blöd warst, um zu bemerken, dass er dich mit herablassender Ironie behandelte. Das Problem war nur, dass niemand zu blöd war, das zu bemerken. Und dass jeder wusste, dass der Herr Kaczmarek kein brillanter Professor oder welterfahrener Manager war, sondern bloß Mechaniker in einer Klitsche am Ort, und dass er, wenn er mit seiner Show fertig war, in einem alten gelben Passat vom Parkplatz rauschen würde, um seiner Frau, die sich wie eine Anwaltsgattin gab, in der Dreizimmermietwohnung in den Kochtopf zu schielen.

Oliver war ihr größter Stolz. Oliver, dem sie einen Commodore VC 20 gekauft hatten und dann einen C 64 und dann einen Amiga. Oliver, der jedes Jahr bei »Jugend forscht« und Mathe-Olympiaden und anderen Dingen mitmachte, bei denen normale Leute kotzend aus dem Raum rennen würden. Oliver, der Streber, der Einserschüler, der Jahrgangsbeste seit der fünften Klasse – bis, tja, zur Zwölf.

Katsche hatte ein Einserabi hingelegt, das schon. Aber in der Dreizehn war jemand an ihm vorbeigezogen, locker und mühelos.

Michael.

Michael, der praktisch nie Hausaufgaben gemacht und den nie jemand beim Lernen gesehen hatte – selbst Claudia nicht, und sie hatte nun wirklich viel Zeit mit ihm verbracht. Er war sich nicht ganz sicher gewesen, ob er wirklich Medizin studieren wollte, aber vielleicht wollte er das am Ende ja dann doch. Er wusste, dass das Abitur sein Ticket zum Studium war. *Also hatte er sich irgendwann hingesetzt und nur noch Fünfzehn-Punkte-Klausuren geschrieben. Einfach so. Bei jedem Lehrer. In jedem Fach. »Deine Texte kann man drucken«, hatte seine Deutschlehrerin Frau Münterich gesagt. Die war eine von den jüngsten Lehrerinnen, eigentlich ganz nett, aber auch eine, die Michael nicht von ihrer Bettkante gestoßen hätte, und Claudia hätte ihr die Augen dafür auskratzen mögen. Jedenfalls hatte Direktor Wipperfürth das allererste Abitur der Zeremonie an Michael übergeben und ihm zu einem unfassbar guten Schnitt gratuliert, besser, als je zuvor ein Abi an dieser Schule gemacht worden war. Und Katsche und seine Eltern hatten in der ersten Reihe gesessen und nach oben gestarrt, und es gab keine herablassend-ironische Bemerkung von Katsches Vater, die an dieser Tatsache etwas hätte ändern können.*

Am Mittelausgang war Katsche dann ausgeflippt. (Später hatte er behauptet, dass Michael ihn durch einen »blöden Blick« provoziert hatte, aber das hatte selbstverständlich niemand geglaubt.) Claudia war noch in der Aula bei Rüdigers Familie gewesen und hatte den Anfang nicht mitbekommen. Sie merkte erst auf, als Katsche laut wurde. »Du hast mir das Abi geklaut!«, hatte er geschrien. Zuerst hatte Claudia gar nicht verstanden, was er damit meinte. Dann hatte sie gesehen, dass er auf Michael zeigte, der bereits draußen vor der Aula stand. Er hatte auf ihn gezeigt wie auf einen ertappten Dieb. »Du hast mich betrogen!«, schrie Katsche.

»Nimm's sportlich«, hatte Michael geantwortet. Er war gelassen geblieben, hatte sogar ein wenig amüsiert gewirkt. »Ein Abi mit eins eins ist superokay. Du hast doch nichts verloren.«

»Was weißt du denn?!«, schrie Katsche. Dann war Vertrauenslehrer Timmke mit ein paar Vätern dazwischengegangen, bevor das noch hatte eskalieren können. Und später hatte sich Katsche bei Michael entschuldigt und die Sache auf seinen Vater geschoben, der ihn während der ganzen Feier mit seinen blöden Bemerkungen so gekränkt hatte, dass es irgendwie aus ihm herausmusste. Und Michael hatte bloß ge-

lacht, und dann hatten sie das erste Bier auf der Fete gemeinsam getrunken, als die Eltern endlich weg waren und die Stimmung richtig gut wurde.

Und natürlich war Katsche dann mit ihnen gefahren, und während der ganzen Woche in Méjean hatte niemand, sofern Claudia das mitbekommen hatte, den Ausbruch auch nur erwähnt. Aber sie konnte sich bis heute an Katsches hassverzerrtes Gesicht erinnern, am Ausgang der Aula, und daran, wie erschrocken sie darüber gewesen war.

16

»Niemand von uns hat damals ein Motiv gehabt, Michael zu töten, Commissaire«, sagt Claudia endlich. Sie will dann doch nicht mit Renard über die alten Geschichten reden. Sie kann es einfach nicht.

»Und als Michael Schiller in jener Nacht von seinem Ausflug nicht zurückkehrte – haben Sie sich da nicht gefragt, wo er bleibt? Hat sich keiner Ihrer Freunde gewundert?«

Wann hört der endlich auf mit seinen Fragen, denkt sie. Bitte. Sie hätte ihn beinahe laut angefleht. »Ich habe mich hingelegt, weil ich so müde war.« Sie versucht sich an einem bedauernden Lächeln. »Der Lambrusco bei dem Arztehepaar. Die Sangria später auf unserer Terrasse. Damals war das cool. Ich glaube, keiner von uns war an diesem Abend noch nüchtern. Wir waren alle todmüde und ...«, sie merkt, was sie da gerade gesagt hat, korrigiert sich hastig, » ... müde und haben uns aufs Ohr gehauen.«

»Gehauen?«

»Geschlafen, wir haben geschlafen. Das ist nur so ein Ausdruck.«

»Wahrscheinlich hat meine Deutschlehrerin ihn mir einmal beigebracht, aber ich habe ihn wieder vergessen«, erklärt Renard entschuldigend.

Du vergisst garantiert nichts, denkt Claudia. Laut sagt sie: »Es waren Ihre Kollegen, die am nächsten Morgen bei uns geklopft haben. Wir waren alle noch im Haus. Ich wurde wach und habe da erst bemerkt, dass das Bett neben mir leer war. Durch die Polizisten haben wir von Michaels Tod erfahren.«

17

Wenigstens lag Michael auf dem Bauch, das Gesicht zum Boden. So musste sie nicht seine leeren Augen sehen. Um seinen Kopf hatte sich ein Teppich aus getrocknetem Blut über die Steine gebreitet, so fürchterlich waren seine Verletzungen. Zehn Minuten zuvor hatten Schläge an die Tür sie aufgeschreckt. Polizisten hatten ihnen mit ernsten Mienen etwas erklärt, doch ihrer aller Französisch war so schlecht und der Morgen noch so früh, dass die Freunde es nicht verstehen konnten. Nicht verstehen wollten. Michael. Das konnte überhaupt nicht sein.

Sie waren den Beamten die steile Straße hinuntergefolgt, Claudia wie in Trance. Niemand sagte ein Wort. Der staubige Weg zur Bucht, der rechts von der Straße abknickte, war mit rot-weißen Bändern gesperrt, ein Polizist hielt Wache, die Maschinenpistole im Anschlag, Maschinenpistole, mein Gott, das war wie in Bonn an der Bannmeile, wenn die Politiker mal wieder Angst hatten vor der RAF. Halb Méjean schien an der Sperre zu warten. Claudia erkannte den schüchternen Henri, seine Freundin Eliane, die sie wütend anstarrte, Serge aus dem Mangetout, blass unter der Surferbräune, die Norailles, die sich an den Händen hielten. Auch hier herrschte tiefes Schweigen, es war irgendwie bedrohlich.

Sie wurden durchgelassen, und dann sah Claudia Michael auf den Steinen liegen. Michaels Körper. Das war nicht mehr Michael. Das waren bloß noch Muskeln und Haut und Knochen und wahrscheinlich schon kalt, sie würde dieses Ding niemals anrühren. In diesem Augenblick wusste sie noch nicht, dass Michaels Rucksack fehlte, das würden ihr die Polizisten erst später am Tag erzählen. Was sie jetzt nur sah, war eine Kappe. Die Kappe sah ein bisschen so aus wie eine zerknautschte

Baseball cap, sie war olivgrün, auf der Stirn prangte ein roter Stern. Sie lag neben Michaels Kopf, nah genug, dass sein Blut sie benetzt hatte. Claudias Kappe.

Es war eine Mütze der Vietcong, sie hatte sie ein paar Monate zuvor auf der Klassenfahrt nach Berlin gekauft. Sie waren in einem billigen Hotel nahe am Bahnhof Zoo untergebracht, und an einem Tag hatten sie den obligatorischen Ausflug nach Ostberlin unternommen. Dort hatte sie die Vietcongmütze gekauft, weil es sonst nichts Interessantes zu kaufen gab mit den zwangsgetauschten Ostmark. Und weil sie cool ausgesehen hatte. Und weil ihr Geschichtslehrer Doktor Breitbach jedes Mal weiß wurde vor Wut, wenn er Claudia damit sah.

Sie erinnerte sich: Michael hatte in Méjean immer seine blaue Basecap der New York Yankees getragen. Es war ein Mitbringsel vom letzten Urlaub gewesen, den er noch mit seinen Eltern verbracht hatte, vor einem Jahr, vier Wochen New York bei Freunden. Er nahm das Ding nicht einmal abends ab, was ja schon ein wenig lächerlich war. Aber bei den Norailles musste er sie doch irgendwo liegen gelassen haben. Erst in ihrem Haus hatte er bemerkt, dass er sie vergessen hatte, war vielleicht der Lambrusco. Als Michael dann später noch ans Meer wollte, hatte er sich einfach ihre Mütze genommen.

»Ich fühle mich sonst nackt«, hatte er erklärt – und Claudia hatte bloß erwidert: »Sind ja keine Amis hier.«

Und jetzt lag Claudias Mütze in Michaels Blut. Sie wünschte, sie könnte ohnmächtig werden. Einfach wegknicken, Schwärze vor den Augen, Leere im Kopf. Wünschte, sie könnte das Unfassbare, was sie da sah und fühlte, noch etwas hinauszögern. Gott, wenn es dich gibt, schenke mir eine Stunde Vergessen. Aber sie wurde nicht ohnmächtig, in ihrem Geist gab es keine Stille. Das Einzige, was sie fertigbrachte, war, sich ein paar Meter von Michaels Leiche fortzuschleppen, bis zu einem großen Felsen direkt am Wasser, an den sie sich klammerte, während sie sich ins Meer übergab. Und ihre Freunde und die Leute aus Méjean und die Polizisten sahen ihr dabei zu, und niemand sagte ein Wort.

18

Der Felsen ist noch da. Wenn ich mich noch länger an diesen Morgen erinnere, dann kann ich mich gleich wieder daran festhalten und kotzen, sagt sich Claudia. Sie nimmt den staubigen Weg aus der Bucht – jenen Weg, den die Polizisten einst abgesperrt hatten. Doch sie geht nicht bis zur Straße zurück, sondern biegt auf einen Trampelpfad ab. Jetzt glitzert das Meer vielleicht zwanzig, dreißig Meter unter ihr. Sie atmet ein wenig freier. Sie folgt dem Pfad, mein Gott, hier hat sich seit dreißig Jahren nichts verändert: Gestrüpp zu beiden Seiten, braunrot verdorrt, in einem Dornenzweig hängen die Fetzen einer vom Mistral herangewehten Plastiktüte, und selbst die wirken so ausgebleicht und schmutzig, als hingen sie dort schon seit Jahrzehnten. Renard folgt ihr. Der Weg ist so schmal, dass er nicht an Claudias Seite gehen kann, sondern hinter ihr herlaufen muss. Er findet es unhöflich, ihr Fragen zu stellen, während er ihr auf den Rücken blickt. Er muss sich bloß ein, zwei Minuten gedulden, dann öffnet sich der Pfad zu einer kleinen staubigen Fläche. Zu ihrer Rechten bröckelt eine Betonmauer vor sich hin, dahinter steht ein drei, vier Meter hoher achteckiger Kasten. Ein altes Fort aus der Kaiserzeit? Eine längst vergessene Zisterne? Kein romantischer Ort jedenfalls, aber ein Platz, von dem aus man weit auf die Bucht von Marseille sieht. Die Ruinen spenden nur zerfranste Schatten, kein Mensch verirrt sich hierher.

Es zieht unter der Haut an Claudias Schläfen, als würde Strom hindurchfließen. Migränealarm. Sie muss innehalten und lehnt sich an die Mauer, spürt den rissigen Beton an der Schulter. Ich muss an etwas anderes denken, nicht mehr an Michael in dieser Bucht da hinten. Schnell. »Das war damals das zweite Mal, dass ich mit der Polizei zu tun hatte«, stößt sie hervor, weil ihr nichts anderes einfällt.

»In Méjean?«, fragt Renard erstaunt.

»Nein, nein. Das erste Mal war in Deutschland.« Idiotisch, denkt sie, was ich hier daherrede, ist idiotisch. Sie fummelt eine schmale lederne Brieftasche aus ihrer Leinenhose, zieht ein angestoßenes, schon leicht grünstichiges Foto hervor. Es zeigt eine Betonwand auf dem Pausenhof ihres Gymnasiums, über die ein großes rotes Graffito gesprüht ist:

Bornheim nach Buchenwald!!!

»Ein KZ«, erklärt sie. »Buchenwald war ein Konzentrationslager. Ich war Schülersprecherin, und jemand hat das eines Nachts auf eine Schulwand geschmiert. Wir hatten drei Skins in der Jahrgangsstufe, und ich habe immer vermutet, dass es einer von denen war. Ich war so wütend damals. Ich bin zur Polizei gegangen. Das war mein erstes Mal. Aber sie haben nichts herausgefunden. Wie später auch.«

Renard betrachtet das Foto aufmerksam. »Und das tragen Sie seit dreißig Jahren mit sich herum?«

»Seit einunddreißig Jahren. Das da wurde in meinem letzten Jahr auf dem Gymnasium hingeschmiert. Es ist so eine Art Talisman.« Claudia kann jetzt wieder lächeln. »Ich weiß, das mag für Sie dumm klingen oder sogar ein bisschen größenwahnsinnig. Aber ich war immer Antifaschistin. Das darf nie wiederkommen. Ich habe dieses verdammte Graffito, das der arme Hausmeister erst nach stundenlanger Schrubberei wegbekommen hat, immer dabei, um mich zu ermahnen, dass ich kämpfen soll. Manchmal hat man in der Politik ja so Phasen, in denen du alles hinwerfen willst. Parteifreunde, die dich fertigmachen. Eine blöde Geschichte im *Spiegel*. Eine verlorene Wahl. Dann fragst du dich, warum du dir das eigentlich antust. Und wenn gar nichts mehr hilft, dann ziehe ich das Foto heraus und sage mir, dass ich dagegen kämpfe. Klingt, als wäre ich bei der ›Weißen Rose‹ dabei gewesen. Sehr vermessen, ich weiß. Hilft aber dann weiter, wenn ein Glas Rotwein nicht mehr weiterhilft.«

Renard zieht sein Handy wieder hervor. »Darf ich Ihren Talisman fotografieren?« Ohne ihre Antwort abzuwarten, nimmt er ihr das alte Bild behutsam aus der Hand, legt es auf einen flachen Stein ins Sonnenlicht und fotografiert es ab. Er überprüft die Qualität auf dem Display. Sehr gut.

»Was wollen Sie denn damit?«, fragt Claudia irritiert und steckt das Foto rasch weg.

»Ihre Freunde wussten von dem Graffito«, stellt Renard fest, als hätte sie gar nichts gesagt.

»Natürlich. Aber ... «, Claudia starrt den Commissaire fassungslos an. »Sie glauben doch nicht, dass einer von denen diesen dummen Spruch ... « Sie kann einfach nicht weiterreden.

»Madame, ich glaube gar nichts. Ich bemühe mich nur, die sechs jungen Leute kennenzulernen, die vor dreißig Jahren hier Urlaub gemacht haben. Wer sind sie gewesen? Was haben sie getan? Was haben sie gedacht? Was haben sie gefühlt? Ich will sie so gut kennenlernen, wie man jemanden nach so langer Zeit noch kennenlernen kann. Ich will ihre Geheimnisse ergründen.«

Renard sieht, dass Claudia sehr blass wird und nach unten starrt, auf eine ganz bestimmte Bucht. »Diese Hitze ist wirklich mörderisch«, sagt er und deutet mit der Rechten einen Abschiedsgruß an.

Renard lässt die Deutsche zwischen den Betonruinen zurück. Weil von dort aus kein anderer Weg fortführt, geht er den Trampelpfad zurück, bis er wieder in der Bucht steht. Er denkt kurz nach. Noch ist es nicht zu heiß. Könnte vielleicht interessant sein, die unmittelbare Umgebung in Augenschein zu nehmen. Er geht an der Wasserlinie entlang, das Meer zur Linken, die Steilküste zur Rechten. Die Ruinen kann er von unten aus nicht mehr sehen. Seltsam, denkt er, manchmal geht er fünf oder zehn Meter über kleine Kiesel, gerundet von tausend Jahren Wellenschlag. Dann muss er unvermittelt über riesige Felsen klettern. Zwischen den einzelnen Brocken klaffen Risse, gerade, tiefe Linien, sodass die wuchtige Masse aussieht wie ein zusammengestürzter antiker Tempel. Und dann senken sich plötzlich glatte Flächen ins Meer, die aus einigen Metern Entfernung wirken wie polierte Bodenplatten. Aber wenn du drauftrittst, spürst du selbst durch die Sohle scharfe, schmale Grate, die netzförmig aus dem glatten Gestein ragen. Ob die Wellen auf so kurzer Distanz so unterschiedliche Formen aus dem Stein schälen oder ob das vulkanische Relikte sind? So etwas wie erkaltete Lavaströme? Aber in den Calanques? Hat es hier je Vulkane gegeben? Das wäre eine der Fragen, die er als Rentner lösen könnte: sich in die geologischen Geheimnisse der Côte Bleue eingraben, bis er hier jeden Felsen und jeden Kiesel kennt.

Falls er denn das Rentenalter erreichen wird.

Am Horizont steht ein feiner weißer Strich: der Leuchtturm von Planier. Eine Korsikafähre dampft vorbei, vor dem Leuchtturm biegt sie ab, zeigt der Küste ihr fettes Hinterteil. Zwei Stand-up-Paddler treiben ihre Bretter mit konzentrierten, rhythmischen Stößen durch das mistralklare Wasser. Weiter draußen ankert eine Jacht, ein Mädchen hüpft jauchzend vom Heck aus ins Nass. Auf einem besonders steilen, hohen Felsen stehen drei schweigende Angler, die Leinen ihrer Angelruten leuchten im Morgenlicht.

Schweiß brennt in Renards Augen. Die Fußgelenke pochen, weil der Boden nirgendwo eben ist und er mindestens schon ein Dutzend Mal mit den Knöcheln umgeknickt ist. Manche Passagen bezwingt er nur, weil er die Hände zur Hilfe nimmt und sich kletternd über Felsen zieht. Und immer wieder öffnen sich dahinter winzigste Buchten, nicht breiter als eine Garagenauffahrt, die er noch zwei Meter davor nicht gesehen hat.

Eine Welt, geschaffen für einen Hinterhalt.

Er wischt sich seine salzige Suppe aus den Augen. Ein Sommertag –

Angler, Badende, Bootstouristen. Und doch muss er sich immer wieder nur ein paar Meter vorwärtskämpfen, und dann steht er unter einem wuchtigen Block oder in einer Art Riss in der Küste und sieht niemanden mehr und hört nichts außer dem Seufzen der Brandung und dem Kreischen der Möwen. Wie mag das erst in der Nacht sein? Michael Schiller ist in der Dunkelheit an dieser Küste entlanggegangen. Was hat in den Akten gestanden? Dreiviertelmond. Renard stellt sich bleiches Licht vor, Sterne, den hellen Saum der Wellen, Schwärze, wo das Meer ist, noch tiefere Schwärze, wo die Felsen aufragen. Gut möglich, dass der Deutsche seinen Mörder bis zur letzten Sekunde seines Lebens nicht einmal bemerkt hat. Die Küste, die Dunkelheit, ein Schlag und dann eine ganz andere Dunkelheit für immer.

Renard atmet schwer. Früher, als er noch gelaufen ist, hat er sich nach zwanzig Kilometern so gefühlt. Wie viel hat er jetzt geschafft? Zweihundert Meter? Aber es ist nicht nur der Krebs, der ihm mit seinen Scheren die Kondition aus dem Leib gefressen hat – es ist diese verdammte Küste selbst. Kleine Steine, große Steine, glatte Steine, scharfe Steine, rauf, runter, rauf, runter. Hinterhalt, ja – aber nur, wenn dein Opfer dir genau in die Arme läuft. Wenn der Mörder jedoch auf Michael Schiller zugehen wollte, dann hätte er diesen felsigen Irrgarten überwinden müssen. Bei Dunkelheit. Und wann hätte er den Deutschen überhaupt gesehen? Wenn Renard selbst am Tag auf wenige Meter Distanz schon niemanden mehr erkennen kann?

Ein Boot.

Er blickt zu den Stand-up-Paddlern. Ein Boot, nur ein, zwei Meter weit raus aufs Meer, das reicht schon. Dann bist du schnell, beweglich und hast den perfekten Blick auf diese zerklüftete Küste, vielleicht auch beim milchigen Licht des erschöpften Mondes. Und wenn man paddelt, statt einen Motor anzuwerfen, dann ist man lautlos wie ein Hai.

Renard greift zum Handy und tippt auf Lucs Nummer in der Évêché.

»Sieh mal im Computer nach, ob in Méjean ein Fischer wohnt. Vorname: Henri. Nachname: unbekannt. Alter: fünfzig, plus/minus fünf Jahre. Er muss vor dreißig Jahren schon im Ort gelebt haben. Hat wahrscheinlich ein eigenes Boot, das müsste dann auch irgendwo registriert sein. Sie haben damals alle Einwohner als Zeugen befragt. Und ich meine, ich hätte in den Akten irgendwo einen ›Henri‹ gesehen. Aber ich habe die Unterlagen im Moment nicht dabei.«

»Ich denke, du hast die Akten mitgenommen?«, erwidert Luc. Man kann ihm anhören, dass er eigentlich gerade anderes zu tun hat.

»Ich stehe gewissermaßen mit beiden Füßen im Meer.«

»*Merde*. Ich hätte den Job in Méjean übernehmen sollen. Ich rufe zurück.«

Renard hangelt sich weiter die Felsen entlang. Plötzlich weitet sich der Blick. Ein Strand, ein richtiger gerader Strand, wenn auch aus Kieseln und nicht Sand. Hier liegen mindestens drei Dutzend Menschen in der Sonne, die meisten aber haben sich in winzigen Burgen eingemauert, indem sie Wälle aus aufgeschichteten Steinen um ihre Badetücher errichtet haben. Erst als Renard langsam den Strand entlanggeht, erkennt er, warum. Nudisten. Die Badegäste hier – viel mehr Männer als Frauen – sind alle nackt und fast alle im Rentenalter. Trotzig bieten sie ihre verwelkenden Körper Sonne und Wind dar, sind dabei aber doch so schamhaft, dass sie sich liegend hinter Zwergenmauern kauern.

Davon hat er in den Akten nichts gelesen. Und Renard käme sich lächerlich vor, über eine jener winzigen Barrieren zu steigen, sich neben einen alten, nackten Mann zu hocken und zu fragen: »Pardon, aber waren Sie vor dreißig Jahren schon hier? Erinnern Sie sich an einen jungen Mann, einen Deutschen?« Wenn ich nichts finde und ganz verzweifelt bin, dann nehme ich mir die Nudisten vor, sagt er sich. Bis dahin lasse ich die Nackten nackt sein.

Er durchmisst den Strand so rasch wie möglich. Doch dahinter werden die Felsen steil und zerklüftet. Einige Dutzend Meter kämpft er sich noch voran. Aber schließlich hängt er wie ein Kletterer, Finger-

und Fußspitzen in winzige Risse gegraben, in der Steilküste, und er weiß: Ich komme nicht mehr weiter. Die Beine pochen, die Arme schmerzen, er saugt die heiße Luft in kleinen, scharfen Stößen ein, und außerdem wird es langsam Zeit für seine nächste Ladung Tabletten.

Renard schleppt sich unter einen Brocken zurück, der einen handtuchkleinen Schatten wirft, immerhin. Er wartet, bis sein Puls nicht mehr flattert. Er legt die Rechte auf die Brust, als könnte allein die Berührung schon helfen, dass sich sein Herz wieder beruhigt. Was natürlich Blödsinn ist. Also muss er zehn Minuten ausharren, bis er wieder atmet wie ein normaler Mensch.

Als er gerade aufbrechen will, vibriert sein Handy. Luc.

»Henri Pons«, sagt sein Kollege statt einer Begrüßung. »Einundfünfzig Jahre alt, ich schicke dir Adresse und Telefonnummer als SMS. Er hat ein Boot. Vor dreißig Jahren war das noch auf seinen Vater zugelassen. Sie haben ihn damals als Zeugen befragt und nach zehn Minuten gehen lassen. Keine zweite Befragung. War's das?«

»Warte. Hat dieser Henri Pons ein Vorstrafenregister?«

Luc lacht. »Wenn alle Typen so harmlos wären wie der, dann könnten wir uns einen neuen Job suchen. Pons ist nie verurteilt oder auch nur angeklagt worden, er ist nie irgendwo als Verdächtiger geführt worden, und außer bei dieser alten Geschichte ist er auch nie wieder als Zeuge befragt worden. Du kannst deine Fische beruhigt bei ihm kaufen. *Bon appétit.*«

»Du mich auch«, antwortet Renard und lächelt einen Moment erleichtert. Das Gespräch mit Luc hat sich angefühlt wie früher, vor dem Krebs.

19

Dorothea und Oliver sitzen auf der Terrasse des Ferienhauses. Sie hält ihr Handy ans Ohr und schreit beinahe hinein, sie hat kaum Empfang. Dorothea ruft beim Leiter des Pfadfindercamps an. Paula geht es gut, hört sie, sie hat auch nichts anderes erwartet. Sie schämt sich ein wenig, überhaupt angerufen zu haben, Helikoptereltern. Aber Oliver hat immer wieder besorgte Bemerkungen gemacht, bis sie selbst ganz kirre geworden ist. Er hätte ja auch selbst anrufen können, aber dafür ist er sich wiederum zu fein. Wenn sie das Handy nun schon mal in der Hand hat, dann kann sie jetzt auch mit ihrer Tante sprechen. Sie weiß, dass Oliver die alte Dame nicht leiden kann und ihn die stundenlangen Tante-Nichte-Telefonate wahnsinnig machen. Geschieht ihm ganz recht.

»Tante Gisela?«, ruft sie. »Ich bin's!« Sie muss schon wieder laut werden.

Oliver ruht im Liegestuhl neben seiner Frau. Er verzieht den Mund zu einem schiefen Grinsen und rollt theatralisch mit den Augen, weil er denkt, dass Dorothea diese Reaktion von ihm erwartet. Stattdessen ist das eine unverhoffte Gelegenheit. Der Gedanke ist ganz plötzlich da: Ich haue ab. Ich lasse mir das hier nicht länger bieten. Wer bin ich denn? Ich verschwinde wieder, bevor ich Ärger kriege. Wer keinen Führerschein hat, kennt den Fahrplan. Oliver nimmt sein Handy und schaut auf den Bildschirm, das fällt nicht auf, er verdaddelt gerne mal eine Stunde mit »Solitär«. Dorothea beachtet ihn nicht, spricht sie selbst, dann guckt sie in den Himmel, redet ihre Tante, hält sie die Augen geschlossen. Oliver recherchiert im Internet: Die Eisenbahnlinie, die auf dem Aquädukt hoch über Méjeans Häfen den Himmel zerteilt, führt am Bahnhof La Redonne-Ensuès vorbei. Auf Google Maps sieht das ganz nah aus. Das ist meine Chance, denkt er und zwingt sich, Unverständliches vor sich hin zu brummen und langsam aufzustehen, statt voller Energie und Ungeduld aufzuspringen.

Er schlendert zum Rand der Terrasse, nimmt die ersten Stufen nach unten, geht schneller, als er aus Dorotheas Sicht ist. Niemand von den anderen achtet auf ihn. Er schlüpft in ihr Zimmer im Untergeschoss des Hauses, rafft seinen Kulturbeutel, ein paar Klamotten und seine Brieftasche zusammen, stopft alles in einen Rucksack und ist nach weniger als zwei Minuten wieder draußen. Der Oleander, die Pforte, die Straße. Eine weitere Minute später, und er ist vom Haus aus nicht mehr zu sehen. Er ist nicht so verrückt, jetzt loszurennen, er kennt die Straße hier. Zuerst steigt sie einige Dutzend Meter an, dann kippt sie hinunter wie die Rampe der Achterbahn im »Phantasialand«, auf der er als Kind voller Angstlust Fahrt um Fahrt machte, bis sein Vater es ihm irgendwann verbot. Schnurgerade und steil nach unten geht diese Straße, hundert oder zweihundert Meter lang. Sie ist so steil, dass ihm schon nach ein paar Schritten die Knie wehtun, weil er sein Gewicht ungewohnt abfedern muss. Häuser zu beiden Seiten, ein paar geparkte Autos, Pinien. Kein Mensch. Später steigt die Straße wieder an, aber nicht mehr so steil. Rechts kann er nun schon die Schienen sehen, sie liegen auf den ersten Metern hoch auf einem Damm, dann in einer Art künstlichen Schlucht, als hätten die Bauingenieure hier einst den Felsen wie mit dem Messer aufgeschnitten und Eisen und Holz in die offene Wunde verlegt.

Endlich erreicht Oliver La Redonne, ein Fischerdorf wie Méjean, nur wenig größer: zwei Restaurants, ein richtiger kleiner Jachthafen und sogar ein Parkplatz neben den Kais. Noch ein steiler Anstieg, dann steht Oliver am Bahnhof. Jetzt hat er doch eine Dreiviertelstunde gebraucht. Unter dem Rucksack klebt ihm das Hemd am Rücken, der Schweiß brennt in seinen Augen, er schwitzt so stark, dass sogar seine Brillengläser beschlagen. Seine Lippen sind rissig, die Zunge fühlt sich pelzig an. Er zieht ein Stofftaschentuch hervor, wischt sich ab, schaut sich um: zwei Bahnsteige unter der Sonne, in der Luft ein scharfer Hauch von altem Schmierfett, Staub und Urin. Ein hundert Jahre altes Stationshäuschen wie aus einer Modelleisenbahnanlage: weiß und gelb verputzt, hübsch, gepflegt – und alle Türen sind zu. Hinter dem Haus hängt Wäsche an einer Drahtleine. Oliver schnauft enttäuscht. Er hatte gehofft, sich hier eine Flasche Wasser und womöglich gar ein Sandwich kaufen zu können. Sie hätten wenigstens einen Getränkeautomaten aufstellen können, verdammt.

Er geht auf den Bahnsteig mit dem Schild »Direction Marseille«. Von Marseille aus fahren TGVs nach Paris und nach Frankfurt. Von dort ginge es weiter nach Bonn. Heute Abend könnte er bereits auf dem Venusberg sein. Soll Dorothea diesen Mist doch allein durchziehen.

Oliver ist noch nicht ganz beim Fahrplanaushang angekommen, wo er eigentlich nachsehen will, wann der nächste Zug abgeht, als die Erde erzittert. Schon sieht er den Triebwagen, der silbern und blau schimmert, hört den Motor. Plötzlich rast sein Herz. Er wendet den Kopf nach links und rechts. Er ist der einzige Mensch auf dem Bahnsteig. Vielleicht fährt der Zug durch, so eine Art Schnellzug? Doch die Bahn bleibt stehen, rasselnd gleiten die Türen auf. Niemand steigt aus. Die Türen stehen offen. Oliver steht nur fünf Schritte von der nächsten entfernt, fünf lächerliche Schritte. Die Sekunden vergehen. Er blickt in den Zug. Mit einem saugenden Schmatzen gleiten die Türen zu. Motorengrollen, Dieselgestank, wieder zittert der Boden.

Dann sind da nur noch die Schienen, deren von zahllosen Zugrädern blank polierte Oberflächen in der Sonne glänzen.

Ich bringe es nicht, sagt sich Oliver resigniert, ich schaffe es nicht einmal abzuhauen. Ich habe zu viel Angst. Vor Dorothea, denn was würde die wohl tun, wenn ich einfach verschwinde? Und, ja doch, auch irgendwie vor der Polizei. Macht ihn diese Abreise nicht verdächtig, ist das nicht etwa eine Flucht? Was ist, wenn irgendwo unterwegs ein paar Polizisten durch den Zug gehen und ihn vom Platz zerren, vor allen Leuten ... Er fühlt sich unendlich müde. Versager. Feigling. Was sein Vater wohl dazu sagen würde? Der nächste Zug? Wie lange müsste er warten, höchstens eine Stunde, oder? Der Fahrplan hängt auch nur ein paar Meter weiter, er müsste einfach hingehen. Aber er wird es nicht tun. Doktor Oliver Kaczmarek wird sich nicht einfach in den nächsten Zug setzen. Doktor Oliver Kaczmarek wird nichts Verrücktes tun. Doktor Oliver Kaczmarek wird genau da bleiben, wo er bleiben soll.

Und jetzt muss ich zurückgehen, verdammte Scheiße, jetzt muss ich diesen ganzen Weg zurückgehen. Und er fürchtet sich. Nicht nur, weil die Straße so steil und die Luft so heiß ist.

Serge lenkt seinen wackeligen R4 mit einer Hand durch die Serpentinen, er ist diese Straße so häufig gefahren, er könnte blind steuern. Er hat in Ensuès ein paar Sachen für das Mangetout besorgt. Jetzt rumpelt er durch La Redonne, hupt einem Bekannten zu, der mit seiner Angel vom Kai kommt, biegt auf die steile Straße Richtung Méjean ein, dreht den alten kleinen Motor hoch, damit er am Hang nicht verreckt ...
 Einer der Deutschen.
 Der verklemmte Junge von damals, dieser Oberlehrertyp. Nicht gerade ein Junge, den sich Serge zweimal ansehen würde. Hat sich überhaupt nicht verändert. Möchte wissen, warum der hier in der Mittagshitze mit Rucksack und Hemd herumwandert. Serge geht vom Gas, kramt in seiner Erinnerung, bis ihm sogar der alte Spitzname wieder einfällt, sein Namensgedächtnis ist doch nicht so übel. »He, Katsche!«, ruft er durchs offene Fenster.
 Der Deutsche zuckt zusammen, bückt sich, stiert misstrauisch durchs Beifahrerfenster.
 Mon Dieu, sieht der fertig aus, denkt Serge. Er lehnt sich hinüber,

drückt die Seitentür auf. »Komm, ich nehme dich mit.« Er redet langsam und deutlich, Katsche war damals nicht gerade derjenige aus der Gruppe, der besonders gut Französisch gesprochen hat.

»Patron!«, krächzt Oliver, der ihn jetzt erst zu erkennen scheint. Serge tastet auf der Rückbank herum, bis er eine Flasche Wasser zu fassen kriegt. »Nimm erst einmal einen Schluck.«

Sie fahren ein paar Augenblicke schweigend dahin. Serge lässt Katsche Zeit, zu Kräften zu kommen, der säuft Wasser wie ein Pferd – aber nicht zu viel Zeit. In wenigen Minuten wird er schon am Ferienhaus sein und müsste den Deutschen absetzen. »Ich freue mich, dass ihr mal wieder da seid«, sagt er und bemüht sich, möglichst heiter zu klingen. »Nach so vielen Jahren!«

»Kommt mir auch so vor, als ob es erst gestern gewesen wäre«, versucht Oliver, einen Witz zu machen.

Serge nickt. »Dreißig Jahre ...«, murmelt er. Aber der Deutsche neben ihm geht einfach nicht darauf ein. Der erklärt nicht, warum sie hier sind, der fragt nichts, der blickt nur trübsinnig aus der Frontscheibe. So schlimm hat die Hitze ihn nun auch wieder nicht erwischt. Also muss er nachhaken.

»Das ist doch kein Zufall, dass ihr wieder da seid, oder?«, fragt Serge vorsichtig. »Ich meine, genau nach dreißig Jahren. Und genau im selben Haus. Das mit Michael tut mir leid. Das muss euch doch nahegegangen sein?«

»Wir haben ...«, beginnt Oliver, dann stockt er, setzt neu an. »Diese Reise haben wir zum Gedenken an Michael unternommen«, erklärt er. »Wir haben uns verabredet, diesen Urlaub gemeinsam zu verbringen, nach so vielen Jahren. Ein trauriges Jubiläum. Für uns ist das so etwas wie ein Totengedenken, kein richtiger Urlaub. Wir erinnern uns gemeinsam an Michael.«

Serge nickt. »Es ist wichtig, seine Trauer zu verarbeiten, auch wenn das lange dauern kann. Zumal ...«, er wirft ihm einen kurzen Blick zu, »zumal die Flics ja nie herausgekriegt haben, wer es war.

Das ist sicher wie eine offene Wunde, wenn man nicht einmal weiß, wer das getan hat.«

Oliver schüttelt den Kopf. »Darüber sind wir alle hinweg«, behauptet er. »Wir sind bloß hier, um an Michael zu denken.«

»Na klar, das ist auch besser so«, sagt Serge und bremst vor dem Ferienhaus der Deutschen. »Mein Restaurant steht immer noch!«, ruft er, während Oliver schon halb aus dem Auto ist.

»Wir essen dir die Bude leer, versprochen«, entgegnet Oliver. Und für einen Moment sieht er wieder aus wie der ironische, hochnäsige Abiturient von einst. Dann schlägt er die Beifahrertür zu, etwas zu heftig.

Serge lässt den R4 langsam bis zum Mangetout rollen. Er denkt an den Flic oben auf seinem Zimmer. An die Deutschen. An Michael. Katsche lügt mich an, sagt er sich. Möchte wissen, was die wirklich hier zu suchen haben.

20

Endlich steht Renard wieder am Kai. Ein älterer rothaariger Mann steuert ein Schlauchboot vorsichtig aus dem Hafen. Am Heck hängen zwei riesige, schwarze Motoren, doch sie blubbern in so niedriger Drehzahl, dass er sie kaum hören kann. In dem grünen Kahn arbeitet der massige Fischer, den er gestern schon gesehen hat. Im Bug hockt die kleine Kellnerin aus dem Mangetout. Die Frau redet und redet, doch als sie Renard erblickt, hört sie auf. Könnte Henri Pons sein, denkt Renard, kommt vom Alter her hin. Und wenn nicht, dann wird er wissen, wo ich ihn finde, ist ja ein Kollege.

»Darf ich an Bord kommen?«, fragt er, wartet die Antwort nicht ab und betritt das wackelige Boot. Schnell setzt er sich auf eine Art Bank, eher eine am Boden festgeschweißte Eisenkiste. Das fehlt noch, dass er bei einer Welle das Gleichgewicht verliert und ins Hafenbecken fällt. Er muss sich wieder angewöhnen, morgens etwas zu essen.

»Kennen Sie Monsieur Henri Pons?«

»Den sehe ich jeden Morgen im Spiegel«, antwortet der Mann. Er hat Haken in eine dicke Leine geknotet, so groß, an denen könntest du Schlachtvieh aufhängen. Was für Fische angelt dieser Kerl?, fragt sich Renard. Er zückt seinen Dienstausweis. Henri Pons ist nervös, aber nicht im Geringsten überrascht, seine Polizeimarke zu sehen. Erstaunlich.

»Ich hätte gerne ein paar Auskünfte«, beginnt Renard und blickt fragend zu der Kellnerin.

»Eliane. Meine Frau«, erklärt Henri. Sie selbst schweigt und starrt den Commissaire mit einem Blick an, den sonst Typen kurz nach der Verhaftung draufhaben, wenn sie ihm zum Verhör gegenübersitzen.

Die Kellnerin aus dem einzigen Restaurant im Ort – wenn sie hierbleibt, wird bald das ganze Dorf wissen, dass ein Flic da ist. Andererseits: Eliane. Den Vornamen hat er auch schon irgendwo in den Akten gelesen. Also wahrscheinlich ebenfalls eine Zeugin von damals. »Sie dürfen bleiben, Madame«, sagt er höflich. Klingt wie ein Gefallen, ist aber ein Befehl.

In diesem Moment schlendern drei junge Männer den Kai hinunter, den ältesten schätzt Renard auf höchstens dreißig, der jüngste ist vielleicht zwanzig. Brüder, der gleiche Gang, die gleichen Gesichter, die gleiche kurz gewachsene, muskulöse Statur. Nicht schwer zu erraten, wer ihre Eltern sind.

Henri springt auf, sein Boot schaukelt, so heftig bewegt er sich. Er winkt. »Geht schon ins Restaurant. Wir kommen gleich nach!«, ruft er; offenkundig will er nicht, dass die drei jungen Männer näher kommen. Er wendet sich dem Commissaire zu. »Unsere Söhne. Sind seit einer Woche hier, sind ja jetzt Semesterferien. Sie studieren alle drei.«

Renard hört den Stolz in seiner Stimme. Söhne. Studium. Einen Moment lang wünscht er sich, so etwas auch einmal sagen zu können. Aber es bringt nichts, sentimental zu werden. »Monsieur Pons, ahnen Sie, warum ich hier bin?«

»Ich kann es mir denken. Die Deutschen sind wieder da. Die alte Geschichte. Aber warum verhören Sie ausgerechnet mich?«

»Ich verhöre Sie nicht. Ich möchte Ihnen bloß ein paar Fragen stellen.«

»Warum kreuzen Sie hier auf?« Zum ersten Mal sagt Eliane etwas, und es klingt wie eine Kriegserklärung.

»Ich frage, Sie antworten, das ist mein Job«, erwidert Renard und tippt auf die Hosentasche, in der er seine Brieftasche mit dem Dienstausweis hat verschwinden lassen. »Sie kannten eine der Deutschen damals näher, Monsieur Pons?«

»Claudia. *Merde,* Sie wollen doch nicht ...«

»Ich will gar nichts«, unterbricht ihn Renard, bevor das noch eskaliert. Er lächelt und überlegt sich, wie viel er verraten soll. »Bei uns ist eine anonyme Anzeige eingegangen«, fährt er fort. »Es gibt möglicherweise neue Erkenntnisse im Mordfall Michael Schiller. Deshalb sind auch seine Freunde von damals hier. Und deshalb sitze ich gerade in Ihrem Boot. In diesem anonymen Schreiben wird behauptet, Sie und Frau Bornheim hätten eine Affäre gehabt. Frau Bornheim war seinerzeit die Freundin des Opfers.« Er vermeidet es, Eliane anzublicken.

Henri rollt die Leine mit den Haken sorgfältig auf dem Boden des Bootes zusammen. »Ich hatte gar nichts mit Claudia«, sagt er leise. Auch er sieht Eliane nicht an. »Sie hat mich eines Tages angequatscht, hier an diesem Kai. Sie hat gefragt, ob ich sie einmal mit dem Boot mitnehmen könnte. Sie wollte sich die Küste ansehen. Es war ein harmloser Ausflug, mehr nicht, verdammt! Und danach haben wir hin und wieder miteinander geredet, in Méjean läuft man sich ja ständig über den Weg. Aber mehr war nicht, nie.«

»Wir waren damals schon zusammen«, fährt Eliane dazwischen. »Dieses Flittchen hat Henri nur angesprochen, weil sie Lust auf einen Urlaubsflirt hatte. Die hat uns behandelt, als wären wir Neger in Afrika, und sie wäre auf Safari. Wie blöde Eingeborene.«

»Sie kannten Claudia Bornheim also auch, Madame?«

Eliane schnaubt bloß.

Renard wendet sich wieder Henri zu. »Und Michael Schiller?«, fragt er. »Wusste der, dass Claudia mit Ihnen im Boot unterwegs gewesen war? Dass sie hin und wieder miteinander geredet haben?«

»Ja«, antwortet Henri, »klar wusste der das. War ja alles harmlos.«

Nun ist Renard überrascht. »Schiller wusste, dass Sie mit seiner Freundin geflirtet haben?«

»Henri hat nicht mit dieser Schlampe geflirtet!« Eliane ist so laut geworden, das hätte der ganze Hafen hören können. Gut, dass der Rothaarige mit seinem Schlauchboot schon fort ist.

»Woher wusste er das?« Renard erinnert sich daran, dass Claudia Bornheim doch nie mit ihrem Freund darüber gesprochen hat. Das zumindest hat der anonyme Briefschreiber behauptet, und sie hat es nicht geleugnet.

Henri zuckt mit den Achseln. Er schwitzt jetzt stark. »Keine Ahnung. Er hat es mir selbst gesagt.«

»Schiller hat es Ihnen gesagt?«

»Der konnte gut Französisch.«

»Das meinte ich nicht.« Renard fährt sich mit der Hand über die Augen, dann über den Bauch. Sein Magen zieht, als hätte er ein Messer verschluckt. Ich muss dringend was essen, denkt er. »Ich meine: Michael Schiller hat Sie selbst darauf angesprochen? Auf Ihren Flirt mit Claudia?«

»Hier am Hafen. Der war mit den Norailles in der Bucht da hinten.«

»Die waren viel zu nett zu den Deutschen«, wirft Eliane ein.

»Na, jedenfalls war er mit den Ärzten und der kleinen Laura da. In der Bucht, wo sie ihn später gefunden haben. Und die Pariser sind irgendwann nachmittags hochgegangen zu ihrem Haus, und Michael ist ein Stück mitgegangen. Dann ist er aber umgekehrt und zu mir gekommen. Und da hat er mich dann angesprochen. Ich stand gerade auf dem Boot am Kai.«

»Angesprochen? Einfach so?«

Henri hebt die mächtigen Arme. »Was soll ich sonst sagen? Der Typ kam an, hat mich angegrinst und gefragt, ob ich was mit seiner Freundin habe. Was sollte ich da schon groß drauf antworten? ›Nein‹, habe ich gesagt. Und dann war die Sache erledigt.«

»Einfach so?«

»Klar. Der hat gelächelt und gesagt: ›Dann ist ja alles gut.‹ Und dann ist er wieder gegangen.«

»Der Junge hat immer gelächelt«, wirft Eliane ein.

»Sie mochten ihn nicht?« Renard blickt sie jetzt an, versucht, ihr Alter zu schätzen. Ende vierzig? Also war sie damals sechzehn, siebzehn Jahre alt, höchstens achtzehn. Mein Gott, denkt er, Eliane Pons ist jetzt noch schlank, und sie verschleudert Energie wie ein Wirbelsturm. Wie muss die erst als Teenager gewesen sein? Und er hat Fotos von Michael Schiller gesehen – nicht die von der Spurensicherung, sondern Bilder von davor, aus dem Urlaub. So ein Mädchen und so ein Junge, und die mochten sich nicht?

Es ist, als könnte Eliane seine Gedanken lesen und würde erkennen, dass es sich nicht lohnt zu lügen. »Der Michael war schon in Ordnung«, gibt sie zögernd zu. »Ich meine, es hat mir wahnsinnig leidgetan, als ich ihn da gesehen habe in der Bucht ... Eigentlich«, fährt sie hastig fort, als würde sie nicht zu lange darüber reden wollen, »eigentlich sind die alle nett gewesen. Touristen halt, aber nett. Und mit der Dicken habe ich mich sogar ein wenig angefreundet. Babs hieß die, an deren Namen erinnere ich mich noch. Die hat hier immer die Fische gekauft. War ein liebes Mädchen, ein bisschen unglücklich.«

»Unglücklich?«

Eliane hebt die Schultern. »Wie gesagt, Babs war nicht gerade schlank. Und der Sommer ist Bikini-Zeit. Muss schwer gewesen sein. Aber eigentlich war sie ganz witzig.«

Renard versucht, sich das vorzustellen: die beiden jungen Leute aus dem Dorf, die sich wahrscheinlich schon seit dem Kindergarten kennen. Und dann die sechs jungen Deutschen. Gleiches Alter, andere Welt. Selbstbewusstsein, die hatten alle gerade Abitur gemacht. Geld – Schillers Eltern waren Architekten, die adeligen von Schwarzenburgs waren garantiert nicht arm, und auch Claudia Bornheim wirkt auf ihn nicht so, als hätte sie sich von ganz unten hochkämpfen müssen. Die Deutschen hatten von allem viel mehr als Henri und Eliane – einerseits. Aber zählte das? Andererseits waren sie ja hier an der Côte Bleue, junge Leute in einem fremden Land mit einer fremden Sprache, und vielleicht war der eine oder andere noch nie zuvor ohne Eltern in Urlaub gefahren. Henri und Eliane hingegen kannten hier jeden Menschen und jeden Stein, die hatten ihr Boot, den machten weder Sonne noch Hitze was aus. Henri und Eliane müssen diese Deutschen bewundert haben – aber die Deutschen diese beiden ebenfalls. Wenn Claudia und Henri nicht geflirtet hätten.

»Wann haben Sie sich mit Michael Schiller ausgesprochen?«, will Renard wissen.

Henri ist das sichtlich unangenehm. »An dem Tag, bevor ihm das ... das passiert ist.«

»Am Tag vor seinem Tod? Also an dem Nachmittag vor der Nacht, in der er erschlagen wurde?«

»Das hört sich an, als wollten Sie mir das in die Schuhe schieben.«

»War jemand dabei, als Sie sich mit Michael Schiller unterhalten haben?«

»Sie sehen ja selbst, wie es im Hafen ist: Meistens ist hier niemand.«

»Haben Sie damals meinen Kollegen von Ihrer Unterhaltung berichtet?« Renard kann sich nicht erinnern, eine derartige Aussage in den Akten gelesen zu haben.

»Hat mich ja niemand danach gefragt. Und war ja auch nicht wichtig«, erwidert Henri trotzig.

Und Eliane hat es bei ihrer Aussage nicht erwähnt, und keiner der Deutschen hat gesagt, dass Claudia mit Henri geflirtet hat. Aber der Briefschreiber, der hat es erwähnt – und jetzt ist das kleine Geheimnis in der Welt. Renard ahnt, dass der Unbekannte noch mehr Dinge weiß, die nicht in den Akten stehen.

»Können Sie sich noch an den Abend vor dem Mord erinnern? Haben Sie Michael Schiller oder die anderen Deutschen noch einmal gesehen?«

Renard bemerkt, wie Henri unter seiner tiefen Bräune rot wird. Selbst Eliane wird verlegen. Der ist etwas peinlich, erkennt er, aber sie ist auch stolz.

»Wir haben gesehen, dass die Deutschen bei den Parisern auf der

Terrasse hockten. Die waren ziemlich laut. Die haben irgendetwas gesungen«, antwortet Henri schließlich.

Eliane steht auf, geht zu ihm und stößt ihm den Ellenbogen in die Seite. »Gib's schon zu«, sagt sie. »Die waren an dem Abend oben im Haus der Norailles. Wir waren hier im Boot. Aber wir haben nicht viel von denen mitgekriegt, denn wir haben uns vergnügt.«

Renard blickt sich im Kahn um. Stahlboden, Stahlkisten, Netze, Haken, zwei Anker, der Motor. »Hier?«, fragt er ungläubig.

»Kommen Sie, Commissaire, waren Sie nicht auch mal jung?« Endlich lacht Eliane wieder, wenn auch ziemlich gezwungen.

21

Sie lagen im Boot auf einer alten Decke, die nach Fisch roch. Ihre Körper waren nass vom Schweiß, sie waren außer Atem. Eliane hatte ihren Kopf auf Henris Brust gelegt, sie lauschte seinem Herzschlag und redete sich ein, dass alles wieder gut sei. Henri und sie, das war so selbstverständlich wie der Atem und das Meer. Schon als Kinder war ihnen beiden klar, dass sie zusammenbleiben würden. Für immer. An ihrem vierzehnten Geburtstag hatte Eliane ihn das erste Mal rangelassen. Das war aufregend und schön gewesen und gleichzeitig vollkommen normal. Sie waren einfach füreinander geschaffen. Sie würde niemals einen anderen Kerl haben, aber sie würde es jede Nacht mit Henri tun, für immer.

Bis plötzlich vor ein paar Tagen diese Schlampe hier aufgekreuzt war. Henri hatte Claudia angesehen, wie er Eliane noch nie angesehen hatte. Und später hatte er auf das Meer gestarrt, während Eliane mit ihm redete, und irgendwann hatte sie gemerkt, dass er ihr nicht einmal zugehört hatte. Da wusste sie, dass ihre Welt zerbrechen würde, wenn sie nicht rasch etwas unternahm. Henri und sie, das war für sie immer so solide gewesen wie die Felsen in den Calanques. Und dann stellte sie fest, dass diese Felsen unter Spannung standen und zu tausend Bröckchen zerspringen würden, wenn jemand nur einmal mit dem Finger schnippte.

Sie hätte diese Claudia Bornheim töten können.

Im Meer ersäufen, mit dem Fischermesser erstechen, verdammt, sie hätte diese Zicke mit bloßen Händen erwürgt. Aber sie wusste, dass Henri dann für immer aufs Meer starren und ihr nie wieder zuhören würde.

Also hatte sie ihre Wut und ihre Angst in sich verschlossen, in eine kleine Kiste in ihrem Bauch, sodass ihr übel und schwindelig wurde, aber niemand ihr etwas ansehen konnte. Die lächelnde Eliane. Die sprudelnde Eliane. Die Ihr-geht-niemals-die-Energie-aus-Eliane. Sie hatte den Ferienjob bei Serge. Der ließ sie nach der Arbeit manchmal mit Henri in eines der beiden Zimmer verschwinden, wenn kein Gast da war. Aber heute wollte Eliane nicht so lange warten. Sie war direkt nach der Tagesabrechnung zum Hafen gegangen. Auf dem Boot hatte sie Henri zu Boden gedrückt und ihm, nur durch die niedrige Bordwand und die stinkende Decke verborgen, die Kleider vom Leib gerissen. Dann hatten sie es getan und dann gleich noch mal. Henri war überrascht und reichlich verlegen, er würde immer schüchtern bleiben. Eliane war leidenschaftlich und voll entschlossener Wut. Sie wollte diese verdammte Claudia Bornheim aus Henri herausvögeln. Wollte, dass sich sein Körper nicht mehr nach dieser Deutschen sehnte, dass er zu atemlos war, um auch nur an diese Schlampe zu denken.

Und dann lag sie da, und weit über ihnen funkelten die kalten Sterne, und sie spürte seinen Herzschlag, und sie sagte sich: Ich habe gewonnen. Du gehörst mir. Mir allein.

Doch als sie ihr Gesicht von seiner breiten Brust hob, um ihn anzulächeln, sah sie, dass Henri nicht in den Himmel blickte und nicht auf sie, sondern dass er den Kopf abgewandt hatte, Richtung Land. Er blickte auf die Straße unterhalb des Hauses der Pariser Ärzte.

Sylvie Norailles stand an der Eingangstür und verabschiedete die Deutschen. Sie waren im Licht einer Straßenlaterne gut zu erkennen. Der seltsame Professor war schon ein paar Meter vorausgegangen, seine Freundin hatte sich bei ihm untergehakt. Babs und der Maler mit den traurigen Augen schlenderten ihnen hinterher. Michael küsste Sylvie Norailles zum Abschied auf die Wangen. Und Claudia stand allein auf der Straße, auf halbem Weg zwischen den anderen Deutschen und Michael, der noch bei der Ärztin an der Tür verharrte. Claudia, das konnte Eliane selbst auf diese Entfernung und im Licht von Lampe und

Mond erkennen, sah aus, als wäre sie auf einem schlechten Trip oder als hätte sie geheult. Sie trug diese sackförmige Schlabberkleidung. Sie hatte diese bescheuerte Mütze mit dem roten Stern auf dem Kopf, unter der ihre Haare heraushingen wie Fransen.

Und doch hatte ihr Henri nur Augen für sie. Er sah Claudia an, sehnsüchtig und verloren und bemerkte nicht einmal, dass Eliane, deren Kopf einen Herzschlag über seiner Brust schwebte, ihn dabei musterte.

22

Doktor Sylvie Norailles, Kinderärztin im Ruhestand, Ehefrau und Mutter, in der Pariser Galeristenszene bekannte Sammlerin von Daguerreotypien, jeden Winter freiwillige Helferin bei Les Restos du Cœur, kommt sich wie eine schäbige Einbrecherin vor, und wahrscheinlich ist sie das auch. Sie ist auf dem Weg zum Hafen, um Henri ein paar Doraden abzukaufen, als sie diesen Fremden über die Straße herankommen sieht. Krebs, denkt sie sofort, vielleicht hat er die Behandlung gerade erst überstanden, vielleicht auch nicht, so oder so ist es ein Wunder, dass er sich bei dieser Hitze noch auf den Beinen halten kann. Aber seltsamerweise empfindet sie kein Mitleid mit ihm, sie hat eher ein ungutes Gefühl. Es sind seine Augen. Und plötzlich durchzuckt es sie: Der Mann ist am selben Tag angekommen wie die Deutschen.

Henri und seine Eliane haben den Fremden auch gesehen und starren ihn an. Die fürchten sich, glaubt Sylvie zu erkennen, und das erschreckt sie noch mehr. Im Hafen ist sonst nur noch der rothaarige Jean-Marc, aber der steuert sein Schlauchboot gerade um die Mole und blickt nicht zurück.

Niemand, so denkt Sylvie, achtet auf sie, als sie rasch in den Schatten tritt, den das Haus der Fischerkooperative auf den Boden wirft. Sie drückt sich an die Wand. Geht Schritt um Schritt nach hinten, verschwindet um die jenseitige Mauer. Hinter der Rückseite der Fischerkooperative erstreckt sich ein staubiger Betonstreifen, vielleicht drei, vier Meter breit. Dann steigt der Felsen nahezu lotrecht an. Der Sentier des Douaniers, der alte Küstenwanderweg, führt ein ganzes Stück weit höher unter Pinien durch die Calanques. Kein Wanderer könnte

Sylvie hier sehen. Die nächsten Häuser von Méjean sind fünfzig Meter entfernt. Sie blickt sich um: Keine Bewegung auf einer Terrasse, niemand ist auf der einzigen Straße. Die Luft flirrt.

In die Rückwand der Fischerkooperative ist eine alte Holzpforte eingelassen, verwitterte Bretter, die jemand vor Jahrzehnten das letzte Mal blau gestrichen haben muss. Ein rostzerfressenes Schloss, für das wahrscheinlich niemand mehr einen Schlüssel hat – bedauerlicherweise, denn es ist abgeschlossen. Sylvie sieht sich um. Auf der Betonfläche stapeln sich zusammengeballte Netze, alte Styroporboxen, leere Plastikkanister, erschlaffte Fender, leckgeschlagene Bojen. Bojen ... Aus einer Boje ragt noch der eiserne Haken, mit dem sie einst an einer Kette befestigt gewesen war. Sylvie packt die Boje und schiebt den Haken unter das rostige Schloss. Zehn Sekunden später ist sie im Haus.

Dämmerlicht. Eine Luft, um ohnmächtig zu werden. Das einzige Fenster weist zur Vorderseite – zum Kai, und zwar genau gegenüber von Henris Boot. Die Läden außen sind geschlossen. Sylvie eilt zum Fenster und öffnet es vorsichtig. Die beiden Fensterflügel klappen nach innen auf. Sie späht durch die löchrigen Lamellen der Läden. Die perfekte Tarnung – niemand kann erkennen, dass das Fenster hinter den Läden geöffnet wurde. Sie bringt ihren Kopf nah an eine Lücke in den Lamellen, beobachtet Henris Boot – und lauscht.

Der Fremde ist an Bord gegangen und hat sich auf eine Kiste gehockt. Er sitzt mit dem Rücken zu ihr, sie kann sein Gesicht nicht erkennen, seine Gesten sind spärlich, sie sieht nur, wie eine Schweißbahn über dem Rückgrat sein T-Shirt dunkel färbt. Er spricht so leise, sie versteht keinen Satz. Aber Henris Bass trägt bis in ihr Versteck. Und Eliane kann nie leise sein, bei ihr könnte sie jedes Wort mitschreiben.

Als der Fremde schließlich aufsteht und mit unsicheren Bewegungen vom Kahn taumelt, sinkt Sylvie in ihrem Versteck auf die Knie. Das ist die Anspannung, redet sie sich ein, die Erschöpfung. Was selbstverständlich Unsinn ist, als könnte ausgerechnet eine Ärztin sich so etwas einreden. Sie ist in ausgezeichneter physischer Verfassung und ganz und gar nicht erschöpft.

Sie hat Angst. Die Deutschen zu sehen, das war schon schlimm genug. Aber jetzt ist auch noch ein Polizist da. In Zivil, das kann nur jemand von der Kriminalpolizei sein. Und sie hat sehr deutlich die Namen »Michael Schiller« und »Claudia Bornheim« gehört. Und sie hat gesehen, wie Henri der Schweiß ausgebrochen ist und wie wütend Eliane den Mann angesehen hat. Die Polizei ermittelt wieder, denkt Sylvie verzweifelt, nach dreißig Jahren, mein Gott, das kann nicht wahr sein. Es wird nicht mehr lange dauern, dann wird der Polizist auch bei Francis und ihr anklopfen. Niemals, niemals, niemals!

Sie muss sich nicht nur um die Deutschen kümmern. Sie muss auch den Polizisten stoppen, irgendwie. Den Polizisten zuerst.

Laura Norailles ruht sich auf einem Teak-Liegestuhl aus. Die Terrasse des Hauses glüht schutzlos unter der Sonne; sie hat nie verstanden, warum sich ihre Eltern so ein schattenloses Domizil haben bauen lassen. Aber momentan ist sie dankbar dafür. Sie war den ganzen Vormittag tauchen. Und auch wenn das Meer im Sommer wie eine Verheißung wirkt, wenn du zwanzig, dreißig Meter weit unten bist, dann kriecht dir irgendwann die Kälte in den Leib.

Es verstößt gegen alle Sicherheitsregeln, allein hinunterzugehen, und das ist auch ungefähr das Erste, was sie ihren Tauchschülern auf La Réunion eintrichtert. Ich bin ein leuchtendes Vorbild, sagt sie sich, gut, dass mich hier keiner gesehen hat. Sie ist am frühen Morgen mit Vaters Motorboot hinausgebraust, hat in ihrer alten Lieblingsbucht den Anker geworfen und sich in die Tiefe gestürzt. Einfach fallen lassen. Schweben. Stille, außer dem Rauschen der Atemzüge. Das ist zwar nicht der Indische Ozean mit seinen bunten und bizarr geformten Fischen. Keine Korallen, die wie violette Riesenpilze über Steinen wuchern. Keine Haie. Aber Delfine, immerhin. Sie hat eine ganze

Schule gesehen, silbergraue Leiber, die so elegant und mühelos durchs Blau schießen, dass es ihr das Herz zusammenzieht vor Bewunderung und Neid. Einmal so tauchen wie ein Delfin, einmal, ein einziges Mal nur so durch den Ozean fliegen! Die Delfine haben ein paar Minuten lang mit ihr gespielt, haben es sogar gestattet, dass sie ihre Hand nach ihnen ausstreckt und sie wenige flüchtige Momente streichelt. Dann sind sie fortgezogen, vielleicht auf der Suche nach Beute. Vielleicht war es ihnen auch bloß langweilig geworden mit diesem plumpen, langsamen, Luftblasen ausstoßenden Fisch. Mit dieser Seekuh. Dieser Qualle.

Laura Norailles ist nicht naiv. Sie bemerkt schon die Blicke, die ihr zugeworfen werden, begehrliche Blicke von Männern, neidische Blicke von Frauen, wenn sie irgendwo aus dem Wasser auftaucht. Die Schaumgeborene, hat Vater sie genannt. Früher. Als er noch optimistisch war, was seine Tochter betraf. Aber sie kann ihren Körper nur ertragen, wenn er vom Wasser umfangen wird, wenn das Meer ihren Leib und ihre Beine, Arme, ihren Kopf umschließt, umschmeichelt. An Land fühlt sie sich nackt und, nun ja, vielleicht nicht hässlich, aber verwundbar. Ihr fehlt dort der nasse Schutzfilm.

Sie hat ihre Eltern nur besucht, weil sie seit der Rente endlich nicht mehr im grauenhaften Paris leben, sondern am Meer. Ihre Eltern, die mit Worten schweigen. Die ständig reden, scherzen, lachen und die doch nie etwas zu sagen haben. Die pausenlos in sie dringen, aber niemals mit ihr sprechen. Die jedes Mal, wenn Laura spürt: Jetzt, jetzt wird es interessant, jetzt geht es um was – die jedes Mal dann das Gespräch in eine Kurve werfen wie verzweifelte Rennfahrer, die abbiegen zu Nichtigkeiten und Floskeln. In Méjean kann sie wenigstens jeden Tag zum Tauchen hinausfahren, jeden Morgen die Kraft tanken, die sie braucht, um die langen Nachmittage mit ihnen durchzustehen.

Vater ist vor der Hitze auf sein Zimmer geflüchtet. Mutter will am Hafen Fische kaufen. Eigentlich müsste sie längst zurück sein. Laura

Norailles steht auf, greift sich Vaters Fernglas, richtet es auf Grand Méjean.

Henri flickt die Leine auf seinem Kahn, Eliane hilft ihm, aber ihre Mutter ist nirgendwo zu sehen. Laura wandert mit dem Fernglas den Kai auf und ab, die Straße hoch, wieder zurück zum Kai, zu Henris Boot ... Da sieht sie ihre Mutter, die aus einer Pforte an der Rückwand der Kooperative hinausschlüpft. Laura wusste bis jetzt nicht einmal, dass dort eine Tür ist. Warum geht sie nicht vorne raus? Und wo sind die Fische, die sie kaufen wollte? Laura hält das Fernglas unerbittlich auf ihre Mutter gerichtet. Sie lehnt sich nun an die Wand, schließt die Augen, sie scheint tief durchzuatmen. Sieht sich dann misstrauisch um, strafft den Körper. Dann geht sie um das Haus der Kooperative, ruft Henri etwas zu. Der blickt erst jetzt von seiner Arbeit auf, hebt die Hand, lächelt schüchtern. Eliane winkt. Henri steigt aus dem Boot, schließt die Vordertür zur Kooperative auf, bittet Mutter herein. Seine Frau folgt den beiden. Drei Minuten später stehen alle drei wieder vor dem Gebäude, Mutter hat jetzt eine weiße Plastiktüte in der Hand. Sie verabschiedet sich von Henri und Eliane mit Wangenküssen, geht mit elastischen Schritten die steile Straße Richtung Haus hoch. Als wäre nichts geschehen.

Laura Norailles setzt das Fernglas ab, weil sie nichts mehr erkennen kann. Sie weint.

23

Barbara geht die steile Straße vom Haus zum Hafen hinunter. Gleich muss sie das alles wieder hochsteigen, und sie macht immer noch keinen Sport. Dieses ständige Auf und Ab und diese Hitze haben ihr schon vor dreißig Jahren die Luft aus der Lunge und den Schweiß aus den Poren gepresst. Wenigstens hat sie jetzt passende Sachen an. Damals hat sie eine weite, schlabberige Leinenhose getragen und eine ebenso weite, langärmlige Bluse, eine Wolke aus buntem Stoff, in der sie ihren gewaltigen Busen, die breiten Hüften, runden Oberarme, soliden Schenkel und ganz besonders ihren Elefantenhintern hüllen wollte. Jetzt trägt sie einen leichten halblangen Rock und ein T-Shirt, das ihr Detlev neulich geschenkt hat, auf der Brust prangt ein Spruch:

Ich brauche neue Freunde, die alten wissen zu viel!

Sie hat sich damit schon morgens auf der Terrasse gezeigt, aber niemand hat etwas gesagt. Claudia war glücklicherweise nicht da. Katsche hat nur spöttisch die linke Augenbraue hochgezogen, Rüdiger gelächelt, und allein Dorothea hat einen Augenblick so ausgesehen, als wollte sie eine Bemerkung machen, es dann aber doch unterlassen.

Barbara hat verkündet, dass sie Fisch kaufen will, und das ist nicht gelogen. Ihr Gönner oder Erpresser oder was immer der Briefschreiber ist, hat den Kühlschrank nicht mit leicht verderblichen Waren gefüllt. Aber sie hofft auch, am Hafen jemanden wiederzusehen. Das hat sie den anderen selbstverständlich nicht gesagt.

Sie schlendert an den Häusern vorüber. Vor dreißig Jahren, so scheint es ihr, sind die alle noch kleiner, schäbiger gewesen. Jetzt sind überall Stockwerke, Seitenflügel, Terrassen angebaut worden. Hinter manchen Grundstücksmauern schimmern chemieblaue Pools. Mein Gott, wer braucht ein Schwimmbad im Garten, wenn das Mittelmeer zu deinen Füßen liegt? Reich sind die hier geworden, denkt Barbara, wenn ich ein paar solcher Leute bei mir zu Hause als Kunden werben würde, ich wäre längst Filialleiterin. Aber will sie solche Schnösel überhaupt betreuen? Viel lieber eröffnet sie Schülersparbücher für Nachbarskinder, füllt für die Rentnerin von nebenan die komplizierten Anträge aus, berät den Bäcker in Kriegsdorf, bei dem sie ihre Brötchen kauft. So wird das nichts mit der Karriere, aber dafür gibt es manchmal einen Bienenstich oder einen Berliner für die Zwillinge obendrauf.

Nur ein Haus am Straßenrand hat sich in dreißig Jahren nicht verändert – wenn man das denn »Haus« nennen kann: ein viereckiger Kasten aus Beton auf einem winzigen, verwilderten Grundstück, flaches Dach, die Tür- und Fensteröffnungen mit Porotonsteinen zugemauert. Das Ding sieht aus wie eine Mischung aus Transformatorenhäuschen und Weltkriegsbunker. Sie fragt sich, was für ein seltsamer Mensch sich so ein Bauwerk mal als Ferienhaus erträumt hat. Warum es wohl zugemauert ist? Warum hat niemand es je abgerissen und etwas Schöneres an seine Stelle gesetzt? Da spukt es, denkt sie, da ist mal jemand ermordet worden, da verbergen sich finstere Geheimnisse ... Schon gehen ihre Gedanken auf Wanderung. Sie mag das, sie denkt sich eine Geschichte zu diesem Haus aus. Manchmal schreibt Barbara nach Dienstschluss Texte nieder, Horrorgeschichten, aber nicht zu blutrünstig, Fantasy, sogar Krimis. Die liest sie dann Friedrich und Elisabeth vor oder ihrem Mann. Detlev hat ihr schon ein paarmal gesagt, dass sie das einmal einem Verlag zeigen soll. Aber sie traut sich nicht, und außerdem weiß sie gar nicht, wie das geht: eine Geschichte einem Verlag zeigen. Aber vielleicht wird sie das doch machen – mit diesem Spukhaus am Mittelmeer zum Beispiel. »Spukhaus am Mittelmeer« ist doch schon mal ein guter Titel.

Im Hafen von Grand Méjean erlebt sie eine Schrecksekunde. Da hat ein Boot aus Aluminium am Kai festgemacht, größer als die anderen, zwei schwarze Außenbordmotoren am Heck, die aussehen wie Kriegsgeräte, mit einer Art Gestell in der Mitte, das sich über die halbe Länge des Rumpfes erstreckt. Da sind Menschen aufgeknüpft, denkt sie, nein, gehäutet, die sind gehäutet. Sind aber bloß Neoprenanzüge. Babs war einfach noch in der Horrorstimmung vom zugemauerten Haus, sie lacht über sich selbst. Die schwarzen Hüllen hängen schlaff am Metallgestell. Sechs junge Männer kreuzen ihren Weg, sie ziehen auf einem Handkarren stählerne Pressluftflaschen hinter sich her. Die Taucher wuchten sie auf ihr Boot, sie lachen, grüßen freundlich, rufen ihr etwas zu, das sie nicht versteht, aber es klingt wie ein Kompliment. Das passiert ihr auch nicht oft, sie strahlt die Männer an. Sie könnte auch mal eine Geschichte über Taucher schreiben, eine romantische Geschichte.

Diese blöde Landzunge zwischen Grand und Petit Méjean. Du denkst, du hast es gleich geschafft, und da steigt diese Straße noch einmal steil an, wie um einen zu verhöhnen. Sie kämpft sich auf den Scheitelpunkt hoch, hält sich an einem braun lackierten Ortseingangsschild fest: »Petit Méjean«. Keine hundert Einwohner, keine vernünftige Straße, aber sie stellen ein Schild davor, als wäre das hier Paris. Sie atmet durch. Da vorne ist schon das Mangetout, da ist der Hafen, und der Weg führt jetzt nur noch hinab.

Als sie am Kai steht, erkennt sie Henri sofort, auch wenn der keine Haare mehr hat. Mein Gott, der hat sogar noch dasselbe Boot, das an genau derselben Stelle festgemacht ist! Ob der sich tatsächlich nie hier wegbewegt hat? Er hantiert mit irgendwelchen Dingen auf seinem Kahn und blickt nicht auf. Das ist aber auch nicht nötig, denn jemand anderer hält Ausguck.

Eliane.

Barbara hebt schüchtern die Hand. »Erkennst du mich wieder?« Ihr Französisch ist noch immer nicht überragend, aber die Fortbildungskurse der Raiffeisenbank haben ihr doch ein paar Vokabeln mehr eingebracht.

»Babs!«, ruft Eliane. Sie nickt Henri, der erst jetzt aufblickt, kurz zu: »Ich mach das schon.« Dann springt sie vom Boot ans Ufer.

Einen Moment stehen die beiden Frauen unentschlossen voreinander, machen zögernde, halbe Bewegungen – dann nimmt Barbara die Fischerin einfach in die Arme. Eliane umschließt sie auch mit den Armen und drückt sie herzhaft an ihren winzigen Leib.

Henri steht nun auf und winkt.

»Ihr seid immer noch ein Paar!«, ruft Barbara strahlend.

»Wir sind unzerstörbar«, erwidert Eliane. »Und du? Was ist mit dir?«

»Zwei Kinder. Ein Mann«, verkündet Barbara. Eliane deutet Richtung Haus. »Einer von denen?«

»Aber nein!«

Beide sehen sich einen Moment an, dann lächeln sie. Ein Verschwörerinnenlächeln. Ein Wir-haben-es-denen-gezeigt-und-es-doch-geschafft-Lächeln. Eliane lässt sich noch einmal in Barbaras Arme sinken. Sie hat jahrelang nicht einmal an die Deutsche gedacht, aber jetzt, wo sie da ist, stellt sie erstaunt fest, wie sehr sie sich freut. Sie hakt sich bei Barbara ein, führt sie vom Boot weg. Ganz am Ende des Hafens ragen Felsbrocken auf, jeder so groß wie ein Auto. Jemand von der Stadtverwaltung hat vor einiger Zeit Beton über die Spalten zwischen Kai und Steinen gegossen und Stufen in die ersten Felsen geschlagen. Jetzt kann man vom Hafen aus leichter in die Felsen klettern und, wenn man ein bisschen wagemutig ist, sogar von dort aus einen steilen Abhang erklimmen und so auf den Sentier des Douaniers stoßen. Vor dreißig Jahren mussten Eliane und Babs diese Steine noch ohne Stufen überwinden, bis sie den Brocken mit der abgeflachten, beinahe wie poliert aussehenden Kuppe erreicht hatten, auf dem man so herrlich sitzen und auf der einen Seite den Hafen und auf der anderen Seite das offene Meer sehen kann.

Sie lassen sich Seite an Seite auf dem Brocken nieder, es fühlt sich so an wie vor dreißig Jahren. Eliane erzählt, was sie in all der Zeit gemacht hat. Eigentlich ist es ja nichts. Die Ehe. Drei Söhne. Ein wenig Klavierunterricht bei der alten Dame in Ensuès. Der Job im Mangetout. Das ist im Prinzip alles, aber sie ahnt, dass Barbara die Letzte wäre, die deswegen auf sie herabsehen würde. Und Barbaras Lebensgeschichte hört sich nun auch nicht wirklich spannender an, aber Eliane weiß, dass ihre Geschichte in Wahrheit ein Sieg ist. Babs hat es geschafft, denkt sie, und ich habe es auch geschafft. Hoffentlich.

»Du fragst dich sicher, warum wir auf einmal alle wieder hier sind«, sagt Barbara schließlich.

»Das war eine Überraschung«, gibt Eliane vorsichtig zu.

»Für mich auch. Vor drei Tagen wusste ich noch nicht, dass ich nach Méjean fahren würde.«

»Hat die Polizei euch vorgeladen?«, fragt Eliane und schaudert. Wenn die Flics sogar die Leute aus Deutschland hierherholen, dann ...

»Wir haben«, Barbara wird rot und sucht nach den richtigen Worten, was aber nicht an ihren lückenhaften Sprachkenntnissen liegt, sondern an ihrer Scham. »Wir haben alle ... seltsame Briefe bekommen. Und da mussten wir einfach kommen.«

»Erpresserbriefe?« Eliane kann es nicht glauben.

Jetzt ist es heraus, denkt Barbara. Jetzt ist es laut ausgesprochen und damit irgendwie offiziell. »Ja«, gesteht sie, »Erpresserbriefe.«

»Von einem von uns? Aus Méjean?!«

»Warum sollte es einer von euch sein?« Jetzt ist Barbara für einen Moment erstaunt, lacht dann, wie absurd allein dieser Gedanke ist. »Nein, aus Deutschland. Ich wette, es ist einer von uns.«

»Einer von den anderen vier? Wer denn?«

»Keine Ahnung«, sagt Barbara und zuckt mit den Schultern. »Wirklich. Ich habe nach diesem ... diesem schrecklichen Urlaub nicht mehr mit den anderen geredet. Ich konnte einfach nicht.«

»Du hast schon damals gedacht, dass es einer von euch gewesen ist? Dass einer von euch Michael getötet hat?« Eliane ist erstaunt, dass Barbara da so sicher ist. Sie selbst ist es nicht.

»Wer hätte es sonst sein sollen? Ich habe nie an das geglaubt, was die Polizei gesagt hat: Raubmord, ein unbekannter Täter, der mehr oder weniger zufällig vorbeigekommen ist. Ich meine«, Barbara lässt den Arm schweifen und deutet mit großer Geste auf den Ort, »wer kommt hier schon zufällig vorbei? Méjean kennt doch niemand. Mein Gott, wir haben euer Kaff auf der Hinfahrt nicht mal auf der Landkarte gefunden!«

Beide lachen, trotz allem.

»Seltsam«, gesteht Barbara. »Irgendwann habe ich aufgehört, an Michael zu denken. Einfach so. Anfangs habe ich an seinem Geburtstag geheult, ich konnte nicht anders. Und an seinem Todestag war ich sogar in der Kirche und habe eine Kerze angezündet. Das ging so drei, vier Jahre. Und dann, eines Tages, bin ich aufgewacht und habe gemerkt, dass ich Michaels Geburtstag verpasst hatte. War schon eine ganze Woche vorüber.«

»Du warst mal schwer verknallt in den Typen. Sah ja auch gut aus. Selbst eine Tussi wie ich konnte das auf hundert Meter erkennen, wie du den angehimmelt hast.«

Barbara seufzt. »Ich hatte keine Chance. Alle um mich herum waren in festen Händen, selbst Katsche! Der war damals schon vertrocknet, und den müsstest du jetzt erst sehen. Ich war die dicke Ulknudel, ich hätte bei niemandem landen können.«

Eliane rammt ihr kumpelhaft den Ellenbogen in die Seite. Wie winzig sie ist, denkt Barbara, aber wie viel Kraft sie hat. »Na, du hast ja doch noch einen Macker abgekriegt. Und?«

»Wie: und?«, fragt Barbara, obwohl sie genau weiß, was die kleine Fischerin meint.

»Macht ihr es noch?« Eliane kichert. »Henri und ich haben neulich in einem Hotel in Marseille Jubiläum gefeiert: zweiunddreißig

Jahre Sex. Ich glaube, wir haben die Zimmernachbarn die ganze Nacht nicht schlafen lassen.«

Jetzt wird Barbara doch tatsächlich rot. »Ich hole auf«, sagt sie. »Ich wette, ich mache es in einer Woche öfter als die Claudia im ganzen Jahr!«

»Die Claudia, ja ...«

Sie schweigen. Nichts verbindet so fest wie ein gemeinsamer Feind. Schließlich atmet Eliane durch. »Wir hatten einen Flic da. Vielleicht hast du ihn auf dem Weg runter zum Hafen noch gesehen: ein Skelett in Jeans und T-Shirt.«

Barbara schüttelt den Kopf und will doch gleichzeitig nicken. »Ich habe ihn nicht gesehen. Aber schon von ihm gehört. Claudia hat ihn am Strand getroffen.«

»Claudia hat immer Rendezvous mit den Kerlen von hier.«

»Sei nicht so bitter. Du hast mir gerade selbst gesagt, dass du und Henri ...«

»Jaja«, unterbricht Eliane sie hastig. Darüber will sie lieber nicht reden. »Der Polizist heißt Renard. Er hat uns nach der alten Geschichte befragt. Obwohl sie unsere Aussagen doch haben müssen, die haben doch Akten oder so was. Nach dreißig Jahren, was soll man da noch Neues sagen können?«

»Claudia hat gesagt, dieser Renard hat auch einen anonymen Brief bekommen. Deshalb rollt er die Sache noch einmal auf.«

»Diese Briefe, der Flic – irgendjemand spielt hier ein Scheißspiel.«

Barbara blickt hinaus auf das Meer. Michael. Seit dreißig Jahren tot. Unerreichbar. Dann schüttelt sie sich. Mach dir nichts vor: Der war auch als Lebender unerreichbar. »Irgendwie gruselt es mich. Aber ich kann hier nicht weg, bis das erledigt ist.«

»Meinst du, dieser Renard kommt uns auf die Spur?« Eliane merkt selbst, dass ihre Stimme vor Sorge eine halbe Oktave höher gerutscht ist. Erbärmlich, aber was soll sie tun?

Barbara lächelt und legt ihr den Arm um die Schultern. »Der wird dir nie etwas nachweisen können. Und außerdem hast du ja eigentlich auch nichts Böses getan, oder?«

Eliane atmet tief durch. »Wenn wenigstens Claudia verschwinden würde.«

»Da sind wir schon zwei. Ich habe mich wirklich gefreut, die anderen wiederzusehen, trotz allem«, murmelt Barbara. »Ich habe sie gesehen und mich einfach gefreut, dass sie da sind. Rüdiger ist ein wahnsinniger Mann. Und ich wusste immer, dass er es schaffen wird. Dorothea und Katsche haben sich überhaupt nicht verändert, die unterwürfige Nixe und der Herr Professor. Trotzdem mag ich sie, selbst wenn einen Katsche manchmal irremacht. Aber Claudia ...«

»Die ist ein hohes Tier, oder?« Eliane hebt entschuldigend die Hände. »Als ich gestern gehört habe, dass ihr alle wieder in Méjean seid, habe ich Claudia gegoogelt. Ich bin bald vom Stuhl gefallen. Ich meine«, Eliane lacht bitter, »eigentlich sollte es mich ja beruhigen: eine Ministerin wird sich keinen einfachen Fischer unter den Nagel reißen, oder? Aber trotzdem.«

»Die ist so abgehoben, das kannst du dir kaum vorstellen. Ich sehe sie manchmal im Fernsehen, und jedes Mal schalte ich um. Das fällt schon meinem Mann auf. Niemand weiß, was die denkt. Aber wenn sie redet, dann hast du keine Chance.«

»Vielleicht doch?« Eliane lächelt. »Wenn schon ein Flic hier ist, dann können wir das doch ausnutzen. Vielleicht können wir ihr was anhängen?« Eliane lacht jetzt wieder und springt auf. »Denk darüber nach. Und jetzt komm, ich suche dir ein paar schöne Doraden raus. Das geht auf's Haus!«

Barbara wuchtet sich hoch und folgt ihr langsam zur Fischerkooperative. Claudia was anhängen, denkt sie, das ist ein Spiel mit dem Feuer. Was passiert, wenn dieser Renard dabei zufällig mich unter die Lupe nimmt, Dinge erfährt, die niemand weiß? Nicht einmal Detlev. Nicht einmal Eliane.

Nur dieser verdammte Briefschreiber – der weiß diese Dinge, und deshalb muss Barbara hier in Méjean ausharren. Wie eine Angeklagte, die auf den Urteilsspruch wartet.

24

Renard sitzt abends am Ende einer langen Bank auf der Terrasse des Mangetout. Neben ihm haben sich zwei befreundete Paare niedergelassen, er schätzt alle auf Anfang zwanzig. Die Männer tragen Vollbärte und stecken in blauen Kunstfasertrainingsanzügen von Olympique Marseille. Renard kommen sie vor wie Holzfäller in Schlafanzügen. Ihre Freundinnen sind so geschminkt, wie sich vor zwanzig Jahren nur Straßennutten angemalt hätten. Ich muss aufpassen, ermahnt sich Renard im nächsten Moment, sonst wache ich eines Morgens auf und denke genauso wie die Männer, die mit ihren Unterarmen aufgestützt im Fenster liegen. Seine Tischnachbarn reden über den letzten Spieltag, die Frauen gucken auf ihre iPhones, niemand beachtet ihn.

Eliane Pons stellt einen Teller vor ihn auf den Tisch, von dem ein so verführerischer Duft hochsteigt, dass sogar eines der beiden iPhone-Mädchen aufblickt. Eliane lächelt nicht, erlaubt sich erst recht kein Geplänkel, aber das hat Renard auch nicht erwartet. Er wäre schon zufrieden, wenn sie ihm nichts ins Essen gekippt hat.

Seeteufel. Roter Reis aus der Camargue. Tomatensalat. Weißwein, Lunard. Alkohol hat ihm der Arzt natürlich verboten, aber irgendetwas Gutes muss dieser Job doch haben. Der erste Bissen. Renard isst langsam, führt die Gabel methodisch zu den Lippen. Du musst dich stärken, wieder zu Kräften kommen, du musst dir wieder einen warmen Mantel um die Rippen legen und, verdammt, ein Polster an den Hintern futtern. Er ist so dürr, dass ihm das Sitzen auf der harten Bank wehtut, als hätte er einen spitzen Knochen in jeder Backe.

Doch irgendwann stellt Renard überrascht fest, dass ihm sogar Spaß macht, was er da tut. Er findet den Geschmack wieder. Ein Kontinent, aus dem er vor Monaten verbannt worden war. Der Fisch ist so zart gekocht, dass das Fleisch in einer Wolke zergeht, die nach Meer und Salz und Thymian schmeckt. Die Tomaten süß und herb zugleich und das Olivenöl, das er über sie träufelt, den richtigen Hauch bitter. Der Weißwein spült seine Kehle, säuerlich und kalt, und dampft ihm als Nebel ins Gehirn. Ein Glas, mehr geht noch nicht. Er bestellt bei Eliane eine Karaffe Wasser für den Rest der Mahlzeit. Im Weinglas bewahrt er einen Fingerbreit auf, für den allerletzten Schluck, bevor er geht.

Später steht er im winzigen Badezimmer und wirft seine Abenddosis ein. Gut, dass der Spiegel so klein ist, dass er ihm kaum einen Blick auf seinen Körper gestattet. Er steht in Boxershorts da, nachdem er das letzte Pillendöschen wieder zugeschraubt hat, und starrt auf das Bett. Es wäre vernünftig, sich jetzt hinzulegen. Aber trotz der Tabletten und der Zahnpasta schmeckt er noch immer den Wein im Mund. Von draußen hört er Gelächter, die meisten Gäste sitzen noch auf den Bänken. Es ist noch nicht einmal richtig dunkel, Ende Juni, weiße Nächte selbst am Mittelmeer. Der Duft, der durch das geöffnete Fenster weht, lockt ihn schließlich wieder hinaus. Ich bin doch kein Invalide, denkt er. Er zieht eine Jeans über seine Badeshorts, windet sich ins T-Shirt, packt sich ein kleines Handtuch und faltet es so weit zusammen, dass es fast in seiner Hand verschwindet. Muss ja niemand sehen, was er vorhat. Er schlüpft durch den Vorraum. Serge blickt auf, nickt zerstreut, wendet sich ab Richtung Küche. Auf der Terrasse achtet niemand auf ihn, Eliane hat sich zu einer Gruppe älterer Frauen gesetzt, die Chansons von Edith Piaf singen. Drei Schritte, dann taucht er ins Dämmerlicht ein. Renard atmet auf.

Rasch durchquert er die Bucht, in der sie Michael Schiller gefunden haben. Er klettert bis in eine der kleinen versteckten Felsnischen weiter. Wolken drehen sich in Spiralen und Schleiern über den Himmel, gelb, orange, violett. Im Westen, zu seiner Rechten, leuchtet das Meer unter dem Horizont wie poliertes Metall. In der Mitte ist es so tief blau, als wäre es dort schwerer als am Rand. Und links, wo die Lichter von Marseille die Sicht begrenzen, löst sich das Meer in violetten Schichten auf, über denen ein rosafarbener Dunst schwebt.

Er zieht sich aus, streift sich die Mokassins von den Füßen, viel hastiger, als er müsste. Aber er misstraut sich: Wenn ich mir zu viel Zeit lasse, dann überlege ich es mir doch noch anders. Er hat vergessen, Neoprenschuhe mitzunehmen, die Steine bohren sich messerscharf in seine nackten Füße. Wasser am linken Fuß, am rechten. Renard hätte gedacht, dass es eisige Schauer durch seinen Körper schicken würde. Aber es fühlt sich erfrischend an und weich. Er tastet sich vorsichtig tiefer, taumelt über die Steine, verliert das Gleichgewicht, stürzt vornüber ins Meer.

Wie herrlich. Wie schrecklich.

Renard schmeckt das Salz auf den Lippen. Er genießt die Kühle nach den Stunden der Hitze. Er spürt, wie Wellen unter ihm zum Ufer rollen, wie sie ihn ganz leicht anheben, dann ganz sanft absenken. Zugleich fühlt er aber auch schon die Kälte. Spürt, wie seine Oberarme und die Schultermuskeln ziehen. Seine Zehen kribbeln. In der linken Wade pocht eine Ader, der Muskel zieht sich zum Vorkrampf zusammen – noch kein Krampf, aber er ahnt, wenn er jetzt eine falsche Bewegung macht, dann wird der Krampf im Bein explodieren. Als er den Kopf trotzig senkt und einen Zug weit dem unsichtbaren Grund entgegentaucht, fühlt es sich an, als steckte er sein Haupt in tiefen Schnee.

Er kann nicht einmal zwanzig Meter hinausschwimmen. Er hat noch Glück, weil er nach wenigen hastigen Zügen zurück wieder Boden unter den Füßen spürt: Steine, an dieser Stelle glitschig von Wasserpflanzen. Renard taumelt zum Ufer, bibbernd wie der kleine Junge, der er einmal war. Der Junge, der bei seinen Großeltern in Villaudemard Iglus aus Schnee baute, bis er seine Hände nicht mehr spürte.

Ich bin verrückt, sagt er sich, während er sich mit dem lächerlich kleinen Handtuch abrubbelt, total verrückt. Der Chef hat recht: Ich habe mich nicht mehr unter Kontrolle. Wie ein Fünfjähriger. Essen, Wein, Medikamente und dann nachts ins Meer. Geht nicht. Mein Körper ist ein Gefängnis. Er zieht sich wieder an, zornig auf sich selbst. Versager. Sieh dich an. Er klettert über die Felsen, noch immer droht ihm ein Krampf im Unterschenkel. Die Bucht.

Und genau in dieser Bucht steigt eine Gestalt aus dem Wasser, elegant, grazil, beneidenswert mühelos.

Renard bleibt stehen und beobachtet die Schwimmerin. Im violetten Abendlicht kann er nicht mehr alle Einzelheiten erkennen, das aber schon: ihr Körper ein wenig zu athletisch, um schön zu sein. Ihr Badeanzug aus irgendeinem bläulich schimmernden Hightechmaterial. Ihre Haare sind kurz und blond – und ihr Gesicht kommt ihm bekannt vor. Lautlos tritt er näher. Das gibt es also tatsächlich, denkt er, dass dich dreißig Jahre nicht verändern. Oder beinahe nicht. Ein paar längliche Falten an den Augenwinkeln, Kerben in den Wangen, wo einst Grübchen waren, ein feines Netz aus Rillen um die Lippen. Aber ansonsten sieht Dorothea Kaczmarek genauso aus wie die Jugendliche, die seinen Kollegen vor drei Jahrzehnten Fragen beantworten musste.

Renard sieht ein paar Sachen auf einem Felsen liegen, ein Badetuch, ein Handtuch, Sandalen, ein T-Shirt. Er greift sich das Handtuch und reicht es der Deutschen, die ihn erst jetzt bemerkt.

»Merci«, stottert Dorothea erschrocken, und Renard erkennt: Die weiß, wer ich bin. Claudia Bornheim hat mit ihren Freunden geredet, selbstverständlich. Was wird sie erzählt haben? Ein Polizist, so hager wie ein Skelett. Deshalb weiß Dorothea sofort, wer vor ihr steht. Er zeigt ihr trotzdem seinen Ausweis.

»Es ist reiner Zufall, dass wir uns hier treffen, Madame«, beginnt er. »Aber würde es Ihnen etwas ausmachen, wenn Sie mir ein paar Minuten Ihrer Zeit opfern?«

»Ich habe schon gedacht, dass Sie mir früher oder später Fragen stellen werden«, erwidert Dorothea. Sie trocknet sich länger ab als notwendig, vergräbt ihr Gesicht im Handtuch, denkt: Was soll ich jetzt bloß tun? Sie streift ihre Neoprenschuhe ab. »Früher musste man bei jedem Schritt aufpassen, nicht auf einen Seeigel zu treten«, sagt sie, um irgendetwas zu sagen. »Mein Mann hatte einmal ein Dutzend Stacheln in der Ferse. Aber jetzt war ich draußen und habe überhaupt keinen Seeigel mehr gesehen.«

»Die Leute haben sie alle rausgeholt, um sie zu essen«, erklärt Renard. »Jetzt müssen Sie schon tauchen, um noch welche zu finden, direkt an der Küste lebt keiner mehr.« Hört sich an, als ob er noch selbst hinuntertauchen könnte. Er dreht sich diskret weg, während Dorothea sich ankleidet.

Sie wickelt sich zusätzlich das Badetuch um den Körper. Sie ist jetzt in dem Alter, in dem man nicht mehr im Bikini an den Strand geht, sondern im Badeanzug, was ihr aber nicht so viel ausmacht. Badeanzug, das erinnert sie an ihre Zeit im Verein, an endlose Bahnen im Hallenbad, an die Wettkämpfe und die Aufregung und die Pokale in ihrem Mädchenzimmer.

»Warum sind Sie nach Méjean gekommen?«, fragt Renard, nachdem Dorothea sich ihm wieder zugewandt hat.

Sie hat sich seit dem Augenblick, als Claudia von dem Polizisten erzählt hat, vor dieser Frage gefürchtet. Sie hat alle möglichen Antworten im Geist durchprobiert und wieder verworfen. Himmel, wenn sie wenigstens genau wüsste, was Claudia diesem Ermittler erzählt hat. Weiß sie aber nicht. »Mein Mann und ich haben«, sie zögert, »eine Einladung bekommen.«

»Von wem?«

Sie macht eine hilflose Geste.

»Und da lassen Sie alles stehen und liegen und reisen an?«

»Es war ein anonymer Brief. Er war in gewisser Weise bedrohlich.«

»Keine Einladung, also«, stellt Renard höflich fest, »sondern eine Erpressung. Sie haben das Schreiben nicht zufällig dabei und können es mir zeigen?«

»Ich bin zum Baden an den Strand gekommen, Sie sehen ja selbst, was ich dabeihabe. Und außerdem«, setzt Dorothea hastig hinzu, weil sie fürchtet, dieser Renard könne jetzt mit ihr hoch zum Haus gehen, »außerdem habe ich den Brief gar nicht auf diese Reise mitgenommen. Er war so ... unangenehm.«

»Verstehe«, erwidert Renard in einem Tonfall, der klarmacht, dass er ihr nicht glaubt. Doch dann lächelt er. »Aber an seinen Inhalt erinnern Sie sich noch, Madame?«

Dorothea blickt sich, wie sie hofft, unauffällig in der Bucht um, aber vergebens. Sie sind ganz allein, da kommt niemand, der diesen Renard ablenken könnte. Jetzt muss sie improvisieren und, Himmel, sie war noch nie eine gute Lügnerin. »In dem Brief stand sinngemäß drin, dass mein Mann und ich nach Méjean reisen sollten, weil wir dann Michaels Mörder treffen würden.«

»Und das nennen Sie einen ›bedrohlichen Brief‹?«

»Na ja, Sie sehen vielleicht jeden Tag Mörder. Ich nicht. Ich habe mich davor gefürchtet.«

»Aber Sie sind trotzdem angereist.«

»Es war doch Michael!« Dorothea kämpft jetzt mit den Tränen, und das soll dieser Hagere verdammt noch mal auch sehen. Soll er doch glauben, dass sie nur wegen Michael weint.

Renard geht los, langsam, bedächtig, wie bei einem Spaziergang. Dorothea kann gar nicht anders, als neben ihm herzugehen. So führt er sie exakt zu der Stelle, an der man einst den Toten gefunden hat. Genau dort bleibt er stehen, blickt hinaus aufs Meer. Sie hält neben ihm inne, nicht nervöser als vorher. Es macht ihr nichts aus, ihre Füße dort auf die Steine zu stellen, wo einst Michael Schillers Füße lagen, sagt sich Renard. Vielleicht hat sie seinerzeit gar nicht genau hingesehen, und sie weiß nicht, wo sie da steht.

»Haben Sie eine Vermutung, wer diesen Brief geschrieben haben könnte, Madame? Oder wer der Mörder sein soll, den Sie hier antreffen werden?«

»Nein!« Dorothea schreit das beinahe hinaus.

Renard hört die Not in ihrer Stimme. Sie weiß es tatsächlich nicht, vermutet er. Doch sie will es wissen, sie will wissen, wer der Mörder ist. Oder der Briefschreiber. »Waren Sie damals gut mit Michael Schiller befreundet?«

Sie hebt die Schultern. »Wir waren in derselben Clique. Wir haben uns in der neunten oder zehnten Klasse gefunden. Das kam einfach so. Gleiche Musik, gleiche Interessen. Irgendwie haben wir zusammengepasst. Auch wenn ...«

»Wenn was?«, ermuntert sie Renard, als sie zögert fortzufahren.

»Auch wenn es mir heute manchmal unerklärlich ist.« Dorothea seufzt. »Mein Mann und ich, wir waren damals schon ein Paar. Wir waren so früh zusammen, für die anderen waren wir die Spießer, aber zugleich haben sie uns auch heimlich beneidet, weil wir so früh, Sie wissen schon. Aber eigentlich waren wir ...«, sie sucht nach dem richtigen Wort, »... anders als die anderen. Das soll keine Wertung sein«, setzt Dorothea hastig hinzu, als müsse sie sich entschuldigen. »Es war nur: Michael war der Überflieger. Seine Claudia war die Politische. Babs war die Brave, die immer schon um zehn Uhr abends zu Hause sein musste. Und Rüdiger ...« Ihre Stimme verliert sich, doch Dorothea reißt sich zusammen. »Rüdiger war ein Künstler. Der hat Sachen gemalt, die ich so noch nie zuvor gesehen habe. Der hat ganz andere Dinge im Kopf gehabt als ich.«

»Welche Dinge hatten Sie und Ihr Mann denn im Kopf, Madame?«

»Oliver hatte Bücher im Kopf. Hat er immer noch. Der hat gelernt und gearbeitet. Und ich«, wieder zögert sie, lacht dann verlegen, »na ja, ich hatte Schwimmen im Kopf. Hundert Meter Brust. Ich war mal Landesmeisterin von Nordrhein-Westfalen.«

Renard denkt daran, wie Dorothea Kaczmarek gerade aus dem Meer gestiegen ist. Leistungsschwimmerin. Ob man vom Wasser aus, den Kopf nur wenige Zentimeter über den Wellen, eine einsame Gestalt am Ufer ausmachen konnte? Ob man lautlos herankommen konnte? Einen Stein konnte man jederzeit vom Grund hochholen. Und eine austrainierte Brustschwimmerin hatte sicherlich genügend Kraft für einen tödlichen Schlag ...

»Sie schwimmen immer noch ausgezeichnet«, stellt er in möglichst neutralem Ton fest.

Sie macht eine wegwerfende Geste. »Das ist wie Fahrradfahren: Wenn man es einmal gelernt hat, dann bleibt das. Ich habe mit dem Leistungssport früh aufgehört. Oliver wollte das nicht, dass ...« Sie lässt den Satz verklingen, erschrocken darüber, das preisgegeben zu haben.

Renard stürzt sich dann auch sofort darauf. »Ihr Mann hat darauf bestanden, dass Sie das Schwimmen aufgeben?«

»Damals waren wir noch nicht verheiratet. Das war gerade nach dem Abitur. Nach diesem tragischen Vorfall hier. Und Oliver wollte nicht, dass ich aufhöre mit dem Sport. Zumindest hat er das nie so gesagt. Es war nur – na ja, Sie kennen Oliver halt nicht.«

»Das wird sich ändern, Madame.« Renard lächelt fein.

Sie wird rot. Hoffentlich ist es inzwischen so dunkel, dass der Polizist es nicht bemerkt. »Oliver ist gerne der Beste«, erklärt sie. »Ich hatte Erfolg mit dem Schwimmen. Er hatte damals noch keinen Erfolg, nirgends, und im Sport hätte er nie welchen gehabt, das hat ihn überhaupt nicht interessiert. Aber ich habe gespürt, dass es ihn gestört hat, dass ich erfolgreich bin und er nicht. Oliver fühlt sich schnell in den Schatten gestellt, wenn jemand in seiner Nähe gut ist. Also habe ich ihm zuliebe auf die Wettkämpfe verzichtet. Das hat mir aber nichts ausgemacht«, setzt sie hinzu, vielleicht etwas zu rasch.

Renard stellt sich ein junges Mädchen vor, das einsame Bahnen durch nach Chlor stinkendes Wasser zieht, Stunde um Stunde, Tag für Tag, Jahr um Jahr. Wenn sie das aufgibt, war dann nicht die ganze Quälerei des Trainings umsonst? Und das hat Dorothea Kaczmarek gar nichts ausgemacht? Wem will sie das weismachen? Dann denkt er daran, was er inzwischen über das Opfer weiß. »Michael Schiller war gut«, stellt er fest. »Gut in allem, was er gemacht hat. Wie hat Ihr Mann es in seiner Nähe ausgehalten?«

»Das war schon schwierig«, gibt Dorothea zu. »Vor allem im letzten Schuljahr. Michael hat das beste Abitur gemacht. Oliver das zweitbeste. Das hat ihn schon gestört. Aber dann«, setzt sie rasch hinzu, »hat Michael gesagt, dass er Medizin studieren will, in Heidelberg oder Tübingen. Oliver kann kein Blut sehen«, sie kichert, als wäre sie für eine Sekunde wieder der Teenager von früher, »Medizin wäre ungefähr das Letzte gewesen, was er studiert hätte, trotz seines Einserabiturs. Oliver wollte schon damals Archäologie und Geschichte in Köln studieren, was er dann auch getan hat. Da war klar, dass Michael ihn nicht übertreffen würde, nicht in diesen Fächern. Also würde es für dieses Mal keine Konkurrenz zwischen ihnen geben, und deshalb war Oliver dann wieder sehr gelassen. Es war ein sehr schöner Urlaub. Bis zu diesem Abend.«

Renard geht in Gedanken durch, was ihm Claudia Bornheim und Dorothea Kaczmarek über die alte Clique erzählt haben. »Nach diesem Sommer haben Sie sich aber alle aus den Augen verloren?«, fragt er höflich.

Dorothea nickt. »Ja. Außer Oliver und mir. Da hat sich nichts geändert.«

Täusche ich mich, sagt sich Renard, oder höre ich dort ein Körnchen Bedauern in der Stimme? »Erinnern Sie sich noch an diesen letzten Abend? Sie sind vom Haus der Familie Norailles zu ihrem eigenen zurückgekehrt. Michael Schiller verlässt es spätabends noch einmal mit seinem blau-schwarzen Rucksack, angeblich, um zu schwimmen, aber auch um zu malen und mit seiner Kamera Fotos zu schießen.«

»Darüber habe ich mich damals schon gewundert«, unterbricht ihn Dorothea. »Und das habe ich auch Ihren Kollegen bei der Befragung gesagt, aber das scheint niemanden interessiert zu haben.«

»Was?«

»Na, dass Michael seine Polaroidkamera mitgenommen hat, aber weder sein Stativ noch den Blitz. Es war doch dunkel. Wie hätte er da vernünftige Bilder machen können?«

Renard blickt auf das Meer, über dem der Mond aufgegangen ist. Blickt in den Himmel, an dem Tausende Sterne glitzern. Blickt schließlich zur Küste hin, wo drei Laternen den Hafen von Grand Méjean in gelbe Lichtzelte hüllen. Selbst mit einer modernen Digitalkamera würde er jetzt wahrscheinlich bloß noch pixelige, verwischte Aufnahmen hinbekommen. Und Michael Schiller ist zu noch späterer Stunde losgezogen. Vielleicht wollte er wirklich nicht fotografieren. Das Meer, der wollte einfach bloß ins Meer steigen und eine Runde schwimmen. Warum bloß hat er dann diese Show veranstaltet mit seinem Rucksack und der Kamera und den Malsachen.

»Hat noch jemand an diesem Abend das Ferienhaus verlassen? Nach Michael Schiller?«

Zu Renards großer Überraschung antwortet Dorothea nach sehr, sehr langem Zögern schließlich mit Ja.

25

Dorothea legte sich neben Oliver, der sich auf das Bett gefläzt und kaum von seinem Buch aufgesehen hatte, als sie die Matratze, die viel zu weich war, niederdrückte. »Nur noch ein Kapitel«, murmelte er. Nachdem Rüdiger vorhin aufgestanden war, um auf sein Zimmer zu gehen, hatte sie bald darauf ebenfalls ein Gähnen vorgetäuscht und sich aus dem Stuhl erhoben. Vielleicht würde sie ihn noch auf dem Flur treffen, der zu den drei Räumen führte, in denen er, Babs und Michael und Claudia pennten. Vielleicht hätte sie sogar an seine Zimmertür geklopft. Leider war auch Claudia genau in diesem Augenblick aufgestanden. Das war doch wie verhext, dachte Dorothea, Claudia war auf jeder Party die Letzte, die noch durchhielt. Aber ausgerechnet an diesem tollen Abend machte sie früh schlapp. Oder machte sie gar nicht schlapp, sondern wollte sie auch nur in Rüdigers Nähe sein, im dunklen Flur, allein, direkt vor seiner Zimmertür? Zuerst dieser Fischer, jetzt Rüdiger, und Michael war ja auch schon seit einer halben Stunde weg. Aber dann erinnerte sich Dorothea wieder an Claudias Gesichtsausdruck vorhin. War sie oben bei den Norailles kurz weg gewesen, um einen Joint zu rauchen? War vielleicht nicht gut gewesen. Oder zu viel Sangria und Lambrusco, obwohl die ja ganz schön was vertrug. Oder irgendwas in der Tiefkühlpizza war ihr nicht bekommen.

    Pech, dachte Dorothea resigniert, es war einfach verdammtes, beschissenes Pech, dass die unzerstörbare Claudia ausgerechnet heute wackelig auf den Beinen war und ihren Abgang zur falschen Zeit machte. Sie waren zusammen bis zum Flur hinuntergegangen, schweigend und müde. Nicht einen Augenblick hatte Dorothea heute Abend unter vier Augen mit Rüdiger reden können. Aber sie meinte, sie konnte immer noch den

Duft seiner Haut einatmen. Sie hatte noch einen Moment vor Rüdigers geschlossener Tür ausgeharrt. Claudia war auch noch auf dem Flur, die Hand auf der Klinke zu ihrem Zimmer. Beide Mädchen hatten einander angesehen, gewartet, wortlos, ein stummer Kampf: Dorothea wollte, dass Claudia in ihrem Zimmer verschwand. Dann hätte sie vielleicht an Rüdigers Tür geklopft, wenn sie den Mut dazu aufgebracht hätte, ganz leise hätte sie gekratzt. Aber Claudia schien genauso darauf zu warten, dass Dorothea endlich vom Flur verschwinden würde. Um was zu tun? Um an Rüdigers Tür zu klopfen, ganz leise? Sie hatten einander angesehen, und plötzlich hatten sie im gleichen Moment angefangen zu lächeln, irgendwie verschwörerisch und resigniert, dann hatte Claudia die Klinke hinuntergedrückt, und Dorothea hatte sich umgedreht. Sie räumten den Flur wie zwei Boxer, die verlegen aus dem Ring stiegen, bevor der Kampf begonnen hatte.

Geräusche von oben. Arme Babs. Die räumte jetzt allein die Flaschen und Gläser weg. Sie spülte, Dorothea hörte das Wasser rauschen. Eigentlich sollte ich noch mal hochgehen und ihr helfen. Aber sie konnte nicht. Nicht jetzt. Rüdiger war jetzt allein in seinem Zimmer. Jetzt vielleicht ...

Da bemerkte sie einen Schatten am Fenster. Sie blickte über Oliver hinweg, der bekam überhaupt nichts mit. Da war jemand im Garten. Einbrecher, dachte sie zuerst, scheiße, da kam jemand. Dann erkannte sie, dass dieser Jemand vom Haus fortging.

Rüdiger.

Der Mond beleuchtete die Pinien, die seltsam flirrende Schatten auf den Kies warfen. Der Kies war ganz bleich. Die letzten Zikaden hatten endlich erschöpft aufgegeben. Durch das geöffnete Fenster hörte sie, wie der Kies ganz leise unter Rüdigers Schritten knirschte. Oliver achtete wirklich auf nichts, wenn er las. Sie richtete sich möglichst unauffällig auf, um einen besseren Blick nach draußen zu haben.

Rüdiger ging tatsächlich ganz langsam. Setzte behutsam einen Fuß vor den anderen, der wollte nicht gehört werden. Und er ging durch den

Garten, nicht vorne die Treppe hinunter bis zur Straße. *Irgendwann hatte er endlich den verrosteten niedrigen Maschendrahtzaun zum Nachbargrundstück erreicht. Er stieg darüber, verschwand hinter einer Hecke. Ein paar Augenblicke später sah Dorothea ihn wieder, er war vom Nachbargrundstück aus auf die Straße getreten. Jetzt ging Rüdiger schneller.*

Er machte sich auf den Weg, der ihn zurück zum Haus der Norailles führte. Oder hinunter zum Meer. Ob er etwas vergessen hatte? Dann sah Dorothea, dass Rüdiger seinen Skizzenblock in der Hand hielt. Der will das Meer malen, dachte sie, und diesen Mond und die Pinien und die wahnsinnig gezackten Steine. Wenn sie das doch auch bloß könnte oder wenn ihr wenigstens irgendeine kluge Bemerkung einfallen würde zu dem, was Rüdiger malte.

Dorothea sank auf das Kissen zurück, niedergedrückt von einem Felsen der Hoffnungslosigkeit. Es war nur ein schwacher Trost, dass wenigstens Claudia nicht bei ihm war. Rüdiger wollte nicht gesehen werden. Er hatte sein Zimmer so rasch wieder verlassen, dass er das, was Dorothea ihm dort hineingeschmuggelt hatte, unmöglich gesehen haben konnte. Oder doch? War er vielleicht deswegen aus dem Haus geschlichen? Mit ihrem Brief? Und war das ein gutes Zeichen? Oder ein schlechtes?

Dorothea musterte Oliver aus den Augenwinkeln. Wenn er schnell einschlafen sollte, versprach sie sich, dann hätte sie noch eine Chance, Rüdiger einzuholen. Dann würde sie sich auch aus diesem Haus schleichen und den Weg zur Küste nehmen, ungesehen.

26

Henri steuert das Boot auf den Hafen zu. Er war für ein, zwei Stunden draußen, um die Leinen, die er frühmorgens ausgelegt hat, zu kontrollieren. Das hat er zumindest Eliane gesagt, und es war nicht gelogen, er hat sie ja auch überprüft. Aber eigentlich will er allein sein. Er hat den Kahn auf den Wellen dümpeln lassen, hat sein sanftes Schwanken genossen. Besser als eine Kinderwiege; ihre Söhne sind, als sie noch klein waren, an Bord immer sofort eingeschlafen, sobald er den Motor abgestellt hat. Henri blickt auf die Küste, diese düstere, wuchtige Masse. Schon am Tag kannst du, wenn du erst einmal ein paar Hundert Meter draußen bist, Buchten, vorgelagerte Inseln und Felsen nicht länger voneinander unterscheiden, dann ist die Küste eine geriffelte Fläche aus Stein und Pinienkronen, die das Meer versperrt. Und nachts wirkt die Küste wie eine lotrechte Wand, und die wenigen Straßenlaternen sind geöffnete Fenster im riesigen Mauerwerk. Nur wenn man diese Küste sehr gut kennt, wenn man viele Jahre lang jede Bucht abgefahren ist, wenn man um jeden Felsen geschwommen ist, wenn man jeden Wanderweg gegangen ist – dann kann man diese schwarze Wand lesen wie ein Buch. Dann weiß man, wo eine winzige Bucht wie eine Nische in die Mauer hineinragt, wo ein scharfkantiger Felsen genau elf Meter vor der Küste dicht unter der Wasseroberfläche lauert, wo sich ein nicht einmal schulterbreiter Pfad zwischen Steinen und Gebüsch am Abgrund entlangwindet.

Oder wo ein bestimmtes Haus steht, selbst wenn dort alle Lichter erloschen sind.

Henri blickt auf das Haus der Deutschen, die ganze Zeit schon, die er draußen ist, und auch jetzt noch, während er das Boot auf den Kai zusteuert. Claudia. Eine Frau, die er niemals haben wird. Eine ganze Welt, die er niemals betreten wird. Wenn sie ihn doch damals bloß nie angesprochen hätte! Wenn er damals doch bloß nicht so blöd gewesen wäre, ihr den Wunsch zu erfüllen. Ihr an Bord zu helfen, ihr dabei die Hand zu reichen, ihre Haut zu spüren, ihr Lachen zu hören. Sie hat sich über ihn lustig gemacht, das hat er schon begriffen, und trotzdem hat er nie wieder etwas Schöneres gehört als dieses Lachen. Es ist, als wäre Claudia der Duft eines Festessens, von dem er nie kosten durfte. Und jetzt ist sie wieder da, und wenn überhaupt, dann ist das heute noch viel verrückter als vor dreißig Jahren. Sie ist so wunderschön, und sie hat wahrscheinlich die ganze Welt gesehen. Und er ist ein fetter Typ auf einem alten Kahn.

Und doch starrt Henri so intensiv auf das Haus, dass er beinahe die beiden Gestalten in der Bucht nahe am Hafen nicht bemerkt hätte. Er greift zum Nachtsichtglas, das Fernglas ist ungefähr so teuer wie das Boot, es war ein Geschenk seines Vaters zum Abschluss der Ausbildung an der Berufsschule der Fischer. Mit ihm kann er auch in der Dunkelheit, vergrößert und in seltsam fahles Licht gehüllt, weit entfernte Einzelheiten ausmachen. Eine Lebensversicherung, wenn du nachts in einem winzigen Kahn hinaus aufs Meer musst.

Jetzt richtet Henri das Glas auf die Bucht. Renard. Und eine von den Deutschen. Die blonde Schwimmerin, Henri erinnert sich. Ob der Flic die alle in der Nacht verhört? Oder ob die Schwimmerin diejenige ist, die hinter allem steckt? Ist das so eine Art Spitzel, und sie trifft sich heimlich mit Renard, um ihm Informationen zu geben? Aber welche? Henri hat mit dieser Deutschen nie viel zu tun gehabt. Er überlegt sich, ob sie Renard Sachen erzählen könnte, die für ihn oder Eliane gefährlich werden könnten. Aber was soll die schon wissen?

Er gleitet auf den Hafen zu, umkurvt das wuchtige Ende des Kais. Sein Motor läuft in niedriger Drehzahl. Er ist so leise, dass ihn Renard und die Deutsche nicht einmal gehört haben, als er kaum dreißig Meter an ihnen vorbeigeglitten ist.

Eliane hat den letzten Gast verabschiedet. Ihre Füße, Waden und Arme schmerzen, ihr T-Shirt riecht nach Schweiß und frittiertem Fisch. Aber sie weiß, wenn sie sich jetzt hinlegt, wird sie trotzdem keinen Schlaf finden. Renard. Der Sensenmann, der an die Tür klopft. Ob sie ihn hereinlegen kann? Ob sich der Sensenmann dann Claudia holt? Mit dreißig Jahren Verspätung, denkt sie bitter, aber besser spät, als zu spät.

Henri ist draußen, und zum ersten Mal hat sie Angst. Nicht Angst, dass sich das Meer ihren Henri holt. Das Meer nicht.

Sie setzt sich an das Klavier. Ein altes braun lackiertes, ziemlich verstimmtes Ding. Auf dem hat Serge ihr einst ein paar Stücke beigebracht. Eliane kann noch immer nicht gut Noten lesen, trotz der Stunden bei der alten Dame in Ensuès, aber Billy Joels »Piano Man« kann sie schon klimpern. »Imagine«. »My Name is Luca«. Eliane schließt die Augen und spielt. Langsam kehrt die Ruhe zurück, von den Fingerspitzen, die über die Elfenbeintasten streichen, in die Hände, die Arme, das Herz. Sie hat die Sache im Griff. Sie hat immer alles im Griff gehabt. Sie wird sich etwas einfallen lassen.

Eliane spürt eher, als dass sie es hört, wie Serge hinter sie tritt. Er wartet respektvoll, bis sie den letzten Akkord gespielt hat. Dann beugt er sich zu ihr hinunter und flüstert: »Glaubst du, dass der Flic das weiß? Von damals? Von mir und Michael?«

Eliane lächelt. Serge muss seine Stimme nicht senken, hört doch eh keiner zu. »Selbst wenn Renard das irgendwie erfahren sollte«, antwortet sie, »dann musst du dir keine Sorgen machen. Der Typ hat jemand anderen im Visier.«

IV

Der Lebenslauf

27

Laura Norailles wacht auf, und sie ist dankbar dafür. Manchmal ist der Schlaf wie das Meer. Du tauchst zu tief runter, die Luft geht dir aus, und du musst verzweifelt rudern, bis du wieder atmen kannst. Der Traum hat sie heimgesucht, ihr vertrauter alter Feind: Menschen, die lachen und reden und singen und Worte zu ihr sagen, die sie nicht versteht. Sie spürt nur: Ich MUSS sie verstehen. Ich kann aber nicht. Sie sieht die Gesichter bloß wie durch eine Milchglasscheibe. Das Schlimmste an dem Traum ist aber der Geruch. Manchmal hat sie andere Träume, von den Riffen, den Haien, von der schwarz glänzenden Lavaküste im Süden La Réunions, gegen die der Monsun die Wellen mit solcher Gewalt treibt, dass sie in Gischtwolken explodieren. In diesen Träumen sieht und hört sie die Welt, aber sie riecht sie nicht – nicht einmal dann, wenn sie vom Piton de la Fournaise träumt, aus dessen riesigem Krater graue Rauchspiralen steigen, die im richtigen Leben nach Schwefel dünsten. Nur wenn sie von den Menschen hinter der Milchglasscheibe träumt, dann hat sie einen Geruch in der Nase: seifig, herb, entfernt wie das Meer, aber irgendwie falsch.

Laura greift nach der Plastikflasche neben dem Bett, nimmt einen großen Schluck Wasser. Die Digitalanzeige des Weckers zeigt 3.03 Uhr. Sie steht auf, tappt mit der Flasche in der Hand ins Badezimmer. Sie beugt sich über das Waschbecken, legt den Kopf schräg. Dann nimmt sie die Flasche und schüttet Wasser ins oben liegende Nasenloch. Das meiste geht daneben, rinnt ihr über Wangen, Lippen, Kinn, tropft ins Becken. Doch ein kleiner Schwall strömt ihr in die Nase, füllt die Nasenhöhle hinter der Stirn, läuft ins zweite Nasenloch und sickert von dort wieder hinaus. Sie spült die Nase so lange aus, bis sie meint, dass der Geruch verschwunden ist.

Dann zieht sie sich ein langes T-Shirt über, sucht im Nachttisch nach der Taschenlampe. Es sind ja bloß wenige Schritte bis zum Meer. Einmal untertauchen. Das Salzwasser wäscht den Geruch von der Haut und aus den Haaren. Dann hat sie sich von dem Traum gereinigt, dann wird sie weiterschlafen können. Sie träumt immer seltener diesen Traum, das ganze letzte Jahr eigentlich gar nicht mehr. Sie fragt sich, warum dieser Traum ausgerechnet jetzt wieder ihre Nächte heimsucht. Als wäre es nicht schon schwer genug, mit ihren Eltern, allein in diesem Haus.

Sie schleicht vom Gästezimmer zur Treppe. Das Haus ist an einen so steilen Hang gebaut worden, dass sich die Tür auf der Rückseite des höchsten Stocks zur Straße hin öffnet, die sich oberhalb des Gebäudes durch die Felsen windet. Sie könnte auch durch die Gartenpforte unterhalb des Hauses schlüpfen, das wäre näher zum Meer, doch deren Angeln sind so verrostet, dass sie kreischen wie eine unzufriedene Katze, und ihre Eltern haben einen leichten Schlaf. Also schleicht sie lieber die Treppen hoch. Vater hat die Tür vor dreißig Jahren erneuert, nachdem der tote Deutsche gefunden worden war und niemand wusste, wer das getan hatte: das Sicherste vom Sicheren, ein stählernes Monster, schwer und dick, aber lautlos in ihren Gelenken, fast lautlos mit den drei Sicherheitsschlössern und dem System der Bolzen, die nur ein ganz leises schabendes Geräusch machen, wenn der Schließmechanismus sie aus ihren Verankerungen löst.

Laura nimmt die Stufen im mittleren Stockwerk besonders behutsam. Am Ende des Flurs ist das Schlafzimmer von Mutter und Vater, und die Tür ist nicht einmal geschlossen, sondern bloß angelehnt. Sie hält den Atem an, um nur ja keinen Laut zu machen. Weiter. Sie kommt oben an, will schon zur Tür, stutzt. Ein Schatten auf der unbeleuchteten Terrasse. Zwei Schatten.

Ihre Eltern.

Laura verharrt im Treppenhaus, blickt quer durch das Wohnzimmer und die verglaste Front hinaus. Als ihre Augen sich ganz an das Dämmerlicht gewöhnt haben, sieht sie, dass Mutter und Vater nebeneinander an dem Geländer stehen, das aussieht wie die Reling auf einem Kreuzfahrtdampfer. Sie berühren sich nicht, sie reden nicht miteinander, sie tun gar nichts. Sie starren bloß auf das Meer hinaus, Seite an Seite. Wie lange wohl schon?

Laura fragt sich, was die beiden da machen. Ob Mutter Vater davon erzählt hat, dass sie im Haus der Fischerkooperative gewesen war wie eine Diebin? Um was eigentlich zu tun? Oder wechseln ihre Eltern den ganzen Tag nur Belanglosigkeiten, füllen die Luft zwischen sich mit Worten, damit die Leere nicht so laut ist?

Sie beobachtet eine Zeit lang die beiden Gestalten, die sich nicht rühren. Muss doch kalt sein, denkt sie, Vater ist nur in Boxershorts, Mutter in einem leichten Nachthemd, und sie sind ja auch nicht mehr die Jüngsten.

Laura will ins Meer, jetzt noch dringender als zuvor. Aber von der Terrasse aus haben Mutter und Vater die meisten Buchten der Calanques im Blick. Würden sie jemanden erkennen können da unten im Meer? Wenn ja, dann wüssten sie sofort, wer dort durch die Wellen krault, nachts um drei.

Laura öffnet die Haustür, zieht sie vorsichtig zu, eilt auf die Straße, läuft um die Lichtkegel der wenigen Laternen herum wie in einem Slalom. Wenn sie nicht eine halbe Stunde lang durch die Küste klettern will, dann muss sie in die Bucht, in der man den Deutschen getötet hat. Es ist die erste, die man von der Terrasse aus nicht mehr einsehen kann, zumindest die rechte Hälfte der Bucht. Dort, wo der Leichnam gelegen hat.

Was kann das Meer für den Tod? Sie wird sich davon nicht abhalten lassen. Laura eilt die letzten Meter den Weg hinunter, ohne die Taschenlampe anzuknipsen. Sie ist ihn früher so oft gelaufen, sie kennt jede Pinienwurzel, die sich aus dem Boden gedrückt hat, jeden tückisch glatt geschliffenen Stein, jede Delle im scheinbar ebenen Boden.

Als sie die Bucht erreicht, streift sie sich das T-Shirt ab. Sie kann das Haus nicht mehr sehen und ihre Eltern auch nicht. Sie gleitet nackt in die Wellen, die gelassen gegen die Steine streichen. Das Salz. Die Kühle. Laura fühlt sich frei.

28

Commissaire Renard will nicht zum Haus der Deutschen hochgehen, noch nicht. Da hätte er sie zwar an diesem Morgen alle beisammen, aber genau das ist das Problem. Die würden sich gegenseitig belauern und überwachen, niemand würde ihm etwas verraten. Und was wäre die Alternative? Wohin soll er sie einbestellen? Auf sein klaustrophobisch enges Zimmer über dem Mangetout vielleicht? Oder soll er sie in die Évêché kommen lassen? Das würde wie ein Verhör wirken, und in einem Verhör gibt man meistens nur das zu, was man eh nicht mehr abstreiten kann.

Renard streicht lieber durch die Calanques wie ein Löwe, der weiß, dass die Antilopen alle irgendwann zur Wasserstelle kommen werden. Er muss einfach bloß auf der Lauer sein, früher oder später läuft ihm jeder über den Weg. Allein.

Er hat den Sentier des Douaniers erklommen. Im 19. Jahrhundert haben ihn die Zöllner abpatrouilliert in ihrem ewigen Kampf gegen Schmuggler. Zahllose schwere Ledersohlen pflichtbewusster Uniformierter haben den Weg in den Felsen gegraben, zahllose Beamte sind einem uralten Instinkt gefolgt und haben unwillkürlich den idealen Pfad gefunden, genau jene feine Linie, an der entlang man noch einigermaßen sicher durch das fast lotrechte Felslabyrinth steigt. Manchmal fällt die Küste direkt neben Renards Schulter fünfzig Meter bis ins Meer hinab. Unten donnern Brecher wütend in aufgeworfene Felsen, und ein falscher Schritt bedeutet den Tod. Dann steigt der Pfad unvermittelt an, windet sich eine Abkürzung über einen Grat, dreht sich fort vom Meer, schon kann man es kaum noch sehen. Doch daraufhin geht es steil hinunter, plötzlich ist man wieder an der blauen

Unendlichkeit, sieht, wie ein Fischerboot zwei große Vs durch die Wellen pflügt, ein großes, das direkt unter dem Bug beginnt, ein zweites, kleineres, verwirbeltes am Heck, wo die Schraube quirlt.

An einer Passage, sicher hundert Meter über dem Wasser und so steil, dass sich nur einige Dornbüsche dort halten, hat man vor Jahren einen fingerdicken eisernen Draht an den Felsen gedübelt. Ursprünglich war er wohl mit einer soliden Plastikhülle überzogen, damit Wanderer sich die Hände nicht aufreißen. Doch das Plastik ist unter der Sonne und vielleicht auch unter den durch die Höhenangst etwas zu kräftig zupackenden Griffen der Wanderer mürbe geworden und hat sich vom vielfach gewundenen Draht geschält. Renard packt den bloßen rostig-rauen Draht und hofft, dass er nicht ausgerechnet unter seinem lächerlichen Gewicht reißen wird. Nach ein paar Dutzend Metern hat er den Abschnitt gemeistert, sein Atem fliegt, und er weiß: Ich muss da auch wieder zurückgehen, es gibt keinen anderen Weg. Jetzt wölbt sich eine Pinie so nah über den Pfad, dass er sich tief bücken muss. Er macht den Fehler und hält sich dabei am Stamm fest. Schon hat er einen honiggelben Harztropfen am linken Zeigefinger, reibt darüber, dann kleben Zeige- und Mittelfinger aneinander; der Pinientau duftet wunderbar nach Holz, aber in ein paar Sekunden ist die ganze Hand verklebt. Schließlich muss er mit der Linken über den Boden streichen, und mit den rostroten Sandkörnern zwischen den Kieseln schmirgelt er sich das Harz von der Haut. Nur deshalb entdeckt Renard schließlich einen der Deutschen: den Mann mit dem komplizierten Namen. Der Gatte der Schwimmerin. Kaczmarek. Oliver Kaczmarek.

Der muss irgendwie ein paar Meter vom Sentier hinabgestiegen sein. Er hockt auf einem Felsen, der wie ein winziger Burgturm über dem Abgrund wacht, ein Bollwerk am Meer, ein Blick, der beinahe bis Afrika reicht. Doch Oliver hat kein Auge dafür. Er liest.

Renard betrachtet ihn lange. Wohl mindestens eins fünfundachtzig groß, dünn, aber nicht sportlich. Graue Strähnen im braunen Haar.

Schnurrbart. Eine altmodische Stahlbrille bei diesem Licht, das jedem vernünftigen Menschen eine Sonnenbrille ins Gesicht zwingen würde. Die Haut auf dem Nasenrücken und der Stirn schon dunkelrot verbrannt, das muss doch wehtun. Kariertes Hemd, lange helle Stoffhose, Sandalen, weiße Tennissocken. Wer streift bloß so durch die Calanques?

Renard muss einen Ginster packen, als er über das Geröll hintersteigt. Ein paar Steinchen klacken in die Tiefe, segeln ins Meer, so weit unten, dass Renard nicht hört, wie sie auf die Wellen klatschen. Oliver merkt auf. Renard sieht ihm an, dass er nicht glücklich ist, als er erkennt, wer da kommt. Kaczmarek blickt schicksalsergeben, denkt Renard, der weiß, dass er irgendwann dran ist, und dieses irgendwann ist eben jetzt. Beide zwingen sich ein Bringen-wir-es-hinter-uns-Lächeln ins Gesicht.

»Commissaire Maigret, nehme ich an?«, sagt Oliver. Er steht nicht auf, reicht ihm nicht die Hand zum Gruß, klappt bloß das Buch zu. Ronald Syme, *The Roman Revolution*. Als er Renards Blick bemerkt, hebt er den Band. »Ein Klassiker. Wann sonst hat man Zeit für die Klassiker, wenn nicht im Urlaub?«

»Sie machen Urlaub, Monsieur Kaczmarek?« Renard muss die Stimme heben, was ihm nicht sonderlich gefällt, aber genau in diesem Augenblick fangen die Zikaden an zu sägen, wie auf Kommando. Tausende Gespenster im Unterholz. Muss die Temperatur sein, denkt er, irgendein absurd präziser biologischer Schalter, vielleicht steigt die Quecksilbersäule gerade von vierunddreißig Komma fünf auf fünfunddreißig Grad, und bei fünfunddreißig Grad fangen die Biester an, sich die Seelen aus den Leibern zu krächzen.

»Ich war lange nicht mehr in den Calanques«, antwortet Oliver. »Hier hat sich nichts verändert.«

»Vielleicht wird sich bald etwas ändern.« Renard lässt sich neben ihm nieder. Der Stein ist jetzt schon warm unter der Sonne, mittags wird man darauf ein Ei braten können.

»Meine Frau hat mir schon erzählt, dass Sie hier herumschnüffeln«, meint Oliver.

»Tun Sie das nicht auch?«, fragt Renard sanft. »Warum sonst sind Sie hier? Sie haben nicht zufällig den Brief dabei, der Sie und Ihre Gattin nach Méjean gelockt hat?« Er deutet mit der Rechten auf die Brusttasche in Olivers Hemd, die von einem Notizblock, zwei Stiften und fransigen Papieren ausgebeult ist.

»›Gelockt‹ ist gut«, schnaubt Oliver. Er hat diesen verdammten Brief nur ein einziges Mal gesehen, weil Dorothea sich geweigert hat, ihn herauszugeben. Sie hat ihm das Blatt nur einmal kurz vors Gesicht gehalten, gerade lang genug, dass er den Text lesen konnte. Aber das wird er diesem Schnüffler nicht auch noch aufs Brot schmieren. »Meine Frau hat die Reise organisiert«, antwortet er bloß. Er hätte doch rechtzeitig verschwinden sollen.

»Und Sie sind einfach so mitgekommen? Sie haben Urlaub genommen und Ihre Gattin nicht einmal gefragt, warum sie hierherfahren? Nach dreißig Jahren?«

Oliver spürt, wie er rot wird. Noch roter, als er wahrscheinlich sowieso schon ist. Er hätte den Strohhut mitnehmen sollen. »Sie wissen ja wahrscheinlich so gut wie ich, was damals passiert ist. Wir wollen eben alle, dass dieses Verbrechen endlich aufgeklärt wird. Das ist doch verständlich, oder?«

»Der Mörder will das vermutlich nicht.« Renard mustert sein Gegenüber, doch Oliver scheint das nicht sonderlich zu beunruhigen. »Was stand in diesem Brief, Monsieur Kaczmarek?«

Oliver gibt auf. Es ist immer noch besser, eine peinliche Wahrheit zu gestehen, als sich in einer Lüge zu verheddern. Zumindest bei diesem Kerl da. »Keine Ahnung«, sagt er müde. »Meine Frau hat diesen Brief bekommen, und dann ist sie ...« Oliver sucht nach Worten und verachtet sich selbst für seine Verlegenheit, aber er kann nicht anders. »Nun ja, ich konnte sie jedenfalls nicht davon abbringen. Dorothea hat darauf bestanden, dass wir sofort fahren. Sie war außer sich. Wenn ich nicht mitgefahren wäre, dann ...« Verdammte Scheiße, muss er diesem Kommissar eigentlich alles gestehen? Aber wie soll er da rauskommen? »Sehen Sie: Unsere Tochter ist im Lager und ...« Renard wird auf einmal wird blass, nahezu grau. Hat der auch eine Tochter im Ferienlager und macht sich jetzt Sorgen um sie? Er hebt schnell die Hand, hat plötzlich das Bedürfnis, diesen Polizisten zu beruhigen. Absurd. »Unserer Tochter geht es gut, gewissermaßen, hoffentlich. Sie ist in einem Ferienlager der Pfadfinder. Zumindest hat sich bislang noch keine Betreuerin bei uns gemeldet.« Oliver blickt zum ersten Mal seit mindestens einer halben Stunde aufs Meer. Er schämt sich. Es fehlt nicht viel, und er würde von diesem Stein aus direkt in den Abgrund springen. Er denkt an Paula, und eine Faust legt sich um sein Herz. Sie hätten sie nicht dort allein lassen sollen, scheiß auf das, was die Pfadfinder gesagt haben. Ob Dorothea doch irgendwie ahnt, dass er den Zug nehmen wollte? Sie hat nichts in der Richtung angedeutet, aber das bedeutet keineswegs Gewissheit, seine Frau kann sehr verschlossen sein. Er atmet tief durch. »Wir sind ja bloß ein paar Tage hier.«

Renard folgt Olivers Blick. Das Meer. Gestern Abend ist Dorothea aus den Wellen gestiegen wie eine Königin. Schwimmmeisterin. Aber sie hat ihre Karriere aufgegeben für Oliver. Die Frau, die sich für ihren Mann aufopfert. *Mon Dieu*, 1984 muss sie doch achtzehn, neunzehn gewesen sein, und selbst vor dreißig Jahren haben sich doch kaum noch Mädchen derart ihren Männern unterworfen. Und auf einmal zwingt diese demütige Frau ihren Mann, quer durch Europa zu fahren? Zum Schauplatz eines grauenhaften Verbrechens? Während ihre gemeinsame Tochter offenbar zum ersten Mal allein in einem Ferienlager ist? Möchte wissen, wie ihr das gelungen ist. Oder tut Kaczmarek bloß so, als müsse man ihn zwingen? Vielleicht hat er selbst auch einen guten Grund gehabt, nach Méjean zu eilen. Und er will bloß nicht, dass man allzu gründlich darüber nachdenkt.

»Monsieur Kaczmarek ...«, setzt Renard an.

»Doktor Kaczmarek«, unterbricht ihn Oliver. Er kann sich nicht die ganze Zeit so anreden lassen. Auf irgendetwas muss man ja stolz sein.

»Sie sind Arzt?«

»Nein, um Gottes willen. Archäologe und Althistoriker. Köln und Athen.«

Renard hat nur eine ungefähre Vorstellung davon, was dieser Deutsche ihm damit sagen will. »Sie sind Professor?«, vergewissert er sich.

»Ich arbeite an der Universität«, erwidert Oliver. Er wird schon wieder rot.

Kein Professor, denkt Renard. Was macht ein Archäologe und Althistoriker dann? Vielleicht musste dieser Herr Doktor gar keinen Urlaub nehmen, weil er gar keinen Job hat? Die deutschen Kollegen werden es ihm sagen können. »Michael Schiller wollte Arzt werden«, sagt er, ganz neutral.

Oliver hat das Taschenbuch so fest gepackt, dass er den Einband eindrückt. »Ja, der Michael war sehr talentiert. Und hatte alle Möglichkeiten. Doch der wusste nie, was er wollte. An einem Tag wollte er Kinderarzt werden und am nächsten Volleyballprofi. Aber seine Familie war so reich, er hätte auch sein ganzes Leben lang das Geld seiner Eltern verprassen können.«

»›Sein ganzes Leben lang‹ war in diesem Fall ziemlich kurz.«

»Tut mir leid.« Oliver räuspert sich. »Verstehen Sie mich nicht falsch: Ich mochte Michael. Ich habe ihn ...«, nun muss er schon wieder lange zögern, dann bringt er es endlich heraus: »... geliebt. Nicht, wie Jungs und Jungs sich lieben«, setzt er hastig hinzu. »Eher, na ja, wie einen idealen Bruder. Ich meine«, er hustet und deutet mit dem Buch in der Hand irgendwie auf sich, »Sie sehen ja selbst. Nicht gerade Brad Pitt. Ich war immer schon so. Ich meine, ich fühle mich wohl in karierten Hemden und Sandalen! Ich liebe Archäologie! Ich kann stundenlang Bücher lesen, und scheiß auf die Natur. Und ich finde es großartig, seit mehr als dreißig Jahren jeden Abend neben derselben Frau einzuschlafen. Ich bin ein Langweiler. Mein Vater war Mechaniker, und meine Mutter hat eine Drogerie gehabt, die ständig kurz vor der Pleite war. Wir hatten kein Geld. Wir haben einen beschissenen Wagen gefahren. Meine Eltern haben mir die Hölle heißgemacht, wenn ich mal eine Zwei geschrieben habe und keine Eins. Aber mir ist nichts zugeflogen so wie Michael, ich musste für jedes verdammte Fach pauken, bis mir die Augen getränt haben. Deshalb diese Brille. Ich habe Tischtennis gespielt, im Verein. Gar nicht schlecht. Aber schon mit zehn Jahren sind mir die Bälle links und rechts um die Ohren gezischt, und ich habe Luftlöcher geschlagen. Ich habe meine Augen mit der Paukerei ruiniert. Meine Eltern haben mir von ihrem wenigen Geld Heimcomputer gekauft, immer das neueste Modell. Können Sie sich an die alten Commodores erinnern? Fand ich beschissen. Du hast stundenlang programmiert und dabei in irgendeiner Zeile ein verdammtes Komma vergessen, und nichts ging mehr. Aber ich konnte mir nichts Eigenes leisten, und als ich wenigstens Musik hören wollte, habe ich Zeitungen ausgetragen, um mir auf dem Flohmarkt ein Kofferradio kaufen zu können, über das sich dann mein Vater drei Jahre lang lustig gemacht hat, bis ich es satthatte und das Ding in einem Baggersee versenkt habe. Ich war der verkniffene Streber, Michael der coole Überflieger. Michael war alles das, was ich gerne sein wollte und nie sein würde – und zugleich wollte ich überhaupt nicht so sein wie er, verstehen Sie?« Oliver lächelt melancholisch. »Es hat mir gereicht, ihn zu beobachten. Wie er war. Wie er sich bewegte. Und die ganze Zeit habe ich tief im Innern gespürt: So willst du gar nicht sein. Ich will im Grunde genau der sein, der ich bin: der Typ, der in Tennissocken und Sandalen durch die Gegend läuft.«

»Können Sie sich noch an den letzten Abend erinnern?«, fragt Renard. »Bei den Ärzten? Und später, in Ihrem Ferienhaus? Ist da vielleicht noch jemand fortgegangen?« Er denkt an das, was Dorothea ihm gesagt hat: dass Rüdiger von Schwarzenburg das Haus nach Michael Schiller verlassen hat. Sie hat behauptet, dass niemand sonst ihn

beobachtet habe. Nicht einmal ihr Freund, der doch im Bett neben ihr gelegen hatte? Und dann denkt er an die Geschichte von Claudia Bornheim und Henri Pons. »Oder hat Sie noch jemand besucht? Einer der Dorfbewohner zum Beispiel?«
Oliver schüttelt den Kopf. »Das war ein guter Abend bei den Norailles. Ich habe sogar gesungen.« Er schüttelt verwundert den Kopf. »Die Kleine war anfangs ein bisschen nervig. Wie hieß sie noch? Laura? Laura, ja. Die hat geweint, weil ihre Eltern nicht da waren, und wir waren vielleicht auch ein wenig zu laut auf der Terrasse. Aber der Michael ist irgendwann zu ihr gegangen, und dann hat sie geschlafen wie ein Baby. Kinderarzt passt schon, der Michael hätte wirklich Kinderarzt werden können. Na ja, danach war es nett, und irgendwann sind wir nach Hause gegangen; Michael ist mit seinem Rucksack noch einmal losgezogen, und das war das Letzte, was ich von ihm gesehen habe. Bis zum nächsten Morgen, selbstverständlich, als er dann in der Bucht lag.«

»Kein Streit? Niemand sonst hat das Haus verlassen? Keiner ist gekommen?«

»Nein, nichts. Gar nichts ist passiert«, lügt Oliver.

29

Katsche nahm sich das Buch vom Wohnzimmertisch und hielt es so, dass alle es sehen konnten. Aber wahrscheinlich achtete wieder mal niemand auf den Titel. Tacitus, Annalen, zweisprachige Ausgabe. *Er hatte sie bereits für den Lateinunterricht durchgeackert, von der ersten bis zur letzten Seite. Für Alte Geschichte würde es nicht schaden, sich den guten Tacitus ein zweites Mal vorzunehmen. Er konnte schon ganze Passagen auswendig zitieren. Das müsste den einen oder anderen Professor beeindrucken. In ein paar Wochen würde das Studium beginnen, er war schon an der Uni Köln gewesen, hatte sich an der Fakultät umgesehen, hässlicher Beton überall, aber vielleicht würde er ja später auf eine andere Universität wechseln, die wenigstens auch aussah wie eine, klassischer, gelehrter. Katsche hatte für sich und Dorothea auch schon eine Bude gemietet: Neuenhöfer Allee, direkt unter dem Dach, kein Fahrstuhl, aber die Uni war nicht weit, und gegenüber wohnte Lew Kopelew, der jeden Nachmittag durch den Beethovenpark promenierte, ein Tolstoi mit Rauschebart und Patriarchenblick, den die Weltwirrnisse von der Wolga an den Rhein gespült hatten. Böll hatte auch mal in der Neuenhöfer Allee gewohnt. Und irgendwann würde man eine Plakette an den fahlblauen Fünfzigerjahrekasten schrauben:*

In diesem Haus wohnte Professor Doktor Oliver Kaczmarek von 1984 bis ...

Tja, mal sehen. Er wollte dort seinen Magister machen. Vier oder fünf Jahre, höchstens. Dann die Promotion. Vielleicht in Köln, vielleicht anderswo. Die Habilitation, die musste auf jeden Fall andernorts abgelegt werden, das war akademischer Brauch. Und dann die Professur. Vielleicht würde es am Anfang nur für eine C3-Stelle reichen, so viele

Archäologen gab es ja nicht, vielleicht in Siegen oder Bochum. Aber dann C4, Tübingen oder Heidelberg. Dorothea hatte sich für Sport und Geschichte eingeschrieben, Lehramt, die würde überall studieren können. Was das Arbeiten anging, sah es ja nicht gut aus mit Lehrerstellen zurzeit, aber als C4-Prof, da verdiente man so viel, da musste die Ehefrau auch nicht arbeiten gehen.

Katsche verabschiedete sich mit einem Winken von den anderen, die noch auf der Terrasse saßen. Seine Stimme war ein wenig rau vom Singen, was war bloß in ihn gefahren? Musste der Lambrusco gewesen sein, so etwas gab es zu Hause nie. Er ging auf sein Zimmer, schlug den Tacitus auf, nahm sein Notizheft, prüfte, ob der Faber-Castell-Bleistift gespitzt war, schrieb die Nummer des Kapitels, dessen Durcharbeitung er noch an diesem Abend beginnen wollte, auf die Seite – und setzte dann den Bleistift ab.

Netter Abend eigentlich. Die Pizza bei den Ärzten. Die Kleine hatte ein bisschen genervt, Katsche mochte weinende Kinder nicht, wusste nicht, was er mit den Blagen dann anfangen sollte, kam sich ungeschickt und deplatziert vor, und das konnte er schlecht ertragen. Als würden diese Kleinen nur heulen, um ihn lächerlich zu machen. Michael hatte sich irgendwann um Laura gekümmert, und danach hatte sie geschlafen. Klar, Michael. Wer sonst? Michael schaffte dies. Michael tat das. Michael sang sogar eine schreiende Dreijährige in den Schlaf.

Danach war es aber nett, doch. Die Terrasse. Das Meer. Die Sterne. Die Gitarre. Und, klar, der Alkohol. Vielleicht war das Studentenleben die ganze Zeit so? Musik, trinken, gute Gespräche? Katsche sehnte sich schon nach der Universität. Weg aus der Schule. Weg von zu Hause. Keine blöden Kommentare mehr, niemals. Das ganze Leben: Tacitus, Dorothea, gute Gespräche. In dieser Reihenfolge. Katsche kicherte. Er hatte eindeutig zu viel getrunken.

Er stand vom Bett auf, war eh sinnlos, hier herumzuliegen. Das Zimmer, das er für sich und Dorothea genommen hatte, war das einzige, das gewissermaßen im Keller lag. Das Haus hatte eine Art Unterkonstruktion aus Beton, die es abstützte. In diese soliden Stelzen war wohl irgendwann ein zusätzlicher Raum hineingebaut worden, er sah nicht so aus, als wäre er original Fünfzigerjahre wie der Rest. Eine Treppe im Haus führte hinunter, aber es gab auch eine Balkontür, die versteckt an der Seite hinaus in den struppigen Garten führte. Katsche und Dorothea konnten dort hinein- oder hinausgehen, ohne dass die anderen sie bemerkten. Das war der Grund, warum er dieses Zimmer hatte haben wollen. Dorothea hätte sicherlich einen der Räume weiter vorne bevorzugt, von denen aus man das Meer sehen konnte. Sie hatte einfach keinen Sinn für praktische Dinge.

Katsche ging leise in den Garten, damit sie ihn oben auf der Terrasse nicht hörten. Er hatte die Lampe auf dem Nachttisch angelassen und die Tür sofort wieder geschlossen, damit keine Mücken reinkamen. Der Schimmer, der durch die verglaste Zimmertür fiel, reichte allemal, um das Buch zu lesen und ein paar Notizen hinzuwerfen. Es duftete süß und schwer von dem Oleander, der Duft fiel in Kaskaden von oben auf ihn hinunter, fast spürte er sein Gewicht. Er hockte sich auf einen Stein, der noch immer die Sonnenglut gespeichert hatte. Katsche trug nur Unterhose und Socken, es mussten immer noch mindestens dreißig Grad sein. Von oben hörte er ein Lachen. Michaels Stimme, der den Mädchen verkündete, dass er ans Meer gehen wolle. Seine Schritte auf der Terrasse, die Stufen hinunter, sein Schattenriss im Lichtkegel der Straßenlampe. Schon wieder Michael. Katsche dachte, so kam es ihm vor, unaufhörlich an ihn. Der hatte sich noch an keiner Uni umgesehen. Hätte Michael sich nicht längst für Medizin einschreiben müssen? Wahrscheinlich war das egal, weil einer wie Michael auch fünf Minuten nach Verstreichen der letzten Frist immer noch den Studienplatz bekam, den er haben wollte. Noch dazu nicht an einer Fakultät, deren Hörsäle aussahen wie Weltkriegsbunker. Der würde gleich nach Heidelberg gehen können. Oder nach Harvard. Scheiß drauf, Hauptsache, Michael studierte nicht Archäologie in Köln.

Andererseits, wenn er ehrlich war, wäre es schon irgendwie gut, wenn Michael in Köln studieren würde. Michael war der einzige coole Typ, der sich mit einem wie Katsche abgab. Der hatte die Clique auf Konzerte mitgeschleppt, Latin Quarter in Köln, Karat in der Aula der Schule und BAP im Bürgerhaus, das war, als noch kaum jemand die Band kannte, aber ausgerechnet ein Oliver Kaczmarek war schon da gewesen. Dank Michael. Und Michael hatte sie ja auch nach Méjean mitgeschleppt, oder nicht? Soll man ruhig zugeben: Lambrusco trinken und Folksongs singen am Mittelmeer, auf die Idee wäre Katsche von alleine nie gekommen, mal ganz abgesehen davon, dass er sich diesen Urlaub gar nicht hätte leisten können. Also: Vielleicht musste er Michael mal unauffällig auf die Vorteile der Uni Köln ansprechen. Ihn ein wenig dorthin schieben, gewissermaßen. Nur durfte er eben nicht Archäologie studieren, tausend Fächer, nur dieses eine nicht.

Katsche blickte auf sein Notizheft und bemerkte erstaunt, was er geschrieben hatte: Michael, Michael, Michael, Michael, Michael. Er strich den Namen wütend durch, so heftig, dass die Bleistiftmine brach. Mist, jetzt musste er wieder reingehen und spitzen. Er stand auf und hielt plötzlich inne.

Schritte.

Er lauschte. Jemand kam die Treppe neben der Terrasse hinunter. Hinunter, nicht hinauf, das war eindeutig. Jemand schlich sich aus dem Haus.

Dorothea.

Dorothea, dachte Katsche, und eine wahnsinnige Verzweiflung und Verlassenheit überspülten ihn – und ein blinder, namenloser Zorn. Es war klar, wohin Dorothea gehen würde. Katsche sah sie schon vor sich, Michael und Dorothea am Strand, von Wellen umspült in einem leidenschaftlichen Kuss vereint wie Burt Lancaster und Deborah Kerr in Verdammt in alle Ewigkeit. Michael, der ihm das beste Abitur gestohlen hatte, würde ihm auch noch das einzige Mädchen stehlen, das sich mit einem wie Katsche einließ.

Katsche packte einen trockenen Ast. Dann merkte er, wie lächerlich das war. Da hätte er auch mit einer Papierrolle versuchen können, Michael eins überzuziehen. Sollte er überhaupt hinterher? Und wenn es gar nicht Dorothea war? Sicher war sie es nicht. Was wollte die schon mit Michael? Lächerlich.

Claudia.

Wahrscheinlich war es Claudia. Wollte nachsehen, wo ihr Macker blieb. Oder vielleicht nutzte Claudia es auch aus, dass Michael weg war? Und sie die Gelegenheit hatte, sich heimlich zu diesem bescheuerten fetten Fischerjungen zu stehlen, der wirkte wie ein halber Analphabet. Er fragte sich, was Claudia ausgerechnet an diesem Typen fand. Warum ein Mädchen, das mit einem wie Michael ins Bett steigen konnte, überhaupt nur ein Wort mit einem Jungen wechselte, der nach Fischen stank? Er hatte zufällig mitgekriegt, wie Claudia mit Henri in den Hafen zurückgekommen war. Sie hatte sich auf dem Boot mit Wangenküssen von dem Jungen verabschiedet, als sei sie eine richtige Französin. Oder eben seine Freundin.

Oder Babs?

Babs war diejenige in der Clique, die Katsche hartnäckig vergaß. Wenn er mal die Freunde zu sich eingeladen hatte (was selten genug vorkam, denn wer wollte schon den ganzen Abend Papis dumme Bemerkungen hören?), dann deckte er fünf Teller und nicht sechs, oder er kaufte fünf Kinokarten, besorgte am Büdchen um die Ecke fünf Coladosen, weil er Babs einfach nie mitzählte. Obwohl sie ja eigentlich nicht zu übersehen war, sie wog so viel wie zwei von den anderen zusammen. Babs, jetzt dachte er ausnahmsweise doch mal an sie. Wie sie immer Michael anhimmelte. Klar. Niemand würde je so für ihn schwärmen, intensiv und hoffnungslos. Niemand würde einem Oliver Kaczmarek hinterherschleichen, wenn er nachts allein ans Meer ging. Aber Babs und Michael? Claudia war am Ende dieses Abends nicht mehr so gut drauf gewesen. Und Michael? Der musste das mit diesem Fischer doch mitgekriegt haben, oder? Gut möglich, dass er sich an Claudia für deren

Urlaubsflirt rächen wollte. Wie du mir, so ich dir. Also: Vielleicht nahm die gute Babs diese eine Chance ihres Lebens wahr, sich von einem Traummann wie Michael entjungfern zu lassen.

Also Claudia oder Babs, dachte Katsche und legte den Ast vorsichtig auf den Boden, um kein Geräusch zu machen. Nicht Dorothea. Auf keinen Fall.

Er schlich sich ins Zimmer zurück und legte sich aufs Bett. Er hatte nicht gesehen, wer die Treppe hinuntergegangen war. Aber tatsächlich: Ein paar Minuten später war sein Mädchen bei ihm. Er sah aus den Augenwinkeln, wie Dorothea durch die Tür schlüpfte. Wie lächerlich, dass er sie überhaupt verdächtigt hatte. Wie hatte er das auch nur glauben können. Aber damit sie sich nicht zu viel einbildete, nicht seine Erleichterung und Freude bemerkte, tat er so, als müsse er den Tacitus noch lesen. Er spürte, wie sie sich neben ihn ins Bett legte, was ihn erregte. Aber er ließ sie noch ein bisschen zappeln. Nach einiger Zeit richtete sie sich halb im Bett auf, und er hoffte einen Moment, dass sie sich auf ihn legen würde, überwältigt von Verlangen und Leidenschaft. Aber Dorothea schaute bloß hinaus. Unauffällig folgte er ihrem Blick.

Rüdiger ging durch den Garten. Der jetzt auch noch! War das vorhin Rüdiger gewesen? Katsche hatte bloß an die Mädchen gedacht. Aber wenn er das gewesen war, der vorne das Haus verlassen hatte, wie kam er jetzt hinten in den Garten? Und wieso stieg er dann dort über den Zaun? Vielleicht war das vorne auf der Treppe doch Claudia gewesen. Oder Babs. Und Rüdiger schlich sich hinten raus, um mit einem der Mädchen am Meer ... Scheiß drauf. Der Herr von und zu und Claudia und Babs waren Katsche in diesem Moment so was von egal, er freute sich nur, dass Dorothea neben ihm lag. Von ihm aus konnten sich die anderen alle aus dem Haus stehlen und am Strand Orgien feiern oder Bilder malen oder sich am besten ins Knie ficken. Er wartete, bis Rüdiger endlich aus dem Garten verschwunden war und Dorothea wieder ins Kissen zurücksank und tief durchatmete. Dann blätterte er noch ein *wenig im Tacitus, bis er endlich das Licht ausschaltete. Dorothea hatte ihm inzwischen den Rücken zugedreht. Umso besser. Dann konnte er sie von hinten nehmen.*

30

Sylvie Norailles füllt aus einem Kanister vorsichtig Diesel in den Tank ihres Motorbootes um. Das Boot ist ein halbes Jahrhundert alt, ein ehemaliger Fischerkahn, den Francis und sie vor mehr als dreißig Jahren gekauft haben – in dem Jahr, in dem sie eine Reise mit ihrer 2CV durch die Provence gemacht haben und in Méjean hängen geblieben sind, weil der alte Citroën in einer der steilen Serpentinen seinen Geist aufgab. Das Boot ist aus Holz, was man aber erst spürt, wenn man mit den Fingerknöcheln gegen den Rumpf klopft. Denn in vielen, vielen Wintern haben sie die Planken immer wieder mit derselben grünen wasserfesten Acrylfarbe gestrichen, sodass der Rumpf schließlich fürs Auge und selbst bei sanfter Berührung so wirkt wie aus Plastik. Der Kahn ist kaum fünf Meter lang und fast so schmal wie ein Einbaum, hat nur Platz für zwei kurze Sitzbänke. Und er hat auch nur wenige Zentimeter Tiefgang; obwohl sie aus Paris kommen, haben Francis und sie einen der begehrten Plätze im Hafen von Grand Méjean bekommen – den Platz, den niemand sonst haben wollte, weil er direkt neben der Betonrampe liegt, über die die Besitzer der Zodiacs ihre Boote ins Wasser rollen lassen, und weil er eben nur dreißig, vierzig Zentimeter Wassertiefe hat und außer ihrem alten Kahn kein anderes Boot hineinpasst.

Sylvie dreht den Tankdeckel zu. Der Motor steckt unter einer Art auf dem Boden festgeschraubter Holzkiste in der Bootsmitte. Ursprünglich war es ein luftgekühlter Benzinmotor gewesen, ein knatterndes, stinkendes Ding, das mit enervierender Regelmäßigkeit ausfiel, wenn die See ein wenig rauer wurde. Sie hatten ihn schon bald nach dem Kauf durch einen Yanmar-Diesel ersetzt, ein unzerstörbares, sparsames und leises Stück Technik. Sylvie, die sich weder als Mädchen noch als junge Frau für Autos oder irgendeine andere Technik außer der von Diagnosegeräten interessiert hatte und die auch heute noch Schwierigkeiten mit dem Touchscreen ihres iPhones hat, ausgerechnet sie hat sich in die Mechanik des Bootes verliebt. Nachdem ihr einmal ein Bootsbauer aus La Ciotat eine Einweisung gegeben hat, erledigt sie schon seit Jahren die Wartungsinspektion des Diesels selbst. Im Winter holt sie das Boot aus dem Wasser und streicht den Rumpf. Sie fettet die winzige Ankerwinde. Sie kümmert sich um den Ladestand der Autobatterie, die den Starter versorgt. Vor jeder Tour, die Francis und sie durch die Calanques machen, ist sie es, die das mobile Funkgerät aus dem Haus holt und in eine Halteschlaufe der Bordwand steckt, neben das Marinefernglas und die wasserfeste Plastikhülle, in der sie die Seekarte platziert. Nicht, dass sie die nötig hätten: Sylvie und Francis sind mit ihrem Boot über die Jahre alle Calanques so oft abgefahren, haben in jeder Bucht geankert, um zu baden oder Seeigel vom Grund zu holen, haben sich gesonnt, Fotos gemacht oder das Boot auf den wenigen Stränden auflaufen lassen, um dort Picknicks zu genießen, dass sie jeden Felsen, jeden Riss in der Küste, jede Strömung kennen.

Sie haben das Boot gekauft, als ihre Tochter noch ein Baby war, und es »Laura« getauft, Stolz und Sentimentalität, aber das dürfen sich Eltern ja auch leisten. Doch Jahre später, als sie sich langsam bewusst wurden, dass ihre Tochter lieber unter als über Wasser lebt, fühlte sich das für Sylvie irgendwie falsch an. Verantwortungslos. Provozierend. Schuldig sogar. Also hat sie in einem Winter, als sie mal wieder den Lack auf den Rumpf aufsprühte, spontan das Namensschild übermalt. Und seither ist es unter weiteren Farbaufträgen vollständig verschwunden. Francis hat dazu nie etwas gesagt. Sie nennen den Kahn bloß noch »das Boot«.

Sylvie drückt den Starterknopf. Der Yanmar erwacht zum Leben, was man so gut wie gar nicht hört, bloß spürt: Das Boot zittert leicht, wie ein Tier, das seine Muskeln spannt. Und Muskeln hat es: Der Diesel hat zwar nur ein paar PS, aber das Boot ist schmal und flach, und bei Vollgas rauscht es nicht durch die Wellen, sondern gleitet über sie hinweg wie ein flacher Stein, den ein geübter Werfer über eine spiegelnde Wasserfläche tanzen lässt. Sie löst die Leine, die den Bug mit dem Pier verbindet, drückt den Motorhebel auf langsame Rückwärtsfahrt, packt die hölzerne Pinne des Steuerruders und manövriert das Boot vorsichtig aus dem engen Platz.

Francis wollte nicht mitkommen. Wahrscheinlich sitzt er jetzt oben auf der Terrasse und beobachtet *das Haus*. Sylvie hätte ihn gerne in die Arme genommen und von seinem Wachtposten fortgeführt. Was nützt es, sich selbst so zu quälen? Aber sie weiß auch, dass Francis diese Deutschen im Auge behalten will wie Feinde. Vielleicht sind es Feinde.

Sie wendet das Boot im Hafenbecken, steuert auf die Ausfahrt zu. Auf dem Kai liegen ein paar junge Kerle, garantiert aus Marseille. Sylvie hat die Leute nie verstanden, die mit dem Zug aus der Großstadt bis hierher fahren, um dann aber nicht in einer Calanque zu baden, sondern sich auf dem Beton der Hafenanlage zu sonnen und ins Becken zwischen die Boote zu springen, was eigentlich verboten ist. Außerdem ist Hafenwasser immer dreckig, sie muss bloß an ihren umgefüllten Diesel denken. Wahrscheinlich ist es die unbewusste Angst von uns Städtern, vermutet sie; wer nur Beton und Dreck kennt, der fürchtet sich vor dem freien Meer und der zerklüfteten Küste. Vielleicht auch zu Recht. Die Calanques sind gefährlich.

Sie lässt das Boot besonders langsam vorangleiten, falls einer der jungen Männer schon ins Wasser gesprungen ist und um die Rümpfe planscht. Wie leicht kann man einen Schwimmer überfahren, und die Schiffsschraube ist wie ein rotierendes Hackmesser.

Als sie endlich um den Kai herumgekurvt ist, drückt sie den Gashebel tiefer hinunter, aber nicht sehr: Sie will sich Zeit lassen, will die Buchten abfahren, ohne festes Ziel, will einfach nur gleiten, die Küste genießen ... Lüg dich nicht an, sagt sie sich. Heute Morgen, ganz früh noch, hat sich Laura das Zodiac von Freunden ausgeliehen, um irgendwo zum Tauchen zu fahren. Und Sylvie wird nun die Küste abfahren, in der Hoffnung, wenigstens aus der Ferne einen Blick auf das Schlauchboot zu erhaschen, das irgendwo in der Nähe geankert haben muss. Es ist kurz nach elf Uhr vormittags. Vielleicht kann sie Laura sogar sehen, wenn sie schon wieder oben ist. Hallo, so ein Zufall, sollen wir gemeinsam zurückfahren? Sie ist eine Glucke. Aber, mein Gott, wann und wo soll sie sonst einmal an Laura herankommen, wenn nicht auf dem Wasser, das nun einmal ihr Element ist? Wann sonst einmal ein Wort wechseln mit dieser jungen, beinahe fremden Frau, die durch die Welt geht, als hätte sie immer einen weißen Schutzanzug an? Sylvie biegt nach links ab, mustert die Küste. Und sieht kein Schlauchboot, sieht ihre Tochter nicht. Aber sie sieht ihn.

Der Hagere geht über den Sentier des Douaniers. Und er kehrt zurück nach Méjean. Das bedeutet, er war diesen Morgen schon unterwegs. Wohin mag er gegangen sein? Und was sucht Renard ausgerechnet auf dem Sentier? Ihre Hand greift unbewusst an die Schläfe, vergewissert sich, dass sie ihre Sonnenbrille trägt. Die dunklen Gläser, ihr Strohhut – der Polizist sollte sie von da oben kaum erkennen. Falls er überhaupt auf sie achtet: ein kleines Boot unter Dutzenden, die vor den Calanques kreuzen, wer guckt da schon genauer hin?

Renard sucht den Mörder. Vielleicht ist er auf der falschen Spur. Wahrscheinlich ist er auf der falschen Spur. Und doch ... Er ist wie ein Gespenst, das ruhelos durch die Calanques spukt. Und Sylvie heimsucht.

Denn Sylvie weiß, wer Michael Schiller getötet hat.

Renard hätte eine Wasserflasche mitnehmen sollen. Er wandert über den Sentier des Douaniers und hätte gedacht, dass er längst zurück sein müsste. Méjean kann man doch schon beinahe sehen, verdammt. Aber dann windet sich dieser Weg um eine versteckte Bucht und dann um noch eine und noch eine; Renard geht und geht und kommt doch nie an, wie in einem schlechten Traum. In Marseille hätte er sich ins nächste Café gesetzt, früher, vielleicht sollte er die Jahre seiner Erinnerung in »Jahre v. K.« und »Jahre n. K.« einteilen, »vor dem Krebs« und »nach dem Krebs«. In den V.-K.-Jahren hätte er jetzt einen Citron pressé und einen Espresso genossen, an irgendeinem winzigen wackeligen Tisch, er wäre seine Notizen durchgegangen, hätte sein Handy gecheckt oder einfach in die Sonne geblinzelt. Eigentlich muss man nicht besonders klug sein, um zu ahnen, dass das in den Calanques nicht möglich ist. Wahrscheinlich hat der Chef auch darin recht gehabt: tut ihm ganz gut, dass er mal wieder herauskommt.

Direkt am Ufer dunstet das Meer Feuchtigkeit aus, und selbst am späten Vormittag rafft sich hin und wieder ein Windhauch auf und tanzt über die Wellen bis zur Küste. Doch auf dem Sentier hoch über der Brandung fühlen sich die Calanques an wie der Grand Canyon im August: Die Steine glühen vor Hitze. Die Luft steht zwischen den Büschen und schmeckt nach Steinstaub. So, denkt Renard, muss es in den Marmorbrüchen riechen, wenn die Arbeiter mit Sägen große Blöcke aus dem Berg schneiden. Das Meer spiegelt die Sonne, jede einzelne Welle scheint weiße Lichtblitze genau in seine Augen zu schießen. Die Zikaden lärmen, und manchmal, wenn der Weg ihn unter Pinien mit besonders ausladenden Kronen führt, in deren Ästen wohl ganze Armeen dieser Insekten kleben, spürt er ihr Sägen sogar im Körper, spürt es als Druck auf den Trommelfellen und als Kribbeln auf der Haut, von der längst der letzte Schweiß weggetrocknet ist. Tief unter ihm kreuzen Boote auf dem silbern glänzenden Meer, und die Szenerie wirkt wie ein Film auf einem stumm geschalteten Fernseher: klare Bilder, kein Ton – das Konzert der Zikaden schluckt jedes andere Geräusch.

Nachdem er endlich die letzte Senke Richtung Grand Méjean hinuntergestiegen ist, schleppt er sich erleichtert bis zur Terrasse des Mangetout. Es muss beinahe schon Mittag sein, er trägt seine Armbanduhr nicht mehr, seit sie ihm um den dünn gewordenen Arm schlackert. Fast die Hälfte der Bänke ist bereits besetzt. Einheimische vermutet Renard, Rentner, wer sonst isst um zwölf Uhr in einem so abgelegenen Restaurant? Braun gebrannt, entspannt, in T-Shirts, Shorts und Flipflops. Die Männer seltsamerweise allesamt rund vom guten Essen und guten Wein, während die Frauen eher mager sind, als seien sie von Jahrzehnten unter dieser Sonne ausgedörrt worden. Pastis, der in hohen Gläsern milchig schimmert. Hab ich auch schon lange keinen mehr getrunken. Eliane trägt ein Tablett zwischen den Gästen hin und her, so leichtfüßig und geschickt, als sei das ein Tanz. Sie begrüßt eine gerade ankommende Frau mit Wangenküssen, blickt nicht einmal zu Renard hinüber. Sieh an, denkt er, die Gattin des Herrn Professors ist aber auch hier, auf einer Bank ganz am Rand der Terrasse. Renard lässt sich erleichtert und erschöpft neben Dorothea Kaczmarek nieder. Er weiß, dass er derangiert aussieht, der verdunstete Schweiß hat weiße Ränder auf seinem T-Shirt zurückgelassen, sein Gesicht glüht von der Sonne; als er die Deutsche begrüßt, krächzt seine Stimme heiser. Renard bemerkt, dass vor Dorothea noch kein Getränk auf dem Tisch steht. Gut so, sie ist auch gerade erst hier, hat bestellt, wird sich nicht so leicht unter einem Vorwand entziehen können.

Serge kommt heraus, ein Perrier auf einem Tablett balancierend, zögert eine Winzigkeit, als er Renard neben Dorothea sitzen sieht – aber lange genug, dass Renard es bemerkt –, und geht dann weiter auf die Deutsche zu. Er stellt ihr das Mineralwasser hin. Sie ist verlegen, wirkt aber auch irgendwie stolz.

»Was darf ich Ihnen bringen?«, fragt der Patron. »Ich meine: zusätzlich zu einer Karaffe Wasser?« Serge blickt den Flic an. Der sieht aus, als könnte er eine Badewanne leer trinken. Wie will der nur die Nachmittage hier durchhalten? Météo France hat vorausgesagt, dass die Hitzewelle noch intensiver werden wird. Dieser Renard sollte sich erst abends aus dem Zimmer wagen. Oder am besten gleich abreisen.

»Citron pressé und Espresso«, krächzt Renard. Er lächelt Dorothea entschuldigend an und wartet ab, bis Serge das Wasser gebracht und er seine Kehle benetzt hat. Die Deutsche hat ein weißes T-Shirt an, so hell und rein, dass es in den Augen schmerzt, dazu eine kurze Jeansshorts, Sportschuhe. Ihre blonden Haare sind kurz, ihre Augen grün und klar. Sie ist nicht geschminkt, trägt keinen Schmuck außer dem Ehering, ist leicht gebräunt und duftet nach Sonnencreme. Die passt zu Serge, denkt Renard unwillkürlich, sportlich, gesund, unverwüstlich. Er wird ihr nicht sagen, dass er vor einer halben Stunde ihren Mann befragt hat. Er trinkt das erste Glas Wasser in einem Zug leer. Kühl. Herrlich. Jetzt weiß er, warum es »Süßwasser« heißt. Er wechselt zum Citron pressé, rührt Zucker in den Espresso, atmet den Duft der gerösteten Bohnen ein, seufzt, lächelt. Manchmal kann das Leben schön sein.

»Ich habe gestern vergessen, Sie nach Ihrem Beruf zu fragen, Madame.«

Dorothea wird rot. »Was hat das denn mit Ihren Ermittlungen zu tun?«

»Wahrscheinlich nichts.« Renard lächelt gewinnend.

Und was soll ich darauf jetzt antworten?, denkt Dorothea verwirrt. Darf ich diese Frage ignorieren? »Ich bin Lehrerin an einem Gymnasium«, sagt sie. »Englisch und Sport.«

Kein schlechter Beruf, sagt sich Renard. Und er passt zu ihr. Er hat keine Schwierigkeiten, sich diese Frau im Klassenzimmer vorzustellen oder in der Sporthalle, umgeben von Kindern. Eine gute Lehrerin, wahrscheinlich beliebt bei den Schülern und den Kollegen. Und wahrscheinlich hat sie genau den Beruf gefunden, den sie schon als Jugendliche machen wollte. Aber was ist mit ihrem Mann, der sich so ungern in den Schatten stellen lässt? Oliver Kaczmarek ist seltsam vage, was seinen Beruf angeht. Kann es sein, dass seine bescheidene, demütige Frau den besseren Beruf hat? Andererseits hat diese Deutsche vielleicht recht: Was hat das mit seinen Ermittlungen zu tun?

Vielleicht ist das ein Problem in dieser Ehe. Er erinnert sich daran, dass die Tochter der Kaczmareks allein im Ferienlager ist. Aber das tun Tausende französische Familien auch, ihre Kinder den Sommer über ins Camp schicken. Renard selbst hat manchen Juli so verbracht, und das waren nicht die schlechtesten Monate seiner Kindheit gewesen. Was könnte Olivers Furcht, sich von Dorothea übertreffen zu lassen, mit Michael Schillers Ermordung zu tun haben? Er weiß so verflucht wenig über diese Leute.

»Madame, sagen Sie mir ganz ehrlich: Wer von Ihnen beiden war derjenige, der unbedingt nach Méjean kommen wollte? Sie oder Ihr Mann?«

»Oliver wollte es auch«, antwortet Dorothea schnell.

Renard nickt. »Und dieser Brief war an wen gerichtet? An Sie? An ihn? An Sie beide? Ich würde ihn wirklich gerne lesen. Das Schreiben könnte ... «

»Es gibt gar kein Schreiben«, unterbricht Dorothea ihn. Sie steht jetzt kurz vor der Panik, aber sie muss einen kühlen Kopf bewahren. Muss sich etwas einfallen lassen. Bloß nicht diesen Brief zeigen, niemandem! »Wir«, sie zögert, korrigiert sich: »Ich habe einen Anruf bekommen. Einen anonymen Anruf. Deshalb bin ich hier.«

»Keinen Brief? Aber sie haben doch selbst ... «

»Ich weiß. Es ist nur: Alle anderen haben diese Briefe erhalten. Rüdiger. Claudia. Babs. Nur wir, das heißt ... « Mein Gott, sagt sich Dorothea, lass mich doch einfach aufwachen und merken, dass das alles bloß ein fürchterlicher Traum ist. Sie atmet durch. »Ich meine: Alle unsere alten Freunde haben Briefe bekommen, nur wir nicht. Das ist doch ... auffällig, oder nicht? Irgendwie verdächtig. Ich wollte aber nicht, dass uns die anderen, nun ja, schief ansehen. Verstehen Sie? Ich wollte genauso sein wie sie. Also habe ich behauptet, wir haben auch einen Brief bekommen. Tatsächlich aber hat jemand bei uns in Bonn angerufen.«

»Haben Sie eine Ahnung davon, wer dieser Jemand sein könnte?«

»Nein.« Verdammt, denkt Dorothea sofort, diese Antwort kam zu schnell. Ich mache mich bloß verdächtig.
»Hat ein Mann bei Ihnen angerufen? Eine Frau?«
»Ein Mann«, improvisiert sie. »Mit einer tiefen Stimme. Er war sicherlich nicht jung. Das war kein Schülerstreich. Wissen Sie, manchmal rufen meine Schüler bei mir an, ich habe eine Geheimnummer, aber die Kids von heute kriegen im Internet alles raus, und dann rufen sie an und ... « Was rede ich da bloß für einen Unsinn, denkt Dorothea zunehmend verzweifelt und bricht einfach ab.
»Und was hat dieser Mann am Telefon gesagt?« Renard glaubt ihr kein Wort von der Geschichte des anonymen Anrufers.
»Er hat behauptet, dass man Michaels Mörder in Méjean finden wird. Jetzt. Ich meine, genau in diesen Tagen. Und er hat gesagt, dass wir uns verdächtig machen, wenn wir nicht kommen. Dass man dann«, Dorothea zögert, »Oliver verdächtigen wird. Dass, wenn wir nicht kommen, das ein Zeichen dafür ist, dass Oliver es getan hat. Was natürlich absurd ist«, setzt sie rasch hinzu.
Renard legt den Kopf schräg, mustert sie. Wasser und Citron pressé haben ihre Wirkung getan, und jetzt spürt er auch den Espresso. Und dann sitzt da auch noch eine Frau vor ihm, die offensichtlich lügt. Fühlt sich an wie ein Verhör in alten Zeiten. Er hätte Dorothea vor Dankbarkeit umarmen können, wenn sie sich nicht zufällig gerade um Kopf und Kragen reden würde. Sie hat einen Erpresserbrief bekommen, wie alle anderen. Warum leugnet sie das? »Madame, wenn der Anrufer behauptet, dass Michael Schillers Mörder in Méjean sein wird. Und wenn er außerdem behauptet, dass Oliver Kaczmarek sich verdächtig macht, wenn er *nicht* nach Méjean kommt, dann kann das doch eigentlich nur bedeuten: Der Anrufer hält Ihren Mann für den Mörder und will ihn zwingen, nach Méjean zu kommen. Aber was macht den Anrufer so sicher, dass Ihr Mann der Täter ist? Wir haben eine anonyme Anzeige bekommen, kein Wort darin deutet jedoch auf Ihren Mann hin. Sie sind die erste Person, die ihn belastet.«

»Ich belaste ihn doch nicht!« Dorothea könnte heulen. »Ich weiß doch auch nicht, was der Anrufer will. Ich hatte nur keine andere Wahl. Wir hatten keine Wahl!«

Möchte wissen, was in ihrem Erpresserbrief steht, denkt Renard. Es muss etwas sein, das sie mir auf keinen Fall zeigen will. Und das sie offenbar auch ihrem Mann nicht gezeigt hat. Eine brave Lehrerin für Englisch und Sport, und bei einem Mordfall verheddert sie sich in eine Lügengeschichte, aus der ihr vor Gericht jeder clevere Anwalt einen Strick drehen könnte. Wenn denn diese Lügengeschichte in den Ermittlungsakten auftauchte. Renard beschließt, Dorotheas Version erst einmal nirgendwo schriftlich festzuhalten. Er versucht, ihre Verzweiflung wegzulächeln, berührt sogar ganz leicht, wenn auch nur für einen ganz kurzen Moment, ihre Hand.

»Machen Sie sich keine Sorgen«, sagt er. »Ich werde den Mörder enttarnen, nicht der anonyme Anrufer. Das ist jetzt mein Spiel, nicht mehr seins. Erzählen Sie mir bitte noch einmal von jenem letzten Tag in Méjean. Nicht von dem Abend bei Madame und Monsieur Norailles und nicht von dem Beisammensein in ihrem eigenen Ferienhaus. Von den Stunden davor. Vielleicht finden wir gemeinsam etwas, das schon an dem Tag auffällig gewesen ist und nicht erst an dem Abend?«

Gemeinsam. Wann hat Dorothea dieses Wort zuletzt gehört? Sie könnte schon wieder weinen, doch diesmal vor Erleichterung. Vielleicht ist dieser Kommissar gar keine Bedrohung? Vielleicht ist er ein Freund? Gemeinsam. Wie schön sich das anhört. Dorothea trägt alles allein, und das schon seit mehr Jahren, als sie zählen will. Erträgt allein die endlose Serie von Olivers gescheiterten Träumen. Erträgt allein Paulas schwierige Phasen und die vielen Kinderkrankheiten. Erträgt allein die Sorgen um das Geld und den Kredit für das Haus und die Einkäufe und überhaupt alles. Erträgt allein die Erinnerung an den Sommer vor dreißig Jahren. Erträgt allein die Angst und die Scham.

»Das war eigentlich ein ganz normaler Tag«, beginnt sie zögerlich.

31

Dorothea hatte sich bei Oliver untergehakt, während sie zum Meer gingen. Endlich hatte sie ihn mal von seinen Büchern weggekriegt. Manchmal war es schon anstrengend, mit Oliver zusammen zu sein. Dorothea machte sich keine Illusionen, sie war immer die Spießerin der Klasse gewesen. Ihre Eltern waren bei einem Verkehrsunfall gestorben, unbeschrankter Bahnübergang irgendwo im Bergischen Land, sie hatten es wohl eilig gehabt und den Zug nicht gesehen. Sie war damals noch keine drei Jahre alt gewesen und hatte nur vage Erinnerungen an ihre Eltern behalten, und die waren vielleicht auch nur Spukbilder, eingebildete Erinnerungen, gespeist von den Fotos, die ihr die Großeltern über das Bett geheftet hatten. Dorothea war bei ihnen aufgewachsen, und sie konnte sich an keinen einzigen schlechten Tag erinnern. Aber sie war halt das Mädchen mit den Alten, das Mädchen, das seine Wochenenden mit Grauköpfen und Kaffee und Kuchen verbrachte, und das färbte wohl ab, in ihrem Innern trug sie selbst schon eine Häkeldecke über der Seele. Insofern war Oliver Kaczmarek schon genau der Richtige für sie gewesen. Der Herr Professor und die Hausfrau. Dorothea Bessenich, zukünftig verheiratete Kaczmarek. Das war schon alles klar, und ihre Großeltern hatten auch nichts dagegen, die mochten Oliver. Aber anstrengend war er schon, und sie ahnte, dass ihr ganzes Leben anstrengend bleiben würde.

Wenn sie sich wirklich für immer an ihn binden sollte.

Wenn ...

Als sie ein Stück weit die Straße hinuntergegangen waren – der Asphalt war so heiß, dass er sogar durch die Sohlen ihrer Flipflops brannte –, verzog Oliver missmutig den Mund. Claudia lag am Strand. Er mochte ihr Gehabe nicht, ihren Schlabberlook, ihre klugen Sprüche. Oliver mochte auch die derben Scherze von Babs nicht. Er hielt Rüdiger für einen aufgeblasenen Trottel, ausgerechnet Rüdiger. Und Michael erst, na ja ... Dorothea fragte sich in diesem Moment, ob Oliver nicht auch den Mund verzogen hätte, wenn er sie da unten erblickt hätte. Meistens liebte Oliver seine Freunde und würde alles für sie tun. Aber dann gab es Tage wie diesen, an denen er die ganze Welt zu verachten schien. War ja auch verständlich, bei dem Vater. »Ich wünschte, meine Eltern würden auch einmal auf einem Bahnübergang den Zug übersehen«, hatte er ihr einmal in einer sehr düsteren Stunde gestanden.

Claudia winkte ihnen zu, und da blieb ihnen nichts anderes übrig, als ihre Badetücher neben ihrem auszubreiten. Sie sieht schon cool aus, dachte Dorothea neidisch, elegant und unnahbar, wie ein Filmstar. Dorothea wusste, dass sie nicht bloß besser schwamm als Claudia, sondern auch schneller lief, besser Handball und Volleyball spielte und hundertmal mehr Kondition hatte. Aber trotzdem fühlte sie sich an ihrer Seite wie ein Sattelschlepper neben einem Rennpferd, unbeholfen, wuchtig, breit.

»Da ist ja auch Jacques Cousteau!«, rief Oliver. »Wie geht es den Haien?«

»Sie haben nach dir gefragt, Professor Einstein.« Michael lachte. Er stieg aus dem Wasser. Die Tauchermaske mit dem Schnorchel hatte er auf die Stirn geschoben, in der Linken trug er ein Paar grüne Flossen, in der Rechten hielt er die Kompaktkamera seines Vaters, die in einem spezialgefertigten, wasserfesten und garantiert sündteuren Plastikgehäuse steckte. Wie er da aus dem Meer kam, sah er wirklich aus, als könnte er morgen mit Cousteaus Calypso zu den großen Riffen der Ozeane aufbrechen. Dorothea wusste, dass Michael der Einzige war, der in der Bahn neben ihr mithalten könnte, wenn er nicht zu faul gewesen wäre, um die allerletzten technischen Feinheiten zu trainieren. Nur weil sie fleißig war und er nicht, konnte sie ihn abhängen. Und so war das wahrscheinlich bei allem, was es auf der Welt gab: Wenn man selbst *wie verrückt arbeitete und wenn Michael zugleich irgendetwas total langweilig fand, dann, und nur dann, konnte man ihn übertreffen.*

Trotzdem winkte Dorothea Michael bloß flüchtig zu. Er war nicht ihr Typ, vielleicht war er zu perfekt. Sie wartete, bis er sich neben Claudia auf das Badetuch warf und sie küsste. Oliver glotzte unverhohlen, sie blickte währenddessen aufs Meer. Vielleicht kam da ja noch jemand Spezielles aus dem Wasser. War möglich, oder? Oder vielleicht war da noch Mister Special weit draußen auf dem Meer? Dann würde sie auch hineingehen und hinschwimmen, fiel ja niemandem auf, oder? Aber sosehr sie auch starrte, sosehr sie die Augen zusammenkniff und sie schließlich sogar mit der Hand beschirmte (was dann sogar Oliver auffiel), sie konnte diesen Jemand nirgendwo ausmachen. Sie hätte schreien können. Dorothea, das Mädchen der verpassten Möglichkeiten. Nur noch ein paar Tage in Méjean, dann würden sie zurückfahren, und sie würden alle getrennte Wege gehen, und, verdammt, sie würde vielleicht nie wieder eine Chance haben, diesen Jemand zu treffen. Und jetzt starrte sie bloß aufs Meer und nichts geschah.

Das hieß, irgendwann geschah doch noch etwas. Die Pariser Ärzte kamen, setzten sich lachend zu ihnen. Für Dorothea und Oliver hatten die Norailles kaum einen Blick, die Langeweiler, schon klar. Michael spielte mit der Kleinen am Wassersaum, baute ihr aus ein paar Steinen eine Art Becken, in dem sie gefahrlos planschen konnte. Die Norailles unterhielten sich vor allem mit Claudia. Dorothea, die gar nicht so schlecht in Französisch gewesen war, verstand jedes Wort. Politik, was sonst, irgendetwas über Petra Kelly, Gert Bastian, die große Friedensdemo in Bonn. Es interessierte sie nicht weiter, sie hätte eh nichts Kluges beitragen können.

Am Ende hatten die Norailles Claudia angeboten, an diesem Abend zu babysitten. Claudia allein. Es war dann Claudia – oder vielleicht auch Michael, der irgendwann mit der Kleinen an der Hand dazugekommen war, jedenfalls einer der beiden, der die Norailles dazu überredete, die ganze Clique einzuladen.

Als Oliver, der eine Eins in Französisch hatte, aber die gesprochene Sprache trotzdem nicht so gut verstand, endlich kapiert hatte, dass er für diesen Abend als Babysitter engagiert worden war, konnte man ihm ansehen, wie genervt er davon war.

»Ich muss noch was erledigen«, hatte er verkündet, sich erhoben und war zurück zum Haus gegangen. Ohne einen Kuss für Dorothea. Die Norailles hatten einander nur kurz angeblickt und waren wenig später aufgebrochen. Michael streifte sich ein T-Shirt über und schlenderte Richtung Kai von Grand Méjean. Und Claudia setzte eine schicke Sonnenbrille auf und bräunte sich auf dem Badetuch, wieder unnahbar und stumm wie eine Statue.

Dorothea fühlte sich ignoriert. Aber war das nicht auch eine goldene Gelegenheit? Niemand achtete mehr auf sie. Sie stand auf und glitt nach wenigen Schritten ins Wasser. Ein paar kräftige Züge, und sie war raus aus der Bucht, ihr Kopf kaum mehr als ein Flecken im Meer, nahezu unsichtbar für alle anderen. Sie hatte jetzt die Schwimmbrille mit den getönten Gläsern auf. Sie musterte das Wasser, die versteckten Buchten, den Weg hoch oben in den Calanques. Irgendwo musste er doch sein!

Doch solange Dorothea auch an den Felsen entlangschwamm, niemals sah sie den, den sie suchte. Dicke Männer, dünne Frauen, Kinder auf Luftmatratzen, ankernde Jachten, Seeigel auf den Steinen zehn Meter tief unter ihren Füßen, Möwen, eine Wespe, die sich aufs Meer verirrt hatte, ein silbriges Flugzeug am Himmel – alles, alles konnte sie sehen. Nur ihn nicht. Es war wie ein böser Traum. Oder versteckte er sich absichtlich vor ihr? Ob er wusste, was sie da im Meer trieb, warum sie hin und her schwamm wie ein ruheloser Raubfisch? Ob er sich hinter einem Felsen verbarg oder einem Pinienstamm? Ob er sie beobachtete und dabei womöglich lächelte? Melancholisch lächelte und bitte, bitte nicht verächtlich ...

Irgendwann hatte das Meer selbst eine Nixe wie Dorothea besiegt. Fröstelnd schwamm sie Richtung Bucht zurück, sie spürte, wie es in ihren Oberschenkeln und Schultern schon verdächtig zog. Claudia lag noch immer auf dem Badetuch, vielleicht war sie eingeschlafen. Dorothea ertastete Steine unter den Füßen, musste nicht länger schwimmen, konnte die letzten Meter mit schweren Schritten durch das Wasser waten. Sie hielt inne.

Michael stand am Kai des Hafens. Er sprach mit dem kräftigen Fischerjungen. Mit dem schüchternen Kerl, an dem Claudia aus unerfindlichen Gründen einen Narren gefressen hatte. Michael kaufte ein, dachte sie im ersten Moment, dabei hatte Babs doch schon heute Morgen Fisch besorgt und ... Sie blickte genauer hin. So hatte Dorothea Michael noch nie gesehen. Der heitere, gelassene Michael war – wütend? Er gestikulierte, sie konnte sein Gesicht kaum erkennen. Nein, sagte sie sich, er war nicht wütend. Michaels Züge erinnerten sie plötzlich an Olivers Vater, wenn der zu Bestform auflief.

Michaels Züge waren voller Hohn und Verachtung.

32

Renard sitzt am äußersten Ende einer Bank im Mangetout. Es ist immer noch so früh, dass ein paar Plätze neben ihm frei sind. An einem anderen Tisch – er hat den Eindruck: so weit entfernt von ihm wie möglich – sitzt Claudia Bornheim neben einem eleganten, schweigsamen Mann und einer rundlichen Frau, die pausenlos redet und lacht. Renard mustert die drei Deutschen, die ihrerseits jeden Blick hinüber zu ihm vermeiden. Die Ministerin sieht erschöpft aus, schön, aber erschöpft. Sie schüttet den Inhalt einer Tüte Paracetamol in ihr Wasserglas, rührt mit einem Teelöffel um, bis die Lösung milchig ist, trinkt in einem raschen Zug aus, so rasch, dass fast keine Krümel des Medikaments an der Innenseite des Glases kleben bleiben. Die volle Dosis. Routiniert. Die macht das regelmäßig. Eliane hat einen großen Salatteller vor sie hingestellt, in dem sie nur herumstochert. Sie trinkt Weißwein mit einer Miene, mit der andere Leute Hustensaft schlürfen. Sie muss sich beruhigen, denkt er mit einem Anflug von Mitleid, auch wenn er nicht weiß, warum er Mitleid mit Claudia Bornheim haben sollte.

Der Mann an ihrer Seite trinkt Wasser und isst den gleichen Salat, langsam, vielleicht sogar genießerisch. Rüdiger von Schwarzenburg. Er ist, wie Claudia Bornheim, gut gealtert. Polohemd und Leinenhose von Tommy Hilfiger, am Handgelenk eine alte mechanische Uhr mit Lederarmband, Mokassins, die aussehen, als seien sie handgenäht. Die Kleidung, die er am Leib trägt, kostet mehr Geld als das, was Renard in einem Monat verdient. Er hat ein paar Informationen eingezogen. Maler. *Mon Dieu*, Renard hat im ersten Moment geglaubt, von Schwarzenburg wäre Handwerker. Dann hat er seine Berliner

Galerie gegoogelt, ein paar Artikel gefunden, und jetzt weiß er, was ein Bild von diesem Mann kosten kann, der ein paar Meter neben ihm sitzt und Tomaten mit Mozzarella genießt. Er ist wie die Ministerin ebenfalls ein Prominenter. Muss vorsichtig sein, wenn ich ihn befrage, denkt er sich, der hat genug Geld, um sich einen teuren Anwalt zu nehmen und mir die Hölle heißzumachen. Der hat schon den Handelsminister in Paris porträtiert. Andererseits: Selbst dieser weltberühmte Künstler hat seinen Pinsel sofort fallen lassen und ist in dieses Kaff geeilt. Wird interessant sein zu erfahren, welche Art von Erpressung einen Rüdiger von Schwarzenburg hierhergezwungen hat.

Die Laute, Rundliche, die Steak frites bestellt hat und dazu eine Flasche Orangina, muss Barbara Möller sein. Auch ihre Daten hat er überprüft. Kann ein Leben harmloser sein als ihres? Und sie ist so fröhlich. Womit kann man eine lebensfrohe Bankangestellte zwingen, Hals über Kopf ihre Familie zu verlassen und an der Mittelmeerküste aufzukreuzen?

Die Kaczmareks fehlen. Ob die nur müde sind? Oder ist das ein Zeichen? Aber für was?

Er greift zum Handy und ruft Luc an. »Doktor Oliver Kaczmarek«, sagt er leise, damit ihn keiner belauschen kann, die Deutschen schon gar nicht, und muss den Nachnamen dreimal buchstabieren. »Frag bei den deutschen Kollegen mal nach, was der für einen Beruf hat.«

»Stimmt was nicht mit ihm?«

»Ich will nur wissen, womit er sein Geld verdient.«

»Sieht er aus wie ein Dealer?«

»Er trägt Tennissocken und Sandalen.«

»Hört sich so an, als machten deine Ermittlungen riesige Fortschritte.« Luc legt auf.

Renard hat sich Mangetout bestellt, das Gericht, nach dem Serge sein Restaurant benannt hat: eine Schüssel frittierter Fische, klein wie Pommes frites, man isst sie ganz, mit Kopf und Flossen und mit bloßen Händen, und Renard fühlt sich herrlich und muss sich zwingen, die kleinen Köstlichkeiten nicht in animalischer Gier in sich hineinzuschaufeln, sondern einigermaßen zivilisiert zu essen. Er lässt sich von Eliane einen Weißwein bringen, *merde*, er wird das Gesicht nicht verziehen wie diese deutsche Ministerin.

Als die Kellnerin wieder geht, sieht er ihr bis ins Innere des Restaurants nach. Serge an der Theke, neben ihm ein jüngerer, kräftiger Mann. Schwul, erkennt Renard, als er sieht, wie sie einander die Hände streicheln, die beiden sind ein Paar. Und: Diesen jüngeren Mann habe ich schon einmal gesehen. Araber. In den Quartiers Nord. Muss nur wenige Jahre her sein. Renard war damals neu in der Brigade Antigang. Drogen. Den Namen des Kerls hat er vergessen, aber er kann sich noch an die Strafe erinnern: zwei Jahre, die Hälfte davon auf Bewährung. Sieh an. Flüchtig spielt er mit dem Gedanken, aufzustehen und ihn nach den Personalien zu fragen. Oder den Mann wenigstens heimlich mit dem Handy zu fotografieren und das Bild Luc zuzusenden. Soll der nachsehen, wer das ist und wann er zuletzt bei der Police auffällig geworden ist. Vergiss es, sagt sich Renard dann. Du bist nicht wegen Drogen da, und das ist nicht Marseille, und das ist nicht mehr dein altes Leben. Mord ist jetzt dein Leben.

Er ist mit dem Mangetout fast fertig, als sich drei Neuankömmlinge an einen Tisch setzen, ungefähr gleich weit von ihm und von den Deutschen entfernt. Ein elegantes älteres Paar, eine schöne junge Frau. Die Ärzte, denkt Renard. Die Norailles hat er auch noch auf seiner Liste. Die junge Frau muss die Tochter sein, wie alt war sie damals? Drei? Das friedlich schlafende Mädchen. Leicht verdiente zweihundert Franc fürs Babysitten. Lambrusco und Tiefkühlpizza und eine schöne Gitarre. Ein ernstes Gespräch über den behinderten jüngeren Bruder. Eine lange Schwimmtour durch die Calanques. Ein

Vortrag über Kindermedizin. Aber im Restaurant heute tun alle so, als würden sie sich nicht kennen. Kein Nicken, Blicke, die überallhin wandern, bloß nicht an den Nebentisch.

Und wenn das gar nichts zu bedeuten hat? Die Norailles waren den Deutschen damals schließlich kaum eine Woche lang begegnet. Seinerzeit sind die Ärzte von den Beamten nur kurz verhört worden und danach nie wieder. Wahrscheinlich haben sie diese alte Geschichte über die vergangenen dreißig Jahre inzwischen mehr oder weniger vergessen. Vielleicht erkennen sie gar nicht, wer da sitzt, Touristen halt, wer guckt die schon genauer an? Umgekehrt werden die Deutschen die Ärzte wahrscheinlich gar nicht wiedererkennen wollen. Denn wie sollten sie sich den Norailles erklären? »*Salut,* wir sind wieder da, weil wir erpresst werden, denn einer von uns ist möglicherweise Michaels Mörder. Michael, der Junge, Sie erinnern sich doch, er war mal der Babysitter der jungen Frau an Ihrer Seite ...«

Die Deutschen werden sich hüten, den Mund aufzumachen. Renard fragt sich, ob die Norailles die jungen Leute nicht trotzdem viel besser gekannt haben, als seine Kollegen das damals vermuteten. Sie muss er auch noch besuchen, demnächst. Das wird allerdings nicht so einfach werden. Die Frau starrt ihn mit unverhohlener Feindseligkeit an.

Renard wartet, dass einer der beiden älteren Norailles vielleicht noch zu den Deutschen rübergeht. Ob da nicht doch eine Erinnerung aufblitzt? *Mon Dieu,* so viele Gäste sitzen noch nicht im Mangetout. Doch die Ärzte blicken kein einziges Mal zum Nebentisch. Die Deutschen sprechen inzwischen kaum noch miteinander, selbst Barbara Möller schweigt. Die haben die Norailles wiedererkannt, das ist nun ganz sicher. Aber sie trauen sich nicht. Alle drei hocken da wie ertappte Diebe. Und Claudia Bornheim, die ohnehin kaum etwas gegessen hat, mustert die Norailles heimlich aus den Augenwinkeln. Seltsam, denkt Renard, vielleicht bildet er sich das ja auch bloß ein, aber ... irgendwie kommt es ihm so vor, als würde Claudia vor allem Laura anstarren, nicht deren Eltern. Die war doch damals noch so klein, die ist die Einzige aus der Familie, die sich wahrscheinlich nicht an sie erinnert. Warum also Laura?

Das Handy vibriert. Luc.

»Dein Doktor war fünf Jahre lang arbeitslos gemeldet. Irgendwann ist er nicht mehr zum Arbeitsamt gegangen.«

»Weil Kaczmarek einen Job gefunden hat?«

»Wenn er einen Job hat, dann einen, für den er keine Steuern zahlt. Zumindest nicht in Deutschland. Dieser Typ war jahrelang an der Universität in Köln, immer mit Zeitverträgen. Irgendwann haben sie das nicht mehr verlängert. Ich habe in der Universität angerufen und mich durchgefragt. Mit meinem Englisch. Die müssen sich kaputtgelacht haben. Du schuldest mir dafür einen Pastis. Sie haben mir jedenfalls gesagt, der Kaczmarek hat es nicht gepackt. Er hat an einer Habilitation gearbeitet, was immer das ist. Damit ist er nicht fertig geworden, und deshalb haben sie seinen Vertrag irgendwann nicht mehr verlängert. Da hat er sich arbeitslos gemeldet, aber nie eine Stelle bekommen. Und irgendwann ist Kaczmarek einfach nicht mehr bei der Behörde aufgekreuzt.«

»Kriegt er noch Geld?«

Luc lacht bloß.

»Kaczmarek fliegt von der Uni, meldet sich ein paar Jahre arbeitslos und gibt schließlich auf?«

»Klingt wie eine steile Karriere.«

Renard verabschiedet sich von Luc und blickt auf den Hafen. Kein Job, kein Geld, bloß der Doktortitel vor dem Namen. Und eine Frau mit Beamtengehalt. Plötzlich ahnt Renard, wie die unterwürfige Dorothea Kaczmarek ihren Mann gezwungen hat, die überstürzte Reise in den Süden anzutreten. Einen Typen, der es einst nicht einmal ertragen hat, nur das zweitbeste Abitur der Schule gemacht zu haben.

Die Pariser Ärzte sind nach einem Salat schon wieder verschwunden. Ihre unglaublich blonde Tochter ist zum Hafen gegangen, hat sich in ein kleines grünes Motorboot gesetzt und ist aufs Meer gebraust. Das Wasser liegt ganz still da. Die Hitze kocht Dunst aus den trägen Wellen. Renard blickt ihr nach: Laura Norailles wirkt wie eine Traumgestalt, die im milchig gleißenden Licht verschwindet.

Die Deutschen haben sich Espressi kommen lassen und den Kaffee eilig hinuntergekippt. Renards Magen ist noch zu schwach für zu viele Tassen dieses bitteren Gebräus, aber er überlegt einen Moment, sich zu ihnen zu setzen, bevor sie sicher gleich verschwinden werden, doch dann gibt er das rasch wieder auf. Einer gegen drei. Er ist so erschöpft, er muss sich die Leute einzeln vornehmen. Später. Eine Stunde auf dem Bett in seinem stickigen Zimmer wird ihn aufbauen: Siesta, das hat er früher auch nicht gebraucht.

Er öffnet die Tür zu seinem Zimmer und bleibt stehen. Ein Blatt Papier auf dem Fußboden, liniert, eine Seite, die aus einem Schul- oder Notizheft herausgerissen worden ist. Gebräunt vom Alter. Zweimal gefaltet, an den Knickstellen schon rissig. Ein Wort nur auf der nach oben weisenden Seite des Blatts, in verblasster blauer Tinte, in großer, sauberer Handschrift:

Rüdiger

Renard schließt behutsam die Tür, blickt auf den Boden, zurück zur Tür, wieder zum Boden: Das Papier muss unter dem Türschlitz hindurchgeschoben worden sein. Er schließt die Augen, erinnert sich an die letzten anderthalb Stunden. Vor dem Mittagessen ist er kurz auf dem Zimmer gewesen, um sich die Hände zu waschen. Da lag das Papier ganz sicher noch nicht da. Also muss es ihm zugespielt worden sein, während er unten die Fische gegessen hat. Ja, Rüdiger von Schwarzenburg ist einmal aufgestanden, um im Innern des Mangetout zu verschwinden. Claudia Bornheim später auch. Und Barbara Möller. Zwischendurch die Ärzte, gemeinsam sogar. Renard hat sich nichts dabei gedacht, sie trinken alle literweise Wasser bei der Hitze, das muss irgendwann wieder raus. Nur Laura Norailles ist niemals in Richtung Toilette verschwunden. Andererseits: Serge Manucci war die ganze Zeit über im Haus. Und Eliane ist auch regelmäßig reingegangen. Jeder von ihnen hätte das Blatt unter die Tür schieben können, nur Laura nicht. Und vielleicht ist der Hintereingang des Mangetout weder alarmgesichert noch abgeschlossen. Dann hätte das auch noch wer weiß wer hierherschmuggeln können. Zum Beispiel die Kaczamareks.

Renard geht vorsichtig um das Papier herum, öffnet den Schrank, holt ein Paar dünner weißer Plastikhandschuhe hervor und streift sie sich über. Nicht, dass er glaubt, hier noch viele Spuren sichern zu können, aber man weiß ja nie. Behutsam hebt er das Papier auf, faltet es mit seinen behandschuhten Händen auseinander. Auf der Innenseite steht ein Text, dieselbe klare Handschrift, die Tinte jedoch deutlich blauer – das Papier muss seit Jahren nicht mehr auseinandergefaltet worden sein, die Zeilen haben kein Licht abbekommen. Das Erste, was Renard liest, ist das Datum, säuberlich rechts oben notiert:

Méjean, 1. Juli 1984

Der Tag, bevor Michael Schiller ermordet worden ist. Dann, darunter, mit Klecksen und in einer anfangs klaren, dann zunehmend schräger stehenden, gehetzt wirkenden Schrift:

Lieber Rüdiger,

sorry für diesen idiotischen Brief, aber ich bringe es einfach nicht fertig, mit Dir persönlich zu reden. Verdammt, das liest sich wie von einer Behörde, ich meine es nicht so. Es ist nur – ich habe einfach keine Chance, mit Dir zu reden. Richtig

zu reden, meine ich. Dir zu sagen, was ich denke, was ich
fühle. Hast Du das denn nie gemerkt? Ich könnte verrückt
werden. Ach Mist, ich fange noch mal an, okay?

Lieber Rüdiger,

Du bist der Einzige von uns, der es richtig macht. Der das
richtige Leben lebt. Du bist ein Künstler, Du malst großartige
Sachen. (Das klingt so platt, sorry, aber ich kann das einfach
nicht besser beschreiben. Ich könnte manchmal weinen,
wenn ich Deine Bilder sehe, so schön sind sie.) Ich bin sicher,
dass Du Deinen Weg gehen wirst.
Und ich würde diesen Weg gerne mit Dir gehen. So, jetzt ist
es raus ... Liest Du noch weiter, oder lachst Du Dich jetzt
kaputt? Ich weiß, dass ich mit Oliver zusammen bin. Es ist nur:
Ich lebe das falsche Leben. Mein ganzer Weg liegt schon klar
vor mir: Hochzeit mit Oliver, Reihenhaus (nein, natürlich
kein Reihenhaus, Oliver wird sich eine Villa bauen), Kinder
(O. will zwei Kinder, zwei Jungen natürlich), irgendein Job,
Rente und dann die Kiste. Ich könnte schreien!
Mit Dir wäre das Leben anders, irgendwie reicher. Nein, ich
meine nicht das Geld, das interessiert mich überhaupt nicht.
Aber, ich weiß nicht, erfüllter. Spannender. Nicht so vorge-
zeichnet. Ich bin nicht so brav, wie ich wirke, weißt Du? Ich
will leben, verdammt, LEBEN!
Diesen Sommer in Méjean war ich Dir jetzt jeden Tag so
nahe und doch nicht nahe, verstehst Du? Manchmal möchte
ich einfach zu Dir gehen, Dich umarmen und küssen und ...
alles. Immer wieder will ich Dir in die Calanques folgen.
Aber Du willst da bestimmt ungestört sein, malen. Das
verstehe ich, aber ich MUSS mit Dir reden. Ich hab's jetzt
immerhin geschafft, Dir diesen Brief zu schreiben und

ins Zimmer zu schmuggeln. Oliver weiß nichts. Niemand ahnt etwas. Die Schule ist vorbei, und wenn dieser Sommer vorbei ist, dann sehen wir uns überhaupt nicht mehr. Den Gedanken ertrage ich nicht. Lass uns abhauen! Lass uns irgendwohin gehen und richtig leben. Als Künstler. Ich werde Dich überraschen, das verspreche ich. Gib mir eine Chance. Wenn Du das tatsächlich bis hierhin gelesen und Dich noch immer nicht kaputtgelacht hast, dann habe ich vielleicht eine Chance. Dann gib mir bitte, bitte ein Zeichen, an diesem Abend oder in der Nacht, okay?

Ich liebe Dich,

Dorothea

Die Siesta muss warten. Renard faltet den Brief wieder zusammen, schiebt ihn im Kleiderschrank zwischen zwei T-Shirts, streift sich die Handschuhe ab, eilt zurück auf die Terrasse. Rüdiger von Schwarzenburg und Claudia Bornheim sind fort. Er kann sie nicht einmal mehr auf der steil ansteigenden Straße sehen, die zu ihrem Haus führt. Die müssen sich ja ganz schön beeilt haben, als er in sein Zimmer hochgegangen ist. Nur Barbara Möller sitzt noch am Tisch. Sie rührt mit einem Löffel in der leeren Espressotasse, es klimpert leise, das einzige Geräusch im Restaurant. Renard fährt durch den Kopf, dass sie vielleicht absichtlich dort sitzen geblieben ist. Um auf ihn zu warten.

Er setzt sich zu ihr. »Madame Möller?«, fragt Renard der Höflichkeit halber.

»Das klingt witzig«, antwortet sie und schüttelt ihm die Hand. Lächeln. Offener Blick. Die hat keine Angst vor mir, denkt Renard.

»Ich habe schon darauf gewartet, dass Sie mich endlich befragen«, fährt Babs fort. »Ehrlich gesagt war ich beinahe schon ein bisschen beleidigt, dass Sie schon mit allen anderen gesprochen haben, nur mit mir nicht.« Sie lacht.

»Sie sind keineswegs die Letzte auf meiner Liste, Madame«, versichert Renard.

»Einmal nicht die Letzte!«, ruft Babs, lacht aber dabei.

»Sie sind zusammen mit Ihren Freunden in Méjean angekommen?«

»Freunde ... « Babs wedelt mit der Hand, spitzt die Lippen, macht »pfft«.

Boulevardtheater, denkt Renard, die könnte in den Komödien spielen, bei dem sich im Publikum ältere Damen die Ellenbogen gegenseitig in die Rippen stoßen. »Sind Sie nicht mehr befreundet?«

»Waren wir, klar.« Babs blickt nostalgisch auf den Hafen. Eliane. Gerade haben sie kaum ein Wort gewechselt, Eliane möchte nicht mit den anderen reden. Aber sie hat Babs zugezwinkert. Eine Vertrautheit, die guttut. Dann schaut sie diese halbe Portion neben sich an und überlegt kurz, ihm ungefragt eine Portion Steak frites zu bestellen. Aber vielleicht hat er es ja mit dem Magen. »Wir waren mal eine Clique«, fährt sie fort. »*Die* Clique! Die coolste Clique in der Jahrgangsstufe. Zumindest, wenn Sie mich fragen. Aber nach Michaels Tod haben wir uns ... «, sie sucht nach dem richtigen Wort, » ... rasch aus den Augen verloren.«

»Sie wollten Ihre Freunde nicht mehr sehen, Madame?«, fragt Renard und setzt gleich hinzu: »Warum?«

Babs ist jetzt ernst, hebt die Schultern. Soll sie schlecht über die anderen reden? Lass es raus, es ist doch die Wahrheit. »Die waren alle so kalt«, erwidert sie.

»Kalt?«

»Als hätte sie Michaels Tod überhaupt nicht erschüttert.«

Renard zieht fragend eine Augenbraue hoch. Er denkt an Claudia Bornheim, daran, wie sie in der Bucht die Arme um ihren Leib ge-

schlungen hat. An ihren Blick auf das Meer.»Sie meinen, dass niemand von Ihren Freunden wirklich erschüttert war?«
»Doch, doch«, versichert Babs hastig.»Wir haben geweint und ... es war wie ein schrecklicher Albtraum. Und dann die Verhöre durch die Polizei. Die Blicke von den Leuten hier aus dem Ort. Die Norailles haben uns angestarrt, als hätten wir alle zusammen Michael ermordet, und zwar in ihrem Wohnzimmer. Und gerade saßen sie am Nebentisch und ... na, hoffentlich haben sie uns nicht wiedererkannt. Wir haben damals zwei, drei Tage lang so gut wie gar nicht geschlafen. Ich wusste nicht mehr, wo mir der Kopf steht. Wusste nicht mehr, welcher Tag es ist. Aber irgendwann war die Befragung durch Ihre Kollegen vorbei, und dann sind ja auch schon unsere Eltern gekommen und haben uns abgeholt. Und während wir die Koffer gepackt haben, hat Oliver schon darüber gesprochen, dass er bald seine erste Vorlesung an der Uni hört und was er später mal machen wird. Und Dorothea hat wie immer zu allem Ja und Amen gesagt. Rüdiger hat gemalt. Ich glaube sogar, er hat –«, sie stockt,»er hat den toten Michael gemalt, aus dem Gedächtnis. Ich habe zufällig eine Skizze in seinem Block gesehen, da hat er ihn schnell zugeklappt. Hatte wohl ein schlechtes Gewissen. Und die Claudia ...« Sie macht eine verächtliche Geste.»Sie wissen ja sicher, dass sie Karriere gemacht hat. So, als wäre nichts geschehen.«

»Hätte Frau Bornheim keine Karriere machen sollen?«

»Na, aber doch nicht sofort!«, ruft Babs.»Die hat sich geradezu in die Politik gestürzt.«

»Vielleicht war das eine Art von Flucht«, gibt Renard zu bedenken. Aus irgendeinem Grund verspürt er das Bedürfnis, Claudia Bornheim zu verteidigen.

Barbara zuckt mit den Achseln.»Die Flucht hat sie jedenfalls ziemlich schnell bis ins Ministerium geführt. Und ins Fernsehen. Ich fand das in jenem Sommer schon grausam, wie die anderen reagiert haben. Die haben ihre Leben einfach weitergelebt. So, als hätte Michaels Tod darauf keinen Einfluss gehabt. So, als hätte Michael nie gelebt, verstehen Sie?«

»Und Sie?«

Barbara schweigt lange. »Ich habe zwei Wochen lang im Zimmer gehockt und bloß geheult. Dann haben es meine Eltern nicht mehr ausgehalten und mich zu einer Therapeutin geschleppt. Die hat mir tatsächlich geholfen, über Michaels Tod hinwegzukommen. Und nicht nur das. Sie hat mir auch geholfen«, sie deutet auf sich selbst, »mit meinem Körper zurechtzukommen. Mich in mir selbst wohlzufühlen, verstehen Sie? Im Herbst habe ich dann die Ausbildung bei der Raiffeisenbank begonnen und gleich am ersten Tag Detlev in der Berufsschule kennengelernt. Meinen jetzigen Mann. Und seither habe ich eigentlich pausenlos Glück gehabt im Leben.«

»Aber Sie haben alles Glück zurückgelassen, um nach Méjean zu kommen«, wirft Renard nachdenklich ein.

Barbara wird rot. »Ich habe die Sitzungen mit der Therapeutin nie vergessen. Und auch nicht die Wochen davor. Michaels Tod ist irgendwie immer noch wie eine offene Wunde. Und jetzt gibt es ganz unverhofft endlich die Chance, dass sie verheilt.«

»Sie haben einen Brief erhalten, Madame?«

Jetzt glüht ihr Gesicht. Eliane kommt vorbei, stellt ungefragt eine Karaffe Wasser vor Barbara auf den Tisch, räumt was vom Boden auf, schenkt ihr ein aufmunterndes Lächeln und bedenkt Renard mit einem nachtschwarzen Blick. Die sind Komplizinnen, denkt der Commissaire erstaunt, sagt jedoch nichts. Er wartet.

»Müssen Sie den Brief sehen?«, fragt Babs, als Eliane außer Hörweite ist.

Mordermittlungen. Er könnte sie zwingen, das Schriftstück herauszugeben. Doch er schüttelt den Kopf. Er hat das Gefühl, der sanfte Weg ist besser. »Nein«, beruhigt er sie, »zumindest nicht sofort.«

»Der Brief ist nämlich«, stottert Babs, »peinlich.«

»Das sind Erpresserbriefe meistens.«

»Ja, selbstverständlich, wie dumm von mir.« Sie hüstelt. Komödie, denkt Renard, du spielst mir eine Komödie vor. »In dem Brief wird etwas erwähnt, das mir heute unendlich peinlich ist«, fährt sie fort, setzt dann hastig hinzu: »Aber nichts über Michael oder den Mord, gar nichts! Das hat überhaupt nichts mit Michael zu tun!«

Renard starrt die Deutsche an. »Verstehe ich Sie richtig? Der Unbekannte erpresst Sie mit etwas anderem als einem Ereignis aus jenem Sommer, in dem Michael Schiller starb? Es hat nichts mit Ihrer gemeinsamen Zeit in dem Ferienhaus zu tun?«

»Nein, diese Sache ... ist mir schon vor dem Urlaub passiert.«

Renard atmet durch. Vor dem Urlaub. Jemand, der von einem Geheimnis aus Barbara Möllers Jugend weiß. Der endgültige Beweis, dass der Briefschreiber einer der Deutschen sein muss. Niemand aus Méjean hat die jungen Leute je vor diesem Urlaub gesehen – mit Ausnahme von Michael, der mit seinen Eltern ja schon mehrere Sommer im Ort verbracht hatte. »Und wie kann der Erpresser Sie mit einer Geschichte, die angeblich nichts mit Michael Schiller zu tun hat, nach Méjean zwingen?«

»Er hat behauptet, dass die ganze Clique hierherkommen muss. Wir würden dann sehen, wer Michael getötet hat.«

Interessant, denkt Renard. Barbara wirft ihren alten Freunden vor, nach Michael Schillers Tod kaltherzig gewesen zu sein. Und sie nennt seinen Tod eine »offene Wunde«. Aber sie selbst wäre nach Einschätzung des Erpressers nicht nach Méjean gekommen, wenn man ihr nur die Aufklärung des Mordes angekündigt hätte. Der Erpresser musste sie mit einer anderen, offenbar schmutzigen Geschichte zwingen, den alten Tatort aufzusuchen. Vielleicht interessiert sich Barbara heute weniger als alle anderen alten Freunde für den unaufgeklärten Mord.

Oder: Vielleicht konnte man sie mit der Ankündigung, den Mörder zu enthüllen, gar nicht anlocken – weil sie schon lange weiß, wer der Mörder ist?

Er denkt an den Brief, oben in seinem Zimmer. »Hatten Sie noch Kontakt zum Ehepaar Kaczmarek? Sie sind doch im Rheinland geblieben, das steht in den Akten. Und die Kaczmareks wohnen in Bonn, das ist doch bei Ihnen ganz in der Nähe?«

Babs lacht jetzt wieder. »Ach, der Herr Professor ... Wissen Sie, nach meiner Therapie wollte ich nichts mehr von den anderen hören. Bei Claudia und Rüdiger hat das nicht ganz geklappt, gewissermaßen. Die sind ja berühmt geworden, da habe ich hin und wieder etwas im *Stadt-Anzeiger* über sie gelesen. Und die Claudia ist immer häufiger im Fernsehen, sogar in der ›Tagesschau‹. Aber Oliver war schon damals nicht gerade der interessanteste Junge auf der Schule. Von dem habe ich nichts mehr gehört – abgesehen von seinen wahnsinnig kitschigen Weihnachtspostkarten, die schicken er und Dorothea noch immer pünktlich jeden Dezember. Keine Ahnung, woher er immer weiß, wo ich wohne, ich bin ja nach der Schule ein paarmal umgezogen.«

»Und sonst haben Sie auch nichts von seiner Frau gehört?«

Babs blickt den Commissaire überrascht an. »Wenn man von Oliver nichts gehört hat, dann auch nicht von Dorothea. Die hatte keine eigene Meinung außerhalb des Schwimmbeckens. Warum fragen Sie mich ausgerechnet nach denen? Glauben Sie, Oliver hat diesen Brief ...«

Renard hebt die Hände, lächelt. »Aber nein. Sie haben es doch selbst gesagt: Claudia Bornheim und Rüdiger von Schwarzenburg sind bekannte Leute. Da ist es leicht, sich ein Bild zu machen, einige Angaben über sie einzuholen, solche Sachen. Madame und Monsieur Kaczmarek hingegen zählen nicht zu den Menschen mit einem Wikipedia-Artikel.«

»Ich auch nicht.«

»Deshalb plaudern wir ja jetzt.« Renard lächelt noch freundlicher. Babs lächelt zurück, irgendwie geschmeichelt. Kommt ja nicht so häufig vor, dass sich ein Mann für sie interessiert. Ist zwar ein wenig pervers, wenn dieser Mann ausgerechnet ein Polizist in einem Mordfall ist, aber andererseits ist das doch gewissermaßen harmlos, oder? Das ist ja kein Flirt, nichts, weshalb sie Detlev gegenüber ein schlechtes Gewissen haben müsste. »Mein Leben ist ganz gewöhnlich«, sagt sie kokett. »Ein Mann, zwei Kinder, ein Haus, zwei Autos, ein Job, zwei ...«, sie sucht nach einer klug klingenden Fortsetzung der Reihe, findet aber keine und hebt entschuldigend die Hände. »Ich vermassele die meisten Pointen, das war schon immer so.« Aber sie ist so stolz auf das, was sie erreicht hat, dass sie eine Visitenkarte der Raiffeisenbank aus der Brieftasche holt. Das ist jetzt fast wie bei einem Kundengespräch, sie muss darüber kurz schmunzeln. Sie zieht einen Kugelschreiber mit Aufdruck der Raiffeisenbank hervor und notiert ihre Privatadresse auf der Rückseite des Kartons:

BARBARA MÖLLER, HÄNDELSTRASSE 115,
53844 TROISDORF-KRIEGSDORF

Sie schiebt die Karte über den Tisch, nötigt sie Renard beinahe auf. »Hier«, sagt sie, »falls Sie mich mal besuchen kommen. Wir haben ein Gästezimmer.«

Renard nickt höflich und steckt die Karte ein, ohne auf die Adresse zu achten. »Sie hatten auch keinen Kontakt mit Rüdiger von Schwarzenburg mehr? Ich meine«, Renard räuspert sich, »verzeihen Sie diese persönliche Frage: Aber Claudia Bornheim und Michael Schiller waren damals ein Paar. Dorothea und Oliver Kaczmarek ebenso. Und dann bleiben noch ein Mädchen und ein Junge übrig. Waren Sie vielleicht seinerzeit mit Rüdiger von ...«

»Mit dem schon gar nicht. Verstehen Sie mich nicht falsch«, setzt Babs hastig hinzu, »ich mochte ihn wirklich. Mag ihn immer noch, jetzt, da ich ihn wiedersehe. Aber er und ich, wir haben noch nie in derselben Liga gespielt.«

»Pardon?«

»Meine Vita habe ich Ihnen gerade erzählt. Und Sie haben ja Augen im Kopf, na ja.« Sie lächelt etwas gezwungen. »Rüdiger dagegen ist ein von und zu und reich und kreativ und wahnsinnig gut aussehend. Was hätte der je an einem Huhn wie mir finden sollen? Wir haben damals alle gedacht, dass ...« Sie zögert.

»Dass was?«, fragt Renard freundlich.

»Nun ja, Rüdiger sah schon damals umwerfend aus, aber nie war er mit einem Mädchen aus der Schule zusammen. Manche haben getuschelt, dass er schwul ist. Aber ein Mädchen aus seinem Kunstleistungskurs hat ihn mal in Köln in einer Galerie gesehen, Hand in Hand mit einer älteren Frau.« Babs spürt, wie sie rot wird, aber dagegen kann sie nichts tun. »Dieses Mädchen hat behauptet, dass die Frau in der Galerie mindestens vierzig war. Inzwischen ist das für mich ja ein junger Spund, aber damals ... Meine Güte, ein Junge, der noch nicht einmal Abitur hat, mit einer Vierzigjährigen! Die hätte seine Mutter sein können! Seine Lehrerin!« Sie schüttelt den Kopf, noch immer ungläubig, nach so vielen Jahren. »Jedenfalls lief da nie etwas mit Rüdiger und mir.«

»Aber Rüdiger von Schwarzenburg war ein, wie sagt man das: Mädchenschwarm?«

»Klingt altmodisch, ist aber wahr: Den Kerl haben viele Mädchen angehimmelt. Vielleicht gerade, weil ihn keine kriegen konnte.«

»Auch die anderen beiden Mädchen aus Ihrer Clique nicht?«

Babs blickt ihn verblüfft an, lacht und schüttelt den Kopf. »Die Claudia hatte ihren Michael und hat vielleicht noch dem einen oder anderen Typen hinterhergeguckt, selbst hier in Méjean, weil ...« Sie stockt. »Ist ja auch egal. Aber Claudia und Rüdiger? Nein.«

»Und Dorothea Kaczmarek?« Renard bemüht sich um einen leichten Ton.

»Die und Oliver waren schon so lange ein Paar. Und so, verzeihen Sie, dass ich das so sagen muss, so langweilig. Die Dorothea war gewissermaßen ein Neutrum. Sie hat sich für keinen Typen interessiert, kein Typ hat sich für sie interessiert. Obwohl sie eigentlich ganz nett war. Und schwimmen konnte die, dass man ...«

»Und Sie?«, unterbricht Renard, leicht ungehalten, weil er von dieser Antwort enttäuscht ist.

»Ich?« Verdammter Pferdemist, jetzt wird sie doch tatsächlich schon wieder rot. »Ich war nicht in Rüdiger verknallt, nicht einmal heimlich. Wenn ich die freie Wahl gehabt hätte, dann, na ja.« Sie hebt die Hände.

»Dann hätten Sie sich für Michael Schiller entschieden«, vollendet der Commissaire, dem plötzlich einiges klar wird. Als er Serge in der Nähe erblickt, hebt er die Hand. »Einen Espresso!« Er blickt Babs fragend an, sie nickt. »Zwei!«, korrigiert er sich. Er muss jetzt wach bleiben, scheiß auf seinen Magen.

»Mit Claudia hätte ich es nie aufnehmen können«, gesteht Babs seufzend. »Und wenn Michael sie nach dem Urlaub abserviert hätte, weil sie, tja, vielleicht haben Sie schon davon gehört, dass Claudia ...« Sie druckst herum.

»Henri, der Fischer. Ich habe davon gehört, ja.«

»Ich weiß ja nicht, warum sich Claudia in den verguckt hat, das war auf jeden Fall gemein von ihr, was sie damals gemacht hat, richtig gemein. Sie hat mit diesem Henri ganz offen geflirtet, Scherze, Wangenküsschen, so etwas. Man konnte denken, sie wollte Michael damit provozieren. Na ja, wenn Michael das zu viel geworden wäre, dann hätte er mit einem Fingerschnippen die nächste Schönheit haben können. Und die nächste und so weiter. Ich wäre nie zum Zuge gekommen.«

Serge Manucci bringt ihnen zwei Espressi. Babs wirft ihm eine Kusshand zu. »Danke, Patron!« Er verdreht in gespielter Verzweiflung die Augen und dreht sich um.

»Serge gehörte damals schon das Restaurant«, flüstert Babs und beugt sich zu Renard hinüber, während sie Zucker in die Tasse rührt. »Den fanden wir damals alle so was von cool. Wir Mädchen mochten es, wenn er uns anlächelte. Und für die Jungs war der Patron ein Idol, selbst für Oliver.«

Renard denkt an den Araber hinter der Theke und daran, was er und seine Freunde mit siebzehn, achtzehn über Schwule gedacht hatten: Auf keinen Fall als Schwuchtel gelten! Erstaunt blickt er deshalb die Deutsche an. »Ein Homosexueller war damals das Idol Ihrer Freunde?«

Sie schüttelt den Kopf. »Das wussten wir doch damals nicht. Das war nicht die Zeit von Coming-outs. Schwule, das waren für uns damals bärtige Kerle in offenen Motorradjacken oder Typen, die sich schminken und beim Teetrinken den kleinen Finger abspreizen. So wie die Sänger von Village People. Kennen Sie ›YMCA‹?«

Bevor Barbara jetzt noch anfängt zu singen, nickt Renard, etwas zu heftig.

»Bei einem Surfertyp wie dem Patron haben wir gedacht, dass der jede Nacht mit einem Model ins Bett steigt«, fährt sie fort. »Dass Serge schwul ist, weiß ich erst seit gestern, als er mir seinen Freund Nabil vorgestellt hat. Heute ist das ja anders, offener, ist auch besser so.«

Nabil, Drogen, Quartiers Nord, sagt irgendwo eine Stimme in Renard, es ist wie ein Algorithmus, der ganz automatisch abläuft. Vergiss es. Er kippt den Espresso hinunter. Er schlägt wie ein Messer in seinen Magen. Aber im Mund spürt er den herrlich bitteren Kaffeegeschmack, auf der Zunge, am Gaumen, auf den Lippen, sogar auf den Zähnen. Und sein Puls geht hoch. Es ist, als würde eine unsichtbare Hand eine dünne Stoffdecke von seinem Gehirn runterziehen.

»Sind Sie in all den dreißig Jahren noch einmal mit Michael Schillers Tod konfrontiert worden?«, will er wissen.

Babs blickt ihn bloß fragend an.

»Ich meine, hat Sie noch einmal ein Beamter kontaktiert? Befragt? Ihnen etwas gezeigt? Hat Sie vielleicht sonst irgendjemand auf diesen Fall angesprochen? Ein Journalist? Irgendjemand von Ihrer Schule,

jemand, der nicht in Ihrer Clique gewesen ist? Ist irgendwann in all den dreißig Jahren der Mordfall Michael Schiller noch einmal Thema gewesen?«
»Nein«, Barbara schüttelt den Kopf und trinkt ihre Espressotasse in drei Schlucken leer. »Da war nie etwas. Und jetzt das hier. Wie ein Blitz aus heiterem Himmel.«
»Ich möchte wissen, wen dieser Blitz treffen wird«, murmelt Renard düster.
»Ich möchte das vielleicht lieber nicht wissen«, erwidert Babs und steht auf. »Ich muss zurück, die anderen verhungern ohne mich.« Sie dreht sich um, zögert, blickt ihn an. »Und Sie sollten auch etwas essen, Commissaire.«

Als auch Renard endlich in seinem Zimmer verschwunden ist, kommt Eliane und räumt die Espressotassen, die Wasserkaraffe und Barbaras Glas weg. Dann greift sie unauffällig unter den Tisch. Auf dem Boden liegt eine Papierserviette, als habe sie jemand fallen lassen. Tatsächlich hat Eliane sie vorhin, als sie Babs das Wasser gebracht hat, unauffällig mit dem Fuß dort platziert. In der Serviette hat sie ihr Handy versteckt.
Drinnen sieht sie auf das Display. Das iPhone hat die ganze Zeit aufgenommen. Sie stoppt die Aufnahme, dann schickt sie die Datei an Serge. Der Patron kennt Typen, die Deutsch sprechen.

Der Espresso war eine Scheißidee. Renard hat sich aufs Bett gelegt, um Kraft zu tanken. Doch das Messer in seinem Magen hat ihn nicht schlafen lassen. Und auch nicht der alte Brief, der zwischen seinen T-Shirts steckt. Und die Tatortfotos von damals, die er sich immer wieder ansieht. Michael Schiller. Der Junge, dem jemand sein Leben gestohlen hat. Der Traumtyp. Wie, auf seine Art, Rüdiger von Schwarzenburg ein Traumtyp gewesen sein muss. Wie, auf ihre Art, Claudia Bornheim. Drei charismatische Jugendliche. Und, wie um die Balance zu wahren, die anderen drei in der Clique vollkommen unauffällig: Oliver Kaczmarek, der verbissene Streber. Dorothea Kaczmarek, die gehemmte Spießerin. Barbara Möller, die pummelige Frohnatur, die niemand ganz ernst nimmt. Waren sie das Publikum der Stars, das Glas, in dem sie sich spiegelten? Oder, ganz im Gegenteil, waren Michael, Rüdiger und Claudia sich der Gefahren ihrer Talente bewusst? Ahnten sie, obwohl sie noch so jung waren, dass ihre Gaben, ihr Äußeres, ihr Ehrgeiz sie arrogant zu machen drohten? Und hatten sie sich deshalb eher biedere Freunde ausgesucht, fühlten sie sich zu Oliver, Dorothea und Barbara hingezogen, weil die ihre Anker waren, die sie festhielten? Auf dass sie nicht abtreiben würden?

Aber an jedem Anker zieht ein Boot, manchmal heftig, manchmal sanft, pausenlos. Wie mochte es für diese drei normalen Jugendlichen gewesen sein, Überflieger zu Freunden zu haben? Tag für Tag Michaels Talente zu bestaunen, die klugen Reden Claudias zu hören, die Bilder Rüdigers zu sehen? Renard denkt an den Brief: Dorothea, die glaubt, dass ein unüberwindlicher Abgrund sie von Rüdiger trennt. Barbara, die sich selbst noch nicht einmal eine winzige Chance bei Michael ausrechnet, weil sie sich von Claudia deklassiert fühlt. Oliver, der sich die Seele aus dem Leib arbeitet und doch von Michael mühelos übertroffen wird. Diese ständigen Demütigungen, Frustrationen, Hoffnungslosigkeiten. Kann das nicht einen Hass nähren, der bis zum Äußersten geht?

Renard steht auf, nimmt rasch eine kalte Dusche, zieht sich an. Einer der Deutschen fehlt ihm noch.

Er beobachtet das Haus, den Hafen, die Buchten. Entdeckt Dorothea im Wasser. Am Ufer hockt ihr Mann auf einem Stein, ein Buch lesend, kein Blick für sie. Barbara steht am Kai und plaudert mit der kleinen Kellnerin. Komplizinnen, erinnert sich Renard, auch da muss ich noch nachhaken. Er bemerkt eine Bewegung am Haus: Claudia öffnet die Tür, geht die Treppe hinab, die federnden, sich ihrer Eleganz gar nicht bewussten Schritte einer Sportlerin, sie steigt in einen schwarzen Mini und braust davon, deutlich zu schnell für die enge Straße. Ich bin kein Verkehrspolizist, sagt sich Renard und macht sich auf den Weg. Er hat Rüdiger von Schwarzenburg auf der Terrasse ausgemacht. Allein. Der perfekte Augenblick.

Er geht langsam, der Weg steigt steil an. Der Asphalt fühlt sich unter seinen Sohlen wie eine Gymnastikmatte an. Die Straße dampft einen Hauch von Teergestank aus. Renard geht nahe am Rand, obwohl kein Auto zu sehen ist. Immerhin jedoch zittert dort ein Schattenkorridor, geschaffen von den Pinien, die über die hohen Mauern der Grundstücke hinausgewachsen sind. Ein Teppich brauner, trockener Nadeln knistert unter seinen Schritten, über ihm wüten die Zikaden.

Die Treppe. Die Terrasse. Ein Blick durch die geöffnete Tür ins Innere des Hauses. Fünfzigerjahre, sieht aus wie bei Renards Großeltern. Das muss den Deutschen doch schon vor dreißig Jahren altmodisch vorgekommen sein. »Schönes Haus«, begrüßt er Rüdiger von Schwarzenburg.

Der steht auf, deutet mit der Hand auf einen Stuhl. »Bitte nehmen Sie doch Platz, Commissaire. Perrier? Oder lieber eine kalte Cola?«

»Perrier, gerne.« Renard setzt sich. Bequem. Kühlender Schatten unter der Pergola. Der Blick hinaus aufs große Blaue. Und der Künstler vor ihm passt perfekt hierher. Selbstbewusst, aber melancholisch. Du hast den Tod gesehen, fährt es Renard durch den Kopf. Vor ein paar Monaten wäre ihm das noch nicht aufgefallen. Aber wenn man diese Erfahrung einmal selbst gemacht hat, dann erkennt man sie auch in anderen wieder. Michael Schillers Tod? Oder ein anderer?

»Sie ermitteln in dem alten Mordfall.« Eine Feststellung, keine Frage. Rüdiger stellt die bauchige grüne Flasche auf ein Tischchen, öffnet sie zischend, schenkt das Wasser in ein hohes Glas ein.

Selbst das ist Fünfzigerjahre, denkt Renard. Und: Dieser von Schwarzenburg wartet nicht ab, was ich zu sagen habe. Der redet von sich aus. Dann komme ich gleich zur Sache. Er zieht Dorotheas alten Brief aus der Brusttasche seines Hemds und schiebt ihn über den kleinen Tisch. »Der wurde heute Mittag unter meiner Zimmertür hindurchgeschoben.«

Rüdiger liest seinen Namen auf dem Papier. Ein Moment lang blankes Erstaunen, dann scheint die Erinnerung wiederzukehren. »Mein Gott«, flüstert er. »Wie ist der Brief denn zu Ihnen gekommen? Wer hat Ihnen den zugesteckt?«

»Sie erkennen ihn wieder?«

»Jetzt, da ich ihn sehe. Ich habe seit dreißig Jahren nicht mehr an ihn gedacht.«

33

Rüdiger bemerkte den Brief sofort, als er auf sein Zimmer ging, er war auch kaum zu übersehen: Er lag mitten auf dem Kopfkissen. Seine erste Reaktion war Empörung, da war jemand heimlich hier gewesen! Nachdem er einen Schritt näher gekommen war, mischte sich Überraschung unter die Empörung. Ausgerechnet Dorothea, er erkannte die Schrift, in der sein Name geschrieben war, sofort wieder. Rüdiger hatte ein Auge für Handschriften, einer der Vorteile, wenn man das Talent hatte, die Welt zu sehen, wie sie ist, wie sie wirklich und wahrhaftig ist; wenn man Formen und Farben lesen kann, als würden sie laut zu einem sprechen. Er hätte jedes Mädchen und jeden Jungen der Jahrgangsstufe an der Handschrift erkannt, und seine Freunde selbstverständlich erst recht. Dorothea also. Bevor er das Papier auch nur auseinanderfaltete, hatte er bereits einen Verdacht.

Verdammt, sagte er sich, nachdem er die Zeilen überflogen und den Bogen rasch wieder zusammengefaltet hatte, so als könnte er dessen Inhalt durch das Knicken einsperren, verdammt, wie komme ich aus dieser Sache wieder heraus? Ohne Dorothea wehzutun? Denn dass er auch nur eine einzige Sekunde ernsthaft über ihr Angebot nachdenken würde, war lächerlich. Abhauen. Künstlerleben. Ausgerechnet mit Dorothea. Was wusste die schon? Andererseits, er musste ehrlich zu sich selbst sein, Ehrlichkeit war eine künstlerische Tugend, andererseits hatte er ihr auch nie eine Chance gegeben, etwas über ihn zu wissen. Er hatte niemandem diese Chance gegeben.

Außer Carmen.

Als er sie vor einem Jahr das erste Mal in der Galerie Zwirner gesehen hatte – irgendeine Vernissage, er hatte vergessen, welche, er dachte, wenn er sich an diesen Abend erinnerte, und das tat er oft, nur noch an sie –, an diesem Abend jedenfalls hatte er sofort gewusst, dass sie die Frau seines Lebens war. Schön. Klug. Erfahren. Die Mädchen aus der Schule oder vom Sportverein hatten ihn nie interessiert, was nicht ihre Schuld war. Sie waren einfach nur, und Rüdiger war sich bewusst, dass dies das schlimmste Wort war, was man über einen Menschen sagen konnte, aber so war es nun einmal: Diese Mädchen waren nett. Nett. Das Wort, das dich tötet. Carmen war nicht nett: Sie war kühl, berechnend, unnahbar. Er war ahnungslos im Universum der Erwachsenen, wusste nicht, wie man elegant ein Prosecco-Glas hielt und dabei über dänisches Design plauderte, ahnungslos erst recht in der Liebe, im Flirten, im Tanz der Blicke, der flüchtigen Berührungen und Wangenküsse, ahnungslos in der Kunst, mit seinen Zeichnungen, die er wie im Fieber aufs Papier warf und danach zerriss.

Und doch ging spät an diesem Abend der Siebzehnjährige mit der Achtunddreißigjährigen in deren Wohnung. Südstadt, Altbau, hohe Decken, helle Flecken an den Wänden, wo Carmen ein paar Fotos abgehängt hatte, sie war erst seit einer Woche geschieden. Ihr Futonbett. Ihr Duft. Ihre Haut. Ihre Lippen. Ihre Zunge.

Und jetzt schrieb ihm Dorothea, sie wolle mit ihm abhauen.

Er hätte auflachen wollen, doch er fürchtete, sie könnte vielleicht lauschen, an der Tür oder auch an der Wand, die Wände im Ferienhaus waren nicht gerade schallisoliert. Er wollte sie auf keinen Fall verletzen, aber, verdammt, wie kam er da wieder heraus?

Er hatte niemandem von Carmen erzählt, wer hätte das schon verstanden? Dieses Glück, das sich nicht nur auf dem Futonbett erfüllte. Dieses Glück, mit ihr zu reden, die so viel mehr wusste als er. Die Kunst sammelte, die das Geld dafür hatte, die Begeisterung, den Wahnsinn, der jeden Sammler antreiben musste. Carmen nahm ihn zu Ausstellungen mit, und da stand er dann nicht mehr wie bislang sprachlos und unbeweglich herum, sie stellte ihn Galeristen und Künstlern vor, sie kannte sie alle. Sie zog mit ihm durch die Sonderausstellungen der Museen, wie andere Leute durch Kneipen zogen: fröhlich, durstig, gierig. Sie öffnete für ihn die Türen von Villen und unfassbar großen Apartments, in denen Werke hingen, die andere fanatische Sammler erstanden hatten, nur für sich allein, sie kannte auch alle diese Sammler. (Eine dieser Villen, aber das sollte er erst später und wie nebenbei erfahren, gehörte ihrem ehemaligen Gatten, der selbst einer der größten Sammler in Köln war und ein sehr wenig eifersüchtiger Ex-Mann.)

Irgendwann brachte Rüdiger den Mut auf, ihr seine Zeichnungen zu zeigen. Und Carmen, die Polke und Richter und sogar Warhol persönlich kannte, sah seine Kritzeleien aufmerksam an, ja, studierte sie intensiv. »Gut«, sagte sie schließlich, »das ist richtig gut.«

Danach veränderte sich ihre Beziehung, und Rüdiger spürte das sofort, auch wenn er Jahre brauchen würde, um es analysieren zu können. Äußerlich änderte sich zunächst wenig. Sie trafen sich weiterhin, wenn die Schule vorbei war. (Carmen war vermögend, sie hatte niemals in ihrem Leben arbeiten müssen.) Er fuhr auf seiner alten Vélosolex in die Stadt, sie gingen in irgendeine Ausstellung und danach ins Bett. Aber er war für sie nicht länger der Nach-Scheidungs-Trost, die verrückte Affäre, die irgendwann enden musste. Carmen erkannte, dass sie die einmalige Chance hatte, nicht bloß die Geliebte eines Künstlers zu werden, sondern seine Muse, seine Mäzenin, die Frau, die einen Künstler erst zum Künstler machen und darüber selbst zu einer Art Künstlerin werden würde. Sie flog mit ihm nun nach Paris, London, Amsterdam. Louvre, Tate, Reichsmuseum, immer Businessclass und mindestens Vierstereehotels. Carmen zahlte. Sie beriet ihn zu den richtigen Rötelstiften und Aquarellfarben, probierte Staffeleien mit ihm aus und kaufte schließlich alles ein. Sie stellte ihn Galeristen und Sammlern vor, diesmal anders als bei den ersten Besuchen, ernsthafter, sie brachte ihn dazu, Mappen mitzunehmen, sie zu öffnen, fast war es ein intimer Akt, seine Zeichnungen zu zeigen und erste Aquarelle und dann Ölbilder und schließlich alles, womit er experimentierte. Vor allem aber sprach Carmen mit ihm über seine Werke. Wenn er in ihrer hellen Küche, die reichen musste, solange er noch kein eigenes Atelier hatte, an einem Bild arbeitete, so versunken, dass er nicht einmal gehört hatte, wie sie hinter ihn getreten war, und erst ihre Lippen in seinem Nacken ihn aus der schöpferischen Trance rissen. (Sie würde ihm ein Atelier mieten, wenn er seine erste eigene Ausstellung hatte.) Oder im Bett, nackt, noch atemlos vom Sex, eng umschlungen, Körper an Körper, Herzschlag an Herzschlag, fing sie an, über einen kahlen Baum in einer seiner Landschaftsskizzen zu reden oder über die Art, wie er in seinem letzten Porträt von ihr die Augen gemalt hatte.

Rüdiger wurde einen Moment lang von der Sehnsucht nach Carmen überwältigt. Er hätte nicht mitfahren sollen, auch wenn es seine besten Freunde waren und auch wenn es der letzte gemeinsame Urlaub war. Nur weil Carmen ihre betagten Eltern besuchen musste, um irgendeine Angelegenheit mit dem Maschinenbauunternehmen, das ihr Vater immer noch führte, zu regeln, war er schließlich doch mit nach Méjean gefahren. Ein paar Tage noch, dann würde er wieder den Duft ihres Haars einatmen. Er hatte es geschafft: Die Kunstakademie Düsseldorf hatte ihn aufgenommen. Schüler von Joseph Beuys. Ein kleines Atelier, nur zehn Minuten zu Fuß vom Hochschulgebäude entfernt, sie hatten es gemeinsam ausgesucht. Sein Leben als Künstler würde beginnen – und für Dorothea war da kein Platz vorgesehen, gar keiner.

Rüdiger öffnete den Brief erneut, las ihn diesmal sorgfältiger, doch da gab es wirklich keinen Ausweg: Das war ein verzweifeltes Geständnis. Dorothea hatte sich vor ihm entblößt, wie es keines der Mädchen je hätte tun können, die sich als Aktmodelle für ihn ausgezogen hatten. Er faltete den Brief ein zweites und endgültiges Mal zusammen und legte ihn exakt wieder so auf das Kissen, wie er ihn vorgefunden hatte. Sie waren bei den Norailles eingeladen. Babysitting, ausgerechnet. Aber in einem interessanten Haus, modern, kühle Fórmen, tausend Details, die er zeichnen wollte. Und erst der Blick von ihrer Terrasse! Er griff nach seinem Block, prüfte, ob die Stifte gespitzt waren, packte alles zusammen. Er würde sich Dorothea gegenüber nichts anmerken lassen, würde mit keinem Wort, keiner Geste verraten, dass er ihren Brief gelesen hatte. Vielleicht, hoffentlich, würde sie selbst erkennen, wie sinn- und hoffnungslos das alles war, für sie genauso wie für ihn. Dann würde sie am Ende dieses Abends wieder in sein Zimmer schleichen und den Brief so vorfinden, wie sie ihn hingelegt hatte. Dorothea würde denken, dass er ihn noch gar nicht angerührt hatte, erleichtert würde sie den Brief verschwinden lassen, und es wäre, als hätte es ihn nie gegeben.

Die anderen warteten und lärmten schon auf der Terrasse, riefen nach Rüdiger, der sonst immer der Pünktlichste von allen war, sie hatten Hunger und Durst, und bei den Ärzten würden sie sich bestimmt den Bauch vollschlagen können, da kam Rüdiger lachend hoch, entschuldigte sich bei allen, bei Dorothea genauso wie bei den anderen, ganz genauso, kein falsches Wort. Dann zogen sie los, die wenigen Meter zum Haus der Norailles hoch.

Rüdiger hatte die Tür zu seinem Zimmer extra einen Spalt breit offen gelassen, damit Dorothea später lautlos hineinschlüpfen könnte, ja, es war so, als würde er sie geradezu einladen, heimlich reinzuschleichen.

34

»Nachdem wir von den Norailles zurückgekommen waren, blieben wir noch eine Zeit lang auf der Terrasse sitzen«, erklärt Rüdiger von Schwarzenburg. »Irgendwann bin ich nach unten ins Zimmer gegangen. Ich wollte noch malen, die Nacht war einfach unglaublich schön. Zu meiner Erleichterung habe ich sofort gesehen, dass der Brief weg war.«

»Dorothea Kaczamerk hatte ihn genommen?«

»Wer sonst?« Rüdiger blickt durch die geöffnete Tür ins Haus, als könnte er das alles wieder vor sich sehen. »Ich habe geglaubt, dass Dorothea erkannt hatte, wie hoffnungslos unrealistisch, ja, darf man das sagen?: wie naiv ihr Traum gewesen ist. Ich habe geglaubt, dass sie zwischendurch mal heimlich nach unten geschlüpft ist, um alles ungeschehen zu machen. Sie hatte sich den Brief, wie sie vermutete, rechtzeitig, zurückgeholt.«

»Sie haben mit ihr nie darüber geredet?«

»Nie.«

Renard sieht den Maler verwundert an. »Auch später nicht? Jahre danach? Als sie beide, wie soll ich sagen? Richtige Erwachsene waren? Mit dem Abstand von einigen Jahren kann man doch einmal über so etwas reden? Darüber vielleicht sogar gemeinsam lachen?«

Rüdiger hält diesem Blick stand, er lächelt, ein wenig traurig. »Ich behaupte nicht, dass ich alles richtig gemacht habe in meinem Leben. Vielleicht hätte ich damals mit Dorothea reden sollen. Reden müssen. Sie haben ja Ihre Zeilen selbst gelesen, so verzweifelt, so ehrlich. Wahrscheinlich hätte ich es ihr sanft beibringen müssen, wie es ist. Aber, nun ja, ich wollte sie nicht verletzen.«

Renard blickt ihn bloß an.

»Okay«, gibt Rüdiger nach einer Weile unbehaglich zu, »vielleicht wollte ich es mir auch nur einfach machen. Herrgott! Hätte ich sofort mit Dorothea geredet, wäre es vielleicht zu einer Art dramatischen Szene gekommen. Und Oliver hätte sicher irgendwie etwas mitbekommen, und dann wäre diese Beziehung im Eimer gewesen. Sie kennen Oliver nicht. Extrem ehrgeizig. Wahnsinnig fleißig. Total fantasielos. Aufrecht, aber fantasielos.«

»Nett?«, wirft der Commissaire ironisch ein.

Rüdiger lacht, widerspricht jedoch nicht. »Oliver kann es nicht leiden, wenn ihn jemand übertrifft. Wenn wir zusammen ›Monopoly‹ oder ›Risiko‹ gespielt haben, mussten wir uns praktisch zwingen, ihn gewinnen zu lassen, sonst wären das unangenehme Abende geworden. Er wollte das beste Abitur machen, nicht nur, weil er einfach immer der Beste sein musste, sondern auch, weil damals die örtliche Chemiefirma, ›Dynamit Nobel‹, jedes Jahr dem besten Abiturienten einen Geldpreis spendiert hat. Die Kaczmareks waren nicht gerade Millionäre, Oliver hätte diese Summe, ich glaube, das waren ein paar Tausend Mark, gut für sein Studium gebrauchen können. Aber wer hat das beste Abitur gemacht? Richtig. Und dabei kam Michael das Geld zu den Ohren heraus, aber der hätte nie daran gedacht, Oliver einfach das Preisgeld zu überlassen. Michael war großzügig, aber er hat nicht gerne Geschenke gemacht, wenn Sie verstehen, was ich meine. Oliver war jedenfalls so unfassbar wütend, der wäre beinahe nicht mit nach Méjean gefahren. Und er war den ganzen Urlaub über zornig. Oliver hat versucht, es zu verbergen, aber jeder konnte das in seinem Gesicht ablesen. Hätte ich damals wegen dieses Briefes den Mund aufgemacht, dann hätten Dorothea und er keine dreißig Jahre Ehe vor sich gehabt. Oliver wäre ausgerastet. Und später ...« Er macht eine unbestimmte Geste. »Wir hatten kaum noch Kontakt. Eigentlich gar keinen. Außer diesen unsäglich altmodischen Weihnachtskarten, die mir die Kaczmareks pünktlich zum Fest geschickt haben.«

Renard denkt an das, was Barbara ihm gesagt hat. Ob Claudia Bornheim auch solche Weihnachtskarten bekommen hat? Dorothea und Oliver schicken den alten Freunden Jahr um Jahr Karten, kleine Erinnerungen mit Tannenbaum und Bethlehem-Stern, vielleicht sogar kleine Hilferufe, ein in Kitsch verkleidetes Flehen, sich doch einmal wieder zu melden? Und niemand hat je geantwortet.

»Jemand hat Dorotheas Brief unter meiner Zimmertür hindurchgeschoben«, sagt Renard betont neutral. »Glauben Sie, dass es Madame Kaczmarek selbst gewesen sein könnte?«

Rüdiger sieht ihn mit leeren Augen an, dann ändert sich sein Gesichtsausdruck. Verwunderung? Ärger? Erst jetzt scheint ihm jedenfalls die Bedeutung der ganzen Sache wirklich aufzugehen. »Nein«, sagt er zögernd, »nein, das glaube ich nicht. Das ist ...« Er bricht ab. »Das ist beunruhigend«, fährt er endlich fort, »vielleicht sogar erschreckend. Wenn Dorothea ihren Brief damals wieder aus meinem Zimmer geholt hätte, dann hätte sie ihn danach vernichtet. Ich meine, welche Frau bewahrt einen Liebesbrief an einen Mann auf, wenn sie mit einem anderen verheiratet ist? Dorothea hätte doch immer damit rechnen müssen, dass Oliver irgendwie zufällig einmal dieses Papier in die Hand fällt. Und, wie gesagt, Oliver kann sehr jähzornig sein.«

Renard lächelt fein. »Ich vermute, es werden mehr Liebesbriefe aufbewahrt, als Sie glauben, Monsieur von Schwarzenburg, gerade auch die peinlichen. Das ist kein Argument. Aber: Warum hätte mir Dorothea Kaczmarek selbst diesen Brief, wenn sie ihn denn dreißig Jahre lang bei sich verwahrt hat, zuspielen sollen? Welchen Grund sollte sie haben, diesen Beweis einer verflossenen oder möglicherweise doch nicht so verflossenen Liebe einem Commissaire zu offenbaren, den sie kaum kennt und den das auch eigentlich überhaupt nichts angeht?«

»Sie vermuten, jemand anderer hat damals den Brief genommen?«

»Und dreißig Jahre lang aufbewahrt. Und nun, da sich alle wieder in Méjean treffen, bringt er ihn wieder ans Licht. Er spielt ihn aus wie eine Karte, die endlich sticht.«

»Aber warum?!«, ruft Rüdiger. »Das hat doch überhaupt nichts mit Michael zu tun! Nichts mit dem Menschen Michael Schiller, nichts mit dem schrecklichen Verbrechen, nichts mit …«

»Wer könnte an jenem Abend noch in Ihrem Zimmer gewesen sein?«, unterbricht ihn Renard. »Das Papier lag gut sichtbar auf dem Bett, Sie haben selbst gesagt, dass nicht einmal die Tür zugezogen war. Sie waren, wie lange, bei den Norailles? Sechs Stunden? Von achtzehn Uhr bis Mitternacht? Sechs Stunden stand das Haus leer. Danach waren Sie mit Ihren Freunden auch noch auf der Terrasse. Wie lange?«

Rüdiger zuckt mit den Schultern. »Eine Stunde vielleicht. Dann habe ich meine Utensilien geholt und bin aufs Zimmer gegangen.«

»Sieben Stunden also«, fährt der Commissaire fort, »sieben dunkle Abendstunden. Wer hätte da alles ihr Zimmer betreten können?«

»Jeder von meinen Freunden, alle hätten die Möglichkeit gehabt. Ich kann mich nicht mehr erinnern, ob und wann jemand mal im Haus verschwunden ist, als wir noch auf der Terrasse saßen. Wahrscheinlich jeder, allein schon, weil wir viel getrunken hatten. Also verschwand mal der eine, mal der andere im Bad, und von dort sind es nur zwei, drei Schritte bis zu meinem Zimmer.«

»Auf dem Weg von der Terrasse zum Badezimmer geht man an Ihrem Schlafzimmer vorbei?«, fragt Renard.

»Genau. Da hätte jeder hineinsehen können.«

»Und davor? In den Stunden, die Sie bei den Norailles verbracht haben?«

Rüdiger schüttelt den Kopf. »Mein Zimmer war offen, aber das Haus selbst war abgeschlossen. Daran erinnere ich mich noch. Michael hat abgeschlossen, und den Schlüssel …« Er stockt. »Den Schlüssel haben wir immer unter einem lockeren Stein in der Außenwand versteckt, hinter dem Oleander. Da habe ich ihn vor zwei Tagen auch wiedergefunden, ich bin als Erster hier angekommen.«

»Wer könnte davon gewusst haben?«

Der Maler überlegt, schließt die Augen.

»Eliane«, sagt Rüdiger schließlich, »die Kleine vom Hafen. Die, die jetzt im Mangetout arbeitet. Sie hat sich damals ein paar Franc dazuverdient, Michaels Eltern hatten sie als Putzfrau engagiert. Sie muss einmal da gewesen sein, bevor wir ankamen. Und einmal war sie während unseres Aufenthalts da. Sie wusste, wo der Schlüssel versteckt wurde.«

»Und sie kannte jedes Zimmer«, ergänzt Renard.

»Ja. Aber das gilt vielleicht auch für den Patron. Wir haben Serge ein-, zweimal eingeladen, der war für uns damals so eine Art Held. Interessanter Typ. Ich habe ihn mal porträtiert. Die Zeichnung muss noch irgendwo in Potsdam liegen. Serge war auf jeden Fall auch hier. Ob er in allen Zimmern war, weiß ich allerdings nicht, ich habe ihn immer nur auf der Terrasse gesehen. Wer kann das nach dreißig Jahren noch wissen? Na ja, und«, Rüdiger zögert, »vielleicht wusste auch Henri von dem Schlüssel. Der Freund der kleinen Eliane. Der hat Claudia angehimmelt wie ein Katholik seine Madonna. Und Claudia hat ihn auch noch ermuntert. Michael hat das wirklich gelassen aufgenommen. Wir anderen haben uns schon gewundert. Möglich, dass er sie auch mal hier besucht hat, aber gesehen habe ich ihn im Haus nie.«

Renard geht im Geist eine Liste durch. »Und die Pariser Ärzte?«, will er wissen. »Wussten die auch, wo sich der Schlüssel befand?«

Rüdiger reißt verwundert die Augen auf. »Aber ja. Einmal haben wir Oliver zum Haus hochgetragen, er war auf einen Seeigel getreten. Monsieur Norailles hat ihm die Stacheln aus der Ferse gezogen, er und seine Frau sind danach mit uns gegangen, weil sie die Wunde hier desinfizieren konnten.«

»Und der Medizinschrank war ...«

»... im Badezimmer, ja.« Rüdiger schüttelt den Kopf. »Die Norailles haben gesehen, wo wir den Schlüssel hervorgeholt haben. Und sie waren im Badezimmer, um sich die Medikamente anzusehen, die wir haben. Aber an dem Abend waren sie im Restaurant, deshalb haben sie uns ja gerade zum Babysitten geholt.«

»In welchem Restaurant? Im Mangetout?«
»Ich erinnere mich nicht ... Wahrscheinlich habe ich das nie gewusst, sie haben uns damals nur gesagt, dass sie essen gehen wollen.«
»Das heißt, Sie haben Madame und Monsieur Norailles von dem Augenblick, da sie ihr eigenes Haus verließen, bis zu dem Augenblick, da sie wieder ankamen, nicht gesehen? Sechs Stunden lang nicht?«
»Das ist absurd.«
Renard atmet tief durch, die Luft schmeckt nach Pinie, und trinkt den letzten Schluck Perrier. Vom Meer streicht eine feine Brise hoch, ein Hauch bloß, nicht einmal kühl, aber immerhin ein bisschen feucht, und das ist ja schon einmal was. Ein Schatten über ihm. Erstaunt bemerkt Renard ein Eichhörnchen, das über einen weit gespannten Pinienstamm flitzt. Schönes Haus, denkt er wieder, wirklich ein schönes Haus. Er blickt auf die Calanques. Den Abschnitt der Bucht, in dem Michael Schiller erschlagen wurde, kann man von der Terrasse aus nicht einsehen, er öffnet sich gewissermaßen zu Füßen des Hauses, in einem toten Winkel und verborgen hinter den Dächern und Felsen und Pinien, die aus benachbarten, aber tiefer gelegenen Grundstücken herausragen.
»Wie war denn der Abend bei den Norailles?«, will er wissen. »Gab es Streit? Laute Worte?«
Rüdiger schüttelt den Kopf, auf einmal nostalgisch. »Die einzigen lauten Worte waren unser Gesang. Wir haben uns die Gitarre der Ärzte ausgeliehen und Lieder gesungen. Dorothea hat gespielt, kurz habe ich damals gedacht, sie spielt vor allem für mich. Aber vielleicht ja doch eher für ihren Freund, denn Oliver hat gesungen; wer hätte damals gedacht, dass an ihm ein Barde verloren gegangen ist? Es war jedenfalls ein schöner Abend, kein Streit, kein böses Wort.«
»War jemand mal weg?«
Rüdiger denkt kurz nach, schüttelt den Kopf. »Das Übliche. Hin und wieder war mal jemand im Bad. Oder in der Küche, um Nachschub zu holen. Michael war zwischendrin mal müde und hat sich ir-

gendwo hingelegt. ›Ich mach mich eine halbe Stunde lang‹, hat er gesagt. Ich erinnere mich daran, weil ich diese Formulierung so altmodisch fand: ›langmachen‹. Er ist dann nach einiger Zeit wieder auf der Terrasse aufgetaucht und sah frischer aus. Im Gegensatz zu seiner Freundin.«

Renard merkt auf. »Claudia Bornheim war auch fort?«

Rüdiger zögert kurz. »Sie ist gegangen, kurz nachdem Michael im Haus verschwunden war. In den Garten, glaube ich, wobei der Garten bei den Norailles eher so eine Art Berghang ist, so steil ist der. Und dann stieg ein gewisser Duft bis zur Terrasse auf.«

»Nämlich?«, fragt Renard, obwohl er die Antwort schon ahnt.

»Das darf man einem Polizisten wohl eigentlich nicht sagen, aber die gute Claudia hat damals hin und wieder gekifft. Heute macht sie ja Sport wie eine Weltmeisterin, aber als Abiturientin waren krümelige selbst gedrehte Zigaretten und Marihuana praktisch so etwas wie der Ausweis einer fundamentalgrünen, feministischen Gesinnung, wenn Sie verstehen, was ich meine. Michael mochte das nicht, der mochte nicht einmal ihre Selbstgedrehten, aber die musste er ertragen, sonst hätte er Claudia nicht haben können. Aber sie hat insoweit auf ihn Rücksicht genommen, dass sie ihre Joints nur dann angezündet hat, wenn Michael nicht da war. Als er sich schlafen gelegt hat, ist sie also schnell in den Garten runter, um eine Tüte zu rauchen. Das war aber wohl keine gute Idee. Als Claudia wieder da war, sah sie aus, als hätte sie sich kurz zuvor übergeben. Erst nach ein, zwei Lambrusco ging es ihr wieder etwas besser. Aber sie hing den Rest des Abends ziemlich in den Seilen.«

»Und Sie?«, fragt Renard. »Waren Sie fit? Sie sind vor den anderen auf ihr Zimmer gegangen, steht in den alten Vernehmungsakten.«

»Oliver ist als Erster nach unten verschwunden, daran erinnere ich mich noch. Ich war der Zweite. Ich wollte noch an meinen Skizzen arbeiten. Und«, Rüdiger zögert, »außerdem war ich neugierig, ob der Brief weg war. War er ja auch. Aber dann wollte ich auch nicht direkt wieder hochgehen und Dorothea gewissermaßen verschwörerisch zuzwinkern, verstehen Sie? Deshalb bin ich im Zimmer geblieben.«

Renard nickt. »Sie haben damals ausgesagt, dass Sie Michael Schiller nicht gesehen haben, als er das Haus verließ.«

»Stimmt. Als ich auf mein Zimmer ging, war er noch auf der Terrasse. Und gehört habe ich danach nichts. Wenn ich an meinen Skizzen arbeite, dann versinkt der Rest der Welt um mich. Michael hätte mit einem Traktor durch das Haus donnern können, ich hätte das wahrscheinlich nicht bemerkt.«

»Michael Schiller hat behauptet, dass er Fotos machen wollte«, fuhr Renard fort. »Und er wollte malen, wie Sie. Aber die Buchten müssen in jener Nacht doch dunkel gewesen sein, hätte er da überhaupt etwas sehen können? Sie sind der Profi: Was hätte Michael Schiller mitten in der Nacht malen oder fotografieren können?«

Rüdiger schüttelt den Kopf. »Das habe ich mich all die Jahre immer mal wieder gefragt. Was wollte Michael da bloß malen? Sehen Sie«, er seufzt, »Michael war gut in allem, was er gemacht hat, richtig gut. Der konnte auch gut malen, man möchte fast sagen: Selbstverständlich konnte der auch gut malen. Das war alles vielleicht nicht besonders originell, eher konventionell. Aber es war bei ihm so ... so mühelos! Ich meine«, plötzlich wirkt er ratlos, fast verloren, »ich habe mit meinen Bildern gerungen. Ich habe geübt, habe mir Techniken angeeignet, die alten Meister studiert, habe Dutzende, was sage ich, Hunderte Skizzen am Tag gemacht. Und trotzdem habe ich immer an mir gezweifelt, habe mich gefragt, ob das gut ist, was ich mache, oder ob das nicht alles bloß Schmiererei ist. Größenwahn. Groteske Selbstüberschätzung. Wenn ich Carmen nicht gehabt hätte, wäre ich vielleicht nie ein Maler geworden. Ganz sicher nicht. Mir hat der Mut gefehlt, ich brauchte ihre Kraft, ihr Vertrauen in mich. Michael aber ... der konnte das einfach.« Noch heute kann Renard das fassungslose Staunen hören, das Rüdiger vor dreißig Jahren empfunden haben muss. »Der hat gemalt, ohne zu leiden, einfach so. Aber, und das hat mich seinerzeit richtig empört, Michael war das vollkommen egal. Dem war die Malerei gleichgültig. Der hat hin und wieder gemalt, um sich zu entspannen. Oder weil er jemandem mit einem Bild eine Freude machen konnte. Aber dann hat er sich wieder anderen Dingen zugewandt, und ich glaube, er hat die Kunst sofort vergessen. Bis er dann, Tage oder Wochen später, plötzlich wieder einmal Lust darauf hatte.« Rüdiger fährt sich über die Augen. »Bitte entschuldigen Sie. Michelangelo vor Raffael. Der Künstler, der sich quält, vor dem Genie, dem alles einfach zufällt. Schon wieder Größenwahn, ich weiß, ich bin kein Michelangelo. Und Michael wollte nicht einmal ein Raffael sein, dafür hat ihm jeder Ehrgeiz gefehlt. Aber das war ja auch gar nicht Ihre Frage: Da, in dieser Bucht, in der man Michael dann gefunden hat, gab es nichts zu malen. Ich war da vorher auch in manchen Nächten, wir alle waren da, es ist ja nicht weit, und man kommt da so gut ins Wasser. Michael muss das gewusst haben, dass es da nachts nichts zu Malen gibt. Diese Calanque war viel zu dunkel, und selbst der Mond stand um die Uhrzeit so tief am Himmel, dass er hinter den Klippen der Bucht verschwunden war. Dort muss es so düster wie in einem Keller gewesen sein. Was immer er da gemacht hat – gemalt oder fotografiert hat er jedenfalls nicht.«

»Hat in jener Nacht noch jemand das Haus verlassen?«

»Das weiß ich nicht.«

Diese Antwort kam aber sehr schnell, denkt Renard und ist plötzlich misstrauisch.

»Wie gesagt, ich habe gemalt, und dann achte ich auf nichts sonst«, ergänzt Rüdiger rasch, der spürt, dass seine letzte Antwort nicht überzeugend genug geklungen hat.

»Würde es Ihnen etwas ausmachen, mir den Brief zu zeigen, mit dem man Sie hierhergelockt hat?«, sagt Renard.

»Sie meinen gezwungen.« Rüdiger schüttelt den Kopf. »Das würde mir nichts ausmachen, Sie müssten sich bloß etwas gedulden.

Ich müsste meine Assistentin in Potsdam anrufen. Sie könnte ihn suchen, der Brief liegt irgendwo auf meinem Schreibtisch, ihn einscannen und Ihnen den Scan mailen. Aber«, er hebt bedauernd die Hände, »selbstverständlich würde ich es vorziehen, wenn meine Assistentin gar nicht erst von der Existenz dieses Briefes erfahren würde.«

»Selbstverständlich«, pflichtet der Commissaire bei und nickt. Schon wieder ein Erpresserbrief, der nicht aufzutreiben ist. Der angeblich auf einem Schreibtisch liegt, obwohl die Assistentin ihn doch auf keinen Fall lesen soll. »Aber an seinen Inhalt erinnern Sie sich noch?« Da ist jetzt mehr als bloß eine Prise Ironie in seiner Stimme.

»Der Unbekannte hat geschrieben, wir müssen alle nach Méjean kommen, weil der Mörder endlich enttarnt wird.«

»Mehr nicht?«, fragt Renard erstaunt. »Deshalb reisen Sie sofort an?«

Jetzt ist es an Rüdiger, ihn erstaunt anzublicken. »Selbstverständlich. Begreifen Sie denn nicht? Michael war unser Freund. Wir fünf waren die letzten Menschen, die ihn noch lebend gesehen haben. Wir waren die Hauptverdächtigen. Ich habe ja nicht viele Fernsehkrimis gesehen, so viele aber dann doch, dass ich sofort begriffen habe, wie die Verhöre damals liefen: Ihre Kollegen haben uns verdächtigt. Einen von uns. Sie haben uns nach unseren Alibis gefragt, wollten mögliche Motive herauskriegen und solche Dinge. Ist ja auch klar, ich mache ihnen da gar keinen Vorwurf. Wir sind die Hauptverdächtigen. Also: Wenn da jemand behauptet, der Mörder wird enttarnt, und schreibt, wir sollen alle kommen. Und wenn die anderen vier das tatsächlich tun – wie hätte ich so schnell erfahren können, ob sie anreisen oder nicht, mit den meisten hatte ich ja gar keinen Kontakt mehr? Also, wenn die anderen vier herkommen, ich aber nicht. Na, was würden Sie denken? Ich wäre der Verdächtige Nummer eins, das wäre ja schon ein halbes Geständnis. Also bin ich hergefahren, um mir den Ärger zu ersparen. Und weil ich wissen will, wer das getan hat, natürlich«, setzt er hinzu.

So hat Renard das noch gar nicht betrachtet: Wer nicht kommt, der macht sich verdächtig. Also sind die Deutschen alle hergekommen – aber nicht, um die Wahrheit herauszufinden. Sondern aus Angst, dass ein Schatten auf sie fällt.

35

Früher Abend, zu früh, um schon im Mangetout zu essen, zu heiß, um sich zum Ausruhen auf das Zimmer zurückzuziehen. Renard wendet sich vom Haus aus nach links, die Straße hoch. Er versucht, über Mauern und Hecken hinweg auf die höhergelegenen Nachbargrundstücke zu blicken. Vielleicht hat damals ja doch einer der hangaufwärts wohnenden Nachbarn auf das Ferienhaus blicken, hat die Deutschen gar zufällig belauschen können? Vielleicht lohnt es sich doch, mal hier oder dort zu klingeln und nach Bewohnern zu fragen, die schon ewig hier leben? Er geht bis zur Kuppe, hinter der die steil ansteigende Straße ebenso dramatisch wieder abfällt, sieht allerdings nirgendwo mehr als Mauerwerk und Blätter. Hier weiß wirklich niemand, was der Nachbar tut. Die mageren Zeugenaussagen, die von den Kollegen seinerzeit aus der Nachbarschaft zusammengetragen worden sind, haben nichts mit der Nachlässigkeit der Beamten zu tun. Was auch immer in der Mordnacht im Ferienhaus der Deutschen geschehen sein mag: Es gab dafür keine anderen Zeugen als die fünf jungen Leute selbst.

Es ist so still, dass Renard erschrocken zusammenzuckt, als hinter ihm plötzlich ein elektrisch betriebenes Garagentor surrend aufgeht. Ein alter roter Twingo rollt heraus, eine Fünfundsiebzig auf dem Nummernschild, also aus Paris, zwei junge Männer vorne, zwei junge Frauen auf der Rückbank. Der Fahrer biegt von der Auffahrt auf die steilste Strecke der Straße ein. Der Motor des Kleinwagens rasselt, dann bleibt der Twingo stehen, rollt ein paar Meter zurück. Abgewürgt. Der Fahrer startet neu, gibt stärker Gas, aber nicht genug, der Motor erstirbt wieder, der Wagen rollt weiter zurück. Drei-, viermal geht das so, jedes Mal rutscht das kleine Auto ein Stück weiter die Straße runter. Renard sieht, wie der Beifahrer lacht, wie die Mädchen gestikulieren und mit ihren Handys Fotos schießen, wie hektisch und vergebens der Fahrer startet und immer wieder startet. Schließlich, sicher dreißig Meter tiefer, gibt er auf, wütend und gedemütigt, wechselt mit dem Beifahrer den Platz. Der andere junge Mann gibt Gas, quält den winzigen Motor, irgendwo kommt ein seltsam schleifendes Geräusch aus dem Innenraum – doch der Twingo setzt sich endlich in Bewegung, röhrt, eine blaue Abgasfahne und einen Gestank nach verbranntem Schmiermittel hinter sich herziehend, an Renard vorbei und meistert die verdammte Kuppe, der Lärm verklingt.

Renard blickt auf die Stelle, an der das Auto verschwunden ist. Junge Leute. Ob der erste Fahrer diese Demütigung jemals vergessen wird? Er muss an andere junge Leute denken, vor dreißig Jahren. Für Renard ist es plötzlich so, als seien diese heißen Calanques eine grausame Prüfung für die Deutschen gewesen, weit härter als das Abitur davor: Entweder scheiterst du hier – oder du startest durch. Claudia Bornheim und Rüdiger von Schwarzenburg sind durchgestartet. Aber auf ihre unspektakuläre Art sind auch Barbara Möller und Dorothea Kaczmarek erfolgreich gewesen im Leben.

Nur Oliver Kaczmarek, der ist hier irgendwie gescheitert.

Unsinn, ermahnt sich Renard dann, das war nur ein Kleinwagen mit einem Fahrer, der noch nicht viel Routine hat, und was hat das mit einem dreißig Jahre alten Mord zu tun? Das ist nur die Hitze, die Müdigkeit, ich muss mich irgendwie ausruhen. Er wendet sich ab, geht die Straße wieder hinunter. Dann schlägt er den Weg Richtung Bucht ein, folgt ihm aber nicht bis ganz nach unten. Auf halber Höhe biegt er ab, schlägt sich durchs Unterholz – irgendetwas Dorniges reißt ihm die Hand auf – und sucht sich einen Stein hinter einem Stamm. Aus dieser Deckung blickt er lange hinunter. Die Kaczmareks sind in der Bucht. Oliver liest, Dorothea schwimmt. *Mon Dieu,* wie lange halten die das durch, ist das ein stummer Ausdauerwettkampf? Der Mann reglos über ein Buch gebeugt in der prallen Sonne, sicherlich vierzig Grad oder mehr, in langer Hose, langärmligem Hemd, trifft den nicht irgendwann der Hitzschlag? Die Frau hingegen ist nicht eine Sekunde reglos, sie zieht Kreise, Achten, Ovale durch das Meer, schwimmt mal hundert, zweihundert Meter hinaus, kehrt dann zurück bis nahe an die Küste, doch sie scheint niemals einen Stein zu berühren, kein Kontakt zum Festland, so als wollte sie für immer im klaren Nass schweben. Von oben blickt Renard auf ihren Körper, den schillernden Badeanzug, die helle Haut, es ist, als würde sie im Meer tanzen.

Endlich klappt Oliver Kaczmarek das Buch zusammen, steht auf, streckt sich, die Züge einen Moment lang schmerzverzerrt. Er richtet sich auf, Renard denkt: Jetzt ruft er seiner Frau etwas zu, etwas wie: »Ich gehe jetzt hoch! Kommst du bald nach? Es wird spät.« Aber dann lässt er die Schultern wieder hängen, die halb zum Winken erhobene Hand fallen, dreht sich um, macht sich steifbeinig auf den Weg nach oben. Seine Frau taucht unter, eine Minute, zwei Minuten lang. Als sie endlich prustend wieder die Oberfläche durchbricht, ist Oliver verschwunden.

Dorothea schwimmt an Land. Renard steht aus seinem Versteck auf und steigt, so rasch das seine entwöhnten Beinmuskeln erlauben, in die Bucht hinunter.

Als Dorothea ihn erkennt, entstellt Angst für einen Moment ihre Züge. Vielleicht kündigt ihr mein Gesichtsausdruck irgendetwas Schreckliches an, denkt Renard schuldbewusst, dabei bemüht er sich, freundlich zu lächeln. Sind vielleicht meine Augen. Oder sie hat einfach Angst vor dem Tod, ich bin der Sensenmann in T-Shirt und Jeans. Es wäre einfacher, wenn er noch so aussehen würde wie früher, stämmiger, heiterer, weniger Falten. Überhaupt wäre das Leben viel einfacher, wenn der Tod nicht wäre.

»Wie gut, dass wir uns über den Weg laufen«, begrüßt Renard

Dorothea. Soll nach Zufall klingen, ist auch streng genommen keine Lüge.

»Ich bin schon spät dran«, erwidert sie. »Wir wollen gleich zusammen kochen. Die anderen ...«

»... werden auch ohne Sie in der Küche zurechtkommen, Madame. Und es dauert wirklich nicht lange.« Das könnte einer Lüge schon näher kommen. »Es ist wichtig, bitte.« Er deutet auf einen breiten flachen Stein, die ideale Bank, auf der sich im Licht des Sonnenuntergangs zwei Verliebte küssen könnten. Stattdessen setzt er sich neben die noch immer tropfnasse, etwas atemlose Deutsche und zeigt ihr den Brief, den sie vor dreißig Jahren geschrieben hat.

Und dann muss Renard alle Kräfte zusammennehmen, die ihm Krebs und Chemo noch gelassen haben, um die Frau an seiner Seite aufzufangen. Dorothea sackt einfach weg, wäre auf den Kiesboden geschlagen, hätte er sie nicht gepackt. Schlaganfall, *merde, merde, merde,* flucht er stumm. Dann schlägt sie die Augen wieder auf, blinzelt, richtet sich taumelnd wieder in eine sitzende Stellung auf. Renard sieht, halb erleichtert, dass es nur Schwäche ist, der Schock des Wiedererkennens. Ein schwacher Trost, dieses »nur«.

»Wo haben Sie den her?«, haucht Dorothea. Sie entfaltet das Blatt nicht, sie kann sich noch an jedes Wort erinnern, das drinsteht. Dreißig Jahre. Mein Gott. Sie windet sich aus dem Griff des Commissaires. Das fehlt ihr noch, dass Oliver oder einer der anderen sie in seinen Armen sehen.

Renard berichtet ihr in knappen Worten und, wie er hofft, so schonend wie möglich, wie er an den Brief gekommen ist.

»Haben Sie den schon jemandem gezeigt?«, flüstert Dorothea.

»Monsieur von Schwarzenburg.«

»Das ist ein Albtraum«, stammelt sie. »Wie konnten Sie das bloß tun? Ihn ausgerechnet Rüdiger zu zeigen?«

»Er kannte ihn schon.«

Sie starrt ihn an, endlos lange. Renard spannt seinen Körper an, bereit, sie wieder aufzufangen. Oder seine Arme hochzureißen, falls sie ihn anfallen, ihn mit Ohrfeigen und wütendem Gebrüll traktieren sollte. Doch Dorothea wird von der Erkenntnis gelähmt, die ganz, ganz langsam in ihrem Bewusstsein heraufdämmert. »Rüdiger hatte den Brief schon gelesen?«, fragt sie schließlich. Ihre Stimme klingt plötzlich kieksig. Sie fühlt sich schwach und töricht und auf eine perverse Art irgendwie erleichtert, wie ein Verbrecher nach dem Geständnis. Kein Geheimnis mehr, endlich.

»Warum überrascht Sie das?«, sagt Renard. »Sie selbst hatten ihm den Brief doch auf das Kopfkissen gelegt. Den konnte er doch kaum übersehen.«

»Ich dachte nur ...« Dorothea weint. Renard reicht ihr ein Papiertaschentuch. Wo hat er das bloß so schnell her? Wie naiv sie doch gewesen ist. »Ich hatte Rüdiger den Brief an dem Nachmittag geschrieben, bevor wir bei den Ärzten waren.« Sie flüstert nur, Renard muss sich näher zu ihr beugen. »Wir sind in dieser Bucht gewesen, ich habe fast die ganze Zeit neben ihm gelegen, ich hätte ihn berühren können, wenn ich den Arm ausgestreckt hätte. Ein-, zweimal habe ich das auch gemacht, wie zufällig. Dann sind wir zum Haus zurückgekehrt. Rüdiger hat auf der Terrasse gemalt, und da habe ich den Brief geschrieben und bin damit in sein Zimmer geschlichen.« Sie atmet tief durch. »Ich war so aufgeregt. Schlimmer als vor der mündlichen Prüfung im Abitur.« Sie versucht sich an einem Lächeln, vergebens.

»Sie haben viel riskiert mit diesem Brief«, versichert ihr der Commissaire.

»Das dachte ich auch.« Dorothea lacht, kurz und freudlos. »Aber dann sind wir zu den Norailles gegangen. Und später, auf der Terrasse ... Rüdigers Verhalten mir gegenüber hat sich gar nicht verändert. Kein Wort, keine Geste, kein Zwinkern, gar nichts. Mein Gott, wenn er mich zur Seite genommen und wegen meiner dämlichen Zeilen ausgelacht hätte, selbst das hätte ich eher ertragen als dieses ... dieses Nichts. Doch irgendwann habe ich mir gesagt: Das kann gar nicht sein, dass Rüdiger überhaupt nicht reagiert. Und dann habe ich mir gesagt: Rüdiger hat meinen Brief nicht gelesen. Er war nachmittags schon spät dran, als wir zu den Ärzten hinübergehen wollten, wir mussten um achtzehn Uhr da sein. Es war kurz vor sechs, Rüdiger ist in sein Zimmer gestürzt, kam bald darauf umgezogen wieder raus, wir sind los. Ich habe mir gedacht: Er hat meinen Brief in der Hektik übersehen. Deshalb kommt keine Reaktion. Ich muss noch warten, bis tief in die Nacht, irgendwann werden wir alle auf unsere Zimmer gehen, und dann erst wird er das lesen. Und am nächsten Morgen, dann wird er mich ansprechen und dann ... « Sie atmet tief durch.»Aber am nächsten Morgen haben wir alle dann an etwas ganz anderes denken müssen, wie Sie selbst ja nur zu gut wissen.«

Renard nickt mitfühlend. »Wenn Sie gehofft haben, dass Rüdiger Ihren Brief noch in der Nacht lesen würde, lagen Sie sicherlich noch einige Zeit wach. Haben Sie da etwas bemerkt?«

Rüdiger, denkt Dorothea, heimlich im Garten, eine Gestalt im Halbdunklen, auf dem Weg in die Calanques. Auf der gleichen Straße verschwindend, die auch Michael genommen hat. Aber das wird sie dem Commissaire nicht sagen, nicht Rüdiger, nein, niemals.

Das wird sie Renard nicht sagen. Dafür aber etwas anderes.

36

Endlich ließ Oliver von ihr ab. Dorothea hatte dagelegen wie ein nasser Sack, hatte sich nicht einmal bemüht, Lust vorzutäuschen. Sie hatte an Rüdiger gedacht, während Oliver sie gevögelt hatte. Sie kam sich vor wie eine Nutte. Solange Oliver zugange gewesen war, hatte sie allerdings schlecht aufstehen und aus dem Haus schleichen können. Nun war es zu spät: Rüdiger war irgendwo in der Nacht verschwunden, sie hatte keine Chance, ihn in der Dunkelheit zu finden.

Hinter ihr wurden Olivers Atemzüge ruhiger, tiefer. Dann schnarchte er leise. Er schnarchte erst seit ein paar Monaten, sie hatte keine Ahnung, warum, sie hatte ihn auch noch nie darauf angesprochen, er wusste nicht, dass er nun in jeder Nacht dünne Bäume sägte. Hoffentlich wurde das nicht schlimmer; wenn sie an die vielen Nächte dachte, die sie noch ... Verdammt! Es sollten nur noch wenige gemeinsame Nächte sein, am liebsten gar keine mehr. Rüdiger würde nicht schnarchen, der nicht. Der würde sie in die Arme schließen und ... Sie dachte sich Sachen aus, die Oliver nie mit ihr machen würde.

Wach bleiben, sagte sich Dorothea, du musst wach bleiben. Sie starrte in den Garten. Irgendwann musste Rüdiger ja zurückkommen. Ihre Arme und Beine wurden schwer. Sie war den halben Tag im Meer gewesen. Aber sie wollte bereit sein. Wollte, im richtigen Augenblick, aus diesem verdammten Bett aufstehen. Sie musste sich duschen, bevor sie zu ihm gehen würde, zum Glück lag das Bad direkt neben Rüdigers Zimmer. Sie konnte nicht zu ihm, solange sie noch Olivers Spuren am Leib hatte, seinen Duft ... Zwei Jungen in einer Nacht. Die brave Dorothea. Sie atmete tief. Die Arme waren so schwer, die Hände wie aus Blei, sie konnte sie nicht mehr heben, die Augenlider zwei Vorhänge aus schwerem Stoff.

Ein Schatten. Eine Bewegung. Dorothea richtete sich mit einem Ruck auf, sie musste eingeschlafen sein, sie spürte erschrocken, wie Oliver im Schlaf stöhnte, hielt inne, wartete, dass sich seine Atemzüge beruhigten. Sie blickte wieder hinaus in den Garten. Enttäuschung, als hätte ihr jemand in den Magen geschlagen. Sie sank zurück ins Kissen. Keine Chance, gar keine. Diese Müdigkeit. Dorothea schloss die Augen, resigniert, wie sie manchmal resignierte, wenn die Rivalin in der Nebenbahn einen so uneinholbaren Vorsprung hatte, dass sie nur noch die Wellen ihres Fußschlags im Gesicht spüren konnte. Dann musste sie aufgeben, es hatte keinen Sinn. Sie würde diese Nacht nicht mehr ungesehen aus dem Haus schleichen. Sie würde nicht ungesehen über den Flur laufen, ins Bad schlüpfen, in einem ganz bestimmten Zimmer verschwinden. Denn vom Garten aus konnte man in die Zimmer sehen und in den Flur. Und in diesem Garten stand jemand, ganz nah neben dem Pinienstamm, so als sollten Körper und Holz verschmelzen. Diese Gestalt war plötzlich aufgetaucht, vielleicht von der Straße kommend, vielleicht aus dem Haus, Dorothea hatte das nicht erkennen können. Aber das war auch unwichtig. Entscheidend war, dass diese Gestalt sich nicht rührte und allein dadurch, dass sie da stand, Dorotheas nächtliches Herumschleichen unmöglich machte.

Das Letzte, was Dorothea dachte, als sie in tiefer Resignation einschlief, war, dass sie Claudia die Augen auskratzen könnte, weil sie ausgerechnet zu dieser Zeit im Garten stand und auf irgendwen zu warten schien.

37

Von ihrem nächtlichen Gartenbesuch hatte ihm Claudia Bornheim nichts erzählt, dachte Renard. Und das hatte sie auch damals nicht zu Protokoll gegeben, an so ein Detail hätte er sich erinnert. »War Madame Bornheim lange draußen?«, fragt er.

»Wie ich schon sagte: Das weiß ich nicht. Als ich sie im Garten entdeckt habe, stand sie einfach bloß da. Ich weiß nicht, ob sie schon vorher irgendwo herumgelaufen ist, in den Calanques, in Méjean, was weiß ich. Oder was sie später gemacht hat. Ich bin eingeschlafen.«

Meine finale Niederlage, denkt Dorothea, aber das und einige andere Details dieser Nacht hat sie dem Commissaire lieber verschwiegen. Nur das: Sie war wach, und Claudia war nachts im Garten. Renard wirkt, als habe er das noch nicht gewusst. Das hatte die gute Claudia dem Commissaire also nicht verraten.

Renard gehen die Gerüchte um Claudia und Henri durch den Kopf. Andererseits: Vielleicht hatte Claudia bloß Luft schnappen müssen und war nach wenigen Minuten wieder hineingegangen? Und Dorothea hatte sie im Halbschlaf kurz gesehen, mehr nicht? Vielleicht hat Claudia heute längst vergessen, dass sie in jener Nacht einmal vor der Tür gewesen war?

»Der Brief«, erinnert er die Deutsche, »haben Sie nach jener Nacht den Brief noch einmal gesehen? Haben Sie mit jemandem darüber gesprochen?«

Dorothea seufzt. »Später habe ich geglaubt, dass mein Brief, wie soll ich sagen? Irgendwie untergegangen ist. Wir waren so verzweifelt und durcheinander am nächsten Morgen. Die Polizisten haben geklopft, wir sind zum Meer gelaufen, endlose Verhöre, irgendwann waren wir wieder im Haus. Wir haben auf der Terrasse geheult, im Wohnzimmer, jeder in seinem Zimmer. Mal alle zusammen, mal jeder für sich. Haben versucht, uns gegenseitig irgendwie zu trösten. Ich weiß nicht mehr, wie diese Stunden vorbeigegangen sind. Selbst ich habe nicht mehr an diesen Brief gedacht, wie konnte ich auch? Jedenfalls fand ich mich irgendwann mit allen anderen in Rüdigers Zimmer wieder, verheult und verrotzt, und nebenbei fiel mir auf, dass der Brief nicht mehr da war. Vielleicht hatte ihn jemand achtlos zu Boden gefegt oder was weiß ich. Er war fort. Ich habe jedenfalls immer geglaubt, dass Rüdiger meinen Brief nie gelesen hat. Und dann sind wir nach Deutschland zurückgekehrt, gewissermaßen unter Polizeibewachung, auf jeden Fall gab es keine Chance mehr für mich, ungestört mit Rüdiger zu reden. Und es war ja auch irgendwie nicht mehr die richtige Gelegenheit für den Beginn einer romantischen Flucht, oder?« Sie blickt ihn an, offenbar darauf hoffend, dass er ihr Absolution erteilt.

Renard nimmt ihre Hand, nickt. Denkt: Und seither schickt sie Rüdiger kitschige Weihnachtskarten mit nichtssagenden Texten und der antwortet nie. »Monsieur von Schwarzenburg hat den Brief aber tatsächlich noch an dem Nachmittag gelesen; er wollte Ihre Gefühle nicht verletzen.«

»Er hat sich an dem Abend nichts anmerken lassen, gar nichts.«

»Offensichtlich sind die schauspielerischen Talente von Monsieur von Schwarzenburg genauso gut entwickelt wie seine künstlerischen.«

»So kann man das auch sehen.« Dorothea strafft sich, atmet tief durch. Wer hätte gedacht, dass die naivste Frau der Welt auf einem Stein in einer Bucht bei Méjean sitzt? »Sie kennen noch nicht die ganze Geschichte«, sagt sie. Sie steht auf, holt sich ihre hellblaue Badetasche, kramt in ihren Sachen, zerrt schließlich einen Umschlag hervor, der, mehrfach gefaltet, in ihrer Geldbörse steckt.

In der Adresszeile liest Renard:

Dr. Oliver und Dorothea Kaczmarek

Als sie ihm das Schreiben aus dem Umschlag holt und reicht, zittert ihre Hand schon beinahe nicht mehr.

Liebe Dorothea,

ich habe den Brief an Dich und Oliver adressiert, aber ich weiß ja, dass Katsche sich um so etwas Alltägliches wie einen Brief nicht kümmert. Dafür hat er ja seine Sekretärin. Also wirst Du das lesen, nicht er, und Du wirst schnell erkennen, dass das auch besser so ist.
Ihr müsst übermorgen nach Méjean kommen, Ihr beide. Keine Widerrede. Wie Du Oliver davon überzeugst, ist Deine Sache. Dir wird schon etwas einfallen. Du kannst viel besser mit Worten umgehen, als man Dir das zutraut. Erinnerst Du Dich:

Diesen Sommer in Méjean war ich Dir jetzt jeden Tag so nahe und doch nicht nahe, verstehst Du? Manchmal möchte ich einfach zu Dir gehen, Dich umarmen und küssen und ... alles. Immer wieder will ich Dir in die Calanques folgen. Aber Du willst da bestimmt ungestört sein, malen. Das verstehe ich, aber ich MUSS mit Dir reden.

Also: Du nimmst Oliver mit nach Südfrankreich. Das Haus von damals wartet auf Euch. Warum? Du wirst die alten Freunde wiedertreffen, auch den alten Freund, den Du ganz besonders gerne wiedertreffen willst. Und dann werdet Ihr endlich erfahren, wer Michael umgebracht hat. Ihr werdet seinen Mörder sehen, Gerechtigkeit wird geschehen, und alles wird gut. Das ist doch ein Angebot, oder?

»Das ist nicht direkt eine Erpressung«, sagt Renard, »aber beinahe.«

»Derjenige, der das geschrieben hat, droht damit, meinen alten Liebesbrief an Oliver zu schicken, oder nicht? Wie soll ich das Zitat sonst verstehen? Und davor und danach erwähnt er ja auch meinen Mann. Oliver wäre ...«, Dorothea sucht nach dem richtigen Wort, »außer sich gewesen.«

»Er hätte Sie geschlagen?«

Sie lacht, so etwas wie Verachtung klingt darin mit. »Nein, natürlich nicht. Aber er hätte eine Szene gemacht. Oliver kann Szenen machen; das ist etwas, was er wirklich gut kann. Unsere Tochter ist schon seit Wochen nicht gut auf uns zu sprechen, wir mussten sie jedenfalls nicht zweimal fragen, ob sie ohne uns ins Zeltlager fahren will. Wenn jetzt auch noch meinetwegen unsere Ehe in eine Krise geschliddert wäre, das hätte ich nicht ertragen. Mein Mann darf auf keinen Fall von diesem Schreiben erfahren!« Sie blickt ihn an, bittend, aber auch hart.

Renard nickt. »Das bleibt unter uns.« Es ist genau das eingetreten, was Dorothea in ihrem Brief an Rüdiger als Albtraum skizziert hat: gefesselt in einer Ehe, das Haus, der Job, das Kind und schon bald, berechenbar genug, die Rente und dann ... Der naive Traum, mit Rüdiger irgendwohin abzuhauen, war offenbar ihre einzige Tür zur Flucht in ein anderes Leben gewesen. Er wundert sich, warum diese doch noch gar nicht alte und intelligente, zudem körperlich so ungemein kräftige Frau zu schwach war, einen zweiten Fluchtversuch zu wagen. Der erste Freund mit sechzehn, und dann resigniert sie einfach und lässt sich von ihm durch das Leben schleifen. »Haben Sie einen Verdacht?«, fragt er. »Wer könnte diesen Brief geschrieben haben?«

»Oliver war es wohl nicht«, sie lacht bitter. »Rüdiger? Schließlich war der Brief ja an ihn gerichtet. Aber in gewisser Weise trifft die Erpressung auch ihn selbst, nicht wahr?«

»Monsieur von Schwarzenburg hat mir gesagt, dass er den Brief damals zwar gelesen, aber auf dem Zimmer gelassen hat. Von dort ist er verschwunden – und zwar schon, bevor Michael Schiller ermordet wurde.«

»Vielleicht hat Babs ihn mitgehen lassen? Oder Claudia? Die war schon immer gut darin, andere zu manipulieren. Macht man so nicht Karriere?« Dorothea weint plötzlich, schüttelt den Kopf. »Verzeihen Sie«, murmelt sie. »Ich bin gemein. Vor dreißig Jahren naiv, jetzt gehässig, so ist das wohl.«

»Sie sind weder das eine noch das andere, Madame«, beruhigt Renard sie und wartet schweigend darauf, dass sie die Fassung wiedergewinnt. Das wichtigste Ermittlungswerkzeug eines Polizisten: eine große Packung Papiertaschentücher. Er reicht ihr ein zweites, sie wischt sich über das Gesicht. Während die Frau neben ihm lautlos weint und Krämpfe ihren Körper schütteln, nimmt er ihr vorsichtig den Erpresserbrief aus den zitternden Händen, legt ihn auf den Stein, fotografiert ihn mit dem Handy.

»Wie haben Sie denn Ihren Gatten überzeugt, so plötzlich nach Méjan zu fahren?«, fragt er, als sie sich schließlich beruhigt zu haben scheint.

»Ich habe einen anderen Erpresserbrief geschrieben«, erklärt Dorothea leise.

Renard glaubt, sich verhört zu haben. »Einen anderen Erpresserbrief?«

Sie deutet resigniert auf das Stück Papier. »Der ist mit dem Computer geschrieben und ausgedruckt worden. Wo ist das Problem? Anfangs, als der Brief bei uns ankam und ich ihn geöffnet habe, habe ich mit Oliver nur geredet. Er war so verwirrt, erst später wollte er das Schreiben selbst lesen. Ich hatte genug Zeit, den Brief neu zu schreiben, und habe dabei die Andeutungen über Rüdiger und mich herausgenommen und nur die Sache mit Michaels Mörder drin gelassen. Eine entschärfte Fassung, sozusagen. Die habe ich Oliver gezeigt.«

»Und das hat ihn überzeugt, mit Ihnen nach Südfrankreich zu fahren?«

»Nicht ganz. Ich musste ihn daran erinnern, wer in dieser Ehe das Geld nach Hause bringt. Das habe ich noch nie zuvor gemacht, aber so etwas wie das hier«, sie deutet auf das Erpresserschreiben, »ist mir ja auch noch nie vorher passiert. Oliver war sehr überrascht. Und ich«, sie zögert und lächelt doch tatsächlich kurz, »ich war auch von mir überrascht. Ich hätte nie gedacht, dass ich meinen Mann einmal zu etwas zwingen könnte. Es war gar nicht so schwer.«

Renard nickt, während sich seine Gedanken überschlagen. Wenn es stimmt, was Dorothea Kaczmarek gerade gestanden hat, dann kann sie nicht die Briefe geschrieben haben. Bleibt nur noch einer der vier anderen Deutschen als Erpresser übrig: Rüdiger von Schwarzenburg, Claudia Bornheim, Barbara Möller und, ja doch, auch Oliver Kaczmarek. Denn theoretisch kann der sehr wohl einst den Liebesbrief gefunden haben. Würde es nicht sogar irgendwie zu einem gewissenhaften Historiker passen, so etwas drei Jahrzehnte lang zu archivieren? Und wäre eine Erpressung, in der der Erpresser sein Opfer zwingt, eine ganz bestimmte Person auf gar keinen Fall zu informieren, nicht geradezu besonders raffiniert? Der Erpresser nennt sich selbst in der Erpressung und macht sich damit gewissermaßen zum Opfer, auf das niemals ein Verdacht fiele?

Anderseits: Dorothea hat ihm soeben beinahe nonchalant gestanden, dass sie für ihren Mann eigens einen Erpresserbrief fabriziert hat. Wer weiß, ob denn nicht auch die anderen Briefe aus ihrem Computer stammen? Vielleicht ist Dorothea längst nicht so naiv, wie sie immer wieder betont. Womöglich hat sie vor dreißig Jahren, was Rüdiger von Schwarzenburg immer vermutet hat, tatsächlich ihren eigenen Brief zurückgeholt. Und jetzt schiebt sie ihn Renard unter die Tür und präsentiert ihm ein selbst verfasstes Erpresserschreiben – und schon ist sie die einzige Deutsche, die auf jeden Fall als Unschuldige dasteht.

»Warum hat der Erpresser meinen alten Liebesbrief Ihnen wohl ausgerechnet jetzt zugespielt?«, fragt Dorothea.

Renard klaubt einen Stein vom Boden auf und schleudert ihn ins Meer. »Deshalb«, erklärt er. »Um Wellen aufzuwerfen. Ihr alter Brief soll Unruhe stiften. Er soll mich zwingen, Nachforschungen anzustellen, die ich sonst nicht angestellt hätte. Er soll Sie und Monsieur von Schwarzenburg zwingen, Sachen preiszugeben, die sie sonst niemals preisgegeben hätten. Der Erpresser will die Ermittlungen in Bewegung bringen. Entweder, weil er hofft, dass diese Nachforschungen uns endlich zum Mörder führen. Oder, im Gegenteil, weil er hofft, dass sie uns auf eine falsche Spur bringen und wir den Mörder niemals enttarnen. So oder so: Der Erpresser wird ungeduldig.«

38

Renard findet keinen Schlaf, vielleicht ist das noch immer der verdammte Espresso. Es ist schwerer als gedacht, sich daran zu gewöhnen, nicht mehr der Alte zu sein. Vielleicht bedeutet es das, alt zu werden: sich daran zu gewöhnen, nicht mehr der Alte zu sein. Man könnte darüber lachen, wenn es nicht zum Heulen wäre. Ein Wrack. Und die Leute, die ich verhöre – die Zeugen? die Verdächtigen? –, die erzählen bloß geschönte Wahrheiten, bestenfalls. Unglaublich, dass alle diese Lügen und Lücken, diese Widersprüche und seltsamen Andeutungen den Kollegen vor dreißig Jahren nicht aufgefallen sind. Damals waren die Deutschen allerdings noch halbe Kinder. Und irgendwie willst du nicht glauben, dass ein Kind einem anderen Kind mit einem Stein von hinten den Schädel zertrümmert. Für dich sind diese halben Kinder unschuldig, bevor du überhaupt nur mit der Befragung begonnen hast. Heute aber sind es erwachsene Menschen, und denen traut man alles zu. Insofern ist Renard den ehemaligen Kollegen gegenüber psychologisch im Vorteil, nicht trotz, sondern wegen der dreißigjährigen Verspätung.

Er geht leise aus dem Zimmer, beinahe Mitternacht, das Mangetout ist dunkel und ruhig. Dann stolpert er über dunkle Wege in die Bucht, selbstverständlich in die Bucht, wohin soll er auch sonst gehen? Wind kommt auf. Böen über dem Wasser, nahe am Felsen noch Stille, eine Kälte, die aus einer anderen Jahreszeit kommt. Mistral. Schon ritzt der Nordwind weiter draußen auf dem Meer die schwarze Wellendecke auf, reißt waagerechte weiße Streifen hinein: Gischt, Wogen, die im Hochschwingen über Böen stolpern. Schwer klatschen sie jetzt gegen die Felsen. Sterne am Himmel wie feinste Salzkristalle, es müssen Tausende sein. Ein Wolkenschleier davor, der letzte, schon vom Mistral zerrissen. Eine Sternschnuppe verglüht links am Himmel, dicht über dem Lichtdunst von Marseille. Ein Wunsch frei. Kein Krebs mehr, nie mehr. Winzige blinkende Lichter zwischen den Sternen und doch nicht dazwischen: zwei Flugzeuge auf dem Weg nach Afrika. Afrika.

Renard geht mit vorsichtigen Schritten quer durch die Bucht. Silbernes Licht über dem Meer. Der Atem der Windböen, das Klatschen der Wellen, irgendwo über ihm schiebt der Mistral zwei verwachsene Pinienäste gegeneinander, Rinde scheuert auf Rinde, ihr Quietschen klingt wie der Hilferuf eines Tieres. Die Steine, auf denen einst ein toter Junge gelegen hat.

Renard erstarrt.

Eine Form auf diesen Steinen, die bislang nicht da gewesen ist. So groß und unregelmäßig, es könnte ein Stein sein, doch selbst im spärlichen Mondlicht sieht, nein, spürt er eher, dass dieses Ding da weicher ist als Gestein. Renard fummelt sein Handy aus der Hosentasche, verdammt, seine Finger sind steif wie Stöcke, er tappt über das Display, hält den Lichtkegel endlich nach vorne.

Ein Wanderrucksack, blau und schwarz. Renard erkennt ihn sofort wieder, von den Fotos aus den alten Ermittlungsakten.

»Dreißig Jahre«, murmelt der Commissaire, und der Rucksack wirkt, als hätte Michael Schiller ihn gerade erst dort abgelegt.

V

Der Rucksack

39

Wie schnell man sich der Kälte entwöhnt. Ein paar Tage Hitzewelle, und dann kommt der Mistral, die Nachttemperatur sinkt auf immer noch gut zwanzig Grad, und einem ist trotzdem kalt. Renard hätte irgendwann seine Lederjacke holen sollen, aber wann? Er ist die ganze Nacht auf den Beinen gewesen, immer in der Nähe des Rucksacks, ohne ihn jedoch anzurühren. Er hat ein paar Beamte herbeitelefoniert, die noch in der Dunkelheit die ganze Bucht als Tatort sichern und irgendwie nach weiteren Spuren absuchen sollen. Nach welchen? Renard hat die Uniformierten bloß angeblickt und müde gesagt: »Nach allen.«

Natürlich haben sie nichts gefunden. Was auch? Ob es tatsächlich Michael Schillers Rucksack ist? Und falls ja – warum taucht der ausgerechnet jetzt wieder auf? Eine weitere Spur in dieser perversen Schnitzeljagd? Zuerst die anonymen Briefe, dann Dorothea Kaczmareks heimliches Schreiben, das nach drei Jahrzehnten wieder ans Licht kommt, schließlich Michael Schillers Rucksack. Führt ihn der Erpresser auf eine Spur? Oder ist das eher eine Warnung? Der Mörder fühlt sich bedrängt, und er zeigt so, dass er sich wehren wird?

Drei Kollegen von der Police scientifique arbeiten behutsam am Rucksack, Gestalten in weißen Overalls, Außerirdische, die auf diesem Planeten Proben nehmen. Sie haben den Rucksack noch nicht geöffnet. Ein junger Streifenbeamter baut einen mobilen Scheinwerfer ab, der den Kriminaltechnikern in der Nacht Licht gespendet hat. Die Sonne steht jetzt über dem Horizont, der Mistral hat den Himmel blau gewaschen.

Die Deutschen kommen. Renard hat zwei Beamte zu ihrem Haus

geschickt, morgens, ganz wie vor dreißig Jahren. Er will ihre Gesichter sehen. Renard hat den Kollegen befohlen, den Deutschen nicht zu sagen, warum sie hier erscheinen sollen.

Der Erste, der den schmalen Weg hinuntersteigt, ist Oliver Kaczmarek. Er trägt Halbschuhe, Jeans, einen hellgrauen Blouson mit schmalen roten Streifen an den Ärmeln, *mon Dieu,* denkt Renard, selbst mir fällt auf, dass der nicht mehr in ist. Achtzigerjahre? Oliver wirkt nicht gerade wie ein Wanderer, die tragen heute alle Hightechsachen, aber warm genug gekleidet für diesen Wind ist er allemal. Ist er schon lange wach gewesen? Oliver blickt Renard an, die Kriminaltechniker, erkennt den Rucksack, zieht bloß eine Augenbraue hoch. Der Professor, der in einem Experiment genau das sieht, was er erwartet hat.

Mit ein paar Metern Abstand folgt ihm Rüdiger von Schwarzenburg. Interessant, denkt Renard, zuerst kommen die Männer. Der Maler trägt Leinenhose, Polohemd, leichte Segelschuhe. Er fröstelt, und als er erkennt, was in der Bucht liegt, sieht er aus, als wäre ihm plötzlich noch kälter. Er sagt nichts, sieht Renard nicht an und auch niemanden sonst, starrt kurz auf den Rucksack, kommt näher, überholt Oliver, der einige Meter vor dem rot-weißen Absperrband der Polizei stehen geblieben ist, geht so nahe heran, dass er das Plastikband berührt, betrachtet den Rucksack aufmerksam, nickt.

Jetzt kommt Dorothea den Weg hinunter, Flipflops, schwarze Jogginghose, rotes Kapuzensweatshirt, am Hals leuchtet der weiße Kragen eines Seidenpyjamas. Wirre Haare, blauschwarze Ringe unter den Augen, sie ist blass unter der Sonnenbräune. Als sie den Rucksack erkennt, bleibt sie stehen, als sei sie vor eine Glaswand gelaufen. Nach ein paar Sekunden geht sie weiter, vorsichtig, als wären die Steine in der Bucht auch aus Glas, passiert ihren Gatten, geht aber nicht ganz bis zum Absperrband. Sie sieht den Rucksack nicht länger an, auch nicht die Polizisten, nicht ihren Mann – sie lässt ihre Augen nicht mehr von Rüdiger, der vor ihr steht, so intensiv starrt sie ihn an, dass

Renard denkt, der muss sich doch umdrehen, spürt der nicht den Blick zwischen den Schultern? Barbara Möller hat sich einen flauschigen Bademantel umgeschlungen, ist barfuß in Tennisschuhe geschlüpft. Sie hält die Hand vor den Mund, als müsste sie sich übergeben, und hat bereits Tränen in den Augen, noch bevor sie gesehen hat, was da in der Bucht liegt. Als sie dann den Rucksack erkennt, weint sie aber nicht, sie wirkt eher enttäuscht. Was hat sie erwartet, sagt sich Renard, einen weiteren Toten? Und wer hätte das sein sollen? Sie bleibt neben Oliver stehen.

Claudia Bornheim ist die Letzte, die ankommt, mit einigem Abstand. Der zweite der beiden Beamten, die Renard hochgeschickt hat, taucht direkt hinter ihr auf, sein ungeduldiger Gesichtsausdruck verrät, dass er sie offenbar antreiben muss. Sie trägt eine weiße Hose, weiße Sportschuhe, ein weißes T-Shirt, man hätte sie im ersten Augenblick für eine Ärztin halten können, die zu einem Notfall gerufen wird. Eine große Sonnenbrille verbirgt ihr Gesicht. Am Ende des Weges, praktisch schon in der Bucht, stolpert sie und wäre gestürzt, wenn der Polizist hinter ihr sie nicht aufgefangen hätte. Ein lockerer Stein, eine Pinienwurzel? Oder haben ihre Beine nachgegeben, als sie den Rucksack wiedererkannt hat? Sie kommt keinen Schritt näher, als sie spürt, dass der Beamte sie nicht weiter vorantreibt, bleibt am Rand der Bucht zurück, dort, wo die ansteigenden Klippen sie noch vor dem Mistral schützen.

»Bitte entschuldigen Sie, dass ich Sie zu so früher Stunde herbeigerufen habe«, begrüßt Renard die Gruppe.

»Manche von uns sind Frühaufsteher«, erwidert Oliver, und Renard fragt sich, was er damit meint.

»Ich hoffe, Sie können mir helfen, diesen Rucksack zu identifizieren«, fährt er fort.

Lange Sekunden sagt niemand ein Wort.

»Ist das Michaels Rucksack?«, stößt Dorothea schließlich hervor. Ihre Stimme klingt belegt.

»Möglicherweise«, erklärt Renard.
»Was soll das denn heißen?«, regt sich Oliver auf. »Ist er es, oder ist er es nicht? Dafür haben Sie doch die Leute in den weißen Overalls.«
»Sie könnten den Rucksack aufmachen und nachsehen«, schlägt Rüdiger vor. »Vielleicht ist etwas drin.«
»Das werden wir gleich tun«, erwidert Renard.
»Wie kommt der Rucksack hierher? In diese Bucht? Damals ist doch nie ...« Claudias Stimme verklingt.
»Irgendjemand spielt ein grausames Spiel mit uns!«, ruft Dorothea. »Zuerst diese Briefe. Und jetzt der Rucksack.« Sie blickt in die Runde, als erwarte sie, dass sich einer ihrer Freunde zu allem bekennt. Niemand sieht sie an.
»Was sollen wir jetzt tun?«, fragt Barbara. »Ich meine, was erwarten Sie von uns?«
»Sie spielen auch ein grausames Spiel mit uns, Commissaire«, sagt Dorothea.
Renard versucht, den Vorwurf wegzulächeln, was leider nicht gelingt. »Hat jemand von Ihnen gestern Abend noch einmal das Ferienhaus verlassen?«, fragt er. »Zwischen Einbruch der Dunkelheit und dreiundzwanzig Uhr?«
»Sie glauben, dass einer von uns den Rucksack hierhergebracht hat?« Claudia Bornheim ist nun doch näher getreten. Sie blickt das Objekt an, als fürchte sie, es könnte jeden Augenblick explodieren.
»Warum fragen Sie nicht die Leute aus Méjean?«, will Oliver wissen. »Die kennen sich schließlich hier aus. Wir waren alle im Haus. Zumindest meine Frau und ich, wir waren die ganze Zeit gemeinsam auf unserem Zimmer.«
»Nicht die ganze Zeit«, korrigiert ihn Dorothea, erstaunlich scharf. »Ich war mindestens eine Stunde lang auf der Terrasse, weil ich nicht schlafen konnte. Du warst allein im Schlafzimmer.«
Peinliches Schweigen. Dann räuspert sich Rüdiger von Schwarzen-

burg. »Wahrscheinlich bist du als Einzige draußen gewesen«, sagt er freundlich. »Wir waren alle müde. Und der Mistral ist kalt. Ich jedenfalls war in meinem Zimmer und habe mit meiner Assistentin telefoniert.« Er zieht eine Visitenkarte aus der Tasche und reicht sie Renard. »Ihr Name ist Frieda de Mazière.«
Das hat er aber schnell parat, denkt Renard, während er die Karte einsteckt. Und ein Handyanruf in Potsdam beweist selbstverständlich nicht, dass Rüdiger von Schwarzenburg sich nicht doch in Méjean aus dem Haus bewegt hat. Er blickt Barbara und Claudia fragend an.
»Ich habe abgewaschen und mich dann schlafen gelegt«, erklärt Barbara.
»Ich wünschte, ich wäre in dieser Bucht gewesen«, sagt Claudia leise. »Ich wüsste wirklich gern, wer das getan hat.« Sie schüttelt den Kopf. »Aber ich war den ganzen Abend auf meinem Zimmer. Ich hatte ...«, sie zögert, »Kopfschmerzen.«
Na großartig, denkt sich Renard, kein einziges belastbares Alibi. Jeder könnte das getan haben. Und selbstverständlich hat Oliver Kaczmarek recht: genauso möglich, dass jemand aus Méjean diesen Rucksack hier abgelegt hat.
Renard winkt einen der Kriminaltechniker herbei, der einen großen Metallkoffer trägt. »Mein Kollege wird Ihre Fingerabdrücke nehmen und ...«
»Aber die haben Sie seit dreißig Jahren in Ihrem System!«, schimpft Oliver und verdreht die Augen. »Oder haben Sie die verschlampt? Die Polizisten haben sich ja damals schon nicht wirklich Mühe gegeben, die ...«
»Oliver!«, ruft Dorothea.
Er hält inne, zu verblüfft darüber, von seiner Frau zurechtgewiesen zu werden, um sich zu wehren.
»... und er wird auch Ihre DNA-Probe nehmen«, vollendet der Commissaire. »Es tut nicht weh.«

»Können Sie uns dazu zwingen?«, fragt Claudia. »Wenn man erst einmal im System ist, dann kommt man da nie wieder raus.«
»Wenn Sie keine Straftat begangen haben, dann vernichten wir den Datensatz wieder, Madame«, versichert Renard. »So ist das Gesetz. Aber selbstverständlich ist das freiwillig. Sie müssen das nicht machen.«
»Das ist doch absurd!«, empört sich Oliver. »Was wollen Sie denn mit unserem genetischen Fingerabdruck?«
»Wir haben eine dreißig Jahre alte Spur, aber die Technik von heute. Wäre doch möglich, dass wir heute etwas finden, was meine Kollegen damals noch nicht finden konnten. Obwohl sie sich Mühe gegeben haben«, setzt er hinzu.

Während der Kriminaltechniker jedem von den Deutschen mit einem Wattestäbchen Speichel aus dem Mund tupft, geht Renard zu einem von dessen Kollegen und steckt ihm unauffällig Dorothea Kaczmareks alten Liebesbrief an Rüdiger von Schwarzenburg zu. »Nehmt euch den auch vor«, sagt er halblaut, »selbst wenn ich keine große Hoffnung habe, dass ihr etwas findet. Außer meinen Fingerabdrücken.«

»Der Beweis, dass Sie das geschrieben haben, Commissaire.« Der Kriminaltechniker ist ein noch junger, blasser, schon kahl werdender Mann. Er wirkt, als habe er das ernst gemeint.

»Darf ich den Rucksack jetzt aufmachen?«, fragt Renard.

»Nein, Monsieur le Commissaire«, erwidert der junge Kriminaltechniker. Dann lächelt er und hebt seine behandschuhten Hände. »*Ich* werde ihn öffnen.«

Er zieht den Reißverschluss oben auf. Der Rucksack ist ziemlich groß, eines der frühen Outdoormodelle, mit eingearbeiteten Plastikstreifen im Rückenteil, um ihn zu versteifen, mit tausend schwarzen Fäden und Clips an den Seiten, deren Funktion Renard noch nie verstanden hat, mit kleinen Seiten-, Neben- und Vortaschen. Der Mann im weißen Overall greift vorsichtig hinein. Renard wendet kurz den

Kopf: Die Deutschen stehen jetzt alle am Absperrband und starren zu ihnen hinüber. Der Kriminaltechniker holt eine Polaroidkamera hervor, Rückseite schwarzes Plastik, Vorderseite weiß, in der Mitte ein Zierstreifen in Regenbogenfarben. So eine Polaroid hatte Onkel Jean-Marie auch mal, denkt Renard und erinnert sich daran, wie die Familie bei den Feiern um den Onkel stand, während das Bild auf der Vorderseite des Apparats leise quietschend herausfuhr, als streckte die Kamera die Zunge heraus, und sich dann auf dem quadratischen, weißen Fotopapier nach und nach Bilder materialisierten wie Zeugnisse einer spiritistischen Sitzung. Der Kriminaltechniker zieht jetzt die zur Polaroid passende Tragetasche aus schwarzem Kunstleder hervor. Renard nickt, während der Kollege den Apparat und die Tasche in durchsichtige Plastiksäcke steckt. »Die müssen Sie im Labor in der Dunkelkammer öffnen«, sagt der Commissaire, »vor allem die Tasche.«

»Heute ist alles digital«, erwidert der Kriminaltechniker, »wer braucht noch eine Dunkelkammer?«

»Dann nehmen Sie irgendeinen dunklen Raum. Nein: Suchen Sie ein professionelles Filmlabor. In Marseille muss es so etwas doch noch geben. Vielleicht ist ein Paket belichteter Fotos in der Tasche. Könnte interessant sein zu sehen, was da drauf ist.«

»Interessanter jedenfalls als das, was noch hier steckt.« Der Kriminaltechniker fischt ein hellblaues T-Shirt heraus, zerknautscht, aber, soweit Renard das erkennen kann, sauber. Ein dunkelgrünes, gefaltetes Handtuch. Der einstmals flauschige Stoff ist kratzig geworden, er riecht muffig. Aber gefaltet, denkt Renard, und sauber. Michael Schiller wollte schwimmen gehen, aber sein Mörder hat ihn erwischt, bevor er ins Wasser gegangen ist. Der Kriminaltechniker holt eine blaue geschwungene Flasche Duschgel heraus, dem Gewicht nach wohl noch halb voll. An der Öffnung ist altes Duschgel zu einer kristallinen Masse verklumpt. »Das war's«, verkündet der Beamte.

Renard blickt ihn an. »Das ist alles?«

»Wir werden uns das Innere noch mal im Labor vornehmen. Aber, ja, das scheint alles gewesen zu sein.«

Renard richtet sich auf, sieht zu den Deutschen hinüber, die ihn ihrerseits anstarren. Kein Skizzenblock, kein Stift. Sollte Michael Schiller in der letzten Stunde seines Lebens irgendetwas gemalt oder geschrieben haben, dann ist es noch immer verschollen.

40

Serge steht auf dem Weg oberhalb der Bucht und sieht sich die Aufregung an. Bei Mistral hält es sowieso kein Gast auf der Terrasse des Mangetout aus, Nabil macht Einkäufe in Ensuès, Elianes Schicht beginnt heute erst am späten Vormittag. Serge hat das leere Restaurant unauffällig verlassen können, um die Lage zu erkunden. Schön diskret. Seit er morgens aufgewacht ist, sieht er die Lichter drüben in der Bucht, hört den Lärm eines Stromgenerators. Das Erste, was ihm jetzt auffällt, sind die vielen Uniformierten. Flics aus Marseille. Da wird er sich besser nicht bis an die Polizeiabsperrung drängen. Serge hat die Aufnahme, die Eliane mit ihrem Smartphone heimlich gemacht hat, einem Freund in der Stadt geschickt. Renard hat die Deutsche verhört, freundlich, diskret. Nichts, was Serge oder einen der anderen aus Méjean betrifft, soweit er das beurteilen kann. Er hat Eliane beruhigt: Da kommt nichts Böses auf uns zu. Ein Commissaire, ein paar Verhöre, das wirkt auf Serge wie eine Pro-forma-Ermittlung, irgendjemand muss hier halt den Job erledigen, warum auch immer, nach dreißig Jahren. Aber das ist jetzt plötzlich anders geworden. Jetzt sind die Flics mit einer halben Brigade hier angekommen. Er bleibt lieber auf halber Höhe in den Felsen, wie zufällig steht er hinter dem knotigen Stamm einer alten Pinie.

Michaels Rucksack.

Einen Moment lang hat er das Gefühl, dass er gleich kotzen muss. Er kann sich noch an jedes Detail von Michael erinnern, so klar, als wäre der Junge erst gestern abgereist. Michaels Bermudashorts. Michaels T-Shirts. Seine ausgelatschten Turnschuhe. Seine Sonnenbrille. Seine Baseballcap mit dem »NY« vorne drauf. Und natürlich sein

Rucksack, mit dem er so oft durch Méjean gewandert ist. Serge atmet durch. Geht schon, sagt er sich, das geht schon. Die Polizisten sehen nicht mal zu mir hoch. Was hat das auch mit mir zu tun? Nichts. Gar nichts.

Wer hat den Rucksack nur hier abgelegt? Renard und ein Kriminaltechniker machen sich gerade an dem Ding zu schaffen. Serge kann nicht erkennen, was die Flics da entdeckt haben, aber wichtig scheint es nicht zu sein, die beiden wirken nicht gerade aufgeregt. Anders als die Deutschen. Die drängen sich nahe am Absperrband und sehen aus, als würde gleich Michaels Gespenst aus diesem verdammten Rucksack kriechen wie ein Geist aus der Flasche. Das heißt: Einer wirkt eher so, als fürchtete er, dass in dem Rucksack eine Bombe versteckt ist, die jeden Moment explodieren könnte. Einer nämlich steht ein gutes Stück weit entfernt vom rot-weißen Band, und jetzt dreht er sich sogar weg und geht langsam zurück zu dem Weg, der aus der Bucht herausführt.

Oliver Kaczmarek.

Gedenkfeier für deinen toten Freund, deshalb seid ihr angeblich hier, denkt Serge. Du mich auch. Er erinnert sich daran, wie er Oliver am Straßenrand aufgelesen hat, sonnenverbrannt und dehydriert. Was hat der Kerl da zu suchen gehabt? Und: Hat Oliver nicht einen Rucksack getragen? Er ruft sich die Einzelheiten ins Gedächtnis zurück: einen Rucksack ja, aber nicht diesen. Andere Farbe, andere Form, war auch ein bisschen größer als der von Michael. Aber trotzdem ...

Serge löst sich vom Pinienstamm, schlendert über den harten, unebenen Boden – und tritt wie zufällig Oliver in den Weg, als der endlich bis zur Straße aufgestiegen ist.

»*Salut*, Patron«, stammelt Oliver. Schwer zu sagen, ob es der Sonnenbrand ist oder die Verlegenheit, rot jedenfalls ist der Kerl. Der Mistral weht durch die Pinienkronen, es klingt, als würde weit über ihren Köpfen Flusswasser durch ein enges Bett rauschen. Doch in diesem eisigen Wind schweigen die Zikaden, die Spatzen sind in De-

ckung gegangen, und selbst die Möwen halten lieber den Schnabel. So breitet sich trotz der unaufhörlichen Böen ein lastendes Schweigen aus. Serge deutet schließlich mit der Kinnspitze nach unten. »Ist es das, was ich glaube, was es ist?«
Oliver räuspert sich. Wie kann er bloß von hier verschwinden? »Michaels Rucksack, ja. Ich habe vorhin gesehen, wie dieser Renard eine Polaroid herausgeholt hat. Ein alter Rucksack in der Farbe, mit einer alten Kamera darin – kein Zweifel.«
»Hat einer von euch den dahingelegt?«
Oliver starrt ihn fassungslos an. »Wie kommst du darauf?«
»Als eine Art Totengedenken? Statt Blumen?«, erwidert Serge ironisch.
Ich hätte in diesen beschissenen Zug einsteigen sollen, denkt Oliver. Dann wäre ich jetzt schon in Bonn. Der Patron glaubt ihm kein Wort mehr, Oliver steht vor ihm wie ein Trottel. Wie ist das bloß möglich? Er war brillant in der Schule, an der Uni, er hat promoviert – und immer steht er am Ende da wie der trottelige Sohn vor dem spottenden Vater. Muss das denn das ganze Leben so weitergehen? Selbst der schwule Besitzer eines baufälligen Restaurants mustert ihn, als wäre er ein Wicht. Der wird doch nicht glauben, dass ich ... Nur weil ich ihm nicht die Wahrheit gesagt habe über den Grund, warum wir hier alle aufgekreuzt sind. Aufkreuzen mussten. Das musste er diesem Kerl doch nicht aufs Brot schmieren. Verdammt, ich bin kein Verdächtiger, ich bin auch ein Opfer! Jemand legt mich herein, jemand macht mich fertig. Aber erklär das mal dem Patron. »Renard hat den mitten in der Nacht gefunden«, erwidert Oliver. Dann hat er plötzlich eine Erleuchtung. »Behauptet er zumindest. War aber niemand sonst dabei, als dieser feine Commissaire das gute Stück genau da gefunden haben will, wo Michael getötet wurde. So ein Zufall, nicht wahr? Vielleicht lag der Rucksack dreißig Jahre lang in der Asservatenkammer bei der Polizei, und Renard hat ihn jetzt da hingelegt, um ein Schauspiel zu

inszenieren. Vielleicht ist das so etwas wie eine Falle, in die er den Mörder locken will?« Klingt so gut, Oliver glaubt beinahe selbst schon daran. Du kleines Arschloch, denkt Serge. Lern du doch erst einmal selbst, wie man ein Schauspiel inszeniert. Aber laut sagt er nur: »Also, ich glaube, nur der Mörder kann den Rucksack in die Bucht gelegt haben. Das ist der Beweis, dass der Täter in Méjean ist. Dreißig Jahre lang passiert hier nichts. Aber sobald ihr hier seid, zeigt sich Michaels Mörder wieder. Das ist kein Zufall. Eins weiß ich genau: Ich werde in nächster Zeit nicht nachts alleine in diese Bucht gehen, damit mir nicht plötzlich ein Stein auf den Kopf kracht!«

Damit dreht Serge sich um und stapft Richtung Mangetout davon, bevor Oliver etwas erwidern kann. Und bevor noch einer der Flics auf ihn aufmerksam werden könnte.

41

Renard frühstückt im Mangetout, nachdem die Spurensicherer und die Kollegen endlich mit dem Rucksack nach Marseille zurückgefahren sind. Er ist allein auf der Terrasse, der Mistral hat die anderen Gäste fortgeweht, außerdem isst er zu einer Art Nichtzeit, zu spät für das Frühstück, zu früh für das Mittagessen. Selbst Eliane hat sich wohl freigenommen. Serge stellt ihm Café au Lait auf den narbigen Holztisch und zwei Croissants, die noch warm sind und duften. Der Commissaire verschlingt das erste geradezu, zwingt sich, das zweite langsamer zu genießen. Er hat sich seine Lederjacke geholt, blinzelt in die Sonne, fühlt sich – zum ersten Mal seit wann? – wieder wie in alten Zeiten. Café au Lait, Croissant, Sonne, das Meer, im Kopf nicht länger die Zahl der Tage bis zur nächsten Chemo, sondern Gedanken an ein Verbrechen. So soll das Leben sein.

»Das Gleiche noch einmal, bitte«, bestellt er beim Patron.

Serge lacht. »Das ist genau das, was ich hören will. He, Nabil!«, ruft er Richtung Küche. »Hier sitzt ein Tapferer, der dir ein Kompliment macht!« Dann schaut er Renard an. »Sie machen das richtig, dass Sie hier auf der Terrasse ausgehalten haben. Hören Sie.«

Der Commissaire lauscht. Die Wellen am Kai. Irgendwo ein Auto. Die ersten Zikaden in den Pinien. Die Zikaden …

Serge lächelt. »Richtig. Keine Böen mehr, kein heulender Wind. Der Mistral hat sich schon wieder ausgetobt. Die Zikaden haben es als Erste gemerkt. Seit fünf oder zehn Minuten ist es vorbei. Gleich wird es wieder heiß – und hier wird es voll werden, all die Besucher, die sich heute Morgen nicht herausgetraut haben, holen dann ihren Kaffee nach. Sie haben es besser hingekriegt als die anderen, bravo!«

Fast hätte Serge noch ein höfliches »Monsieur le Commissaire« hinzugesetzt, aber Renard darf ja nicht wissen, dass er ihn durchschaut hat. Er muss wirklich achtgeben mit seinem vorlauten Mundwerk. Er hat sich schon früher manchmal in die Scheiße geredet, gerade gegenüber den Flics. Es wäre besser, wenn dieser Renard von hier verschwindet, bevor wieder die Gäste antanzen und der Flic ihnen irgendwelche Fragen stellen kann. Über Eliane. Oder über ihn selbst, den Patron, den alle mögen. »Diese Stunde sollten Sie nutzen«, fährt er fort. »Jetzt ist der Mistral vorüber, und die Hitze ist noch nicht da. Ich könnte ...« Er merkt, wie Renard noch etwas blasser wird, als er sowieso schon ist.

»Stunde«, murmelt der Commissaire, dann: »*Merde!*« Die ganze Nacht auf den Beinen, verdammt, er hat gar nicht mehr auf die Zeit geachtet. Seine Medikamente sind überfällig. Er kramt in der Tasche seiner Jacke. »Bringen Sie mir bitte ein Glas Wasser.«

Als Serge zurückkommt, sieht er eine Reihe Pillendöschen auf dem Tisch, direkt neben dem Teller mit den Croissants. Sieh an. Renard wartet nicht ab, dass er ihm das Glas Wasser auf den Tisch stellt, er nimmt es ihm aus der Hand und schluckt die erste Tablette, dann die zweite, dann die dritte, immer mit einem tiefen Schluck Wasser dazwischen. »Ob Sie die Pillen eine Stunde früher oder später nehmen, das ist auch egal«, beruhigt Serge seinen Gast.

»Ach ja?«, sagt Renard, dem plötzlich der Appetit vergangen zu sein scheint. Er ist peinlich berührt und schiebt den Teller mit den Croissants von sich weg. »Sie sind Experte?«

»Kann man sagen.« Serge ringt kurz mit sich. Was soll's? Einer wie Renard würde das sowieso herausfinden, wenn er wollte, und außerdem ist das ja nun nichts Verbotenes, wirklich nicht. »Ich fresse seit Jahren bunte Smarties, morgens, mittags, abends. Ich halte ganz alleine eine Pharmafirma am Leben und die dafür mich. Guter Deal, was?« Er lacht, ein wenig gezwungen.

Renard sieht Serge erstaunt an. Surfertyp. Sieht aus wie die personifizierte ewige Gesundheit. Dann endlich dämmert es ihm. Nabil und Serge. Vor ihm steht ein älterer Schwuler, was beinahe ein Wunder in sich selbst ist. Ein Überlebender.

»Ich sehe es an Ihrem Gesichtsausdruck, dass Sie es erraten haben«, sagt Serge. »HIV-positiv. Und sonst? Nichts! Die Tabletten halten mich nicht nur seit Jahren am Leben, sie halten mich sogar fit. Man muss nur richtig gut leben: gesund essen, Sport treiben, so etwas.« Jetzt hat Serge den Commissaire wieder da, wo er ihn haben will, hofft er. »Es geht mich nichts an, was Sie haben, aber ich sage Ihnen: Medikamente allein werden Sie nicht wieder auf Vordermann bringen.«

»Gutes Essen, was?« Renard zieht den Teller wieder zu sich heran. Warum nicht?

»Und Bewegung und Luft und Sonne.« Bevor der Commissaire abwehren kann, fährt Serge rasch fort: »Ich sage Ihnen was: Weil Sie der einzige Gast sind, der sich heute Vormittag zu mir getraut hat, leihe ich Ihnen eins meiner Kajaks.«

»Ein Kajak?« Renard kann sich kein Gefährt vorstellen, auf dem er sich noch absurder vorkäme. Ein Skelett auf einer Plastikbanane.

»Ja.« Serge deutet auf einige rote und gelbe Seekajaks, die auf dem Hafenkai nahe am Mangetout liegen. Er hat sie mit Fahrradschlössern an Eisenringe gekettet, die ins Mauerwerk eingelassen sind. Méjean ist so nahe an Marseille, dass du nachts sogar deinen Mülleimer anketten musst, sonst wird er geklaut. »Ich vermiete Kajaks. Damit die Leute durch die Calanques paddeln können. Die Dinger haben Platz für zwei Erwachsene, aber sie sind so leicht, dass Sie die auch alleine durch die Buchten treiben können. Was meinen Sie? In einer Stunde wird es schon wieder so heiß sein, dass Sie sich wie ein Galeerensträfling fühlen würden. Aber jetzt ist es perfekt: Niemand wird in den Calanques sein. Der Mistral hat das Oberflächenwasser weit auf das Mittelmeer hinausgetrieben. Dafür ist Tiefenwasser nach oben gespült worden, das kommt aus fünfhundert, tausend, zweitausend Metern Tiefe. Eiskalt, das wird noch für einige Stunden die Schwimmer fernhalten. Aber glasklar. Sie werden zehn, fünfzehn Meter tief hinunter und jeden Fisch sehen können. Haben Sie eine Kamera? Was sagen Sie?«

Renard fragt sich einen Moment lang, warum ihm Serge so ein Angebot macht. Vielleicht ist er einfach bloß nett. Oder er hat Mitleid mit ihm, nach dieser Pillenparade, die er soeben gesehen hat. Vielleicht hat der Patron des Mangetout auch ganz andere Gedanken? *Merde.* Café au Lait, Croissants, Leben wie früher. Warum nicht? Warum soll er nicht vom Mittelmeer profitieren, wenn er denn nun schon mal hier ist? Die Deutschen sind in ihrem Haus verschwunden. Die Einheimischen werden erst recht nicht weglaufen. Und er muss sowieso auf den Bericht der Kriminaltechniker warten, bevor er seine nächsten Schritte planen kann. »Eine Stunde?«, fragt er.

»In der Zeit schaffen Sie locker zwei, drei Buchten.«

»Habe ich draußen Handyempfang?«

»Wenn Sie nicht mehr als zwei Kilometer von der Küste wegpaddeln, dann ja, überall.« Serge lächelt. »Es ist im Prinzip wie im Büro.«

»Das Kajak sieht wackeliger aus als mein Bürostuhl, und das muss schon was heißen.«

»Wenn Sie keine hektischen Bewegungen machen und nicht aufstehen, dann kentern Sie auch nicht. Ich weise Sie ein.«

Renard isst die Croissants auf, kippt den Kaffee hinunter. »Ich gehe nur kurz auf mein Zimmer und ziehe mich um.«

Fünf Minuten später steht Renard auf dem mürben Beton der Rampe, die von der Straße hinab bis zum Meer führt. Er hat Bermudashorts angezogen, ausgewaschenes Grün, darauf weißes Blütenmuster, den alten Knoten des Bandes im Hosenbund hat er mühselig aufgefriemelt und das Band enger zusammengebunden, damit ihm die Shorts nicht von den mageren Hüften rutschen. Dazu sein ältestes T-Shirt, himmelblau, Olympique Marseille, aus dem Jahr, spätes Neolithikum, als sie das letzte Mal Meister geworden waren. Auf dem Kopf der Indiana-Jones-Hut, um den Hals ein wasserfester Neoprenbeutel für das Handy. Wenn der Alte ihn jetzt sehen würde, müsste er sich fragen, ob es wirklich so eine gute Idee gewesen ist, Renard nach Méjean zu schicken. Auf der Rampe werden Zodiacs und leichte Sportboote zu Wasser gelassen und die Seekajaks von Serge. Renard hilft dem Patron, ein gelbes, schon etwas ramponiertes Plastikgefährt bis an den Wellensaum zu schleppen, und plötzlich fragt er sich, ob das, was er da vorhat, nicht total bescheuert ist. Das Kajak ist vier, fünf Meter lang und, egal, was der Patron behauptet hat, ziemlich schwer. Vierzig Kilo? Fünfzig? Renard hat das Heck umfasst und spürt, wie das Gewicht an seinen Armen zerrt. Ein Plastikgrat schneidet in seine rechte Hand, aber er wird dieses bescheuerte Boot jetzt nicht absetzen. Serge trägt das Kajak am Bug, so mühelos, als würde er eine Tüte vom Bäcker tragen, und der Typ hat Aids, *merde*.

Sobald der Bug des Kajaks auf dem Wasser liegt, verfliegt das Gewicht in Renards Armen. Plötzlich wirkt das Boot unglaublich leicht. Kentert nicht so schnell, *eh bien*, denkt Renard, ich bin wirklich naiv. Er hält es an einer dünnen Leine fest, während der Patron kurz zum Mangetout geht, in einem Schuppen hinter dem Haus verschwindet und schließlich mit einem mehr als mannslangen Paddel und einer alten Schwimmweste zurückkehrt. Der Commissaire legt sich das leuchtende, nach altem Gummi und muffiger Garage stinkende Ding um den Leib und kommt sich von Minute zu Minute dämlicher vor.

Und gerade, als er das große Paddel in die Hand gedrückt bekommt und sich endgültig fühlt wie Don Quijote vor der Windmühle, schlendert ausgerechnet Claudia Bornheim zum Hafen hinunter.

»Sind Sie jetzt bei der Küstenwache?« Sie ist noch immer blass unter ihrem Sonnenbrand, doch sie hat ihr Lächeln wiedergefunden. Das Claudia-Bornheim-Lächeln, ihre Lebensversicherung, wann immer es brenzlig wird. Michaels Rucksack. Wie ein Schlag in den Magen. Keine Luft mehr. Sie ist fertig. Kopfschmerzen. Wo kommt dieser Rucksack bloß her? Wer hat ihn dort hingelegt? Und: Was mag da noch drin sein, vielleicht hat Renard ihr und den anderen gar nicht alles gezeigt? Es wäre wirklich gut, wenn sie das wüsste. Sie MUSS es wissen. Nur kein richtiger Migräneanfall, nicht jetzt, bitte, bitte nicht jetzt. Sie hat vorhin zwei Tabletten Paracetamol geschluckt, prophylaktisch. Vielleicht trübt die Dosis ein wenig ihre Wahrnehmung, jedenfalls nimmt sie nur langsam das Bild vor sich auf: Renard in Shorts und Hut, der Sensenmann im Urlaub. Serge am Kajak, die bunten Plastikboote hat er schon vor dreißig Jahren vermietet. Und staunend versteht Claudia endlich, dass der Commissaire mit einem Kajak aufs Meer paddeln möchte, allein.

Ihre Gedanken überschlagen sich. Keine Hemmungen, denkt sie sich, mach es einfach. Sie muss mit Renard reden, ungestört. »Nehmen Sie mich mit auf große Fahrt, Kapitän?«, fragt sie und lächelt, immer lächeln. Sie ist noch immer attraktiv. Sie tritt näher zu ihm.

Die letzten Frauen, die Renard so nahe waren, waren Krankenschwestern. Er fragt sich, ob er schon wieder die Kraft hat, das Kajak und zusätzlich einen Passagier durch die Calanques zu paddeln. Eher nicht. Doch bevor er höflich ablehnen kann, hört er Serge lachen. »Ich hole dir eine Ausrüstung, Claudia!« Der Wirt kehrt zum Schuppen zurück.

»Die Schwimmweste kannst du gleich im Schuppen lassen! Ich will nicht aussehen wie ein Michelin-Männchen.« Claudia wendet sich Renard zu. »Wir haben uns damals schon hin und wieder beim Patron Kajaks ausgeliehen«, erklärt sie. »Manchmal haben wir richtige Rennen gemacht. Oder nennt man das Regatten? Na, egal, seither habe ich das nicht mehr gemacht, aber ich hoffe, das ist wie Fahrradfahren, und wenn man es einmal kann, vergisst man es nicht.«

Renard wünscht, er würde noch immer auf der Terrasse des Mangetout vor seinem Café au Lait sitzen. Aber irgendwie kann er da jetzt nicht mehr raus. Serge kehrt mit einem Paddel zurück. Der Commissaire kommt sich dumm vor, irgendwie unmännlich, wenn er die Schwimmweste trägt, Claudia aber nicht. Er zieht das wulstige Ding also wieder aus. Ist vielleicht auch besser so. Sie werden hintereinander auf diesem flachen Kajak hocken. Er bietet ihr den vorderen Platz an. So hat Claudia den besseren Blick auf die Calanques. Und er wird sie im Auge behalten können, während sie mit ihm redet. Zwar nur ihren Rücken, aber immerhin. Denn sie wird mit ihm reden wollen, warum sonst würde sie angeblich spontan mit ihm hinausfahren? Die Deutsche will etwas loswerden – oder sie will etwas von ihm erfahren. So oder so: Wird interessant sein herauszufinden, was es ist. Vielleicht ist dieser Ausflug doch keine so schlechte Idee.

Am Ende hat Serge recht, natürlich. Als sich Claudia und Renard erst einmal in das Kajak gesetzt haben, geht es ganz einfach. Knirschend löst sich der Plastikrumpf von der Betonrampe. Renard zieht zweimal mit dem Paddel durch, links, rechts, beinahe mühelos. Still gleiten sie zwischen den Motorbooten und Zodiacs dahin. Gerade noch, am Pier, sahen die Boote aus wie Nussschalen. Jetzt, nur ein paar Zentimeter über der Wasseroberfläche hockend, kommen ihm die weißen Rümpfe und grauen Plastikwülste riesig vor, bedrohlich. Aus ihren Außenbordmotoren, deren Schrauben sie zerfleischen könnten, strömt ein Dunst nach Benzin und Schmieröl, den man einatmet, wenn man so dicht über dem Wasser dahinrauscht wie sie. Zum Glück sind alle Boote vertäut, sie sind die Einzigen, die den Hafen von Grand Méjean verlassen.

Als sie den Kai umrunden, hebt eine Welle das Kajak an. Ein winziger Moment der Panik bei Renard und ein Achterbahngefühl, als sich das Boot hinter dem Wellenkamm wieder nach unten senkt, jenes Ziehen im Unterleib, wenn man in die Tiefe stürzt. Aber wirklich nur einen Moment, nicht einmal eine Sekunde. Dann spürt Renard, wie sanft die Welle ist. Und die nächste. Und die nächste. Claudia und er ziehen, ohne dass sie sich abgesprochen hätten, langsam die

Blätter ihrer Paddel durch das blaue Wasser, ein Gleichklang zwischen ihren Armbewegungen und der Frequenz der Wellen. Harmonie. Zu ihrer Rechten erkennt Renard die Bucht, in der man Michael Schiller gefunden hat. Wie schnell sie vom Hafen aus dorthin gelangt sind. Mit einem Kajak, sagt sich der Commissaire, bist du an dieser Küste wirklich zehnmal schneller als zu Fuß. Und was meinte Claudia gerade? Serge hat schon vor dreißig Jahren Kajaks verliehen, und alle Deutschen haben sie genutzt.

Die Felsen wirken vom Kajak aus wie eine gigantisch große Wand aus altem Packpapier: Falten und Risse überall. Die ersten Angler nach dem Mistral. Sonnenbadende. Aber noch niemand im Meer. Es stimmt auch, was der Patron versprochen hat: Das Wasser ist unfassbar klar. Die Farben unter ihm haben sich ins Blaue verschoben: blaue Felsen, blauer Sand, blaue Pflanzen, blaue Fischleiber, aber selbst auf dem Grund in zehn Metern Tiefe kann er die Umrisse einer Glasflasche ausmachen, die irgendwann einmal hinabgesunken sein muss. Er unterbricht das Paddeln und taucht die Hand ins Nass. So kalt, als griffe er in eine Gletscherspalte.

Als sie weiter hinauskommen, öffnet sich die Küste, links zu einem weiten Bogen, der bis nach Marseille reicht, rechts in gerader Linie bis zum Horizont. Die Wellen wirken jetzt langsamer, sie steigen höher als ihre Köpfe. Auf dem Kamm kann Renard die Küste kilometerweit überblicken, der Mistral hat auch die Luft geklärt, im Wellental umhüllen ihn hingegen graublaue Wassermauern und schneiden den freien Blick ab. Er steuert das Kajak nach rechts.

»Meine Referentin wäre fassungslos, wenn sie mich jetzt sehen könnte«, beginnt Claudia irgendwann das Gespräch. »Termine, Termine, Termine, und ich paddle auf dem Meer herum wie eine Touristin. Ich habe hierfür nicht einmal Urlaub beantragt.« Sie lacht.

»Was machen Sie denn sonst im Urlaub, Madame?«

Sie hört auf zu paddeln, dreht sich aber nicht zu ihm um. Er sieht, wie sie die Schultern hebt. Offenbar fällt Claudia Bornheim darauf keine spontane Antwort ein. »Schlafen«, erwidert sie schließlich. »Lesen. Kochen. Shoppen. Die Dinge, die ich sonst nicht tun kann.« Und eigentlich klingelt jeden Tag das Handy, und richtigen Urlaub hat sie schon seit Jahren nicht mehr gehabt und, wenn sie ehrlich ist, auch nicht haben wollen. Diese Ruhe. Diese Untätigkeit. Sie würde wahnsinnig werden. Ob das einer wie Renard verstehen würde? Vielleicht. Der wirkt auf sie auch nicht so, als würde er seinen Urlaub mit Kartenspielen auf der Terrasse verbringen.

»Haben Sie Familie, Madame?«

»Das ist aber eine sehr persönliche Frage.«

»Die Sie selbstverständlich nicht beantworten müssen. Ich bin bloß neugierig, bitte verzeihen Sie. Berufskrankheit.« Und offensichtlich nicht deine einzige Krankheit, denkt Claudia. Warum ist ihr seine Frage eigentlich unangenehm? Weil die Antwort wie das Eingeständnis einer Niederlage klingt? »Ich bin nicht gerade ein Familienmensch«, erklärt sie schließlich. »Und mein Beruf wäre eine Zumutung für jeden Partner. Oder gar für Kinder. Man kann nicht alles haben.«

»In der Tat«, murmelt Renard. Man hat immer nur ein paar Sachen im Leben, und für die zahlt man einen Preis. Er fragt sich, ob Claudia schon vor dreißig Jahren geahnt hat, dass sie diesen Preis zahlen würde. Und ob ihr Freund Michael das ebenfalls ahnte. Was der wohl darüber dachte? Ihr Beruf eine Zumutung für Kinder. Und der Freund, der Kinderarzt werden wollte. Ob die beiden schon in jenem Sommer wussten, dass das Leben sie nach der Schule auseinandertreiben würde? Und ob die Freunde das auch schon gemerkt hatten? Claudia und der Fischer Henri. Michael, Arm in Arm mit Barbara am Hafen. Und zu Hause in Deutschland warteten die anderen Mädchen, die nur auf eine Geste, ein Lächeln von Michael lauerten ...

Nicht allzu weit neben ihnen rauscht eine Jacht vorbei, riesig und erschreckend schnell: mattsilberner Rumpf, ein messerscharfer Bug, grauschwarze Segel, ein Fliegender Holländer aus Aluminium und Carbon. Gurgelnde Wasserstreifen am Heck. Als ihr Kajak auf diese querlaufenden Wellen trifft, schaukelt es bedenklich. Renard wünscht sich kurz, er hätte doch seine Schwimmweste anbehalten. Er gleicht das Taumeln aus, indem er sein Paddel flach auf das Wasser legt, und blickt der Jacht nach. Niemand an Bord scheint auch nur auf sie geachtet zu haben. Ob es auf diesem großen Segler irgendjemand bemerkt hätte, wenn sie mit ihrem Bug ein kleines gelbes Kajak in den Grund gerammt hätten? Auf dem Meer sind jetzt viele Boote, sie kommen ihm wie Tänzer vor, die bei guter Musik nach und nach auf die Fläche strömen: übermotorisierte Zodiacs, die mit wummernden Schlägen von Woge zu Woge springen. Drei größere Motorjachten in Formation nebeneinander, ihre Bugwellen bilden große »Vs« aus Schaum, die sich im Blau verlieren. Eine zweite Segeljacht mit einem ballonförmigen Spinnacker, einem gelb und violett leuchtenden, mit nichts als Wind gefülltem Sack. Und am Horizont eine Korsikafähre, ein in die Horizontale gelegter Wolkenkratzer, der durch irgendein technisches Wunder nicht im Meer versinkt.

»Madame, wie wäre es nach jenem Sommer mit Michael Schiller und Ihnen wohl weitergegangen, wenn es nicht zu dem tragischen Ereignis gekommen wäre?«

Nun dreht sie sich doch um. »Wie meinen Sie das?«

»Sie hatten alle Abitur, die Schule war vorbei, das Leben, so sagt man doch, konnte beginnen. Wollten Sie an derselben Universität studieren? Vielleicht zusammen eine Wohnung suchen? Oder wollten sie erst einmal gemeinsam um die Welt reisen? Ein Jahr Auszeit nehmen? Abenteuer erleben?«

Ob sie dem Commissaire die Wahrheit sagen soll? Sie zögert, trifft dann die Entscheidung. »Ob Sie es glauben oder nicht: Michael und ich haben nicht über unsere Zukunft geredet. Wir hatten keinen Plan. Oh«, Claudia hebt schnell die Hand, um einen möglichen Einwurf abzuwehren, »ich wusste schon sehr genau, was ich wollte. Keine Auszeit, das auf gar keinen Fall. Ich konnte es gar nicht mehr abwarten, an die Uni zu gehen. Soziologie. Richtige Wissenschaft, gesellschaftlich relevant. Und dann ab in die Politik. Endlich kein Kind mehr sein, Verantwortung übernehmen. Atomkraftwerke abschalten, Gleichberechtigung erkämpfen, Solidarität mit der Dritten Welt. Dieses ganze beschissene Land besser machen. Wie Petra Kelly. Mein Gott, als ich in der Mittelstufe war, wäre Franz Josef Strauß beinahe Kanzler geworden! Und als ich Abitur gemacht habe, da war es dann Kohl. Nicht, dass der Schmidt vorher viel besser gewesen wäre. Ihnen sagen diese Namen wahrscheinlich nicht viel, aber für mich war das wie, wie ... « Sie sucht nach dem richtigen Wort. »Wie eine schwere Decke, die auf dir liegt und dich erstickt. Die dir die Luft nimmt und jede Freiheit, dich zu bewegen. Blei. Deutschland war Blei-Land. Ich wollte da ausbrechen. Für mich war dieser letzte Sommer in Méjean meine Auszeit.«

Renard blickt sie nachdenklich an. Der Präsident seiner Jugend war Mitterrand, und den hat er begeistert gewählt. Rote Rose am Panthéon. Kommunisten in der Regierung. Abschaffung der Todesstrafe.

»Und Ihr Freund? War der auch ... «, er wägt seine Worte ab, »politisch so engagiert?«

Claudia schüttelt den Kopf, selbst nach drei Jahrzehnten noch verwundert. »Michael war so ... vage. Michael konnte alles, verstehen Sie? Und an einem Tag hat er irgendetwas gemacht, Wissenschaft, Kunst, Sport. Und am nächsten Tag hat ihn das nicht die Bohne interessiert. Als hätte er das schon vergessen. Oder«, sie zögert, »als wäre das sogar albern.«

»Fand er auch Ihr politisches Engagement albern?«

Claudia strafft sich. Sie wird diese Frage ignorieren. »Michael war jedenfalls in diesem Sommer noch sehr unentschlossen. Ich habe ihm mehr oder weniger ein Ultimatum gestellt: ›Ich studiere ab Oktober in Bonn Soziologie. Wenn du auch in Bonn studieren willst, Medizin oder was auch immer, gerne! Wenn nicht, dann sehen wir uns halt nicht mehr so oft. Oder‹«, sie stockt, »›gar nicht mehr.‹«

»Was hat Michael Schiller darauf geantwortet?«, will Renard wissen.

Sie hebt hilflos die Schultern, und Renard ahnt, dass er einer der wenigen Menschen ist, der die Ministerin Claudia Bornheim bei einer hilflosen Geste ertappt. »Sie kannten Michael nicht. Der war irgendwie unergründlich. Michael hat mich angelächelt und gesagt: ›Gut.‹ Mehr nicht. Gut. Aber was hieß das: gut? Dass er mit mir in Bonn studieren will? Dass er sich, im Gegenteil, von mir trennen möchte? Keine Ahnung. Glauben Sie mir: Ich denke seit dreißig Jahren darüber nach und kann Ihnen keine Antwort darauf geben. Damals habe ich nicht nachgehakt, weil ... « Sie schließt die Augen, seufzt. »Michael konnte unnahbar sein. Da war manchmal ein kaltes Leuchten in seinen Augen, und wenn er dich so anblickte, hast du ihn nichts mehr gefragt, gar nichts. Ich habe sein ›gut‹ damals als Antwort hingenommen und mir gedacht, dass sich das in Zukunft klären wird, wie er das nun eigentlich gemeint hat. Nur, dass es dann keine Zukunft mehr für ihn gab.« Claudia dreht sich wieder nach vorne, blickt über den gelben Plastikbug hinweg aufs Meer.

Eigentlich müsste Renard jetzt diskret sein, schweigen, sie sich sammeln lassen, bevor er seine nächste Frage abfeuert. Aber er spürt auf einmal ein hässliches Ziehen in seinen Armmuskeln und ein Brennen im Nacken, wo es die Sonne irgendwie geschafft hat, an der Hutkrempe vorbei seine Haut zu treffen. Er wird das hier nicht mehr lange durchhalten. »Madame, was wussten Ihre Freunde davon? Ahnten sie, dass Sie und Michael womöglich kurz vor einer Trennung standen?«

»Michael und ich standen nicht kurz vor der Trennung!« Das hat Claudia so laut gerufen, dass sie es vielleicht sogar auf dieser verdammten Riesenjacht gehört haben. Sie atmet tief durch. »Wir wussten nur noch nicht so genau, wie es mit uns weitergehen sollte, das ist alles.«

»Haben Sie denn mit Ihren Freunden darüber geredet? Haben Sie sich Rat geholt? Sich trösten lassen?«

Claudia schüttelt den Kopf. »Nein, von wem auch? Verstehen Sie mich nicht falsch«, setzt sie rasch hinzu, »ich liebte meine Freunde. Wirklich. Damals haben sie mir mehr bedeutet als meine eigene Familie. Aber ...«, sie vollführt mit dem Paddel eine große Geste, so groß, dass ihr Kajak einen Moment lang gefährlich schwankt und Renard vor Schreck zusammenzuckt, als dabei seine linke Hand ins eisige Wasser taucht, »... mit wem hätte ich denn darüber reden können? Mit Babs, die selbst auf der verzweifelten Suche nach irgendeinem Typen war? Mit Rüdiger, der wie besessen und, wenn ich ehrlich bin, auf seine Art mindestens genauso verzweifelt wie Babs war, während er an seinen Bildern gearbeitet hat? Mit Dorothea und Katsche, die eine Beziehung führten wie meine Großeltern? Und ich, ich ... na, ich weiß schon, dass sie mich manchmal für eine arrogante Tussi hielten. Aber ich war eben die Claudia, die alles im Griff hat. Unsere Freunde hätten nicht einmal verstanden, dass Michael und ich ein Problem haben könnten. Und eine Lösung dafür hätten sie erst recht nicht gehabt.«

Renard wendet das Kajak, und sie paddeln langsam zurück. Es würde eine anstrengende Tour werden bis in den Hafen von Grand Méjean. Plötzlich spürt er, dass die Wellen oder vielleicht irgendeine Strömung gegen sie sind, jedenfalls geht es viel langsamer und mühseliger voran als auf der Hinfahrt.

»Mir ist von Michael kaum etwas geblieben«, fährt Claudia fort und schüttelt den Kopf. Renard, der jetzt nur ihre braunen Haare sieht, weiß nicht, ob sie erstaunt darüber ist oder eher traurig oder beides. »Wenn Sie in seinem Rucksack etwas von ihm finden, das persönlich ist, aber ohne Interesse für Ihre Ermittlungen ...« Sie wendet sich Renard zu und schenkt ihm ein Lächeln, das verlegen ist und etwas schüchtern und ihr außerordentlich gut steht. »Also, falls Sie mir ein Erinnerungsstück überlassen könnten, dann wäre ich Ihnen wirklich sehr dankbar.«

Renard kommt der Verdacht, dass dies der wahre Grund dafür ist, warum die Politikerin mit ihm aufs Meer gefahren ist: Claudia will etwas Bestimmtes aus diesem Rucksack haben. Aber vielleicht beurteilt er sie auch zu hart, und sie ist tatsächlich sentimental. Er lächelt

ebenfalls. »Ich nehme nicht an, dass Ihnen seine alte Flasche Duschgel viel bedeutet«, erwidert er. »Oder das kleine Handtuch. Vielleicht sein T-Shirt, nachdem die Spurensicherung es untersucht hat?«
Claudia gelingt es, ihr Lächeln zu halten. »Das T-Shirt wäre nett«, sagt sie. »Und vielleicht die Polaroid? Wir haben uns damals mit dem alten Kasten so oft geknipst! Die Bilder waren schrecklich, vor allem die Hauttöne. Jeder sah auf dem Foto aus wie ein Zombie. Aber trotzdem. Michael hat jeden Abend seine Polaroids, die er tagsüber gemacht hat, in eine Pappkiste in der Seitentasche seines Koffers gesteckt. Der Koffer ist dann später an seine Eltern geschickt worden, und wer weiß, wo diese alten Polaroids jetzt liegen. Wahrscheinlich längst auf einer Müllkippe. Nur an seinem letzten Tag, da waren wir ja abends bei den Ärzten. Da kann Michael seine Fotos eigentlich noch nicht weggeräumt haben. Haben Sie vielleicht Fotos im Rucksack gefunden? Es wären die einzigen Bilder, die von Michaels letztem Sommer geblieben wären.«

»Noch haben wir kein Foto sichergestellt«, antwortet Renard und dann, nach einer Pause: »Und den Skizzenblock, mit dem Michael Schiller angeblich losgezogen ist, den haben wir leider auch nicht im Rucksack gefunden.«

Claudia hört jetzt doch auf zu lächeln, sie ist zu erschöpft. »Wie schade«, murmelt sie. »Michael hat gezeichnet. Und außerdem war das für ihn auch so eine Art Tagebuch. Er hat manchmal Sachen aufgeschrieben, die ihm durch den Kopf gingen. Sogar Gedichte. Selten, wirklich selten hat er mich mal etwas davon lesen lassen. Hätte ich diesen Block, wäre es, als würde Michael noch zu mir sprechen.«

»Und zu mir auch«, sagt Renard trocken. »Ich würde mir diesen Skizzenblock auch gerne einmal ansehen, Madame.«

»Was vermuten Sie, Commissaire? Wer hat den Rucksack dorthin gelegt? Mir macht der Rucksack Angst, auch wenn ich gar nicht genau weiß, warum. Es ist, als würde uns jemand belauern. Jemand, der uns immer einen Schritt voraus ist.«

»Und womöglich jemand, der schon einmal einen Menschen getötet hat.« Renard beschließt, ehrlich zu Claudia zu sein. »Ich weiß nicht, wer es war. Aber wenn Sie sich nicht die Frage stellen: Wer hat den Rucksack in die Bucht gelegt? Sondern: Wer hat den Rucksack vor dreißig Jahren verschwinden lassen? Dann deutet alles wohl darauf hin, dass der Mörder selbst diesen Rucksack wieder ans Licht gebracht hat.«

Das Handy klingelt. Renard legt das Paddel quer über das Kajak und fummelt den Apparat aus dem Brustbeutel. Ein Kriminaltechniker. »Haben Sie was zum Mitschreiben?«, beginnt er.

Renard räuspert sich. »Schießen Sie los.«

»Das T-Shirt stammt aus einem deutschen Kaufhaus, C&A, es gibt noch ein Etikett, dessen Schrift gerade eben lesbar ist. Das Handtuch lässt sich nicht weiter identifizieren. In der Plastikflasche ist nur Duschgel, keine Drogen, nichts, was da nicht hineingehört. Das Zeug hatte ich auch mal, als ich noch klein war, die Marke stammt aus den Achtzigerjahren.« Die Stimme des Beamten klingt so emotionslos wie die Stimme aus einem Navigationsgerät.

»Und die Polaroid?«, drängt Renard. Verdammt, warum müssen die Leute von der Spurensicherung immer mit den unwichtigsten Dingen anfangen?

»Die ist leer.« Täuscht sich Renard, oder schwingt da so etwas wie Schadenfreude mit?

»Keine Fotos?«

»Kein Paket unbenutzter Fotos im Magazin der Polaroid. Keine belichteten Bilder in der Kameratasche oder sonst irgendwo im Rucksack. Wir haben alle Außen- und Innentaschen im Rucksack geöffnet und nichts mehr gefunden. Außer einem alten deutschen Pfennig. War vielleicht ein Glücksbringer. Scheint nicht funktioniert zu haben.« Der Beamte lacht.

Idiot, denkt Renard. Dann ermahnt er sich: Lass deine Enttäuschung nicht an dem Kollegen aus. Michael hatte in der Bucht Fotos machen und malen wollen. Sie haben im Rucksack eine Kamera gefunden, aber keinen Film, weder einen belichteten noch einen unbelichteten. Und keinen Fetzen Papier. Wer auch immer den Rucksack dort hingelegt hat, muss zuvor die Bilder und den Skizzenblock herausgenommen haben. Möchte wissen, was da drauf ist. »Wie sieht es mit Fingerabdrücken aus? DNA-Spuren?«

»Hier wird es interessant.«

»Ja?« Renard richtet sich unbewusst auf, das Kajak schaukelt, er bemerkt Claudias forschenden Blick. Er lässt sich zurücksinken, stabilisiert ihr schmales Boot.

»Es gibt nämlich keine Spuren. Gar keine. Keine Fingerabdrücke. Keine Anhaftungen, aus denen man eine genetische Spur gewinnen könnte. Außen nicht. Und innen auch nicht. Und auch nicht an den Objekten, die wir im Rucksack gefunden haben. Da hat jemand sehr gründlich sauber gemacht.«

»*Merde*«, sagt der Commissaire.

»Der alte Brief, den Sie uns mitgegeben haben, wird Ihre Laune auch nicht verbessern«, fährt der Kriminaltechniker gleichmütig fort. »Wir haben Ihre Fingerabdrücke, aber sonst keine. Das Schreiben muss jemand ebenfalls sehr aufmerksam abgewischt haben, bevor er es Ihnen in die Hände gespielt hat. Commissaire, Sie suchen jemanden, der seine Hausaufgaben gemacht hat.«

»Schlechte Nachrichten?«, fragt Claudia, nachdem Renard das Handy wieder im Beutel verstaut hat.

»Zumindest keine guten. Im Labor können die Kollegen mit dem Rucksack nichts anfangen.«

»Keine Polaroids?«

»Nein, kein Bild von Ihrem Michael, leider.« Die fragt bloß nach den Bildern, die macht sich keine Sorgen um Fingerabdrücke oder DNA-Spuren, sagt sich Renard, und das muss sie ja auch nicht. Hätte man ihre Spuren am Rucksack ihres damaligen Freundes gefunden, was hätte das schon bedeutet? Aber Claudia Bornheim will an die

Fotos ran. Renard möchte wirklich zu gern wissen, was auf diesen Polaroids zu sehen sein könnte. Claudia hat sich von ihm wieder abgewandt und zieht jetzt kräftiger durch, sie zwingt ihm mehr oder weniger ihren Rhythmus auf. Ich werde mich nicht von der Deutschen fertigmachen lassen, nimmt sich Renard vor und hält mit, auch wenn die Oberarme schmerzen und die Handgelenke pochen. Er konzentriert sich ganz auf die Züge, versucht, den Atem unter Kontrolle zu behalten: rechts durchziehen, links durchziehen, rechts, links. Renard achtet auf Claudias Rhythmus, auf die Wellen, auf das Kajak, auf seinen eigenen Körper.

Er hat keinen Blick für das Meer ringsum.

42

Sylvie Norailles hat das alte Fischerboot langsam aus dem Hafen gesteuert. Niemand hat auf sie geachtet. Sie ist ein Stück weit hinausgefahren, vielleicht hundert Meter. Nun dümpelt sie beinahe in den Wellen, der schwere Motor brabbelt nur ganz leise mit niedriger Drehzahl vor sich hin, gerade genug, dass sie den Kurs halten kann. Sylvie weiß, dass sie von Land aus kaum noch sichtbar ist: ein schmaler Strich im Meer, ein Fleck undefinierbarer Form in der gigantischen Wasserfläche, die in der klaren Sonne wie ein millionenfach gebrochener Spiegel blendet. Der Ozean ist das perfekte Versteck, wer sich schwimmend in die Wellen schmiegt, wird unsichtbar, als läge dicht über dem Wasser eine Tarnkappe wie aus alten Sagen.

Sylvie hat vom Haus aus diesen Commissaire beobachtet, der alleine im Mangetout gesessen hat. Francis war nach Ensuès gefahren, um einzukaufen. Laura badete irgendwo im Meer, die Einzige, die dem kalten Tiefenwasser trotzen kann. Sylvie war ungestört, konnte sich ganz auf ihre Observation konzentrieren. Plötzlich war Renard mit Serge zu dessen Kajaks gegangen. Was trieb dieser Flic bloß? Dann war ihr klar geworden, dass Renard vielleicht mit dem Kajak die Küste entlangpatrouillieren will, um die Buchten zu beobachten. Oder will er irgendetwas nachprüfen? Der Mann machte jedenfalls Sachen, die seine Kollegen vor dreißig Jahren nicht gemacht hatten. Keiner von denen wäre auf die Idee mit dem Kajak gekommen. Wer weiß, was dieser Renard noch alles überprüfen wird?

Nichts mehr, wenn es nach ihr geht.

Noch während sie möglichst unauffällig Richtung Hafen schlenderte, tauchte die Deutsche auf. Als Sylvie erkannte, dass Claudia

Bornheim auch mit dem Kajak fahren wollte, zögerte sie kurz. Warum fuhr die mit? Ausgerechnet die ehemalige Freundin von Michael Schiller? Es konnte ihr gleichgültig sein, aber: Jetzt waren zwei Menschen auf dem Kajak. Sie sah, wie Renard seine Schwimmweste wieder auszog. Claudia hatte erst gar keine übergestreift. Perfekt. Vielleicht hängt diese Claudia Bornheim ja auch mit drin, dachte Sylvie, vielleicht ist es nur gerecht, wenn ich sie auch erwische. Und wenn nicht, hat sie einfach Pech gehabt. Keine Zeit für Sentimentalitäten, die Gelegenheit war zu gut: das Kajak, keine Schwimmwesten, das Wasser ist kalt.

Als die beiden mit langsamen, noch zögerlichen Zügen aus dem Hafen glitten, duckte sie sich hinter einer Hecke neben der Straße, um nicht von ihnen gesehen zu werden. Unmittelbar nachdem das Kajak den Kai umrundet hatte, eilte sie zu ihrem Boot und warf den Motor an.

Nun durchkreuzt sie das Meer, langsam hin und her, wie ein Hai. Sylvie hat sich ein weißes Tuch um den Kopf geschlungen, bis unter das Kinn, und sie hat ihre größte Sonnenbrille aufgesetzt. Mit dieser Maske könnte sie eine Bank überfallen. Sie hat das Marinefernglas von Francis aus dem Haus mitgenommen und hält es vor das Gesicht. Mit bloßem Auge ist das Kajak kaum auszumachen. Doch durch das Glas erkennt sie, dass Claudia und Renard näher kommen. Seine Bewegungen sind fahrig, die Blätter des Paddels klatschen unsauber auf das Wasser, der Commissaire ist erschöpft. Umso besser.

Vielleicht noch fünfzig Meter trennen sie vom Kajak. Sylvie dreht den Motor höher. Das alte Fischerboot ist leicht, es gleitet schnell und immer noch fast lautlos dahin. Sie umkreist das Kajak in einem großen Bogen. Zwischendurch mustert sie mit dem Fernglas den Hafen, die Buchten, die Wanderwege an der Küste. Niemand achtet auf sie. Sie beobachtet das Meer. Ferne Jachten, kein Mensch wird dort in ihre Richtung blicken. Nach ein paar Minuten kreuzt sie hinter dem Kajak durch die Wellen. Sylvie dreht ein, nähert sich den Paddlern nun genau von achtern. Sie kann schon Renards Rücken erkennen, die dunkle Schweißspur zwischen den Schultern, seinen Sonnenhut, dessen Krempe mit jedem Zug wackelt. Vierzig Meter. Dreißig Meter. Das Kajak ist langsam, Sylvie kann den Motor herunterdrehen und kommt ihm trotzdem rasch näher. So hören die beiden sie immer noch nicht. Zwanzig Meter. Fünfzehn. Sylvie krallt sich mit der linken Hand an die Bordwand. Sie stellt beide Füße flach auf den Bootsboden, um sich sicher abzustützen. Ihre Rechte umklammert den Gashebel. Noch zehn Meter.

Sie gibt Vollgas.

Der Yanmar röhrt auf. Der Holzrumpf zittert. Die Schraube zerwühlt das Wasser, als würde es unter dem Motor plötzlich kochen. Der Bug steigt in die Höhe. Sylvie spürt, wie das Boot einen Satz nach vorne macht. Große Hecksee. Lärm. Fahrtwind, immer stärker. Fünf Meter. Renard unterbricht sein rhythmisches Paddeln. Drei Meter. Renard hebt den Kopf. Renard wendet sein Gesicht langsam nach hinten.

Zu spät.

Sylvie macht im letzten Moment einen kleinen Schwenk, sodass sie nicht genau von achtern auf das Kajak knallt, was ihr eigenes Boot vielleicht beschädigt hätte. Sie rammt das fragile gelbe Gefährt stattdessen von schräg hinten rechts.

Ein kurzer, harter Stoß. Dann die schaumigen Wellen der Schraube. Ein Schrei von Claudia, schon hinter Sylvies Rücken.

Das Kajak bäumt sich unter dem Anprall auf, dreht sich noch in der Luft zur Seite. Claudia ruft Unverständliches. Renard, der im letzten Moment aus den Augenwinkeln einen Schatten wahrgenommen hat, etwas Großes, Grünes, ein Kopf, weiß wie ein Gespenst, will mit seinem Paddel verzweifelt das Gleichgewicht halten, doch mit seinen wilden Bewegungen durchzuckt er bloß wirkungslos die Luft. Er spürt, wie sich das Kajak unter ihm dreht und er aus der Sitzmulde rutscht.

Das Kajak schlägt auf die Welle zurück, stellt sich quer, kentert, schleudert Claudia Bornheim und Renard hinaus.

Das Meer ist kälter als Eis.

43

Das Wasser legt sich wie eine mit Nadeln gespickte Decke um ihn, die seine Brust zusammenpresst. Keuchend kämpft sich Renard an die Oberfläche, ringt nach Luft. Kälte. Schon spürt er seine Füße nicht mehr. Er blickt sich verzweifelt um. Schaumbahnen, die letzten Spuren des Motors, der irgendwo lärmt. Wer immer sie getroffen hat, der ist schon hinter den Wellenkämmen verschwunden. Claudia kommt neben ihm hoch, hustet, würgt, die langen Haare nass, die Lippen bereits violett. Sie bewegt den Mund, doch falls sie tatsächlich einen Ton herausbringt, dann hört Renard ihn nicht.

Wo ist die Küste? Er versucht, sich zu orientieren, abzuschätzen, wie weit sie schwimmen müssten. Wohin. Etwas Gelbes zu seiner Linken. Das Kajak. Gekentert. Er greift danach. Glattes Plastik. Seine Hand ist schon halb taub, die Finger gleiten ab. *Merde, merde, merde.* Er wird hier jetzt nicht ertrinken! Er greift wieder zu, bekommt plötzlich eine Leine zu fassen, reicht Claudia die andere Hand. Jetzt klammert sie sich auch an den Rumpf. Sie spuckt Salzwasser aus, blickt ihn an.

»Was für ein Arschloch«, keucht sie. »Der muss uns doch gesehen haben!«

»Später«, antwortet Renard. Seine Stimme pfeift, als habe er ein Loch in der Lunge. »Darum kümmere ich mich später. Wir müssen zurück ins Kajak, bevor wir dazu keine Kraft mehr haben.« Die Paddel sind längst untergegangen, wie sollen sie das Kajak vorwärtsbewegen? Auch darum wird er sich später kümmern. Sie packen gemeinsam die Seite des Plastikrumpfes, heben sie hoch, drücken sie aus dem Wasser, versuchen, dieses Scheißboot umzudrehen. Es klatscht zurück, unfassbar schwer. Noch einmal. Vergebens. Sie können den Rumpf nicht weit genug aus dem Wasser stemmen.

»Andersrum«, stößt Renard hervor. Er hat keine Luft mehr für lange Erklärungen. Claudia versteht ihn auch so. Sie drücken die Seite nun nach unten, unter die Wasseroberfläche. Renard stützt sich mit den Unterarmen auf den schrägen Rumpf, dann mit den Ellenbogen – und plötzlich dreht sich das Kajak, klatscht richtig herum aufs Wasser zurück. Der Rumpf trifft Renard dabei an der Stirn, Blut läuft ins Meer, aber er spürt keine Schmerzen, spürt schon gar nichts mehr. Diese Kälte. Er will sich bloß noch auf dieses verfluchte Kajak ziehen, raus aus dem Wasser. Claudia genauso, sie zerren und drücken auf derselben Seite, das Boot kippt gefährlich hoch zurück.

»Stopp!«, schreit Renard. »Sie bleiben hier. Ich schwimme auf die andere Seite. Wir müssen uns von gegenüberliegenden Seiten hochziehen, im gleichen Moment, um das Gleichgewicht zu halten. Sonst kentert das Ding wieder.« Ein Moment blinder Panik, ein physischer Widerwillen, seine Hand vom Kajak zu lösen. Dann ist er doch frei, macht einige hektische Züge, schwimmt hinten um den Rumpf, bis er schräg gegenüber von Claudia das Kajak wieder packt.

»Eins, zwei«, keucht er, »drei!«

Sie ziehen sich hoch. Das Kajak schwankt. Wasser in den Sitzmulden. Die Wellen schlagen gegen das Plastik. Niemals, sagt sich Renard, das schaffen wir niemals, niemals, niemals. Mit letzter Kraft stemmt er sich aus dem Wasser. Er bringt es fertig, seinen Oberkörper quer über die hintere Sitzmulde zu legen, mit den Beinen strampelt er jedoch hilflos im Meer. Sonne auf den Schultern. Wärme. Claudia liegt auch irgendwie mit dem Oberkörper auf der vorderen Sitzmulde. Für einen Moment starren sie sich verzweifelt an, dann müssen sie plötzlich lachen.

»Wenn Ihre Referentin Sie jetzt sehen könnte«, gurgelt Renard.

»Hoffentlich schnappen Sie den Kerl«, keucht sie. »Der Typ muss ja betrunken sein.«

Der Commissaire atmet schwer, antwortet nicht. Der ist nicht betrunken, denkt er. Mittagszeit, helles Licht. Da hat nicht jemand einen Pastis zu viel getrunken und ist am Steuerruder eingeschlafen, im Gegenteil: Da hat jemand sehr genau gezielt. Ein Anschlag, ich fasse es nicht, das war ein Anschlag. Er fragt sich, ob der Mordversuch ihm gegolten hat. Oder der Frau, die sich mit letzter Kraft neben ihm an eine Leine klammert.

»Wir schaffen es nicht«, stößt Claudia hervor. »Ich fühle mich wie ein nasser Sack. Ich schaffe es nicht ganz hinein. Ich spüre meine Beine nicht mehr.«

Renard hat keinen Atem mehr für eine Antwort. Er klammert sich jetzt nur noch mit der Linken fest, fummelt mit der Rechten an seinem wasserfesten Brustbeutel. Das Handy. Cross Med, die Küstenwache. Verdammt, welche Nummer hat die Küstenwache? Irgendetwas mit eins und dann? Verdammt. Ihm fällt in diesem Augenblick nicht einmal mehr seine eigene Telefonnummer ein. Er spürt Claudias Blick, Hoffnung und Ungeduld. Die Kälte, die in den Unterleib kriecht. Er hat den Beutelverschluss aufbekommen. Bloß nicht das Handy fallen lassen. Seine Hand zittert, er kriegt das Ding nicht aus dem Beutel. Er drückt von außen auf das durchsichtige Plastik, er braucht nur die Rufliste anzutippen. Wiederwahl. Sein letzter Anruf war an die Évêché gegangen. Luc wird dann Cross Med rufen. Verdammt. Das Display bleibt dunkel, seine tauben Finger streifen hilflos über das Plastik. Claudia sieht aus, als wollte sie ihm den Beutel vom Hals reißen. Er muss das Handy doch irgendwie aus diesem verfluchten Plastiksack holen. Das kann doch nicht so schwer sein. Er starrt auf diesen lächerlichen Beutel dicht unter seinem Kinn, Blut aus der Wunde vor einem Auge, die Finger fast taub.

Renard und Claudia konzentrieren sich so sehr auf das Handy, dass sie das Bollern des schweren Bootsmotors nicht hören, das lauter und immer lauter wird.

Claudia starrt auf den kleinen Handybeutel in Renards blau verfärbten, schrecklich ungeschickten Fingern. Da spürt sie plötzlich eine Hand, die sich unter ihre linke Achsel schiebt, eine kräftige Hand. Nahe an ihrer Brust. Einen Moment lang ist sie empört, dann spürt sie eine zweite Hand unter ihrer rechten Achsel. Endlich hat sie die Kraft gesammelt, um den Kopf zu drehen. Die nassen Haare fallen ihr vor die Augen. Sie streicht sie nicht fort, wagt es nicht, krallt sich mit beiden Händen am Kajak fest. Etwas Grünes hinter ihr. Ein Boot. Sie erkennt einen massigen Mann, der sich weit über die Bordwand gelehnt und sie unter den Armen gepackt hat. Er ruft ihr etwas zu. Französisch. Sie kann in diesem Moment kein Wort mehr verstehen, sie ist so erschöpft. Aber diese Stimme klingt vertraut. Sie löst ihre klammen Finger. Kaum gibt sie das Kajak frei, heben diese kräftigen Hände sie hoch. Einen Augenblick schwindelt sie. Ihr Rücken knallt hart gegen die Bordwand, aber selbst der Schmerz fühlt sich herrlich an, ein Beweis, dass ihr Körper noch nicht abgestorben ist. Wieder diese Stimme. Sie blickt in den Himmel, der irgendwie zu taumeln scheint. Schmerzen im Rücken, am Po, hinten an den Oberschenkeln, in den Kniekehlen, während sie ruckartig über den Bordrand gezerrt wird. Dann liegt sie auf einem stählernen Boden. Wärme. Der Gestank nach Fisch. Mein Gott, denkt sie, bitte mach, dass das alles nur ein schlechter Traum ist.

Sie versucht, zu Atem zu kommen, gerettet, sie fühlt sich unglaublich leicht. Doch zugleich spürt sie, dass das hier noch nicht vorbei ist, dass sie immer noch in Gefahr ist. Sie streicht sich endlich die Haare aus dem Gesicht. Ein Fischerkahn. Sie erkennt das Boot sofort wieder, erinnert sich an die Farbe, an den Geruch. Und diese Stimme. Henri. Sie schafft es, den Oberkörper aufzurichten, tastet nach irgendetwas, an dem sie sich festhalten könnte. Der Fischer hat sich wieder nach außenbords gebeugt. Sie blickt direkt auf seinen gewaltigen Po in der speckigen Jeans. Mein Gott. Sie könnte sterben vor Scham. Ausgerechnet Henri. Sie hört wieder französische Worte, aber diesmal nicht seine Stimme. Renard. So also klingen Ertrinkende. Doch dann schwankt der Kahn, und Renards ausgemergelter Kopf taucht jenseits der stählernen Bordwand auf, sein Körper. Sie hört Flüche, Keuchen. Dann liegt der Commissaire neben ihr, die Augen geschlossen, Blut läuft ihm über die Stirn. Endlich öffnet er die Lider.

»*Merde*«, flüstert er.

Claudia muss einen Augenblick lächeln, trotz allem.

Henri macht sich noch immer außenbords zu schaffen. Sie erkennt, dass er das Kajak mit einer Leine am Kahn festbindet. Sie richtet sich weiter auf, schafft es schließlich, sich auf eine Bank zu hieven. Renard setzt sich neben sie, mager, blutüberströmt, aber der Kerl bewegt sich schon wieder besser als sie. Seine Augen sind klar, und er blickt an ihrem Retter vorbei auf das Meer. Der sucht den Typen, der uns das angetan hat, denkt Claudia. Der Commissaire ist schon wieder auf der Jagd. Sie muss sich in Acht nehmen vor diesem Mann. Muss ihn noch mehr fürchten, als sie ihn sowieso schon fürchtet.

Und ausgerechnet jetzt sitzt sie mit Henri in diesem Kahn. Der Fischer hat sich endlich zu ihr umgedreht. Muskeln, Speck, dunkle Haut, dunkle Augen, derselbe schüchterne Blick wie vor dreißig Jahren, mein Gott, wieso habe ich diesen Jungen damals bloß angequatscht? Wäre sie damals nicht zu Henris Boot gegangen, vielleicht würde Michael jetzt noch leben.

Sie sieht, wie sich seine Lippen bewegen. Seine Stimme dringt wieder zu ihrem Verstand durch. »Da haben Sie aber Glück gehabt«, sagt Henri gerade. Er spricht langsam, weil er sich noch daran erinnert, dass sie sonst seinen südfranzösischen Akzent nicht verstehen würde.

»Glück würde ich das nicht nennen«, erwidert Renard keuchend. Er hat auf dem Bootsboden einen fleckigen Lappen gefunden und hält ihn sich auf die Wunde.

»Das sind Touristen. Die passen nie auf«, erklärt der Fischer. »Wahrscheinlich wollte Sie nur jemand erschrecken. Ein mieser Scherz. Aber der Kerl hat nicht bedacht, wie leicht so ein Kajak kentert.«

»Der Kerl? Sie haben den Typen gesehen, der das getan hat?«, fragt Renard.

»Nein«, stottert Henri verlegen. »Ich bin zufällig hier vorbeigekommen, weil ich in der Nähe Netze kontrollieren wollte. Und da habe ich Sie gesehen und ...«

»Sie haben also nicht gesehen, wie wir umgefahren worden sind?« Der Fischer schüttelt den Kopf.

Renard nickt. »Sie haben gesagt, ein Kerl hat das getan. Aber ich glaube, ich habe eine Frau am Steuer des Motorbootes erkannt. Sonnenbrille, Kopftuch. Ich bin ziemlich sicher, dass es eine Frau war.«

Eine Frau, denkt Claudia, und dann sofort: Eliane. Die hat einen Grund, mich umzubringen. Das war Absicht. Und der Anschlag galt mir. Wenn das doch bloß ein Albtraum wäre. »Vielen Dank, dass Sie uns gerettet haben«, bringt sie heraus. Claudia hat absichtlich »Sie« gesagt, und sie hofft, dass Henri das kapiert hat und nicht ins »Du« zurückfällt. Zumindest nicht, solange dieser Commissaire dabei ist.

»Das war doch selbstverständlich.« Henri ist rot geworden. Seine Stimme klingt gepresst. Renards Blicke wandern von ihm zu ihr. Der Kerl weiß, dass er Henri vor sich hat, begreift Claudia, der Junge, mit dem ich vor dreißig Jahren geflirtet habe.

»Ich will ins Haus zurück«, fährt Claudia fort. Sie schlingt die Arme um den Leib, sie ist noch ausgekühlt. Dabei brennt die Sonne in den offenen Kahn, Wasser dampft aus ihren Haaren, aus dem T-Shirt, sie spürt schon trockenes Salz auf der Haut. Ihre Kopfschmerzen hämmern.

»Selbstverständlich«, wiederholt Henri. »Ich bringe Sie in den Hafen.« Er dreht den Motor hoch, nimmt Kurs auf Grand Méjean, aber dafür muss er nicht nach vorne sehen. Er starrt weiterhin Claudia an, mit scheuem Blick, als wäre ihm eine Heilige ins Boot gefallen.

Claudia lächelt Henri dankbar an, diese Geste würde Renard wohl von ihr erwarten. Dann schließt sie die Augen. Sie ist erschöpft, total fertig – so fertig war sie erst ein Mal zuvor im Leben, an einem Morgen vor dreißig Jahren ... Bloß nicht mehr reden als notwendig. Erst als die Drehzahl des Motors endlich sinkt, blickt sie wieder auf. Schon sind sie im Schutz des Kais, im stillen Becken jenseits der Wellen. Niemand steht auf dem Pier, niemand scheint auf sie zu achten. Vorhin wären sie beinahe gestorben, und hier hat das kein Mensch bemerkt. Claudia mustert die vertäuten Boote. Vielleicht fehlt eines der Boote ... Aber am Kai sind so viele Plätze unbesetzt, dass mindestens ein Drittel der Freizeitkapitäne von Grand Méjean auf dem Meer unterwegs sein müssen. Und es ist ja nicht einmal sicher, dass das Motorboot aus diesem winzigen Hafen gekommen ist. Aber wenn es Eliane war, welches Boot könnte sie genommen haben, wenn doch ihr Mann mit dem Fischerkahn unterwegs ist?

Mit einem Knirschen drückt der Kahn gegen den rissigen Beton. Claudia springt auf, wartet nicht einmal, dass Henri das Boot an beiden Enden festgebunden hat, steigt mit wackeligen Beinen hoch zum Kai, dreht sich um.

»Vielen Dank noch einmal. Für alles.« Sie lächelt Henri an, und diesmal meint sie es ehrlich. Oder wenigstens ehrlicher als vorhin. Sie muss fort von hier.

»Erholen Sie sich, Madame Bornheim. Ich kümmere mich um den Rest«, ruft Renard ihr hinterher. Es klingt beinahe wie eine Drohung. Henri sagt kein Wort.

Renard bleibt noch im Boot sitzen. Er fürchtet, dass seine Beine den Dienst versagen, wenn er jetzt versucht aufzustehen. Ihn fröstelt immer noch, obwohl die Sonne auf ihn niederbrennt, es ist wie während der schlimmsten Phase der Therapie. Nimm dich zusammen, ermahnt er sich. »Also«, beginnt Renard, sobald Claudia außer Hörweite ist, »Sie haben wirklich niemanden gesehen?« Henris Kahn ist grün gestrichen. Im letzten Moment vor dem Anschlag hat Renard etwas Grünes aufblitzen sehen. Ob der Fischer der Unglücksfahrer ist? Vielleicht doch bloß ein Unfall? Und Henri, der Täter, dreht bei und gibt sich als Retter aus, um das Schlimmste zu vermeiden? Aber Renard ist sich sicher, eine Frau gesehen zu haben. Und während der Rückfahrt hat er dem Motorenlärm gelauscht. Der Außenborder auf Henris Kahn grummelt lauter und tiefer als die Maschine, die das andere Boot angetrieben hat.

»Da sind im Sommer täglich so viele Leute draußen, ich habe auf niemanden geachtet.« Henri wünscht sich, dass dieser Commissaire, der sich nicht einmal bedankt hat für die Rettung, endlich aus seinem Kahn aussteigen würde. Claudia. Sie ist nicht mehr die Achtzehnjährige von damals, selbstverständlich nicht, und doch ist sie so schön, dass die Sehnsucht, sie einmal zu berühren, nur ein einziges Mal, schmerzt.

»Sie sind täglich draußen?«, fragt Renard. Die Müdigkeit macht ihn schwindelig. Er krallt sich an der stählernen Bordwand fest, hoffentlich fällt das dem Fischer nicht auf. Der soll seine Schwäche nicht sehen, das ist ein Verhör, verdammt, schließlich wäre Renard beinahe selber draufgegangen.

»Das ist meine Arbeit.«

»Wie oft passiert so etwas wie mit uns gerade? Dass Leute kentern, umgefahren werden, in Lebensgefahr geraten?«

Henri starrt diesen Typen aus Marseille an. Er weiß genau, worauf der hinauswill. Aber so läuft das nicht. Landratte. Er schüttelt den Kopf.

»Das passiert nicht so selten, wie Sie vielleicht glauben«, erklärt er. »Touristen kentern andauernd mit diesen Kajaks. Oder sie verlieren irgendwie ihre Paddel, dann hocken sie hilflos auf ihren Booten, Wind und Strömung treiben sie raus, und wenn sie Glück haben, dann hat jemand wenigstens ein Handy dabei und ruft Cross Med. Oder die Leute legen sich auf eine Luftmatratze, schlafen ein, und wenn sie wieder aufwachen, dann sind sie schon halb auf dem Weg nach Algerien. Oder ...«

»Gut«, unterbricht ihn Renard gereizt. »Also ein Allerweltsunfall.« *Merde,* denkt er. Er hat einen Moment mit dem Gedanken gespielt, die Sache den Kollegen aus Martigues zu melden. Die Police nationale patrouilliert mit Zodiacs diesen Küstenabschnitt ab. Renard hatte gehofft, dass die Beamten sich in den Häfen umhören könnten. Aber wenn solche Unfälle hier alltäglich sind, dann werden sich die Kollegen keine Mühe damit geben. Die werden Renard bloß für einen der zahllosen Trottel halten, die so blöd waren, mit diesen bunten Plastikwürsten zu kentern. Vielleicht ist es die Wut, er spürt auf jeden Fall, wie langsam die Kraft in ihn zurückströmt.

»Madame Bornheim hat mir gesagt, dass sich die Deutschen damals schon Kajaks geliehen haben, um Touren zu machen?« Renard unterdrückt das Bedürfnis, sich zu kratzen. Das Wasser ist aus T-Shirt und Shorts verdunstet, es ist nur Salz zurückgeblieben, das den Stoff klamm und kratzig macht. Er scheuert auf den Schultern, den Oberschenkeln, am Bauch. Auf seiner Stirn pocht es. Die Wunde sollte er besser auch bald säubern.

»Kann sein«, erwidert Henri. Er möchte nicht länger mit diesem Mann reden, schon gar nicht über die Deutschen. Claudia. Er wäre jetzt wirklich gerne allein.

»Madame Bornheim ist auch mit Ihnen gefahren? In diesem Boot?«

Fängt das schon wieder an? Henri seufzt schwer. »Ein Mal.«

»Wohin?«

Der Fischer deutet vage nach draußen. »Die Côte Bleue rauf und wieder runter. Ich habe Claudia ein paar Buchten gezeigt.«

Claudia, denkt Renard. Nicht »Madame Bornheim«. Aber die waren damals alle Teenager, natürlich haben die sich mit Vornamen angesprochen. Das hat gar nichts zu bedeuten. Ein paar Buchten gezeigt, natürlich auch die Bucht, in der man dann später Michael Schiller gefunden hat, an der fährt jeder vorbei, der Grand Méjean verlässt. Auch das hat nichts zu bedeuten, gar nichts. »Und danach? Nach Ihrer Tour? Haben Sie da noch mit Madame Bornheim eine Cola getrunken im Mangetout? Oder ihr auch die Küste auf den Wanderwegen gezeigt?«

»Nein, nein«, wehrt Henri hastig ab. »Claudia hat sich bedankt, und dann ist sie ausgestiegen und fortgegangen. So wie gerade«, setzt er hinzu und bemerkt zu spät, wie bitter er dabei klingt.

»Sie haben diese Bootsfahrt nicht wiederholt. Obwohl Sie es Madame Bornheim angeboten haben.« Keine Frage, eine Feststellung. Renard fragt sich, wie Claudia damals war, als Mädchen. Und warum sie vor dreißig Jahren zu diesem Fischer in den Kahn gestiegen ist. Die spontane Idee einer jungen Frau, die sich einfach mal diese herrliche Küste ansehen will und dabei nicht einmal bemerkt hat, welche Verwüstungen sie in der Seele des jungen Mannes anrichtet, der für sie nicht mehr war als ein Chauffeur? Oder war das ein geplanter, kaltherziger, ja grausamer Akt? War Henri bloß ein Kollateralschaden in einem Feldzug, den Claudia Bornheim gegen ihren eigenen Freund geführt hat? »Haben Sie auch einen der anderen Deutschen mal auf Ihr Boot eingeladen?«

»Nein. Und ich habe Claudia auch nicht eingeladen. Die hat sich selbst eingeladen. Sie ist zu mir gekommen und hat mich gefragt, ob ich mit ihr hinausfahren will. Die anderen haben mich nie gefragt.«

»Haben Sie überhaupt viel mit den Deutschen geredet? Méjean ist klein.«

»Sie reden hier im Hafen ja auch nicht mit jedem. Und Sie sind immerhin Polizist, da gehört Reden doch zum Beruf, oder?« Henri tut jetzt so, als würde er ein paar bereits perfekt zusammengerollte Netze noch ein wenig besser zusammenrollen müssen. Der Kerl soll endlich kapieren, dass er stört.

»Aber mit Michael Schiller haben Sie gesprochen?«

»Sie sollten sich um Ihre Wunde kümmern. Das sieht gar nicht gut aus.«

»Über Claudia, nicht wahr? Über Ihre kleine gemeinsame, harmlose Tour?«

»Michael wollte nur wissen, wo wir gewesen sind. Und was wir getan haben. Auf dem Boot. Aber da war ja nichts.«

Renard mustert den Fischer, versucht, in dem massigen Mann den Jungen von früher zu erkennen, will ihn aus der Hülle der Muskeln und des Fleisches herausschälen, will die Gesichtszüge glätten, sie wieder unschuldiger machen. Dann blickt er auf das Boot, auf den Kai, versucht, sich die Szene von vor dreißig Jahren vorzustellen. Dreißig Jahre, *mon Dieu*. Er denkt an Michael, der macht, was er will, der sich nimmt, was er will, dem sich nie irgendjemand in den Weg gestellt hat. Renards Augen wandern zurück zu Henri, er mustert ihn mit seinem Polizistenblick, dem Erzähl-mir-keinen-Scheiß-mehr-Blick. Renard ist sehr gut darin, das ist nichts Körperliches, das hat auch der Krebs nicht anfressen können. Renard ist der Flic, der dich nicht mehr laufen lässt, wenn er dich einmal am Haken hat, und der weiß, wie man das den Typen klarmacht, die auf der falschen Seite des Verhörtisches sitzen.

Henri spürt das, obwohl er seit dreißig Jahren nicht mehr verhört worden ist. Er hält diesem Blick stand, aber nur ein paar Augenblicke. Er seufzt. Was soll's, sagt er sich schließlich resigniert, bringen wir es hinter uns. Er fühlt sich erschöpft, obwohl er heute noch kaum etwas getan hat. Das muss Claudia sein. Ihre Nähe. Das saugt ihn aus. Vielleicht haut Renard dann endlich ab, wenn ich ihm alles erzähle.

44

Der letzte Tag im Juni, aber eine Hitze wie im August. Die Sonne loderte im Zenit, so gnadenlos, dass die Leute geduckt herumliefen wie Höflinge im Palast eines Tyrannen. Nicht, dass es überhaupt viele Leute gegeben hätten, die bescheuert genug waren, um die Mittagszeit im Hafen zu bleiben. Ein Kollege von Papa saß auf seinem Boot und rollte Leinen auf. Über den Kai schlenderte ein jüngeres Paar, Deutsche oder Holländer oder Engländer, jedenfalls war ihre Haut so rot, dass ihm schon der bloße Anblick wehtat. Aus dem Sentier des Douaniers kam ein verspäteter Wanderer zurück und ging zum Mangetout. Er hatte sich als Sonnenschutz einen schwarz-weißen Palästinenserschal um den Kopf geschlungen und sah aus wie ein PLO-Kämpfer, der die voll besetzte Terrasse des Restaurants stürmen wollte. Aber der Patron lachte bloß so laut, dass es über den Hafen schallte, und winkte den Wanderer zu einem freien Platz auf einer Bank und stellte ihm ungefragt eine große Karaffe Wasser hin.

Henri saß in Vaters Kahn und reparierte den Starter des alten Mercury-Außenborders. Weil das ein schmutziger Job war, trug er nur eine alte zerrissene Jeans, deren Hosenbeine er mit der Schere zu Shorts gekürzt hatte, wobei das rechte Bein deutlich kürzer war als das linke. Seine Hände glänzten von grünem Schmierfett und schwarzem Motoröl. Schweiß rann ihm in die Augen, er hatte ihn sich schon öfter mit dem Handrücken weggewischt und konnte sich denken, dass er auch grüne und schwarze Streifen im Gesicht hatte. Er hockte noch immer hier, obwohl er längst irgendwo im Schatten sitzen sollte. Aber er hatte herumgetrödelt. Er war nicht bei der Sache. In Gedanken war er bei einem Paar dunkler Augen und einem selbstbewussten, ansteckenden spöttischen Lachen.

»Du siehst aus wie ein Kannibalenschamane aus der Südsee. Fehlt nur noch eine Feder im Haar.«

Henri blickte auf. Michael Schiller stand plötzlich am Kai. Wo kam der auf einmal her? Henri kniff die Augen zusammen und beschirmte sie mit der verschmierten Hand, um ihn deutlicher sehen zu können. Der Kerl lächelte. Jeder, der ihnen zufällig vom Mangetout aus zusah, musste denken, dass er sich freundlich mit dem jungen Fischer in dem Kahn unterhielt. Obwohl er ein Ausländer war, benutzte er Wörter, die Henri noch nie gehört hatte. Kannibalenschamane. Wer sagte solche Sachen? Henri suchte nach einer schlagfertigen Antwort, doch ihm wollte keine einfallen. Natürlich nicht, wann fiel ihm schon mal rechtzeitig etwas Witziges ein? Also verpasste er die zwei Sekunden für die richtige Erwiderung und brachte stattdessen bloß ein lahmes »Salut« heraus.

Er kannte Michael schon lange, gewissermaßen. Er war oft während der Sommerferien im alten Haus am Hang gewesen, dem Haus, das früher einmal den Durands gehört hatte und das diese reichen Deutschen sich irgendwann gekauft hatten, als Henri noch klein gewesen war. Michael hatte mit seinen Eltern manchen Juli und August hier verbracht, aber er hatte nie sehr viel mit den Jungen oder Mädchen seines Alters geredet, die im Dorf lebten. Meistens war er mit Vater und Mutter zusammengeblieben. Und wenn er mal ohne sie in einer Bucht gewesen war, dann hatte er meist mit den kleinen Kindern irgendwelcher Touristen gespielt. Henri hatte den Verdacht, dass er ein Muttersöhnchen war, aber er hatte sich eigentlich kaum um ihn gekümmert, höchstens Mal ein angedeuteter Gruß im Hafen, ein müdes Handheben, das war es denn auch. Das letzte Mal, als Michael da gewesen war, musste er fünfzehn gewesen sein. Dann ein paar Sommer lang nicht. Und jetzt war er plötzlich wieder in Méjean, das erste Mal ohne Eltern. Dafür aber mit seinen Freunden. Mit Claudia.

Michael sprang zu ihm ins Boot, ohne ihn um Erlaubnis zu bitten.

»Ich möchte wissen, was Claudia an so einem Typen wie dir findet.«

Also das, dachte Henri resigniert. War ja klar. Er musterte Michael.

Sportlich, aber nicht besonders groß. Und der Kahn schwankte bei jeder Bewegung. Henri glich jedes Taumeln instinktiv aus, der Deutsche aber musste sich hin und wieder an der Bordwand festhalten. Wenn der Kerl sich an Bord prügeln wollte, würde Henri ihn zusammenhauen, und wahrscheinlich wusste Michael das auch. Aber er schien trotzdem keine Angst zu haben. Er lächelte, aber bloß mit dem Mund. Wie das falsche Lächeln von Fotomodellen. Nein, bei den Models waren die Augen irgendwie leer. Aber Michael starrte ihn wachsam an, kalt, siegesgewiss. Vielleicht hat der Kerl eine Waffe dabei. Henri blickte sich, hoffentlich unauffällig genug, nach seinem Bootsmesser um. Es lag auf der Heckbank, zusammen mit einigen Werkzeugen und ausgebauten Teilen des Motors. Daneben noch ein langer Schraubenzieher und ein schwerer Schraubenschlüssel. Das sollte wohl reichen. Er schob sich näher zur Bank, sodass seine rechte Hand nur noch wenige Zentimeter entfernt war. Michael beobachtete ihn dabei, und Henri kam es so vor, als könnte dieser verdammte Deutsche seine Gedanken lesen. Doch der fürchtete sich nicht, der lächelte einfach immer weiter. Vielleicht wollte der sogar, dass Henri ihm eine runterhaute? Wollte der ihn provozieren? Dann würde Michael die Flics rufen können, und die würden Henri vielleicht einlochen, und auf jeden Fall würde er Claudia nicht mehr sehen. Henri wusste nicht, was er tun sollte, also wartete er einfach ab.

»Vielleicht hatte Claudia Mitleid mit dir«, sagte der Deutsche schließlich. »Die kümmert sich um alle Loser dieser Welt.«

So wie dich, hätte Henri darauf antworten sollen, aber als ihm das einfiel, war es schon wieder zu spät.

»Sie macht dich zur Witzfigur, merkst du das nicht?«, fuhr Michael bereits fort. »Claudia ist sehr gut darin, andere Leute zu Witzfiguren zu machen. Ein echter Profi.«

Henri dachte an den Wind in Claudias Haaren, als er draußen auf dem Meer Vollgas gegeben hatte. An ihr Lächeln. An ihre Augen. Den Duft ihrer Haut. »Was willst du eigentlich?«, brachte er hervor.

»Bei dir dauert das immer ein bisschen länger, was?« Michael tippte sich mit der Hand an die Stirn, eine schnelle, beiläufige Geste. Aber Henri hatte das gesehen.

»Deine Freundin ...«, sagte Henri. Dann bemerkte er, dass das irgendwie schon wie eine Kapitulation klang: deine Freundin. Wie das Eingeständnis von Besitzrechten. Deine Freundin, dein Besitz, sie gehört dir. »Claudia«, verbesserte er sich rasch, und dann wie zur Bestätigung noch einmal ihr Name: »Claudia hat mich gefragt, ob sie mitfahren darf. Das ist nicht verboten.«

»Wenn ich mir deine Freundin schnappe und mit ihr im BMW durch die Calanques fahre, dann ist das auch nicht verboten.«

Eliane. Einen Augenblick lang durchflutete Henri Eifersucht. Eliane und dieser gut aussehende Typ und ein BMW. Sofort war das bittere Gefühl aber schon wieder verdampft, und stattdessen war da bloß noch ein schlechtes Gewissen. Eliane. Viel zu spät erkannte Henri, dass das Michaels Waffe war. Der versteckte gar kein Messer, der wollte sich auch nicht schlagen oder die Polizei rufen. Der würde die eine harmlose Bootstour mit Claudia benutzen, um das mit Henri und Eliane für immer zu zerstören. Der würde ihn bei Eliane wie einen Hurenbock dastehen lassen. Mon Dieu, das war doch bloß eine Stunde in Papas Fischerkahn gewesen. Aber aus Michaels Mund würde das anders klingen, ganz anders. Und Eliane würde Michael glauben. Der konnte das, so wie er redete und lächelte. Ich bin ein Riesenidiot, sagte sich Henri und sah, wie sich Michaels Lächeln um eine Nuance veränderte. Der konnte wirklich Gedanken lesen, das war unheimlich. Er wusste: Jetzt hatte er Henri. Wie ein Boxer, der einen erschöpften Gegner an die Seile genagelt hat. Wenn Michael mit Eliane redete, dann war das der Schlag, der dich so umhaute, dass du nicht wieder aufstehen konntest. Nie wieder. Das musste Henri verhindern. Um jeden Preis.

»Ich bin mit deiner Freundin bloß ein wenig rauf und runter gefahren«, stotterte Henri. »Wir haben nicht einmal Anker geworfen, um zu baden.« Das klang jetzt wirklich erbärmlich, aber was sollte er sonst noch sagen?

»Dann ist ja alles gut.« Michael nickte. Dieses schreckliche Lächeln. »Dann ist ja alles gut«, wiederholte er. Und dann kam er auf Henri zu und schlug ihm auf die Schulter. Fest, aber ganz freundschaftlich. Jeder, der sie von irgendwo aus beobachten würde, würde das bestätigen: ganz freundschaftlich.

Der Deutsche verließ das Boot, das leicht schwankte, als er mit federndem Schritt auf den Kai sprang. Oben drehte er sich noch einmal um. »Super, dass wir uns so gut verstehen«, sagte er, lauter als notwendig. Man hatte ihn sicher bis auf die Terrasse des Mangetout hören können.

Henri erwiderte nichts. Er fühlte sich wie das mieseste Arschloch der Welt. Er hätte diesen Typen umbringen können.

45

»Und: Haben Sie?«, fragt Renard.

»Habe ich was?«, antwortet Henri irritiert.

»Haben Sie Michael Schiller umgebracht? Wie lange hat Ihre Unterhaltung damals gedauert?« Der Commissaire fühlt sich endlich von der Sonne aufgewärmt. Seine Kräfte kehren zurück – zumindest das, was ihm die Krankheit noch gelassen hat. Er deutet auf das Fischerboot. »Hier an Bord, wie lange war der Deutsche bei Ihnen? Eine Minute? Zwei? Ganz sicher weniger als fünf Minuten, so, wie Sie das gerade geschildert haben. In dieser kurzen Zeitspanne demütigt Michael Schiller Sie, er verbietet Ihnen, ein Mädchen wiederzusehen, das Sie unbedingt wiedersehen wollten. Und er droht Ihnen damit, die Beziehung zu Ihrer Freundin zu zerstören. Ziemlich viele harte Sachen für ein paar Minuten Unterhaltung, nicht wahr? Da kann einem schon das Blut kochen.«

»Ich habe Michael nicht einmal einen auf die Zwölf gegeben.« Henri reibt sich unbewusst die kräftigen, stark behaarten Hände, bis er bemerkt, was er da tut, und seine Hände an den Seiten baumeln lässt. Soll Renard bloß nicht auf falsche Gedanken kommen. »Er ist über den Kai davongestiefelt, und das war das letzte Mal, dass ich ihn gesehen habe. Lebend, meine ich. An dem Abend waren die Deutschen bei den Norailles, da habe ich sie auf der Terrasse singen gehört. Aber es war so dunkel, dass ich niemanden erkennen konnte. Und am nächsten Morgen ...«

»Sie haben die Deutschen im Haus der Ärzte gehört?«, fragt Renard. »Während Sie mit Ihrer Freundin Eliane die Nacht in diesem Boot hier verbracht haben?«

Putain, denkt Henri, ich bin so dämlich, ich drehe mir die Schlinge selbst. Er spürt, dass ihm dieser Commissaire nicht glaubt. Ich hätte diesen Kerl vorhin weiter im Meer treiben lassen sollen. Vorbeifahren, zum Horizont schauen, Gas geben, mich um meine Netze kümmern. Und diesen scheiß Commissaire einfach dem Meer überlassen. Aber da war ja auch Claudia, und die hätte er niemals dem Meer überlassen. »Ich war sehr oft im Hafen«, sagt er seufzend. »Manchmal mit Eliane, manchmal alleine. Es hat mir immer Spaß gemacht, auf dem Boot zu sein. Macht es noch. Ich habe mir als Junge oft eine Decke geschnappt, um im Boot zu schlafen. Da war es kühler als bei uns im Haus, und über mir leuchteten die Sterne. Und so wusste ich halt, wie Méjean ist in der Nacht: in welchem Haus Lichter brennen, wo manchmal Musik rauskommt, solche Dinge. Die Norailles waren immer sehr ruhig. Und als in der Nacht Lieder auf der Terrasse gesungen wurden, da ist mir das aufgefallen, obwohl Eliane und ich ...« Er hebt die Hände.

»Und dabei haben Sie die Deutschen nur gehört, aber nicht gesehen?«

Henri nickt. »Die waren nicht zu überhören. Aber gesehen? Vielleicht ein paar Schatten oben auf der Terrasse. Ich habe nicht so genau darauf geachtet.« Hoffentlich klingt das überzeugend, sagt er sich. Er hat die Deutschen gesehen, als sie spätabends das Haus wieder verließen, Claudia im Laternenlicht, Claudia, Claudia, Claudia. Aber das wird er diesem Renard nicht sagen. Das weiß niemand.

»Und später?«

»Irgendwann bin ich eingeschlafen.«

Renard dreht sich einmal um die eigene Achse. Vom Boot aus kann er das Haus der Norailles sehen. Nicht sehr gut, die Dächer darunter an den Hang gebauter Gebäude und einige Pinienkronen behindern die Sicht, aber immerhin: weiß gestrichene Betonwände, im Sonnenlicht spiegelnde Fenster, die mit Stahldrahtgeländer umspannte Terrasse kann er schon ausmachen. Aber nachts? Die Deutschen werden innen kein Licht gemacht haben, damit die Moskitos nicht ins Haus kamen. Und außerdem hatte ja irgendwo in einem der Zimmer unterhalb der Terrasse die kleine Laura geschlafen. Also bloß Licht auf der Terrasse, vielleicht kaum mehr als eine Campinglampe. Die nächste Straßenlaterne steht ein ganzes Stück weit unterhalb des Hauses. Henris Behauptung kann durchaus stimmen: Er mag die Umrisse von Gestalten gesehen haben, aber nicht mehr. Drinnen oder im steilen Garten der Norailles wären sie für ihn ganz unsichtbar gewesen.

Renard versucht, sich trotzdem vorzustellen, wie der junge Fischer im Boot auf der Lauer gelegen hat, vielleicht zusammen mit Eliane. Oder vielleicht auch allein, denn gut möglich, dass Eliane ihm nur ein falsches Alibi verschaffen wollte mit ihrer wilden Geschichte vom Sex im Boot. Er stellt sich vor, wie Henri das Haus oben observiert, wie er Michael Schiller im Auge behalten hat. Sehr schwer, aber doch nicht vollkommen unmöglich. Er könnte Michael zum Beispiel erkannt haben, als die Deutschen zu ihrem Haus zurückgekehrt waren, da mussten sie durch den Lichtkegel der Straßenlaterne hindurch.

Und dann? Das Haus der Deutschen liegt tiefer als das der Norailles, näher am Hafen, aber weniger exponiert, verborgen hinter zwei schirmförmigen Pinienkronen. Vielleicht waren die Bäume vor dreißig Jahren noch kleiner? Es musste trotzdem schwierig gewesen sein, von einem Boot aus dieses Gebäude zu beobachten. Als Michael Schiller dann jedoch nachts noch einmal allein losgezogen war, war er wieder unter einer Straßenlaterne entlanggegangen, wenn auch nur ganz kurz. Danach musste er in den unbeleuchteten Weg abgebogen sein, der ihn hinunter zur Bucht führte. Dieser Weg war nachts sicherlich kaum auszumachen, und die Bucht war vom Fischerkahn aus unsichtbar, er war viel zu niedrig. Um freie Sicht auf die Bucht zu haben, hätte Henri bis auf den Kai steigen und bis zu dessen Ende gehen müssen, dort, wo das winzige Leuchtfeuer blinkte.

Renard denkt an das Handtuch, das die Kriminaltechniker in Michael Schillers Rucksack sichergestellt haben: sauber zusammengefal-

tet, keine Salzkristalle im Stoff. Ein Indiz dafür, dass der Deutsche in jener Nacht nicht mehr dazu gekommen ist, im Meer zu baden.
Michael ging also in die Bucht. Er warf seinen Rucksack auf die Steine. Aber er war noch nicht im Wasser. Wie lange war er damals am Meeressaum stehen geblieben? Man konnte es nicht wissen, aber womöglich nur eine kurze Zeit. Wenn Henri nun an der Spitze dieses Kais gestanden und Michael drüben in der Bucht beobachtet und begriffen hatte, dass der Deutsche baden gehen wollte: Hätte er die Zeit gehabt, vom Kai bis in die Bucht zu kommen, bevor Michael auch nur einen Fuß ins Wasser gesetzt hatte? Über Land und nachts – niemals. Aber wenn Henri das Boot genommen hätte ...

Wie lange braucht ein kräftiger Achtzehnjähriger, um vom Leuchtfeuer die Strecke über den Kai – wie viel: zwanzig, dreißig Meter? – bis zum Boot zurückzulaufen, die Leinen zu lösen und den Motor anzuwerfen? Jemand wie Henri, der jeden Quadratzentimeter in diesem Hafen kennt und der Leinen und Motor im Schlaf bedienen könnte, wie lange würde der brauchen, um seinen Kahn zu starten? Vielleicht hat ihm gar Eliane dabei geholfen? Ein Team, das jeden Handgriff auf dem Boot beherrscht? Dreißig Sekunden? Ja, dreißig Sekunden, und Henri wäre bereits im Boot gewesen. Und dann: der Weg durch das Hafenbecken, anschließend hundert, höchstens zweihundert Meter über das Wasser, dann die Bucht. Dreißig weitere Sekunden? Höchstens sechzig. Neunzig Sekunden maximal also insgesamt, denkt Renard, nur neunzig Sekunden zwischen dem Moment, als Henri Michael in der Bucht ausmacht und sich vom Leuchtfeuer abwendet, und dem Moment, als Michael an einer Kopfwunde sterbend auf den Steinen der Bucht liegt. Neunzig Sekunden.

Aber nicht der Hauch eines Beweises.

»*Merci*«, sagt er und nickt Henri zum Abschied zu. »Danke für Ihre Auskünfte. Und«, er lächelt anerkennend, »danke dafür, dass Sie mich aus dem Wasser gefischt haben.«

Renard bindet das Kajak vom Fischerboot los. Er geht über den Kai zur Rampe und zieht das gelbe Plastikboot durchs Hafenbecken hinter sich her, wie einen Hund an der Leine. Der Patron kommt aus dem Mangetout, wischt sich dabei die Hände an einem Tuch ab.
»Die Paddel liegen leider jetzt bei den Fischen«, begrüßt ihn Renard.
»Sie hätten die Schwimmwesten anbehalten sollen. Hat schon seinen Grund, warum ich die den Gästen gebe.« Serge hilft ihm, das Kajak aufs Trockene zu ziehen.
»Ich denke beim nächsten Mal dran. Schreiben Sie mir die Paddel auf die Zimmerrechnung.«
»Die Wunde über Ihrem Auge sieht ganz schön übel aus. Was ist passiert?«
Renard erzählt es ihm und wägt seine Worte sorgfältig ab. Besser, es klingt so, als sei das wirklich bloß ein rücksichtsloser Motorbootfahrer gewesen, der sich einen miesen Scherz erlaubt hat. »Zum Glück hat Henri uns gefunden«, endet er und deutet auf den Fischer, der noch immer im Boot sitzt, aber nicht zu ihnen hinüberblickt.
»Jeden Sommer wird Henri zum Menschenfischer. So viele Touristen, wie der gerettet hat, dafür hätten andere schon längst die Légion d'honneur bekommen.«
»Ich bringe mich mal eben in einen ordentlichen Zustand«, erwidert Renard. »Ich bin gleich wieder bei Ihnen.« Soll Serge nicht glauben, dass er sich unter irgendeinem Vorwand davonmachen kann. Er ist mit der Befragung noch lange nicht fertig. Renard steigt die Treppe hoch. Ihn schwindelt kurz. Zum Glück ist die Stiege eng, so kann er sich mit den Händen an beiden Seiten abstützen. In seinem Zimmer duscht er sich rasch ab – mit heißem Wasser, ausnahmsweise, von kaltem Wasser hat er erst einmal genug. Er schlüpft in saubere Kleidung, begutachtet schließlich im winzigen Spiegel die Wunde. Ein Riss über dem linken Auge; als Henri ihn an Bord gezerrt hat, ist er noch einmal gegen irgendeine stählerne Kante im Boot geknallt. Unter

der Verletzung schwillt ein Hämatom, die Beule drückt die Wundränder auf. Er kramt in seinem Kulturbeutel, bis er ein Pflaster findet, und nimmt eine von den Tabletten, von denen ihm sein Arzt gesagt hat, sie würden ihm »durch die schlimmen Tage helfen«. Dann trinkt er Wasser aus dem Hahn. Er atmet durch. Dass er vor einer halben Stunde beinahe ertrunken wäre, fühlt sich jetzt so surreal an, als hätte er sich selbst in einem Film gesehen.

Als er nach unten geht, hat Serge das Kajak längst wieder angekettet. Er steht an der Rampe, einen Block in der Hand, und füllt irgendein Papier aus.

»Das Formular für die Versicherung«, erklärt der Patron und reicht es ihm. »Wegen der Paddel. Sie müssen es bloß unterschreiben. Sind ja nicht die ersten Sachen, die meine Kunden verloren haben.« Er lacht, ein wenig gezwungen, findet Renard.

»Bringt Henri Ihnen oft Schiffbrüchige zurück?«, fragt er.

»Zwei-, dreimal pro Saison. Ich glaube, er war erst zwölf, als er mit dem Kahn, der damals noch seinem Vater gehört hat, zum ersten Mal jemanden aus dem Wasser zog: einen Schwimmer, der sich zu weit hinausgewagt hatte, aber den seine Freunde bis dahin noch nicht einmal vermisst hatten. Die wussten nicht einmal, dass der da draußen um sein Leben kämpfte.« Der Patron deutete auf das Meer.

»Mit zwölf?« Renard sieht Serge an. »Sie kennen Henri schon lange?«

»Seit er ein Hosenscheißer war. Ich bin vor, warten Sie«, der Patron denkt einen Augenblick nach, »einundvierzig Jahren, *Putain*, wie die Zeit vergeht, also vor einundvierzig Jahren aus Marseille hierhergezogen. Das Mangetout stand damals zum Verkauf. Das war in einem Zustand, das wollten Sie gar nicht sehen. Siebzigerjahre, erinnern Sie sich? Wenn ich die Augen schließe und an die Zeit denke, dann sehe ich immer nur Müll und Dreck, und alle neuen Gebäude waren aus fürchterlichem Beton, Schulen, Behörden, sogar die Häuser.« Der Patron deutet mit einer Handbewegung zum eckigen Haus der Norailles. »Sah aus, als würde sich jedes Stadtviertel mit Bunkern auf einen Bürgerkrieg vorbereiten. Und Marseille in den Siebzigern, das war der absolute Dreck. Na, ich hatte jedenfalls damals die Schnauze voll von der Stadt, ich war jung, hatte ein bisschen Geld auf der Seite, das Meer ist mein Freund, und ich habe schon als Junge gerne gekocht. *Voilà.* Zuerst kamen die Leute aus Méjean wieder ins Restaurant, später die Touristen. In den letzten einundvierzig Jahren habe ich sie alle gesehen. Gibt ja auch keine Konkurrenz hier.« Er lacht.

Renard trifft für sich eine Entscheidung. »Ich bin Commissaire der Police judiciaire von Marseille«, erklärt er. »Ich weiß, dass ich momentan nicht wie einer aussehe, und mein Dienstausweis liegt oben auf dem Zimmer, aber ...«

»Ich habe Ihren Ausweis beim Einchecken gesehen«, unterbricht ihn Serge. Jetzt ist es also so weit. Jetzt legt der Kerl die Karten auf den Tisch. In gewisser Weise ist Serge sogar erleichtert.

Renard hält verblüfft den Atem an, dann ringt er sich ein Lächeln ab. »So viel dazu, dass ich inkognito hier sein wollte«, sagt er.

»Sind Sie meinetwegen hier?«, fragt Serge, er klingt dabei leicht resigniert.

Sollte ich?, will Renard im ersten Moment zurückgeben. Vor einundvierzig Jahren weg aus Marseille, ein bisschen Geld auf der Seite, obwohl er da erst Anfang zwanzig gewesen sein kann, sein Freund Nabil, den Renard schon einmal in den Quartiers Nord gesehen hat. Wer weiß, was der Patron in seiner Küche neben frittierten Fischen noch alles zusammenkocht. Aber er schluckt diese Erwiderung hinunter. Serge soll sich nicht bedrängt fühlen, im Gegenteil. »Nein«, versichert er, »ich bin wegen der Deutschen hier. Ich ermittle in dem alten Fall. Dem des ermordeten Jungen, Sie erinnern sich sicher.«

»Michael Schiller.«

»Sie kennen sogar noch seinen Namen.«

»Den Jungen vergisst man nicht so leicht.«

Renard denkt kurz nach. Wo soll er anfangen? Er deutet unauffällig Richtung Hafen. »War Michael Schiller oft hier? Im Hafen? In Ihrem Restaurant?«

Serge räuspert sich, denkt kurz nach, bevor er antwortet. »Ein paarmal. Nicht häufiger als die anderen Deutschen. Die waren jung, aber nicht unbedingt arm. Zumindest manche nicht. Die haben eigentlich jeden Tag hier gegessen, mal mittags, mal abends, manchmal mittags und abends. Das Mangetout ist ja nicht teuer, aber ich hätte mir das in ihrem Alter trotzdem nicht leisten können, im Urlaub jeden Tag im Restaurant zu essen.«

»Haben alle bezahlt?«

Der Patron lächelt. »Kommen Sie mit.« Er führt ihn ins Restaurant und deutet auf ein kleines Bild, das an der Wand über der Kasse hängt. Schlichter weißer Holzrahmen, darin eine Bleistiftzeichnung, das Papier ist schon etwas angegilbt und an einer Stelle von Fettspritzern gesprenkelt. Renard betrachtet das Werk: die Calanques, mit raschem, sicheren Strich hingeworfen, kaum mehr als eine Skizze. Die Häfen von Grand und dahinter Petit Méjean, nahe an den Kais das Mangetout, Felsen und Pinien ein paar geschickt gesetzte Schraffuren, und doch erkennt der Commissaire darin das Haus der Norailles, das Haus der Deutschen. Und die Bucht. »Interessant«, murmelt er.

»Genial, würde ich sagen.« Serge klingt ehrlich stolz. Er ruft Nabil aus der Küche. »Kümmerst du dich kurz allein um die Gäste, bitte?«

»Klar.« Nabil lacht, lächelt auch Renard an. Serge hat seinem Freund nicht gesagt, dass ich Commissaire bin, denkt Renard. Immerhin.

»Einer von den Deutschen hat mal das Mittagessen mit dieser Zeichnung bezahlt«, fährt der Patron fort. »Ich habe das damals eher aus Mitleid akzeptiert. Ich sehe das mit dem Geld entspannt. Mir hat die Zeichnung gefallen, ich habe sie rahmen lassen und aufgehängt. Manchmal sehe ich sie mir an, aber meistens denke ich nicht daran. Ich meine, schauen Sie sich um, hier hängt so viel Gerümpel an den Wänden: Fotos mit Widmungen, bekritzelte Servietten, Fischernetze,

Bojen, Muschelschalen. Das ist halt Deko. Aber als die Deutschen vor ein paar Tagen plötzlich wieder hier aufgetaucht sind, da ist mir die Zeichnung wieder eingefallen. Sehen Sie: Der Junge hat sein Bild damals rechts unten signiert. Ich habe ihn gegoogelt, und jetzt weiß ich endlich, dass diese kleine Zeichnung wahrscheinlich ein Vermögen wert ist. Eigentlich müsste ich sie in den Tresor tun oder so etwas. Wenn es mit dem Mangetout mal nicht mehr laufen sollte, dann bringe ich das jedenfalls zu Sotheby's und sichere meine Rente.«

»Rüdiger von Schwarzenburg«, brummt Renard.

Der Patron nickt. »Der ist so was wie ein Picasso, wenn auch nur die Hälfte von dem stimmt, was man im Netz über ihn findet. Wussten Sie, dass manche seiner Bilder für mehr als eine Million Euro versteigert worden sind? Ich hätte mir damals jedes Essen der Deutschen mit einer Zeichnung bezahlen lassen sollen!«

»Es ist Ihr einziger Schwarzenburg?«

»Leider. Die hatten, das habe ich so nach und nach bemerkt, eine Art Reihenfolge. Manchmal war Rüdiger mit dem Bezahlen dran. Meistens hat er Geld auf den Tisch gelegt, aber einmal hatte er seine Brieftasche vergessen und hat mir stattdessen das hier geschenkt. Ich wünschte, er hätte seine Brieftasche öfter vergessen.«

»Und wenn Rüdiger nicht an der Reihe war, wer hat dann bezahlt?«

»Raten Sie.«

»Rüdiger von Schwarzenburg und Michael Schiller haben sich abgewechselt.«

»Ungefähr. Ich habe es nie nachgerechnet, aber gefühlt würde ich sagen: Für ein Drittel hat Rüdiger geblecht, der Rest ging auf Michael. Und die anderen haben es sich schmecken lassen.«

Renard betrachtet erneut das Bild. *Ich hätte mir das in ihrem Alter nicht leisten können, im Urlaub jeden Tag im Restaurant zu essen.* Hätte Renard sich das als Achtzehnjähriger leisten können? Blöde Frage. Das Ferienhaus der Deutschen gehörte Michaels Eltern. Sie sind hier im BMW von Michaels Eltern angekommen. Michael übernahm die meisten Restaurantrechnungen. Wer wird die übrigen Einkäufe bezahlt haben? Die Kajaks von Serge Manucci, die sie sich hin und wieder ausgeliehen haben? Wer wird das Benzin und die Mautgebühren für die tausend Kilometer Fahrt bezahlt haben? Die Deutschen sind mit Michael gereist, weil der ihnen einen Traumurlaub geschenkt hat. Wären sie auch mit ihm gekommen, wenn sie dafür hätten selbst zahlen müssen? Hätten sie sich das überhaupt leisten können?

»Du hast dir deine Freunde gekauft«, flüstert Renard, so leise, dass ihn der Patron nicht verstehen kann. »Du warst ein Star. Aber du hast dir Publikum gekauft, das dir dann zujubeln musste. Bis irgendwann jemand nicht mehr jubeln wollte.«

Er wendet sich Serge zu. »Können Sie sich noch an Michael Schillers letzten Tag in seinem Leben erinnern? Gegen Mittag haben sich er und Henri Pons im Hafen unterhalten. Zuerst stand der Deutsche auf dem Kai, der Fischerjunge arbeitete in seinem Boot. Dann waren beide im Kahn. Haben Sie die beiden zufällig von Ihrem Restaurant aus beobachtet? Haben Sie etwas gehört?«

Der Patron überlegt, schüttelt dann den Kopf. »Keine Ahnung.«

»Denken Sie nach. Lassen Sie sich Zeit. Gab es Streit? Wurde einer der beiden laut?«

Serge lächelt entschuldigend. »Wahrscheinlich nicht, Commissaire. Ich meine, wenn die beiden Jungen sich laut im Hafen gestritten hätten, also, das würde man sich vielleicht merken. Aber wenn man sich an gar nichts mehr erinnert, dann ist das wohl ein Zeichen dafür, dass es damals total harmlos war, oder? Da haben halt zwei Kerle im Hafen gequatscht, wer behält so etwas schon im Kopf?«

»Und später?«, fragt Renard. »War Henri abends auf seinem Boot?«

»Vielleicht. Vielleicht auch nicht. Der hat oft auf seinem Kahn geschlafen. Manchmal allein, manchmal mit seiner Eliane, und dann hat der Hafen gewackelt.« Der Patron lacht, kein höhnisches, eher ein wohlwollendes Lachen, denkt Renard. »Na, jedenfalls war Henri so oft auf seinem Boot, dass ich mich an einzelne Tage nicht mehr erinnern kann. Das war damals ein sehr heißer Sommer, das weiß ich noch. Also ist es ziemlich wahrscheinlich, dass er da war.«

»Haben Sie ihn denn nicht auch … «, Renard sucht nach der richtigen Formulierung, »außerhalb seines Kahns gesehen? Ich meine: auf dem Kai? Vielleicht nahe am Leuchtfeuer?«

»Ich kann mich nicht erinnern. Ich glaube nicht. Aber abends herrscht im Mangetout Hochbetrieb, und ich bin nicht der Hafenmeister. Ich kann auf so etwas nicht achten. Warum wollen Sie denn so viel über den armen Henri wissen? Sie glauben doch nicht etwa, dass er … «

»Nein«, unterbricht ihn Renard rasch. Bloß kein Gerede im Dorf aufkommen lassen. Er will nicht, dass sich das Gift der gegenseitigen Verdächtigungen und Gerüchte durch Méjean frisst. Das muss damals schon schlimm gewesen sein, ein toter Junge und so wenige Leute, und niemand kennt den Mörder. »Ich erstelle bloß ein Bewegungsprofil für den entscheidenden Tag: Wer war wann wo? Ich nehme dabei nicht neue Namen in die Liste der Verdächtigen auf, ich streichen sie vielmehr weg.«

»Henri können Sie streichen. Der war in der Nacht in seinem Boot.«

»Jetzt sind Sie sich auf einmal sicher?«

»Ich glaube, ich habe ihn von der Küche des Mangetout aus gesehen.«

»Womit ich dann auch Ihren Namen von der Liste streichen könnte: Sie waren die Nacht über in Ihrem Restaurant.«

Serge grinst. »Wäre nett, wenn Sie mich streichen.«

»Sie haben Zeugen, die das bestätigen können?« Renard sucht auf der Theke nach einem Zettel und einem Stift, um sich Namen aufschreiben zu können. »Ihr Freund Nabil etwa?«

Der Patron schüttelt den Kopf. »Machen Sie Witze? Der war damals noch nicht einmal geboren. Das Haus war an dem Abend voller

Leute, die meisten waren Touristen. Ich weiß wirklich nicht mehr, wie die hießen oder wo die herkamen. Aber«, er zögert kurz, »Eliane war damals schon da. Sie hat in den Sommerferien bei mir gekellnert. Sie kann das bestätigen.«

»*Merci beaucoup.*« Renard legt Stift und Zettel unbenutzt zurück. Wieder Eliane. Er wendet sich zur Treppe. Er muss auf sein Zimmer, ein paar Dinge ordnen – und seine Gedanken.

Serge blickt ihm nach. Er ringt mit sich. Vielleicht redet er sich jetzt in die Scheiße rein. Aber es geht um einen toten Jungen und um einen Mörder, der frei herumläuft. Der vielleicht gerade hier in Méjean frei herumläuft. »Warten Sie!«, ruft er Renard hinterher, der schon mit dem Fuß auf der ersten Stufe steht. »Dieser Michael Schiller ... «, Serge zögert. »Also, der war nicht so ein sympathischer Typ, wie Sie sich das vielleicht denken.«

»Das denke ich gar nicht. Schon längst nicht mehr.« Renard kehrt um und setzt sich mit dem Patron an einen kleinen Tisch. Alle Gäste befinden sich auf der Terrasse. Nabil leistet ihnen Gesellschaft, Eliane läuft zwischen den Tischen herum, sie lacht. Im Raum ist es stickig und still. Niemand sonst ist da, der sie belauschen könnte.

46

Ein früher Morgen, die Luft war schon heiß, aber das Licht noch aus Samt. Die Felsen wirkten wie weiche Kissen, zwischen den Nadeln der Pinien leuchtete das Spitzengewebe Hunderter Spinnennetze, über dem Meer schwebte eine weiße Dunstdecke, kaum mehr als eine Hand breit, aber so groß wie der Ozean. Serge war eigentlich kein Frühaufsteher, ganz und gar nicht, aber seit einer durchfeierten Nacht vor drei, vier Jahren, in der er in einer Calanque und mit den Füßen im Wasser versucht hatte, von dem Zeug, das er geschluckt hatte, wieder herunterzukommen, wusste er, dass einer der jungen Deutschen gerne im ersten Sonnenlicht unterwegs war.
Michael.
Der war schon früher hier gewesen, mit seinen Eltern. Serge hatte schon oft von ihm geträumt. Aber, hey, der Junge war da beinahe noch ein Kind. Und Vater und Mutter waren ja mit ihm in Méjean gewesen. Jetzt war Michael aber erwachsen, ohne Eltern, der Patron hatte gesehen, wie er mit dem Wagen seiner Alten herumgekurvt war. Ein erwachsener Mann. Ein Mann.
Serge entdeckte Michael in der Bucht hinter Petit Méjean. Er trug nur eine schwarze Badehose, sein herrlicher Körper war noch nass vom Meer, die Haare glänzten. Serge fragte sich, was der Junge da tat. Als er näher herangeschlichen war, sah er, dass der Deutsche seine Polaroid aus dem Rucksack holte, auf die Felsen richtete und ein Foto machte. Was nahm er da auf? Da waren doch bloß Steine, da gab es hier doch Schöneres zu fotografieren. Michael wartete, bis das Bild aus dem Apparat gequollen war. Dann nahm er einen Stift und malte oder schrieb etwas auf das Polaroid. War das vielleicht seine Art, Postkarten zu

schreiben? Geniale Idee. Anschließend verstaute er das Bild in seinem Rucksack und schoss das nächste Foto. Serge hätte ihm stundenlang zusehen können. Andererseits: Dann wäre er seinem Ziel nie näher gekommen, oder? Also ging er in die Bucht, hob die Hand zum Gruß, cool jetzt, lässig sein.

Klar, Michael war mit seinem Mädchen in Méjean. Welcher Junge hatte in diesem Alter kein Mädchen am Arm? Aber Michael wirkte neben Claudia nie wie jemand, der wirklich glücklich war. Wie jemand, der wirklich befriedigt war. Obwohl das Mädchen ja wahrhaftig nicht schlecht aussah. Aber ... vielleicht wusste der Junge einfach noch nicht, was ihm wirklich guttat.

Als Michael ihn sah, lächelte er. Ganz leicht nur, ein wenig distanziert, vielleicht sogar spöttisch, aber seine Lippen waren sinnlich wie die eines griechischen Gottes.

»Salut«, sagte der Patron. Er war beinahe schon Mitte dreißig, aber er fühlte sich wie ein aufgeregter Teenager, das war ihm wirklich lange nicht mehr passiert. Gutes Zeichen, eigentlich. Er hoffte aber, dass man es ihm nicht anmerkte. Er sprach Michael auf die Polaroidkamera an, nur auf den Apparat, nicht die Bilder, er wollte nicht sofort persönlich wirken, neugierig, drängend. Sie plauderten ganz allgemein über Kameras, Serge hatte eine Nikon F zu Hause, die er sich letztes Jahr in Marseille billig besorgt hatte, auf der Straße, wahrscheinlich ein paar Stunden zuvor einem Touristen geklaut. Dann quatschten sie über Autos, über Motorboote, und Serge lenkte das Gespräch schließlich auf das Meer und aufs Schwimmen. »Hast du Lust zu baden?«, fragte er und tippte dem Jungen dabei ganz leicht an die linke Schulter, wirklich nur eine flüchtige Berührung, fast wie zufällig.

»Ich bin keine Schwuchtel.« Michael lächelte.

Serge hoffte einen winzigen Moment lang, er hätte sich verhört. Er hätte sich diese Antwort irgendwie eingebildet. Er hatte ihn doch nur gefragt, ob sie eine Runde schwimmen gehen sollten. Verdammt, was gab es Harmloseres? Doch dann sah er in die Augen dieses jungen Deutschen und erkannte: Der hatte ihn durchschaut.

»Ich kann warme Brüder nicht ausstehen.« Jetzt stierte Michael doch tatsächlich auf seinen Schritt. »Man sollte euch alle kastrieren.« Und dabei lächelte er noch immer.

Eigentlich hätte ihm Serge die Fresse polieren sollen. Er war nicht der Typ, der sich etwas gefallen ließ, und so etwas schon gar nicht. Aber der Junge stand da, die nackten Füße noch im Wasser, kaum eine Armlänge neben ihm, Serge atmete den Duft seiner Haut ein. Michael war heiter, vollkommen entspannt. Und Serge kam sich schäbig vor, schmutzig, entlarvt. Er wusste, dass es kolossal ungerecht war und dämlich obendrein: Michael war der Kerl, der hier grausam war. Aber Serge war derjenige, der sich wie ein Arschloch vorkam. Wie machte der Junge das?

»Du musst noch ein paar Dinge lernen im Leben, Michael«, hatte er nur erwidern können und war dabei einen Schritt zurückgegangen, weg von dem Duft seiner Haut, nur weg von diesem Zauber. Er drehte sich um und ging die Bucht entlang zurück Richtung Petit Méjean, dann weiter zum Mangetout, dem sicheren Hafen. Er zwang sich, langsam zu gehen, damit sein Abgang nicht auch noch wie eine Flucht aussah. Der Weg kam ihm sehr lang vor.

Serge fragte sich, ob Michael mit seinen Freunden darüber reden würde. Oder mit Henri oder Eliane oder den anderen Leuten aus Méjean, mit denen allen er sich so wahnsinnig gut zu verstehen schien. Ob schon an diesem Abend alle im Ort wissen würden, dass der Patron Männer liebte? Ob er im Hafen, in irgendeiner Bucht, in seinem eigenen Restaurant noch irgendjemandem unter die Augen treten konnte?

Serge wälzte diese Fragen im Kopf, auf dem langen Weg zurück zum Mangetout. Später, in der Küche, bei den Kajaks, nachmittags in seinem Zimmer, abends wieder in der Küche, auf der Terrasse zwischen den Tischen, immer diese Fragen. Ihn quälten diese Fragen noch in der Nacht, allein auf seinem Bett, dann auf den Wegen entlang der Küste, *die er ruhelos abschritt, weil er nicht einschlafen konnte. Und noch am nächsten Morgen, vor dem ersten Kaffee des Tages. Erst als er die Flics sah und die Rufe hörte und zur Bucht eilte und den Körper auf den Steinen sah, da quälten ihn diese Fragen nicht mehr.*

47

»Wenn es nach diesem Mord nicht irgendwie herzlos klingen würde, könnte ich sogar sagen, dass ich Michael heute dankbar bin«, schließt Serge. Er steht auf, geht zur Theke, lässt die Espressomaschine röhren und kommt mit zwei winzigen Tassen wieder. »Extra stark«, sagt der Patron, hüstelt dann jedoch verlegen. »Ich habe Ihre Pillen vergessen«, murmelt er. »Soll ich lieber einen Tee aufbrühen?«

»Tee ist für Tunten«, brummt Renard und kippt die Tasse in einem Zug runter. *Merde*, das brennt. Er versucht sich an einem Grinsen, wie früher.

»Einen Augenblick habe ich geglaubt, Sie meinen das ernst«, sagt Serge, leicht verstimmt.

»Sehe ich aus wie Michael Schiller?«, fragt der Commissaire.

»Ungefähr genauso gut, ja.«

Renard schüttelt den Kopf, atmet tief durch. Zuerst diese Scheiße mit dem Kajak, jetzt eine Überdosis Koffein. Sein Herz tanzt Samba. Fühlt sich trotzdem gut an. Er nimmt sich zusammen. »Das war Ihr letztes Gespräch mit Michael Schiller?«

»Ja. Und wissen Sie, was? Als ich ihn am nächsten Morgen tot in der Bucht gesehen habe, da war ich nicht einmal überrascht.« Der Patron hebt rasch abwehrend die Hände. »Ich war das nicht, ich schwöre es! Und ich habe Michael das auch nicht gegönnt, der Junge war erst achtzehn, *Putain*. Aber ich war eben auch nicht überrascht. Der Typ konnte dich mit seinem Engelslächeln töten. Wenn er das, was er mit mir gemacht hat, auch mit anderen Leuten durchgezogen hat, dann muss er mehr Feinde gehabt haben, als er zählen konnte.«

»Gut möglich«, bestätigt Renard. »Und trotzdem sind Sie ihm heute dankbar?«

Serge lächelt. »Nach diesem Treffen habe ich mir gedacht: ›Scheiß drauf, das passiert mir nicht noch einmal, ich oute mich!‹ Keine Heimlichkeiten mehr. Keine Drohungen. Keine Erpressungen mehr. Soll jedermann sofort wissen, dass ihm ein Schwuler gegenübersteht. Akzeptiert er das – gut. Akzeptiert er das nicht – auch gut.«‹

»Haben die Leute von Méjean es akzeptiert?«

Der Patron hebt die mächtigen Schultern. »Ein, zwei alte Fischer und ihre Frauen sind nicht mehr gekommen. Und als das mit Aids losging, ein paar Jahre später, da war manchmal das halbe Restaurant leer. Und einmal bin ich morgens zu meinem Auto gekommen, und beide Rückspiegel waren abgebrochen, und jemand hatte ein paar unschöne Dinge in den Lack gekratzt. Aber wenn man das einzige Restaurant im Ort führt und die Fische nicht zerkocht, dann gewöhnen sich die Leute an alles. Sie sehen ja, wie es jetzt auf der Terrasse zugeht.«

»Hat es auch Leute gegeben, die immer zu Ihnen gehalten haben?«

»Eliane«, antwortet Serge sofort. »Die Kleine hat mir damals gesagt, dass sie es schon seit Jahren geahnt hat. Sie ist auch bis heute der einzige Mensch, dem ich von dem Desaster mit Michael erzählt habe. Und als sich später herumsprach, dass ich mich mit HIV infiziert hatte, da hat Eliane darauf bestanden, dass ich der Patenonkel ihres zweiten Kindes werde, mit Taufe in der Kirche und anschließendem Festessen im Mangetout und allem Drum und Dran.«

»Und Elianes Mann hatte nichts dagegen?«

Der Patron lächelt. »Henri hätte es alleine vielleicht nicht ganz so cool aufgenommen. Aber in den ersten Jahren nach dem Besuch der Deutschen war er klug genug, Eliane nicht zu provozieren.« Er deutet nach draußen, ungefähr in Richtung des Ferienhauses. »Ich glaube ja nicht, dass zwischen Henri und Claudia je was war, auch wenn ich damals gedacht habe, dass zwischen Michael und ihr vielleicht nicht alles zum Besten stand. Aber wenn sich eine Schönheit wie sie einen anderen Kerl anlachen wollte, dann hätte sie sich ja nicht gerade bei Henri bedienen müssen. Verstehen Sie mich nicht falsch, ich mag Henri, ich achte ihn, er ist ein toller Vater und guter Ehemann und so weiter, aber, hey, können Sie sich ihn als Liebhaber für eine verwöhnte Großstadtgöre vorstellen? Eliane konnte sich das aber vorstellen. Was war die damals wütend! Die hätte diese Claudia ... *eh bien*.« Serge verschluckt, was er eigentlich sagen will. »Jedenfalls hat Henri danach viel tun müssen, um die Wogen zu glätten, zum Beispiel musste er Eliane zuliebe weiterhin seine frittierten Fische im Restaurant eines bekennenden Schwulen futtern.«

»Warum haben Sie das damals nicht meinen Kollegen gesagt?«, fragt Renard. »Diese eiskalte Abfuhr durch Michael? Ihr Verdacht, dass der Deutsche auch noch andere Menschen gedemütigt hat? Davon steht nichts in den Akten.«

»So weit ging mein Outing dann doch nicht«, brummt Serge. »Das war 1984, Commissaire! Sie werden es ja eh nachprüfen: Mein Vorstrafenregister ist nicht ganz leer. Ich habe gehascht und auch ein paar Pillen eingeworfen, die mir kein Arzt verschrieben hatte. Was hätte ich damals den Flics sagen sollen? ›*Salut*, ich bin ein Kiffer, ich bin schwul, ich habe das Mordopfer angemacht, aber der Typ wollte nicht, und am nächsten Morgen war er tot.‹ Ihre Kollegen hätten mich gleich dabehalten.«

Renard schleppt sich kurz darauf die Treppe nach oben. Er denkt über Serge nach, Eliane, Henri. Verbündete in einer engen Welt. Verstrickt in einem gefährlichen Geflecht aus Liebe und Hass zu Claudia und Michael. Serge, der Eliane bei sich arbeiten lässt. Eliane, die bedingungslos zu Serge hält. Henri, der seiner Eliane keinen Wunsch abschlagen darf. Renard versucht, sich diverse Konstellationen vorzustellen: Einer will Michael töten, der Zweite führt den Mord tatsächlich aus, der Dritte gibt das Alibi dazu ... Serge, schlaflos nach der

Demütigung, auf irgendeinem Küstenweg. Henri, schlaflos nach seiner Demütigung, auf dem Boot. Und Eliane? Wo war die eigentlich in jener Nacht? Wirklich im Boot – oder in einer ganz bestimmten Bucht? Als er in seinem Zimmer zum Fenster tritt, sieht er, dass Henri noch immer im Fischerkahn hockt. Und er ist nicht mehr allein.

Eliane ist bei ihm. Sie gestikuliert heftig und redet auf ihn ein. Sie sieht unfassbar wütend aus.

48

Reiß dein Maul nicht so weit auf, sagt sich Eliane, das muss ja nicht jeder hören. Dabei könnte sie schreien vor Wut. Sie atmet durch. Denkt an ihre Söhne, an das Piano, an irgendetwas Schönes. »Du hättest die beiden ersaufen lassen sollen!«, zischt sie. »Warum hast du dich da überhaupt eingemischt?«

»Ich habe mich nicht eingemischt, ich habe sie aus dem Wasser gezogen.« Henri blickt sie an. Seine Frau. Hört sich so selbstverständlich an wie »mein Arm« oder »mein Bein«. Zum ersten Mal seit dreißig Jahren bekommt er es wieder mit der Angst: Was, wenn das doch nicht so selbstverständlich ist? »Wenn du draußen bist, dann hilfst du jedem, der in Not ist, das ist doch normal«, verteidigt er sich.

Natürlich weiß das auch Eliane. »Der Flic schnüffelt hier überall herum«, erwidert sie. Ihre Augen funkeln, um ihre Mundwinkel zucken Nerven vor Anspannung.

»Dir ist dieser Commissaire doch scheißegal«, sagt Henri. Plötzlich ist er es leid, so unglaublich leid, weiter um diese Sache herumzureden. »Du bist wütend, weil ich Claudia gerettet habe.«

Sie reißt den Kopf zurück, als hätte er sie geohrfeigt. Hält die Luft an, schluckt runter, was sie eigentlich herausbrüllen will. Da ist etwas in dem, was Henri gesagt hat. Nein, *wie* er es gesagt hat. Henri hat diese Zicke gerettet, und sicher hat er sie dafür sogar angefasst, Eliane ist selbst oft genug draußen gewesen, um zu wissen, wie man Schwimmer über die Bordwand zieht. Aber ihr Mann klingt auf einmal erschöpft, besiegt. So hat sie ihn noch nie gehört. Keine Sehnsucht mehr, nur noch Scham. Das wäre nun wirklich der letzte Grund, um

Mitleid mit ihm zu haben, aber trotzdem kann sie ihn nicht mehr anschreien. Sie setzt sich auf die schmale Bank im Kahn.

»Die hat das ganz genau so gemacht wie damals mit dir«, sagt sie. Auch sie fühlt sich plötzlich erschöpft und besiegt.

Henri nickt. »Ich habe es vom Boot aus gesehen«, sagt er leise. »Weiß der Himmel, warum dieser Flic plötzlich mit einem Kajak aufs Meer wollte. Wenn du mich fragst: Der wäre da draußen auf jeden Fall in Not geraten, so wie der aussieht. Und Serge hätte ihn niemals rausfahren lassen sollen. Frag mich nicht, warum der Patron dabei mitgemacht hat. Dann ist Claudia auch noch gekommen und, na ja ...«

»Die denkt, sie muss bloß mit den Fingern schnippen, und die Leute tun, was sie will«, faucht Eliane.

Sie legt ihre Hand auf seine. Spürt, wie gut sich das anfühlt. Plötzlich ist sie ganz ruhig. »Die wollte dich verarschen, damals«, flüstert sie. »Und ihren Freund auch und vielleicht auch mich und wer weiß noch, wen alles. Claudia hat dich damals bloß benutzt, um eine Show abzuziehen. Und vorhin, mit diesem Commissaire, hat sie wieder eine Show abgezogen. Vielleicht wollte sie etwas von ihm wissen. Oder sie wollte, dass man sieht, wie gut sie sich mit dem Commissaire versteht. Das sollte bedeuten: ›Henri und Eliane: Lasst die Finger von mir!‹«

»Oder es war an Serge gerichtet. Der hat die beiden schließlich auch zusammen gesehen«, vermutet Henri.

»Oder das war eine Show für die Deutschen. Jeder hätte die beiden auf dem Kajak sehen können. Vielleicht bringt Claudia den Flic gegen einen ihrer Freunde auf. Zutrauen würde ich es ihr. Ich habe den Flic belauscht, als er Babs in der Mangel hatte.« Eliane erzählt ihm, wie sie das Verhör mit dem versteckten Handy aufgezeichnet hat. »Ein Freund von Serge hat es übersetzt. Babs hat nach dem Mord ihre alten Freunde gehasst, weil die so kaltherzig waren. Besonders Claudia.« Sie denkt nach. »Aber irgendjemand lässt sich offenbar ihre

dreckigen Tricks nicht länger gefallen«, fährt sie schließlich fort. Sie beugt sich näher zu Henri, legt ihm die Hand um die breiten Schultern. Auch das fühlt sich herrlich an. Mein Mann. »Hast du gesehen, wer die beiden vorhin umgefahren hat?«
Henri schüttelt den Kopf. Doch dann nickt er zögernd. »Ich bin nach Claudia und Renard aus dem Hafen raus. Ich war an den Netzen, hinten an der Calanque, ziemlich weit weg. Ich habe dem Commissaire nichts gesagt, weil ich mir nicht ganz sicher bin und weil ich keinen Ärger wollte. Aber«, er zögert, »ich glaube, ich weiß, wer es war.«

Eliane blickt Henri nach, der wieder hinausfährt. Netze überprüfen. Die Arbeit, die er eigentlich schon erledigt haben wollte, wenn nicht dieser verdammte Unfall dazwischengekommen wäre. Sie denkt darüber nach, was ihr Mann ihr soeben erzählt hat. Darüber, wer die beiden Kajakfahrer beinahe getötet hätte. Hätte sie nie gedacht. Sie fragt sich, wem der Anschlag überhaupt gegolten haben könnte. Claudia? Renard? Beiden? Das ergibt alles keinen Sinn.

Sie geht in Gedanken versunken zurück ins Mangetout – so versunken, dass sie viel zu spät bemerkt, dass noch ein später Gast an einem Tisch sitzt und auf sein Mittagessen wartet.

»Eliane, bringen Sie mir bitte einfach das, was Nabil noch in der Küche hat«, sagt Renard.

»Und dazu ein Glas Weißwein?«, fragt sie. *Merde.* Sie hätte durch den Hintereingang hineinschlüpfen sollen.

Drinnen ist der Patron unauffindbar. Sie bittet Nabil, den Salat auf die Terrasse zu bringen, doch der schüttelt den Kopf. »Serge hat mir vorhin gesagt, dass der Typ ein Flic ist. Besser, der sieht mein Gesicht nicht aus der Nähe.«

Eliane späht nach draußen. Auf der Terrasse sitzen sonst nur noch die beiden alten Isnards vom Haus ganz oben, die sind immer am frühen Nachmittag hier und teilen sich eine Flasche Orangina. Die muss sie nicht bedienen. Keine Chance, die unvermeidliche nächste Begegnung mit Renard noch durch eine Bestellung, durch einen kleinen Plausch hinauszuzögern. Unter der Pergola steht die Luft wie in einem überheizten und ungelüfteten Zimmer. Sie wünschte, der Mistral würde noch wehen, der würde ihr wenigstens die trüben Gedanken fortblasen, irgendwie. Sie findet keinen Vorwand, um noch länger vor der Küche herumzustehen. Also knallt sie Renard den Teller, die Wasserkaraffe und das Weißweinglas auf den Tisch. Und selbstverständlich lässt der sie nicht gehen. »Setzen Sie sich zu mir«, sagt Renard. »Bitte.« Sehr höflich. Sehr ruhig. Und so, dass du dich nicht weigern kannst.

»Ich habe auch noch nichts gegessen«, erwidert sie und eilt noch einmal in die Küche zurück. So hat sie wenigstens noch zwei, drei Minuten mehr, um sich zu sammeln. Sie kehrt mit einem Salat und einem Weißwein zurück. Den wird sie wohl brauchen.

Sie essen schweigend, sie sitzt ihm gegenüber. Er speist bedachtsam. Renard isst gar nicht so wenig, seit er hier ist. Schaden kann es nicht. Irgendwie ist ihr Weinglas schon leer.

»Das schmeckt so gut, als wäre ich wieder ein Kind«, sagt Renard irgendwann.

Ein seltsamer Mensch. Sie hat keine Ahnung, was er damit meint. Sie nickt bloß, wartet.

»In jener Nacht, als Sie und Henri in Ihrem Fischerboot lagen ...«, beginnt der Commissaire.

Eliane hätte beinahe aufgelacht vor Erleichterung. Bloß nichts anmerken lassen. Die ganze Zeit hat sie gefürchtet, er würde sie nach dem Unfall fragen, vorhin. Nach dem Fahrer des Motorbootes, ob sie etwas gesehen hat, solche Sachen. Sie hätte lügen müssen, aber sie spürt, wie schwer es ist, diesen Mann da anzulügen. Aber die Nacht vor dreißig Jahren? Das hat sie ihm doch schon alles erzählt.

Mehr oder weniger.

Tatsächlich fragt Renard sie noch einmal aus, penibel: Wann ist sie zu Henri ins Boot gestiegen? Um wie viel Uhr genau? Sie kann sich nicht erinnern. Dann ungefähr? Wie lange sie und Henri »abgelenkt« waren, verlegenes Lächeln, der Kerl wird wirklich verlegen. Und danach? Hat sie noch etwas gesehen? Ist sie eingeschlafen? Wann ungefähr? Hat Henri einmal den Fischerkahn verlassen?

Eliane erzählt ihm, dass sie beim Sex nicht auf die Uhr guckt und beim Einschlafen erst recht nicht. Wie soll das auch gehen? Irgendwann lagen Henri und sie nebeneinander, und dann sind sie eingeschlafen, und das war es. Ach ja: Am nächsten Morgen, die Flics in Méjean, die Aufregung, das hat sie geweckt. Sie sind in die Bucht gelaufen, und da lag Michael.

Sie erzählt ihm die ganze Geschichte – minus einiger Details. Wie etwa der quälenden Augenblicke, als sie mit ansehen musste, wie Henri, ihr Henri, dieser verdammten Deutschen hinterhergesehen hat, während die vom Haus der Norailles zu ihrem eigenen zurückging. Warum will der Flic überhaupt wissen, ob Henri noch in der Nacht damals den Fischerkahn verlassen hat? »Ich bin eingeschlafen. Aber wenn Henri irgendwann in der Nacht aus dem Boot gestiegen wäre, das hätte ich bemerkt. Die Kälte an meiner Seite. Das Wackeln des Rumpfs. Da wäre ich aufgewacht.«

Sie sieht Renard an, dass sie ihn nicht überzeugt hat. Ganz plötzlich wird ihr klar: Der Commissaire denkt genau das – dass Henri das Boot verlassen hat. Deshalb dieses Verhör. Der denkt, dass er raus ist, um in die Bucht zu schleichen. Dass er dort Michael erschlagen hat, so herzlos, wie man einen Fisch mit einem Stein tötet. Dass Henri Michael aus dem Weg geräumt hat, um an Claudia heranzukommen.

Claudia, immer wieder Claudia.

Ihr fröstelt plötzlich. In dieser Hinsicht ist sie ehrlich zu Renard: Sie ist irgendwann eingeschlafen, und sie hätte es bemerkt, wenn Henri aufgestanden wäre, das Boot hätte gewackelt, er kann es damals nicht verlassen haben, nicht einmal für eine Sekunde, nein, niemals, nie. In anderer Hinsicht ist sie nicht ehrlich gewesen: Nicht Henri hat in jener Nacht das Boot für eine Stunde verlassen.

Sondern sie.

Eliane sieht sich um, als ein Roller mit röhrendem Motor die enge Straße neben dem Mangetout hochdonnert. So muss sie dem Commissaire wenigstens einen Moment lang nicht ins Gesicht sehen. Ihre Gedanken wirbeln. Wie kann sie Renards Misstrauen gegen Henri zerstreuen, ohne sich selbst in die Hölle zu bringen? Eine Lüge? ›Jetzt fällt es mir wieder ein, Commissaire. Ich bin in dieser Nacht doch einmal zufällig aufgewacht. Und da habe ich in der Bucht Michael gesehen und ...‹ Und was? Dieser Flic da würde sie in zwei Minuten auseinandernehmen. Aber sie muss sein verdammtes Misstrauen unbedingt auf jemand anderen lenken.

»Diese Claudia«, beginnt sie und wendet ihren Blick wieder Renard zu, »sie ist mir aufgefallen. Nicht in der Nacht. Aber am nächsten Morgen. Wir sind zur Bucht gelaufen, Henri und ich, Serge, alle möglichen Leute. Nur die Deutschen nicht, die schliefen noch. Die mussten erst von den Beamten geholt werden. Und als sie dann endlich ankamen, waren sie geschockt, natürlich. Nur Claudia nicht. Die war irgendwie«, sie sucht nach den richtigen Worten, »irgendwie kalt. Nein. Sie war fertig, das schon. Aber nicht überrascht. Sie sah aus, als hätte sie genau gewusst, dass Michaels Körper dort lag.«

Das ist die Wahrheit, zumindest ungefähr. Eliane war an diesem Morgen selbst so wahnsinnig schockiert gewesen, dass ihr übel war und schwindelig. Sie hatte sich an Henri klammern müssen und dabei gespürt, wie er zitterte. Henri hatte noch nie gezittert. Das hatte ihr fast noch mehr Angst gemacht als der blutbesudelte Leichnam auf den Steinen. Und in diesem Zustand hatte sie nur halb auf die Deutschen geachtet, als sie nach einer quälend langen, aber vielleicht doch nur wenige Minuten währenden Wartezeit endlich aufgetaucht waren. Und in diesem Zustand, als sie selbst nicht ganz bei sich war, war es Eliane tatsächlich so vorgekommen, als sei Claudia zwar am Ende

gewesen. Aber eben nicht überrascht. Als hätte sie sich schon auf dem Weg nach unten gefürchtet, als man noch gar nicht sehen konnte, welcher Schrecken sie in der Bucht erwartete. Als hätte sie aber trotzdem schon gewusst, was ihr da gleich unter die Augen kommen würde.
Der Commissaire mustert sie nachdenklich. »Es ist verständlich, dass Sie Madame Bornheim gegenüber voreingenommen sind«, erklärt er schließlich höflich. »Nach allem, was zwischen ihr und Ihrem Freund vorgefallen ist und ...«

»Da ist nichts vorgefallen!« Eliane hat Tränen in den Augen, und sie hasst diesen Kerl dafür, dass er sie bis an den Rand des Heulens getrieben hat. »Claudia ist eiskalt. Und wenn Sie mir nicht glauben, dann heben Sie Ihren mageren Hintern von der Bank und suchen Sie die Deutschen! Fragen Sie doch mal die Babs, was die so über Claudia denkt!«

»Barbara Möller?«, fragt Renard erstaunt nach.

»Die wird Ihnen die Augen öffnen, Commissaire.«

49

Eliane saß auf dem flachen Stein, ein Stück weit über dem Hafen von Grand Méjean, und blickte auf ihre Hände. »Die sehen schon aus wie die Klauen meiner Mutter«, sagte sie mürrisch. Danach musste sie jedes Wort noch einmal langsam und deutlich wiederholen, Babs verstand sonst nicht, was sie sagte. Die Deutsche übersetzte jedes Wort einzeln aus dem Französischen und bastelte danach erst im Geist wieder Sätze zusammen, so hatte sie es Eliane erklärt. Als Babs heute Mittag Fisch gekauft hatte, hatten sie sich spontan zu einem »Mädchenabend« verabredet, wie die Deutsche das nannte: zwei Mädchen, eine Flasche Wein. Sie tranken den Rosé aus Pappbechern, die Babs mitgebracht hatte. Der Stein war glatt poliert von Tausenden Hintern, die hier schon gesessen hatten, und noch warm. Henri war mit seinem Vater nach Martigues gefahren, um Leinen und Fender zu kaufen. Babs hatte sich nach einem frühen Abendessen von den Freunden verabschiedet.

»Deine Hände sehen schick aus«, erwiderte Babs und tätschelte sie.

Schick war nicht ganz das richtige Wort, aber Eliane hatte auch so verstanden und lächelte sie an. Sie hatte an diesem Nachmittag eigentlich ausspannen wollen, aber dann hatten die Norailles bei ihr angefragt, ob sie heute außer der Reihe das Haus putzen könnte. Erst später war ihr klar geworden, dass diese verrückten Pariser das Haus für ihre Babysitter fein machten. Ausgerechnet die deutschen Touristen hatten sie gefragt, ob sie auf ihre Kleine aufpassen würden. Warum nicht sie? Und wer trieb eine Putzfrau durchs Haus, nur damit der Babysitter keine Staubfussel sah? Wahrscheinlich musste man in Paris wohnen, um auf solche Ideen zu kommen. Jedenfalls hatte sie die ultramoderne und ultrahässliche Bude der Norailles sauber gemacht, und jetzt war sie zweihundert Franc reicher, dafür hatte sie gerötete Hände vom Scheuermittel.

Aber Babs machte ihr trotzdem Komplimente. Die war echt in Ordnung. Musste nicht leicht sein, mit so einem Busen und so einem Hintern durch die Welt zu wackeln. Anfangs hatte Eliane überlegt, welcher der drei Deutschen ihr Freund sein könnte. Aber sie hatte schnell kapiert, dass Babs solo war. Pech für sie: In Méjean wohnten nicht gerade viele attraktive Kerle, die für einen Urlaubsflirt mit einer Touristin infrage kamen. Der Einzige, der so bescheuert war, war ihr Henri, aber der hatte keine Augen für Babs.

»Immerhin ist es bei den Norailles schön leer«, fuhr Eliane fort. »Wenige Möbel, keine Souvenirs, kein Krimskrams. Da ist man schnell durch. Nicht so wie bei euch.«

»Du putzt bei uns?«, fragte Babs. Sie war plötzlich verlegen.

»Im Ferienhaus, klar. Immer, bevor neue Gäste kommen, bringe ich alles auf Vordermann. Und nach der Abreise kommt die Grundreinigung. Aber da steht so viel rum, dafür brauche ich mindestens einen halben Tag. Und schlechter bezahlt wird das auch noch.«

»Wir haben bei uns noch nie eine Putzfrau gehabt«, murmelte Babs. »Ich meine, bei uns zu Hause. In Deutschland. Das machen wir selbst.«

»Wir?« Eliane lachte spöttisch. »Du meinst: deine Mutter?«

»Nein«, die Deutsche blieb ernst. »Meine Mutter putzt die Fenster. Meine kleine Schwester und ich wischen die Möbel. Und Papi saugt Staub, er ist der Einzige von uns, der den Staubsaugerlärm erträgt. Nicht nur erträgt«, jetzt grinste auch Babs, »dem macht das sogar Spaß. Du solltest sehen, wie der mit dem Sauger durch die Wohnung tobt!« Sie schwieg für einen Moment. »Wenn wir abreisen, dann ist das Haus picobello«, versprach sie. »Darum kümmere ich mich schon, keine Sorge. Du kannst trotzdem durchgehen und nachher das Geld kassieren, aber du wirst keinen halben Tag dafür brauchen.«

Eliane stieß sie freundschaftlich an. »Das hat mir noch nie ein Gast versprochen.« Jetzt tat sie ihr noch ein bisschen mehr leid. Ob ihre sogenannten Freunde sie nur mitgenommen hatten, um eine Köchin und Putzfrau dabeizuhaben? Manchen würde sie das zutrauen. Und einer ganz besonders. Sie fragte sich, wie eine wie Babs, die so gutmütig war, mit einer wie Claudia befreundet sein konnte. »Ich hoffe, die anderen lassen dich nicht alleine schuften!«, hakte sie vorsichtig nach.

Babs grinste. »Ein paar von meinen Freunden sind so ungeschickt, dass es mir lieber ist, sie helfen erst gar nicht.«

»Aber Dorothea kann dir helfen. Und Claudia.«

»Ach die.« Babs wedelte mit der Hand. Und diese eine Geste und der Tonfall dieser beiden Worte verrieten Eliane alles. Na ja, vielleicht nicht alles, aber genug, um zu wissen, dass Babs Claudia genauso wenig ausstehen konnte wie sie. Sie füllte ihre Pappbecher erneut. Der Rosé war noch wundervoll kühl, obwohl sie schon seit mindestens einer Stunde hier saßen. Babs hatte die Flasche in einer Plastiktasche mitgebracht, umhüllt von Kühlpacks aus der Tiefkühltruhe, die dachte wirklich an alles. Die Sonne war hinter dem Horizont verschwunden, doch der Himmel leuchtete noch, rot, orange, rosa. Henri erzählte oft, an welche Science-Fiction-Filme ihn das erinnerte, Star Wars, Kampfstern Galactica, Filme, die er sich mit seinen Freunden im Kino ansah, weil kein Mädchen, das ein Gehirn hinter den Augen hatte, diese Streifen aushalten würde. Eliane fand den Himmel einfach nur schön. Als kleines Kind hatte sie nach dem Tod ihrer Großmutter gedacht, wenn man stirbt, dann bedeutete »in den Himmel kommen«, dass man zwischen den bunten Wolkenschleiern herumflitzte. Wäre nicht schlecht, wenn es wirklich so wäre.

»Ich mag die Art nicht, wie Claudia ...«, Eliane zögerte, dann musste es heraus, »meinen Freund anmacht. Was bildet die sich ein?«

Babs wurde rot. »Ich habe es mitbekommen. Und Michael hat es auch gesehen. Wir haben ja Fisch gekauft, als Claudia plötzlich zu Henri ins Boot gesprungen ist. Ich schwöre dir: Ich hatte keine Ahnung, dass sie das vorhatte! Und Michael ...« Ihre Stimme verlor sich. Sie hustete, trank einen tiefen Schluck, verzog das Gesicht. »Ich werde hier

noch zum Alki. Na, jedenfalls hat Michael auch nicht gefallen, was Claudia gemacht hat. Der hat nichts gesagt, aber ich habe es ihm angesehen. Michael wird selten wütend. Eigentlich fast nie. Aber wenn doch, dann ...« Babs schnippte mit den Fingern. »Dann verduftet man besser.«
»Kann ich verstehen«, erwiderte Eliane düster. »Ich bin so sauer. Ich weiß nicht, wem ich zuerst eine runterhauen soll. Henri, weil er so bescheuert ist. Oder dieser Schlampe mit ihrer bescheuerten Vietcongmütze.« Und dann, merde, musste sie plötzlich heulen. Wie eine Hysterikerin. Merde!
Aber Babs nahm sie in die Arme und drückte sie an sich. »Die Claudia ist so«, flüsterte sie. »Wahrscheinlich merkt sie nicht mal, was sie da macht. Die ist einfach so.«
Eliane beruhigte sich irgendwann, wischte sich über das Gesicht, schenkte Wein nach. Wieso war die Flasche schon leer? »Die hat dich auch schon gekränkt, was?«
Babs ließ sich lange Zeit mit einer Antwort. »Für Claudia bin ich die Spießerin«, gestand sie schließlich. »Das hat sie mir so nie gesagt, aber sie lässt es mich schon spüren, glaub mir. Die will alle Atomkraftwerke abschalten, alle Pershings verschrotten, die engagiert sich für und gegen alles. Und ich«, Babs blickte auf die Steine zu ihren Füßen, versuchte sich an einem Lächeln, was aber kläglich scheiterte, »ich will einfach bloß einen Freund haben. Und nach dem Abi einen guten Job. Sieh mich an: Wird nicht so einfach sein, jemanden zu finden. Und meine Noten sind, na ja, ich bin halt kein Einstein. Also, wenn ich einen netten Kerl kennenlerne und nach der Schule eine Stelle bekomme, die okay ist, das wäre für mich schon ein Erfolg, verstehst du? Aber für eine wie Claudia bin ich eine Versagerin. Eine, die es noch nicht kapiert hat. Dabei hat sie gut reden, ihr fliegt alles einfach zu! Manchmal liebe ich Claudia, weil sie so toll ist. Weil sie alles ist, was ich nicht bin. Weil sie immer sofort bereit ist, mir zu helfen – selbst dann, wenn ich mir gar nicht helfen lassen will. Klingt bescheuert, ist aber so. Aber an anderen Tagen bin ich so wütend auf sie, das kannst du dir gar nicht vorstellen.«

»Ach ja?« Eliane stieß ihr wieder zum Spaß mit dem Ellenbogen in die Seite. Babs und wütend, konnte man sich kaum vorstellen.

»Einmal habe ich es ihr wirklich gegeben«, flüsterte Babs. »Und sie hat es nicht einmal bemerkt!« Sie kicherte und hob die Flasche. »Schei... Schade«, murmelte sie, auf Deutsch, aber das hatte Eliane auch so verstanden. Sie wog dreimal so viel wie sie, aber konnte offenbar nur ein Drittel so viel Wein vertragen. »Jetzt muss ich den ganzen Weg hoch zum Haus, um Nachschub zu holen«, jammerte Babs.

Eliane schüttelte verschwörerisch den Kopf. »Ich habe den Schlüssel für die Kooperative. Was glaubst du, was die Fischer alles im Kühlschrank haben? Ich bin in einer Minute wieder da.« Sie sprang die Felsen hinunter in Richtung Baracke. Hoppla, so ganz wenig hatte sie auch nicht getrunken. Irgendwie war das alte Vorhängeschloss an der Tür geschrumpft, jedenfalls war es schwieriger als sonst, den Schlüssel hineinzufummeln. Der rostige Eisschrank. Eine Flasche Lunard. Als sie draußen war, beschlug die Flasche, so kalt war der Weißwein. Sie kletterte vorsichtig wieder die Felsen hoch und ließ sich neben Babs fallen.

»Nun erzähl schon«, forderte sie die Deutsche kichernd auf, »wie du es Claudia einmal gegeben hast.«

50

Renard schiebt den leeren Teller zurück, im Mund noch der Geschmack von Tomaten, Olivenöl, Pfeffer, Meersalz.

»Möchten Sie einen Espresso?«, fragt Eliane. »Geht aufs Haus.« Sie fühlt sich irgendwie erleichtert, seitdem sie dem Commissaire ihr Treffen mit Babs geschildert hat. Ohne die Geschichte, wie sie Claudia einmal fertiggemacht hat. Das muss der Flic ja nicht wissen.

»Nein, danke.« Renard schüttelt den Kopf, Vernunft siegt über Verlangen, es ist besser, wenn er sich nicht zu viel zumutet. Was hat ihm der Alte in der Évêché geraten? Schön langsam wieder aufbauen. Muskeln trainieren. Und besser auch den Magen trainieren. Außerdem ist er mit seinen Tabletten schon wieder zu spät dran. Wird Zeit, dass er aufs Zimmer kommt. Er erhebt sich.

»Werden Sie den Mörder schnappen?«, fragt Eliane.

Der Commissaire wundert sich, was das wohl bedeuten mag. Will Eliane wirklich wissen, wer es getan hat? Hat sie Angst davor? Oder will sie bloß heraushören, wann dieser Flic aus Marseille verschwindet und sie endlich wieder in Ruhe leben können? »Ich mache Fortschritte«, erwidert er vorsichtig. Dann lächelt er. »Vielen Dank, dass Sie mir beim Essen Gesellschaft geleistet haben.« Er meint das ernst.

Später liegt Renard auf dem harten Bett im Zimmer und beobachtet das Muster, das die im Fensterglas gebrochenen Sonnenstrahlen auf die gegenüberliegende Wand zaubern. Zitternde Ringe aus Licht. Kleine Kristalle. Sterne. Er könnte stundenlang zusehen. Renard erholt sich, ohne einschlafen zu können. Liegt angezogen, aber barfuß auf dem gemachten Bett. Im Hinterkopf eine leise, missmutige Stimme, die ihm zuflüstert, dass er jetzt eigentlich arbeiten müsste. Was, zum Teufel, hat er auf diesem Bett verloren, am helllichten Tag, in einer Pension am Meer? Hätte er nie gemacht, früher, v. K. Jetzt aber entspannt er sich, denkt nach, lauscht seinen Atemzügen, glaubt, sein Herz schlagen zu hören.

Renard schreckt auf, als jemand an seine Tür klopft, nicht sehr laut, aber so oft hintereinander, dass er spürt: Da hat es jemand eilig. Ein kahlköpfiger junger Mann. Der Commissaire braucht einen Moment, um das Gesicht einordnen zu können: einer der Kriminaltechniker. Bislang hat er ihn immer nur im weißen Ganzkörperanzug gesehen, jetzt steht er in dreiviertellanger, ausgebeulter kakifarbener Hose und hellblauem Polohemd vor ihm. Wer würde bei so einem Typen vermuten, dass der schon Dutzende Leichen, deformierte Kugeln, blutbesudelte Kleidungsstücke und Messerklingen, Spermaproben, ausgerissene Haare und Fetzen abgerissener Haut in Händen gehalten hat? Jetzt trägt er aber nur einen prall gefüllten Müllbeutel, den er Renard vor die Füße stellt.

»Der Rucksack, Commissaire«, erklärt er. »Und sein Inhalt. Und auch der Brief, den Sie mir gegeben haben. Sie wollten die Sachen zurückhaben, wenn wir im Labor damit fertig sind, obwohl ...« Der Kollege verkneift sich den letzten Halbsatz.

... das sowieso nichts bringt, vollendet Renard im Geiste und lächelt mitfühlend. »Haben Sie lange von der Évêché bis hierher gebraucht?«

»Sie wissen ja, wie es auf den Straßen von Marseille zugeht, Commissaire.«

»Nehmen Sie nächstes Mal ein Zodiac der Police und kommen Sie über das Meer. Das geht schneller. Und ist schöner. Vorausgesetzt, Sie kentern nicht.«

Der Mann von der Spurensicherung, das sieht man ihm deutlich an, glaubt, dass sich Renard über ihn lustig macht. Dann jedoch erkennt er, dass das ernst gemeint ist. Er schaut aus dem Fenster. Draußen kann er nicht bloß den kleinen Hafen sehen und die Wellen, links am Horizont erahnt er im Dunst auch Marseille. »Gute Idee«, sagt der Kriminaltechniker zögernd zum Abschied. »Ich werde es mir merken. Wenn Sie in Méjean über die nächste Leiche stolpern.«

Nach fünf Minuten hat Renard den Inhalt des Müllbeutels sorgsam auf seinem Bett ausgebreitet. Der Rucksack. Die Polaroid. Die Kameratasche. Das T-Shirt. Das Handtuch. Die Duschgelflasche. Der Glückspfennig. Ein Leben.

Er holt Dorotheas alten Liebesbrief hervor. Was hat er noch? Den anonymen Brief an die Polizei von Marseille. Er legt die beiden Schreiben auf die Decke. Die anonymen Briefe an Claudia Bornheim und das Ehepaar Kaczmarek hat er bloß als Fotos auf dem Handy. Ebenso wie das Bild von dem Schmäh-Graffito, das Claudia Bornheim als Talisman bei sich trägt. Renard kramt in seinen Hosentaschen. Die Visitenkarte von Barbara Möller mit ihrer hingekritzelten Adresse. Er legt sie auch noch dazu. Und ... Der Commissaire schlüpft in seine Schuhe, eilt die Treppe hinunter, niemand ist unten. Er nimmt die alte Skizze von der Wand, die Rüdiger von Schwarzenburg dem Patron einst geschenkt hat, legt sie auf einen Tisch und fotografiert das Bild, bevor er es wieder an seinen Platz hängt und in sein Zimmer zurückkehrt. Jetzt hat er alles beisammen.

Alle Spuren.

Wenn Teenagerskizzen, bekritzelte Visitenkarten oder ein Glückspfennig denn Spuren sind. Wie lächerlich. Kein aussagekräftiger Fingerabdruck, keine brauchbare DNA-Anhaftung. Renard betrachtet die vor ihm ausgebreiteten Gegenstände, wischt über die Fotos auf seinem Handy, mustert wieder die Sachen. Er kommt sich vor wie ein Messie, der willkürlich Dinge zusammengesammelt hat. Welche beschissene Ironie, dass der Kriminaltechniker ihm alle Spuren in einem Müllbeutel gebracht hat. Er sieht aus dem Fenster. Im Hafen ist niemand mehr, die Boote liegen so unbeweglich im Wasser, als hätte man sie mit Blei ausgegossen. Kein Auto auf der einzigen Straße. Renard kommt sich vor, als hätten alle Menschen plötzlich Méjean verlassen und als habe man ihn hier vergessen. Absurd. Die Sonnenstrahlen brechen sich im Fensterglas, verwandeln sich in Kreise, in denen die Spektralfarben flimmern. Diese Lichtkringel wandern langsam über die Decke. Ein Objekt leuchtet im Sonnenstrahl auf. Renards Blick bleibt daran hängen.

Das kann einfach nicht wahr sein.

Er packt sein Handy, wischt wie verrückt über die Fotos, bis er ein ganz bestimmtes Bild auf dem Touchscreen hat. Er zoomt es größer. Blickt wieder das Objekt auf seinem Bett an.

Und plötzlich hat es Commissaire Marc-Antoine Renard sehr eilig, sein Zimmer zu verlassen.

51

Dorothea spürt die letzte Nacht in jeder Faser ihres Leibes. »Weiße Nacht«, sagen die Franzosen das nicht so? *Nuit blanche.* Das hat sie mal irgendwo aufgeschnappt. Seltsam, an welche Dinge man sich erinnert, wenn man übermüdet ist. Sie hat die letzte Nacht jedenfalls kein Auge zugetan. Der alte Liebesbrief. Rüdiger. Mein Gott, kann das denn so wehtun, nach so vielen Jahren? Damals hat sie wirklich geglaubt, dass er ihre Zeilen nie gelesen hat, ein Kollateralschaden dieses Verbrechens gewissermaßen, und darüber hat sie nie mit jemandem geredet. Nur die Weihnachtskarten hat sie verschickt, Jahr um Jahr, Oliver hätte das längst aufgegeben, sie hat darauf bestanden. Es waren ihre verzweifelten Botschaften an Rüdiger, in Kitsch verpackte Lebenszeichen. Der alte Traum von der Flucht aus diesem Leben, den sie nie ganz ausgeträumt hat. Die lächerliche Hoffnung auf eine Antwort, auf ein Treffen, auf ... auf was eigentlich?

An die anderen hat sie immer bloß zur Tarnung Karten geschickt, sonst wäre es Oliver wohl irgendwann aufgefallen, wenn sie stets nur an diesen einen Mann aus ihrer alten Clique schreiben würde.

Und jetzt weiß sie, dass Rüdiger ihren Brief die ganze Zeit gekannt hat. Dreißig Jahre und nie ein Wort von ihm. Was muss er gedacht haben, wenn er ihre ach so unverbindlichen Worte auf all den Weihnachtsmann- und Rentierkarten las?

Sie war gestern Abend so enttäuscht und wütend, dass sie gewartet hat, bis Oliver im Bett schnarchte, dann hat sie sich ins stille Wohnzimmer vor den leeren Kamin gehockt. Sonst nichts. Keine Träne, kein ruheloses Hin und Her, nicht einmal eine Flasche Wein und Trinken bis zur Besinnungslosigkeit. Die brave Dorothea. Die beherrschte Dorothea. Der Blick in den leeren Kamin. Erst als sie unten im Bad jemanden hörte – wahrscheinlich Babs, sie war schon immer die Erste, die wach wurde –, schlich sie sich ins Zimmer zurück. Oliver schnarchte nicht mehr, vielleicht war er wach und tat nur so, als ob er schliefe, aber das war ihr nun auch gleichgültig.

So war es beinahe eine perverse Erlösung, als ihnen Renard den Rucksack zeigte. Sie musste kaum ein Wort mit Rüdiger wechseln. Oder mit Oliver. Und sie musste an anderes denken. Michaels Rucksack. Der Mörder. Selbstverständlich ist der Mörder hier, warum sonst hätte es diese schrecklichen Erpresserbriefe gegeben? Und doch ... Irgendwie hat sie es nicht hundertprozentig geglaubt, irgendwie kam sie sich vor, als sähe sie sich selbst in einem Fernsehkrimi und als würde eine Stimme in ihr wispern: »Ist doch bloß erfunden, und am Ende wird alles gut.« Erst der Rucksack hat ihr bewiesen, dass der Mörder wirklich da ist. Und dass am Ende nichts gut wird, gar nichts.

Wie von selbst geht sie, als die Kripobeamten endlich aus der Bucht verschwinden, auf einen schmalen Weg. Sie schert sich nicht darum, wo Oliver ist. Und niemand von den anderen folgt ihr.

Endlich allein.

Dorothea findet sich irgendwann auf der Straße wieder, die vom Haus aus ansteigt und danach steil abfällt, Richtung Ensuès. Keine Ahnung, wie sie hierhergekommen ist. Sie geht an einem Haus vorbei, gräuliche Fassade, ein Teppich aus braunen Piniennadeln auf der Terrasse, daneben ein leeres Schwimmbad, ein Becken aus grauem Beton mit schwärzlichen Schimmelflecken. Seit wie vielen Jahren hat hier niemand mehr Urlaub macht, und warum wohl? Ob hier jedes Haus ein eigenes finsteres Geheimnis birgt? Zu ihrer Rechten ragt die Eisenbahnlinie auf, ein Damm wie eine Mauer, je weiter die Straße abfällt, desto monumentaler wächst er empor. Am tiefsten Punkt der Straße öffnet sich ein Tunnel quer durch diesen Damm, ein schmuddeliges Stück Beton. Dorothea weiß nicht recht, ob das vielleicht nur eine Art Rettungsweg ist und also verboten, ihn zu betreten. Was soll's?

Es ist Mittag, sie hat nicht einmal Hunger, aber in diesem Tunnel ist es für ein paar Meter kühl und schattig.

Auf der gegenüberliegenden Seite tritt sie auf einen verwilderten Parkplatz. Dahinter liegt eine sandige Fläche. Ein Boulefeld, erkennt sie erstaunt, so, wie es zu jedem südfranzösischen Dorf gehört. Nur dass hier keine alten Männer Eisenkugeln werfen, hier ist überhaupt keine Menschenseele, kein Haus und kein Garten. Brachland. Ob hier jemals einer Boule gespielt hat?

Von der staubigen Sandfläche führt ein Weg ins Unterholz. Dornbüsche. Zikadenkrächzen. Der Bahndamm hat den Blick Richtung Meer gekappt. Sie fühlt sich, als ginge sie durch eine hügelige Steppe. Ihr Kopf ist leer. In der bleiernen Luft ist es anstrengend, durch die kargen Steinhügel zu streifen, doch sie ist immer noch in ausgezeichneter Form. Sie läuft stundenlang herum, über Pfade, von denen sie nicht einmal weiß, ob das Wanderwege sind oder bloß Schneisen, die von Generationen wilder Kaninchen durch das zähe Gestrüpp gezogen worden sind.

Plötzlich hält sie inne. Sie atmet tiefer ein. Die Luft riecht auf einmal bitter. Sie erklimmt die nächste Kuppe – und blickt im Tal dahinter auf pure Verwüstung. Schwarz, alles schwarz. Das Gestrüpp ist fort, auf dem Boden klebt ein schmieriger Aschefilm. Tiefer unten am Hang stehen die Skelette von Pinien, verkohlte Stämme, nadellose Äste. Keine Zikade lärmt in diesem Tal. Hier hat ein Feuer gewütet, das kann noch gar nicht so lange her sein. Einen Monat? Oder ein Jahr? Noch sprießt nirgendwo neues Grün. Die Kante, an der die Flammen sich nicht mehr weitergefressen haben, verläuft knapp unterhalb der Hügelkuppe. Sie ist so gerade wie mit dem Lineal gezogen. Asche hier. Ein großer Ginsterstrauch zehn Zentimeter weiter. Zehn Zentimeter zwischen Vernichtung und Leben. Wie ist der Brand entstanden? Und warum endete er ausgerechnet hier? Dorothea blickt sich um, doch in dem verwüsteten Tal gibt es nicht den geringsten Hinweis auf Anfang und Ende des Dramas.

Anfang und Ende des Dramas ... Sie fühlt sich auf einmal wie eine pathetische Hauptdarstellerin in einem schlechten Film. Ihrem Film. Sie dreht sich um und kehrt Richtung Méjean zurück, ihre Schritte sind schneller jetzt. Als sie endlich die Straße wieder hinaufsteigt, ist sie immer noch nicht außer Atem. Ich bin in Form, sagt sie sich, ich bin in Form, ich bin kräftig, ich bin stark, eigentlich bin ich noch jung. Warum mache ich nichts daraus?

Dorothea erreicht den höchsten Punkt der Straße. Von hier aus kann sie auf das Ferienhaus blicken und auf die Buchten und die beiden Häfen von Méjean. Sie beschirmt ihre Augen. Babs sitzt auf der Terrasse. Sie scheint allein zu sein. Ihr Blick wandert weiter. Die Bucht. Michaels Bucht. Da stehen sie, ganz nahe am Wasser: Claudia. Oliver. Rüdiger. Claudia zwischen den beiden Männern. Aus der Ferne wirkt es, als würden die Männer Claudia umarmen – oder als würden sie sie stützen. Ihr Mann, der Claudia beisteht. Rüdiger, der Claudia beisteht. Und wer ist bei ihr? Für einen Moment durchflutet sinnlose Eifersucht ihre Seele, dann ist sie einfach nur noch zornig.

Erstaunt stellt Dorothea fest, wie gut es tut, zornig zu sein.

Sie atmet freier. Sie strafft sich. Sie will lachen, höhnisch und gemein, will lachen über diese beiden lächerlichen Kerle da weit unten, über diese Klötze ohne Gefühle und ohne Verstand, will lachen über die Jahre, die sie mit dem einen Mann verbracht und mit dem anderen verpasst hat. Und dann lacht Dorothea tatsächlich, laut und frei, im dürftigen Schatten einer kleinen Pinie, die über eine Grundstücksmauer wächst. Sie lacht und lacht, und vielleicht hätte sie so lange weitergelacht, bis sie dann endlich doch atemlos geworden wäre.

Wenn sie nicht plötzlich eine Gestalt gewahrt hätte, die auf dem heißen Asphalt Richtung Ferienhaus geht. Nein, nicht geht: rennt. Dorothea verstummt und zieht sich hastig auf eine Garagenauffahrt zurück, duckt sich hinter einem geparkten Range Rover, um nur ja nicht entdeckt zu werden.

Renard hat auf einmal tatsächlich die Kraft, um zu laufen.

52

Beim Haus der Deutschen sitzt Barbara auf der Terrasse und telefoniert. Renard versteht das Gespräch nicht, es ist zu schnell für sein Deutsch, vielleicht ist es auch ein Dialekt, er glaubt nur, einen Namen immer wieder herauszuhören: Detlev. Er lässt sie zu Ende sprechen, kommt selbst zu Atem, wann ist er das letzte Mal gerannt? Dann erst tritt er von der engen Straße auf die Treppe, die zum Haus hochführt. Barbara Möller ist allein. Gut so.
Er lächelt nicht. »Bonjour«, sagt er.
Sie sieht ihn an, nervös, vielleicht sogar ängstlich, doch der Commissaire glaubt nicht, dass sie weiß, was jetzt auf sie zukommt.
Renard legt ihre Visitenkarte auf den Teaktisch.

BARBARA MÖLLER, HÄNDELSTRASSE 115,
53844 TROISDORF-KRIEGSDORF

Dann holt er sein Handy heraus, tippt das Foto von dem alten Graffito an:

Bornheim nach Buchenwald!!!

Er deutet mit dem Zeigefinger auf ihre Adresse, die sie quer über die Rückseite der Visitenkarte geschrieben hat. »Dieselbe Handschrift«, sagt er kühl.
»Das ist ...«, stottert Babs, » ... lächerlich! Das da ist eine uralte Schmiererei. Mit der Sprühdose an die Wand gemalt, riesengroß. Und ich habe nur ...«

»Sie erinnern sich an das Graffito, Madame Möller?«

»Aber sicher. Das war in unserer Schule ein Riesenskandal. Unser Direktor hat beinahe einen Herzanfall bekommen, wir mussten alle in die Aula und mussten eine Standpauke über uns ergehen lassen! Aber wie kommen Sie darauf, das mit meinem Geschreibsel zu vergleichen? Das habe ich auf die Schnelle im Restaurant hingekritzelt. Das ist doch ... « Sie bricht ab. Sie ist sehr blass.

»Sehen Sie genau hin, Madame«, fährt der Commissaire fort. Er klingt jetzt didaktisch, beinahe sanft. Hält ihr den Karton so hin, dass sie gar nicht anders kann, als ihn zu betrachten.

»Zwei kurze Texte«, gibt der Commissaire zu, »aber viele Buchstaben tauchen in beiden Zeilen auf: B – A – R – E – H – N – O – I – D. Neun Buchstaben, manche sogar mehrfach geschrieben. Sehen Sie sich etwa das A an, Madame!«

Babs wendet den Kopf ab, blickt auf das Meer.

»Der Querstrich ist nicht gerade durchgezogen, sondern gebeugt wie der Rücken einer Katze. Überall, bei allen As«, fährt Renard beharrlich fort. »Die beiden Bäuche des B sind gleich groß, was ungewöhnlich ist, fast alle Menschen schreiben den oberen Bogen kleiner. Das I ist als einziger Buchstaben in beiden Texten nicht nach rechts geneigt, sondern gegen die Schreibrichtung nach links. Das N, bei dem ... «

»Hören Sie auf. Bitte.« Babs hat immer geglaubt, dass sich der Boden unter ihr auftun wird, wenn das irgendwann mal jemandem auffallen sollte. Tut er natürlich nicht. Sie wünscht, sie wäre weit fort. Aber da sitzt dieser knochige Kerl und hält ihr ihre eigene Schrift unter die Nase. Sie hat ihm auch noch selbst die Waffe in die Hand gegeben, mit der er sie jetzt vernichtet. Sie blickt Renard nicht an, schämt sich zu sehr. Sie deutet bloß auf sein Handy. »Würden Sie bitte das Foto wegmachen?«

Der Commissaire wischt über den Touchscreen, lässt das Handy in die Hosentasche gleiten. Er sieht Barbara die Not an. Will sie beruhigen. »Das weiß außer mir niemand sonst, Madame«, versichert er.

»Aber sicher weiß das jemand!«, explodiert Babs. Sie ist so verzweifelt, als hätte man sie zum Tode verurteilt. Sie holt ihre Handtasche hervor, kramt darin herum, knallt diesem verdammten Polizisten ein Blatt Papier auf den Tisch.

Liebe Barbara,

Claudia Bornheim ist nicht in Buchenwald gelandet, auch wenn Du es Dir doch einmal so sehr gewünscht hast. Du erinnerst Dich sicher daran. Aber Claudia wird übermorgen in Méjean sein. Du erinnerst Dich doch auch noch an Méjean? Sicher erinnerst Du Dich! Nicht bloß Claudia wird da sein, alle alten Freunde werden kommen! In das Haus. Da wirst Du doch übermorgen nicht fehlen wollen, oder? Denk an Dein altes Graffito ... Wir werden, nach dreißig langen Jahren, in Méjean gemeinsam Michaels Mörder stellen. Danach wird sich niemand mehr an irgendwelche alten Schmierereien erinnern.

»Sie glauben gar nicht, wie oft ich schon bereut habe, diesen Mist an die Wand gesprüht zu haben«, gesteht Barbara müde. »All die Jahre habe ich das nie ganz vergessen.«

»Es fällt mir außerordentlich schwer, mir vorzustellen, wie Sie mit einer Sprühdose nachts Naziparolen an Schulwände sprühen«, erwidert Renard.

»Ich bin doch kein Nazi!«, empört sich Barbara. »Ich fand das damals nur ... witzig. Das klang so gut, fand ich.« Sie seufzt. »Claudia war schon damals sehr engagiert in der Politik«, sagt sie.

Der Commissaire nickt. »Davon habe ich gehört.«

Barbara räuspert sich. »Ich habe Claudia dafür bewundert, ehrlich. Als sie für den Posten der Schülersprecherin kandidierte, hat sie meine Stimme bekommen. Sie glauben gar nicht, was Claudia alles organisiert hat. Und wie viele Schüler sie herausgehauen hat, die irgendeinen Blödsinn gemacht hatten und für die deshalb Konferenzen einberufen worden waren. Claudia war schon damals toll, wirklich. Aber«, sie reibt mit den Händen über die Unterarme, bemerkt, was sie tut, ballt die Fäuste, knetet die Hände, sie kann einfach nicht ruhig sein. »Ich hatte mit all den Demos und Schülerzeitungen und Plakataktionen nichts am Hut. Ich wollte bloß in Ruhe gelassen werden. Und irgendwann haben wir mal im Leistungskurs Geschichte über die letzten Tage der Weimarer Republik diskutiert. Es ging um den Aufstieg der NSDAP und warum so wenige Leute etwas dagegen unternommen hatten, obwohl Hitler doch klar verkündet hatte, was er alles tun würde. Ich habe mich gar nicht gemeldet, unsere Lehrerin hat mich drangenommen. Und da habe ich gesagt, dass damals wahrscheinlich auch viele Leute bloß ihre Ruhe haben wollten.

Was hat die Claudia sich da aufgeregt! Die hat sich so sehr in Rage geredet, als hätte ich persönlich Hitler an die Macht geholfen. Und wenn Claudia redete, konnte man nichts dagegen machen. Es war, als wenn man am Pranger stehen würde. Und diese verdammte Lehrerin hat sie auch reden lassen, immer weiter. Ich bin vor dem ganzen Kurs niedergemacht worden, mindestens eine Viertelstunde lang. Ich hätte heulen können. Na ja. Genau am Abend danach hatte ich einen Volkshochschulkurs. Englisch, ich war nicht besonders gut. Der Kurs fand in einem Klassenraum statt und war so gegen zehn Uhr vorbei. Niemand war mehr auf dem Schulgelände, es war dunkel. Und da habe ich halt diesen Blödsinn auf eine Wand gesprüht.«

Renard blickt sie an. »Sie hatten nämlich rein zufällig eine Sprühdose dabei.«

Barbara wird rot. »Ich habe es geplant«, gibt sie schließlich zu, so leise, dass der Commissaire sich nach vorn beugen muss, um sie über das Sägen der Zikaden hinweg noch verstehen zu können. »Direkt nach Schulschluss habe ich mir geschworen«, sie hält inne, dann kommt die alte Wut und Demütigung wieder, und sie wird laut: »Dieser Zicke zeige ich es! Dann ist mir mein Volkshochschulkurs eingefallen, und, na ja, die Sprühdose habe ich mir aus dem Werkraum meines Vaters geborgt. Hat niemand bemerkt.«

»Madame Bornheim hat Sie nie verdächtigt?«

Babs bläst die Wangen auf, lässt die Luft wieder entweichen, winkt ab. »Sie hat immer nur unsere Skins im Visier gehabt. Vielleicht auch andere, wer weiß. Aber an mich hat sie natürlich nie gedacht. Für Claudia war ich immer zu harmlos. Sie hat mir nichts zugetraut, gar nichts, nicht einmal eine Riesendummheit.« Barbara atmet durch. »Na ja. Am nächsten Tag, nach der Standpauke unseres Rektors und nachdem auch noch die Polizei da gewesen war, da war mir schon mulmig zumute. Und dann habe ich gemerkt, wie sehr Claudia das getroffen hat. Die war fertig. Ich glaube, sie hat sogar geweint. Heimlich natürlich, sie hat nie vor anderen geweint. Aber sie hatte ganz verquollene Augen. Plötzlich hat mir das alles wahnsinnig leidgetan. Eigentlich hatte sie ja recht: Man muss sich engagieren. Und vielleicht hätte ich alles zugeben sollen, aber ich habe mich nicht getraut. Der Rektor war so wütend, und die Polizei hat ermittelt. Ich habe mich einfach nicht getraut. Und danach ...«, Barbara zögert lange, »na ja, danach hat Claudia sich verändert. Sie ist, wie soll ich sagen? Sanfter geworden. Verständnisvoller. Nicht mehr so selbstgerecht. Sie hat sich weiterhin für andere eingesetzt, aber sie hat nicht länger diese verfluchte Arroganz an den Tag gelegt. Sie ist gewissermaßen die Claudia Bornheim geworden, die wir heute kennen.«

Barbara hofft, dass das überzeugend klingt. Versöhnlich. Dass nichts von den alten Gefühlen durchdringt. Von der Erniedrigung, die sie immer noch spürt. Von der, herrje, Eifersucht. Eifersucht auf die Freundin des wahnsinnig tollen Michael Schiller. Warum kann sie das bloß immer noch nicht verwinden? Wie kann sie das bloß immer noch spüren, obwohl sie längst erwachsen ist, Mutter, Ehefrau, mein Gott, wie kann sie da eifersüchtig sein auf ein Mädchen, das als junger Teenager, vor langer Zeit, einen Jungen geliebt hat?« Dieser Junge ist längst tot, und gewissermaßen sind die Teenager, die Claudia und Babs einmal gewesen sind, auch so gut wie tot, jedenfalls ebenso unerreichbar hinter dem Horizont der Zeit versunken. Renard denkt an den fernen Sommer und all die Jahre seither und warum die Liebe und der Streit nicht vergehen wollen, obwohl die geliebten Menschen sich verändert haben und die Anlässe der Streitigkeiten bedeutungslos geworden sind. »Dann hätten Sie sich doch längst mit Madame Bornheim aussprechen können«, sagt er. »Warum haben Sie das in all der Zeit nie getan?«

»Reden Sie jeden Tag mit einer Ministerin, Commissaire?« Barbara lacht. »Claudia gehört längst nicht mehr zu meiner Welt. Ich wollte es ihr in dem Urlaub damals gestehen, nach dem Abi, ich hatte es mir wirklich fest vorgenommen. Die Schule war vorbei, ich fand Claudia wieder super, und bevor ich zu Hause eine Lehre angefangen hätte, während sie in die große Stadt zum Studium gezogen wäre, hätte ich das gerne geklärt. Aber in den ersten Tagen hat sich keine Gelegenheit ergeben. Dann die Sache mit Claudia und Henri, und danach war das alles schwierig ... Und als Michael gefunden wurde – Sie können sich das ja denken. Da gab es Wichtigeres. Und außerdem wollte ich nach dem Verbrechen eh mit niemandem aus der alten Clique mehr sprechen. Ich hatte genug mit mir selbst zu tun. Tja, das nennt man wohl verpasste Gelegenheit.«

»Aber warum haben Sie sich jetzt erpressen lassen?«, will Renard wissen. »Ein dummer Spruch vor über dreißig Jahren, als Sie beinahe noch ein Kind waren, ich bitte Sie: Deshalb müssen Sie doch nicht spontan tausend Kilometer in ein anderes Land fahren!«

Barbara lacht bitter auf. »Das sehe ich aber anders! Ich bin mit einem tollen Mann verheiratet, ich habe zwei Kinder, ich habe einen seriösen Job bei einer Bank. Was glauben Sie denn, was los wäre, wenn irgendwie bekannt würde, dass ich mal eine der beliebtesten Ministerinnen Deutschlands ins Konzentrationslager gewünscht habe? Clau-

dia hätte mich nicht verklagt, das glaube ich nicht. Wir hätten uns ausgesprochen, sie hätte das schon verstanden. Hoffe ich. Aber der Skandal wäre doch da gewesen. Was, wenn daraus ein Shitstorm geworden wäre? Sie wissen doch, wie leicht so etwas losgehen kann heutzutage, ein falsches Wort, und du bist dran. Und das war ja nicht bloß ein falsches Wort, das war ein bisschen mehr, meinen Sie nicht? Was passiert, wenn meine Kinder das auf Facebook lesen? Oder mein Vorgesetzter? Die Kollegen? Mein Mann? Detlev ist der einzige Mann auf der Welt, für den ich perfekt bin! Was würde der von mir denken?«
Barbara schüttelt den Kopf. »Ich musste alles tun, um das zu verhindern. Ich musste nach Méjean. Und der schreckliche Typ, der diesen Brief geschrieben hat, der wusste das auch ganz genau.«
»Wen haben Sie in Verdacht, Madame Möller? So, wie es aussieht, kann das nur jemand aus Ihrem Freundeskreis getan haben. Jemand, der sich sehr genau an das alte Graffito erinnert. Und der irgendwie – aber wie? – herausgefunden hat, dass Sie das seinerzeit an die Wand gesprüht haben? Wer könnte davon gewusst haben?«
Eliane, denkt Babs, Eliane weiß das – falls sie sich nach den zwei Flaschen Wein, die sie an einem Abend vor dreißig Jahren geleert haben, noch an ihr Geständnis erinnert. Aber das wird sie Renard nicht verraten. Auf Eliane lässt sie nichts kommen. Sie sieht ihn niedergeschlagen an. »Ist das nicht Ihr Job, das herauszufinden?«
Renard hebt eine Braue. Er hat tatsächlich schon einen Verdacht. Doch den behält er besser für sich. Ein Verdacht ist noch kein Beweis, und so lange ist es fahrlässig, Namen zu nennen. »Lassen Sie uns noch einmal über den letzten Abend vor dem Mord reden«, bittet er stattdessen und lächelt nun doch, aber ironisch. »Vielleicht fällt Ihnen jetzt, da wir uns ausgesprochen haben, noch das eine oder andere Detail dazu ein?«

53

Sie machten sich auf den Weg nach Hause. Babs hatte einen Schwips, herrje. Fühlte sich super an. Sie hätte sich gerne wieder bei Michael untergehakt, einfach so, war ja nichts dabei. Aber Claudia sah so fertig aus, wer weiß, wie die reagiert hätte. Die provozierte man jetzt besser nicht.

Auf halbem Weg zu ihrem Haus deutete Michael aufs Meer. Tiefschwarz lag es unter ihnen ausgebreitet, und der Mond hatte ein paar Chromstreifen darübergelegt.

»Ich springe nachher noch mal rein«, verkündete Michael. »Ich springe oben vom Felsen wie der Typ aus der Duschgel-Werbung. Kopfsprung, zwanzig Meter Flug und dann die Wellen! Wer kommt mit?«

Katsche, Dorothea und Rüdiger winkten lachend ab. Babs beobachtete verstohlen Claudia. Die erwiderte nichts, tat vielleicht so, als hätte sie Michael gar nicht verstanden. Was sollte das nun bedeuten? Dass sie später mit ans Meer gehen würde? Oder … würde Michael später womöglich allein in die Bucht gehen? Ihr Herz schlug schneller. Wenn Babs mitgehen würde, nur Michael und sie, die Luft war warm und duftete nach Pinien, und wenn sie sich dann ausziehen würden, um ins Meer zu springen … Babs musste an die Szene aus dem Weißen Hai denken: ein Mädchen allein, nachts im Ozean, das Monster von unten. Gab es im Mittelmeer nicht auch Haie? Aber sie träumte ja auch nicht davon, mit Michael ein stundenlanges Bad zu nehmen, sondern etwas ganz anderes zu tun.

»Mal sehen«, antwortete sie lachend. Das sollte ganz harmlos klingen. Mal sehen. Tatsächlich war es aber genau so gemeint: Sie würde sehen, ob Claudia mitkäme, vielleicht ging es der nachher wieder besser.

Dann würde Babs zu Hause bleiben. Aber wenn Claudia blieb – dann würde sie gehen.

Auf der Terrasse ihres Hauses machten sie dann noch eine Zeit lang weiter. Sangria. Babs schüttete den anderen regelmäßig die Gläser voll, nur Michaels Glas füllte sie immer nur zur Hälfte. Der sollte ja nicht betrunken aus den Latschen kippen. Und sie machte sich mit ein, zwei Gläschen Mut. Endlich hatte das mal einen Vorteil, dass sie ständig den Küchendienst übernahm. Michael ging dann auch tatsächlich bald hinunter zum Meer. Er hatte sich Claudias bescheuerte Vietcongmütze aufgesetzt, aber selbst mit diesem Teil auf dem Kopf sah er umwerfend aus. Babs musste aufpassen, dass sie ihre Aufregung mit keinem Blick, keiner falschen Geste verriet. Katsche war ins Bett gegangen, irgendwann verschwanden nacheinander auch Rüdiger und Dorothea. Und dann war endlich auch Claudia auf ihrem Zimmer. Sie hatte immer noch mies ausgesehen, sich kaum von ihr verabschiedet, nicht einmal pro forma angeboten, ihr beim Aufräumen zu helfen. Machte nichts, im Gegenteil.

Von der Küche aus hatte Babs die Straße im Blick und auch die ersten Meter des Weges hinunter zur Bucht, obwohl es dort so dunkel war, dass sie eigentlich nichts erkennen konnte. Sie hatte Michael dort verschwinden sehen. Jetzt musste sie bloß noch warten, bis in den Zimmern unter der Küche, wo die anderen schliefen, die Lichter ausgingen.

Plötzlich hielt sie beim Einräumen der Gläser inne. Sie war so verblüfft. Eine Stimme in ihr höhnte, dass sie jetzt gerade aussah wie Doris Day in irgendeinem schauderhaften Fünfzigerjahrefilm: das naive Frauchen. Aber sie war verblüfft. Und enttäuscht. Und aufgeregt.

Sie hatte Rüdiger gesehen, zuerst auf der Straße, dann auf demselben Weg, den Michael genommen hatte. Wo wollte der hin? Sie dachte daran, was man sich manchmal kichernd auf dem Pausenhof zugeflüstert hatte: Rüdiger ist schwul. Ob der mit Michael … niemals. Das tat der nicht. Und Michael war erst recht nicht schwul. Warum wäre er sonst mit Claudia zusammen? Babs blieb ratlos in der Küche stehen.

Das hatte sie nicht bedacht. Sie hatte sich bei der Frage, ob sie ein nächtliches Abenteuer wagen sollte, nur auf Claudia konzentriert. Dass sich noch jemand rausschleichen könnte, war ihr gar nicht in den Sinn gekommen. Sie räumte die letzten Gläser und Teller weg, fegte ein paar von verschütteter Sangria weich gewordene Flips in den Mülleimer, überlegte fieberhaft. Gehen oder nicht gehen? Wenn Rüdiger sie unterwegs sehen sollte, was könnte sie ihm dann für eine Geschichte auftischen? Oder: Wenn Rüdiger sie und Michael in der Bucht zusammen sehen sollte ... Babs unterdrückte ein Kichern. Sie beschloss, in ihr Zimmer zu gehen, um die Lage zu peilen. Abwarten, was passierte. Vielleicht kam Rüdiger ja bald wieder zurück. Dann hatte sie doch noch freie Bahn.

Vom Fenster ihres Zimmers aus konnte sie bloß einen kleinen Teil des Gartens einsehen, aber immerhin die Pforte am Ende des Grundstücks, dahinter ein gutes Stück der Straße, fahlgelb im Licht der einsamen Laterne – aber leider nicht den Weg, der zur Bucht hinführte. Sie machte keine Lampe an, stand dicht am Fenster wie eine Geheimagentin und spionierte. Sie fühlte sich großartig. Wie aufregend! Komm schon, dachte sie, komm schon, mach schon, komm schon! Sie konzentrierte sich ganz auf Rüdiger. Vielleicht würde der ja irgendetwas im Unterbewusstsein spüren, irgendwelche telepathischen Wellen, würde unruhig werden und zurückkommen.

Ein Schatten.

Babs drückte sich an die Wand, wollte auf keinen Fall bemerkt werden.

Claudia.

Ihr Herzschlag setzte für einen Moment aus. Es war, als würde alle Energie durch eine Klappe irgendwo unten aus ihrem Körper rauschen, als wäre sie ein leckgeschlagener Tank. Claudia. Vermasselte ihre einzige Chance. Das war Gottes Rache dafür, dass Babs diesen dämlichen Spruch an die Wand gesprüht hatte. Hätte sie sich damals beherrscht, dann würde Claudia garantiert jetzt kotzend in ihrem Zimmer liegen.

So aber trat sie in die Nacht, mit einem Gesicht wie bei einem schlechten Trip. Seltsam, dachte Babs, dass Claudia nicht vorne rausging, sondern durch den Garten schlich. Vielleicht wollte sie die anderen nicht wecken. Sie ging jedenfalls zur Pforte und verschwand auf der Straße in der Richtung, die schon Rüdiger und Michael genommen hatten.

54

Die Bucht. Renard ist da, in den alten Bermudashorts und dem verwaschenen Olympique-T-Shirt, beides noch klamm, er hat die Klamotten heute Nachmittag ausgewaschen, aber er hat nichts anderes mit, was so gut hierherpasst. Er atmet tief ein. Pinienduft. Oleander. Salz. Fisch. Motoröl. Meer. Irgendwo kreischt eine schlaflose, zornige Möwe. Das Wummern eines schweren Schiffsdiesels, weit entfernt, ganz tief und an der Schwelle zur Unhörbarkeit. Er blickt zum Horizont. Ein rotes Positionslicht, das langsam von rechts nach links zieht. Ein Containerschiff oder ein Frachter, eine dunkle Form jedenfalls, massig, langsam. Als sie vorbeigezogen ist, blitzt hinter ihr ein anderes Leuchten auf. Das Feuer vom Leuchtturm Planier blitzt über die Wellen. Renard zählt im Geist mit: eins, zwei, drei, vier, fünf, sechs. Licht. Alle sechs Sekunden. Ein Lichtstrahl kilometerlang und dünn wie eine Nadel. Der Rhythmus beruhigt ihn. Als gäbe es diesen Leuchtturm seit Anbeginn der Zeiten. Ein Blitz, sechs Sekunden Dunkelheit, Blitz, Dunkelheit, Blitz, Dunkelheit ... Metallischer Lärm über ihm, Renard zuckt zusammen. Der letzte Zug des Tages rattert über die Brücke, die sich weit über die Bucht von Méjean spannt. Scheinwerfer auf Schienen, verwischtes gelbes Leuchten aus Waggonfenstern, ein Spuk. Die metallischen Flanken von Lokomotive und Wagen sind in den wenigen Augenblicken Helligkeit eher zu ahnen als zu sehen, mit wilden bunten Graffiti beschmiert.

Graffiti ...

Die Stille nach dem Zug wirkt wie die Stille des Todes. Renard zieht sich Schuhe und T-Shirt aus, gleitet ins Wasser. Nicht länger mistralkalt, aber noch nicht wieder warm. Auszuhalten. Stille. Die Füße verlieren den Kontakt zum felsigen Grund. Er lässt sich treiben. Blickt nach Marseille hinüber. Notre-Dame de la Garde in der Ferne ein Flecken aus Licht auf einem Hügel, so deutlich, dass er selbst vom Meer aus die goldene Figur der Jungfrau auf dem Turm ausmachen kann, aber vielleicht bildet er sich das auch bloß ein. An seinem ersten Abend hier war ihm die kleine strahlende Kirche wie ein Abschiedsgruß erschienen. Du wirst Marseille nie wiedersehen. Nun ist das Licht dort ein Versprechen: Komm zurück zu uns. Zu den Lebenden. Er macht ein paar Züge. Keine Schmerzen mehr in den Armen. Er gleitet weiter hinaus, raus aus der engen Bucht, schon schwimmt er mitten in der Calanque, die Felsen bloß noch schwarze Striche über den dunklen Wellen. Ein einziges Licht ist ziemlich nah: das Leuchtfeuer am Kai von Grand Méjean. Keine Jacht bewegt sich, kein Motorboot. Er nähert sich dem Hafen. Dahinter badet die Terrasse des Mangetout in den bunten Farben der Lichterketten. Manchmal zittern die aufgespannten Glühbirnen in einer schwachen Böe, dann ist es, als würde das ganze Restaurant einen Moment lang schwanken. Die alten Fender, die von der Pergola baumeln, erinnern ihn an Totenköpfe, schauderhafte Trophäen der Kopfjäger Neuguineas, Kannibalen. Doch auf den Bänken haben Familien, Kinder, zufriedene Alte Platz gefunden, ein paar Leute kennt Renard inzwischen vom Sehen. Die meisten Gäste sitzen weiter hinten auf der Terrasse, unmöglich, Gesichter zu erkennen, Stimmen zu hören. Klaviermusik weht herüber, aber so leise, dass er die Melodie nicht erkennt. Ob da jemand an dem alten Kasten im Innern sitzt und spielt? Eliane? Serge und Eliane werden sicher da sein. Ob Henri auch dort isst? Ob die Ärzte da sind? Die Deutschen? Er schwimmt näher, niemand dort kann ihn sehen, hören, niemand ahnt auch nur, dass er hier durch das Wasser gleitet.

Renard spürt, dass er den Fall lösen wird, so wie ein Löwe spürt, dass eine Antilope nahe ist. Nur noch ein wenig Geduld. Und Vorsicht. Er muss die entscheidenden Schritte behutsam setzen, damit er seine Beute nicht im letzten Augenblick verschreckt. Während er im Meer treibt und zum Restaurant blickt, überlegt er, wie er morgen zum Sprung ansetzen soll. Er denkt an jene Nacht vor dreißig Jahren. Denkt an Michael Schiller, der in diese dunkle Bucht gegangen ist und sich wahrscheinlich allein wähnte, so allein, wie man nur sein kann auf der Welt. Aber er war es nicht, er war umgeben von Schatten.

Serge Manucci, der ruhelos und gedemütigt über die Wege zwischen den Felsen streifte. Eliane und Henri, versteckt auf dem Boden ihres Fischerboots im Hafen. Claudia, die heimlich aus dem Haus ging und in der Nacht verschwand. Und Rüdiger ...

Rüdiger von Schwarzenburg, der Maler mit dem geschulten Blick. Der Junge, der sich rühmte, die Handschriften aller seiner Freunde eindeutig zu erkennen. Was hatte Claudia gesagt? Dass der Hausmeister Stunden gebraucht hatte, um die Schmähung wieder wegzuschrubben. Die Standpauke des Rektors vor der versammelten Schule. Jeder Schüler hatte dieses Graffito gesehen. Nach einem Tag war es aber wieder fort, wie ein Spuk. Was blieb, war ein Foto in Claudias Tasche. Und die Erinnerung. Rüdiger wird die Handschrift erkannt haben. Er muss gewusst haben, dass Barbara Möller das hingeschmiert hatte. Die fröhliche Babs. Ob er überrascht gewesen war? Babs war am Tag davor von Claudia vor dem versammelten Kurs niedergemacht worden. Vielleicht hatte Rüdiger das mitbekommen, zumindest später davon gehört, auf dem Pausenhof oder nach dem Unterricht. Also war er vielleicht gar nicht einmal von der Aktion überrascht. Aber er hatte nie ein Wort darüber gesagt.

Und dreißig Jahre später kommen die Briefe.

Den Brief an Claudia mit der Ankündigung, den Mörder der Liebe ihres Lebens zu enttarnen, den hätte vielleicht jeder schreiben können. Aber den Brief an Dorothea? Niemand so leicht wie Rüdiger. Und den Brief an Babs? Nur noch Rüdiger. Der Maler hat ihm auch nie seinen eigenen Erpresserbrief gezeigt – weil es vermutlich nie einen gegeben hat. Und von Schwarzenburg hat als gefeierter Künstler das Geld und die Zeit, hat die Kontakte und die Fantasie, um diese Inszenierung vorzubereiten, um das Haus unter falschem Namen und mit schwer nachvollziehbarem Konto zu mieten.

Renard taucht unter, macht einige Züge mit geschlossenen Augen, ein Ozean aus Schwärze, bis sich ein schmerzhafter Druck auf seine Trommelfelle legt, dann rauscht er hoch, atmet gierig ein. Mittelmeerluft. Wer braucht Drogen für den Rausch, wenn er diese Luft schmecken kann? Jetzt dreht er sich auf den Rücken, das Wasser trägt den Kopf wie ein kaltes Kissen, er starrt hoch in die Sterne. Millionen Leuchttürme an schwarzen Ufern ferner Meere.

Er hätte von Schwarzenburg schon an diesem Abend befragen, ihn vielleicht sogar verhaften können. Möglicherweise hätte das ausgereicht, um einen Untersuchungsrichter zu überzeugen. Aber Renard zögert, wägt ab. Irgendetwas passt nicht. Rüdiger von Schwarzenburg hat seine alten Freunde mit diesen Briefen gezwungen, nach Méjean zu reisen. Die Schreiben sind perfide, wirkungsvoll, hart. Und haftet nicht auch an dem, was der Maler ihm gestanden hat, etwas Grausames? Rüdiger, der Dorotheas verzweifelt ehrlichen Liebesbrief findet, aber sich Stunde um Stunde nichts anmerken lässt, obwohl das Mädchen, wie er sehr wohl weiß, mit stiller Hoffnung an jeder Geste, an jedem Wort hängt. Aber macht einen das schon zum Mörder, der dem eigenen Freund mit einem Stein den Schädel einschlägt? Und warum hätte Rüdiger, wenn er denn der Täter wäre, dreißig Jahre später dieses Spiel inszenieren sollen? Der Mörder muss doch der Letzte sein, dem daran gelegen ist, die alte Sache aufzuwirbeln. Aber warum sollte Rüdiger von Schwarzenburg das alles getan haben? Was treibt ihn an? Will er den Mord aufklären? Warum erst jetzt? Weil er etwas ahnt, einen Verdacht hat? Ist es vielleicht gar nicht Grausamkeit, die ihn antreibt, sondern die Härte eines Verzweifelten, dem kein anderes Mittel mehr bleibt?

Renard denkt an den Ausflug im Kajak heute. An den Anschlag.

Das Motorboot war nicht von einem Mann gesteuert worden. Sondern von einer Frau. Es ist, als käme mit der Erinnerung an den Anschlag auch die Kälte zurück. Plötzlich zittert Renard. Merkt, dass er eigentlich schon seine Füße und Hände nicht mehr spürt. Wie lange treibt er wohl schon im Wasser? Wahnsinn, was er da macht, Wahnsinn. Er könnte um Hilfe rufen, aber würde man ihn auf der Terrasse des Restaurants hören? Würde man ihn sehen? Niemals. Renard würde sterben, und hundert Meter entfernt sitzen drei Dutzend Menschen und merken das nicht einmal.

Er macht ein paar Züge. Zwingt sich, ruhig zu bleiben, immer gleichmäßig durchziehen. Die Arme halten durch, in die Hände kehrt sogar so etwas wie Wärme zurück. Aber die Beine lassen ihn im Stich. Er spürt, wie sein Beinschlag schwer und unsauber wird, wie er die Beine eher hinter sich herzieht, wie zwei Netze, die sich am Leib verfangen haben. Ruhig durchziehen. Atmen. Das Leuchtfeuer von Planier. Alle sechs Sekunden. Alle sechs Sekunden ein Zug. Der Anbeginn der Zeit. Blick auf die Küste. Er versucht, eine Strömung zu erspüren, will sich vom Meer helfen lassen. Manchmal lässt er die Füße noch tiefer sinken, hofft, schon den Grund zu berühren, doch da ist nichts unter ihm. Panik steigt in ihm auf. Atmen. Ruhig bleiben. Arme durchziehen. Das verdammte Ufer kommt einfach nicht näher. Weiter. Sich von den sanften Wellen tragen lassen, auf und nieder, jede Welle nimmt ihn ein paar Zentimeter mit auf ihrem Weg zur Küste. Die Bucht. Ein Stein unter dem rechten Fuß. Noch zwei Züge. Jetzt stehen beide Füße auf dem Grund. Es ist so kalt. Er schleppt sich näher ans Ufer, der Grund steigt an, doch das Wasser zerrt an ihm, als wollte ihn das Meer festklammern. Er drückt den Oberkörper aus den Wellen. Wunderbar warme Luft auf der Haut. Er wankt. Weiter. Jetzt leckt das Wasser bloß noch an den Oberschenkeln. Er hört seinen keuchenden Atem und sonst nichts. Nur noch Wasser an den Fußgelenken. Er knickt um. Noch zwei Schritte.

Renard sinkt erschöpft auf die Knie. Fast genau dort, wo vor dreißig Jahren jemand anderer gefunden worden ist. Er ist zu erleichtert, davongekommen zu sein, und auch zu erschöpft, um sich noch weiter die steinige Küste hochzukämpfen. Kniend kippt er nach vorne, fängt sich gerade eben mit den Händen ab, bevor er mit dem Gesicht auf einen Stein knallen könnte. Jetzt liegt er einfach da. Pinienduft. Trockener Seetang. Mondlicht.

Und in diesem Mondlicht der Schatten eines Menschen, der sich über ihn beugt.

VI

Die Bucht

55

Laura Norailles wirft ihm ein Badetuch über die Schultern. Er spürt ihre Hände durch den Stoff. Sie reibt ihn ab, zaubert mit schnellen, kräftigen Bewegungen wieder Wärme in seinen Leib.

»Hypothermie«, hört er ihre Stimme über sich. »Man ertrinkt nicht im Meer, man erfriert.«

»Ich fühle mich großartig«, keucht Renard.

»So sehen Sie auch aus.« Laura lässt das Badetuch auf seinen Schultern, steht auf und holt das T-Shirt und die Turnschuhe des Commissaires. Die Sachen waren das Erste, was sie gefunden hat, als sie in die Bucht kam, und da hat sie geahnt, dass da vielleicht jemand in Not ist.

»Sie sollten nicht nachts im Meer baden«, fährt sie fort, nachdem sie ihm das T-Shirt gereicht hat. »Schon gar nicht alleine und nach dem Mistral.«

Renard richtet sich auf und blickt die junge Frau an. Badeanzug, Neoprenschuhe, sonst nichts. »Sie wollen auch nachts schwimmen, alleine und nach dem Mistral.«

»Ich bin ein Profi.« Sie setzt sich neben ihn, sieht zu, wie er sich das T-Shirt überstreift, sie kann währenddessen jede seiner Rippen zählen.

»Sind Sie Rettungsschwimmerin?«, fragt er.

Sie lacht. »Ich bin Tauchlehrerin auf La Réunion. Das schönste Tauchrevier der Welt! Obwohl es hier auch nicht schlecht ist.«

»Sie sind bloß zu Besuch hier?«

»Ich bin den Sommer über bei meinen Eltern. Die haben sich jetzt endgültig hier niedergelassen. Das wird ihnen guttun, hier ist es ruhiger als in Paris.«

»Danke«, sagt Renard nun. »Ich schulde Ihnen was.«

»Machen Sie das öfter«, will sie wissen, »dass Sie den Cousteau spielen?«

Öfter? Der Commissaire fragt sich, ob Laura nur seinen nächtlichen Badeausflug meint oder ob sie damit auch auf den Vorfall mit dem Kajak anspielt. Und falls ja: woher sie das weiß. »Ich habe mich überschätzt«, gibt er zu. »Es sollte eine kleine Runde zur Erfrischung werden, mehr nicht. Und plötzlich war ich weiter draußen, als ich gedacht hatte.« Er blickt sie an. »Und Sie? Warum zieht es Sie nachts ins Meer?«

»Hört sich an, als wären Sie Psychiater. Oder Polizist«, erwidert sie.

Sieh an, denkt Renard. Sie weiß nicht, wer ich bin. »Ich bin tatsächlich ein Flic«, gibt er zu und stellt sich vor. Bald hat er seinen Job in Méjean erledigt, und es ist eh unsinnig geworden, sich noch tarnen zu wollen. »Aber ich will Sie weder verhaften noch therapieren. Ich bin nur neugierig.«

Laura lächelt melancholisch. »Andere Leute nehmen Schlafmittel. Ich schwimme ein paar Züge.«

»Sie können sonst nicht einschlafen?«

»Ich schlafe ein wie ein Baby. Aber manchmal«, Laura zögert, »manchmal träume ich schlecht und werde wach. Dann muss ich zum Meer hinunter.« Sie schweigt. Ein Flic. Und ihre Mutter hat diesen Typen am Hafen belauscht. Warum bloß? Ihre Gedanken überschlagen sich. Vielleicht ist das ihre einzige Chance, einmal den Schleier über all dem Nichtgesagten zu lüften. Es muss doch einen Grund geben, warum Mutter diesen Mann belauscht hat, oder? Und vielleicht hat das mit diesen Fremden zu tun, die Vater mit dem Fernglas observiert, und mit Lauras Träumen. »Es geht mich ja eigentlich nichts an«, beginnt sie vorsichtig, »aber Sie sind wegen der Deutschen hier, nicht wahr?«

»Sie haben von dem dreißig Jahre alten Mordfall gehört?«, fragt Renard. »Sie haben sicherlich keine Erinnerung daran, aber …«

»... ich war dabei, gewissermaßen.« Laura schüttelt den Kopf. »Sie haben nicht ganz recht, Commissaire. Selbstverständlich habe ich nicht so eindeutige Erinnerungen wie Leute, die damals schon erwachsen waren. Aber ich träume von den Deutschen. Im Schlaf sehe ich ihre Gesichter, höre ihre Stimmen. Nicht sehr klar. Ich weiß auch nicht, was sie in meinen Träumen tun, ob sie überhaupt etwas tun. Da sind nur Gesichter und Stimmen. Ich verstehe auch kein Wort. Sie singen.«

Renard spürt die Kälte nicht mehr. Er starrt die junge Frau an. »Sie haben Albträume von den Deutschen?«

»Die Träume lassen mich wach werden. Deshalb gehe ich ans Meer. Aber eigentlich ... nein«, sie schüttelt wieder den Kopf. »Ich träume nicht von Blut oder Schreien oder irgendwelchen grausamen Dingen. In meinem Traum habe ich keine Angst. Ich fühle mich nur ...«, sie sucht nach dem richtigen Wort, »... unwohl.«

»Spielt einer der Deutschen in Ihren Träumen so etwas wie eine Hauptrolle?«, will der Commissaire wissen. Instinktiv tastet er nach seiner Hosentasche, nach Notizheft und Stift, aber er spürt nur die feuchten Bermudashorts.

»Nein. Die Gesichter fließen irgendwie ineinander. Ich kann das schwer beschreiben. Jungen, Mädchen, Stimmen, Lachen. Ich erinnere mich auch noch an Musik, leise. Das Unangenehmste ist eigentlich«, sie lächelt entschuldigend, »das klingt vielleicht dumm, aber: Das Unangenehmste ist der Duft. Ich rieche im Traum einen Duft. Etwas Seifiges. Dann wird mir übel, und ich wache auf.«

»Und dann müssen Sie zum Meer und ins Wasser«, murmelt Renard. »Haben Sie je herausgefunden, was Sie im Traum riechen, Madame?«

»Ein Duschbad«, sagt sie.

»Ein Duschbad?«

»Ein ganz bestimmtes Duschbad. ›Cliff‹. Seit ich ein kleines Mädchen war, habe ich von diesem Duft geträumt. Aber ich hatte keine Ahnung, was es war. Doch vor ein paar Jahren stand im Tauchklub auf La Réunion eine Touristin neben mir unter der Dusche und hat sich damit eingeseift. Ich wäre beinahe ohnmächtig geworden. Das war wie eine Offenbarung, nur irgendwie ekelhaft.«

Renard denkt an den Rucksack. Denkt an den Spruch: »*Ich springe oben vom Felsen wie der Typ aus der Duschgel-Werbung. Kopfsprung, zwanzig Meter Flug und dann die Wellen!*« Cliff. Das Duschgel von Michael Schiller.

Den Plan für morgen, den er sich auf seiner beinahe fatalen Runde im Meer überlegt hat, kann er vergessen. Er muss ganz anders vorgehen. Renard erhebt sich, seine Beine sind noch etwas wackelig, ihn schwindelt kurz. Dann sieht er wieder klar. »Gute Nacht«, sagt Renard. »Das Meer gehört Ihnen. Passen Sie auf sich auf. Ich hoffe, Sie können danach wieder einschlafen.« Er geht einige Schritte, dreht sich dann noch einmal um. »Morgen treffen wir uns wieder. Wir haben einiges zu bereden.«

56

Das Meer ist glatt gebügelt, ein Ozean aus Seide, darüber der Dunst des frühen Morgens. Dunst, denkt Sylvie Norailles, das erste Warnzeichen: Das wird ein heißer Tag werden. Dunst hätte ich gestern auch gerne gehabt. Ob die beiden sie erkannt haben, als ihr Kajak kenterte? Die Deutsche hat vorne gesessen und bis zum letzten Augenblick nichts mitbekommen, die nicht. Aber dieser Commissaire ... Andererseits: Hätte Renard sie identifiziert, dann wäre er doch schon gestern hier aufgekreuzt, oder?

Und Henri? Sie war schon längst wieder im Hafen gewesen, hatte den Kahn vertäut und war zum Haus hochgelaufen, als sie von dort den Fischer mit seinem Fang einlaufen sah. Zwei Leben auf einen Streich. Braver Henri. Da der Fischer die beiden Schiffbrüchigen rechtzeitig gefunden hatte, musste er der Unfallstelle ziemlich nahe gewesen sein. Sonst hätte er ein gekentertes Kajak und die Körper zweier Schwimmer niemals entdeckt, nicht von seinem Boot aus, das selbst nur ein paar Handbreit aus den Wellen ragt. Sie hatte Henri nirgendwo ausgemacht, als sie sich umgesehen hatte, bevor sie Gas gab. Hatte er sie jedoch bemerkt? Hatte er den aufbrüllenden Motor gehört? Sie musste vorsichtig sein mit ihm in den nächsten Tagen. Sylvie verbringt seit fünfunddreißig Jahren fast jeden Sommer in Méjean, jetzt wohnt sie sogar für immer hier. Aber sie wird auch für immer die Ärztin aus Paris bleiben, die Zugezogene, die Fremde. Henri würde sie nicht so schützen, wie er es bei den Leuten aus Méjean täte. Der würde vielleicht sogar mit einem Commissaire aus Marseille reden. Doch auch in diesem Fall hätte Renard doch schon längst an ihrer Tür geklingelt, oder?

Sie blickt von der Terrasse aus auf Grand Méjean. Laura lädt zwei silberne Stahlflaschen ins Boot, das einmal ihren Namen getragen hat, dazu die Flossen, die Maske, den Bleigürtel. Ein schwarzer Neoprenanzug umhüllt schon ihren schlanken Leib. Wenn sie doch einen Freund hätte, wenigstens eine Affäre, einen Flirt. Sylvie würde sich weniger schlecht fühlen, ein ganz klein bisschen weniger schuldig. Sie hat nicht aufgepasst, einen einzigen verdammten Abend mal nicht aufgepasst, und Laura muss dafür seit dreißig Jahren zahlen.

Sylvie wartet, bis der alte grüne Kahn ihre Tochter aus dem Hafen getragen hat, aus der Calanque, aufs Meer hinaus und zu irgendeinem aquatischen Reich, das Laura an diesem Morgen durchschwimmen will. Dann schleicht sie sich zurück ins Schlafzimmer. Das Fenster steht offen, in der Ferne krächzen zwei Möwen, der letzte kühlende Windhauch des Tages schlüpft ins Zimmer und verweht. Francis liegt schlafend im Bett, sein hagerer Körper nur von Boxershorts bekleidet, das Gesicht ihr zugewendet. Seine Augen sind geschlossen, auf der Nasenwurzel die kleinen Dellen der Brille, die auf dem Nachttisch liegt, diese Druckstellen wird er nie mehr loswerden. Seine Lippen sind aufeinandergepresst, ein Strich aus Schmerzen, er stöhnt fast unhörbar, es bricht ihr beinahe das Herz. Sylvie erinnert sich, immer und immer wieder, an diese Nacht vor dreißig Jahren. Diese Nacht, in der ihr Mann verschwunden und erst im Morgengrauen wieder aufgetaucht ist. Diese Nacht, über die sie nie wieder gesprochen haben. Diese Nacht, die sie verpflichtet, den Mann, den sie liebt, bedingungslos zu beschützen.

Ihr heller Morgenmantel ist aus Seide, er gleitet lautlos von ihren Schultern. Sie legt sich neben ihn, so nahe, dass er sie spürt, aber nicht so, dass er davon schon aufwacht. Francis hört auf zu stöhnen. Behutsam berührt sie seine Schultern, *Musculus trapezius*, angespannt, als würde Francis tatsächlich im Schlaf eine Last tragen. Sie massiert seine Schultern und seinen Nacken, ganz langsam, leicht. Ihre Fingerkuppen wandern tiefer hinunter. *Musculus latissimus dorsi*.

Musculus gluteus maximus. Erst als ihre Hand ganz unter den Boxershorts verschwunden ist, öffnet Francis die Augen. Sylvie streift ihm die Hose ab und dreht ihn in einer raschen, fließenden Bewegung auf den Rücken. Als ihr Mann endlich richtig aufgewacht ist, liegt sie schon auf ihm. Er will etwas sagen, doch sie verschließt seine Lippen mit einem Kuss. Sie sind seit beinahe vierzig Jahren ein Paar, ihre Körper waren so oft vereint, dass es Sylvie manchmal vorkommt, als wäre sein Leib ein Teil von ihrem geworden, als wäre sie nur dann ganz vollständig, wenn Francis in ihr ist. Sie blickt ihn an und lächelt, beugt sich wieder zu ihm hinunter, bringt ihre Lippen nah an sein Ohr. »Wir sind allein im Haus.« Dann lässt sie sich alle Zeit der Welt.

Die Sonne scheint hell durch das Fenster, als Sylvie in die Küche geht. Kurz darauf weht der Duft nach frisch gebrühtem Kaffee durch das Haus. Sie ist liebessatt und voller Energie. Francis lächelt sie an, wie er sie schon lange nicht mehr angelächelt hat.

Ein perfekter Tag.

Bis sie, die dampfende Tasse in der Hand, auf die Terrasse tritt und nach unten blickt. Auf die Straße, auf der ein sehr dünner Mann mit Schritten, die zwar von der Hitze gebremst werden, jedoch trotzdem zielstrebig sind, den steilen Hang hinaufsteigt. Kommt Renard sie jetzt doch holen? Sie hat Francis nichts von ihrem Anschlag gestern erzählt, selbstverständlich nicht. Einen Moment lang durchzuckt sie der Gedanke, das Haus zu verlassen und den Commissaire abzufangen. Sich ihm in den Weg zu stellen, bevor er ihr Refugium erreicht hat. Und wenn er sie verhaften will, dann soll er das in Gottes Namen gleich dort tun. Aber dann sieht sie, dass Renard, auch wenn sein Gang mühselig wirkt, ziemlich rasch näher kommt. Zu spät. Sie strafft sich, zwingt sich weiterzulächeln. Denk an Francis, ermahnt sie sich, denk an sein Lächeln. Und an seinen Schmerz, wenn er schläft. Denk an die Nacht vor dreißig Jahren.

»Wir kriegen Besuch«, verkündet sie. Es gelingt ihr, ihrer Stimme dabei einen gelassenen Klang zu verleihen.

Renard stellt sich vor, mit Namen und Dienstrang. Francis hat die Haustür geöffnet, führt ihn hinein, sie nehmen an einem Tisch im Salon Platz, auf der Terrasse ist es längst zu heiß geworden. Kaffee? Der Commissaire lehnt ab, lässt sich dann doch eine Tasse aufdrängen, begrüßt Sylvie, die sich bis dahin ungesehen im Flur aufgehalten hat und nun erst dazustößt, mit einem Nicken. Lächle, sagt sie sich, lass dir nichts anmerken. Renard berichtet in sachlichen, höflichen Worten vom alten Mordfall Michael Schiller und von den Deutschen, die wieder in Méjean sind, von seltsamen Briefen und der Chance, diesen Fall vielleicht endlich zu lösen, nach so vielen Jahren. Francis nickt, wirft manchmal einen Satz ein – eine gesittete Konversation wie aus einem Theaterstück des 19. Jahrhunderts. Kein Wort über gestern.

Sylvie hat das Gefühl, gleich nicht mehr atmen zu können. Kein Wort über den Anschlag von gestern. Aber sicher bald mehr als genug Worte über den Anschlag vor dreißig Jahren. Und das ist noch viel gefährlicher.

»Erinnern Sie sich an diesen Abend?«, fragt Renard schließlich denn auch. Er hat ein Notizheft gezückt und hält einen Druckbleistift in der Rechten, ein billiges Ding aus schwarzem Plastik, doch ihr kommt es trotzdem vor wie eine Waffe, ein Dolch, etwas, das wehtun wird.

»Wir denken nicht mehr oft daran«, lügt Francis. Aber es hört sich, hofft seine Frau, trotzdem überzeugend an.

»Die Deutschen sind gegen achtzehn Uhr bei Ihnen angekommen. Sie haben Ihr Haus kurz darauf verlassen. Sind Ihnen die jungen Leute irgendwie, nun ja, ungewöhnlich vorgekommen?«

»Das waren sehr nette Mädchen und Jungen«, erklärt Sylvie. Das ist nicht die Unwahrheit, gewissermaßen. Als sie an jenem Abend das Haus verließen, da hatte sie tatsächlich noch gedacht, dass die Deutschen genau das waren: nette junge Leute. Zuverlässig. Harmlos.

»Kein Streit? Haben Sie keine Spannungen gespürt?«

»Dann hätten wir unsere Tochter nicht mit ihnen allein gelassen«, sagt Francis. »Die Deutschen schienen uns, im Gegenteil, außerordentlich höflich und entspannt zu sein.«

Renard nickt. Er muss sehr behutsam vorgehen, wenn der Verdacht, der seit ein paar Stunden in ihm aufgekeimt ist, stimmt. »Und als Sie zurückgekehrt sind? Wie war es da? Immer noch entspannt?«

»Aber ja!«, ruft Sylvie, vielleicht ein bisschen zu laut. »Die jungen Leute hatten Pizza gegessen und Lambrusco getrunken. Aber niemand war betrunken, nicht einmal beschwipst. Mein Gott, die hatten bereits die Küche aufgeräumt und gespült, welcher Teenager macht so etwas freiwillig?«

»Keine Drogen«, ergänzt Francis, »zumindest, soweit ich das einschätzen kann. Jedenfalls hat es im Haus nicht nach Hasch gestunken, es lagen keine leeren Pillendosen rum. Na gut, im Garten hat es ein wenig nach Cannabis gerochen, vielleicht hat einer der jungen Leute mal einen Joint geraucht. Aber, seien Sie mir nicht böse, Commissaire, das haben wir in dem Alter doch alle getan, oder? Als wir zurückgekehrt sind, konnten wir sie von der Straße aus hören. Sie hatten sich unsere Gitarre ausgeliehen und haben gesungen. Irgendwelche Folklieder. Klang nicht schlecht, alles andere als rowdyhaft.«

»Alle Deutschen waren auf der Terrasse, als Sie zurückkamen? Oder hat jemand gefehlt?«

»Die waren alle da, ja.«

»Und ihre Tochter hat ... «

»... geschlafen«, unterbricht ihn Francis. Sylvie ballt die Hand kurz zur Faust, entspannt sich. Es wäre ihr lieber gewesen, ihr Mann hätte das nicht so schnell eingeworfen.

»Laura hat den ganzen Abend geschlafen? Obwohl ihre Babysitter auf der Terrasse so laut gesungen haben, dass Sie es von der Straße aus hören konnten?«, hakt der Commissaire denn auch sofort nach. Sie hört den Zweifel in seiner Stimme, eine winzige Dissonanz in der Melodie. Verflucht, denkt Sylvie. Aber sie lächelt. Manchmal ist das früher so gewesen, wenn sie in der Praxis einem kranken Patienten die Diagnose eröffnet hat. Unheilbar. Aber sie hat gelächelt, wenigstens das. Jetzt fühlt sie sich, als hätte sie den Platz in ihrer Praxis getauscht: Sie sitzt nicht mehr sicher hinter dem Schreibtisch der Ärztin, sondern auf dem Besucherstuhl. Und ausgerechnet dieser sicherlich schwer kranke Commissaire stellt ihr eine Diagnose. Ihr und Francis.

Ihr Mann macht eine wegwerfende Handbewegung. »Das hat nichts zu sagen, dass wir den Gesang der jungen Leute hören konnten. In der Calanque von Méjean klingt jedes Geräusch wie im Theater, die steilen Hänge werfen jeden Laut zurück. Sie hören ja selbst, wie laut die Zikaden und die Möwenschreie zu uns herüberwehen. Man muss auf dieser Terrasse nicht brüllen, damit man das auf der Straße hören kann. Aber im Kinderzimmer unten«, er schüttelt den Kopf, »da hören sie nichts. Gar nichts. Decken und Wände sind aus Beton. Laura hat geschlafen wie in Abrahams Schoß.«

»Kann man von Lauras Zimmer aus die Bucht einsehen?«, will Renard wissen. »Die Bucht, in der man Michael Schillers Leiche gefunden hat?«

Seltsame Frage, denkt Sylvie. Sie schüttelt den Kopf. Ist jetzt noch wachsamer als zuvor. »Nein«, sagt sie. »Die Dächer einiger tiefer gelegener Häuser versperren die Sicht, auch ein paar Pinien. Und die Stelle, an der der junge Deutsche lag, befindet sich im hintersten Winkel der Bucht. Den können Sie nicht einmal von der Terrasse aus sehen.« Sie will Renard hinausführen, um es ihm zu beweisen.

Doch der Commissaire lächelt und sagt stattdessen: »Dürfte ich mir einmal Lauras Zimmer ansehen?«

Sylvie starrt Francis an. Der blickt auf seine Kaffeetasse. Was soll's, sagt sie sich dann, in Lauras Zimmer ist ja kein Geheimnis verborgen.

»Selbstverständlich«, murmelt sie und erhebt sich. Lächeln, immer lächeln.

Sie führt ihn die Treppe eine Etage hinunter. Als sie die Klinke zur Kinderzimmertür hinunterdrückt, knirscht das Schloss leise metallisch. Müsste ich mal wieder ölen, denkt sie flüchtig. Am Meer rostet alles ein, das man nicht ständig pflegt. Der Raum liegt im Halbdunkel. Die Jalousie vor dem Fenster ist so heruntergelassen, dass nur noch schmale Spalten zwischen den Lamellen offen sind. Sonnenlicht sickert dort ein, dünne Lichtstreifen, die über den Fußboden aus poliertem Beton verlaufen. Die Luft schmeckt nach Staub und altem Neopren und ist mindestens achtunddreißig Grad warm. Auf Lauras altem Bett türmen sich zwei Wanderrucksäcke, Sporttaschen mit der Taucherausrüstung ihrer Kindheit, aus der ihre Tochter längst herausgewachsen ist, daneben die Sweatshirts, die man in Méjean erst im Oktober wieder hervorholen muss. Unter dem Bett lugen die Spitzen sauber aufgereihter Trekkingschuhe hervor: die von Francis und von ihr mit Schrammen, Lauras beinahe noch neu, sie ist nie gerne gewandert. Auf dem Regal stehen Lauras Jugendbücher in der zweiten Reihe, davor hat Francis die Taschenbücher der letzten Jahre aufgereiht, all die Krimis, die er gelesen hat, die nicht viel taugen, die er aber trotzdem niemals wegwerfen würde, denn nur Barbaren werfen Bücher fort. Der Schreibtisch verschwindet unter den gelb-blauen Gummiwülsten eines Schlauchbootes, eines billigen Badespielzeugs, das Laura sich einmal von ihrem Taschengeld im Intermarché gekauft hat. Das Schlauchboot hat irgendwo ein Loch, aber auch das wollte nie jemand wegwerfen.

Renard sieht sich schweigend um. Eine Abstellkammer.

»Unsere Tochter schläft seit Jahren lieber im Gästezimmer ein Stockwerk tiefer, da ist es kühler«, erklärt Sylvie rasch.

Der Commissaire nickt. »Darf ich?« Bevor sie antworten kann, ist er schon ans Fenster getreten und zieht die Jalousie hoch. Außen auf dem Fensterglas klebt eine Kruste aus Salz und Sand, der Blick hinaus ist unscharf wie aus einem nicht optimal fokussierten Kameraobjektiv. Renard starrt ins Freie. »Man kann die Bucht tatsächlich nicht sehen«, murmelt er.

Sylvie drückt sich an ihm vorbei und lässt die Jalousie rasch wieder hinunter.

Kurz darauf steht Renard im Rahmen der geöffneten Haustür. Sylvie kann Francis' Erleichterung wie eine zärtliche Berührung am ganzen Körper spüren. Ihr Mann ist so froh, den Commissaire gehen zu sehen. Sie weiß nicht recht, ob sie auch erleichtert sein soll. Noch immer hat er sie nicht auf den Zwischenfall mit dem Kajak angesprochen. Er weiß es nicht, sagt sie sich, er weiß es nicht, mein Gott, danke, er hat mich nicht gesehen. Andererseits hat er Lauras verlassenes Zimmer gesehen, er hat sie nach dem Abend gefragt; sie spürt, dass irgendetwas diesen Ermittler umtreibt, irgendetwas stört ihn. Er hat irgendeinen Plan. Sie könnte ihn jetzt mit einem höflichen Nicken verabschieden und die Tür schließen, aber sie ahnt: Damit wird sie den Kerl nicht los. Der kommt wieder. Es reicht nicht länger aus, bloß zu lächeln.

»Mir fällt da gerade noch etwas ein«, sagt Sylvie.

Endlich, denkt Renard, endlich kommt mal was. Aber er zwingt sich, höflich und aufmerksam zu erscheinen, professionell, gelassen, bloß nicht zu erwartungsvoll, zu drängend, gar triumphierend. »Ich bin ganz Ohr.« Er holt Notizblock und Stift noch einmal hervor.

»An dem Abend«, beginnt Sylvie. Sie ist plötzlich verlegen, blickt Renard an und nicht ihren Mann, auf keinen Fall jetzt zu Francis sehen, und hoffentlich sagt er nichts dazu. »An dem Abend, nachdem die Deutschen weg waren«, fährt sie fort, »hat sich mein Mann auch bald hingelegt. Aber ich konnte nicht schlafen. Vielleicht hatte ich zu viel gegessen. Außerdem war es so warm.« Sie lacht gezwungen. »Jedenfalls bin ich noch einmal auf die Terrasse gegangen, um Luft zu schnappen. Und da habe ich zufällig jemanden gesehen, der vom Hafen aus die Straße entlanggegangen ist, die zum Weg Richtung Bucht führt. Es war«, sie zögert, »Eliane.«

»Eliane Pons?« Könnte passen, denkt Renard. Der Fischerkahn im Hafen, der Weg zur Bucht. Und doch ...

»Sie hieß damals noch Tibeaux.«

»Was genau haben Sie gesehen, Doktor Norailles? Was hat Eliane gemacht?«

»Nichts.« Sylvie räuspert sich. »Ich meine, sie ist über die Straße gegangen, hat den Weg zur Bucht genommen, und dann habe ich sie nicht mehr gesehen. Es war dunkel, und ich konnte ja von der Terrasse aus nicht alles beobachten. Ich kannte Eliane ganz gut, sie hat immer für uns geputzt, wenn wir die Sommer über hier waren. Ich weiß nur, dass ich mich kurz gewundert habe, was das Mädchen da macht. Aber, gut, sie war nachts öfter mit ihrem Henri im Hafen, das wusste ganz Méjean.«

»Wie spät war es?«

Sie hebt entschuldigend die Schultern. »Nach Mitternacht. Genauer weiß ich das nicht.«

»Können Sie sich erinnern, ob Sie noch etwas im Haus der Deutschen gesehen haben? Waren die jungen Leute noch wach? Oder war alles dunkel?«

»Darauf habe ich nicht geachtet.«

Renard starrt sie an. »Doktor, warum haben Sie das damals nicht ausgesagt? In der Nacht, in der Michael Schiller stirbt, geht jemand in die Bucht und ...«

»Ich habe nicht gesehen, dass Eliane in diese Bucht gegangen ist. Sie hat den Weg genommen, der dorthin führt. Aber den kann man auch weitergehen bis zu anderen Buchten. Und selbst wenn: Ich weiß auch nicht, ob sie zur selben Zeit in der Bucht gewesen sein könnte wie Michael Schiller, und ich habe nicht auf die Uhr gesehen. Ich habe Ihren Kollegen jedenfalls nichts gesagt, damit die Kleine nicht unnötig Ärger bekommt. Mein Gott, Eliane war damals erst siebzehn! Sie glauben doch nicht, dass ein siebzehnjähriges Mädchen ...«

Renard hat schon Mörder verhaftet, die jünger waren. Doch er denkt an Elianes Körper. So winzig. Kräftig, ja, aber klein. Hätte sie mit einem Stein überhaupt Michaels Hinterkopf erreichen können? Wenn der Deutsche gesessen oder gekniet oder sich gerade gebückt hatte, dann sicher schon. »Danke. Ich werde das nachprüfen«, sagt er und hebt die Hand zum Abschiedsgruß. »Auf Wiedersehen.« Klingt durchaus wie eine Drohung und ist auch so gemeint.

»Sylvie!«, ruft Francis, sobald sie die schwere Tür geschlossen hat. Zum Glück ist sie so massiv, dass der Commissaire draußen den Ausruf unmöglich gehört haben kann. »Wie konntest du das tun?«

»Ich habe nicht gelogen«, verteidigt sie sich.

»Aber selbstverständlich hast du gelogen!« Ihr Mann sieht sie fassungslos an. »Du weißt doch selbst, wie dieser Abend war! Was soll diese Geschichte? Ich habe mich hingelegt, du warst auf der Terrasse, so ein Unsinn ... Wir haben beide kein Auge zugetan, aber wir waren nicht auf der Terrasse, und wir haben nicht eine Sekunde auf die Straße oder den Hafen geachtet! Es gab ... anderes zu tun.«

»Aber es stimmt doch. Eliane hat es mir selbst gesagt. Jahre später. Sie war in der Bucht. Sie hat etwas gesehen. Sie hat mir nie gesagt, was sie gesehen hat. Aber es ist sicher, dass sie damals unten am Meer war.«

»Eliane hat doch nicht diesen Deutschen ...«

»Natürlich nicht.« Sylvie lächelt traurig. »Wir beide wissen, dass es nicht Eliane gewesen sein kann.« Sie nimmt sein Gesicht in ihre Hände und küsst ihn behutsam. »Aber ich musste diesem Renard irgendetwas geben. Irgendeine Spur, die er verfolgen kann. Damit er uns in Ruhe lässt.«

57

Die anderen sind fort. Dorothea ist schwimmen gegangen, natürlich. Claudia ist mit ihrem Mini nach Ensuès gebraust, um frische Baguettes und Croissants zu kaufen. Babs besorgt im Hafen Fisch für heute Mittag. Und Rüdiger ist mit seinem Skizzenblock losgezogen, irgendwo in den Calanques, fast so wie früher.

Alle haben etwas zu tun.

Oliver sitzt allein auf der Terrasse, im Schoß das aufgeschlagene Buch, in dem er längst nicht mehr liest. Nichts. Er hat nichts zu tun. Er blickt auf den Hafen. Die Luft über der Kaimauer ist so heiß, dass sie flirrt. Fata Morgana. Er versucht, sich einen Moment lang einzureden, wie er in der flirrenden Luft auf dem Kai Michaels Gestalt ausmacht. Michael, wie er langsam auf ihn zukommt, zurück in diese Welt. Aber man kann sich nicht zwingen, eine Fata Morgana zu sehen. Da ist nichts auf dem Kai, gar nichts, nur heiße Luft, die sich nun auf einmal nicht mehr bewegt.

Überrascht erkennt Oliver, dass die Seiten des Buches nass sind. Er weint. Die Tränen rinnen ihm über die Wangen und tropfen auf das Buch. Er zerrt sein Stofftaschentuch aus der Hosentasche. Als Sechsjähriger ist er mal um das Auto seines Vaters herumgetobt und hat beim Rennen nicht mehr an die Anhängerkupplung gedacht. An dem gebogenen Stahl hat er sich zuerst das rechte Schienbein gestoßen, dann ist er gestolpert und der Länge nach auf den Parkplatz geknallt. Die Schmerzen waren einen Moment lang so groß, als ob er in Feuer getaucht würde. Resultat: Schürfwunden auf beiden Knien, in den Innenflächen der Hände und auf der Stirn und überall im offenen, blutigen Fleisch schwarze Asphaltkrümel. Sein Vater, dem es peinlich war, dass sich sein Sohn vor allen Leuten auf dem Supermarktparkplatz wie ein Idiot benommen hatte, kurbelte vom Fahrersitz aus die Scheibe herunter, sagte ihm, er solle sich gefälligst zusammennehmen und ins Auto steigen, außerdem waren sie schon spät dran fürs Mittagessen. Seit damals hat er nicht mehr geweint.

Und jetzt versiegt der Tränenstrom nicht. Er legt das Buch auf den Boden neben dem Liegestuhl, damit er die Seiten nicht ganz ruiniert. Dabei bemerkt er, dass auch seine Hände zittern. Er ist wirklich erbärmlich.

Als sein Vater starb, Kehlkopfkrebs, war Oliver schon ein Mann. Mitten in der Habilitation. Er fühlte sich erleichtert. Bildete er sich damals jedenfalls ein. Aber dann konnte er nichts mehr schreiben, keinen Satz, die Habilitationsschrift blieb unvollendet. Er war bis dahin geradezu durch das Studium geflogen: die Stelle als studentische Hilfskraft, die ihm schon vor der Zwischenprüfung angeboten worden war, den Magister mit eins Komma null, ein Auslandsjahr in Athen, Promotion summa cum laude, die Assistentenstelle, das vielversprechende Habilitationsthema. Nach der Habil hätte er sich auf drei, vier Professorenstellen in Deutschland oder Österreich bewerben können. Und dann starb sein Vater, er fühlte sich endlich frei – und doch ging nichts mehr. Keine Zeile, keine These, ihm wollte nichts mehr einfallen, plötzlich fehlte ihm die Kraft für die letzten vielleicht einhundert Seiten, für die Fußnoten, das Literaturverzeichnis. Mein Gott, so viel war das doch gar nicht mehr, eigentlich ein Nichts nach all der Mühsal des Studiums! Keine Zeile.

Sein Zeitvertrag lief irgendwann aus, natürlich lief der aus, Oliver kann sich bis heute an das enttäuschte Gesicht seines Professors erinnern an seinem letzten Tag im Institut; er hat seinen Ausstand nicht gefeiert, selbstverständlich nicht, wer machte das schon, wenn er ohne irgendetwas in der Hand von der Uni ging? Arbeitsloser Akademiker, nutzloser Geisteswissenschaftler. Genau das, was sein Vater immer prophezeit hatte.

Wenn ich wenigstens wegen Michael weinen würde, sagt Oliver sich, das wäre irgendwie noch verzeihlich. Die Erinnerung an ihn. An seine Großzügigkeit. Er hat es mich nie büßen lassen, denkt Oliver, dass ich ihn so angeschrien habe. Na ja, zumindest hat er es mich nicht so sehr büßen lassen. Ich war ja mit in Méjean, oder? Und eigentlich hatte er die Szene vor der Aula doch provoziert, oder? Auch wenn das nie jemand glauben würde, und manchmal zweifelt Oliver inzwischen selbst daran, dass Michael ihn damals verächtlich angestarrt hatte. Wenn ich also Michaels Gestalt in der heißen Luft sehen würde und wenn ich deswegen weinen müsste, das wäre okay. Aber Oliver täuscht sich nicht. Es ist nicht die Erinnerung an den toten Jungen, die ihn heulen lässt.

Sondern die Erinnerung an den Jungen, der er selbst einmal war.

58

Renard geht die Straße bedächtig hinunter, bloß nicht überanstrengen. Baumkronen ragen weit über manche Grundstücksmauern, harzige Äste, zahllose Fächer aus weichen grünen Nadeln, aus denen schwerer Duft dringt. Aleppo-Kiefer. Aus dem Asphalt dampfen nach Öl stinkende Schwaden, Baum- und Straßengerüche scheinen sich genau in seiner Kopfhöhe zu mischen. Ihn schwindelt. Ist vielleicht bloß die Hitze. Niemand sonst ist auf der Straße zu sehen.

Langsam erkenne ich die Form, denkt er. Michelangelo, das hat Renard einmal irgendwo gelesen, hat behauptet, dass schon in jedem rohen Block aus den Marmorbrüchen die Statue enthalten war, die er schaffen wollte. Er hatte sie bloß noch freilegen müssen. Genau so fühlt sich der Commissaire: Alle Worte und Indizien, alle Aussagen und Spuren bilden einen massigen Block, und er muss daraus langsam die Wahrheit freischälen, die irgendwo da drin verborgen ist. Wenn er das Luc oder gar dem Alten sagen würde, die würden ihn für übergeschnappt halten: ein Commissaire der Police judiciaire, der sich für Michelangelo hält! Aber genau das ist es doch, was ihm an diesem Job auch nach so vielen Jahren noch Freude bereitet: die Wahrheit freizulegen wie ein Künstler.

Die Wahrheit freilegen, das bedeutet: Michael Schiller ist niemals der perfekte Junge gewesen, der er zu sein schien. Der ist durch das Leben getanzt, aber hinter ihm blieben die Verletzten zurück, die er dabei umgeworfen hatte – und jeder von ihnen hätte ein Motiv gehabt, in einer dunklen Nacht nach einem Stein zu greifen. Die Wahrheit, das bedeutet: Michael Schiller ist in dieser letzten Nacht von Schatten umweht worden. Von Rüdiger und Claudia, von Serge, Henri

und Eliane. Eliane ... Wenn es stimmt, was die Ärztin ihm gerade gestanden hat – und warum sollte sie gelogen haben? –, dann ist Eliane viel näher an dem jungen Deutschen dran gewesen, als sie es je ausgesagt hat. Aber warum? Und: Das war Sylvie Norailles vielleicht nicht bewusst, aber durch ihre Aussage vorhin hat sie verraten, dass auch sie in der Mordnacht noch wach gewesen ist. In die Liste der Schatten, die um Michael lauerten, nimmt Renard auch ihren Namen auf.
Am Hafen winkt Renard Laura zu. Die junge Frau lächelt und nickt. Sie hat ihren Kahn vertäut und räumt irgendwelche Taucherutensilien zusammen. Ein grünes Boot, eine Frau, denkt der Commissaire. Ob Laura ihn gestern ins Visier genommen hat? Was hat sie ihm in der letzten Nacht gesagt? Sie lebt auf La Réunion, sie ist nur zu Besuch. Ihre Eltern wohnen in Méjean. Das Boot gehört Francis Norailles. Und Sylvie.

Er geht ins Mangetout und setzt sich auf eine Bank. Der einzige andere Gast ist eine Möwe, die auf der Pergola hockt. Seltsam, denkt Renard, da lebt er so viele Jahre am Meer, und noch nie hat er sich eine Möwe aus der Nähe angesehen, bewusst angesehen. Die ist ja, mit angelegten Flügeln, so groß wie eine Katze. Kluge Augen. Der schmale lange Schnabel endet in einer Art Haken. Raubvogel. Du wirst jeden Tag von Räubern umflattert und achtest nicht einmal darauf. Auf einmal erinnert er sich an etwas, das ihm mal ein Kollege der Wasserschutzpolizei erzählt hat: wie ein Schwarm Möwen an einer Leiche herumgepickt, nein, sie regelrecht zerfleddert hat. Das, immerhin, ist Michael erspart geblieben. Schwacher Trost.

»Es ist noch viel zu früh fürs Mittagessen«, sagt Eliane, als sie zu ihm tritt. »Wollen Sie einen Kaffee?«

»Ich will eine Aussage.« Renard deutet auf den Platz neben sich. »Setzen Sie sich, bitte.«

Eliane hat einen Moment lang den Wunsch, sich einfach umzudrehen und wegzurennen. Der Typ würde sie nicht einholen, nicht der. Aber wohin soll sie laufen? Soll sie sich ins Meer stürzen? Eine Möwe flattert auf. Der würde sie jetzt gerne hinterherfliegen. Sie setzt sich. Sie muss sich beinahe übergeben vor Angst.

»Sie waren in jener Nacht vor dreißig Jahren nicht die ganze Zeit in Ihrem Boot«, sagt Renard. Er klingt freundlich, fast so, als bedauere er das, was er nun zu sagen hat. »Sie waren in der Bucht.«

Eliane hat keine Kraft mehr zum Lügen. Der Flic weiß es, der weiß es, aber woher bloß? Sie hat es Henri nie gesagt. Niemandem. Na ja, sie hat es Babs gestanden, an diesem gemeinsamen Abend vor langer Zeit. Aber Babs hat auch ihr damals etwas gestanden – die würde sie nicht bei dem Flic verpfeifen, dafür hatte die selbst zu viel zu verlieren. Und außerdem tat Babs das einfach nicht. Dann fällt es ihr wieder ein, sie war erkältet, ist etliche Jahre her, eine verdammte Sommergrippe, und die Norailles haben sie behandelt. Die freundliche Ärztin. Eliane war mit ihrem ersten Sohn schwanger. Irgendwie ist das Gespräch von der Erkältung auf die Schwangerschaft und dann auf Henri gekommen. Und dann irgendwie auf ihre Ehe. Und dann irgendwie auf die Deutschen und diese verfluchte Claudia. Und dann irgendwie auf jene Nacht. Sylvie Norailles weiß seither davon. Und vorhin, das hat Eliane vom Mangetout aus gesehen, ist dieser Flic aus dem Haus der Norailles gekommen. Verdammt, verdammt, verdammt. Sie wird es dieser Pariser Ziege zeigen. Bei passender Gelegenheit. »Ich komme gleich wieder«, stottert sie und steht auf. Sie wankt.

»Sie wollen doch nicht etwa fliehen?«, erwidert Renard ungläubig und ein ganz klein wenig spöttisch. Dann ändert sich sein Gesichtsausdruck, er steht ebenfalls auf. »Geht es Ihnen nicht gut? Brauchen Sie ein Glas Wasser?«

»Es geht schon.« Das würde noch fehlen, dass sie ausgerechnet diesem Skelett ohnmächtig in die Arme sinkt. »Ich muss nur«, sie spürt schon Galle hochkommen, »mal kurz wohin.«

Sie schafft es bis zur Toilette des Restaurants und kotzt sich über der

Emailleschüssel die Seele aus dem Leib. Gut, dass noch keine Gäste da sind.

Später spült sie den Mund aus und blickt in den Spiegel. Serge hat ihn über dem Waschbecken so hoch in die Wand gedübelt, dass sie nur die obere Hälfte ihres Gesichts erkennen kann. Sie sieht schrecklich aus. Jetzt also ist sie dran. Sie denkt an Henri. An ihre Söhne. Dann öffnet sie die Tür des Waschraums.

Auf dem Tisch vor ihrem Platz steht eine Karaffe Wasser, daneben ein Glas. Da der Patron und Nabil noch nicht da sind, muss der Commissaire sich das irgendwie selbst besorgt haben. Er lächelt, der Typ lächelt doch tatsächlich. Sie könnte heulen, sie ist so was von fertig.

»Ich möchte Ihre Geschichte hören«, erklärt er. »Erzählen Sie mir alles, lassen Sie nichts aus. Seien Sie ganz unbesorgt über die Konsequenzen: Ich glaube nicht, dass Sie die Mörderin sind.«

»Wenn Sie gehört haben, was ich zu sagen habe, dann werden Sie darüber vielleicht anders denken«, seufzt Eliane.

59

Eliane hörte Henris Herzschlag, direkt an ihrem Ohr. Sie atmete den Duft seiner Haut ein, nach Schweiß und Sex, und so sollte das auch sein. Sie sah sein Gesicht, die offenen Augen, sein Blick in die Ferne, nicht zu ihr gewandt, und das sollte nicht so sein, das auf keinen Fall. Sie folgte seinem Blick. Die Felsen von Méjean waren ein schwarzer Vorhang, darin ein einziger Riss, durch den Licht schimmerte: das Haus der Norailles und die Straße davor. Und mitten in diesem Riss, vom Licht umspült, Claudia und ihre Freunde. In diesem Licht sah sie trotz ihrer dämlichen Mütze perfekt aus, perfekter ging es gar nicht, und Eliane würde niemals so aussehen, würde niemals so stolz und leicht dahinschreiten, würde niemals nachts in einem solchen Licht baden. Einen Moment lang wollte sie sterben.

Dann verachtete sie sich für diese Schwäche. Nicht aufgeben. Kämpfen. Sie würde kämpfen. Aber wie? Wie sollte man gegen ein Mädchen kämpfen, das durch das Licht schritt wie ein Filmstar? Eliane lag ganz ruhig da, wagte kaum zu atmen. Henri sollte nicht merken, dass sie ihn beobachtete. Diese verfluchte Hexe konnte da ja nicht ewig durch die Nacht streifen. Tatsächlich waren die Deutschen bald in ihrem Haus verschwunden. Henri wandte den Kopf ab. Sie schloss rasch die Augen. Sie spürte, wie er ihr behutsam über die Haare strich, sie ganz sanft auf die Stirn küsste. Er wollte sie nicht wecken. Sie hätte schreien mögen.

Danach musste Eliane nicht mehr lange warten, bis Henris Atemzüge tiefer wurden und sein Puls den Rhythmus des Schlafes fand. Sie löste sich vorsichtig aus seiner Umarmung und streifte sich T-Shirt und Slip über, sehr langsam, das Gleichgewicht wahrend, damit der Kahn nicht allzu sehr schaukelte. Doch Henri würde, wenn er erst einmal schlief, jetzt kaum noch etwas wecken. Sie glitt auf den Kai, noch immer ganz langsam, bloß keine hastige Bewegung. An Land wurde sie wieder schneller, wurde die energische Kleine, die niemals stillsitzen konnte. Sie schlüpfte in die Flipflops und rannte den Kai entlang. An der Meerseite flammte alle paar Sekunden das Positionslicht auf. Doch Eliane wandte sich in die andere Richtung. Der Hafen lag im gelben Dämmerlicht zweier Laternen. Die Boote waren graue Formen, angebunden an den Pollern wie eine Herde an der Stallwand. Eine Segeljacht lag im Hafen. Ihr Eigner musste vergessen haben, das Licht auszuschalten, denn eine weiße Positionslampe leuchtete oben am Mast, ihr Lichtkegel fiel auf Wanten und Leinen und eine vielleicht handtuchgroße Fläche auf Deck. Der Lichtkegel taumelte nicht – was bedeutete, dachte Eliane, dass der Mast nicht einen Zentimeter schwankte, es gab also keine Wellen, das Meer musste spiegelglatt sein. Als sie den Kai entlanghastete, weckte sie Möwen, die in einer Reihe am Rand der Steine hockten. Zwei oder drei krächzten wütend und flatterten in die Dunkelheit auf, die meisten blickten sie bloß abschätzend an, schlugen vielleicht kurz mit den Flügeln, bewegten sich aber nicht vom Fleck.

Das Mangetout war ein dunkler Klotz neben einer Straßenlaterne. Darunter parkte ein himmelblauer verbeulter R4, der einem Typen aus Marseille gehörte, der sich bei Serge einquartiert hatte. Einer von den sehr speziellen Freunden des Patrons. Die Häuser neben dem Restaurant waren schwarz und still. Undeutlich erkannte sie die massigen Pfeiler der Brücke.

Eliane eilte über die steile Landzunge, die sich zwischen Grand und Petit Méjean schob, hinein in die Hügel, bis in die erste Bucht jenseits von Petit Méjean. Endlich am Meer. Endlich Stille. Endlich allein. Endlich weinen. Eliane heulte und schrie ihren Frust hinaus, bedachte diese Deutsche mit allen Schmähungen, die ihr einfielen, Fotze, Nutte, Hure. Sie taumelte bis ins Meer, packte einen großen Stein, sie konnte ihn kaum heben, sie wollte ihn voller Wut fortschleudern, doch das schwere Ungetüm rutschte ihr schon beim Schwungholen aus den Armen und plumpste zehn Zentimeter neben ihr ins knietiefe Wasser. Wie lächerlich. Sie wankte ans Ufer zurück und ließ sich fallen. Legte den Kopf auf die Steine. Der Boden dünstete den Gestank von angeschwemmtem Seetang aus, salzig und faulig. Sie konnte, ganz schwach, das Klicken von Steinen hören, die gegeneinanderscheuerten. Es musste doch Wellen geben.

Der Mond ging über dem Hügelkamm auf, leuchtete gelblich fahl hinter einer vielfach gebogenen Pinie ganz oben auf den Felsen. Der Baum war ein Schattenriss, die Hand eines Skeletts wie aus einem miesen Horrorfilm. Der Mond stieg höher, silberne Schleier fielen auf das Wasser, ein Vogel segelte dicht über dem Meer dahin.

Eliane hatte keine Ahnung, wie lange sie so liegen blieb, erschöpft und besiegt. Irgendwann hörte sie Schritte.

Da war jemand auf dem Weg, der zu ihrer Bucht führte. Eliane blickte auf, wagte kaum zu atmen. Im Mondlicht war die Welt jetzt grau, nicht länger schwarz, aber es war noch immer schwer, Formen zu unterscheiden. Sie erhob sich vorsichtig, blieb geduckt stehen, lauschte, schlich bis zu einem Felsbrocken am Rand der Bucht und ging dahinter in Deckung. Sie kannte hier jeden Stein, sie wusste genau, wo sie war. Der Mond beschien jetzt immerhin den Ufersaum. Sie zog sich tiefer in die Felsen zurück, suchte die Dunkelheit und lauschte.

Eine Gestalt kam den Weg hinunter, unsichere Schritte. Sportliche Figur, nicht groß, nicht klein. Der Kopf wirkte seltsam verbeult und zu groß. Eliane sah genauer hin. Der Unbekannte hatte etwas auf dem Kopf, einen Hut oder ... eine Kappe. Sie erkannte sie im Mondlicht wieder, diese bescheuerte Kappe mit dem roten Stern. Claudia. Die Hure war da, hielt jetzt inne, sah auf das Meer. Kein Blick in ihre Richtung. Die hat mich nicht bemerkt, dachte Eliane, und die ist nur ein paar Schritte entfernt. Ich werde ihr die Augen auskratzen, dachte sie, ich werde ihr das hübsche Gesicht so zerschlagen, dass Henri es nicht mehr küssen will. Sie bückte sich und tastete im Dunkeln nach einem Stein, nicht zu klein, nicht zu groß.

Doch irgendwie erkannte Eliane, dass da etwas nicht passte. Die Bewegungen dieser Gestalt passten nicht zu Claudia, passten überhaupt nicht zu einem Mädchen. Nicht plump, nicht unelegant, aber irgendwie falsch. Dann nahm die Gestalt die Kappe ab und warf sie achtlos zu Boden, und zugleich vollführte sie noch eine andere, irgendwie seltsame Bewegung, und sie hörte ein leises Geräusch von Stoff. Die Gestalt hatte einen Rucksack abgenommen und ließ ihn nun neben die Kappe fallen. Michael.

Im Mondlicht und ohne die Kappe auf dem Kopf erkannte Eliane endlich seine Züge. Eliane legte den Stein behutsam wieder ab. Kein Lärm jetzt, bloß nicht. Wenn er sie ausgerechnet jetzt entdeckte, in T-Shirt und Slip und mit verheultem Gesicht, und sie konnte sich denken, wie sie roch. Der würde sich sagen, kein Wunder, dass Henri sich nach einem anderen Mädchen umguckte. Der würde lachen, Flittchen, und sie spürte irgendwie, dass es nicht gut war, von einem Jungen wie Michael ausgelacht zu werden.

Eliane zwängte sich in eine Felsspalte. Wie gut, dass sie sich auskannte. Sie verschmolz mit den Steinen, ein Schatten unter tausend Schatten. Sie bewegte sich lautlos. Und schnell. Nur ein paar Sekunden, und schon war sie so hinter den Felsen verborgen, dass sie die Bucht nicht mehr sehen konnte und erst recht nicht den Jungen, der da am Saum des Meeres stand.

60

Wenn Eliane Michael Schiller mit Claudia Bornheim verwechselt hat, dann hat das vielleicht auch der Mörder getan, denkt Renard. Womöglich wollte er eigentlich das Mädchen töten. Ein fürchterlicher Irrtum. Und ich muss nach einem ganz anderen Motiv und nach einem anderen Mörder suchen. Falls denn Elianes Geschichte stimmt.
»Was ist dann geschehen?«, fragt er.

Eliane starrt auf die Wasserkaraffe. Leer. Sie hat schon so viel erzählt. Aber sie fühlt sich besser, befreit von einer Last. Das ist ein Fehler gewesen, ein schrecklicher, dummer Fehler, dass sie das all die Jahre geheim gehalten hat, sogar vor Henri. Gerade vor Henri. Aber jetzt muss das raus. Ist wie mit dem Weinen. Wenn du einmal anfängst zu heulen, dann muss alles raus, bis die letzte Träne versiegt ist. »Ich bin geschwommen«, antwortet sie leise.

»Geschwommen?«

»Klar.« Es gelingt ihr sogar, dabei zu lächeln. »Ich habe mich so mies gefühlt. Ich wollte nur noch verschwinden, wollte auf keinen Fall von Michael bemerkt werden. Aber ich konnte doch nicht den Weg und dann die Straße an Petit und Grand Méjean vorbeinehmen! Michael hätte mich von der Bucht aus sehen können, jedes Mal, wenn ich unter einer Laterne entlanggegangen wäre. Also habe ich mir, na ja, die Flipflops unter meinen Slip geklemmt und bin von einem Felsen rein ins Meer. Ich wollte quer durch die Bucht bis zum Hafen schwimmen, am Kai an Land gehen und mich zurück ins Boot schleichen. Die Nacht war warm, und das Wasser war genauso warm, wie die Luft. Und das habe ich dann auch gemacht. Henri weiß bis heute nicht, dass ich in jener Nacht weg gewesen bin.«

»Die Polizei wusste das bis heute auch nicht«, brummt Renard.

»Es tut mir schrecklich leid.« Eliane steht auf und holt sich eine neue Karaffe Wasser, bringt auch dem Commissaire ein Glas mit. Inzwischen ist es heiß geworden, Renard sieht aus, als ob er eine Erfrischung nötig hat. Er blickt auf seine Armbanduhr, seufzt und fummelt eine Pillendose aus seiner Hosentasche.

Sie blickt aufs Meer, während er eine Tablette nimmt und sie mit einem ganzen Glas hinunterspült. Irgendwie wäre es ihr peinlich, ihn dabei zu beobachten, wie er ein Medikament nimmt. Als sie ihn wieder ansieht, lächelt Renard sie an, als sei er tatsächlich dankbar für ihre Diskretion. Verrückter Kerl.

»Ich ... «, das fällt ihr jetzt wirklich nicht leicht, aber es muss alles raus, irgendwie. »Ich habe im Wasser etwas gehört«, gesteht sie leise. »Ich bin geschwommen, ziemlich weit draußen in der Calanque, ich wollte ja nicht, dass Michael mich bemerkt. Ich habe ihn auch nicht sehen können, irgendwie war es in der Bucht wieder dunkel. Wahrscheinlich stand der Mond nicht mehr richtig. Na, jedenfalls habe ich etwas gehört. Nachts ist es ganz still im Meer, da hörst du meilenweit. Ich habe einen Streit gehört.«

»Aus der Bucht?« Renard hat seinen Notizblock aufgeschlagen.

»Ja. Ich habe niemanden gesehen. Aber ich habe Stimmen gehört. Zwei Stimmen.«

»Von wem?«

Eliane fährt sich mit der Zungenspitze über die Lippen. »Einer der beiden war auf jeden Fall ein Junge. Ich habe später lange darüber nachgedacht. Also, ich glaube, es war Michael. Und die andere Stimme kam von einem Mädchen.«

Renard hebt erstaunt die Augenbraue. »Eine der Deutschen?«

»Tut mir leid, das konnte ich nicht hören, sie sprach ziemlich leise. Klang verheult. Ein Mädchen, mehr weiß ich nicht.«

»Worum ging es bei dem Streit?«

»Ich habe kein Wort verstanden. Das war wahrscheinlich Deutsch.

Und es wurde auch nicht sehr laut geredet. Das war eher so etwas wie ein geflüsterter Streit, verstehen Sie?«

»Und dann? Was ist dann geschehen?«

»Nichts. Erst mal jedenfalls.« Eliane hebt entschuldigend die Achseln. »Ich habe mir bloß gedacht: Jetzt sind da noch mehr Deutsche in der Bucht. Gleich machen die da eine Party. Und dann wäre es noch peinlicher gewesen, wenn sie mich entdeckt hätten. Also bin ich getaucht.«

Renard runzelt die Stirn. »Nachts?«

»Na klar. Haben Sie das noch nie gemacht?« Eliane muss denn doch lachen, wie verblüfft dieser Commissaire ist. Städter. Landratte. »Sie tauchen unter, machen so viele Züge wie möglich, bis Ihnen die Luft ausgeht. Sie tauchen auf, holen Luft, tauchen wieder unter. Wie ein Delfin. Nur nicht ganz so elegant. Aber dafür ist man die meiste Zeit unsichtbar.«

Merde, denkt Renard. »Deshalb haben Sie auch nichts mehr gehört?«, vergewissert er sich. »Sie wissen nicht, wie dieser Streit weitergegangen ist?«

Eliane schüttelt den Kopf. »Ich bin den größten Teil der Strecke quer durch die Calanque getaucht. Das hatte ich so nicht geplant, das war viel anstrengender, als zu schwimmen. Ich war ziemlich außer Puste, als ich beim Hafen war. Ich habe nichts mehr gehört. Keine Ahnung, ob man von Grand Méjean aus den Streit überhaupt hätte hören können. Da war jedenfalls alles still. Und eigentlich hat mich das auch nicht mehr interessiert. Ich habe mich auf den Kai hochgezogen. Ich war erschöpft, mir war dann doch kalt. Ich wollte nur noch mein nasses T-Shirt ausziehen und mich im Fischerkahn unter einer Decke verkriechen. Ich habe mich echt mies gefühlt, nicht nur vor Erschöpfung.«

Renard nickt verständnisvoll, zugleich hält er den Bleistift so fest gepackt, dass seine Finger schmerzen. Er spürt: Da kommt gleich noch etwas.

»Ich war schon wieder im Boot«, fährt Eliane fort. »Henri schlief fest. Im ganzen Hafen hat sich nichts gerührt. Ich hatte mich schon ausgezogen und wollte mich hinlegen, als ich aus den Augenwinkeln eine Bewegung wahrgenommen habe. Jemand ist über die Straße hochgegangen. Die Straße, die zum Haus der Deutschen führt. Es war der Maler.«

»Rüdiger von Schwarzenburg?«

»Ja, genau der.«

»Er kam aus der Bucht?«

»Also, in der Bucht habe ich ihn nicht gesehen. Sondern eben auf der Straße, die vom Meer aus den Hügel hinaufführt. Aber dieser Maler muss vorher ganz sicher in der Bucht gewesen sein. Er hatte nämlich Michaels Rucksack bei sich.«

Renard vergisst zu schreiben und starrt Eliane endlose Augenblicke lang fassungslos an. Endlich atmet er tief durch. Höflich bleiben. Professionell sein. »Sie haben gesehen, wie Rüdiger von Schwarzenburg in der Tatnacht den Rucksack des Mordopfers getragen hat? Und das haben Sie dreißig Jahre lang verschwiegen?«

Eliane beißt sich auf die Lippen. »Ich hatte solche Angst«, sagt sie. »Wie hätte ich denn dagestanden? Erst mal hätte ich doch aussagen müssen, warum ich überhaupt in der Bucht gewesen bin. Dann hätten die Flics da doch alles abgesucht, oder? Die hätten den Stein gefunden, den ich in der Hand hatte, mit meinen Fingerabdrücken drauf. Und Michael hatte doch Claudias Mütze auf dem Kopf. Die Flics hätten gedacht, dass ich mich an Claudia rächen wollte und erst zu spät bemerkt habe, dass ich einen Unschuldigen erwischt hatte. Die hätten mich verhaftet, nicht diesen Maler! Der Typ war doch reich wie ein König, dessen Eltern hätten sich den besten Anwalt genommen! Aber meine Eltern ...«

»Das ist doch Unsinn!«, ereifert sich Renard. Nun also doch. Beherrsch dich. »Ein Stein mit Ihren Fingerabdrücken, na und? Ich meine: Selbst wenn man einen Stein mit Ihren Fingerabdrücken sichergestellt hätte«, fährt er fort, versucht, sich zu beruhigen, »was hat das schon zu sagen? Sie haben halt irgendwann diesen Stein angefasst. Sie leben hier, Sie sind jeden Tag am Meer, es wäre ein Wunder gewesen, wenn man Ihre Spuren nicht in dieser verdammten Bucht gefunden hätte! Wenn es stimmt, was Sie mir gerade gesagt haben, und Sie den Stein einfach wieder weggelegt haben, dann hätte man daran keine Blutspuren gefunden. Das wäre geradezu ein Beweis dafür gewesen, dass sie Michael Schiller *nicht* angegriffen haben können. Sie hätten aussagen können, ohne sich zu belasten, und scheiß auf einen Anwalt.«

»Ich war siebzehn«, erwidert Eliane müde. »Wenn ich ausgesagt hätte, dann hätte ich auch den Rest der Geschichte erzählen müssen. Von Henri und Claudia. Was hätte Henri dann gedacht, wenn er erfahren hätte, dass ich nachts mit einem Stein durch die Calanques schleiche, um mich an seiner Traumfrau zu rächen?«

Renard will sich erschöpft zurücklehnen. Ihm fällt im letzten Moment ein, dass er nicht auf einem Stuhl sitzt, sondern auf einer Bank ohne Rückenlehne. Rüdiger von Schwarzenburg hatte Michaels Rucksack. Jetzt ist der Rucksack wieder da. Die Erpresserbriefe. Das gemietete Ferienhaus. Er blickt die zierliche Frau an, die ihm gegenübersitzt und in ihr Glas starrt. »Vielen Dank«, sagt er, dann noch einmal: »Vielen Dank, dass Sie mir das alles erzählt haben. Endlich. Das hilft mir sehr viel weiter.«

Sie blickt zu ihm auf. »Wissen Sie, diesen Maler fand ich damals toll. Nicht so wie meinen Henri, aber schon toll. Werden Sie ihn jetzt verhaften?«

»Diese Frage stelle ich mir auch gerade«, sagt Renard. »Kommt wohl darauf an, was er mir erzählt, wenn ich ihn befrage.«

»Vielleicht kommt es auch darauf an, was ich Ihnen noch erzähle«, murmelt Eliane. »Ich bin noch nicht ganz fertig... «

Renard, der sich bereits erhoben hat, lässt sich wieder auf die harte Bank fallen. Er fühlt sich auf eine seltsame Art erschöpft von allen

Enthüllungen und zugleich tatendurstig. »Sie haben noch mehr dreißig Jahre alte Geschichten für mich?«

Sie bringt es fertig zu lächeln. »Diese Geschichte ist aktueller, als Ihnen vielleicht lieb ist. Henri hat beobachtet, wer Sie und Claudia gestern im Meer versenken wollte. Er war gar nicht so weit weg, er wollte es Ihnen gestern nur nicht sagen, weil er sich nicht hundertprozentig sicher war. So ist Henri eben. Aber eigentlich ist er sich doch ziemlich sicher: Sylvie Norailles hat das Motorboot gesteuert, das Ihr Kajak gerammt hat.«

»Das«, sagt Renard, »ist keine Überraschung mehr.«

61

Renard hat die heißesten Stunden des Tages auf der Terrasse des Mangetout verbracht. Er hat gegessen, er muss sich stärken, außerdem schmeckt es ihm von Mal zu Mal besser, und sein Magen macht erstaunlicherweise alles wieder mit. Er hat sich seine nächsten Schritte überlegt, bis sich die Hitze auch in seinem Gehirn eingenistet hat und er nicht mehr logisch denken konnte. Irgendwann hat er bloß noch auf das Meer gestarrt. Eine Jacht war mittags in die Calanque eingelaufen, nur ein kleines, schon ziemlich ramponiert aussehendes Boot, zerschlissene Segel, der sicherlich früher einmal glänzende Rumpf zu einem kreidigen Weiß ausgebleicht. Na und? Eine junge Frau und ihr genauso junger Begleiter hatten Anker geworfen und waren jauchzend über Bord gesprungen. Sie waren schön anzusehen, und sie würden niemals erfahren, was in der Bucht, in der sie sich nach ihrem Bad sonnten, vor dreißig Jahren geschehen war. Renard beobachtet das Paar. Erst jetzt, am späten Nachmittag, schwimmen sie zu ihrem Boot zurück, bald werden sie die Segel setzen und verschwinden, als wären sie nie da gewesen. Dieses Glück, denkt Renard, hat der Mörder Michael Schiller gestohlen. Kein Sommer in einer alten, kleinen Jacht mit einer schönen Frau an Bord. Kein Winter in den Bergen. Kein erstes eigenes Auto. Kein Studium der Medizin. Keine aufregenden Stunden im Kreißsaal mit der geliebten Frau, die in den Wehen liegt. Kein erster Schultag, kein Elternabend, keine Sorgen um schlechte Noten, kein Lego, keine Barbiepuppe, kein Fußball, keine Kirmes. Kein eigenes Haus. Keine Weltreise. Kein nostalgischer Blick zurück. Keine Rückkehr nach Méjean, niemals.

Selbst schuld, denkt Renard weiter, wahrscheinlich ist Michael

Schiller selbst schuld gewesen. Dann erschrickt er über sich selbst, wie ihm überhaupt so ein Gedanke kommen kann. Wie kann man schuld sein an seiner eigenen Ermordung? Doch er kann kein Mitleid empfinden für diesen Jungen. Nicht mehr.

Renard steht auf. Er nickt Eliane zu und dann auch Serge, der aus dem Restaurant kommt. Renard glaubt, dass es gut wäre, den beiden noch irgendeinen aufmunternden Satz mitzugeben, aber ihm fällt nichts ein. Und ein einfaches »Auf Wiedersehen« muss für die beiden wie eine Drohung klingen. So winkt er nur und macht sich auf den Weg. Die steile Straße hoch zum Haus der Deutschen scheint ihm heute weniger steil zu sein, vielleicht hat er wieder mehr Muskeln in den Beinen, vielleicht gewöhnt er sich langsam an die Hitze. Oder ihn treibt auch nur das Wissen an, dass er diesen Fall bald gelöst haben wird.

Im Haus dann die Enttäuschung: Nur Oliver Kaczmarek ist da, und der sieht aus, als hätte er auf einer Parkbank geschlafen. »Der Maler malt«, antwortet er auf Renards Frage nach Rüdiger von Schwarzenburg.

»Wissen Sie, wo ich ihn finden kann?«, hakt der Commissaire nach.

»Irgendwo in diesen verfluchten Calanques halt.«

Im ersten Augenblick geht Renards Pulsschlag hoch, weil er glaubt, dass sich dieser Deutsche da über ihn lustig macht. Dann erkennt er, dass Oliver das eher resigniert gesagt hat, ein besiegter Mann, dem alles gleichgültig ist. »Vielen Dank«, erwidert er und dreht sich um. Irgendwo in diesen verfluchten Calanques. *Merde.*

Er nimmt den Sentier des Douaniers. Behutsam setzt er Schritt um Schritt, der Weg ist lediglich eine Schneise zwischen dornigem Gewächs und Felsen, der Boden ein tückisches Gemisch aus Geröll und Steinstaub, das von Pinienwurzeln durchzogen ist. Zikaden und im Unterholz verborgene Spatzen liefern sich einen Wettstreit, wer den wütendsten Lärm veranstalten kann. Die Sonne steht noch mindestens zwei Handbreit über dem Horizont, doch ein zartes Rosa mischt sich schon in ihr weißes Licht, ein Hauch warmer Farbe, der sich über das Meer ergießt. Die Luft ist schwer und unbeweglich.

Drei Wanderer kommen ihm entgegen, Araber, wie Renard sie früher oft in den Quartiers Nord gesehen hat. Ein junger Mann im Trainingsanzug, eine modisch gekleidete junge Frau, eine ältere Dame in traditionellem Gewand, mit Kopftuch, die nackten Füße in alten Sandalen. Sie schwitzt stark und sieht elend aus. Wer weiß, wo die gestartet sind und wie lange die schon hier herumklettern.

»Haben Sie vielleicht etwas Wasser für meine Mutter?«, fragt der Mann höflich.

Renard schüttelt den Kopf. Er hat vergessen, eine Flasche mitzunehmen, und kommt sich jetzt dumm vor. Er kramt in seinen Taschen und fischt ein Bonbon heraus, eins von den Dingern, die er gegen seinen trockenen Hals lutschen sollte, gegen die Nebenwirkung irgendeines Medikaments. »Ich glaube, das enthält Zucker«, sagt er und reicht es der älteren Frau, »das wird Ihnen auch ein wenig helfen. Wenn Sie noch eine Viertelstunde durchhalten, dann haben Sie Méjean erreicht. Da gibt es ein Restaurant.«

Die drei bedanken sich und gehen weiter, der Mann führt seine Mutter an der Hand. Renard will auch schon ausschreiten, als er sich noch einmal umdreht und ruft: »Sie haben nicht zufällig einen Maler gesehen?«

»Doch«, antwortet die junge Araberin. »Am Strand der Calanque de l'Éverine. Ist aber eine Dreiviertelstunde von hier. Und, na ja ...« Sie winkt verlegen. Wahrscheinlich sehe ich auch nicht viel besser aus als die Mutter, denkt Renard, aber sie ist zu höflich, mir das zu sagen. Ich hätte wirklich an Wasser denken sollen.

Irgendwann steht er auf einem Felsen oberhalb von zwei Schienensträngen. Mitten im Ersten Weltkrieg ist von Kriegsgefangenen einst eine Linie durch die Côte Bleue gefräst worden, durch Täler, Felsvorsprünge, Tunnel und jene aberwitzig hohe Brücke über Méjean. Die Oberseiten der Schienen sind von zahllosen Waggonrädern glatt geschliffen worden, sie sind wie vier glänzende Silberdrähte, die schnurgerade durch die staubigen Hügel gespannt worden sind. Die hölzernen Schwellen sind schwarz getränkt von Öl und Bremsflüssigkeit, sie dünsten einen schwindelerregenden Gestank nach Teer aus. Der Weg führt Renard einige Hundert Meter direkt neben der Linie entlang, nur ein hoher Drahtzaun trennt ihn von den Schienen. Einmal rauscht von hinten ein Zug heran. Er ist so schnell, dass ihn der Commissaire erst bemerkt, als er direkt neben ihm vorbeidonnert. Klingt wie ein Gewehrschuss. Sein Herz rast.

Endlich erreicht er eine Schlucht, die zum Meer hin aufgebrochen ist. Eine aquäduktartige Brücke trägt die Schienen über den Abgrund, der Weg senkt sich zwischen zwei ihrer Bögen hindurch nach unten. Über eine Geröllhalde schliddert Renard tiefer und immer tiefer – und dann öffnet sich vor ihm wieder eine Bucht, gefüllt mit Millionen polierten Kieseln. Das Wasser hinter der Calanque de l'Éveline ist so türkis wie in den Tropen. Am rechten Ende der Bucht ragt ein eckiger Wachtturm auf, vielleicht die Ruine irgendeines Forts, das zum Schutz vor irgendeinem Krieg einmal errichtet und längst vergessen wurde. Ein Stück weit im Meer, wohl keine zweihundert Meter von der Bucht entfernt, wölbt sich eine Felseninsel auf, gestreckt und schmal und scharfkantig.

Und mitten in der Bucht hockt Rüdiger von Schwarzenburg auf einem kleinen Stein und zeichnet.

Renard tritt leise von hinten heran: Seine Skizze zeigt den Turm, die Insel und das Meer, und Renard wundert sich, wie von Schwarzenburg es mit einem Bleistift, der doch grauschwarz ist, hingekriegt hat, dass das Meer tatsächlich wie durchsichtig wirkt. Er wartet, bis der Maler den Stift absetzt, dann räuspert er sich. Er muss ihn ja nicht erschrecken.

»Sie haben einen weiten Weg hinter sich, Commissaire«, begrüßt ihn Rüdiger, und Renard ist sich sicher, dass das doppelsinnig gemeint ist. Der Deutsche kramt in einer Sporttasche, die neben ihm auf dem

Boden steht, holt eine Vittel-Flasche heraus. »Darf ich Ihnen einen Schluck anbieten?«

Renard nickt dankbar, lässt sich neben ihm nieder und nimmt einen tiefen Schluck. Kann man jemandem böse sein, der einen vor dem Verdursten rettet? »Ahnen Sie, warum ich hier bin, Monsieur von Schwarzenburg?«

Rüdiger klappt den Skizzenblock zu, spannt ein Gummi darum, steckt auch den Stift unter das Band, verstaut alles sorgfältig in der Tasche. Der braucht Zeit, denkt Renard. Schließlich atmet der Maler durch und lächelt wehmütig. »Nachdem meine Frau Carmen gestorben war, konnte ich nicht mehr malen«, sagt er leise. »Das ist das erste Mal seit Monaten gewesen. Hier kann ich wieder zeichnen. Beinahe wie früher.« Er schüttelt verwundert den Kopf, strafft sich. »Aber Sie wollen von mir eine alte Geschichte hören, nicht wahr?«

»Die Geschichte eines Rucksacks. Und die Geschichte von ein paar Briefen.«

Ein junger Mann auf einem Jetski donnert die Küste entlang, rauscht mit einer schäumenden Welle hinter sich zwischen Bucht und Insel vorbei. Der schwere Motor wummert, Renard spürt ein Zittern auf seinen Trommelfellen, ein an- und abschwellendes Grollen, lauter, wenn der Jetski von einem Wellenkamm springt, leiser, wenn er wieder eintaucht. Die Wogen klatschen eine Minute später, als das schwarze Gefährt schon nicht mehr zu sehen ist, auf die Kiesel, die in der plötzlichen Bewegung des Wassers leise rauschen wie Wind in einer Baumkrone. Rüdiger blickt dem Jetski irritiert nach, er hasst diesen Lärm. Erst als es wieder still wird, wendet er sich wieder diesem Commissaire zu, den er möglicherweise unterschätzt, vielleicht aber auch richtig eingeschätzt hat.

»Wenn meine Frau nicht gestorben wäre, dann hätte ich das vielleicht alles nicht gemacht«, erklärt er. »Aber durch Carmens Tod wurde mir erst bewusst, dass ich ... einige Dinge in Ordnung bringen muss.«

»Ein Mord sind nicht einige Dinge.«
»Ich habe Michael nicht getötet. Ich will genauso wissen wie Sie, wer das getan hat. Deshalb habe ich das alles inszeniert.«

62

Rüdiger packte seinen Block und schritt rasch aus. Vorhin, bei den Norailles, hatten sie gesungen. Er hatte mal ein Jahr lang Klavierunterricht gehabt, das war sein einziger Ausflug in die Musik gewesen. Die Musik war ein Kontinent, der ihm immer fremd bleiben würde. Er konnte nicht gut spielen, er traf beim Singen nie den richtigen Ton. Er kam sich unfassbar albern vor, wenn er tanzen sollte, er hatte, wie alle, mit fünfzehn einen Tanzkurs gemacht, schwüle Nachmittage in einem verglasten Raum im ersten Obergeschoss, wo er verlegene Mädchen mit verschwitzten Händen zu Walzer oder Samba führen sollte. Ein Desaster. Er mochte laute Musik nicht, weil sie laut war. Und leise Musik nicht, weil sie langweilig war. Und doch ... vorhin, beim Singen, hatte er gedacht: Das ist Kunst. Reine Kunst. Kein Kommerz. Niemand wollte damit Karriere machen oder auch nur eine Mark verdienen, keine Show, kein gar nichts. Die reine Freude an der Schöpfung. Rüdiger war so aufgeregt, so beschwingt – beschwingt war doch auch ein Musikausdruck, und vielleicht hatte er ja doch irgendwo eine Ader für Klänge –, dass er nicht einfach auf der Terrasse sitzen und noch mit den anderen reden konnte, bis es hell wurde. Er MUSSTE produktiv sein, vielleicht die ganze Nacht.

Er ging zum Hafen von Grand Méjean. Das Laternenlicht dort war gerade noch kräftig genug, dass er seine eigenen Skizzen erkennen konnte. Die eine Notlampe, die Serge immer anließ, schimmerte aus dem Innern des Mangetout. Das Leuchtfeuer am Ende des Kais schickte Blitze durch die Nacht. Eine vertäute Segeljacht wurde von einer Laterne in einen fahlen Schimmer getaucht. Und der Mond goss Silber über das Meer. Helligkeit, Dunkelheit, Zwielicht, feste Formen und vage Umrisse, die Perspektiven verschoben sich, die Entfernungen schrumpften und dehnten sich aus, die Welt war unbeweglich, und doch schwirrte sie wie ein Libellenflügel. Und er hatte für das alles nur einen Stift und einen Haufen Papier, jedes Blatt nur so groß wie zwei nebeneinandergelegte Hände.

Rüdiger arbeitete wie besessen. Er dachte an Carmen und daran, wie er ihr später diese Skizzen zeigen würde. Er hörte nichts und sah bloß das, was er für seine Zeichnungen sehen wollte. Irgendwann hielt er inne, erschöpft und leer und mit schmerzender Hand, die Finger so verkrampft, dass er sie kaum noch vom Bleistift lösen konnte. Er blätterte durch den Block, langsam zuerst, dann schneller, blätterte vor, ließ das Papier wieder zurückfallen, blätterte, hielt den Block ins trübe Laternenlicht – und legte ihn schließlich auf den Boden, der immer noch warm war, obwohl es doch schon zwei, drei, vier Uhr nachts sein musste.

Ich kann es nicht, dachte Rüdiger. Ich kann es nicht malen, so, wie ich das alles gesehen habe. Er hatte gezeichnet, als wäre er auf einem Trip, doch jetzt sah er bloß Striche und Schraffuren auf Papier. Das war keine Kunst. Das war ... verdammt, das war brav. Konventionell. Das war genau das, was man malte, wenn man blutleer war. Diese Zeichnungen da, die konnte er rahmen und zu Weihnachten seiner Tante schenken. Genau das. Genau so sahen sie aus. Brav. Nett. Das würde er Carmen niemals zeigen können.

Er kämpfte sich auf die Beine. Er war so müde. Er würde ins Bett gehen. Und morgen würde er es wieder probieren. Und übermorgen. Und wenn es sein musste, an jedem verdammten Tag seines Lebens.

Rüdiger stieg die Straße langsam hoch. Doch als er zu der Stelle gelangte, wo der Weg Richtung Bucht abzweigte, da hatte er plötzlich keinen Mut mehr. Was, wenn die anderen noch wach waren? Könnten sie ihm die Niederlage ansehen? Er wollte sich ihren Blicken nicht stellen, wollte schon gar nicht die Bitte hören, doch einmal seine Skizzen zu zeigen. Also bog er ab. Vielleicht würde er sich einfach irgendwo in die Bucht legen und ein paar Stunden schlafen. Bis es hell wurde und er sich hochtraute.

Rüdiger würde auch viel später niemals sagen können, wie lange er brauchte, um zu begreifen, was er im bleichen Mondlicht in der Bucht sah. Eine Stunde lang? Ein paar Minuten? Oder wirklich bloß ein paar Augenblicke?

Michael.

Sein Körper ausgestreckt auf den Felsen. Der erste Gedanke: Er hatte die gleiche Idee wie ich und pennt am Meer. Diese Stille. Dann fiel sein Blick auf die feucht glänzenden Flecken auf den Steinen neben seinem Kopf. Und langsam, ganz langsam kam ihm die Erkenntnis, dass das nicht Wasser war, was da feucht glänzte.

Es dauerte unendlich lange, bis Rüdiger wirklich begriff, was er da sah. Aber auf einmal war ihm klar, dass Michael tot war. Tot, nicht verletzt, nicht bewusstlos. Tot. Rüdiger wusste es einfach. Er rührte den Körper nicht an, rief nicht um Hilfe, ihm war nicht einmal übel. Er starrte bloß diesen Körper an, und sein Geist war so leer wie der Geist des Toten.

Irgendwann schreckte er aus dieser Starre auf. Das war kein Unfall, kein unglücklicher Sturz, auch das wusste er irgendwie sofort. Wie hätte Michael hier so heftig stürzen können? Und wie hätte er hier so liegen können, wenn es ein Unglück gewesen wäre? Michael lag auf dem Bauch, den Kopf so gedreht, dass seine linke Wange die Steine darunter berührte. All das viele Blut jedoch war aus einer Wunde am Hinterkopf geströmt, Michaels blonde Haare, die im Mondlicht wie ausgewaschen wirkten, waren dort zu einer klumpigen schwarzen Masse verklebt. Und der Hinterkopf sah ... Rüdiger atmete tief durch ... sah nicht mehr rund aus. Sondern eingedrückt.

Eingeschlagen. Jemand hatte das getan. Jemand hatte Michael hinterrücks erschlagen. Sein Kopf war ... Jetzt erst schwindelte Rüdiger. Seine Gedanken überschlugen sich. Die anderen, dachte er dann, fassungslos. War das einer von uns? Claudia? Dorothea? Babs? Lächerlich. Oliver. Lächerlich oder ... Er dachte an Katsches Neid und seine Wut. Lächerlich, niemals. Vielleicht jemand aus Méjean? Henri, der sich in Claudia verliebt hatte und der breit war wie ein Bär? Rüdiger stand da, traurig, ratlos, verwirrt. Unter Schock, würde er sich Jahre später sagen, du warst unter Schock. Und das allein erklärte auch, was er dann tat. Sein Blick fiel plötzlich auf den Rucksack, der neben dem Toten lag. Ob der einen Hinweis auf den Mörder enthielt? Wäre er klar im Kopf gewesen, Rüdiger hätte die Polizei gerufen und den Rettungswagen und die Norailles, die waren schließlich Ärzte. Und er hätte diesen Rucksack nicht angefasst, schon gar nicht aus einem so lächerlich abwegigen Grund. Aber er war nicht klar im Kopf, sondern voller Furcht und wie in Trance und, ja doch, zugleich auf eine schreckliche Art fasziniert und neugierig. Das ist echt, fuhr es ihm durch den Kopf, das ist tief, das ist dramatisch. Ist es nicht das, was jeder Künstler braucht, um Künstler zu sein? Das Extreme. Den Tod.

Rüdiger packte den Rucksack, drehte sich vom Toten weg und lief hoch zum Haus. Seine Müdigkeit war verschwunden. Sein Herz raste. Niemand war mehr wach, wenigstens das. Er schlich auf sein Zimmer. Die Tür ließ sich nicht abschließen, also stellte er einen Stuhl unter die Klinke.

Und dann kippte er den Inhalt des Rucksacks auf sein Bett.

Es gab keinen Hinweis auf den Mörder, natürlich nicht. Aber neben all dem Zeug, das ihn nicht interessierte, fiel auch Michaels Skizzenblock heraus. Mit zitternden Händen schlug er ihn auf. Er fürchtete sich vor dem, was er sehen würde, und wusste doch zugleich, dass er es sehen musste.

Michael war ein Genie.

Seine Bilder waren viel besser als seine. Obwohl sie nur halb fertig waren. Nein, gerade WEIL sie nicht vollendet waren. Hingeworfen. So flirrend wie das Licht in Méjean, als wären sie unter der Hitze schon wieder halb verdunstet. Zwischen den Skizzen standen Texte, Gedichte, einzelne Zeilen, was auch immer. Er las die Worte nicht. Er sah bloß *auf die Bilder.* Ein einziges Blatt, das er hier in Händen hielt, war mehr wert als der ganze Block, den er in den letzten Stunden vollgekritzelt hatte. Er schloss die Augen, überwältigt vor Selbstmitleid und Scham.

Irgendwann, die Nacht war so lang, warum war es bloß immer noch dunkel? Irgendwann jedenfalls nahm Rüdiger behutsam den Stuhl vor der Tür fort, schlich die Treppe hoch und setzte sich vor den Kamin. Den Kamin, den nie jemand benutzt hatte, den nie jemand benutzen würde.

Außer jetzt.

Er nahm den Skizzenblock, den Beweis für Michaels Blick, für Michaels Hand, für Michaels Genie, zerknüllte langsam die Seiten, damit das Papier keine Geräusche verursachte. Und dann nahm er Claudias Feuerzeug, das auf dem Küchentisch lag.

Als schon eine orangefarbene Flamme aus dem Block loderte, fielen aus dessen Rückseite zwei Papiere in das Eisengitter des Kamins. Nein, keine Papiere, eher zwei Kartons, quadratisch, glänzend, leicht nach Chemikalien riechend. Rüdiger griff danach. Im flackernden Licht des Feuers erkannte er, dass er zwei Polaroids in Händen hielt. Fotos von den Calanques: der Hafen von Grand Méjean, die Bucht, die Pinien, die Sonne am Himmel, ganz banal und in den schrecklichen Polaroidfarben und sogar leicht verwackelt. Doch Michael hatte diese beiden Fotos bemalt, mit Filzschreibern wahrscheinlich, auch mit schwarzem Edding und gelbem Textmarker. Sie waren verfremdet, mit Strichen hier und da, mit Farbflächen, wo keine Farben hingehörten, kitschig eigentlich und irre – und vollkommen genial.

Rüdiger wartete, bis das Feuer niedergebrannt war. Er fegte die Asche zusammen und kippte sie in den Garten. Im Osten graute der Tag, die Pinien und die Hausmauern waren fahl. Endlich ging er wieder auf sein Zimmer. Mit Michaels Polaroids, die er vor den Flammen bewahrt hatte.

63

»Das war mein künstlerischer Durchbruch«, sagt Rüdiger. »Bemalte Polaroids, leicht überbelichtet und verwackelt, dann mit allen möglichen Stiften verfremdet. Comicbilder auf Fotos als Chiffren für unsere grelle, aber oberflächliche Welt. Das hat schon meine Professoren an der Kunsthochschule beeindruckt und mir meine erste Einzelausstellung eingebracht. Da war ich noch Student. Später habe ich mit anderen Techniken gearbeitet, habe andere Werke geschaffen. Aber diese Polaroids, die waren so etwas wie meine Eintrittskarte in die Kunstwelt.«

»Sie sind vollkommen skrupellos«, sagt Renard leise. »Sie plündern einen Toten und begründen mit dessen Idee Ihre Karriere.« Er starrt den Maler an und zweifelt nicht eine Sekunde, dass dessen Geschichte wahr ist. Sie ist zu abscheulich, um sie zu erfinden.

Rüdiger hebt die Hände. »Ich will Sie nicht mit dem Klischee langweilen, dass alle großen Künstler große Monster sind.«

»Sie haben sich nie bei der Police gemeldet«, stellt Renard fest.

»Hätte ich das mit dem Rucksack gestanden, dann wäre ich doch der Hauptverdächtige gewesen«, sagt Rüdiger. »Ich habe mich nicht einmal Carmen offenbart. Ich glaube, das ist das einzige Geheimnis, das ich je vor ihr gehabt habe. Ich hatte wohl Angst, dass selbst sie mich verdächtigen würde.«

Renard blickt aufs Meer, damit der Deutsche seinen Gesichtsausdruck nicht lesen kann. Nein, denkt er, du hast nicht Angst gehabt, dass man dich verdächtigen würde, nicht wir Flics und schon gar nicht deine Geliebte. Du wolltest bloß Michaels Polaroids nicht wieder herausrücken. Die zwei Bilder, die dir eine Tür zu einer Zukunft geöffnet hatten. Die hättest du hergeben müssen, wenn du den Kollegen damals den Rucksack gezeigt hättest. Denn die hätten sich damals genauso gewundert wie wir heute, wenn sie bloß die Kamera, aber keine Filme gefunden hätten. Wollte Michael nicht Bilder machen? Sie hätten dich gründlich durchsucht. Und selbst wenn du die Polaroids vor ihnen hättest verbergen können, wie hättest du später deine erste Ausstellung mit Sofortbildern machen können? Hätten sich deine alten Freunde dann nicht gewundert: Rüdiger von Schwarzenburg, der damals Michaels Rucksack mitgenommen hatte, in dem aber angeblich keine Polaroids waren, zeigt nun ausgerechnet welche? Hätte sich Carmen, die dich wahrscheinlich besser kannte als jeder andere Mensch, nicht gefragt, woher du plötzlich die Idee mit den Polaroids hattest? Und hätte sie nicht die richtigen Schlüsse gezogen – und womöglich geglaubt, dass das junge Genie, das sie so behutsam aufbaute, seine geniale Idee von einem Mordopfer gestohlen hatte? Deshalb durfte niemand diesen Rucksack und seinen Inhalt mit dir in Verbindung bringen.

»Wie haben Sie den Rucksack damals versteckt?«, will der Commissaire wissen. »Die Beamten haben doch das Haus durchsucht.«

»Nicht wirklich gründlich«, antwortet Rüdiger leichthin. »Ich habe den Rucksack auf dem Nachbargrundstück deponiert, man hat vom Garten aus Zugang. Als Ihre Kollegen fertig waren, habe ich ihn in einem unbeobachteten Augenblick wieder geholt und in meinem Koffer versteckt. Seither begleitet der Rucksack mich, er ist immer in meinem Atelier gewesen, in Düsseldorf, in Berlin, zuletzt in Potsdam. Als eine Art Talisman.«

Talisman. Renard fröstelt. »Und warum dieser«, er lächelt sarkastisch, »so plötzliche Meinungsumschwung? Nach dreißig Jahren?«

Der Maler lacht freudlos auf. »Spotten Sie ruhig. Ich habe meine Frau beim Sterben begleitet. Sie ist Monat um Monat verfallen, ich musste zusehen und konnte nichts tun, gar nichts.« Er blickt den Commissaire an. »Sie wissen vielleicht, wie so etwas ist.«

Schwein, denkt Renard, doch er nickt. »Ja, ich weiß, wie das ist.«
»Mit Carmens Leben hat auch mein Leben geendet, in gewisser Weise jedenfalls«, sagt Rüdiger. »Mein künstlerisches Leben. Das hat mit ihr begonnen, es endete mit ihr. Ich war verbraucht, leer gemalt. Und vielleicht war es Carmens Tod, der mir erst bewusst gemacht hat, dass ich noch bei einem anderen Toten eine Schuld zu begleichen hatte.«

»Die Suche nach Michaels Mörder soll Ihre Sühne für den Diebstahl sein?«

»Jetzt hören Sie sich schon beinahe an wie einer dieser Therapeuten, die mir meine Assistentin dringend ans Herz legt.«

Renard räuspert sich. »Vielleicht hat Ihre Assistentin recht.«

Rüdiger schüttelt den Kopf. »Ich brauche keinen Therapeuten, ich brauche einen Mörder.« Plötzlich ist er nicht mehr der melancholisch umwehte Künstler. Renard blickt in das Gesicht eines harten, zu allem entschlossenen Mannes, der brutal ist, wenn es sein muss. Wie ich, fährt es ihm durch den Kopf, ganz genauso wie ich gewesen bin, ist erst ein paar Monate her.

»Es ist Zufall, dass Michaels Tod sich genau in diesem Sommer zum dreißigsten Mal jährt. Ich hätte das auch gemacht, wenn es achtundzwanzig oder einunddreißig Jahre gewesen wären«, fährt Rüdiger fort. »Aber so hat die Sache, wie soll ich sagen, noch eine zusätzliche Wirkung entfaltet.«

»Sie haben Ihre alten Freunde erpresst«, sagt Renard nüchtern.

»Mir blieb keine andere Wahl, verstehen Sie? Das Haus anonym zu mieten und vorzubereiten, das war einfach. Aber wie hätte ich sie hierherlocken sollen, ausgerechnet nach Méjean? Bis auf Claudia hatte ich die meisten seit Jahrzehnten nicht mehr gesehen, und selbst Claudia habe ich nur zwei-, dreimal im Jahr getroffen, und wir sind nicht wirklich befreundet; wer kann schon mit einem Politiker befreundet sein, wenn man selbst keiner ist? Eine Ministerin wäre niemals freiwillig hierhergereist und von den anderen erst recht keiner.«

Die Sonne berührt den Rücken der Insel, die jetzt einen Schatten wirft, der sich über das Wasser legt und bis zu den Steinen der Bucht erstreckt. Das wäre doch ein Motiv für ein Polaroid, denkt Renard bitter. Und dann schön drübermalen. Als Chiffre für die oberflächliche Welt.

»Warum wollten Sie Ihren alten Freunden so etwas antun?«

»Weil einer von ihnen der Mörder ist.«

»Was macht sie da so sicher?«

Rüdiger ballt die Rechte zur Faust Er ist jetzt zornig. Zornig auf seine alten Freunde, erkennt Renard. »Wer sonst hätte es tun können? Ich habe lange darüber nachgedacht, glauben Sie mir. Es muss einer von uns gewesen sein.«

»Ich könnte Ihnen auch ein oder zwei Leute aus Méjean nennen, die ein sehr gutes Motiv gehabt hätten.«

»Wirklich?« Rüdiger blickt den Commissaire überrascht an und, zum ersten Mal überhaupt, vielleicht auch ein klein wenig verunsichert. »Ich jedenfalls habe mir immer gedacht, dass es einer von uns sein muss. Keine Ahnung, wer es ist. Keine Ahnung, warum. Aber einer von uns muss es sein. Deshalb habe ich diese Briefe geschrieben.«

»Bei Frau Bornheim war es einfach«, sagt Renard. »Sie hat Michael geliebt. Sie mussten Ihr bloß versprechen, dass man den Mörder finden würde.«

»Claudia hat nie geheiratet oder war lange in einer festen Beziehung, wussten Sie das? Sie schiebt es auf den Stress in ihrem Beruf. Dabei ist es kein Naturgesetz, dass Minister allein schlafen müssen. Ich habe einen Privatdetektiv engagiert, der, nun ja«, Rüdiger zögert, ist auf einmal verlegen, »das Privatleben meiner alten Freunde ein wenig für mich durchleuchtet hat. Sie haben recht: Bei Claudia war es einfach. Die erste Liebe ihres Lebens wurde ermordet, seither ist sie beziehungsunfähig. Wenn man jedoch endlich, endlich den Mörder stellen würde, dann heilt vielleicht auch diese Wunde und dann, wer weiß … Ich habe Claudia letztlich nichts anderes versprochen, als dass sie wieder eine Chance auf Glück bekommt. Ihren lächerlichen Flirt mit Henri habe ich nur erwähnt, damit sie ein schlechtes Gewissen bekommt. Sie flirtet mit einem anderen, ihr Freund stirbt – das ist die Form von schlechtem Gewissen, die du auch nach dreißig Jahren nicht überwunden hast. Ein sehr gutes Motiv, um nach Méjean zu kommen, finden Sie nicht?« Rüdiger atmet tief durch. »Bei den anderen war es etwas schwieriger, aber auch nicht so sehr. Sie glauben gar nicht, wie leicht sich selbst die biedersten Menschen erpressen lassen, Commissaire.«

»Sie überschätzen meine Naivität«, brummt Renard.

Der Maler grinst. Er nimmt einen Kiesel und schleudert ihn ins Meer. Er versinkt praktisch lautlos und seltsamerweise, ohne auch nur einen kleinen Kreis auf der Oberfläche zu erzeugen. »Barbara Möller«, erklärt Rüdiger, »unsere liebenswerte, fröhliche Babs hat einmal einen sehr, sehr hässlichen Spruch an eine Wand unserer Schule gesprüht.«

Renard nickt. »Sie haben ihre Handschrift erkannt. Sie haben es mir selbst gesagt: Sie konnten alle Klassenkameraden an ihren Handschriften erkennen.«

»Das ist damals niemandem sonst aufgefallen. Erstaunlich. Aber wahrscheinlich war der Gedanke, dass ausgerechnet die liebe Babs so etwas hingeschmiert haben könnte, einfach zu absurd. Jedenfalls hat mir der Privatdetektiv gesagt, dass unsere Babs genau das geblieben ist: lieb. Mann, Kinder, Raiffeisenbank, was willst du mehr? Eigentlich ist es lächerlich, jemanden mit einem so alten Graffito zu konfrontieren, aber ich wusste, dass Babs die Nerven verlieren würde. Sie musste kommen, um einen Skandal zu vermeiden. Sie hatte zu viel zu verlieren.«

»Und Dorothea Kaczmarek hat Ihnen das Material für eine Erpressung unwillentlich selbst in die Hand gespielt.«

»Ihr verrückter Liebesbrief, ja. Selbstverständlich habe ich den gelesen und ...«

»... über dreißig lange Jahre behalten.«

Rüdiger lächelt. »Die meisten Künstler sind auch Sammler, wussten Sie das nicht? Außerdem hat mir dieser Brief schon irgendwie geschmeichelt. Carmen war immer ...«, er sucht nach dem richtigen Wort, »so souverän. Niemand hat mir je eine so leidenschaftliche Liebeserklärung gemacht.«

»Wie schade, dass Ihnen Dorothea Kaczmarek so wenig bedeutet«, murmelt der Commissaire.

»Schade, ja«, pflichtet ihm Rüdiger bei, der die Ironie darin gar nicht gehört hat. »Dorotheas Familienleben ist, sagen wir: kompliziert. Mann ohne Job. Tochter in der Pubertät. Es ist ja nicht bloß so, dass sie mir in dem alten Brief ihre Liebe gestanden hat, was einen Mann wie Oliver schon wahnsinnig gemacht hätte. Sie hat ja auch geschrieben, dass genau das Leben, das sie jetzt mit Oliver führt, das Leben ist, vor dem es ihr immer gegraut hat. Das würde jedem Ehemann zu denken geben. Und damit Oliver das niemals liest, musste Dorothea kommen. Und wenn Dorothea kommt, dann muss Oliver mit, Sie wissen schon.« Der Maler reibt Daumen gegen Zeige- und Mittelfinger, die Geste des Geldzählens.

»Und an die Polizei haben Sie bloß eine anonyme Anzeige geschickt«, sagt Renard. »Das war der einfachste Teil ihres feinen Plans. Und jetzt muss ich hier ermitteln.«

Rüdiger blickt ihn an. »Müssen Sie? Geben Sie es ruhig zu, Commissaire, Sie wollen den Mord längst genauso aufklären wie ich! Wir sind Komplizen, ob Ihnen das nun passt oder nicht. Sie stochern mindestens genauso in den alten Wunden herum wie ich. Ich bin bloß der Zauberlehrling, der ein paar Tinkturen in einen Topf schüttet und hofft, dass die Mischung explodiert – aber Sie sind die brennende Fackel, die das alles entzünden wird!«

»Sie hätten vielleicht auch als Dichter Erfolg gehabt«, kommentiert Renard. »Oder als Märchenerzähler.«

»Ich habe alle Verdächtigen wieder nach Méjean geholt, ins selbe

Haus, zur gleichen Jahreszeit. Ich habe sie Ihnen gewissermaßen auf dem Glas eines Mikroskops präsentiert, zur passenden Zeit den Rucksack hervorgezaubert – die Sache wird explodieren, das geht gar nicht anders, dafür ist der Druck einfach zu groß.«

Renard schweigt. Du wirst dich noch wundern, denkt er nur. Endlich blickt er den Maler an und fragt: »War in diesem Rucksack noch etwas, das Sie für immer verschwinden ließen, Monsieur von Schwarzenburg? Neben dem Skizzenblock des Toten?«

Der Maler schüttelt den Kopf. »Nein. Alles, was ich sonst damals gefunden habe, liegt jetzt bei der Polizei.«

Renard erhebt sich. »Kommen Sie. Der Rückweg ist lang. Und wir müssen heute Abend noch etwas zu Ende bringen. Wir sind doch Komplizen.«

VII

Die Nacht

64

Renard geht mit dem Maler zurück nach Méjean. Die ärgste Hitze ist vorüber, er spürt nicht länger, wie die Sonne seine Haut verbrennt. Vom Meer weht eine Brise her, kaum mehr als ein Hauch, aber mit dem Versprechen von Nässe und Salz. Und Rüdiger von Schwarzenburg hat tatsächlich einen Sechserpack Vittel-Flaschen mitgeschleppt. Nachdem sie vom Sentier des Douaniers zum Hafen von Petit Méjean hinuntergestiegen sind, will Rüdiger einen Moment lang die Rechte ausstrecken, um dem Commissaire zum Abschied die Hand zu schütteln, doch dann denkt er, dass Renard diese Geste vielleicht ignorieren würde. Also hebt er nur den Arm. »Auf Wiedersehen.«

»Bis gleich«, antwortet Renard. »Verraten Sie niemandem etwas von unserem Gespräch. Geben Sie sich nicht als der Briefschreiber zu erkennen. Sorgen Sie bloß unauffällig dafür, dass Ihre Freunde heute Abend im Haus sind. Ich komme nachher vorbei.«

»Um uns alle zu verhaften?« Rüdiger meint das nur halb ironisch. Renard verzichtet auf eine Antwort.

»Jetzt sind wir also doch dran«, sagt Sylvie. Sie ist selbst erstaunt, wie gelassen sie klingt. Im Salon perlt Miles Davis aus den Lautsprechern, sie sitzen draußen auf der Terrasse unter dem weiten Himmel, beim Aperitif mit Schweppes und Pistazienkernen. Ob das ihre Henkersmahlzeit ist? Schweppes und Pistazienkerne. Sie muss beinahe lachen.

»Laura, würdest du uns allein lassen?«, bittet Francis, der jetzt auch Renards Gestalt auf der Straße erkannt hat.

Laura steht auf, doch dann bemerkt sie Vaters Gesichtsausdruck. Sie blickt ihre Mutter an, entdeckt den Commissaire. Und in diesem einen Augenblick versteht sie: Wenn sie jetzt die gehorsame Tochter ist, dann hat sie ihre Eltern für immer verloren. »Bleibt ruhig sitzen. Ich lasse Monsieur Renard herein«, erklärt sie stattdessen. »Und dann werde ich bleiben.«

Francis öffnet den Mund, doch ihm will keine Erwiderung einfallen. Er kann ja schlecht eine Szene machen, mit einem Polizisten vor der Tür. »Du wirst mehr hören, als dir lieb ist«, bringt er bloß leise heraus.

»Endlich«, erwidert Laura und lächelt ihn doch tatsächlich aufmunternd an.

Zwei Minuten später sitzt Renard in ihrer Mitte. Von der Terrasse aus blickt er die Calanques entlang bis nach Sausset-les-Pins. Selbst zu dieser Abendstunde gleiten Dutzende Boote über das Meer, weiße Flecken im großen Blau. Dicht über dem Horizont ziehen streifige Wolken von links nach rechts, schieben sich vor die schon halb versunkene Sonne, darüber ist der Himmel noch hell. Ein kleines Propellerflugzeug kriecht dicht über dem Küstensaum durch die Luft, so langsam, dass Francis denkt, die Maschine muss doch gleich abstürzen; das Brummen des Motors mischt sich unter das Konzert der Zikaden, die noch einmal mit aller Kraft lärmen, bevor es dunkel wird. Mit der Kühle kehrt der Duft der Pinien zurück, es ist, als hätte die Hitze zuvor selbst die Gerüche der Welt betäubt.

Renard sagt nicht Nein, als ihm Sylvie ein Glas anbietet. Bittere Limonade. Muss Jahre her sein, dass er so etwas das letzte Mal getrunken hat. »Warum haben Sie gestern versucht, mich zu töten, Doktor Norailles?«, fragt er freundlich.

Einen Moment lang verstummen die Zikaden. Einen Moment lang stoppt der Flugzeugmotor. Einen Moment lang verschwindet der Duft nach Pinienharz. Halten die Wolken in ihrem Zug inne. Hört die Sonne auf zu leuchten.

»Laura, Schatz, es ist jetzt wirklich besser, wenn wir mit dem Commissaire allein reden«, sagt Sylvie schließlich. Gut, dass sie auf dem

Stuhl sitzt, sie würde sonst taumeln. Aber wie in einem Albtraum, wenn sie glaubt, dass es jetzt nicht mehr schlimmer kommen kann, und es doch immer noch schlimmer kommt, so hört sie über das Rauschen des Blutes in ihren Ohren hinweg die Antwort ihrer Tochter.

»Ihr habt viel zu oft alleine geredet. Heute nicht mehr. Ich bleibe.«

Renard wendet sich Laura zu, sein Gesicht ist sanft, soweit es einem hageren Mann wie ihm möglich ist, sanft auszusehen. »Dann lassen Sie uns doch zuerst über Ihren Traum reden, Mademoiselle.«

»Über die Deutschen.« Laura lächelt. »Ich habe gespürt, dass Ihnen mein Traum keine Ruhe lässt, Commissaire.«

»Sie haben mir gesagt, dass Sie glauben, deshalb von den jungen Leuten zu träumen, weil Sie vielleicht etwas gesehen haben könnten: eine Dreijährige, die nachts aufwacht, ans Fenster geht und tief unten in der Bucht etwas sieht. Etwas, an das sich die Erwachsene nicht mehr erinnert, das nur in ihren Träumen wiederkehrt.«

Sie nickt. »Ja, vielleicht bin ich eine Zeugin und weiß es nicht. Vielleicht gibt mein Unterbewusstsein deshalb keine Ruhe?«

Renard deutet nach draußen, ungefähr dorthin, wo die Küste verläuft. »Man kann von Ihrem Kinderzimmer aus zwar einen Teil der Bucht einsehen«, erklärt er, »aber nicht den Abschnitt, in dem Michael Schiller getötet wurde. Selbst wenn es in jener Unglücksnacht außerordentlich hell gewesen sein sollte: Mademoiselle, Sie können von ihrem Fenster damals unmöglich das Verbrechen gesehen haben.«

Laura starrt ihn an. »Ich wusste nie genau, wo Michael gelegen hat. Ich meine ... ich wusste immer bloß, dass es in der Bucht geschehen ist. Na, und da habe ich gedacht, das muss in dem Bereich gewesen sein, den ich sehen konnte. Warum sonst hätte ich immer wieder von den Deutschen träumen sollen? Das waren Babysitter, mehr nicht. Davon träumt man nicht drei Jahrzehnte lang. Was wollen Sie denn noch von mir hören? Soll ich Ihnen ihre Stimmen beschreiben? Die Musik, die ich von damals noch im Ohr habe?«

»Den Duft, den sie nicht aus Ihrer Nase bekommen«, erklärt Renard behutsam. »Reden wir über diesen Duft. Nach einem Duschbad. ›Cliff‹. Reden wir über das Duschbad von Michael Schiller. Den Geruch seiner Haut. Reden wir über Michael Schiller, der am Meer mit Ihnen gespielt hat, Mademoiselle. Der eine Mädchenvolleyballmannschaft trainiert hat. Der unbedingt Kinderarzt werden wollte. Der an einem Abend vor dreißig Jahren von dieser Terrasse ins Innere des Hauses verschwunden ist, um sich, wie er sagte, ›langzumachen‹. In diesem Haus, wo zu dieser Zeit nur noch ein weiterer Mensch schlief, ein kleines Mädchen ...«

»Genug!« Francis springt hoch, er atmet schwer. Er schluckt, wendet sich seiner Tochter zu. »Bitte verzeih mir«, murmelt er. Er geht hinein, mühsam, kraftlos, steigt dann langsam die Treppe hinab. Kein Laut dringt aus dem Haus. Auf der Terrasse verwehen endlose Minuten. Niemand spricht. Renard blickt die beiden Frauen an. Wunderschön und gequält. Sylvie, die ahnt, was gleich geschehen wird. Laura, die nichts weiß, nur so viel: Sie muss sich fürchten. Sie meiden jeden Blickkontakt, sehen beide auf das Meer. Die Zikaden sägen, und zum ersten Mal seit Tagen wünscht sich Renard, sie würden mit diesem Lärm aufhören, würden innehalten, wenigstens für ein paar Augenblicke.

Endlich kommt Francis von unten wieder hoch. Er hat etwas in der Hand, etwas, das klein ist und leicht wirkt und dunkel und irgendwie unförmig. Etwas, das Renard im Zwielicht des Innern nicht erkennen kann. Erst als der Arzt auf die Terrasse tritt, sieht Renard, was Francis bringt: eine dunkelblaue Baseballcap der New York Yankees.

»Die gehörte Michael Schiller«, erklärt Francis. Er fühlt sich unendlich müde. »Er hat sie damals in Lauras Zimmer vergessen.«

65

Francis hatte seinen Arm um Sylvie gelegt, nachdem sie aus dem Auto gestiegen waren. Er war satt und ein ganz klein wenig beschwipst, er hätte eigentlich nicht mehr fahren dürfen, aber es waren ja bloß ein paar Hundert Meter vom Mangetout bis zu ihrem Haus, eigentlich zu kurz für eine Autofahrt, aber nach dem Essen sind die Felsen noch einmal doppelt so steil. Sie schlenderten vom Wagen bis zur Haustür, die Luft war lau und duftete herb und süß zugleich, wie der Hauch eines Parfums. Sie hörten die jungen Leute singen, und Francis dachte einen Moment lang an die Nachbarn und ob die wohl schlafen konnten. Aber eigentlich waren die Deutschen nicht sehr laut, es war gerade erst Mitternacht, und im Sommer war in Méjean jetzt noch niemand im Bett und überhaupt: So schlecht klang das gar nicht. Bob Dylan, »Blowing in the Wind«, als gemischter Jugendchor. Es hörte sich so an, als hätten sie sich seine Ibanez genommen, hoffentlich zerkratzten sie den Korpus nicht.

Michael öffnete ihnen, bevor sie aufschließen konnten, er musste sie irgendwie schon bemerkt haben und lächelte sie entschuldigend an. »Waren wir zu laut?« Der ist nicht einmal angetrunken, dachte Francis, zumindest weniger als ich. Gut so. Die jungen Leute hatten nicht über die Stränge geschlagen. Kurz darauf wusste Francis, dass sie auch die Gitarre pfleglich behandelt hatten, so wie das ganze Haus. Selbst die Küche war schon aufgeräumt, die Teller waren sauber und tropften ab, und die Mollige, Barbara, ein Name wie aus einer Wagner-Oper, spülte rasch noch die Gläser. Niemand war betrunken. Auf der Terrasse roch es ein wenig nach Zigaretten, Tabak und vielleicht einem Hauch Marihuana. Francis war im wilden Sommer achtundsechzig gerade vierzehn gewesen, zu jung für die Demos, aber alt genug für die Freiheit. Er hatte ein paar Joints geraucht, gerade so viele, um zu merken, dass es ihm nicht gefiel, aber schon so viele, um nachsichtig mit anderen zu sein. Wenn er nach den Gesichtsausdrücken urteilen sollte, dann würde er auf die Selbstbewusste tippen, Claudia, die sonst immer so unbesiegbar wirkte, aber jetzt ziemlich mitgenommen aussah. War wahrscheinlich keine gute Idee gewesen, Hasch mit Lambrusco und Pizza zu mischen, sie musste dringend ins Bett.

Sylvie verabschiedete die Gruppe an der Tür. Francis schlich nach unten, öffnete behutsam die Tür zu Lauras Zimmer. Die Kleine schlief. Er wollte die Tür schon wieder leise schließen, als er verwirrt innehielt. Dieser Geruch. Lambrusco. Seife. Und noch etwas ...

Francis griff nach der Nachttischlampe, einem wackeligen Ding mit rosa Schirm und künstlichen Kristallen, die leise klirrten, weil seine Hand so zitterte, als er nach dem Schalter tastete. Laura verzog missmutig ihr Gesichtchen, doch sie schlief weiter, verkroch sich tiefer unter die Decke.

Die Decke ...

Eine leichte Decke, ein grellbuntes Muster mit Micky und Minnie Maus, Lauras Lieblingsdecke. Aber sie lag verkehrt herum, die Köpfe der Mäuse wiesen zu den Füßen, das zugeknöpfte untere Ende lag dicht unter dem Kinn seiner Tochter. Niemals hätten Sylvie oder er die Decke verkehrt herum über Laura gebreitet.

Francis schwindelte. Er zwang sich, sich selbst von oben zu betrachten, als eine Art kühler Regisseur, der Anweisungen gab. So machte er es auch stets bei schwierigen Operationen, bei Eingriffen auf Leben und Tod. Da trat er aus sich heraus und gab sich selbst Kommandos, und niemals zitterte seine Hand, und niemals starrte er ratlos in eine Wunde. Rechte Hand an die Stirn. Laura hatte keine erhöhte Temperatur, kein Schweiß. Rechte Hand an den Halsansatz. Atmung und Puls normal. Er beugte sich dichter über sie: Atmung normal, ja, aber ihr Atem roch nach Alkohol. Laura hatte Lambrusco getrunken. Wie

viel? Sie schlief wie ein Stein. Er packte mit beiden Händen die Decke und hob sie langsam an, um seine Tochter nicht zu wecken. Aber Laura regte sich kaum, sie atmete tief. Berauscht, dachte er. Keine Panik, hämmerte er sich ein, du bist jetzt Arzt, nicht Vater, bloß keine Panik. Ihn fröstelte. Der Geruch, den er wahrgenommen hatte, wurde stärker, je höher er die Decke hob, viel stärker. Ihr hellblauer Pyjama war korrekt zugeknöpft. Doch sobald er, ganz sanft, den ersten Knopf öffnete, spürte er, dass Lauras Leib unter dem Pyjamaoberteil feucht war, klebrig. Ihr Bauch war feucht und ...
... tiefer auch ...
... das war Sperma, o Gott, o Gott, o Gott, und ein wenig Blut, o Gott, o Gott, dieser Geruch, o Gott ...
Francis sah nichts mehr vor Tränen, seine Chirurgenhände, die niemals zitterten, zitterten jetzt. Er legte in einem Anflug blinder Panik die Decke zurück, als könnte er damit alles ungeschehen machen, alles verschwinden lassen, die Zeit zurückdrehen, er schleuderte die Decke geradezu über seine Tochter. Und dabei fiel aus den Falten der Decke etwas heraus, rutschte seitlich vom Bett hinunter, etwas, das leicht war und nur mit einem ganz leisen Flapp auf den Boden aufschlug.
Eine Baseballcap.
Francis wusste sofort, wem sie gehörte.

66

Francis blickt Laura an. Seine Züge sind unbeweglich, seine Haut scheint grau geworden zu sein. »Wir haben es dir nie gesagt«, flüstert er. »Wir wollten nicht, dass es dich traumatisiert. Du warst so jung. Mit drei ... da hat man doch noch keine Erinnerungen. Für dich sollte es so sein, als hätte es diese Nacht nie gegeben.«

Laura starrt ihren Vater an. Sie starrt ihre Mutter an. Sie fühlt sich leer. Fühlt sich, als hätte ihr Vater ihr bloß etwas von einem fernen, fremden Ereignis erzählt, surreal, wie ein schlechter Film. Nichts, das mit ihr zu tun hat. Mit ihrem Körper. Mit ... Sie legt die Hand auf die Augen. Wenigstens versuchen ihre Eltern nicht, sie zu trösten, sie in den Arm zu nehmen, das nicht, bloß jetzt das nicht! Sie steht auf. Die Welt schwankt. Ihr nächstes Ziel: das Geländer. Drei Schritte. Sie spürt das Stahlrohr unter ihren Händen, warm und metallisch. Sie klammert sich daran. Sieht das Meer. Ihr Meer. Sie riecht den Duft. Seinen Duft. Sie müsste weinen, es wäre gut, wenn sie weinte, aber sie kann nicht weinen, sie wird nie weinen können.

Renard wartet darauf, dass irgendjemand aus dieser Familie jetzt etwas sagt oder tut. Aber die junge Frau steht stumm am Geländer und sieht in die Ferne, die beiden Alten sitzen bei ihm und starren ihre Tochter an, niemand sagt auch nur ein Wort. Als es dem Commissaire unerträglich wird, räuspert er sich. »Sie haben nie mit Ihrer Tochter darüber geredet, Doktor Norailles. Aber doch wohl mit Ihrer Frau?«

Francis schließt die Augen. »Selbstverständlich.«

Selbstverständlich, denkt Laura, selbstverständlich redet er mit Mutter. Selbstverständlich redet er nicht mit mir. Selbstverständlich. Sie sollte schreien, aber sie wird auch nie schreien können.

»Ich habe Sylvie in Lauras Zimmer gerufen, sobald sie die Haustür geschlossen hatte«, fährt Francis fort.

»Sie sind nicht hinter den Deutschen hergelaufen?«, fragt Renard erstaunt. »Sie haben sie nicht zur Rede gestellt? Sie haben Michael Schiller nicht gepackt, ihn festgehalten, angeschrien, geschlagen? Es muss doch«, er nimmt sich zusammen, was weiß er schon, wie sich Eltern in einer solchen Situation fühlen, »unerträglich für Sie gewesen sein.«

»Ich bin Arzt. Und ich bin Vater«, erwidert Francis scharf. Er schließt die Augen, atmet durch, öffnet die Augen wieder, blickt diesen Commissaire an, diesen Mann aus Marseille, der gerade dabei ist, ihr Leben zu zerstören. Die Krankheit hätte diesen Kerl rechtzeitig holen sollen, verdammt. »Wir haben uns zuerst um Laura gekümmert.«

»Wir haben unsere Tochter sediert«, sagt Sylvie, die merkt, dass ihr Mann gleich nicht mehr wird weiterreden können. »Mit einem leichten Schlafmittel. Sie war angetrunken, aber wir dachten uns, dass sie vielleicht doch aufwachen könnte, wenn wir ihr nichts geben. Danach haben wir sie gewaschen und die Wunde versorgt. Die Verletzung war glücklicherweise nicht allzu schlimm.«

Glücklicherweise, denkt Renard. Sind diese Leute wirklich so kalt? Er wirft Laura einen raschen Blick zu. Doch sie steht da wie eine Statue. »Und danach?« Es fällt ihm schwer, diese Befragung fortzuführen. »Was haben Sie dann getan? Warum haben Sie nicht die Polizei gerufen? Sie hatten doch schon damals ein Telefon im Haus, oder nicht?«

Sylvie sieht ihn lange schweigend an. Schließlich rafft sie sich auf. Irgendwann muss alles raus. »Mein Mann hat die Sache anders erledigt«, erklärt sie endlich. »Unten am Meer.«

Renard versteht die Worte, und er versteht sie doch nicht. Das kann nicht sein. Der Täter ist jemand ganz anderes. Das kann einfach nicht sein. »Sie behaupten, dass Ihr Mann Michael Schiller in jener Nacht getötet hat?«, vergewissert er sich ungläubig.

Laura fährt herum, blickt ihren Vater entsetzt an. Und Francis springt auf, starrt fassungslos auf seine Frau, seine Lippen zittern, und endlich hat er die Kraft zu flüstern: »Aber ich habe den Jungen nicht erschlagen.«

Irgendjemand hält die Uhr an. Einen endlosen Moment lang hört Renard nichts, er atmet nicht, er denkt nicht einmal mehr. Ein einziges Mal hat er so einen Augenblick absoluter Leere durchlebt, als ihm der Arzt die Diagnose stellte und damit sein erstes Leben beendete.

Als Renard Sylvies Gesichtsausdruck sieht, stürzt die Wirklichkeit auf ihn zurück, ihn trifft die Erkenntnis wie ein Schlag. Plötzlich werden ihm so viele Dinge klar: dreißig Jahre Lügen. Dreißig Jahre Heimlichkeiten. Dreißig Jahre Selbstquälerei. »Sie haben immer geglaubt, dass Ihr Mann der Mörder von Michael Schiller war.« Sylvie achtet nicht auf ihn, sondern mustert Francis, als wäre er ein Fremder. »Du bist an dem Abend aus dem Haus gegangen«, flüstert sie. »Und da dachte ich ... « Sie weint, stellt sie fest, sie weint, und ihre Stimme bricht, und in ihrer Brust brennt ein unerträglicher Schmerz. Sie möchte sterben.

»Ich musste raus«, stammelt Francis. »Ich musste an die Luft, nachdem wir Laura versorgt hatten. Ich habe es hier drin nicht ausgehalten. Ich musste raus. Ich war unten im Garten ... ich habe da gestanden und geheult wie ein Hund. Aber ich war nicht in der Bucht.«

»Ich habe immer gedacht, dass du ... « Sylvie kann nicht mehr.

»Sie haben dreißig Jahre lang geglaubt, dass Ihr Mann ein Mörder ist«, sagt Renard leise.

»Es war richtig, was Francis getan hat!«, fährt Sylvie auf. »Dieses Monster! Dieser Kerl hat tausendmal den Tod verdient! Meine Tochter ist missbraucht worden. Und jetzt sollte ich auch noch zusehen, wie mein Mann Jahre ins Gefängnis muss?! Niemals!«

»Sie haben ihn geschützt, indem Sie nie mit jemandem darüber gesprochen haben«, sagt Renard. Er fühlt sich erschöpft, aber irgendwie befreit. Die Dinge klären sich. »Nicht mit Ihrem Mann. Nicht mit

Ihrer Tochter. Sie haben unerbittlich geschwiegen. Und Sie dachten, Ihr Mann würde die Tat alleine mit seinem Gewissen ausmachen und sonst ginge das niemanden etwas an. Und als ich ankam und nach so langer Zeit Nachforschungen angestellt habe, da wollten Sie mich auf eine falsche Fährte führen, indem Sie Eliane Pons belasten. Sie haben sogar versucht, mich auf dem Meer zu töten.«

»Ich habe geglaubt, wenn Sie so weitermachen, dann werden Sie Francis irgendwann verhaften. Dann muss er doch noch für etwas büßen, was richtig gewesen ist.«

»Nur hat Ihr Mann nichts getan, Madame, gar nichts.«

Sylvie würde jetzt gerne aufstehen und Francis umarmen. Laura. Aber ihre Beine sind aus Gummi. Dreißig Jahre lang hatte sie Angst, jeden Morgen, wenn die Zeitung durch den Briefkastenschlitz ihres Pariser Apartments rutschte. Ob nicht doch, ganz klein im Innenteil, eine Meldung darüber auftauchte, dass uralte Mordermittlungen wiederaufgenommen worden waren. Dreißig Sommer, in denen sie sich fragte, ob nicht doch jemand aus Méjean Francis dabei beobachtet hatte, wie er in der Bucht den Schänder ihrer Tochter zur Strecke gebracht hatte. Dreißig Jahre, in denen sie bei jedem Telefonklingeln fürchtete, eine offizielle, strenge Stimme zu hören: »Ich möchte gerne Ihren Mann sprechen ...« Jetzt waren ihre Albträume tatsächlich wahr geworden – und in diesem Moment erkennt sie, dass sie niemals Angst hätte haben müssen. Francis hat niemals einen Tropfen Blut vergossen.

»Nehmen Sie mich mit«, sagt sie matt zu Renard, »Ja, ich bin es gewesen. Ich habe das Motorboot gesteuert.« Soll er sie verhaften. Sie akzeptiert diese Strafe, sie muss irgendeine Strafe für das erhalten, was sie dreißig Jahre lang geglaubt hat.

Sie spürt eine Berührung. Renard hat seine Hand auf ihre gelegt. Sie ist sogar zu schwach, ihre Hand wegzuziehen. Sie hört seine Stimme wie durch einen Vorhang aus schwerem Stoff: »Madame, niemand wird Sie verhaften. Niemand wird Sie anklagen. Es hat diesen Vorfall auf dem Meer nie gegeben.«

Renard lehnt sich wieder zurück. Sylvies Blick ist leer. Laura steht immer noch wie versteinert am Rand der Terrasse, ihr Gesicht zum Meer gewandt. Francis starrt auf seine Hände, als fragte er sich, ob er nicht vielleicht doch in jener Nacht einen Stein hätte packen sollen ...

»Wissen Sie«, flüstert der Arzt irgendwann und blickt Renard dabei endlich wieder in die Augen, »selbst wenn ich diesen Jungen damals in der Bucht angetroffen hätte ... ich glaube nicht, dass ich es hätte tun können. Ich kann kein Leben auslöschen. Nicht einmal dieses. Und außerdem ... Was hätte das für Laura geändert?« Francis betrachtet nun den Leuchtturm von Planier, dessen Leuchtfeuer jetzt aufflammt: ein Blitz, sechs Sekunden Dunkelheit, Licht und Dunkelheit, die Dunkelheit viel länger als das Licht. »Ich hätte Michael Schiller angezeigt, sofort am nächsten Morgen«, sagt er. »Ich wäre direkt zur Polizei gefahren.«

Aber du und deine Frau, ihr hattet in der Nacht bereits die wichtigsten Spuren beseitigt, wenn auch mit den besten Absichten der Welt, denkt Renard. Wenn Michael alles geleugnet hätte – und dieser Junge konnte offenbar reden –, dann hättet ihr womöglich eine böse Überraschung erlebt. Doch laut sagt er bloß: »Aber dann ist es anders gekommen. Wie haben Sie von dem Mord erfahren?«

»Ich habe die Polizisten gesehen, die zur Bucht gingen. Meine Frau hatte zusammen mit Laura in unserem Bett geschlafen. Ich war die ganze Nacht im Garten. Ich bin hinuntergegangen und, na ja ...«

»Waren Sie überrascht?«

Francis lässt sich sehr lange Zeit mit der Antwort. »Irgendwie nicht. Ich wusste jetzt, was für ein Ungeheuer er war. Nein, ich war nicht überrascht.«

»Hatten Sie einen Verdacht?«

Der Arzt schüttelt den Kopf. »Ich habe immer geglaubt, dass Michael in der Bucht weitergemacht hat wie hier und jemanden missbrauchen wollte. Aber jemanden, der sich besser wehren konnte als eine Dreijährige. Und da hat Michael bekommen, was er verdient hat.«

»Sie haben die Vergewaltigung dann nicht mehr angezeigt.«
»Nein«, sagt Francis entschieden. »Wenn ich das getan hätte, dann wäre das doch ... wie sagt man das? Aktenkundig geworden?« Sein Gesicht ist schmerzverzerrt. »Dann hätte es offiziell und für immer irgendwo gestanden, was man unserer Tochter in dieser Nacht angetan hat. Es wäre unauslöschlich gewesen.«

»Es ist unauslöschlich gewesen!«, ruft Laura. Niemand hat bemerkt, dass sie sich schon lange wieder zu ihnen umgedreht hat und sie mustert.

Eigentlich, sagt sich Renard, könnte ich jetzt aufstehen und gehen. Es gibt keinen Mörder hier, nur Opfer und Versehrte. Aber er ahnt: Wenn es für diese drei überhaupt noch eine Chance geben soll, dann müssen sie diesen bitteren Weg jetzt mitgehen bis zum Ende. Er erhebt sich. »Würden Sie mir bitte folgen?«, sagt er höflich.

»Wohin?«, fragt Sylvie. Ist es denn noch immer nicht genug?

»In die Bucht«, antwortet Renard. »Es ist Zeit, diesen Fall zu schließen.«

67

Der Himmel ist von einem tiefen Blau. Die Sterne sind noch versunken, einzig der Abendstern steht schon hoch und durchbricht das Zwielicht. Die Luft ist mild, und die Zikaden schweigen. Irgendwo ruft eine Eule, hoch und klagend. Eine zweite antwortet ihr. Renard blickt sich nach den beiden Jägern um, doch er kann keinen Schatten sehen, der vielleicht irgendwo durch die Luft gleitet.

Er geht mit den beiden älteren Norailles die Straße hinunter. Laura hat er zum Mangetout vorgeschickt, um Serge, Henri und Eliane zu holen. Sie weiß nicht, warum sie das tun soll, aber so ist sie wenigstens ein paar Augenblicke allein.

Renard nimmt die Ärzte mit zum Haus der Deutschen. Francis bleibt drei Schritte vor der Treppe stehen, die zum Haus hochführt. »Da gehe ich nicht hinein«, flüstert er.

»Das müssen Sie auch nicht«, beruhigt ihn Renard. »Die Deutschen werden herauskommen.«

Rüdiger öffnet die Tür, nickt. »Wir sind alle sehr gespannt, Commissaire.«

Dorothea und Oliver erscheinen, sie gehen nebeneinanderher. Dorothea blickt den Maler an, als erwarte sie eine Erklärung von ihm. Oliver mustert Renard. »Was ist das nun wieder für ein Spielchen, Commissaire?«

»Ich glaube nicht, dass heute Abend irgendetwas gespielt wird, Katsche«, sagt Rüdiger.

»Gedulden Sie sich«, meint Renard. »Sie werden bald erfahren, um was es geht.«

Barbara kommt. Sie sieht aus, als habe sie geweint. Sie nickt dem

Commissaire zu. Dann begrüßt sie als einzige Deutsche die Norailles, doch die ignorieren sie, wie sie die anderen seit ihrer Ankunft in Méjean ignoriert haben. Luft, denkt Babs, ich bin Luft für die, was habe ich bloß getan?

Claudia ist die Letzte, die das Haus verlässt, setzt sich mit der Gruppe in Bewegung. Trockene Piniennadeln knirschen unter ihren Sohlen. Das Meer rauscht leise. Ein Rhythmus und doch nie gleich, denkt sie. Wie kitschig, und wie schön. Der Pulsschlag der Erde. Und ganz plötzlich wird ihr zum ersten Mal wirklich klar, was es heißt zu sterben: kein Schritt mehr über Piniennadeln zu gehen, niemals mehr die Wellen zu hören. Michael. Sie könnte schreien vor Trauer und Wut. Aber besser nicht jetzt, nicht hier. Der Schmerz schabt hinter ihrer Stirn. Sie grüßt niemanden, hält sich abseits, soweit das geht.

Sie biegen auf den Weg zur Bucht ein. Renard schaltet das Licht seines Handys an und leuchtet den Boden nach Piniennwurzeln oder lockeren Steinen ab. Ein zweites Licht flammt auf: Rüdigers Handy. Er hat die Seiten gewechselt, fährt es Claudia durch den Kopf, als sie die beiden Männer Schulter an Schulter vor sich hergehen sieht, Rüdiger ist nicht länger einer von ihnen – er steckt mit dem Ermittler unter einer Decke. Ihr kommt ein fürchterlicher Verdacht, aber jetzt ist es zu spät, Rüdiger zur Rede zu stellen.

In der Bucht flackert ein einsames Licht: Henri hat eine alte Petroleumlampe mitgebracht, ein Ding aus Messing und Glas, ihr Leuchten so warm und beruhigend wie ein Lagerfeuer. Er steht breitbeinig in der Bucht, wie um sich einem Angriff entgegenzustellen. Eliane und Laura sitzen auf einem Felsblock, dicht nebeneinander. Wahrscheinlich haben sie bis gerade miteinander gesprochen, denkt Renard. Serge steht neben ihnen, in seinen Händen hält er eine geöffnete Flasche Weißwein und eine lange Reihe ineinandergestapelter Plastikbecher, eine rührende, aber auch irgendwie etwas deplatzierte Geste.

»Was vor dreißig Jahren begann, wird in dieser Nacht enden«, erklärt Renard und blickt in die Runde. »Das klingt pathetisch, aber genau deshalb sind wir alle hier.« Er führt sie zu der Stelle, an der einst Michaels Leiche gelegen hat. Er stellt sich selbst genau dorthin, die anderen formen einen Halbkreis um ihn, links die Deutschen, rechts die Franzosen, zumindest beinahe in dieser Ordnung: Babs löst sich aus ihrem Freundeskreis und geht zu Eliane. Die beiden Frauen stehen Arm in Arm da, als erwarten sie gemeinsam ein Urteil.

»Zunächst wird uns Monsieur von Schwarzenburg ein paar Dinge erklären«, beginnt Renard. Er spricht mal Deutsch, mal Französisch, sie werden sich schon alle verstehen, irgendwie.

Der Maler blickt ihn überrascht an, eine Sekunde lang flackert so etwas wie Angst in seinen Augen auf. Du hast wohl geglaubt, dass ich die ganze Arbeit allein tue, denkt Renard, aber da hast du dich geirrt, mein Komplize: Deine Intrige musst du schon selbst gestehen.

Es ist so still, dass Claudia das Auslaufen der Wellen zwischen den Steinen hört, ein leises Seufzen. Du hast uns in diese Falle gelockt, verdammt, wie konnte ich bloß so blind sein und das nicht erkennen?

»Ich habe das Haus gemietet. Und die Briefe geschrieben. Und Michaels Rucksack wieder in die Bucht gelegt. Ich wollte ...« Weiter kommt Rüdiger nicht.

»Du mieses Stück!«, ruft Dorothea. Oliver und Babs schreien auch etwas, aber niemand versteht es, bloß Dorotheas verzweifelte Stimme ist zu hören. »Verräter, Drecksack, Arschloch! Ich habe dich ...« Sie bricht plötzlich ab.

Nur Claudia sagt nichts, mustert bloß ihren Freund. Ihren Freund? Sie könnte kotzen. Wie raffiniert er das gemacht hat – und wie kalt. Künstler, heh? Vielleicht fühlt sich Rüdiger wie ein Meister vor einem perfekt komponierten Werk. Aber sie ist immer noch Ministerin, sie hat Einfluss, sie könnte einem Maler wie Rüdiger ... Doch Claudia weiß schon, dass sie das nicht tun wird. Nicht nach dieser Nacht, wie auch immer die ausgehen mag.

Renard wartet ein paar Augenblicke, lässt die Deutschen sich leer schimpfen. Verräter seiner Freunde, ja. Aber Rüdiger hat auch einen Mörder nach dreißig Jahren in eine Falle gelockt. Er lässt den Maler alles erklären, die Briefe, das Haus, den Rucksack, immer wieder wird er währenddessen beschimpft. Erst als Rüdiger den Tod seiner Frau beschreibt und warum ihn das zu seiner Tat getrieben hat, beruhigen sich die anderen etwas.

Schließlich hebt Renard die Hand. »Jeder von uns mag über Monsieur von Schwarzenburgs Methoden denken, was er will«, verkündet er, »aber sie waren erfolgreich. Über alle Maßen erfolgreich.« Stille. Jeder versteht, was damit gemeint ist.

»Michael Schiller war ein Junge, der scheinbar alles hatte: Intelligenz, gutes Aussehen, eine brillante Zukunft«, fährt Renard fort. »Doch noch zahlreicher als seine Talente war die Zahl seiner Feinde. Feinde, die er sich selbst geschaffen hatte.« Er deutet auf den Patron: »Serge Manucci zum Beispiel, der von Michael höhnisch zurückgewiesen worden ist. Oder Henri Pons, den Michael gedemütigt hat. Genauso wie Oliver Kaczmarek.« Er nickt dem Deutschen zu. »Außerdem fühlt sich Doktor Kaczmarek bis heute um sein Abitur und das Geld und die Ehre, die damit verbunden waren, betrogen. Barbara Möller war in Michael verliebt, aber sie wusste, dass dies vollkommen aussichtslos war. Und Rüdiger von Schwarzenburg musste fassungslos und frustriert feststellen, dass Michael anscheinend mit Leichtigkeit besser gemalt hat als er in allen seinen selbstquälerisch geschaffenen Arbeiten.

Das sind alles Wunden, die ein Leben lang schmerzen. Und die größte Wunde hat Michael Madame und Monsieur Norailles und ihrer Tochter Laura geschlagen. Hier reden wir nicht allein über seelische, sondern auch körperliche Verwundungen. Aber selbst solche Wunden machen einen Menschen noch nicht zum Mörder ...«

Renard blickt sie alle reihum an. Er kommt sich fast so vor, als hielte er ein Plädoyer vor Gericht, aber in welcher Funktion? Als Staatsanwalt, der eine Anklage vorträgt? Als Verteidiger? Aber von wem?

Womöglich von Michael Schiller, diesem Ungeheuer mit dem Engelsgesicht?

»Ich habe mich lange gefragt«, gesteht Renard schließlich, »warum Michael überhaupt Freunde hatte.« Er lässt den Blick schweifen. »Hat denn niemand von Ihnen seine Grausamkeit gespürt? Sie waren jung, das ja, aber Sie waren schließlich keine kleinen Kinder mehr. Irgendwann jedoch«, er lächelt traurig, »irgendwann ist mir klar geworden, dass Sie alle Michaels Grausamkeit keineswegs verkannt haben. Sie wussten ganz genau, dass etwas Kaltes in ihm war, aber Sie haben sich trotzdem um ihn geschart – weil er Ihnen allen etwas gab, was Sie nicht hatten. Jeder wollte ihm nahe sein, diesem so perfekten Jungen, selbst um den Preis der Demütigung und Verzweiflung: Für Barbara hatte er die Schönheit, die sie gerne besessen hätte. Für Oliver die Leistungsstärke, nach der er sich sehnte. Für Dorothea hatte er den Mut, der ihr fehlte. Für Claudia hatte er den Ruhm, den sie für sich selbst erstrebte. Und für Rüdiger hatte er das Genie, an dem er sich abarbeitete. Für alle seine Freunde verkörperte Michael genau das, was sie sich selbst erträumten. Er war ihr Ideal. Der lebende Beweis, dass Träume wahr werden können. Und Michael Schiller wusste auch genau, wie sie fühlten. Und dafür waren sie bereit, ihm jede Grausamkeit zu vergeben. Dachte er.«

Renard bückt sich und hebt einen faustgroßen Stein vom Boden auf. »Bis zu jenem Abend vor dreißig Jahren, an dem Michael Schiller die eine Grausamkeit zu viel begangen hat.«

Er wendet sich Sylvie und Francis zu. Die beiden blicken ihn an, als würde er sie foltern. »Wahrscheinlich hat Michael Sie bemerkt, als Sie zurückkehrten«, vermutet er. Renard spricht sehr behutsam. »Es tut mir sehr leid, dass ich Ihnen das antun muss, Mademoiselle«, sagt er leise zu Laura. »Irgendwann muss ich die Karten auf den Tisch legen.« Die Deutschen und Serge, Eliane und Henri stehen um ihn herum und schweigen fassungslos, manche schwanken, als wären sie geschlagen worden. Niemand wagt es, die junge Frau anzusehen. Und doch spürt Renard unterschiedliche Ausprägungen ihrer Erstarrung, spürt verschiedene Stadien des Schocks. Da sind Oliver, Henri und Serge, die alle schon einmal von Michael gedemütigt worden sind. Die sind genauso schockiert wie die anderen – aber sie sind nicht so überrascht, sie sind im tiefsten Herzen nicht mehr wirklich erstaunt über dieses grausame Verbrechen. Und da ist noch jemand, der nicht wirklich überrascht ist, selbstverständlich.

»Michael hat Sie vielleicht durch die halb geöffneten Fenstervorhänge gesehen«, fährt er, an die Ärzte gewandt, fort. »Oder er hat Ihr Auto gehört, als Sie vom Mangetout die Straße hochgefahren sind.«

»Ich hatte mich kurz gewundert, warum er uns aufgemacht hat, bevor wir den Schlüssel ins Schloss stecken konnten«, murmelt Francis.

»Zufall, habe ich gedacht, nur ein Zufall ...«

»Der Zufall, dass Sie gerade in diesem Augenblick zurückgekehrt sind, hat Michael jedenfalls gestört. Er hatte Laura schon wieder angekleidet, aber er hatte keine Zeit mehr ...«, Renard zögert, aber es hilft ja nichts, »... seine Spuren auf ihrem Körper zu beseitigen«, fährt er fort. »Er hat die Decke achtlos über die Kleine gebreitet und seine Baseballcap verloren. Vermutlich hat er in seiner Hektik nicht einmal bemerkt, dass er sie in Lauras Zimmer vergessen hat. Er wollte bloß noch da raus und hin zur Tür – um Sie in Empfang zu nehmen und sicherzustellen, dass Sie erst einmal auf die Terrasse gehen.«

»Hätten wir sofort nach Laura gesehen ...«, sagt Sylvie. »Wären wir zehn Minuten früher aus dem Restaurant gegangen ... Hätten wir nicht alle als Babysitter engagiert, sondern nur ...«

»Deshalb hat Michael schon auf dem Rückweg zu unserem Haus verkündet, dass er gleich noch einmal im Meer baden wollte«, murmelt Rüdiger, er klingt erschöpft. »Er wollte sich unauffällig säubern.«

Renard nickt. »Er wollte möglichst alle Spuren beseitigen. Vielleicht hat er ja gehofft, dass man sein Verbrechen nie entdecken würde. Dass Laura morgens aufsteht, badet, dass sie nur unruhig ist, weil sie einen seltsamen Albtraum gehabt hat. Aber Michael konnte eben nicht sicher sein. Womöglich würden die Eltern doch etwas feststellen und sofort die richtigen Schlussfolgerungen ziehen. Sie waren Ärzte.«

»Warum ist er nicht einfach sofort abgehauen?«, fragt Eliane. Irgendetwas in ihr will noch immer nicht ganz wahrhaben, dass ausgerechnet der erschlagene Junge der Täter ist, nicht das Opfer. »Es war doch sein Wagen, mit dem die Deutschen hier angekommen sind. Er hätte wegfahren können. Und bis die Flics hier in Méjean gewesen wären, wäre er schon über alle Berge gewesen.«

»Eine Flucht wäre einem Geständnis gleichgekommen. Die deutsche Justiz hätte ihn ausgeliefert. Ich weiß nicht, was in seinem Kopf vorging, niemand wird das je wissen«, erklärt der Commissaire. »Aber ich glaube, dass Michael in jener Nacht etwas anderes geplant hat: Er beseitigt alle Spuren an seinem Körper. Und kommt tatsächlich am nächsten Morgen der schreckliche Verdacht des Missbrauchs auf, nun, es gab in der fraglichen Nacht drei Jungen, die in dem Haus der Norailles waren. Drei Verdächtige.«

»Er hätte es so gedreht, dass man mir das in die Schuhe geschoben hätte«, stammelt Oliver fassungslos.

»Oder mir«, sagt Rüdiger bitter. »Ich wüsste sogar schon, wie: Michael kam mit seiner Freundin hier an. Du warst mit Dorothea hier, Katsche. Aber ich, ich war der Junge ohne Mädchen … Niemand wusste damals was von Carmen und mir. Ich war für alle der Typ ohne Freundin. Außerdem hatte ich Laura zwei- oder dreimal in einer der Buchten porträtiert, verdammt, ich habe jeden von euch irgendwann mal in dieser Woche gezeichnet, aber die Ermittler hätten nur die Bilder der Kleinen in meinem Skizzenblock betrachtet: ein Mädchen im Badeanzug am Strand. Die Polizisten hätten sich auf mich gestürzt, nicht auf Michael.«

Der Commissaire schüttelt den Kopf. »Es gab zwei entscheidende Dinge, die Michael in jener Nacht nicht wusste. Erstens wusste er nicht, dass seine Baseballcap in Lauras Zimmer geblieben und bereits von den Eltern gefunden worden war. Es hätte ihm gar nichts mehr genutzt, Spuren zu verwischen. Und zweitens glaubte er, dass sein Verbrechen frühestens am nächsten Morgen entdeckt werden würde. Er ahnte nicht, dass ihm schon in der Nacht ein Verfolger im Nacken saß. Oder sagen wir es genauer: eine Verfolgerin.« Renard blickt Claudia an, nicht triumphierend, sondern traurig. »Sie haben schon alles gewusst, Madame, schon in jener Nacht.« Claudia sieht diesen hageren Mann an. Sie hat keine Kopfschmerzen mehr. Sie fühlt sich leicht. Freiheit, denkt sie erstaunt, das ist Freiheit. Nicht mehr lügen. Nicht mehr wegrennen. Fallen lassen. In die Wahrheit sinken wie in ein weiches Kissen. »Ich habe es gewusst«, sagt sie. Sie hört, wie jemand aufstöhnt, Babs wahrscheinlich, die hat Michael immer geliebt. Aber sie nimmt ihren Blick nicht vom Commissaire.

»Auch Sie haben bei den Norailles an dem Abend die Terrasse ein Mal verlassen«, sagt Renard leise.

»Um einen Joint zu rauchen, ja.« Claudia schafft es, beherrscht zu wirken, sehr beherrscht. »Michael hat es nie gemocht, wenn ich rauche, und Gras schon gar nicht. Als er sagte, dass er sich für ein paar Minuten ›langmachen‹ wollte, da habe ich gedacht, das ist die Gelegenheit! Ich bin in den Garten gegangen und habe gekifft.«

»Und später, als sie alle in ihr Haus zurückgekehrt waren, haben einige Ihrer Freunde gesehen, wie Sie das Gebäude heimlich wieder verließen. Nachdem Michael Richtung Bucht verschwunden war.«

»Ich habe nichts geahnt«, sagt Dorothea mit tonloser Stimme. »Als ich dich nachts im Haus gesehen habe, da ...« Sie kann nicht weiterreden.

Zum ersten Mal seit vielen Jahren spürt Claudia wieder die Sehnsucht nach einer Zigarette, aber es gibt in dieser Runde niemanden mehr, bei dem sie jetzt eine Kippe schnorren könnte. »Gib mir bitte ein Glas, Patron«, flüstert sie.

Serge, der Flasche und Becher vollkommen vergessen hat, fummelt nervös herum, bis ihm Eliane und Barbara die Sachen abnehmen.

Babs reicht Claudia einen vollen Becher Weißwein. »Auf ex!«, sagt Claudia und lächelt traurig. Der Wein ist wie ein Schlag in den Magen, und dann noch ein zweiter Schlag gegen den Kopf.

»Ich habe im Garten der Norailles auf der Steinmauer gehockt«, sagt sie langsam. »Ich habe dagesessen und meinen Joint geraucht und die Sterne gezählt. Ich bin bis einhundertdreiunddreißig gekommen«, sie lacht kurz, »dann wurde mir schwindelig davon, den Kopf in den Nacken zu legen. Oder vom Joint. Die Nacht war herrlich. Ihr habt da oben gesungen. Ich war wirklich glücklich, wisst ihr? Das Meer hat geleuchtet. Ein Schiff lief aus, ich erinnere mich noch, ich habe die Lichter gesehen, weiß und grün. Es fuhr dem Horizont entgegen, und ich dachte: wie ich! Die ganze Welt steht mir offen. Ich war ... ich war ganz bei mir.

Dann habe ich zufällig eine Bewegung unten am Hafen gesehen. Ich habe mich auf die Mauer gestellt, um besser sehen zu können. Es war Serge, der aus dem Mangetout kam. Ich habe ihm gewinkt. Aber er hat mich natürlich nicht gesehen. Na ja, ich war bekifft.

Und dann ... dann habe ich mich umgedreht. Ich wollte wieder von der Mauer runterklettern. Aber ich blieb noch kurz so stehen. Und so konnte ich in die Zimmer der mittleren Etage sehen. Seltsam, habe ich gedacht, bei Laura sind die Vorhänge offen, obwohl ich die doch selbst zugezogen hatte. Ich habe genauer hingesehen. Der Mond war ziemlich hell und ...«

Claudia dreht sich zum Meer hin. Wie weit der Horizont ist. Wie schön. Wie damals, genau wie damals. Aber nichts sonst ist genau wie damals. Sie wünscht, sie könnte durch die Zeit springen. Dreißig Jahre und eine Woche. Wünscht, sie wären nie nach Méjean gereist, nie zum Haus der Norailles gegangen, hätten niemals Laura gesehen, sie wünscht ... Sei nicht so armselig, ermahnt sie sich. Wünsch dir nicht die Vergangenheit zurück. Sie sucht den Horizont ab, will jetzt niemandem mehr in die Augen blicken. Dann fällt das Reden leichter. »Ich habe Michael gesehen. In Lauras Zimmer. Im ersten Moment habe ich gedacht: ›Oh, Mist, jetzt ist die Kleine aufgewacht, und Michael muss das heulende Mädchen die ganze Nacht beruhigen.‹ Aber Laura lag ganz still auf ihrem Bett. Und Michael ... stand vor diesem Bett und ... und hat sich die Hose hochgezogen. Hat sich die Hose über die Hüften gezogen, Gürtel zu, Reißverschluss hoch. Es war so ... widerlich. So eindeutig.«

Henri würde sie jetzt gerne in die Arme nehmen, sie stützen und fortführen aus dieser verfluchten Bucht. Aber das geht nicht, wegen Renard. Und wegen Eliane. »Michael hat schon früher mit kleinen Mädchen gespielt«, platzt er bloß heraus. »Ich meine, in den anderen Sommern, davor. Der war gerne mit Kindern am Meer. Das fand ich damals schon komisch.«

»Komisch ist vielleicht nicht das richtige Wort«, flüstert Claudia. »Aber du hast recht. Als ich da im Garten stand, haben mich die Bilder überfallen: Michael, wie er stundenlang mit Laura am Meer spielt. Michael am Baggersee, meine Freundin oben ohne neben ihm, aber er blickt ganz woandershin, zu einer Familie, die ein Stück weiter beim Picknick sitzt, mit zwei kleinen Mädchen. Michael, der die Volleyballerinnen trainiert, wie alt waren die? Acht, neun Jahre. Michael, der nie wollte, dass ich mal beim Training vorbeischaue.«

»Michael, der Kinderarzt werden wollte und schon einmal in der Praxis unserer Kinderärztin ein Praktikum gemacht hat«, ergänzt Oliver. »Ich könnte kotzen.«

»Er hat mich mal um eine meiner Skizzen von Laura gebeten«, gesteht Rüdiger leise. »Damals habe ich nur gedacht: Sieh an, der Michael ist doch sentimental. Ich war so blind ... «

Eigentlich müsste ich jetzt wieder ein Schiff auf dem Meer sehen, denkt Claudia, wie damals. Nur, dass es diesmal nicht zum fernen Horizont unterwegs wäre, diesmal würde es untergehen. Aber da war kein Schiff, da war gar nichts, der Ozean war leer. »Ich habe dagestanden wie ein Zombie«, fährt sie irgendwann fort. »Ich habe nichts mehr gedacht, nichts mehr gespürt, ich konnte nicht mal einen Finger rühren. Dann habe ich etwas gehört: Die Ärzte kamen zurück. Ich bin hochgegangen, auf die Terrasse. Ich war wirklich wie ein Zombie. Ich wusste nicht, was ich tun sollte.« Claudia steht mit dem Rücken zu Renard, es ist, als würde sie das alles nur den Wellen gestehen. Immer sind es die Opfer oder die Zeugen, die sich schämen, nie die Täter, denkt Renard. Die Opfer schämen sich ihrer Schwäche, denn ohne diese Schwäche, so glauben sie, wären sie nie Opfer geworden. Und die Zeugen schämen sich, weil sie im Angesicht der Gewalt verstört sind und wie gelähmt. Die Täter, die schämen sich nie, die reden sich heraus. »Sie waren damals erst achtzehn, Madame«, sagt er. »Niemand wird deshalb über Sie richten.«

»Deshalb nicht, Commissaire.« Jetzt dreht sie sich doch wieder zu ihm um. »Aber richten wird man über mich schon, und das wissen Sie auch. Als Sie uns gestern Michaels Rucksack präsentiert haben, da bin ich bald gestorben vor Schreck. Ich habe das nie verstanden mit dem Rucksack, ich habe in der Nacht nicht darauf geachtet. Erst nachher, als die Polizei ihn überall gesucht und ihn nicht gefunden hat, ist mir aufgegangen, dass er verschwunden war. Aber ich hatte keine Ahnung, wo er sein könnte. Ich habe gedacht, dass er vielleicht ins Meer gefallen ist und für immer weggespült wurde. Und dann taucht dieses verdammte Ding plötzlich auf. Da habe ich geahnt, dass sich die Schlinge zuzieht. Aber ich musste unbedingt wissen, was da drin war.«

»Deshalb haben Sie sich zu einem kleinen Bootsausflug mit mir herabgelassen.«

»Was ich beinahe mit dem Leben bezahlt hätte.«

Claudia ahnt nicht, dass es Sylvie Norailles war, sagt sich Renard. Die Ärztin hat ihre Hand ausgestreckt und hält sich an ihrem Mann fest. Besser, Claudia erfährt es auch nie. »Was wollten Sie denn im Rucksack finden, Madame?«

»Vielleicht hatte Michael etwas in seinen Notizblock geschrieben? Oder ...«, sie zögert, sieht zu Boden, »vielleicht hat er die Mädchen sogar fotografiert? Er hat seine Polaroid doch so oft dabeigehabt. Wenn Sie Kinderpornografie gefunden hätten, Commissaire, dann hätten Sie nicht nur Michaels düstere Seite gekannt. Sie hätten sich auch gefragt, wer davon gewusst haben könnte. Und wer hat Michael damals näher gekannt als ich? Ich wäre die Erste gewesen, die Sie sich vorgenommen hätten. Ich wollte vorbereitet sein.«

»Da war nichts«, wirft Rüdiger ein. Er schüttelt resigniert den Kopf. »Den Block habe ich verbrannt, weil ich neidisch war. Die Zeichnungen waren gut, und sie haben nur Landschaften, Gebäude, Bäume gezeigt. Seine Texte habe ich nicht mal gelesen. Und die Polaroids, die waren … die waren belanglos. Landschaften, nichts weiter.«

Claudia starrt ihn an. »Belanglos, hm?« Mit unerbittlicher Klarheit begreift sie plötzlich, warum Rüdiger damals den Rucksack gestohlen hat. Einen Moment lang ist sie wieder die alte Claudia Bornheim, einen Moment lang will sie mit ätzendem Spott antworten, den entscheidenden Schlag führen, einen moralischen Schlag, der dem Gegner genauso die Luft aus dem Leib presst, als hätte sie ihm einen Hieb in den Magen versetzt: Dieb, Verbrecher, Schmarotzer! Dann erinnert sie sich: Verglichen mit mir ist Rüdiger geradezu ein Heiliger. »Ja, das ist jetzt belanglos«, murmelt sie, und das stimmt ja auch. »Ich bin wie in Trance mit euch zum Haus zurückgegangen«, sagt Claudia. »Ich habe mich so unfassbar mies gefühlt. Ich wollte Michael nicht anrühren, aber er hat meine Hand genommen, wie immer. Ich konnte mich nicht wehren. Ich wollte mich übergeben, aber nicht mal das konnte ich.«

»Und uns etwas sagen, das konntest du auch nicht!«, schreit Barbara. »Dann … dann«, sie hebt die Hände, »ich weiß nicht, was wir getan hätten.« Kindesmissbrauch. Sie denkt an ihre Zwillinge. Doch selbst jetzt noch könnte sie Michael niemals den Tod wünschen. »Aber wir hätten irgendetwas getan! Und dann wäre Michael nicht in dieser verdammten Bucht gestorben!«

»Glaub mir, ich habe mir seither tausendmal gewünscht, dass ich euch etwas gesagt hätte«, erwidert Claudia resigniert. »Aber an diesem Abend habe ich mich, auch wenn das total verrückt klingt, nun ja, ich habe mich irgendwie geschämt. Ich konnte euch nichts sagen. Ich wollte diese ... diese Sache allein erledigen. Als wir bei uns waren und ihr euch noch unterhalten habt, da bin ich langsam wieder zu mir gekommen. Ich habe mir gesagt: Gleich, warte noch ein bisschen. Gleich bist du mit Michael allein. Ich wollte warten, bis wir alle auf den Zimmern waren und ihn zur Rede stellen. Ich hätte ihn fertiggemacht. Ich hätte ihm die Augen ausgekratzt. Und ich wäre noch in der Nacht zur Polizei gegangen! Aber dann hat Michael sich selbst verurteilt, ohne es zu ahnen.«

Claudia schüttelt den Kopf. »Ich kann es bis heute nicht fassen. Er ist tatsächlich zum Meer runtergegangen ... Ich wusste sofort, warum. Der wollte sich waschen – und dann hätte er sich zu mir ins Bett gelegt.« Ihr Körper bebt. »Er hat mich zum Abschied sogar noch auf den Mund geküsst, und ich habe es geschehen lassen. Als Michael zur Bucht hinunterging, da wusste ich, was ich tun musste.«

68

Claudia schwindelte, ihr Magen fühlte sich an, als versuchte er, Steine zu verdauen, und in ihren Armen kribbelte es unerträglich. Sie hatte sich wie wild die Zähne geputzt, damit der Geschmack seiner Lippen und seiner Zunge aus ihrem Mund verschwand. Nun blickte sie auf ihre Uhr. Michael war seit zehn Minuten fort. Sie öffnete das Fenster und schlüpfte in den Garten. Sie bildete sich ein, leise Geräusche zu hören, aber sie sah niemanden. Sie eilte zur Straße und bog in den Weg ab.

Die Bucht.

Michael.

Er hatte ihre Vietcongmütze zu Boden geworfen, den Rucksack neben sich auf die Steine gelegt und stand da, blickte auf das Meer. Er hatte sie noch nicht bemerkt, sie beobachtete ihn. Er stand so zufrieden da. Wie ein Eroberer. Oder ein Entdecker, vor dem sich ein neuer Kontinent ausbreitete. Sie hätte kotzen können. Der Mond legte weiches Licht über die Calanques, aber nicht genug, dass sie sein Gesicht lesen konnte. Sie bildete sich ein, dass er lächelte. Selbstzufrieden. Grausam.

Claudia stolperte die letzten Meter den Weg hinunter, durchquerte die Bucht. Steinchen klackten unter ihren Sohlen, einmal knickte sie um und konnte nicht verhindern, dass sie vor Schmerzen aufstöhnte. Michael hatte sie nun längst gehört und musterte sie, während sie näher kam. Endlich, als sie fast schon vor ihm stand, beschien der Mond seine Züge. Und sie erkannte, dass er es wusste. Michael wusste, warum sie hier aufgekreuzt war. Er wusste, dass sie es wusste. Wahrscheinlich fragte er sich, woher. Ob sie ihn belauscht hatte? Verfolgt? Ausspioniert? So oder so war ihm klar, dass Claudia ihn bei Laura gesehen hatte.

Er lächelte.

Sie wollte sich auf ihn stürzen, doch sie hatte plötzlich keine Kraft mehr. Sie wollte ihn mit Vorwürfen überschütten, aber ihr fehlten die Worte, ausgerechnet ihr. »Warum?«, war alles, was sie herausbrachte. »Du hattest deinen Urlaubsflirt. Ich hatte mein Abenteuer.« Michael lächelte noch immer, seine Stimme war weich, der Blick seiner Augen war es nicht. »Wir sind quitt, oder nicht?«

Es war wie ein Schlag. Die Welt drehte sich um sie. Claudia hatte vorgehabt, Michael in der Bucht zu stellen. Ihm ihren Zorn ins Gesicht zu schreien. Dann wäre sie zur Polizei gegangen. Sofort. Aber dieses Lächeln da machte sie fertig. »Quitt?«, rief sie mit erstickter Stimme. »Ist das für dich so eine Art Bilanz? Eine offene Rechnung?«

»Eher ein Spiel«, erwiderte er gelassen. Er schien sich über ihre Fassungslosigkeit zu amüsieren. Das gab es ja auch nicht so oft, dass man Claudia völlig aufgelöst sah. »Du hast einen Zug gemacht. Ich habe einen Zug gemacht.«

Sie dachte an die Mädchen vom Volleyball, vom See, vom Strand, sie dachte an Laura. »O nein«, flüsterte sie, »das ist nicht deine perverse Rache für meinen harmlosen Flirt mit Henri. So etwas wie vorhin hast du immer schon gemacht. Kleine Mädchen. Kinder. Du ... «

Aber Michael zuckte bloß mit den Achseln. »Was soll's, wir werden uns sowieso trennen. Du hast es selbst gesagt: Wir passen nicht mehr zusammen.« Er drehte sich weg von ihr, schob ihre Vietcongmütze mit dem Fuß noch etwas weiter fort über die Steine und zerrte an seinem T-Shirt.

Der geht jetzt wirklich ins Meer, dachte Claudia, der geht einfach ins Wasser und schwimmt, als wäre nichts gewesen, als würde er alles abspülen, und morgen würde er sich sonnen und Witze machen, und in ein paar Tagen würde er nach Hause fahren, und dort würde er weiter und immer weiter ...

Claudia wusste nicht, wie der Stein in ihre Hand gekommen war. Er war faustgroß, mit einer eher runden und einer eher spitzen Seite, *eine Art grober Faustkeil. Der Stein war noch warm von der Sonne, er war rau und hell – außer an der Spitze, die dunkel war und glänzte ...*

Claudia wusste nicht, wieso Michael vor ihr lag. Wieso dieselbe dunkle, beinahe ölige Farbe auf seinem verunstalteten Hinterkopf glänzte, auf den Steinen um seinen Kopf, neben der Mütze, sogar auf ihrem rechten Unterarm. Die Stille war furchtbar. Die Stille nach einer Explosion. Die Stille nach einem Schrei. Sie schleuderte den Stein ins Meer, als hätte der sich in ihrer Hand in einen Skorpion verwandelt.

Claudia konnte sich an nichts erinnern. Aber sie spürte ein Ziehen in ihrem rechten Oberarm. Sie musste sich einen Muskel gezerrt haben. Sie hatte so fest zugeschlagen. Und so oft.

Und jetzt war Michaels Leben vorüber, und ihr Leben würde niemals wieder so sein wie vor dieser Nacht.

69

»Das Seltsamste an dieser Nacht«, sagt Claudia bedächtig, »das Seltsamste ist, dass ich nicht wusste, wie ich mich gefühlt habe. Dass ich das eigentlich bis heute nicht weiß. Ich habe den Jungen geliebt, den ich getötet habe. War ich über mich selbst entsetzt? Ich habe ein Leben ausgelöscht. Fühlte ich mich schuldig? Ich habe ein Scheusal bestraft. War mein Rachedurst gestillt? Kann man das alles gleichzeitig fühlen, Trauer und Zorn, Reue und Rache? Kann man sich gleichzeitig schuldig und nicht schuldig fühlen?«

»Dreißig Jahre lang hatten sie niemandem, dem Sie diese Fragen stellen konnten, Madame«, sagt Renard. »Sie haben geschwiegen.«

»Geschwiegen, ja.« Claudia blickt ihre Freunde an. Freunde, was für ein Wort. »Bitte entschuldigt«, flüstert sie. »Es tut mir unendlich leid, der Schock, die Ängste ... alles.« Niemand antwortet. Sie hält ihren Blicken nicht stand, sieht wieder aufs Meer. Sie atmet durch. Wie seltsam, ja, ist das nicht sogar pervers? Sie fühlt sich trotz allem mit jedem Satz freier, jedes Wort ein fester Griff, an dem sie sich weiter aus dem Morast herauszieht. »Ich weiß nicht mehr, wie lange ich in der Bucht hier gestanden und auf Michaels Körper gestarrt habe. Ein paar Sekunden? Stunden? Ich habe ihn nicht mehr angerührt, ich habe nicht einen Augenblick daran gedacht, Hilfe zu holen, ich wusste, dass das sinnlos war. Irgendwann bin ich zum Haus zurück und habe mich aufs Zimmer verkrochen. Ich habe nicht mal geweint.«

Renard räuspert sich. Er muss die Sache jetzt zu Ende bringen, bevor Claudia zusammenbricht. Muss die Sache professionell erledigen. Muss kühl bleiben. »Und am nächsten Morgen, als die Beamten an die Tür klopften, da haben Sie beschlossen, nichts preiszugeben.«

»Was hätte es denn geändert?!«, ruft Claudia, auf einmal kämpferisch. »Ein Geständnis hätte Lauras Missbrauch nicht mehr ungeschehen gemacht. Es hätte Michael nicht mehr lebendig gemacht. Was hat Michael gesagt? Alles ist ein Spiel. Wir sind quitt. Vielleicht sind Michael und ich gar nicht quitt, aber zumindest Michael und seine Opfer, die sind quitt. Ich habe kein Verbrechen begangen, habe ich mir gesagt, ich habe Verbrechen verhindert! Nicht eins, sondern Dutzende! Was wäre denn geschehen, wenn Michael weitergemacht hätte? Als Trainer? Oder gar als Kinderarzt? Das da«, sie deutet mit der Rechten hoch, in die Richtung, wo irgendwo hinter Felsen das Haus der Norailles verborgen ist, »das da hätte sich noch zwanzig, dreißig, vierzig Jahre lang wiederholen können. Das wäre geschehen, wenn ich nichts getan hätte!«

»Und was wäre mit Ihnen geschehen, wenn Sie gestanden hätten, Madame Bornheim?«, murmelt Renard. »Kein Studium, keine Karriere, keine Politik.«

»Ja. Ich habe das Leben geführt, das ich führen wollte, Commissaire.«

Keine Familie, denkt Renard, vielleicht nicht einmal richtige Freunde, kein Urlaub, kein einziger freier Tag. Verzweifelte Arbeitswut, bloß nie innehalten, bloß nicht nachdenken. Seit dreißig Jahren ist diese Frau auf der Flucht, und sie merkt es nicht einmal. Hätte Claudia damals gestanden, dann wäre ihre Strafe vielleicht weit weniger grausam ausgefallen.

»Ich hätte in dieser Nacht nicht die Beherrschung verlieren sollen, das weiß ich, und das sagt sich so leicht«, fährt Claudia fort, nun wieder ruhiger. »Aber als es dann geschehen war, da habe ich immer gedacht, dass es irgendwie ... irgendwie richtig ist. Moralisch richtig, meine ich. Ich bin keine Mörderin. Es war eher so etwas wie Notwehr, oder etwa nicht?« Sie blickt Renard in die Augen.

Notwehr? Er möchte dieser Frau nicht wehtun, also schluckt er die erste Antwort hinunter, die ihm auf der Zunge gelegen hat. Der

Commissaire fragt sich, ob Claudia ihn anlügt. Ob sie alle ihre Freunde anlügen will. Oder ob sie sich nicht eher selbst belügt. Notwehr? Er fragt sich, was Claudia getan hätte, wenn sie früher als er herausgefunden hätte, wer den Erpresserbrief geschrieben hat. Ob sie dann nicht wieder, allein und unbeobachtet, einen Stein in die Hand genommen hätte, diesmal hinter Rüdiger von Schwarzenburg, wenn er irgendwo in den Calanques gezeichnet hätte ...

Oder ist es ganz anders: Vielleicht ist Claudia gar nicht nach Méjean zurückgekehrt, weil der Erpresser ihr keine Wahl ließ? Vielleicht ist sie freiwillig gekommen? Weil sie tief im Innern genug hatte von der Flucht, weil sie sich stellen wollte, nach dreißig Jahren? Und weil sich durch diesen Brief endlich ein Ausweg geöffnet hat: Geh nach Méjean und bring es zu Ende. Diese schöne Frau da vor ihm in der Bucht sieht jedenfalls nicht gebrochen aus, sondern befreit von einer Last, beinahe glücklich.

»Was nun?« Die Stimme von Francis Norailles reißt ihn aus seinen Gedanken. Der Arzt sieht ihn verzweifelt an. »Was machen wir nun?«, wiederholt er. »Was geschieht jetzt? Was machen *Sie* nun, Commissaire, da doch jetzt endlich alle Karten auf dem Tisch liegen?«

Gute Fragen. Ein Teil von ihm arbeitet schon die technischen Details ab. Es wird Ärger geben. Ein Anruf in der Évêché bei der nächtlichen Bereitschaft, ein Gefangenentransporter mit ein paar Beamten, der aus Marseille kommen muss, die Fahrt zurück, Verhör, Protokoll, schließlich der metallische Schlag der Stahltür, die sich vor Claudias Augen schließt, in einer Zelle der Untersuchungshaftanstalt, wahrscheinlich bricht da schon der neue Tag an. Und am nächsten Morgen der Chef und vielleicht der Polizeipräfekt und womöglich sogar ein Anruf aus Paris. Eine Ministerin aus einem anderen Land, Mord, sind Sie wahnsinnig geworden?

»Ist das wirklich *Ihre* Entscheidung, Commissaire?«

Renard fährt herum. Er ist nicht der Einzige, der erstaunt ist, vielleicht sogar schockiert. Alle starren Laura an. Alle fühlen sich auf einmal irgendwie herzlos. Die Kleine, die ... o Gott. Bei Renards Ausführungen vorhin und danach bei Claudias Geständnis, da hat niemand mehr auf Laura geachtet. Fast so, wie vor dreißig Jahren: Niemand achtet auf das Mädchen. Es ist, als fühlte sich jeder ein wenig schuldig.

»Sollte das nicht meine Entscheidung sein?«, fährt Laura fort. Sie erhebt sich von dem Felsbrocken, auf dem sie gesessen hat, sehr ernst, sehr gefasst, beinahe schon gelassen. Als würde auch sie sich befreit fühlen. »Dreißig Jahre lang wusste ich nicht, was mit mir los ist. Dreißig Jahre wusste ich nicht, was mit meinen Eltern los ist. Dreißig Jahre lang habe ich wie in einem unsichtbaren Gefängnis gelebt. Wie würden Sie das nennen, Commissaire? Einzelhaft? Dreißig Jahre allein mit dem Gefühl, mit dem Wissen, dass irgendetwas mit mir nicht stimmt.«

»Es tut mir so leid, Liebes ...«, flüstert Sylvie.

Sie lächelt ihre Mutter unendlich traurig an. »Ich habe jetzt verstanden, warum es so gekommen ist. Aber es wird Zeit, dass ich selbst über mein Schicksal bestimme.« Sie wendet sich wieder Renard zu. »Wenn Sie Claudia verhaften, dann wird es auch zum Prozess kommen. Und in diesem Prozess wird das alles hier bekannt werden, oder nicht? Die Briefe, die Reise der Deutschen hierher nach dreißig Jahren, alle unsere Geheimnisse?«

Er nickt. »Das lässt sich kaum vermeiden. Richter und Anwälte werden wissen wollen, warum überhaupt wieder ermittelt wurde, nach so langer Zeit. Alles wird ans Licht kommen.«

»Ans Licht kommen, ja.« Lauras Stimme klingt bitter. »Richter und Staatsanwälte und Anwälte werden das hören. Im Gerichtssaal werden Menschen sitzen. Die Zeitungen werden berichten. Das Internet wird voll sein. Mein Gott, mit einer Ministerin als Angeklagter, da wird sogar das Fernsehen senden! Sie haben selbst gesagt, dass wir alle Wunden davongetragen haben, Commissaire. Die ganze Welt wird in unseren Wunden herumstochern und uns quälen, wenn es zum Prozess kommt.«

»Also?«, fragt Renard, obwohl er die Antwort schon ahnt.
»Also gibt es keinen Prozess«, erwidert Laura. »Es gibt keine Verhaftung. Nur wir Verletzten wissen von unseren Wunden, und so soll das auch bleiben.«

»Sie wollen, dass ich das Gesetz breche?«, sagt Renard.

»Ich will, dass Sie sich an Ihr Versprechen halten, Commissaire.« Plötzlich lächelt Laura gelassen, ja zu ihrem eigenen Erstaunen sogar heiter, sie deutet hinaus. »Erinnern Sie sich? Das Meer, die Nacht? Sie schulden mir einen Gefallen.«

Das Meer. Lauras Welt. Michael wollte sich darin von allem reinwaschen. Für Renard wäre es beinahe zum Grab geworden. Aber für Laura ist es der große Freund. Der Freund, der ihr Kraft gibt, dort, wo andere ihre Kräfte bis an die Grenze des Todes verbrauchen. Zum Beispiel ein Commissaire aus Marseille, der sich überschätzt. Ein Gefallen. In der Évêché interessiert sich niemand wirklich für die Sache. Ein dreißig Jahre zurückliegender Fall, keine neuen Erkenntnisse, na und? Wenn Renard morgen mit leeren Händen zurückkehrte, wäre das Verbrechen übermorgen wieder vergessen. Und vielleicht würde ihn der Chef ja doch noch zu seiner alten Brigade abkommandieren. Drogenfahndung. Echte Verbrechen. Keine Geschichten von alten Demütigungen und Niederlagen und Vergewaltigungen, sondern Cannabis, Kokain, Kalaschnikows. Echte Gangster. Und doch … er ist ein Flic, verdammt!

Francis mustert den Commissaire. Er kann ihm im Gesicht ablesen, wie er mit sich ringt, in seinen Blicken, die von einem zum anderen gehen. Und Francis sieht auch, wie sich Renard entscheiden möchte, wohin sich die Waage schon neigt. Nicht schon wieder, denkt Francis, nicht schon wieder darf ich Laura im Stich lassen. Ich muss sie beschützen. Kein Schmerz mehr. Seine Gedanken fliegen. Und plötzlich ist es so einfach.

»Commissaire«, sagt Francis ruhig und deutet mit einer ausholenden Geste auf das Meer, auf die Calanques, schließlich auf den Boden zu Renards Füßen, und sie wissen alle, wer da einst gelegen hat. »Die Welt ist so, wie sie ist. Die Frage lautet: Wird die Welt ein besserer Ort, wenn Sie Claudia Bornheim jetzt verhaften? Oder wird die Welt ein besserer Ort, wenn Sie sie laufen lassen? So einfach ist das.«

So einfach ist das. Renard könnte laut auflachen. So einfach. Er weiß nicht, was er darauf erwidern soll. Was kann man dazu schon sagen? Er spürt, wie sie ihn alle anstarren. Alle stehen jetzt um ihn herum. Laura. Sylvie. Francis. Serge. Eliane. Henri. Barbara. Dorothea. Oliver. Rüdiger. Und Claudia. Alle warten auf seine Antwort. Aber Renard hat keine Worte für das, was er fühlt.

Aber vielleicht braucht er auch keine Worte.

Er dreht sich einfach um und lässt sie stehen. Lässt sie in dieser verfluchten Bucht zurück, mit sich und ihren Erinnerungen und allem Gesagten und Nichtgesagten und ihren Wunden. Er geht mühsam über die Steine, ein müder, hagerer Mann, der langsam zwischen den Felsen verschwindet, als hätte es ihn nie gegeben.

VIII

Der Tag

70

Ein Morgen wie jeder Morgen in diesem Sommer, warm und hell und mit dem Versprechen auf Pinien und Meer. In dem Haus der Ärzte öffnet sich ein Fenster, das seit dreißig Jahren nicht mehr geöffnet worden ist. Francis und Sylvie stoßen die Flügel auf, die Gelenke quietschen in den Angeln, sie leisten zähen Widerstand, doch schließlich sind die drecküberkrusteten Scheiben zurückgeklappt bis zur Außenmauer. Die hereinströmende Luft schmeckt salzig. Laura steht hinter ihren Eltern und blickt hinaus. Die Bucht. Einfach nur eine Bucht, nichts weiter, eine schöne Bucht und dahinter ihr Meer. Sie packt das alte Gummiboot, dessen Wülste seit Ewigkeiten auf ihrem Schülerinnenschreibtisch verstauben. Raus, alles muss raus. Vater und Mutter drehen sich zu ihr um, dann greifen sie sich die alten, viel zu kleinen Neoprenanzüge. Sie werden den ganzen Tag brauchen, um diesen Raum auszumisten, um ihn zu lüften und sauber zu machen und neu einzurichten.

Aber an diesem Abend wird Laura hier schlafen. In ihrem Zimmer.

Eliane löst das Tau vom Poller am Kai, Henri gibt vorsichtig Gas. Der alte Kahn, auf den schon sein Vater so stolz war, tuckert aus dem Hafen von Grand Méjean. Ihre Söhne sitzen im Bug: Eigentlich hätten sie lieber Rugby trainiert, keine Ahnung, warum die Alten ausgerechnet heute aufs Meer wollen, aber, okay, nehmen wir eben die Schnorchelmasken mit, und eigentlich ist es draußen ja auch nicht so schlecht. Eliane sieht Henri an. Ihren Henri. Einen schrecklich langen Moment lang fürchtet sie, er könnte sich umdrehen, während sie langsam die Küste hinter sich lassen, könnte sich umdrehen und zu einem ganz bestimmten Haus blicken und nach einer ganz bestimmten Gestalt Ausschau halten. Aber Henri sieht sie an und lächelt. Draußen sind die Wellen lang, sanft heben sie das Boot an und senken es wieder ab. Im ersten Sonnenlicht glänzen die Kämme so hell, dass sie durchsichtig werden. Eliane fühlt sich, als schwebten sie über der See. Das Leben ist unfassbar schön.

Serge Manucci fegt die Terrasse des Mangetout. Das Aroma von frisch gemahlenem und aufgebrühtem Kaffee umhüllt ihn: Er hat sich eine große Schale mit hinausgenommen und sie auf einen Tisch gestellt, damit der Kaffee etwas abkühlt. Noch steigt Dampf in einer feinen Spirale von der dunklen Flüssigkeit auf. Der Patron geht barfuß umher. Er spürt die Holzplanken unter seinen Zehen, an manchen Stellen leicht uneben und rau, an anderen glatt wie Leder, da haben die Gäste über viele Jahre hinweg den Boden poliert, wenn sie auf den Bänken hockten und ungeduldig auf das Essen warteten und dabei mit den Füßen wippten und die Sohlen über die Dielen schleifen ließen. Er blickt ins Innere. Nabil räumt eine Palette voller Salatköpfe, die er frühmorgens auf dem Markt in Marseille erstanden hat, in den großen Kühlschrank. Dafür schiebt er ein paar von den Pillendosen zur Seite, die der Patron kühl lagert, damit sie länger halten. Er denkt schon kaum noch an diese Medikamente, so sehr ist ihm das zur Routine geworden, morgens, mittags, abends. Jetzt aber denkt er doch einmal daran, als er Nabil beobachtet und den Kaffeeduft einatmet und einen Sonnenstrahl auf der Haut spürt, einen Sonnenstrahl, der sich irgendwie durch die Pergola über der Terrasse gezwängt hat. Wie viel Glück ich habe, sagt sich Serge, verdammt, wie viel wahnsinniges Glück ich doch habe.

Dorothea und Oliver steigen in ihren Skoda. Sie haben sich nicht von den anderen verabschiedet. Sie werden ihnen nie wieder Weihnachtskarten schicken. Sie werden den Fernseher ausschalten, wenn Claudia oder Rüdiger zu sehen sind. Rüdiger ... Dorothea ermahnt sich, sich auf diese Straßen zu konzentrieren, diese irren Asphaltachterbahnen, die sich in mörderischen Kehren durch die Hügel winden, und wenn dir doch mal ein Auto entgegenkommt, dann denkst du: Das schaffe ich nie, nie, nie. Rüdiger. Den Brief hatte sie nie vergessen, wohl aber ihre genaue Wortwahl. Jetzt erinnert sie sich wieder an alles. Das kam wirklich von ihr? Und Rüdiger hat sich nie etwas anmerken lassen, hat diesen Brief dreißig Jahre verschwinden lassen und dann hervorgezaubert, um sie fertigzumachen. Sie könnte ... Aber dann sagt sich Dorothea, dass Rüdiger diese Erpressung ja nicht dreißig Jahre im Voraus geplant hat. Er hat ihre Zeilen damals aus einem anderen Grund aufbewahrt und sie jetzt nur hervorgeholt, weil ihm keine andere Wahl blieb, um sie nach Méjean zu locken. Dreißig Jahre lang hat er ihr Geständnis bewahrt, das eine Geheimnis, das nur sie und er geteilt haben. Wenigstens das.

»Ich lasse mich scheiden«, sagt sie. Dorothea blickt auf die Straße, nicht zu ihrem Mann. Noch-Mann. Sie wird sich nicht länger ersticken lassen. Sie wird nicht länger ein Leben führen, bei dem sie jeden verdammten Schritt bis zur Bahre bereits kennt, bevor sie ihn gegangen ist.

Oliver erwidert nichts. Er ist nicht überrascht, nicht wirklich, nicht mehr, seit sie ihm gestern Nacht den Brief gezeigt hat. Eifersucht auf Rüdiger; ich habe immer geglaubt, Michael ist das größte Schwein, aber dieser Pinselschwinger ... Das ist so erbärmlich. Oliver denkt darüber nach, was aus dem Mann geworden ist, der er einmal werden wollte, als er noch ein Junge war. Nichts. Ich kann nichts, ich bin nichts, ich habe nichts. Ich konnte nicht einmal rechtzeitig von hier abhauen. Er starrt aus dem Beifahrerfenster. Sie haben eine Schnellstraße erreicht, endlich nicht mehr diese Kurven, aber immer noch geht es die Hügel ganz schön auf und ab. Gestrüpp zu beiden Seiten, selten nur noch, in der Ferne, ein blaues Dreieck: das Mittelmeer, eingefasst von zwei Gipfeln. Eine Hügelflanke neben der Straße ist schwarz, schwarze Erde, schwarze Gestrüppleichen, drei Skelette von Pinien, zu Kohle verbrannt. Muss ein Blitzschlag gewesen sein oder Brandstiftung oder eine achtlos aus dem Autofenster herausgeschleuderte Zigarettenkippe. Oliver versucht abzuschätzen, wann das Feuer gewütet haben muss. Diesen Frühling? Letztes Jahr? Eine Datierungsfrage, und das sollte er als Archäologe gelernt haben. Dann fällt ihm auf einmal die Stellenanzeige ein, die er – ist das zwei Wochen her? – zufällig im Netz gesehen hat. Mitarbeiter für das Stadtarchiv in Zülpich gesucht, Historiker. Nicht gerade eine C4-Professur in Heidelberg. Nicht einmal das Haus in der Bonner Südstadt wird er behalten können, so wie es aussieht, er müsste sich irgendeine Wohnung in der Voreifel suchen, Zülpich ist in der Voreifel, oder? Da sind sie doch früher irgendwann schon mal durchgefahren. Nie mehr Dorotheas Duft einatmen, nie mehr ihre Wärme im Bett. Vielleicht nie mehr die Wärme irgendeiner Frau, denn wer sonst würde sich mit ihm einlassen? Paula nur dann sehen, wenn es die Besuchszeiten erlauben, gemeinsames Sorgerecht, aber ihre Tochter würde bei ihr wohnen, selbstverständlich. Vielleicht ein Wochenende pro Monat bei ihm, höchstens zwei. Wahrscheinlich ist das alles der Preis, den Oliver dafür zahlen muss, um endlich nicht mehr Vaters höhnisches Lachen im Geist zu hören. Er fischt Notizheft und Bleistift aus seiner Hemdtasche. Die Fahrt wird Stunden dauern, und er glaubt nicht, dass Dorothea noch viel mit ihm bereden möchte. Zeit genug also, um schon einmal am Text für den Bewerbungsbrief zu arbeiten. Endlich.

Babs ist schon am Flughafen. Sie hat das Taxi noch in der Nacht kommen lassen. Sollen sich die anderen einmal um das Haus kümmern, sollen sie putzen und spülen und die Betten abziehen und den Kühlschrank abtauen – was sie wahrscheinlich nicht tun werden. Am Air-

France-Schalter kämpft sie sich wacker durch, ein Ticket für heute, ja, sie spricht nach den paar Tagen schon ein bisschen besser Französisch, immerhin. Danach eilt sie durch die Sicherheitskontrollen, wirft sich im Wartesaal auf einen Stuhl, holt das Handy heraus, bevor sie es gleich während des Fluges wieder ausschalten muss. Wie gut das tut, Detlevs Stimme zu hören.

»Ich komme gleich, Schatz!« Sie gibt die Ankunftszeit durch.

Er schreibt mit, sie hört, wie er Uhrzeit, Flugnummer und Gate murmelnd wiederholt. »Irgendwann musst du mir verraten, was du wirklich da unten gemacht hast«, sagt er schließlich. Kein Vorwurf, kein Misstrauen, keine Wut. Detlev ist der sanfteste und verständnisvollste Mann der Welt, wäre er an eine andere Frau als Babs geraten, er wäre längst zerstört worden, und das weiß er auch. Und sie weiß, dass es ihr ohne ihn genauso ergangen wäre.

»Wenn ich da bin, erkläre ich dir alles«, verspricht sie. Michael. Ihr unfassbar dämliches Graffito. Die Woche in Méjean, damals. Die Tage hier, jetzt. Wird nicht einfach werden. Und dann denkt sie plötzlich an die Calanques und an den Patron, an den Geschmack von frischem Fisch und an die Zikaden und die Pinien, und sie denkt, vor allem, an Eliane. »Weißt du, was?«, fährt Babs fröhlich fort. »Wir machen das anders: Du holst mich nicht ab – du schnappst dir Friedrich und Elisabeth, packst ein paar Sachen ein, und ihr trefft mich am Flughafen. Wir buchen, auch wenn uns das ein Vermögen kostet. Und dann düsen wir zusammen gleich wieder hierher zurück. Ich habe hier alte Freunde wiedergetroffen. Es gibt so viel, was ich dir und den Zwillingen in Méjean zeigen muss!«

Claudia setzt sich hinter das Steuer des Minis und drückt die Zündung, löst die Handbremse, kuppelt ein. Alles mechanisch. Sie hat nicht geschlafen, natürlich nicht. Sie hat sich die verbliebenen Nachtstunden auf ihr Zimmer verkrochen, und niemand von den anderen hat mit ihr reden wollen, natürlich nicht. Sie denkt, dass sie sich eigentlich wie eine Frau fühlen sollte, die man im letzten Moment vom Galgen genommen hat. Gerettet. Frei. Aber sie fühlt sich am Ende dieser Nacht bloß völlig ermattet. Keine Spur mehr von der Erleichterung, die sie noch bei ihrem Geständnis gespürt hat. Jetzt, da die permanente, leise Angst vor der Entdeckung von ihr genommen ist, fühlt sie sich, als hätte sie ein nutzloses Leben gelebt. Ausgerechnet jetzt, da sie endlich durchatmen könnte, ist sie verbraucht, ist das nicht absurd? Sie fühlt sich betrogen. Ist das nicht noch viel absurder? Aber zum Geständnis gehört doch die Strafe, die Reue ist nur vollendet, wenn die Buße erduldet wurde. Sie gibt Gas. Die erste Kurve, dann ein gerades Stück den Hügel hoch, nur hundert Meter oder so, sie schaltet trotzdem runter und beschleunigt. Der Autoverleiher hat ihr einen Mini mit einem stärkeren Motor als ihrem vertrauten Wagen hingestellt. Sie hält nur die linke Hand am Lenkrad, zerrt mit der Rechten ihr iPhone aus der Handtasche, schaltet es nach den langen Tagen von Méjean zum ersten Mal wieder ein. Hunderte E-Mails, Hunderte Textnachrichten, das Handy scheint zu explodieren. Sie checkt die ersten Mails, während sie wieder hochschaltet. Der Mini wird schneller. Keine Häuser mehr, Méjean liegt hinter ihr. Die Hügel am Mittelmeer. Sie schraubt den Wagen in Serpentinen höher hinauf. Felsen links, der Abgrund zum Meer rechts. Leitplanken am Rand mancher Spitzkehren, bei anderen noch alte Mauern, gerade kniehoch, gelbe, mürbe Steine, die würden kein schleuderndes Auto vor dem Sturz bewahren. Die nächste Spitzkehre nimmt sie so schnell, dass die Reifen quietschen. Eine Hand am Steuer, eine am Smartphone, Blick auf die Straße, Blick auf das Display, was für belangloses Zeug ihr die Leute schreiben. Die nächste Spitzkehre am Abgrund. Claudia blickt auf.

Das große Blau.

Meer und Himmel sind eins, und da ist nichts, kein Reifenquietschen, kein Motorlärm, nur das Rauschen des Windes. Einen Augenblick nur, einen einzigen Augenblick schwebt sie im großen Blau. Dann reißt sie das Steuer herum und tritt auf die Bremse. Gummistriche auf dem Asphalt, die Räder schleudern einen Schleier kleiner Steine in die Höhe, der Anschnallgurt schneidet in ihre Brust.

Und dann beinahe Stille, nur der Motor tickt leise unter der schwarzen Haube.

Der Mini steht am äußersten Rand einer Kurve, der Motor grummelt, im Rückspiegel sieht sie eine graue Staubfahne, die langsam ins Blaue davonweht, vom offenen Seitenfenster wabert der Gestank nach verbranntem Gummi herein, und rechts leuchtet das Meer. Würde Claudia sich auf den Beifahrersitz schwingen und aus dem Fenster sehen, sie würde erkennen, wie tief der Abgrund ist, wie scharf die Felskanten weit unten, dort, wo sich das Meer bricht. Aber sie wagt nicht, sich zu rühren, aus Angst, das Auto könnte durch eine falsche Bewegung doch noch das Gleichgewicht verlieren und ins Nichts stürzen.

Renard steht vor dem Mangetout. Er hat seine Sachen ausgeräumt, aber irgendwie will er noch nicht fort. Er blickt auf den kleinen Hafen. Ein eigenes Boot hier, denkt er. Fisch und Weißwein auf der Terrasse. Sich von den Zikaden betäuben lassen. Duftendes Pinienharz. Im klaren Wasser hoch über den Riffen treiben. Das wird mir alles noch einmal geschenkt, denkt er. Wenn es nach diesem Tumor gegangen wäre, dann gäbe es das jetzt nicht mehr für mich. Aber ich bin hier, verdammt. Er fragt sich, ob ihn das schwach gemacht hat, gestern, im entscheidenden Augenblick. Hat er deshalb letzte Nacht das Versprechen eingehalten, das er Laura gegeben hat? Hat er deshalb gegen alle Regeln verstoßen und eine Frau gehen lassen, die einmal mit einem Stein einem jungen Mann den Schädel zertrümmert hat? Aber wenn er Claudia verhaftet, dann wird es vielleicht auch für sie keinen Hafen und keinen Fisch, keinen Weißwein, keine Zikaden, kein Pinienharz und erst recht kein klares Meer mehr geben. Ob es Gott ist, der sie wie Spielfiguren hin und her schiebt? Oder bloß ein geistloses Schicksal? Wir sind jedenfalls quitt, sagt sich Renard: Du hast mir eine zweite Chance auf diese Welt gegeben. Ich gebe dieser Frau eine zweite Chance auf diese Welt. Wir sind quitt. Ab jetzt breche ich keine Regeln mehr.

Ein riesiges weißes Auto hält neben ihm. Renard ist nicht wirklich überrascht, dass Rüdiger von Schwarzenburg noch einmal bei ihm vorbeischaut.

Der Maler steigt aus und stellt sich schweigend neben ihn. »Diesen kleinen Hafen habe ich vor dreißig Jahren so oft gezeichnet, den hätte ich am Ende mit geschlossenen Augen malen können«, hebt Rüdiger irgendwann an.

»Ich würde mich freuen, wenn Sie mir eine Skizze schicken«, erwidert Renard.

»Ich habe sie alle verbrannt. Nichts von dem war gut genug, was ich vor dem Urlaub damals gemacht habe.« Der Maler lächelt dünn, ein wenig kokett, ein bisschen wehmütig. »Aber seither habe ich ein paar Fortschritte gemacht.« Er geht zum Bentley, öffnet die Beifahrertür und holt einen Block hervor. Vorsichtig trennt er ein Blatt heraus, signiert es und reicht es dem Commissaire. »Frieda dokumentiert alle meine Werke. Meine Assistentin wird einen Anfall bekommen, wenn sie erfährt, dass ich dieses Bild einfach so hergegeben habe.«

Renard nimmt das Blatt vorsichtig in die Hand: der Hafen, das Mangetout, in dessen Fassade das Fenster seines Zimmers leuchtet, als würde sich darin gerade die Sonne spiegeln. Wie hat er das bloß mit ein paar Bleistiftstrichen hingekriegt? »Sie wissen ja, dass ich ein Geheimnis für mich behalten kann.«

Der Maler blickt ihn lange an. »Sie lassen Claudia also wirklich laufen?«

»Ärgert Sie das? Diese Inszenierung hier hat Sie viel Mühe und viel Geld gekostet. Und am Ende erreichen Sie, was Sie wollten, und Sie erreichen es doch nicht: Sie wissen jetzt, wer Michael Schiller getötet hat. Aber seine Mörderin ist frei. Nichts hat sich geändert.«

»Nein, Commissaire, alles hat sich geändert. Für mich jedenfalls. Ich hatte immer das Gefühl, ich muss Michael eine Schuld zurückzahlen. Ich war zu beschäftigt, zu ehrgeizig, vielleicht auch einfach zu feige, um mich je richtig darum zu kümmern. Als ich mit den Briefen begann, wusste ich selbst nicht, ob ich überhaupt Michaels Mörder hinter Gitter bringen wollte. Ich wollte ... es einfach bloß wissen. Ich dachte, wenn ich weiß, wer es getan hat und warum, dann hat Michaels Tod irgendwie einen Sinn bekommen. Verstehen Sie? Bis dahin war sein schreckliches Ende so ... sinnlos. Jetzt ist es Teil einer Geschichte. Und es ist gar nicht so wichtig, ob Claudia bestraft wird oder nicht.«

Renard betrachtet die Skizze in seiner Hand. Wie zart. »Und Sie?«, fragt er. »Werden Sie wieder malen?«

Rüdiger lächelt melancholisch. »Ich werde mit meiner Assistentin eine Reise durch Italien machen. Ich werde dort malen wie ein Besessener. Wenn ich zurückkehre, werde ich in Berlin eine Ausstellung organisieren. Und in dieser Ausstellung werden auch zwei Werke hängen, die nicht von mir sind.«

»Ich bin gespannt, welchen Text Sie unter Michael Schillers Polaroids schreiben«, sagt Renard. »Sie werden doch wohl kaum die ganze Geschichte offenbaren.«

»Da haben Sie recht. Ich muss mir noch irgendeine Inszenierung einfallen lassen.«

»Diese Polaroids sind die Werke eines Ungeheuers.«

»Sind wir nicht alle Ungeheuer, Commissaire?« Rüdiger von Schwarzenburg schüttelt ihm die Hand.

Renard blickt ihm nach. Das weiße Auto gleitet so leise davon wie ein Geist.

Claudia öffnet behutsam die Fahrertür. Erst als ihre Füße den Boden berühren, ebbt das Zittern ab, das ihren ganzen Körper erfasst hat. Sie geht um das Auto herum – soweit man um ein Auto herumgehen kann, das am Abgrund steht. Eine Handbreit vielleicht noch zwischen dem rechten Vorderrad und dem Nichts, praktisch gar nichts mehr zwischen dem Hinterrad und der Kante. Wenn sie jetzt gestorben wäre, ausgerechnet hier – ob Michael dann die erste Seele gewesen wäre, die sie auf der anderen Seite gesehen hätte? Vielleicht wartet er seit dreißig Jahren darauf, Tote sind geduldig. Jemand hupt, sie schreckt zusammen. Ein junger Mann in einem verbeulten Peugeot rast vorbei, zeigt ihr den Mittelfinger, weil ihr Mini die enge Kurve noch enger macht. Wahrscheinlich hält er mich für eine blöde Touristin, die die Aussicht genießen will, denkt Claudia, aber sie ist dem Typen beinahe dankbar. Sein Lärm und seine vulgäre Geste haben sie aus der Welt gerissen, in die sie abzugleiten drohte.

Sie wendet sich zum Meer hin, jetzt tatsächlich ganz wie eine Touristin. Die Vormittagssonne steht schon hoch, der Himmel wirkt wie ausgewaschen. Über den Wellen schwebt Dunst, der Horizont ist ein Strich am Ende der Welt. Ein Schiff! Sie freut sich. Ein weißer Kasten, wahrscheinlich nur eine Korsikafähre, ein Dampfer, der nicht romantischer ist als ein Reisebus. Trotzdem: ein Schiff auf dem Weg zum Horizont. Claudia wagt es, den Blick nach unten zu senken. Zu ihren Füßen Felsen in gelben und roten Schattierungen, darauf Dornenbüsche, dicht über dem Wasser eine Pinie, die sich eine Spalte in den Steinen freigesprengt hat und in einem wahnwitzigen Winkel aus dem Abhang wächst. Die Brandung unter dem Baum ist schaumig weiß, das Meer dahinter türkisgrün, noch weiter hinaus dann schwarz. Wäre sie abgestürzt, wäre der Wagen wie ein Stein auf das Meer geklatscht und dann tiefer und immer tiefer ins schwarze Wasser gesunken. Niemand hätte sie je gefunden.

Sie blickt nach rechts, über eine Klippe hinweg, wo sie die Bucht erkennen kann. Michaels Bucht. Von Méjean sieht sie von ihrer Position aus noch ein paar Häuser, aber nicht ihres, sieht nicht den Hafen von Grand Méjean, bloß noch seinen Kai, der ein Stück weit in die Calanque ragt. Sieht an dem kleinen Leuchtfeuer auf dem Kai einen Mann stehen.

Sie weiß sofort, wer das ist. Vielleicht ist es seine Haltung, die ihn verrät, oder sein hagerer Körper. Aber auf diese Entfernung erkennt sie nicht, wohin Renard blickt. Auf das Meer, den Hafen – oder auf die kleine Bucht? Oder blickt er gar die Küste hoch und sieht zu ihr? Claudia geht zum Wagen und setzt sich ans Steuer. Sehr vorsichtig fährt sie an. Es ist Wahnsinn, ausgerechnet in einer Spitzkehre zu wenden. Aber sie hat schon andere wahnsinnige Dinge in ihrem Leben getan. Als sie den Mini endlich in Gegenrichtung gebracht hat, lässt sie ihn langsam hinunterrollen, zurück nach Méjean.

Claudia weiß selbst noch nicht, was sie tun wird, wenn sie am Meer angekommen ist. Vielleicht wird sie mit Renard reden, einfach nur reden. Oder sie wird sich ihm stellen und darauf bestehen, dass er sie nach Marseille mitnimmt.

So oder so: Claudia wird sich nicht länger selbst um das Ende ihrer Geschichte betrügen. Ihrer Geschichte, die auch Michaels Geschichte ist.

Alle Personen in diesem Roman sind erfunden, ganz so, wie meine geschätzte Kollegin Joanne Harris einmal schrieb: »Und jedem, der Angst hat, sich auf den Seiten dieses Buches wiederzufinden, sei versichert: Du bist nicht drin.«

Erste Auflage 2019
© 2019 DuMont Buchverlag, Köln
Alle Rechte vorbehalten
Umschlaggestaltung: Lübbeke Naumann Thoben, Köln
Satz: Angelika Kudella, Köln
Gesetzt aus der Arno Pro
Druck und Verarbeitung: CPI books GmbH, Leck
Gedruckt auf säurefreiem und chlorfrei gebleichtem Papier
Printed in Germany
ISBN 978-3-8321-8371-4

www.dumont-buchverlag.de